관촌수필

문지클래식 1 / 연작소설집

관촌수필

초판 1쇄 발행 1977년 12월 15일
초판 11쇄 발행 1990년 11월 15일
재판 1쇄 발행 1991년 7월 15일
재판 10쇄 발행 1996년 5월 10일
 3판 1쇄 발행 1996년 11월 10일
 3판 42쇄 발행 2018년 1월 19일
 4판 1쇄 발행 2018년 9월 3일
 4판 9쇄 발행 2024년 9월 19일

지 은 이 이문구
펴 낸 이 이광호
편   집 이민희 최지인 조은혜 박선우
펴 낸 곳 ㈜문학과지성사
등록번호 제1993–000098호
주   소 04034 서울 마포구 잔다리로7길 18 (서교동 377-20)
전   화 02)338–7224
팩   스 02)323–4180(편집)   02)338–7221(영업)
전자우편 moonji@moonji.com
홈페이지 www.moonji.com

ⓒ 이문구, 1977, 1991, 1996, 2018. Printed in Seoul, Korea

ISBN 978–89–320–3456–0 04810
ISBN 978–89–320–3455–3 (세트)

이 도서의 국립중앙도서관 출판예정도서목록(CIP)은 서지정보유통지원시스템 홈페이지
(http://seoji.nl.go.kr)와 국가자료공동목록시스템(http://www.nl.go.kr/kolisnet)에서
이용하실 수 있습니다. (CIP제어번호: CIP2018025945)

문 지
클 래 식

1

이문구

관촌수필

연작소설집

문학과지성사

일러두기

1. 문지클래식 『관촌수필』은 지금까지 나온 판본들을 모두 대조하여 마련한 정본(定本)이다. 그에 관해서는 이 책의 뒤쪽에 있는 '『관촌수필』의 정본 및 어휘 풀이 작업'에 따로 밝혀놓았다.

2. 이 책의 맞춤법은 국립국어원의 '한글 맞춤법'에 따르는 것을 원칙으로 하되, 띄어쓰기의 경우 문학과지성사의 내부 규정을 따랐다. 단, 작품의 분위기에 영향을 준다고 판단되는 토속어나 구어체 표현, 의성어·의태어 등은 작가의 집필 의도를 살려 그대로 두었다.

3. 오늘날 잘 쓰지 않는 토속어, 지역어(사투리), 한자말, 관용어, 속담 등에 대해서는 사전식 배열로 『관촌수필』 어휘 풀이'를 붙여두었으니 적극 활용하기 바란다. 대상 어휘들은 각 장(章)을 기준으로 본문에 해당 어휘가 처음 나왔을 때 '•'를 붙여 표시하였다.

   '어휘 풀이'는 사전적 뜻풀이보다 작가가 이 책에서 사용한 의미를 위주로 하여 풀이하였다. 사전적 의미 외에 추가 설명이 필요한 경우와 기존 판본에서의 오류에 대해서는 어휘 풀이 끝에 편집자 주([편]) 표시를 붙여 사전적 풀이와 구별하였다.

4. 단행본, 신문 등의 표기는 겹낫표(『 』)로 하나, 작가의 집필 의도를 살려 일부는 아무 표기 없이 두었다.

5. 이 책의 외래어 표기는 국립국어원의 '외래어 표기법'을 따랐다.

일락서산(日落西山)•

― 관촌수필 1

• 해가 서산에 지다. 서산에 지는 해.

시골을 다녀오되 성묘가 목적이기는 근년으로 드문 일이었다. 더욱이 양력 정초에 몸소 그런 예모를 찾고 스스로 치름은 낳고 첫 겪음이기도 했다. 물론 귀성열차를 끊어 앉고부터 "숭헌…… 뉘라 양력슬*두 슬이라 이른다더냐, 상것들이나 왜놈 세력(歲曆)을 아는 뱁여……" 세모가 되면 한두 군데서 들어오던 세찬을 놓고 으레껀 꾸중이시던 할아버지 말씀이 자주 되살아나 마음 한켠이 결리지 않은 바도 아니었지만, 시절이 이러매 신정 연휴를 빌미할* 수밖에 없음을 달리 어쩌랴 하며 견딘 거였다. 그러나 할아버지한테 결례(불효)를 저지르고 있다는 느낌을 나 자신에게까지 속일 수는 없었다. 아주 어려서부터 이렇게 되기까지, 우리 가문을 지킨 모든 선인 조상들의 심상은 오로지 단 한 분, 할아버지 그분의 인상밖에는 없었기 때문이었다.

그것은 내가 그리워해온 선대인은 어머니나 아버지, 그리고 동기간들이 아니었다는 뜻이기도 하다. 고색창연한 이조인(李朝人)이었던 할아버지, 오직 그분 한 분만이 진실로 육친이요 조상의 얼이란 느낌을 지워버릴 수 없는 거였고, 또 앞으로도 길래* 그럴 것같이 여겨진다는 것이다. 받은 사랑이며 가는 정으로야 어찌 어머니 위에 다시 있다 감히 장담할 수 있을까마는, 그럼에도 삼가 할아버지 한 분만으로 조상의 넋을 가늠하되, 당신 생전에 받은 가르침이야말로 진실로 받들고 싶도록 값지게 여겨지는 터임에, 거듭 할아버지의 존재와 추억의 조각들을 모든 것의 으뜸으로 믿을 수밖에 없던 것이다.

초사흗날, 기중* 붐비지 않을 듯싶던 열차로 가려 탄 것이 불찰이라 하게 피곤하고도 고달픈 고향길이었다. 한내[大川]읍*에 닿았을 때는 이미 3시도 겨워 머잖아 해거름*을 만나게 될 그런 어름이었다. 열차가 한내읍 머리맡이기도 한 갈머리[冠村部落]* 모퉁이를 돌아설 즈음엔 차창에 빗방울까지 그어지고 있었다. 예년에 없던 푹한 날씨기에 눈을 비로 뿌리던 모양이었다. 겨울비를 맞으며 고향을 찾아보기도 난생처음인 데다 정 두고 떠났던 옛 산천들이 돌아보이자, 나는 설레이기 시작한 가슴을 부접할* 길이 없었다.

나는 한동안 두 눈을 지릅뜨고 빗발무늬가 잦아가던 창가에 서서, 뒷동산 부엉재를 감싸며 돌아가는 갈머리 부락을 지켜보고 있었다. 마음이 들뜬 것과는 별도로 정말 썰렁하고 울적한 기분이었다. 내 살과 뼈가 여문 마을이었건만, 옛 모습을 제대로 지키고 있는 것이라곤 아무것도 없던 것이다. 옛 모습으로 남아난 것이 저토록 귀할 수 있을까.

그중에서도 맨 먼저 가슴을 후려친 것은 왕소나무가 사라져버린 사실이었다. 분명 왕소나무가 서 있던 자리엔 외양간만 한 슬레이트 지붕의 구멍가게 굴뚝만이 꼴불견으로 뻗질러서 있던 것이다.

그 왕소나무 잎새에 누렁물이 들고 가지에 삭정이가 끼는 걸 보며 고향을 뜨고 13년 만이니 그럴 만도 하겠다 싶긴 했지만, 언제 베어다 켜 썼는지 흔적조차 남아 있지 않은 현장을 목격하니 오장에서 부레가 끓어오르지 않을 수 없던 것이다. 4백여 년에 걸친 그 허구헌 풍상을 다 부대껴내고도 어느 솔보다 푸르던, 십장생(十長生)의 으뜸다운 풍모로 마을을 지켜온 왕소나무가 아니었던가. 내가 일곱 살 나 천자문을 떼고 책씻이도 마친 어느 여름날 해 설핀 석양으로 잊지 않고 있지만, 나는 갯가 제방 둑까지 할아버지를 모시고 나와 온 마을을 쓸어삼킬 듯이 쳐들어오던 바다 밀물을 구경한 적이 있었다. 댕기물떼새와 갈매기들의 울음소리가 석양놀에 가득 떠 있던 눈부신 바다를 구경했던 것이다. 방파제 곁으로 장항선 철로가 끝 간 데 없고, 철로와 나란히 자갈마다 뽀얀 신작로는 모퉁이를 돌았는데, 그 왕소나무는 철로와 신작로가 가장 가까이로 다가선, 잡목 한 그루 없이 잔디만 펼쳐진 평퍼짐한 버덩* 위에서 4백여 년이나 버티어왔던 것이다.

그날 할아버지는 장정 두 팔로 꼭 네 아름이라던 왕소나무 밑동을 조심스레 어루만지면서,

"이애야, 이 왕솔은 토정(土亭:李之菡) 할아버지께서 짚고 가시던 지팡이를 꽂아놓셨는디 이냥* 자란 게란다. 그쩍에 그 할아버지 말씸은, 요 지팡이 앞으루 철마가 지나가거들랑 우리 한산 이씨 자손들은 이 고을에서 뜨야 허리라구 허셨다는

게여…… 그 말씀을 새겨들어 진작 타관살이를 했더라면 요로큼 모진 시상은 안 만났을지두 모르는 것을……"

하던 말을 나는 여태껏 기억하고 있는 것이다. 그것은 내가 왕소나무의 내력에 대해서 최초로 들은 지식이었다. 짚고 다니던 지팡이가 왕소나무로 되다니. 토정이 이인이며 기행이 많았다던 것은 토정비결을 보는 자리 옆에서 이따금 들었으므로, 할아버지가 외경스러워하던 모습이나 개탄이 무엇을 뜻하는지 알 듯도 했지만, 그러나 솔직히 말해 그런 구전된 전설 따위는 곧이듣고 싶지 않았던 것이 사실이었다. 그 왕소나무는 군내에선 겨룰 데가 없던 백수(百樹)의 우두머리였고, 그 나무는 이제 자취도 없이 사라져버렸으며, 나는 우리 가문의 선조 한 분이 그토록 우려하고 경계했다던, 그러나 이미 40여 년 전부터 장항선 철로를 핥아온 철마를 탄 몸으로 창가에 서서, 지호지간*의 그 유적지를 비껴가고 있었던 것이다.

　이젠 완전히 타락한 동네구나— 나는 은연중 그렇게 중얼거리고 있음을 스스로 깨달았다. 마을의 주인(왕소나무)이 세상 뜬 지 오래라니 오죽해졌으랴 싶기도 했다. 하루에도 몇 차례씩, 더욱이 피서지로 한몫해온 탓에, 해수욕장이 개장된 여름이면 밤낮 기적 소리가 잘 틈 없던 철로가에 서서, 그 숱한 소음과 매연을 마시다 지쳐, 영물(靈物)의 예우도 내던지고 고사(枯死)해버린 왕소나무의 운명은, 되새기면 되새길수록 가슴이 쓰리고 아파 견딜 수가 없었다. 물론 왕소나무의 비운에 대한 조상(弔喪)만으로 비감에 젖어 있었다고는 말할 수 없겠지만—

　사실이 그랬다. 내가 살았던 옛집의 추레한 주제꼴에 한결 더 가슴이 미어지는 비감으로 뼈저려 하고 있었으니까. 비록 얼핏 지나치는 차창 너머로 눈결에 온 것이긴 했지만, 간살이 넉넉한 열다섯 칸짜리 꽃패 집*의 풍채는커녕, 읍내 어디서라도 갈머리 쪽을 바라볼 적마다 온 마을의 종가(宗家)나 되는 양 한눈에 알겠던 집이 그렇게 변모할 수가 있을까 싶던 것이다.

그것은 왕소나무의 비운 버금으로 가슴을 저미는 아픔이었다. 이제는 가로세로 들쑹날쑹, 꼴값하는 난봉난* 집들이 들어서며 마을을 어질러놓아, 겨우 초가 안채 용마루만이 그럴듯할 뿐이었으며, 좌우에서 하늘자락을 치켜들며 함석지붕 날개와 담장을 뒤덮었던 담쟁이덩굴, 사철 푸르게 밭마당의 방풍림으로 늘어섰던 들충나무의 가지런한 맵시 따위는 찾아볼 엄두도 못 내게 구차스런 동네로 변해버렸던 것이다.

실향민. 나는 어느덧 실향민이 돼버리고 말았다는 느낌을 덜어버릴 수가 없었다. 고향이랬자 무덤[墓]들밖에 남겨둔 게 없던 터라 어차피 무심하게 여겨온 셈이긴 했지만, 막상 퇴락해버린 고향 풍경을 대하니, 나 자신이 그토록 처연하고 협협하며 외로울 수가 없던 것이다.

나는 맨 먼저 할아버지 산소부터 성묘를 해야 예의라고 믿고 있었다. 할아버지 산소는 한내에서 40여 리 밖인 고만(高巒)이란 갯마을 연해의 종산(宗山) 한 기슭에 외따로 모셔져 있었다. 하루 한 차례의 버스편마저 없는 곳이라 천상 걷기로만 해야 하되 가며 오며 한대도 하룻길로는 벅찬 곳. 도착한 날은 도리 없이 읍내에서 묵지 않으면 안 되도록 되어 있었다. 비록 고향을 등진 지는 오래였지만, 며칠쯤 묵는대서 흉허물이 될 집은 없었다. 나는 읍내 군청 관사에 살고 있던 외척을 찾아 유숙처로 내정했다. 그런 뒤로 해전*을 뜻 없이 보낼 일이 따분하여 갈머리를 찾기로 했던 것은 아니었다.

내가 뛰놀며 성장했던 옛 터전들을 두루 살피되, 그 시절의 정경과 오늘에 이른 안부를 알고 싶은 순수한 충동을 주체하지 못한 것이 계기였다. 비단 엉뚱하고 생소하게 변해버려 옛 정경, 그 태깔은 찾을 길이 없다더라도 나는 반드시 둘러보고, 변했으면 변한 모양새만이라도 다시 한번 눈여겨둠으로써, 몸은 비록 타관을 떠돌며 세월할지라도 마음만은 고향 잃은 설움을 갖고 싶지 않았던 것인지도 모른다.

나는 역전 거리로 나서자마자 비닐우산부터 장만하지 않으면 안 되었다. 우두둑우두둑 우산 위에서 들린 빗낱 듣던 소리는, 점심마저 굶어 허당이 된 가슴속을, 시간이 가면 갈수록 더욱더 분명한 가락으로 두들겨주고 있었다.

갈머리는 일테면 한내읍 교외로서 읍내 복판에서 보통 걸음으로 10분이면 닿던 가까운 거리에 있었다.

마을 동구 앞에는 조갑지* 같은 초가 세 채가 신작로를 가운데로 하여 따로 떨어져 있었다. 한 채는 눈깔사탕이며 엿과 성냥을 팔던 송방(松房)으로 불리운 구멍가게였고, 주인은 술장수 퇴물인 채 씨 부부였다. 그 맞은편 집은 사철 풀무질이 바쁘던 원 애꾸네 대장간이었으며, 그 옆으로 저만치 물러나 있던, 대낮에도 볕살이 추녀끝에서만 맴돌다 가 어둡던 옴팡집*은 장중철이네가 차린 주막이었다. 부엌은 도가술에 물 타서 느루* 팔던 술청이었고, 손바닥만 하던 명색 마당 귀퉁이는 이발 기계와 면도 하나로 깎고 도스리던, 장에 가는 장꾼들만 바라보던 무허가 노천 이발소였다. 주막과 대장간 어중간에는 사철 시커멓게 그을린 드럼통 솥이 걸리어 있어, 장날마다 싸잡이 나무*를 때어 끓이면서 장으로 들어가는 옷가지나 바랜 이불잇 따위를 염색하던, 검정 염색터가 전봇대 밑에 웅크리고 있게 마련이었다.

그러나 이제는 어느 한 가지도 그전 그 모습대로 남아 있지 않았다. 송방은 헐고 새로 이은 밝고 시원한 이발소로 변해 처마에 '관촌이발관'이라는 문짝만 한 간판이 올라 있었고, 원애꾸네 대장간 자리에도 붉은 기와의 오죽잖은 블록 집이 대신 들어서 있는데, 아마 국민학교 선생이나 군청 계장쯤 된 사람이 지어 사는 살림집인 것 같았다. 장중철이네 움막도 지붕을 슬레이트로 개량했고, 판자 울타리는 시퍼런 페인트를 발랐던 시능만 낸 채로 '반공 방첩' 표찰과 분식 장려 담화문이 붙어 있었으며, 곁들여 인두판*만큼 기름하고 좁은 널빤지에 되다 만 먹글씨로 '천일양조장 제13구역 탁주 위탁 판매소'라는 상호를 내걸고 있었다. 이발관 유리창을 뚫고 나온 난로 함석 연통에서는 보얀 연탄가스가, 끓는 소댕*에 김 서리듯 부실거리고, 낯선 얼굴 두엇이 무심찮은 눈으로 나를 살펴보며 서성거리고 있었으나, 내가 알아볼 만한 얼굴은 단 한 사람도 눈에 띄지 않았다. 온 동네를 바깥마당으로 여기며 18년 동안이나 산 토박이가 이토록 나그네 같은 서툰 몸짓밖에 취할 수 없단 말인가. 진실로 서글픈 일이었다.

나는 이윽고 신작로가 나뉘면서 검붉은 황토를 드러낸 좁다란 골목길로 들어섰다. 몇 걸음 안 가서 이내 과수원이 나왔다. 이제 과수원 탱자나무 울타리 곱은탱이*만 돌아가면 철철이 선대의 손길이 닳아지고, 사변 이듬해부터는 여러 가지 푸성귀와 그루갈이*를 내 손으로 직접 거두어 먹다가 집과 함께 모개흥정*으로 처분하고 떠났던, 8백여 평의 터앝*이 나타날 숨가쁜 길목이었다. 내린 비로 터지게 얼었던 거죽이 풀린 길은 해토머리*가 다 된 것이나 아닌가 싶을 정도로 질었다. 그러나 옛길을 되찾았다는 감상 따위는 우러나지 않았다. 소나기가 두어 줄금만 내려도 산에서 쏟히는 맑은 물이 흐르던 길가의 개랑*은 수채만이나 하게 좁아진 반면, 그 구거지(溝渠地)*에는 지질한 블록 집들이 잇대어 서 있어 등산객의 걸음이 잦은 서울 교외의 외진 동네와 다르지 않은 느낌이었다.

탱자나무 울타리가 끝나면서부터는 바로 그 터앝머리였다. 나는 마음이 바빠 다그친 걸음으로 보리싹이 푸릇거리는 밭두둑으로 뛰어들었는데, 그 찰나, 가슴을 냅다 쥐어질린 충격과 함께 그 자리에 굳어버리고 말았다.

지팡이에 굽은 허리를 의지한 할아버지가 당신의 헛묘[假墳墓]*를 굽어보고 서 있었던 것이다. 항용 아끼시던 마가목[馬牙木] 지팡이를 짚은 할아버지는 역시 망건으로 탕건을 받쳐 쓰고, 공단 마고자 아래 허리춤에서는 안경집이 대롱거렸으며, 허연 수염을 바람결에 날리면서 구부정하게 서 있음이 천연하였다.

한참 만에야 순간적인 환상에 사로잡혀 잃어버린 지난날의 한 시절을 되살려낸 착각으로 그렇게 오두망절하고* 서 있은 나 자신을 발견하고, 깊은 한숨을 끄면서 칠성바위 쪽으로 다가갔던 것이지만.

그것은 분명 순간적인 환각이었으나 소년 시절에는 너무도 자주, 일상으로 목격하여 두고두고 잊혀지지 않도록, 그 할아버지 아니면 아무도 시늉할 수 없을, 그분의 인상 중에서 가장 두드러지던 사실이었다.

나는 칠성바위 중 맨 고섶*에 있고, 참외를 따거나 수수목*을 찔 때 흔히 올라앉아 쉬었던, 네 모가 뚜렷한 바위에 걸터앉아 담배를 꺼내 물었다. 빗낱은 계속 성깃성깃하게 흩뿌리며 비닐우산을 투덕거렸고, 암컷처럼 패인 부엉재 고랑 아래 잔솔밭 밑 두어 채 초가 굴뚝에서는 저녁 청솔가지 연기가 비거스렁이*에 눌려 안개처럼 번져 나가고 있었다.

나는 앉자마자 칠성바위들의 안부를 하나하나 살펴가기 시작했다. 조금도 요동하지 않는 바위라서일까. 태고로부터 북두칠성과 똑같은 위치로 배치되어 앉았던 일곱 덩이의 바위는, 한결같이 옛날 그대로 제자리들을 지키고 있었다. 동네 조무래기들이 그중 자주 오르내렸던 길가에 나앉은 막내둥이의 지프 같던 모습도 여전했으며, 댓 걸음 곁의 두꺼비 바위도 그 자리에 직수긋하게 웅크리고 앉아 있었다. 범이 누운 형상의 세번째 바위 역시 엉성해진 덤불을 들러리로 한 채 그 위엄스런 풍모를 타고난 그대로 간직하고 있었고, 눈발이 히뜩대면 곧잘 콩새와 굴뚝새들이 날아들어 푸득대던 덤불도 새 밭 임자의 연장에 어지간히 시달렸으련만, 두 그루의 옻나무와 찔레덩굴, 그리고 까치밥*과 개다래 넌출*이 어우러져 여전히 멧새들을 부르고 있었다.

바로 범바위 밑에 쓰였던 할아버지의 헛묘가 언제부터 그토록 묘같*과 봉분의 잔디결도 곱게 다듬어져 있었는지는 알 수 없었다. 다만 신후(身後)*에 조석 상식을 올리면 무엇하며, 초하루 보름에 삭망 차례를 드린들 무슨 소용이랴고, 그 일이야말로 생전에 찾고 갖출 일이라 하여 15년 전부터 매월 초하루와 보름이면 누구 생일잔치보다도 더 푸짐하게 진짓상을 올리게 했던 아버지보다 앞서, 앞일이 다가오는 것을 내다본 할아버지 당신 스스로가 서둘러 만든 헛묘였으며, 평생 주초(酒草)*뿐 아니라 바둑 장기 같은 조용한 잡기마저 몰랐던 할아버지가 해 길어 무료함에 지치던 봄날이면, 지팡이를 의지해 홀로 칠성바위에 나섰고, 구부정한 허리를 두들기면서 장차 당신이 영원히 누울 유택을 보살피며, 쥐구멍이나 잡초가 자리를 못 잡도록 가다듬은 다음, 시간 가는 줄 모른 채 그윽한 눈길로 내려다보곤 하던 모습만을 자주 발견하고, 어린 소견에도 숙연해진 마음으로 발걸음이 무거워지던 것만은, 이십 수삼 년이 지난 오늘까지도 선명한 기억으로 간직해왔던 것이다.

그 무렵 칠성바위 언저리와 밭 가장자리에는 새봄마다 지장풀이 잘되었고, 특히 할아버지의 헛묘 묘갈과 봉분에는 달짝지근하게 배동* 오른 삘기*가 많아, 햇살 긴 마른 봄날이면 얼굴을 새까맣게 태워가며 소꿉장난으로 긴긴 해를 저물리곤 했었다. 그럴 적이면 할아버지도 지팡이를 앞세워 칠성바위로 나왔고, 질경이와 광대나물이 흔하던 바위 앞 보리밭에서 남보다 몇 갑절씩 들나물을 잘 뜯던 망아지만 한 옹점이도, 부살같이* 손칼을 놀려대며 나물 바구니를 채워가곤 했었다.

옹점이는 마음씨가 너그럽고 착한 아이였다. 그녀는 3천석의 지주이며 한말*에 중추원의 의관을 지내다가 인접 동네 달밭으로 낙향하여 살았던 외가의 행랑아범 딸로, 어머니의 신행에 교전비*로 왔던 아이가 얼마 안 있어서 황아장수에게 묻어가자 이를테면 그 보충역으로 오게 된 아이였는데, 술장수의 데림추로 붙어다녔던 이매(二梅)라는 화류계 퇴물이 행랑아범과 좋아지내다가 일이 급해 어느 옹기점의 독 틈에서 낳았다 하여 이름이 옹점이라는 것이었다. 옹점이가 우리 집으로 들어온 것은 그녀 나이 일곱 살 때였다고 했다. 어머니가 친정에 갔다가, 외가 부엌에서 아기 동자아치로 자라던 것을 안저지* 겸 허드레 심부름용으로 데려와서 길렀다는 거였다. 마음씨갈은 비단결같이 고운 데다 손속이 좋고 눈썰미가 뛰어나며, 인정과 동정심이 많은 점에서 어머니는 노상 쓸 만한 아이라고 추켜주었다. 때문에 그녀는 동네에 떠들어온 모든 비렁뱅이와 동냥중, 그리고 나병 환자들한테 인기가 있었고, 우리 집에 와서 살던 머슴들은 그녀의 마음씨에 녹아 자진하여 부엌일까지 옙들이*해주며 도우려고 했던 것이다.

어머니가 그녀 일을 흉내 내어 나를 자주 웃겼던 것도 새삼스럽게 떠오른다. 맨 처음 그녀를 다잡아가면서 안팎 범절과 행실을 가르치고 다스린 이도 할아버지였다. 본디 사람 보는 눈이 달랐던 할아버지는 그녀를 보자 대뜸 싹이 있겠다고 판단하여 나이부터 물었었다.

"그래 너는 몇 살이나 되었다더냐?"

그러자 그녀는 아무 어렴성 없이 아는 대로 대꾸했다.

"지 에미가 그러는디 제년이 작년까장은 제우 여섯 살이 었대유. 그런디 시방은 잘 몰르겠슈."

"늬가 늬 나이를 모른다 허느냐?"

"예. 위떤 이는 하나 늘어서 일곱 살이라구 허던디 또 누구는 하나 먹었응께 다섯 살이라구 허거던유."

"페엥── 그래 늬 에민가 작것인가는 요새두 더러 보이더냐?”

“접때 달밭 대감댁(외가)에 왔는디 봉께, 유똥치마를 입
구, 머리는 힛사시까미를 허구, 근사헌 우데마끼두 차구……
여간 하이카라가 아니던디유.”

“그래 그것은 시방두 장(늘) 술고래라더냐?”

“그리기 접때두 취해서 즤 애비허구 다투다가 고쟁이 바
람으루 쫓겨났었슈.”

“페엥— 숭헌……”

할아버지는 그 이상 묻지 않았다고 한다. 그것은 철부지
하고 이러니저러니 하기 싱거워서가 아니었다. 굴지의 지주였
던 탓에 온갖 잡기와 유흥에만 몰두했던 나의 외숙한테 ‘대감’
이라는 칭호를 썼기 때문이었다. 그녀로서는 어쩔 수 없을 말
버릇이었지만 할아버지 앞에서는 무엄한 말이었다. 그러나 할
아버지는 잘 참았다.

“그래 늬 이름은 무엇이라 부르더냐?”

“먼젓것인디유.”

“먼젓것이라…… 아직 이름이 읎더란 말이렷다.”

“……”

“늬 에미가 너를 즘촌(店村: 질그릇 굽는 마을) 옹기 틈목
에서 풀었다더구나…… 오날버텀 이름을 옹젬(甕點)이라 허거
라. 옹젬이가 무던허겠구나.”

할아버지는 그렇게 즉흥적인 작명을 했는데, 호적부에도
그대로 올라갔음은 두말할 나위 없는 일이었다.

옹점이는 어른 앞에서는 소견이 넓었고 아이들에게는 남
달리 인정이 많았다. 그릇을 잘 깨는 덜렁쇠였고, 참새 못잖던

수다쟁이이기도 했다. 나물 바구니가 차도록 헛묘 앞에서 떠날 줄 모르던 할아버지를 볼 적마다 그녀는 그녀 깜냥*대로 집에 들어오면 으레껀 나물 바구니를 뜰팡에 내던지며,

"아씨, 나리만님두 봄을 타셔서 심난허신개비데유."

그 큰 목통으로 떠들어댔던 것이다.

"저것…… 저 방정머리는 원제나 철들어 고쳐질거나. 쯧쯧쯧……"

하며, 어머니는 그 수선에 혹시 어디 나들이하셨다가 낙상이라도 했단 말인가 싶어 꾸리고 있던 반짇고리를 밀쳐놓게 마련이었다.

"나리만님은 당신 헛뫼 써둔 것이 옝 걸리시는 모양이던디유."

"너는 그만 좀 나서라."

어머니는 안도의 한숨을 내쉬며,

"게 바구리* 것은 뭐라는 게냐?"

그것이 사랑에서 즐겨 찾는 국거리인 줄 번연히 알면서도 짐짓 그렇게 묻는 거였다.

"나리만님 즐겨허시는 나승개허구 소리쟁이유…… 참해두 오라지게 질다…… 쌍고동 울어 울어 연락선은 떠난다아……"

그녀는 귀동냥하여 남은 콧노래를 불러가며 아궁이 앞에서 나물 다듬기를 시작한다. 나이보다 숙성했던 그녀는 그때 이미 사춘기에 들어 있는 모양이었다.

"반평생을 밍당, 밍당 허셨는디, 터알머리에 그런 자리가 있는 줄도 모르고 또박 십여 년이나 산을 좾어댕기셨으니 여

북허시겄네.""

어머니는 할아버지를 이해하고 있었다. 정말 할아버지
는 자신의 안식처를 찾기 위해 볼 줄 안다던 지관이란 지관은
모조리 수소문하여 불러모았고, 지관을 앞세워 높고 먼 산 가
림 없이 허다한 산을 뒤졌더라고 했다. 갈머리에서 읍내를 질
러 건너다뵈는 성주산 옥마봉을 비롯, 청라 오서산, 공주 계룡
산, 그리고 당신의 선조인 토정[李之菡], 성암[李之蕃], 명곡[李
山甫], 삼숙질의 유택이 이웃한, 토정 자신이 찾아내어 스스로
무덤을 만듦으로써 종산(宗山)*이 된 주포면 고만과, 훨씬 선
조인 목은[李穡]을 모신 한산면의 여러 야산들까지도 두루 살
펴보았지만, 결국 자신의 가분묘를 써둘 만한 자리는 당신이
쓰는 사랑에서 가만히 불러도 이내 대답할 수 있게 가까운, 칠
성바위 가운데 범바위 앞의 밭머리에서 찾아낸 셈이었다.

한번은 헛묘 앞에서 마주친 할아버지한테 나도 무심할 수
없어 물어보기까지 했다.

"할아버지, 요기가 무슨 밍당이래유? 까시덤풀만 우거진
황토밭인디……"

눈보다 귀가 훨씬 가까웠던 할아버지는,

"조 바위를 보려므나. 보매 보기루두 똑 북두칠성 형상 아
니겄느냐."

"그렇다구 밭이다 모이(묘)를 써유? 할아버지는 돌아가
는 게 좋신 모냥이네유."

"게 다 마찬가지여. 먹구 헐일 웂이 지달리는 게나, 일찍
가서 누워 잔디찰방(察訪)*허는 게나……"

"……"

"철없는 것허구 이런 말 허는 내가 어리석다마는."

"그렇지만 해필이면 바위 밑이래유. 넘들은 산에다 모이를 쓰던디."

"나허구 이 바위들허구는 사구일생(四俱一生)*이니라."

"그게 무슨 말인디유?"

"그럼 사귀일성(四歸一成)이라구 허던 말은 더러 들어보았더냐?"

"아뉴."

"숭헌…… 글을 배우구두 고만 것을 모른다며는 어쩐단 말이냐……"

"……"

"듣거라. 너 그럼 목화 느 근[木花四斤]이 면화 한 근[棉花一斤]인 중은 알겠느냐?"

"씨아루 잣어서 씨를 뺀 건 목화구, 솜틀집 가서 탄 목화는 면화지유."

"행림들이 수삼 느 근이 건삼 한 근이라던 말두 못 들었더란 말이냐?"

"……"

"행림(杏林)*이 으생(醫生)이라는 것두 모르는 모냥 아니냐?"

"……"

"무엇을 네 곱쟁이 합쳐야 그것을 가공한 것 하나허구 맞먹는다는 말인 게여."

"그럼 껏보리 느 말은 멥쌀 한 말이겠네유?"*

"페에엥—"

'페에엥 —' 소리는 '숭헌······'이라는 말과 함께 할아버지의 전용어였다. 화가 상투 끝에 이르러 아랫사람들에게 걱정을 하실 때와, 되잖은 말, 같잖은 꼴, 어질지 못하며 어리석은 것 등, 꾸중을 대신하던 할아버지만의 용어였다.

그 무렵만 해도 할아버지는 자신이 일컬었듯 문자 그대로 백수풍진(白首風塵)*이었으니, 정자나무의 해묵은 뿌리마냥 간신히 견뎌내던 형편이었다. 망백(望百)*의 여든아홉을 누린 탓에 인생무상을 삶 자체로서 느꼈고, 그래서 장력(張力)은 잃었으되 매사에 자약(自若)할* 수 있는 소중한 것을 지녔던 것인지도 몰랐다. 외람된 말이겠지만 바위들과 당신이 한 몸임을 알았다면 바람이나 눈비 따위, 모든 자연계의 현상과 자신의 존재가 어떤 성질 혹은 체질을 서로 나눴는지도 알았을 것이었다.

나는 그 바위들이 무심무태한 한갓 자연 물질로서 그치는 것이 아닐 것 같았다. 할아버지의 의지와 얼이 굳어져버린 영구불변의 영혼이며, 아니면 최소한 그 상징일 것 같았으므로 신성하고 경건하게만 보였던 것이다.

나는 바위에서 내려 김장해 들이고 비워둔 밭고랑을 질러 할아버지 산소를 모셨던 범바위 앞으로 다가갔다. 눈발이 나부끼는 겨울철이면 꿩과 산비둘기가 유난히 자주 내리던 자리였다. 우리 집에서 내리 5년 동안이나 머슴살이했던 박철호(朴鐵呼)는 덫을 퇴비 속에 묻거나 약을 놓아, 꿩과 산비둘기들만 가만히 앉아서도 쉽게 사냥해 들이곤 했었다. 항상 할아버지와 겸상이었던 나는 할아버지가 타이른, 귀가 싫도록 들었던 말도 덩달아 새삼스러워졌다.

"세상이 아무리 앞뒤가 옳어졌더래두 가릴 게라면 가려야 쓰는 게여. 생치(生雉)*는 양반 반찬이구 비닭이*는 상것들이나 입에 대는 뱁이니라."

혹시 비둘기고기라도 입에 댈라 싶어 미리 경계한 거였다.

범바위 앞, 서울로 이사하기 앞서 종산으로 면봉*해드린 다음 집과 함께 모개흥정해 선로원(線路員) 김 씨에게 팔아넘긴 산소 자리에는 고구마를 갈았다가 거둬들인 듯, 마른 고구마 덩굴이 우북더북한 밭고랑에 어지러이 흩어져 있었다. 빗낱은 언제 그쳤던가, 비거스렁이를 하느라고 바람이 몹시 매웠다. 좀더 저물고 추워지기 전에 서둘러 읍내로 들어가야 하리라. 그러나 나는 몇 가구의 하잘것없는 인가를 돌아 옛동산으로 올라가고 있었다. 진작 면례*를 해드린 게 얼마나 다행스런 일이랴. 칠성바위 언저리엔 오죽잖은 블록 집들이 무려 다섯 채나 지어져 있었다. 담장도 안 쳐 있고 쓰레기장과 닭, 오리장이 너절하니 흩어져 있는 가옥들이었다. 장차 주택들이 들어차면 산소 관리하기에도 여의치 않으리라 여겨 종산으로 모셨던 것은 열 번 잘한 일 같았다. 집집마다 하수도가 돼 있지 않아 산소 자리와 칠성바위 둘레는 온통 수챗구멍이나 다름없이 더럽혀져 있었고, 특히 다섯 가구의 다섯 군데 변소는 악취를 제멋대로 풍기며 보기 흉한 꼴들을 하고 서 있던 것이다.

동산 등성이로 오를수록 내가 첫돌을 맞은 뒤로 18년 동안이나 살았던 옛집의 전모가 조금씩조금씩 드러나 보이기 시작했다. 대천읍* 대천리 387번지. 할아버지가 만년을 나고, 어머니가 기울어진 가운에 끝까지 시달리다 지쳐 운명을 한, 그러나 내 손에 모든 것이 청산되어 이젠 남의 집이 된 옛집. 대지 350여 평에 건평 70여 평의 ㄷ자로 된 그 집은, 솔수펑이* 기슭 잔디밭을 뒤꼍 장독대로 하여 남향받이로 정좌한, 덩실하고 우아한 옛날의 풍모를 조금쯤은 간직하고 있는 듯도 했다. 밭마당을 둘러친 들충나무 울타리와 뒷담장을 겉으로 에워싼 열두 그루의 밤나무는 이젠 완연히 늙어버린 것 같았으며, 새 주인이 닭장과 돼지우리를 내지어 약간 좁아진 듯한 대문 앞에도 그 개오동 한 그루가 아름드리로 자라 있었다.

나는 울안 마당으로 시야를 옮겼다.

저것이 바로 그 모란과 매화일까. 그 매실나무며 치자나무도 여태 가꿔오고 있단 말인가. 좀처럼 믿기지 않았지만 그러리라고 접어둘 수밖에 없었다. 사철 어머니 손에 가꿔졌던 울안 정원은 타래박 우물*을 가운데로 하여 썰렁하고 어수선한 대로나마 심겨진 그 자리에 남아 있음이 분명했다. 곶감을 여남은 접*씩 켜서 썼던 배시나무와 그 곁의 대추나무도 지붕이 얕게 자라 있었고. 나는 발돋움을 하여 뒤꼍도 들여다보지 않을 수 없었다. 곁들여 울안의 온갖 실과나무와 관상목들을 대표했던, 가지가 휘어지게 감이 달려 겨우내 온 집안 식구들의 간식이 돼주었던, 이젠 흔적마저 남지 않았을 그 죽은 감나무도 동시에 생각해냈다. 언제 누가 심은 나무였는지는 알 수 없었다. 또 누가 정월 보름날 시집을 보내줬는지도* 알 수 없었다. 밑동에서부터 두 갈래로 갈라진 큰 가지 틈엔 도끼날보다 더 큰 돌이 깊숙이 박혀 있던 감나무였다. 그러나 그 감나무는 내 손에 찍혀 베어졌으며 내 손을 따라 아궁이로 들어가 한 삼태기의 재로 변해버리고 만 거였다. 어머니는 반년 이상을 천식으로 몹져 앓으시다가 여름방학을 맞은 8월 초순, 내가 종신하는 앞에서 세상을 버렸던 것이다. 그 감나무가 죽은 것도 같은 순간이었으리라고 믿는다. 삼일장을 치르고 나서야 집안 식구와 대소가 및 마을 사람들은 사나흘 전까지도 잎이 시퍼렇고 대추알만큼씩이나 자란 그 숱한 열매를 달고 있던 감나무가 갑자기 죽어 있음을 발견하게 됐던 것이다. 잎새들은 모조리 오가리 들듯 푸른 빛 그대로 말라 가랑잎이 돼 있었고, 솔바람만 지나가도 쪼글쪼글해진 감들이 상달 초승께 밤나무를 털 때처럼 우술우술 쏟아져내렸던 것이다. 장사 치르기에 경황이 없어 아무도 여겨보지 않았을 따름, 감나무가 갑자기 죽은 것은 어머니의 운명과 거의 동시였으리라던 것이 많은 사람들이 같이한 의견이었다. 그 감나무는 어머니의 대소상을 치른 이듬해까지도 깨어나지 않았다. 아니, 완전한 고사목으로, 건드리면 부러지는 삭정이가 돼 있었다. 마을 사람들은 다시 입을 모아 그 감나무를 볼 적마다 고인(故人)이 생각난다고 했다. 보기 싫으니 베어버리라는 충고였다. 나도 마찬가지였다. 어머니의 반생과 모든 것을 함께하다 죽은 나무를 그저 두고 고향을 떠난다는 것은 뭔지 모르게 서럽고 안타까운 일이었다. 그러자 무릇 울안의 나무란 함부로 심고 옮기며 베지 않는 법이므로, 나무를 벤 즉시 그 그루터기에다 낫이나 칼을 꽂아둠이 동티*를 예방하는 방법이라고도 했다. 나는 정말 남의 말을 무시하지 못했다. 그러나 지금도 기억에 짙게 남아 있는 것은 그 벤 둥치와 가지를 장작개비로 패 쌓으면서 솟아나던 눈물을 걷잡지 못해 했던 일이다.

이제 그 감나무 자리에는 짚누리*가 앉아 있었다. 장독대

바로 위에 있는 앵두나무, 그 왼편으로 늘어서 있던 석류나무와 복숭아나무도 여전하게 제자리에 서서 담 너머 밖 산등성이에 처연히 서 있는 옛 주인을 무심하고 무표정하게 넘겨다보고 있었다.

가을이면 조석으로 쓸어 담아내어도 땅이 안 보이게 낙엽이 쏟아져 쌓이던 정원이며 뒤란, 서너 칸이 넘던 대청마루와 사랑 툇마루들, 쓸고 닦기가 지겨워 아늑하고 좁은 집에서 살기를 그토록 원했던 내 신세는, 이젠 내 명의로 된 유일한 부동산이기도 한 열한 평짜리 아파트 한 칸만을 겨우 지니게 되고 말았다. 대충 훑어보기에도 광과 헛간으로 썼던 서편 채는 방과 부엌을 들이고 내어 세를 준 듯했고, 사랑마루 앞으로 돌나물이 잘되고 매화와 장미, 백합과 난초가 고이 자랐으며, 생지황이니 박하 따위 약초를 가꿨던 화단터도 상추나 쑥갓·호박·부추 등속의 푸성귀를 갈아먹는 자리로 변한 지 오래된 모양이었다.

밭마당 밑뜸, 행랑채로 남아 대복이네가 살았던 초가는 그새 주인 또한 몇 차례나 갈리었을까. 이젠 제법 기와도 올린 알뜰한 주택으로 가꿔져 크막한 문패까지 달고 있었다. 미나리꽝으로 쓴 마당 밑 박우물* 아래 초입 논배미부터, 내리닫이로 신작로까지 늘어섰으려니 했던, 가뭄을 모르던 무논이어서 해마다 오려*를 거둔 구렁찰* 논들은, 벌써 그런 흔적마저 찾아볼 수 없게 붉은 기와나 슬레이트로 다시 이은 허름한 집들이 들쑹날쑹 제멋대로 들어차 있었다. 원래는 우리 논이 끝난 곳이 신작로였고, 신작로를 건너서면 이내 장항선 철로가 가로지르고 있게 마련이었는데, 토정의 지팡이였다던 왕소나무는 흔적도 없어지고, 대신 그 자리에는 오죽잖은 블록 집이 노란 페인트로 뒤발한* '접도 구역'이란 돌말뚝과 함께 썰렁하고도 음산하게 도사리고 있었다. 철로 너머는 곧장 바다였다. 봄부터 가을까지 동네 조무래기들과 벌거숭이로 뒹굴며 놀았던 개펄이었다. 물을 쓴 조금* 때면 삼사십 리 밖의 수평선이 하늘과 한 빛깔로 아물거리고, 밀물이 들어차면 철둑과 연결된 방파제 위로 갯물이 넘실대던 바다. 갈매기와 해오라기가 하늘을 뒤덮으며 너울대고, 방파제 가장자리에서는 보메[鹽度計]*을 신주단지처럼 위하던 소금막[製鹽幕]*으로부터 청염(晴鹽)*을 못다 굵은 갈통물로 육염(陸鹽)* 굽는 연기가 해무처럼 자욱했으며, 망둥이 낚시꾼들이 장마 걷은 방죽에 줄남생이 늘앉듯 들벅거리되, 안옷[黃布]*을 활짝 펼친 돛단배라도 들어오는 날이면 뱃사공들의 뱃노래가 물새들의 그것보다 더욱 구성지게 울려퍼지던 바다였었다. 그러나 그 바다도 이젠 가고 없었다. 개펄 대신 논배미들이 열린 뭍이었고, 기름진 농경지대로 뒤바뀌어 있던 것이다. 상전벽해*라고 듣던 말이 바로 그것이었다. 바다와 뭍을 경계하는 제방은 20리도 넘는다고 들었다. 그 제방 울안, 내 또래의 어린것들이 제집 마당으로 알며 놀았던 개펄과 갈대밭은, 구획도 제대로 된 논으로 변해버려 염분이 성에처럼 서리고, 고둥이며 장뚱이가 발길에 차이던 개펄 아닌 농로는, 리어카와 소달구지 자국으로 올고르게 누벼져 있었던 것이다.

영원히 되찾을 수 없이 된 옛터를 굽어보며 어린 시절에 묻혔던 자신을 깨닫고 나니, 어느덧 하늘엔 구름이 물러나고 온 마을 안팎과 들판이 온통 타는 놀에 젖어 있었다. 나는 등성이에서 내려올 채비를 했다. 기온이 점점 내려가기만 하여 훨씬 더 추워졌던 것이다.

마을에는 아직 오랫동안 이웃해 살았던 낯익은 사람들도 여럿 남아 있을 터였다. 하지만 그네들을 방문하기는 그리 간단하지 않았다. 그전에도 장정이 되어 장가들을 들고 일가를 이뤘던, 맏형 또래나 그 위아래한테도 으레껀 옛 버릇을 못 버려 '허우' '허소' 또는 시종 반말로만 대한 터라, 그네들과 자리를 같이하게 되면 그네들을 지칭할 명칭의 마땅찮음 때문이었다. 갑자기 무슨 명칭으로 바꿔 부르며 대꾸해야 십상일 것인가. 결국 나는 마을을 돌지 않기로 작정했다. 아니, 되도록이면 알 만한 사람과 마주쳐도 얼굴을 돌리고 싶었다. 그리고 그렇게 하리라 작정하고 발걸음을 놓기 시작했던 것이다.

마을을 아주 떠나던 날까지도 일가 손윗사람이 아닌 이에게는 무슨 경어나 존칭을 써본 적이 없었다. 할아버지의 지시였고 곁에서 배운 버릇이었다. 나이가 직수굿한 어른들한테는 으레껀, 김 서방, 최 서방 하며 성 밑에 서방이란 명칭을 붙여 불렀고, 어지간한 청장년들한테는 덮어놓고 아무개 아무개 하며 이름을 부르곤 했었다. 그것은 동네 아낙네들한테도 마찬가지였었다. 아무개 어머니 아무개 아줌마니 하고, 그 집 아이의 이름을 빌려 썼던 것이다. 요즘 같으면 그처럼 되지못한 수작이 어디 있을까. 그러나 그때는 그것이 제격인 듯했고, 하는 편이나 듣는 쪽에서나 예사로이 여겼던 줄로 안다. 안팎 동네 사람의 거지반이 행랑이나 아전붙이였으므로 하대(下待)해야 마땅하다는 것이 할아버지의 지론이요 고집이었던 것이다. 그 결과는 안팎 삼동네를 다 뒤져도 친구랄 만한 친구가 있을 수 없었던 고적한 소년 시절이 비롯된 쓸쓸한 것이었지만. 정말 친구가 생기지 않았다. 친구 삼아 놀려고 애써도 아이들이 어울려주지 않았던 것이다. 갈머리만 해도 한두 살 아래위나 동갑내기가 여남은이 넘었지만, 아이들은 또 저희들 부모가 어려워하던 것에 못잖게 할아버지를 두려워했던 것이다. 할아버지의 걱정을 무릅쓰고 몰래 숨어 다니며 썰매타기와 자치기를 하고, 가오리연도 만들며 팽이를 깎아 쥐고 아이들 뒤를 열심히 뒤쫓아 다녔지만, 마을의 아이들은 여간해서 속을 터놓으려고 하지 않았던 것이다. 그런데도 그런 기미를 할아버지에게 들킨 날은 밥맛을 잃고 밤잠마저 설치게 마련이었다. 할아버지가 손수 회초리를 든 적은 한 번도 없었지만,

"페엥— 못된 것. 내 애비한테 일러 매를 들게 하고 말리라……"

이 말이 그토록 두려울 수 없는 공갈이었던 것이다. 매우 꾸짖도록 아버지한테 지시한 적이 없으면서도 그랬다. 외려 그런 것을 곧잘 고자질하던 것은 나와 다시없이 잘 지내온 옹점이었다.

내가 할아버지 앞으로 불려가 꿇어앉아 안절부절못하며 학질 떼는 구경을 그녀는 무엇보다도 재미있어했으니까.

"숭헌, 그런 상것 아이들허구 붓해* 놀었더란 말이냐? 그리 그짓말을 허려면 글은 뭣 허러 배웠더란 말이냐?"

"……"

"그저 틈만 있으면 밖으루 내달으니 한심한 일이로고. 색거한처(索居閒處)요, 산려소요(散慮逍遙)*라고 배웠으면 배운 만침 알 만두 허련마는……"

"애덜이 대이구* 놀자구 오넌디 워칙헌대유."

"그런 잡인 애덜허구 동무해 놀먼 사람 베리는 법이여. 다 저더러 사람 되라고 이르는 소리거늘, 페에엥 —"

나는 부러 둘러댄 거짓말에 가책을 받았고, 그것은 또한 나를 무척 우울하고 소심하게 만드는 괴로운 일이었지만, 거짓말을 하지 않고는 못 배길 착잡한 형편이었다.

나하고 놀고자 한 아이는 내가 중학을 졸업하고, 아니 그 이듬해 서울로 이사해 오기까지도 단 한 사람이 없었다. 피차가 어렸을 때는 아이들 부모가 할아버지 성미를 훤히 알고 있어 애써 함께 어울리지 않도록 자기네 아이들을 타일러 단속한 탓이었는데, 그것은 국민학교에 들어간 뒤로도 이어져, 아이들은 학교 운동장에서나 다른 애들과 함께 어울려주든가, 상하학길에 우연히 만나 마지못해 동행을 허락했을 따름이었다. 우리 집안의 엄한 어른들이 세상을 떠난 이후로는 줄곧 피차 그럴 까닭이 없었음에도 그런 어색스럽고 부드럽지 못한 관계는 풀리지 않았다. 언제나 아래윗물 돌듯 하니 답답하고도 쑥스러운 일이었다. 피차 굳어져버린 습관을 스스로 깨어버리지 못한 탓이었다.

6·25 사변이 나기는 내가 2학년에 진급한 초엽이었다. 그 난리는 우리 집을 완전히 쑥밭으로 만들어놓았다. 한 고을의 어른을 잃은 애석함은 일가붙이가 아니더라도 갈머리 사람이라면 마찬가지로 받아들이고 있었다. 인간의 영고성쇠*란 그처럼 무상한 일이란 걸 알게 된 동기도 그것이었고, 곁들여 집안에 어른이 없는데도 동네 아이들이 나와 접촉하길 꺼리던 사실에서, 인생의 생사를 한갓 티끌에 견주던 전쟁이라는 막중

한 참극을 겪고도 습관만은 허술하게 허물어지지 않는다는 것을 아울러 깨우치게 되었다. 어쨌든 중학생이 된 뒤에도 마을 친구가 붙지 않던 것은 어느 모로나 적적하고 불편한 일이었다. 어머니에게 그런 사정을 하소연한 적까지 있었을 정도로.

"너는 벨걸 다 걱정허더라. 동네 그까짓 것들도 다 동무라고 그러네? 니가 얌전허구 공부 잘허기루 소문나 있으닝께, 너구 하냥 놀면 즤들이 쩔리닝께* 피허는 것을……"

어머니는 오히려 당연한 일로 여기고 있었다. 아이들의 세계에서까지 케케묵은 관습이 밑바닥에 깔려 있으랴 싶었던 것이다. 나는 학과 공부만은 늘 자신을 가지고 있었다. 비록 읍내 바닥에 있는 중학교였지만, 전쟁 냄새가 채 가시지 않았던 그 당시의 상황에 비추어 남 아닌 불리한 약점을 온통 한 몸에 지녔음에도 불구하고, 3 대 1이 넘는 경쟁률을 선두로 뚫고 합격한 흥분만 해도 해포* 가까이나 계속되었으니까.

그러나 나는 나의 근본적인 고립이 할아버지가 범백사*에 문벌을 찾아 간격과 층하를 두어 행세했던 영향임을 스스로 알고 있었다. 따라서 비관하거나 안달을 하지도 않았다. 그 어린 나이임에도 자라면서 부대꼈던 경험으로 일단은 세태에 순응하는 길만이 가장 안전한 처신이라 단정하고 있었던 것이다.

볕이 지워져가면서부터는 바람결도 한결 날카로워진 데다 등성이는 바람맞이였으므로 못 견디게 추워지고 있었다. 빗방울에 풀린 듯하던 발밑은 움직이기만 해도 와작와작하고 깨어지는 소리가 들렸다.

나는 서둘러 등성이를 내려왔다. 그러나 곧장 읍내로 향하기엔 어딘지 모르게 개운찮았고 섭섭하였다. 황혼에 잠긴 옛집을 먼발로만 기웃거리다 말기는 너무도 서운했던 것이다. 나는 등성이 꼭대기 너머에서부터 옛집 사랑 앞마당까지 나 있었던 가리마* 같은 오솔길을 타고 내려가기로 했다.

옛 주인의 발길에 닳았던 마당, 마당가의 물맛이 약수맛으로 소문난 박우물, 등멱*하기 십상이던 우물가의 빨랫돌, 가옥과 전답을 매매할 때 장기(掌記)에까지 올랐던 개오동과 들충나무들. 그러나 그 무엇 한 가지 옛 주인을 알아 반기는 것은 없었다. 마당가의 돼지우리가 좀 부산해지고 퇴비장을 후비던 서릿병아리 몇 마리가 지축지축 비켜날 따름. 저녁 시간이 되어 안에서 숟가락 달그랑거리는 소리나 이따금씩 새어 나올 뿐, 새 주인이 된 선로원의 가족은 한 사람도 얼씬 않고 있었다. 사랑마루 역시 그 마루였으나 마룻장 태깔은 보얀 빛 대신 땟국에 찌들고 결은 우중충한 빛깔이었고 그 위에는 먼지가 부옇게 앉아 있었다. 마루 반자엔 쥐오줌 자국이 구석구석으로 얼룩져 있고, 처마 밑 서까래와 도리 안의 제비집 터에도 거미줄이 드레드레 늘어져 주인 잃은 지 오래임을 스스로 말하고 있었다.

할아버지 말을 따르자면 재래로부터 꺼려온 공·시 자(工·尸字) 형을 피했을 뿐 아니라 일·월·구·길 자(日·月·口·吉字) 형에서 가장 알뜰한 것만을 골라 갖춘 구조 밑에 정초(定礎)된 집으로, 기와로 개축을 하자면 암수키와만 열 눌*[十訥]이 들어도 모자라겠다던 집이었다.

"좋은 집이니라. 풍광이 명미허구 수세(水勢)두 순조롭구. 내가 후제 잔디찰방을 허더래두 부디 이 집을 잘 가꾸어야 허여······"

잔디찰방이란 할아버지가 즐겨 일컫던 죽음을 뜻하는 말이었다.

"인제는 늙어 어두우니, 너르잖은 곳간에 어렴시수(魚鹽柴水)*만 동나지 않는다면, 누워 읊고 앉아 오이니(외니) 아무 걱정 없으련만, 시국이 이러니 늙마가 편칠 않구나······"

줄곧 기울고 퇴색해온 가문도 변명할 겸, 신수가 안온치 않음을 한탄하며 할아버지는 쓸쓸히 웃곤 하였다.

나는 좀 전의 칠성바위, 그중에서도 할아버지의 산소가 있었던 범바위 앞에서 깜못 고인을 만났었지만, 사랑마루 앞에 서 있으니 또다시 할아버지의 환영이 어른거려 눈시울을 적시지 않을 수 없었다. 할아버지가 신전(身前)이었을 때는 밤낮으로 행보석(行步席)이 두 닢이나 깔려 있었고, 일찍이 할아버지가 소싯적에 써서 양각(陽刻)한 장강대필(長杠大筆)*의 '魚躍海中天'*이란 편액 아래에는 철 지난 등토시와 미사리*가 낡은 갈모,* 그리고 고사리손 같아 장난감으로 놀기도 했던 대여의[竹如意]*와 함께 걸려 있었고, 장귀틀 앞에는 으레껀 마가목 지팡이가 거리비껴 놓여져 있었다. 하지만 모두가 꿈이었다. 나는 해거름녘에 들른 길손처럼, 땅거미가 깃들이는 추녀 밑에 하염없이 서 있을 뿐이었다.

얼마 동안을 그 모양으로 서 있던 나는 문득 마루와 사랑부엌 사이에 비스듬히 열려 있던 함실문 틈으로 사랑에 군불을 넣는 인기척을 발견하자 자리를 뜨기 시작했다. 함실문 안에는 가마솥이 걸린 널찍한 사랑부엌이 있었다. 소를 기른 일이 없었으므로 그 가마는 여물솥이 아니라 허드레로 두고 군불 넣는 김에 물이나 데워 쓰다가 안에서 일이 있을 때만 제구실을 하던 가마였다. 춘추로 장이나 젓국을 달이고 두부와 청포묵 쑬 때, 그리고 엿을 고을 때만 한몫을 하던 솥이었다.

아궁이가 내는지* 연기가 밖으로 흩어지기 시작하자 나는 아궁에 무엇이 타고 있는지를 단박에 알아낼 수 있었다. 가을걷이 지치러기*인 콩깍지와 메밀대를 때고 있었다. 구수한 냄새가 바로 그것을 뜻하는 거였다. 오랜만에 맡아보는 굴뚝 냄새에 나는 불현듯 콩깍지와 메밀대를 군불 아궁이에 때어볼 수 있었던 옛날이 그리웠다. 그 무렵은 내 손으로 직접 농사를 지어야 했던 고생스런 청소년 시절이었음에도, 호의호식하며 허리를 굽신대는 수염 허연 늙은이한테 도련님 도련님 하는 소리를 들었던 철부지 적의 아련한 기억보다 훨씬 씨알이 여문 그리움이었다. 그러다가 문득 나는 사랑부엌 가마솥에서 물릴 지경이 되도록 맡아야 했던 여러 가지 냄새들을 새삼스럽게 되새기며 마당을 떠나고 있었다. 싱금싱금한* 청포묵 앗는* 냄새는 그리 자주 맡은 게 아니었지만, 간수를 칠 때마다 부얼부얼 엉기던 두부솥의 구수한 내음이며, 엿밥을 애잇* 짜내고 조청으로 졸일 때 밥맛까지 잃도록 달착지근하게 풍기던 엿 고는 냄새만은 다시 한번 실컷 맛보고 싶은 뼈끝에 매듭진 추억이었다. 매년 추수가 끝나면 고사를 지내자마자 바로 채비를 하던 것이 엿을 고는 일이었다. 정초나 할아버지 생신 잔치에 쓸 조청을 장만해야 하기도 했지만, 그보다는 주초(酒草)를 못하던 할아버지의 간식이나 아이들의 주전부리감으로 강정 굽기, 그리고 단지에 담아 굳혀 두고 끌로 떼어 녹여 먹도록 하는 갱엿을 마련하기 위함이었다. 사실 할아버지가 쓰던 사랑 벽장은 언제나 손자들이 군침을 흘리던 곳이었다. 하룻밤도 거르지 않고 자리끼*가 머리맡의 문갑 곁에 놓여야 하듯, 할아버지의 전용 벽장 속에는 노상 군입거리가 그치지 않았던 것이다.

　어머니는 원래 뛰어난 음식 솜씨를 자랑하였고, 극노인을 모신 덕분에 시식(時食)과 절식(節食)에 남달리 유의를 하던 편이었다. 정초의 떡국은 으레 있는 것, 대보름의 약식과 식혜와 갖가지 부럼, 해토머리부터 시작되는 칠미국, 한식의 개피떡, 삼짇날의 화전, 단오에는 수리치떡을 특히 잊지 않고 만들었으며, 복중에는 닭곰과 밀전병이었고, 동지 팥죽과 납향날의 고기구이까지 용케도 찾아 솜씨를 보였던 것이다. 할아버지가 자리를 뜨기만 하면 나는 몰래 벽장 속을 뒤져대었으며 그때마다 욕심껏 훔쳐 먹곤 했었다. 벽장 속에는 꿀 용준(龍罇)*을 비롯해 조청 오리병·엿단지 따위가 들어 있었고, 홍시 대추 같은 과일도 곰팡이를 피우고 있었다. 춘추로는 주로 가조기 홍어포 북어 등 건어물이 쌓여 있었다. 감초가 든 고리, 새앙소래기* 따위 약재는 여름철 입가심용이었고. 훔쳐 먹지 않더라도 할아버지는 곧잘 벽장 속의 음식들을 먹게 했으나, 10원이면 엿이 두 가락, 호박만 한 참외가 두 개씩 하던 시절임에도 먹으면 먹을수록 양양대게* 마련이었으니, 눈 어두운 노인의 간식을 훔쳐 내어 먹던 재미는 그것대로의 각별한 맛이 느껴진 까닭이었다. 미처 천자[千字文]를 배우기 전해만 해도 나는 곧잘 대청에 앉아 사랑문을 쳐다보며 칭얼칭얼 어머니만 볶아대기 일쑤였다. 먹을 것이 나오도록 하려는 잔꾀였다. 그때마다 옹점이는 신들신들 웃어가며 귓엣말로 종알대었다.

"지왕이면 쬐끔만 더 크게 울어봐."

그러면,

"왜 운다느냐, 뭐 먹은 게 없혔다느냐?"

사랑에서는 이내 할아버지의 걱정이 들려오게 마련이었다. 이윽고,

"옹젬아, 예 청심환 가져가거라."

하는 소리. 그러면 나는 나도 모르게 달아날 채비에 바빴다. 약은 덮어놓고 질색이었으니까.

"나리만님두, 워디 편찮어서 울간디유. 먹을 것 나오라구 저러지유."

때는 왔다고 옹점이는 재빨리 시치미를 딱 떼며 화통 삶아먹은 목통으로 일러바쳤다.

"이리 온, 이리 들온."

대뜸 '페엥'이나 '숭헌' 소리가 없으면 만사가 뜻대로 돼간다는 징조였다. 한동안 주뼛주뼛한 뒤에 사랑으로 비슬비슬 들어가면 할아버지는 이미 갱엿을 주먹만 하게 감아 들고 기다리고 있었다. 새까만 엿뭉치, 단지 속의 것을 힘들여 감아 국자마냥 휘어지던 하얀 은수저, 그것을 얄금얄금 베어 먹는 재미란 이제 와 돌이켜 생각해봐도 역시 진미였다. 벽장 속의 음식을 좀처럼 얻어먹기 힘들게 된 것은 집에 어린애가 생기고부터였다. 할아버지가 증손자를 보았던 것이다.

조카아이가 세 살 나던 해 나는 일곱 살이었고 천자를 떼고 동몽선습을 배울 무렵이었다. 그러나 주전부리 구걸은 내가 천자를 배우기 시작하고부터 못 하게 되었다. 조카애가 대신 들어선 까닭이었다. 그러므로 좀더 악랄한 꾀를 쓸 수밖에

없었다. 조카 녀석을 충동질하거나 일부러 쥐어박아 울려서 먹을 걸 타내게 한 다음 조카 녀석이 얻은 걸 다시 알겨먹는 수법이었다. 그 가운데서도 무난한 방법, 조카 녀석이 해해거리며 웃고 나도 덩달아 즐겨가며 실속 차리는 방법, 그것은 조카 녀석에게 못된 말을 가르쳐 할아버지 면전에서 재롱 삼아 떠들게 함으로써, 꾸짖지도 못하고 화도 못 내어 결국 달래어 내보내는 편이 그중 무난하다고 판단하도록 한 것이었다. 그것은 매번 효과가 있었다.

조카 녀석을 앞세워 사랑에 들어가면 녀석은 시킨 대로 커다란 목소리로 때로는 제물에 신명이 나서 손뼉까지 쳐가며 그럴듯하게 연기를 해내었다. 할아버지의 탕건 속에 뙤똑하게 솟아 있는 허연 상투를 손가락질하며 조롱하는 것이었다. 내 보기엔 더없이 기특한 재롱이었다.

"얼라리꼴라리…… 할아버지 대가리는 잠지 달렸대…… 할아버지 대가리는 잠지 달렸대……"

할아버지는 마른기침을 두서너 번 거듭하거나 의치(義齒)의 윗니틀이 쑥 빠져내릴 만큼 하품하는 척하면서 벽장문을 열게 마련이었다. 은수저가 휘어지는 만큼씩 엿단지는 줄어들게 마련이었다. 네댓 번쯤 가르쳐 길을 들여놓은 다음부터는 조카 녀석 스스로 그런 꾀를 부릴 줄 알게 되어 나는 그야말로 굿이나 보며 어부지리를 하게 되었지만.

연기는 사랑 아궁이에서만 내는 게 아니라는 것을, 나는 마당에서 벗어나 다시 한번 사랑마루를 되돌아보고서야 깨달았다. 사랑부엌에 이어져 있는 대문 달린 바깥채 굴뚝에서도 부연 연기가 미어지기 시작한 것이다.

　그 연기 빛깔은 검불이나 등성이에서 갈퀴밥*으로 모아진 북더기* 타는 빛깔이었다. 원래 바깥채는 방 두 칸 외에도 두 칸짜리 대문이 나 있는 함석지붕의 별채였었다. 문간방은 사철 잡곡 가마가 그득했던 머슴방이었고 그 윗방, 사랑부엌에 잇대어 있는 방은 일상 창고처럼 쓰던 허드렛방이었다. 생전 불도 지피지 않고 밤으로도 전기를 넣는 날이 드물던 여벌방이었던 것이다.

　그러나 이제는 그 별채에서도 연기를 뿜고 있었다. 사람이 쓰는 게 분명했다. 세를 내준 모양이었다. 철도원 가족으로서 그렇게 많은 방을 다 쓸 까닭은 없을 테니까. 그 방에 세 들어 사는 사람은 어떤 사람일까. 나는 항상 쓸고 닦아 정결한 장판방인데도 음침하고 스산했던 과거 그 방의 내력을 새삼스레 되새기면서 걷고 있었다. 나는 가급적이면 그 방 안을 들여다보지 않으려 했었고, 간혹 그 방문을 열고 들어가지 않으면 안 될 심부름을 받지 않기 위해 항상 손윗사람들의 눈치를 살피기에 부지런해야 했던 것이다. 때로 피치 못해 방문을 열지 않으면 안 될 경우에는 반드시 코흘리개 조카 녀석이라도 달고 들어가야만 했었다. 그 방엔 여러 가지 물건들이 노상 그들먹하게* 놓여 있었다. 약재밭에서 거둬들인 생지황 뿌리며 박하 다발, 시커먼 젯상, 향탁(香卓)·교의(交椅)를 비롯한 각종 제기(祭器)들, 그리고 그보다도 더 많은 분량으로 치쌓였던 족보를 비롯한 황권전적(黃卷典籍)*이며 여러 무늬의 능화판(菱花板)들이 무슨 보물처럼 대접받으며 정돈되어 있었던 것이다. 그러나 그런 것들 때문에 그 방이 늘 음산하고 으슥했던 것은 아니었다. 방 아랫목에 정중하게 모셔져 있던 것, 그것은 베보자기로 덮어둔 시커먼 관이었다. 그 관 위에는 역시 베보자기에 꾸려진 이불 더미만 한 보따리가 얹혀 있었는데 그것은 일습을 갖춘 수의(壽衣)와 상제들이 입을 베두건과 베중단[布中單]* 따위 그리고 광목 깃옷들과 대소가붙이들이 쓸 건과 행전 등 최·공·시(衰·功·總)의 상복들*이 쌓여 있었던 것이다.

언제 어떤 일이 일어날지 모를 팔순이 훨씬 넘은 극노인 할아버지를 위해 미리 마련해둔 상수(喪需)들이었다. 옻칠을 했다는 시커먼 관이며 수의 보따리를 볼 적마다, 나는 문득 공포(功布)*를 앞세우고 검은 테두리의 앙장(仰帳)*을 펄럭이며 집 앞의 신작로로 드물지 않게 지나가던 상여(喪輿)를 연상하였다.

그러면서 나는 일쑤 공포감에 휩싸이며 그런 불길한 마음을 떨쳐버리려고 진저리를 치지 않을 수 없었다.

6·25가 난 해에 우리 집은 망했다. 전쟁의 참화를 우리처럼 혹독하게 입은 집도 드물리라 싶은 쑥밭이었다.

할아버지는 그해 섣달에 세상을 떠나셨다. 아들과 큰손자를 앞세우고 떠난 거였다. 사랑마루엔 3년 동안 거적과 대지팡이[喪杖]가 놓여 있었고 말코지*의 베중단은 목매단 시신처럼 맥없이 늘어져 있었다. 물론 내가 사용하는 것들이었다.

할아버지의 임종을 못 한 건 가족 중에 나 혼자뿐이었다. 피난처에서 미처 귀가하기 전에 그런 큰일을 당한 거였다. 숙환이나 급환으로 돌아가신 건 아니었고, 말년에 참혹한 꼴만 거듭 당한 뒤여서 노쇠해진 정신을 가누지 못한 게 원인이었으리라 싶다. 향수(享壽)는 아흔. 사자(使者)를 맞아 마지막 숨

을 거두며 남긴 유언은,

"부디 족보만은 잘 간수해야 허느니라……"

단 한 마디뿐이었다. 족보. 그것은 완전히 망해버린 가문을 최후까지 지켜보다 떠난 할아버지에게는 논문서나 집문서보다도 소중한 가산으로 여겨졌던 것 같다.

모든 것을 잃고 열한 평짜리 아파트에 의지하고 사는 지금도, 나는 수십 년 동안 증보(增補)조차 안 한 그 족보만은 어떤 물건보다 소중하게 간수하고 있지만.

그 세보(世譜)와 충간공파 파보(派譜) 두 가지로 된 일곱 권의 족보는 지금도 할아버지가 생각나면 가끔 꺼내 뒤적이곤 하는데, 그때마다 나는 그 갈피 속에서 어쩌면 할아버지의 체취라도 맡아볼 수 있을 것 같은 막연한 착각에 사로잡히곤 한다.

할아버지는 무슨 보학(譜學)에 조예가 깊었다거나 뼈를 자랑하는 고리타분한 취미로서 족보를 받들어 모신 것이 아니었던 듯하다. 청백리(淸白吏)가 속출한 것은 아니지만 줄곧 사대부(士大夫)의 가문이었다가 당신 대에서 그치고 한갓 유생(儒生)에 머물러 선대의 뒤를 못 댄 한(恨)으로 그랬으리라고 여겨지는 것이다. 그러나 사대부 가문의 후예라는 기개만은 대단한 것이었고 평생을 자랑으로 알며 살았던 것도 사실이었다.

할아버지는 구십 평생 망건이나 탕건은 물론 오뉴월 삼복에도 버선 한번을 벗지 않았다. 어머니가 시아버님 두려워 농촌에선 더없이 편리한 작업복인 몸빼라는 것이 고쟁이 같대서 못 입어보고, 옹점이가 끝내 단발머리를 못 해본 것도 그 때문이었다 한다. 윗물이 맑아 아랫물도 그럴 수밖에 없었다고나 할까.

할아버지의 자(字)는 긍우(肯宇), 호를 능하(陵河)라 했으며, 병오(丙午)생으로 상주목사(尙州牧使)의 아들이요, 강릉부사[江陵大都護府使]의 손자로 태어났다. 그러나 과거(科擧)는 스스로 포기했다고 했다. 그즈음엔 이미 선조들이 모두 벼슬살이를 반납하고 낙향해버린 뒤였고, 공부를 중단해야 할 만큼 의기(意氣)와 가산이 침체돼 그럭저럭 실기(失期)해버리고 만 것이라 했다. 애초에 벼슬자리에 못 오른 건 시국 탓으로 돌렸고, 자신의 불운(不運)함을 한탄했으며, 그러한 한(恨)이랄까 전조(前朝)에의 향수랄까, 하여간 그런 감상이 지나쳐, 종중에서 한창 명성을 떨쳤던 두 항렬 손위인 월남[李商在]의 개명(開明)마저 늘 못마땅하게 여길 지경이었던 것이다. 그러고 보면 할아버지의 처신은 월남(月南)의 처세와 정반대였던 것으로 볼 수밖에 없을지도 모른다.

할아버지의 직함은 사액서원인 화암서원(花巖書院)의 도유사이며 보령향교(保寧鄉校)의 직원(直員)이었다.

내가 태어났을 때만 해도 할아버지는 이미 팔순에 이르러 있었으므로 옛일은 자세히 알 수 없지만, 춘추시향 때면 교군꾼들이 가마를 메고 와서 서원으로 모셔 가던 것은 몇 차례나 본 기억을 가지고 있다. 그때까지도 할아버지는 서원이나 보령향교의 제반 집무를 사랑에 앉아서 처리하였으니, 무슨 일이 있으면 서원말과 교동에서 20리 길도 머다 않고 하루에 두서너 번씩 사람이 오며 가며 결재를 받아 가던 거였다. 그러나 내가 서원이나 향교가 뭘 하는 곳이란 걸 알 만했을 때는 할아버지도 직원이나 도유사 자리를 떠난 셈이나 다름이 없었다.

일제 시대엔 온갖 핍박과 굴욕을 견뎌내면서 굳건히 지켜낸 향교와 서원임에도, 고령도 고령이겠지만 그보다는 가운의 불황과 우왕좌왕하는 시대에 이미 적응할 수 없음을 스스로 터득하여 은둔하기로 결심했던가 보았다.

서원말 사람으로 우리 집을 가장 자주 드나든 이는 언제나 패랭이를 쓰고, 두루마기도 없이 짚세기를 뀐 채 구럭*을 메고 다니던 환갑 늙은이였다. 그는 무시로 드나들어 나하고도 피차 얼굴이 익어 있었는데, 그는 동구 앞이나 신작로가에서 놀던 나를 만나면 나보다도 먼저 허리를 굽신대면서 인사를 했다.

"되린님, 나리만님 지신감유?"

그것이 그가 하는 인사말이었다.

"예, 시방 사랑에 지셔유."

나는 늘 그렇게 대답했는데 한번은 앞서 나서서 사랑 앞에 이르러,

"할아버지 손님 왔슈."

"뉘라느냐?"

"위떤 뇌인 양반유."

했다가 나중에 호된 걱정을 듣기도 했었다. 할아버지는 그 패랭이 쓴 늙은이더러 늘,

"오냐, 수복이 왔느냐."

마치 선머슴이나 다루듯이 하대를 했던 것이다. 그가 돌아간 뒤 할아버지는 나를 불러놓고,

"숭헌…… 쇤님은 무어이며 뇌인 양반은 또 뭐이란 말이냐. 페에엥—"

44

할아버지의 꾸중에 나는 일언반구의 말대답도 못 한 채 물러앉았다. 그 패랭이 쓴 늙은이가 서원의 원노(院奴)*였음은 그로부터 한참이나 지난 뒤에 안 일이었다. 서원에서 온 젊은 사람한테도 할아버지는 매양 "수뵉이 왔느냐, 게 있거라" 한 데서 나는 비로소 '수복'이란 명칭에 의문을 가졌을 정도로 무심했으니까. 향교를 지키며 사는 서원말 사람 이름은 모두 수복이란 말인가. 나는 천자로 배운 유식만큼의 수복이란 이름을 연상하고 있었다. '壽福, 秀福, 水福, 遂腹, 洙馥, 守福……' 그래도 의문은 풀리지 않았다. 내 경우로 미뤄봐도 한동네에 그토록 많은 이름은 있을 수 없겠기 때문이었다. 내 처음 이름은 성구, 다음엔 필구였는데 첫돌 전부터 동명의 아이가 한동네에 있어서 다시 민구라 지어 한동안은 민구로 불렀더라고 했다. 그러나 민구란 이름도 당내간*에 둘이나 있어 1년도 못 쓰고 고쳐야 했다고 들었다.

"엄니, 서원말서 온 사람 이름은 죄 수복인가?"

오랫동안의 의문을 물었을 때 어머니는 대수롭잖게 대답했다.

"그러믄, 싀원을 지키는 동안은 수뵉이지, 지키는 아랫사람이닝께."

수복(守僕)은 사람의 이름이 아니었던 것이다.

할아버지의 존재는 비단 수복이들에게만이 위엄과 고고(孤高)의 상징은 아니었다. 서원말 일대의 주민들에게도 추상같은 권위자였으며 향교 안의 대성전이나 동서재를 거들어온 향반 토호의 가문과 유림에서도 함부로 근접할 수 없는 근엄한 선비의 기풍을 유감없이 발휘하고 있었던 것이다.

앞서 내가 태어났을 때 할아버지는 이미 팔순의 고령이었음을 밝힌 바 있다. 때문에 앞에서 말한 것들은 철부지의 어린 눈에 잠깐 동안 스친, 인생에서 은퇴하다시피 왕조의 유민으로 은둔 자적한 한 노인의 조그마한 편모에 그칠 것임은 두말할 나위가 없다. 그런데도 그분은 내가 살아가면서 잠시도 잊을 수 없도록, 내 심신(心身)의 통치자로서 변함이 없으리라 믿어지는 것은 무엇에 연유하는지 모르고 있다. 할아버지의 가훈(家訓)을 받들고자 노력하다 만 유일한 손자였기 때문일까. 그 고색창연했던 가훈들은, 내가 태어나기 그 훨씬 전부터 아버지가 이미 앞장서서 깨뜨리고 어겨, 전혀 반대 방향의 풍물을 받아들이고 있었음이 사실이었다.

아버지의 그런 사상은, 할아버지가 주장한 전근대적인 가풍에 반발하기 위해서 싹튼 것은 물론 아니었다. 흔히 '죽으라면 그럴 시늉까지 할' 사람이라는 소리를 듣고 있었으니까. 아버지의 노선은 당신 스스로 선택한 것이었다.

아버지는 대대로 공경대부*를 배출한 사대부가의 후예임을 조금도 대견해하지 않는 것 같았다. 다만 청백리가 몇 분 있었다는 기록만을 인정한 정도일 뿐. 따라서 양반 가계의 족보를 우려먹거나 선대로부터 물려받은 전장(田庄)*이 없음을 한하지도 않았다. 그러기는 할아버지도 마찬가지였으나 그것은 필경 할아버지 자신이 탕진해버린 자책감에서 그랬을 것으로 여겨진다. 강릉부사 시대부터 물림한 부동산들을 할아버지는 일제 때 군산(群山) 미두(米豆)* 시장에 맛들인 후로 조금씩 조금씩 올려세우고 말았던 것이다. 그러나 내가 태어나기 수삼 년 전만 해도 사법대서를 개업했던 아버지는 미두로 기운

가세를 되살리기 위해 몇 척의 어선을 가진 선주(船主)였으며, 여러 두락의 염전(鹽田)을 소유하여 상당한 수입을 보고 있었다. 그것만으로도 이재(理財)에 어둡지 않았던 사람이었음을 짐작할 수 있었다. 그러나 해방을 전후해서, 아니 내가 태어난 그해부터, 아버지는 종래 회고조의 가풍이나 실속 없는 사상을 스스로 뒤집어엎는 데에 서슴지 않았다. 사농공상의 서열을 망국적 퇴폐풍조로 지적했고 '무산 계급의 옹호와 인민 대중의 사회적인 위치를 쟁취한다'는 구호와 함께 그것의 실천을 위해 앞장서서 주도하기 시작한 거였다. 아버지는 장날마다 한내천 모래사장에서, 또는 쇠전이나 싸전 마당에서 강연회를 열었으니 그것은 힘없는 농민과 노동자들의 감동과 지지를 얻는 데에 조금도 부족함이 없는 웅변이었다고 들었다. 그것이 변형되어 남로당으로 발전했던 것은 그로부터 다시 많은 시일이 흐른 뒤의 일이었지만. 그리고 그 결과는 뻔한 것이 돼 버렸다. 그러나 할아버지는 아들과 당신 사이에 금이 벌기 시작하고, 그것이 점점 두꺼운 장벽으로 굳어가는 것을 한탄하지 않았다고 한다. 스스로 이방인임을 자인하며 인간사에서의 은퇴와 함께 변천하는 시대와 세월을 방관하기로 작정한 까닭이었으리라.

그렇게 세월하기 몇 해 만이었을까. 내가 할아버지에게 천자를 떼어 책씻이한 뒤, 이어 동몽선습을 읽기 시작한 무렵은, 아버지는 집에서 가사를 돌보기보다 예비 검속으로 영어 생활하는 날이 더 많아졌고, 더불어 대서사도 선주도 아니었으며 토지 개혁으로 분배 받은 상환 농지 몇 필지로 겨우 식량 걱정이나 안 할 정도의 영세한 농민이었다. 어린 내가 보고 느끼기에도 그 얼마나 모순된 사랑방 풍경이었던가.

사랑은 커다란 장지틀을 가운데로 하여 널찍한 방이 둘이 었다. 안방은 그 엿단지를 비롯한 온갖 군입거리들이 들어찬 벽장을 뒤로하고 정좌한 할아버지의 은둔처였다. 그 방은 때를 기다리지 않고 검버섯 속에 고색이 찌들어가는 시대의 고아 이조옹(李朝翁)*들의 집산장으로서 난세 성토장 겸 소일터였으며, 윗방은 아버지의 응접실이었다. 안방은 이 군수 아우, 윤 참의 아들, 조 진사, 홍 참봉, 도총관 조카 등등으로 불리던, 지팡이 없이는 나들이도 못 할 초라한 행색의 상투쟁이들이 늘 단골로 붐볐다. 노인들이 풍기는 특유한 체취로 하여 여간 사람이 아니고서는 코도 들이밀 수 없으리라고, 어머니는 빨래를 할 적마다 웃으며 말했다.

아버지가 쓰는 윗방 손님들은 안방의 고로들 행색보다 훨씬 더 누추한 사람들이었다. 그리고 그들의 대부분이 할아버지로서는 이름도 기억할 필요조차 없는 농사꾼들이었던 것이다. 그들은 저녁밥만 먹으면 사랑으로 마을을 왔었다. 나무장수 창호, 대장간 풀무쟁이 장지랄, 뱃사공 하다가 장터에서 새우젓 도가를 하는 마 씨, 염간(鹽干)*으로 늙은 쌍례 아버지, 목수 정당나귀, 땜장이 황가, 매갈잇간 말몰이 최, 말감고* 전가…… 그네들은 하루도 거르지 않던 단골 마을꾼이었다. 단골이 아닌 사람도 흔히 숙식을 하고 나갔다. 단지 집이 크다는 이유만으로 저물어 찾아와 하룻밤 머슴방 신세 지기를 원하던 그 숱한 길손들. 날 궂어 해가 짧은 날이면 도부* 나섰던 소금장수며 엿목판을 진 엿장수, 사주 관상쟁이…… 이따금 총을 멘 순사나 형사들이 불시에 들이닥쳐 가택 수색만 하지 않는다면 문경새재 따로 없이 온갖 둥우리 없는 인간들로 앉고 설 자리가 없었을 것이었다.

흔히 찾아오던 단골들은 으레 서로를 '동지'라고 일컫고 있었다. 그런 가운데서 할아버지는 복고주의적인 향수를 버리지 못했는데, 내게 천자를 가르치기 시작한 것도 그런 향수를 못 이긴 자위책(自慰策)이 아니었던가 한다. 천자는 할아버지가 소싯적 후제*의 손자들을 위해 창호지에 써서 매어두었던, 땟국에 전 얄팍한 것이었다. 처음엔 나 혼자만 앉혀놓고 가르쳤었다. 그러나 진도가 없었다. 당연한 일이었다. 재미가 없어 좀처럼 머릿속에 글이 들어가지 않던 것이다. 그것을 딱하게 여긴 어머니가 동네 조무래기들 중에서 두엇만 골라 함께 배우도록 할 것을 건의했지만 할아버지는 그냥 무가내*였다.

"그 상것들 자식허구 워치기 한자리에 앉혀놓고 읽힌단 말이냐. 페에엥―"

그러나 내가 너무도 따분해하고 힘쓰려 들지 않자, 할아버지는 결국 동네에서 동갑내기 아이들을 불러들이도록 했다. 준배(俊培)와 진현(鎭現)이가 그들이었다. 아전과 행랑붙이를 제끼고 고르자니, 타관에서 들어와 살던 집 아이로 지목할 수밖에 없었던 것이다.

공부 시간은 대강 10시부터 12시, 그리고 2시부터 다시 두어 시간, 매일 두 차례씩 익히도록 되어 있었다.

두 아이들은 장날 이야기책전에서 산, 마분지에 석봉(石峰)체본으로 인쇄된 얄팍한 천자문을 시멘트 부대 종이로 겉장을 얌전하게 싸서 겨드랑이에 끼고 왔었다. 책갈피 속에는 글자를 짚어 내려가며 읽기 알맞은 자가웃쯤 될 가는 시누대

토막이 끼워져 있었다.

그날부터 천자를 익혀 나가는 진도가 두드러지게 달라졌을 것은 당연한 이치. 책 읽기보다도 끝낸 뒤 함께 어울려 장난질 치기가 더욱 신바람났기 때문에, 하루의 일과를 전보다도 갑절씩은 빨리 해치우지 않을 수 없던 까닭이었다. 일과가 끝나면 우리들은 산으로 바다로 마냥 쏘다니며 날 저무는 것을 한으로 뛰놀곤 했었다. 마당 위로는 잔솔푸데기*가 아담한 등성이였다. 푸숲*이 우거진 논다랭이를 지나면 신작로와 철로, 그리고 이내 바다였으니 오죽했을까. 하나 "잠깐 나가 바람들 쐬고 온" 하는 공부 도중의 휴식 시간에는 아무런 재미도 있을 리 없었다. 금방 아무개야 하고 윗니틀이 혀끝으로 떨어지도록 불러 모을 할아버지의 음성이 고대 귓전을 울릴 것 같은 초조와 불안이 떠나지 않기 때문이었다. 그래서 우리들은 몇 가지 꾀를 부리기 시작했는데, 공부하다가 우리 셋 중의 아무가,

"할아버지, 오줌 좀 누구 올래유."

하고 별안간 허리띠 끄르는 시늉을 하는 거였다.

"웬 쇠변을 그리 자주 본단 말이냐. 페에엥—"

"……"

"니열버텀은 짜게들 먹지 말거라. 뭘 그리 짜게 먹구 물을 켰더란 말이냐."

"……"

"얼른 다녀온."

그러면 우리 셋은 한꺼번에 일어나 함께 나가버리는 거였다. 할아버지는 시력이 시력답지 못했으므로 조심해서 기척만

안 내면 거뜬히 뜻을 이룰 수가 있었던 것이다. 더구나 할아버지는 일절 종아리를 때린 적이 없었다. 배우자고 와서 가르치는 게 아니라 당신 손자 위해 자청해 가르치기로 한 이상, 남의 귀한 자식들한테 그럴 수가 없다는 거였다.

할아버지는 아이들한테 글을 깨우치게 하는 일이 부담스럽잖은 소일거리요 보람을 느끼는 눈치였다. 온종일 결가부좌하고 눈감은 채 앉아 소싯적에 읽은 글을 반추하는 게 고작이었던 그 허구한 날에 비하면, 꾸짖다 어르고 달래며 함께 싸울 수 있는 상대가 셋이나 있다는 게 다시없는 파적거리*요 소화제였던 것이다.

나는 진도가 두드러지게 앞섰고 두 아이, 진현이와 준배는 언제나 내 뒤를 따르기에 허덕대지 않을 수 없었다. 이유는 두 가지였다. 내가 며칠 먼저 시작했다는 것, 그러나 그것은 별게 아니었다. 교과서(천자책)가 다른 점이 문제였던 것이다.

내가 배우던 가전(家傳)의 천자엔 토(吐) 한 자가 달려 있지 않았다. 물론 그때까지 우리들은 가갸 뒷다리*도 모르던 판이었으니 토 아니라 글자 이름이 한글로 표기돼 있었대도 아무 소용이 없었겠지만, 하나 진현이와 준배가 장터 책전에서 사 가지고 다닌 천자엔 한글로 된 글자 이름이 곁들여져 있은 거였다. 진도의 차이는 바로 거기에 있었다. 그리고 그것은 집에 돌아가 복습을 할 때마다 나타나는 거였다. 나는 암기력 하나만으로 되풀이 짚어 읽는 자습이 고작이었지만, 두 아이는 부모가 한글로 된 글자 이름대로 복습을 시킨 거였다. 그것은 나와 그네들 사이에, 다시 말하면 할아버지와 두 아이의 부모들 사이에, 발음상 웃지 못할 차질을 빚게 마련이었다. 다시 말하면 할아버지는 할아버지 습관대로 구식 발음을 하였고, 시장에 나도는 천자책에는 신식(?) 풀이로 표기돼 있던 것이다. 나는 할아버지가 가르쳐준 대로 익히면 됐지만 두 아이는, 책에 표기된 대로 가르치는 국문 해득 정도의 부모들의 교수 방법과, 책은 쳐다보도 않고 가르쳐온 할아버지의 발음 사이에 끼여 어느 쪽을 택해야 할지 몰라 어리둥절할 수밖에 없었던 것이다.

'하 위——할 위(爲), 화할 화——조화 화(化), 다사 오——다섯 오(五), 떳떳 상——항상 상(常), 허물 과——지날 과(過), 하고자 할 욕——욕심 욕(欲), 아비 부——아버지 부(父), 마땅 당——마땅할 당(當), 마침 종——마지막 종(終), 즐거울 낙——풍류 악(樂), 지아비 부——남편 부(夫), 지어미 부——며느리 부(婦), 지게 호——문 호(戶), 쓸 사——베낄 사(寫), 수레 거——수레 차(車), 마루 종——근본 종(宗), 밭 외——밖 외(外)……'

이러한 차이는 이루 헤아릴 수 없이 많았다. 전자는 할아버지의 발음이었고 후자는 두 아이의 교재에 표기된 풀이였다. 그러나 전부가 그 지경이었던 것은 물론 아니었다. 특히 맨 마지막 장 마지막 구절에 이르러,

"잇끼 언, 잇끼 재, 온 호, 잇끼 야(焉哉乎也), 언재호야라, 헌디 석 자는 '잇끼'인디 한 자만 '온 호' 아니냐, 그래서 아개 맞추느라고 '잇끼 호'라구두 허는 게여……"

두 아이들의 책에는 '온 호'라고만 표기되어 있었다.

그런대로 우리는 너덧 달 만에 읽기를 마쳤고 외기로 들어갔다.

"천지현황하고 우주홍황이라, 일월영책하고 진숙열장이라……"

이어 야호재언(也乎哉焉)은 자조어위(者助語謂)요 하며 거꾸로 거슬러 왼 것도 어려운 일은 아니었었다. 며칠 후, 셋은 나란히 동몽선습으로 교재를 바꿨고 눈 감고 읊는 할아버지의 구술에 따라 그 억양과 율조를 흉내 내어 제법 의젓하고 청승맞은 목소리로 수월하게 읽어내기 시작했다.

"天地之間 萬物之中에 唯人이 最貴하니……"'

할아버지는 우리 수준에 알맞도록 문구를 풀어, 비근한 사례를 들어가며 구수한 강의를 해주었고, 우리는 우리들대로 무작정 암송만으로 끝내버렸던 천자문 시절보다 한결 흥미를 갖고 배우게 되었다. 그러던 중 나는 차츰 어서 바삐 어른이 되고 싶은 성년기에 대한 막연스런 동경과 충동을 받기 시작했는데, 그것은 지금 생각해봐도 나이 탓이 아니었던가 한다. 원인은 할아버지가 언행일체(言行一體)를 주장하며 실천에 옮기지 않을 수 없도록 강요했기 까닭이었다. 배운 것은 실행해야 한다는 게 할아버지의 절대적인 교육 방침이었던 것이다. 천자를 떼자마자 할아버지는 내 하루의 일과를 짜놓았던 건데 그 일과표에서 도저히 헤어날 수 없는 자신임을 잘 알고 있는 게 불행한 일이었던 것이다. 나의 일과는 1년이 하루같이, 마치 절대불변을 원칙으로 하여 짜여진 것 같았다. 춘하추동의 절후를 물을 것 없이 나는 새벽 4시에 잠에서 깨어야 하고, 짜여진 일과에 따라 언행을 구속받기 시작한 거였다.

새벽 4시, 눈곱을 비벼가며 냉수에(어려서부터 더운물을 사용하면 기개가 준다 하여 반드시 냉수를 사용토록 했다) 세수하

고 사랑에 나간다. 할아버지께 문안을 드리고자 함이다. 나는
큰절을 하고 무릎 꿇고 앉아 밤사이 무고하신가를 여쭙는다.

"오냐, 탈없이 잘 잤더냐."

이것은 할아버지의 한결같은 첫마디였다. 이윽고 해야 할
일은 놋요강과 놋타구를 가시는 일이었다. 내가 그것을 시작
하고부터 옹점이는 내게 더욱 친절히 굴었고 어려워했는데,
그것은 그녀가 가장 귀찮아하고 꺼리던 일에 내가 대신 들어
섰기 까닭이었다. 요강을 부시는 일은 그리 어려울 것이 없었
다. 그러나 가래가 가득 담겨져 있는 타구를 쏟고 수세미질하
여 닦는 일은, 조금만 비위가 약했더라도 해내지 못했으리만
큼 여간 고역이 아니었다. 사랑방을 말끔히 걸레질하고 나면
먼동이 갠다. 이젠 해가 솟아오를 때까지, 무릎을 꿇고 앉아
전날 배운 것을 외워내야 했다. 그 시간은 사랑 아래윗방에서
묵은 손님이 몇이었든 나는 그네들 좌중 한가운데에 꿇어앉아
막히지 않게 외워내지 않으면 안 되었다. 좌중은 숨소리뿐이
었고 나는 흠을 잡히지 않도록 기껏 조심하고 또한 곧잘 치러
내곤 하였다.

"어떤가?" 할아버지는 일쑤 손님들한테 물어 손님들의
"싹이 있네유" 하는 칭찬을 기다렸다. 이제 생각해봐도 우스
운 일은 음식에 대하는 자세를 훈계받고 실행했던 일이다. 그
것은 천자를 배울 때부터 이미 실천했던 일이기도 했다. 할아
버지는 채중개강(菜重芥薑)*을 설명하면서,

"흔히들 소채 반찬일수록 생각 읋이 만들고 맛 모른 채 먹
느니라. 그러허구 검생려수허구 옥출곤강인* 법, 이전버텀 군
자는 푸성귀일수록이 가려 먹으랬어. 부디 채중개강이란 말을

닞지 말 것이니, 푸성귀 속에 게자와 새양*이 안 들어가면 상 것들 음석으루 예겨라."

"예."

나는 덮어놓고 대답부터 하도록 배웠으매 저절로 나온 응답이었다.

"이후 워디를 가 혹 음석을 먹는 일이 있더래두 게자 새양이 안 든 음석일랑은 절대 입에 대지두 말으야 쓰느니라."

그로부터 나는 사오 년 동안이나 남의 집 김치며 나물 따위를 먹지 않으려고 무척이나 애썼던 것이다. 요즘도 이따금 채중개강이 문득문득 생각킬 정도로 애써 실행했던 것이다. 음식에 대한 할아버지의 자세는 그만큼 철저한 것이었다. 그 무렵만 해도 관촌 부락에서는 대사가 자주 있었다. 어느 해 늦가을엔 처녀총각 해서 무려 다섯이나 혼인한 적도 있었다. 잔칫집에서는 으레 큰상을 차려 오게 마련이었다. 마을의 어른에 대한 인사치레로서 그네들 스스로가 그렇게 해야 되는 것으로 알고 있었던 것이다. 그런 음식상은 물론 맨 먼저 사랑마루에 놓여졌다.

"뉘 집서 가져온 게라느냐?"

할아버지는 우선 상을 들고 온 사람더러 그렇게 물었는데, 대답은 언제나 그 곁에 서서 군침을 삼키고 있던 옹점이의 일이었다.

"저 근너 짐약국 망내딸이 시집간대유."

"이렇게 갖춰 보내느라고 애썼다 이르거라."

"예."

하고 대답하며 물러가던 것은 상을 들고 온 사람이었다. 옹점

이가 상보를 걷으면 할아버지는 무엇무엇이 올랐는가를 옹점
이한테 물었고, 옹점이는

　"두텁떡, 수정과, 송화다식……"

하며 남김없이 주워섬겼다.

　"오죽허겠느냐……"

　그러면서 할아버지는 대개 수정과나 식혜 그릇을 들어 한
모금 입가심해보았고, 언제나 예외 없이,

　"페에엥 — 이것두 음석이라 가져왔다더냐. 네나 먹고 그
릇 내어주거라."

하며 매번 외면하기를 주저 않는 거였다. 언제나 입이 함지박
만 해지던 것은 옹점이와 우리들이었다. 할아버지는 본래부터
일갓집*에서 온 음식이 아니면 일체 맛보기조차 꺼려했던 것
이다.

　그런 점에서 보면 아버지는 무던히도 대범한 사람이었다.
할아버지처럼 가리고 찾는 게 없던 사람이었다. 뿐더러 할아
버지를 닮아 점차 입이 짧아져가는 나의 편식도 나무라거나
걱정하지 않았다. 특히 삼강오륜을 배우고 그중에서도 내가
철저하게 실천해 보였던 장유유서* 사고방식에 의한 생활면에
서의 뒤처짐도 개의치 않았다기보다는 아예 무관심 일변도였
다. 나는 사실 내가 생각해봐도 답답할 정도로 장유유서의 질
서를 분명하게 지키려고 하였다. 지금도 나는 무슨 일에든 앞
에 나서지를 못한다. 표면상으로 나타나는 것조차도 꺼려하는
버릇이 있다. 그것은 그 무렵 어린 몸에 배어들었던 그 장유유
서적 질서 감각의 찌꺼기 탓일지도 모른다. 요즘에야 깨우친
일이지만 질서 감각은 열 번 생각해봐도 아무런 이득이 없는

거였다. 이득은커녕 의미마저 무가치하게만 여겨지고 있다. 그것을 세상 탓으로만 돌린다 하더라도 결과는 매한가지이다. 매양 남보다 뒤처지게 마련인 데다 생색을 못 낸 채 그늘에 묻히기 십상이던 것이 그 질서가 아니었을까 한다. 웅분의 대가를 받지 못하는 뒷바라지만 해야 한다면 얼마나 쓸쓸한 노릇이랴, 어차피 대로행(大路行)해야 할 군자가 못 된 바에는. 지금 생각에도 이상한 것은 아버지의 대범함에도 아무런 영향을 못 받았던 소년 시절의 아둔함이다. 앞서 말했듯이 아버지의 사상은 할아버지의 그것과 대각을 이뤘다 할 만큼 가문에선 파격적인 것이었다. 매사가 매양 엇먹고* 섞갈리는* 상태였다. 외출하는 길이라도 들에 두레가 났으면 아버지는 으레껀 찾아가 막걸릿값이라도 보태주며 탁주 한두 잔쯤 사양하지 않았다. 새참 먹다가 부르는 농군이 있으면 아무리 바쁜 걸음이었대도 잠깐일망정 한자리에 어울려서 열무김치 맛이라도 봐주고 오는 성미였다. 할아버지와 아버지가 치가(治家)하는 데 있어 일치된 점이 있었다면, 기제(忌祭)와 다례(茶禮)를 성의로 모셔야 한다는 것, 그리고 어느 권속이건 예배당과 절간 왕래를 엄금시킨 일이며, 농가로서 그리고 왕년에 출어(出漁)시킬 때의 경험을 가진 선주 시절의 습관에 의해, 매년 맞는 상달 무수 말날*에 무시루떡을 쪄놓고 고사 지내는 것을 행사로 아는, 정말 그 정도 외에는 신·구세대다운 현격한 대조를 이루고 있었던 것이다. 물론 그 외에도 자질구레한 일들에 뜻을 같이한 적이 한두 가지가 아니었던 것도 사실이다. 사랑엔 아녀자의 출입을 못 하게 했던 일, 사랑 식구와 안식구가 변소를 엄격히 구분해 쓰게 한 일, 남자라면 머슴을 제외하고는 절대

부엌 근처에도 얼씬 못 하게 했으며, 아무리 무더위가 맹습하는 복중에도 손자들마저 소매 없는 옷을 입으면 안방은 물론 대청마루에도 못 올라서게 통제하며 내외(內外)*를 하고, 동네 우물가에도 못 가게 하던 일 등등……

아버지는 어떤 면에서 보면 할아버지보다도 더 완고한 구석이 없지 않았던가 싶다. 곁들여, 할아버지에게는 부족했던 도량과 포용력을 넉넉하게 갖춘 사람이었다. 그것은 지하 조직을 전문으로 했던 당시로서는 매우 적합한 처신책이며 처세술이었을 것이었다.

그러나 자식들에 대한 훈육만은 서슬이 퍼렇게 냉엄했다.

뿐만 아니라 세 고을[保寧·舒川·靑陽郡]의 지하당을 창설하고 이끌었던 책임자로서 하루도 편할 날이 없었음에도, 매사에 지극히 의연하고 여유 있고 묵중한 자세로 일관하고 있었다.

나는 그런 아버지를 늘 어려워하고 있었다. 두려워하고 있었다고 해야 옳을지도 모른다. 소문난 달변이면서도 집 안에서는 늘 과묵한 성격이었고, 그런 과묵과 침착 냉정한 거동이 느껴질 때마다, 나는 인자함이나 너그러운 관용보다도 위엄과 투지를 엿보면서 방구석의 재떨이마냥 움츠러들기만 했던 것이다. 어느 해였던가, 옹점이마저 시집간 뒤였던 것 같다. 무슨 사건이었는지 알 길은 없으나, 하여간 아버지가 달포 가까이나 예비 검속되어 읍내 유치장에서 구금 생활을 한 적이 있다. 그런 일이 어찌 한두 차례였으랴만 그때 그 한 달 동안, 조석으로 어머니가 싸주는 사식(私食)을 차입시키기 위해, 뜨겁고 무거운 찬합 보따리를 들고 경찰서 출입을 한 적이 있었다. 관식을 대주던 집은 경찰서 바로 곁에 있었으므로 사식 차입이 불허될 경우엔 그 관식 납품업자에게 뇌물을 먹여, 식사에 불편이 없도록 부탁하게 마련이었지만, 이렇다 할 사건 없이 예비 검속될 경우, 사식 차입하는 데에는 그럭저럭 난관이 없었던 것이다. 착검한 무장 경관 입회하에 도시락을 비워낼 때까지 기다렸다가 귀가하면 하루해가 언제 겼는지도 모르게 저물기 일쑤였었다. 그런데 언제나 두렵게 느껴졌던 것은 그런 무장 경찰관이 아니었다. 오히려 잡범이나 파렴치범의 자식이 아니란 데에서 엉뚱한 자부심과 떳떳함을 느껴 주눅든 적이 없을 지경이었다.

나는 굵은 철창 안에 태연하게 앉아서 담소하던 아버지가 두렵기만 했던 것이다. 툭하면 불려가고 연행돼 가던 신분이었음에도 언제나 의기왕성하며 투지만만하던 그 얼굴이 두려운 것이었다. 다시 말하면 목숨을 내놓고 자신의 사상을 관철하고자 하던 그 굳건한 정신이 외경스러웠던 것이다. 한 달 동안 내가 배달한 식사로 건강을 유지했던 아버지가 출감하던 날, 아버지는 예상 밖으로 강건한 젊은 표정을 보이며, 아직도 뜨거운 찬합 보따리가 들려진 내 손목을 짐짓 잡아주며 한 첫마디 말이, "그새 할아버지 말씀 잘 들었니?"였다. 다시 말해 그동안 애썼다는 말 한마디가 없었던 것이다. 내가 아버지한테서 차갑고 무정한 거리감, 아니 공포감을 느끼기 시작한 결정적인 계기가 있었다면 나는 그때를 지적하는 데에 주저하지 않는다. 그것은 일상 아버지가 자식들을 훈육함에 있어 언제나 준엄하고도 분명했던 한 단면이기도 했는데, 그로부터 얼마 뒤에 다시 한번 그런 경황을 맞아 당황했던 나로서는, 아버지에 대한 공포 의식을 보다 더 선명하게 가슴 깊이 새기는 결정적인 충격이 되었다. 그것은 밖으로는 항상 뒷전으로만 돌되, 기껏 남의 뒤치다꺼리밖에 차례 못 받는 무능한 처신술이 싹트고, 안으로는 모든 가사(家事)에 있어 식객(食客) 정도의 존재로, 가족적인 위치를 못 얻은 무력한 사내로 낙후하게 된, 지나온 생활에 있어 가장 중요한 동기가 돼버리고 만 것이기도 하다.

내가 두번째로 당한 일은 앞서 말한 것 이외에도 잊어서는 안 될 또 다른 의미를 가진 것이기도 하다. 그것은 내가 일생을 통해 아버지 앞에서 아버지로부터 직접 배운, 최초의, 그리고 최후가 된 공부 시간이었다는 점이다. 시간으로 치면 약한 시간 남짓이나 됐을까. 그날은 마침 여유가 있었던지 할아버지가 쓰시는 연상*을 윗방에 옮겨놓고 나를 불러 앉혔다. 밖에서는 오월의 신록을 살찌게 하는 조용한 부슬비가 부슬거리고 있었다. 11시쯤 된, 들앉아 공부하기 가장 알맞은 날씨였고 적당한 시간이었다.

아버지는 내게 먹부터 갈게 하였다. 먹은 더러 갈아보아 무난하게 갈아낼 수 있어 다행이었다. 아버지는 먹 가는 요령을 다시 한번 설명해준 다음, 이어 차례로 집필에 있어서의 기본적인 자세와 운필하는 데에 가장 주의할 강약과 지속(遲速), 그리고 필순(筆順) 등을 설명해주었다. 그처럼 무뚝뚝하고 간략한 설명도 그 후 다시는 없었다. 아버지는 하얀 분판(粉板)*을 뉘어놓고 같은 획을 여남은 번씩이나 되풀이하여 거듭 그어보도록 재촉하였다. 나는 이마에 맺히는 진땀을 훔쳐낼 겨를도 없이, 떨리는 손을 가누지 못한 채 열심히 반복하고 있었다. 귓전에 와 닿는 아버지의 입김은, 그 먼저 경험한 바 있는, 박제한 호랑이의 콧수염이 볼에 스칠 때 섬뜩했던 것과 똑같은 충격이었다. 그처럼 등골이 떨리는 한은, 설령 타고난 필재가 있었다더라도 붓을 가누지는 못했을 거였다. 붓이 빗나가거나 획이 중간에서 처질 때, 문득 끊어지거나 지렁이 지나간 자국처럼 비틀거렸을 때, 나는 눈앞이 아찔아찔해지는 순간을 몇 번이나 거듭 겪어야 했는지 몰랐다. 그러나 그것이 오래가지는 않았다. 드디어 벼락을 내리친 것이다.

"원, 아이 손마디가 이렇게 무뎌서야…… 천상* 연장 들고 생일*이나 헐 손이구나……"

아, 그 아뜩하던 순간을 어찌 잊으랴. 아버지는 단 한 마디, 할아버지 귀에도 안 들렸을 만큼의 한탄 아닌 푸념을 했건만 나에게는 뇌성벽력이나 다름없은 거였다. 내가 내 정신을 되찾았을 때 아버지는 이미 자리를 뜨고 없었다. 밖에서 손님이 찾는 소리가 났던 것도 나는 못 알아들었던 것이다. 나는 그처럼 무색하고 무안할 수가 없었지만, 우선은 호구를 벗어난 듯한 안도감에 부랴부랴 안방으로 달아나버렸었다. 그때 찾아왔던 그 낯선 손님 또한 두고두고 얼마나 고맙게 여겨지던지.

나는 남다른 재주를 못 타고난 자신이 죽고 싶도록 부끄럽고 원망스러웠다. 치욕이요 망신이었다. 아버지는 그날 이후 두 번 다시 내게 글씨를 가르치고 싶지 않은 모양이었다. 그러나 나는 아무도 모르게 헌 신문지를 어두컴컴한 골방 구석에 쌓아놓고 앉아 몇 날 며칠을 거듭거듭 연습했었다. 수치와 모멸을 만회해야만 살겠던 것이다. 그것도 얼마 안 가 다시는 그럴 기회마저 놓치고 말았지만. 언제나 공포와 불안감에 에워싸여 있던 평탄치 못한 집안 형편이 그럴 만한 정신적인 여유마저 허락하지 않았던 것이다. 어린 마음에도 얼마나 치열하게 붓과 싸웠던가.

요즘도 내가 나가는 직장에서 무슨 행사가 있을 때면, 오죽잖으나마 아쉬운 대로 옛날의 그 가락을 생각하며 식순(式順)이니 회순이니를 써서 대중이 모인 앞에 붙여놓는 따위, 가소로운 짓을 배짱 좋게 하는 것은, 그때의 그 철없는 이력을 밑천으로 삼고 해보는 짓이었다.

나는 읍내로 나가는 과수원 탱자나무 울타리 곱은탱이를 돌 어름, 잠시 발걸음을 멈춰 다시 한번 옛집을 돌아다보았다. 어느덧 하루의 피곤이 짙게 물든 해는 용마루 위 서산마루로 드러눕는 중이었고, 굴뚝마다 쏟아져 나와 황혼을 드리웠던 저녁연기들은, 젖어드는 땅거미와 어울려 처마끝으로만 맴돌고 있었다. 나는 이어 칠성바위 앞으로 눈을 보냈는데 정작 기대했던 그 할아버지의 환상은 얼핏 하지도 않았다. 그런데도 할아버지의 넋만은 벌써 남의 땅이 되어버린 칠성바위 언저리에 아직도 묵고 있을 것만 같았음은 웬 까닭이었는지 몰랐다. 잘 있어라 옛집, 마지막으로 그렇게 중얼거리며 다시 한번 옛집을 되돌아보았을 때, 그 너머 서산마루에는 해가 지고 있었다. 지는 해가 있었다.

(『현대문학』 1972년 5월호)

화무십일(花無十日)

― 관촌수필 2

- '화무십일홍(花無十日紅): 열흘 가는 (붉은) 꽃이 없다'에서 온 말. 아무리 번성한 것도 얼마 안 가서 쇠함을 빗대어 표현함.

신작로 초입에는 여러 채의 오죽잖은 집장수 집들이 좁좁하게 늘어서 있었는데, 그중에서도 그 시간까지 창밖으로 불을 밝히고 있던 집은 관촌이발소였다.

그 이발소의 형광등은 제법 구실을 하여, 건너편 주막집의 신통찮은 간판이며, 판자 울타리에 붙어 있던 혼분식 장려 담화문까지도 부옇하게 밝혀주고 있었다. 이발소 안에는 젊은 사내 몇이 난롯가에 둘러서서 어름거리고 있었는데, 아마도 일찍 들어가기에는 한 일이 너무 없어 미루적거리고 있는 이발사들 같았다.

나는 문득 그 이발소 안을 잠시 들여다보고 갔으면 하는 엉뚱한 생각이 솟았다. 그 안으로 들어가서 나도 느루* 쓰느라고 마디게* 태워 끄느름한 연탄 난롯가에 서성거리면서, 아는 사람들 소식을 두루 묻든가, 아니면 담배라도 한 대 끄고 나서면 옥죄인 가슴이 조금은 풀릴 것 같은 느낌이었다.

그런 어쭙잖은 잡념으로 이러지도 저러지도 못하고 엉거주춤 서 있던 나는, 나 자신도 모르게 흠칫 놀라지 않을 수 없었다. 난데없는 사람이 이만한 그림자를 데리고 이발관 앞을 지나갔던바, 그 뒷모습이 너무도 눈에 익은, 그러나 이미 오래전에 잃어버린 바로 그 사람의 그것과 아주 닮은꼴이기 때문이었다.

나는 다시 한번 먼젓것에 버금가는 섬뜩함을 느꼈다. 그것은 단순한 엉겁결의 착각일 뿐, 역시 그 영감의 모습은 아니었던 것이다.

그저 지나치던 무심한 행인이 하필 그렇게 보일 것은 무엇인가. 더구나 나보다 10여 년이나 앞질러 관촌 부락을 등졌고, 떠나던 마지막 뒷모습을 시야 바깥까지 전송한 기억도 선명한 터에.

그럼에도 갈 길을 가던 행인의 뒷모습이 어둠과 한가지가 되도록 지켜보았으니, 그 행인이 윤 영감으로 헛뵌 까닭은 그다음에야 알 수 있었다. 공교롭게도, 물론 우연이지만, 그 행인 역시 여러 가지 소반*을 한 짐 잔뜩 짊어진 소반 장수였던 것이다. 나이도 그만할뿐더러 차린 주제꼴이나 하며, 늙어 추레한 모습이 천연 윤 영감이던 것이다. 내가 내처 윤 영감의 옛 모습을 챙겨 되살려보기 비롯한 것도 그래서 그리된 거였다. 나는 걸어오면서 윤 영감의 일을 차근차근 되살려보기에 추위마저 잊고 있었다.

그해에 있은 일들을 회고하면 시방도 몸서리가 나며 끔찍스럽기만 하다. 그날그날이 하루같이 징그러워 생지옥으로만 여겨지던 해였으니까.

내남적없이* 난리 끝에 우습게 지어 거둔 농사라 세안*부터 양식이 달랑거리지 않은 집이 없었으므로, 그 무렵에는 부황 안 난 집이 드물고 채독 들지 않은 사람이 귀하던 시절이었다. 해토머리*를 맞고부터 곡기 끊긴 집이 하나둘 늘어갔고, 주리다 못해 배를 졸라매며 들머리를 둘러보면 보리밭은 겨우 5월 그믐께 못자리 꼴, 어느 세월에 배동* 오르고 패어 풋보리 죽이나마 양을 채우게 되는지 막연한 판이었다. 처마 밑에 매달린 시래기 몇 두름을 진동항아리* 위하듯 할밖에 없었고, 먹잘것이라고는 사방을 휘둘러보아도 세월 없이 괴어 흐르던 동네 우물물뿐인 마른 봄판이었다. 그럼에도 기적 같던 것은, 굶어 죽어간다는 사람이 없는 일이었다. 진잎*에 된장기 하여 국물로 배를 채우고, 밀기울로 개떡을 쪄서 요기해서라도 주려 죽었다던 사람은 없었던 것이다. 그래도 관촌 사람들은 땅을 내놓거나 하지는 않았다. 막막한 대로 참고 견뎌보자는 배짱이었다.

마을 사람들이 푼돈이나마 얻어 연명할 수 있을 수단이라고는 개펄에 나가는 일이었다. 게나 조개를 잡고 고둥과 파래를 뜯어내는 일, 그리고 산에 올라 나무를 해다 돈 사서 가루되라도 팔아다 잇는 두 가지 방도뿐이었다. 그런 기막힌 사정은 우리 집도 마찬가지였다. 아니, 다른 어떤 집보다도 더 절박한 사정이었다. 그것은 난리 났던 해에 지은 농작물을 치안대에 의해 모조리 압수당한 여파였다. 벼는 영글기가 무섭게 베어가버렸고, 밭에서 익던 그루갈이*는 물론, 속이 덜 든 김장 호배추*까지도 싹 쓸어갔었으니, 그 너른 밭자락에 줄파 한 뿌리 남아 있지 않았던 것이다.

피난 갔다가 돌아왔을 때 집에 남아 있던 것이라고는 기둥뿐이었다. 살강 밑의 부러진 숟갈 한 도막, 헛간에서 장작한 개비를 구경할 수 없었다. 사랑에는 퇴침 한 개가, 대청 밑 주추 옆엔 귀 떨어진 약탕관이 나뒹굴고 있을 정도로 완전히 패가한 형편이었다. 그런 폐허 속에서 우리가 죽지 않은 한 가지 방법은 땅을 맡기고 빚을 내어 먹는 것뿐이었다. 곱장리*쌀이라도 얻어다 먹어야 기둥만 남은 집이나마 명맥을 이어갈 수 있었던 것이다. 그러나 마을 안팎이 막판에 이르러 있었으므로 그 노릇도 수월하지가 않았다. 결국 어머니가 생각해낸 것은 서원이었다. 어머니의 생각이 전해지자 서원에서는 고인이 된 할아버지에 대한 추념을 보태어 장리쌀*을 내주기로 조치하였다. 따라서 우리는 곡기가 끊이지 않을 수 있었고, 부황이나 채독에 걸려 신음하는 꼴을 면할 수 있었다.

윤 영감네 일가가 관촌 부락에 떠들어온 것도, 그렇게 죽지 못해 삼동*을 물리고 해가 원수같이 길어지기 시작한 어름이었다.

자고 나서 내다보면 신작로는 아침부터 부산하게 움직이고 있었다. 며칠 동안이나 되풀이한 착각이었지만, 언뜻 보면 틀림없는 장꾼들이었다. 그러나 그들은 장꾼들이 아니었다. 그들은 한결같이 읍내를 뒤로하고 북상하는 걸음이었다. 입성을 보아도 땅뙈기나 뒤지며 두엄 지게를 지던 두메 사람들이 아니었다. 사람마다 어리면 어리게 지고 늙은이는 가볍게 졌으니, 그들이 지고 인 것들은 물건이 아니라 이삿짐이었던 것이다. 비 맞을 채비까지 하여 꾸려진 이불 보퉁이, 솥단지, 바께쓰 따위, 분명히 사람 손으로 나르는 이삿짐이었다.

"저게 죄 이북서 피난 왔다 가는 사람들이래유."

마을 사람들은 그네들을 구경하면서 그런 말을 하고 있었다.

"난리 속에서두 서울이 좋기는 좋은가 뵈."

"그렇잖겄남. 이왕 새루 터를 잡구 살라면 너른 디루 가서 잡으야지 촌구석이서 뭣 먹구 살게. 내 땅 못 부치면 제바닥 사람두 살기가 거시기헌디."

"저냥 한무세월*허구 한둔해가며* 걸어가자면 오죽 되구 어려울까."

"저이들은 괜찮유. 아, 이북서 온 사람들이 월매나 독헙디까. 끄떡읎을껴."

"건건이*가 읎어 맨밥을 먹더라던디……"

"그래두 먹을 게 있으니 우리네버덤 낫네유. 양석만 있으면 찬이 문제간디."

마을 사람들도 남의 일 같지 않아 그런 걱정들을 하고 있었다. 피난민들의 상경 행렬은 날이 저물도록 계속되었고 하루이틀에 그친 것도 아니었다.

그들은 점심때가 되면 약속이나 된 듯이 모두 관촌 부락으로 밀어닥쳐 짐을 내렸다. 양지바른 산기슭에 물이 흔한 까닭이었다. 그네들은 흔히 오붓한 바위 밑이나 바람 없이 볕이 잘 괴는 논둑 밑에 자리를 잡았다. 자리가 만들어지면 어른과 아이는 두 패로 갈려, 각자 맡은 바에 충실하고자 뒤 한번 돌아보지 않았다.

삼대에 걸친 네 분의 신명을 하루아침에 잃은 폐허 속에서 겨우 살아남아 외롭게 된 나로서는, 그네들 한 가족이 소꿉장난하듯 움직이는 꼴이 여간 부럽지 않았다. 가장인 듯한 사람은 돌로 솥걸이 화덕을 만들었고, 주부는 우물에 와서 식사 준비를 했으며, 아이들은 뒷산으로 치달아 올라 나무를 줍는 거였다. 낫이나 갈퀴가 없으므로 솔방울, 삭정이 따위를 주웠고, 때로는 논이나 밭고랑에 낸 퇴비와 두엄을 걷어다 때기도 했다.

점심이 끝나면 지체 없이 가던 길로 다시 들어섰고, 이튿날에는 다른 가족이 뒤를 이어 같은 일을 되풀이하고 있었다. 그러나 해거름녘에 닿은 사람들은 으레 하룻밤 묵어가기로 작정한 것 같았다. 그들은 빈방을 빌려가지고 군불까지 지펴가며 노독을 풀었다.

우리 집은 항상 그런 사람들로 붐비고 있었다. 집이 너른데다 가족마저 반실되어 주인 잃고 놀던 방이 한두 칸 아니었으니, 찾아온 길손들로 문전성시를 이룰밖에 없는 일이었다. 더구나 마을에서 허우대 좋기로 으뜸가던 집이었으니 그들이 주목을 한 것도 당연한 일이었다.

우리는 빈방을 서슴없이 내주기는 했지만 그들을 달갑게 여기거나 측은하게 생각한 적은 없었다. 성가시고 시끄럽기만 했으니까. 그것은 너무도 시달리고 부대낀 탓이었다. 그것은 떼거리로 몰려온 그들의 요구 사항을 선뜻 들어줄 형편이 아니었기 때문이었다.

그들은 여러 가지를 요구하고 있었다. 값지다거나 소중한 것도 아니었다. 간장·된장·소금·고춧가루, 더러는 김치 맛보기를 원으로 하던 이도 있었다. 하룻밤 묵어가기로 작정한 경우, 아녀자들은 버덩*이나 등성이 기슭, 그리고 논두렁과 밭두둑으로 퍼져 새로 돋아난 나물들, 쑥·냉이·소루쟁이·질경이 따위를 뜯어다 삶던 것이다.

　　모든 것을 얻어다 먹던 우리 형편으로서는 어느 한 가지도 그들이 원하는 것을 나누어줄 수가 없었다. 앞서 말한 바와 같이 장독대에 가보았자 토* 뜨는 간장 한 종지, 맛 가신 된장 한 덩이 남아 있지 않았던 것이다. 그러나 그네들은 없다는 말을 곧이들으려 하지 않았다. 이렇듯 덩실한 집에서 박절하게 거절할 법이 없다던 거였다. 특히 적삼 위로 제법 가슴살이 오른 처녀나 여남은 살 된 계집애가 그릇을 들고 들어섰다 하면, 우리가 별소리를 다해서 빌어도 소용이 없던 것이다.

　　"사람이 집 떠나면 독해진다더니 증말이구먼. 워쩌면 그리 비윗장이 좋구 끈적대는구."

　　나그네라면 넌더리가 났던 어머니는 결국 그들의 끈기를 감탄해 마지않았다. 그렇잖아도 씁뜰한 쑥국을 맨탕으로 끓이면 어찌 먹겠느냐, 양념 없이 무친 들나물인데 간을 못하면 짐짐해서 어찌 먹겠느냐, 그들은 그런 항의를 하면서 대문간이나 토방에 늘어붙으면 물러갈 줄을 몰랐다. 정말 없어서 못 주는 딱한 사정── 지금 돌이켜 생각해봐도 웃을 일이 아니었다. 윤 영감네 일가를 만날 수 있었던 것도 바로 그런 경우였다.

　　윤 영감네 일가가 우리 밭마당 가장자리 도랑 옆에 짐을 풀고 안으로 들어온 것은 그 무렵 어느 날, 저녁 식사도 마친 해거름녘이었다. 육순이 바라뵈는 귀밑머리 허연 늙은이가 턱밑이 안 보이게 등이 굽은 노파를 앞세우고 들어오던 것이다. 아침에 나간 방이 있다는 것을 누구한테 들었어도 듣고 왔다는 표정이었다. 대문간에 텅 비워져 있던 머슴방, 휑하게 열려패어 있던 누더기 문짝, 우리 집에는 아무도 마다할 만한 사람이 없었다. 식구는 넷, 날이 새기 바쁘게 떠나겠다는 거였다. 그랬던 사람들이 이튿날 해가 서너 발이 넘게 오르도록 짐 꾸리는 기척을 보이지 않았다. 말 한마디 문밖으로 흘러나오지도 않았다. 가끔 어린것이 보채며 우는 소리가 들리는 듯하다가 그칠 따름이었다. 점심때도 겨워서야 영감이 어머니를 찾았다.

영감은 말했다. 양식이 끊겨 움직이지 못하게 되었다, 아무 일이나 며칠간만 부려다오, 네 식구가 굶지만 않게 해주면 새로운 용기를 내어 가던 길을 떠나겠다. 하기는 쉬울는지 몰라도 실현되기가 어려운 말이었다. 그 어려움은 입이 너무 많은 데에 있었다. 영감 내외에 며느리인 듯한 스무남은 된 젊은 여자, 그리고 젖먹이 어린것, 그 네 식구의 호구를 돌보아준다는 것은 너무나 과중한 부담이었다.

어머니가 난색을 보이자 영감은 잠시 후 좀더 구체적인 조건을 내놓았다. 한 끼에 밥 두 그릇씩만 달라는 거였다. 모자라는 만큼은 며느리를 내보내어 보태서 먹겠다던 것이다. 어린 내가 보기에도 어쩔 수 없는 사정이었다. 한나절을 두고 궁리를 거듭한 어머니가 영감을 불렀다.

"우리두 뭐라 말허기가 거시기 허오만, 피차가 도웁자는 게니 집의 요량대루 해보우."

장리쌀로 연명해 나가던 형편으로는 무모한 짓이 아닐 수 없었다. 그러나 이듬해 농사를 짓기 위해서는 선머슴이라도 두지 않으면 안 될 판이던 것이다. 영감은 구레나룻이 태모시* 처럼 센 노인이었지만 그런대로 강단이 있어 보였으며, 노파도 마찬가지로 들무새* 일에는 몸을 사리지 않을 만큼 정정한 편이었다. 그러나 물건은 역시 며느리였다. 못 먹고 가꾸지 못한 채 몇백 리를 걸어오며 젖을 빨린 애어머니답지 않게, 어느 모로 보나 깨끗한 맵시를 하고 있었다. 살결이 보기 드물게 고왔고, 손발도 오목조목하니 볼만했다. 시국과는 아무 관계 없이 한창 피어나는 여자였다.

"애나 옳었으면 한 부주 되지…… 청상에 홀로됐으니 예삿일이 아니더라. 인물두 번번허구, 그 살림에 메누리 하나는 방짜*루 은었던디."

어머니는, 아니 마을 사람들도 그녀를 무턱대고 과부로만 알고 있었다. 난리통에 혼자됐으리라는 것은 물어 확인해보지 않더라도 누구나 어림할 수 있던 일이었으니까.

영감은 본디가 생일*밖에 배운 게 없는 농투성이던가 보았다. 그는 그동안 우리가 아쉬워한 것이 무엇인지를 대번에 알아차렸고, 그것을 스스로 추슬러 나갈 줄을 알고 있었던 것이다. 며느리는 사흘째 되던 날부터 새벽에 나가고 밤늦어 들어오곤 했다. 읍내 어느 여관에 나가 부엌일을 하게 됐다는 거였다. 온종일 일을 해주고 얻어오는 것은, 식은 밥과 먹던 반찬 찌꺼기가 전부라고 했다. 사실 자정이 다 되어 들어오던 그녀를 보면 으레껀 찌그러진 바께쓰를 보자기로 덮어 이고 오던 것이다.

영감에게 맡겨진 일은 땔나무해 들이기와 보리밭 웃거름 주기, 그리고 김매기였다. 영감이 꾀를 부리지 않아 어머니는 항상 됐다는 표정이었다. 그네들을 붙인 것이 다행스러웠던 것이다. 어머니는 곧잘,

"솔이두 쬐끔만 참구 고상허거라. 햇보리만 잡히면 그 작

은 배야 곯리겠네?"

하며 어린것을 달래는 거였다.

솔이란 송(松)이를 일컬음이었는데, 우리도 영감 내외가 하는 대로 솔이라고 불렀던 것이다. 어머니는 차츰 그들이 사경 없는 머슴으로 있어 한 해 농사나 마쳐주고 갔으면 했는데, 그것은 윤 영감네 일가도 속으로 은근히 바라던 바와 같은 거였다. 어차피 고향은 가지 못할 것, 설령 서울로 간다더라도 의지가지 해볼 만한 근거가 없었으니까. 그러나 윤 영감이 되풀이하던 주장대로, 예정한 바에 맞추어 떠나지 않고 주저한 것은, 어머니와의 정의를 떨치고 돌아설 용기가 없는 탓이란 말에도 일리가 없지 않던 것 같았다. 그것은 아주 사소한 일이었다.

그들이 문간방에 며칠 머물기로 하고 이틀째 되던 날 밤으로 여겨진다. 자정이 넘었음에도 내가 잠에서 깬 것은 어머니가 꼬집어낸 때문이었다. 눈을 뜨자마자 이내 그 까닭을 알게 됐는데, 그것은 문간방에서 청승맞은 울음소리가 들려오고 있었던 것이다. 여겨 들으니 노파의 울음소리가 분명했다. 넋두리도 없이 흐느끼던 소리 — 장마 중에 우는 이무기 소리처럼 여간 불쾌하고 흉측스러운 소리가 아니었다.

그 울음소리는 동이 부옇해가는데도 좀처럼 그치려 하지 않았다. 듣고 모른 체하기도 어려운 노릇, 망설이다 말고 어머니가 문간방으로 나갔다. 지금도 아쉬운 것은 그네들이 쓰던 사투리를 흉내 낼 수 없음이다. 자고 새면 영감의 환갑날이라는 거였다. 환갑날 아침을 빌어다 먹게 된 기박한 신세를 생각하니 울음이 안 나오겠느냐는 것이 노파의 해명이었다.

"이 난리통구리에 환진갑 개 보름 쇠듯기 허기두* 예사지 그게 그리 슬허……"

어머니는 여러 말로 위로를 해주고 돌아와서도 이해가 안 되던가 보았다. 이름도 성도 없이 개죽음한 사람이 지천이고, 끼닛거리가 간데없는 주제에 별 배부른 수작도 다 보겠다는 투였다. 기아를 면한 것만도 과분한 줄 아는 것이 도리거늘, 하물며 환갑잔치 못 함을 비관하며 아닌 밤중에 요망스러운 울음소리를 낸단 말인가. 어린 내가 생각하기에도 밉살맞지 않을 수 없었다.

밝은 날 아침. 나는 무심결에 어머니가 손수 문간방으로 내가던 밥상을 보았다. 놀라운 일이었다. 반찬이 색다르다든가 해서가 아니었다. 밥사발이 넘어지게 고봉*으로 푼 하얀 쌀밥을 해 내가기 때문이었다. 그것은 할아버지 삭망 차례*에도 좀처럼 보기 어렵던 일이었다. 잠시 후,

"쳐자를 앉혜놓구서리 눅순 잔챗상을 주인아즈마니 손으루 은어먹습네다……"

하는 노파의 음성이 들려왔다.

"아즈마니, 이거 넘체없습네다……"

그날은 영감도 그 한마디밖에 더 할 말이 없었겠지만, 우리 집 농사가 추수를 볼 때까지 머물고자 작정한 것은 그날부터라던 거였다. 영감은 말끝에 덧붙여,

"아즈마니, 금년에는 복 받으셔서 풍년이 들 게라오. 내가 풍년이 듭시사 허구서리 많이두 빌었시요. 그날이 자 축 인 뫼…… 뉴모일(有毛日)*이었시요."

라는 말도 했다.

영감은 호미씻이*를 앞당길 정도로 재래 월령(月令)과 영락없이 전답을 거둬낼 줄 알던, 나무랄 데 없는 훌륭한 일꾼이었다. 솔이는 배를 곯지 않아 잔주접 없이 자라며 적적했던 우리 안방의 재롱둥이로 한몫했고, 솔이 엄마도 날마다 읍내 역전 거리 오복여관을 군소리 없이 다니고 있었다. 그녀는 식은 밥 대신 돈으로 월급을 받게 됐다고 했다. 솔이 할머니도 부지런히 품팔이를 다녔으며, 구장이 힘써주어 면으로부터 배급을 타기도 했다.

솔이 아버지가 비로소 몸을 내민 것은 그럭저럭 달포 남짓이나 아무 소리 없이 지나고 난 뒤였다. 그것도 솔이네 식구의 자백에 앞서 우리가 먼저 발견한 사건이었다.

어느 날 밤, 그날도 역시 자정이 겨웠을 무렵이었다. 솔이네 방에서 또다시 울음소리가 들려왔던 것이다. 여전히 음울한 울음소리였다. 솔이 할머니가 흐느끼는 소리였다. 우리는 소스라쳐 놀라 귀를 기울였지만 무슨 사단으로 그러는지 어림할 수가 없었다. 어머니는 혹시 당신의 언동이 그네들에게 무슨 설움이 되어 불화라도 일었나 하고 불안해했지만, 아무래도 짐작이 안 가는 모양이었다.

너무도 뜻밖의 놀라운 사실을 발견한 것은, 영문을 몰라 모자가 얼굴만 마주한 채 어쩔 바를 몰라 할 어름이었다. 솔이네 방에서 생전 처음 듣는 사내의 음성이 새어 나온 것이다. 굵고 우악스런 사내의 음성이었다. 게다가 겹쳐 더욱 놀랍던 것은, 그 음성의 주인이 윤 영감의 아들, 곧 솔이 아버지라는 점이었다. 그것은 오고 가는 말투만으로도 미루어 단정하기 넉넉한 일이었다. 어떻게 된 셈일까. 이해를 할 수 없는 일이었다. 그동안 내내 듣도 보도 못한 솔이 아버지가 갑자기 나타난 것이 그렇고, 그로 인해서 집안이 시끄러워진 내막이 그랬다. 여태 혼자 떠돌아다니다가 방금 찾아들어온 모양이었다. 엿들어보니 모자간에 말다툼이 벌어진 셈이었다.

언쟁의 동기는 솔이 엄마의 여관 종업원이었다. 그날 밤 그녀는 아무 기별조차 않고 집에 들어오지 않았던 것이다. 그 것도 뜻하지 않은 일이었다.

이튿날 솔이 할머니가 안방으로 건너와서 어머니한테 털어놓고 들려준 비밀은, 우리가 예상했던 바를 송두리째 뒤집는, 여간내기가 아니고서는 하기도 어려울 일들이었다.

이름은 학로(學老), 이제 스물여섯 살, 단산할 나이에 맏자식으로 얻고 그만이었던 외아들로서 세 식구가 1·4 후퇴 때 함께 월남한 터였다. 솔이 할머니는 목이 메어 간신히 말을 이어가고 있었다.

그네들은 내내 밤으로만 걸어다녀야 했다. 허우대만 그럴싸하면 덮어놓고 잡아다가 군인을 만들던 판이라 그러지 않을 수가 없었다. 그녀는 장가도 못 들인 외아들을 어떻게 전쟁터에 보낼 수 있었겠느냐고 말했다. 그래서 낮에는 늘 가마니 속에 담아두지 않으면 안 되었다. 부득이 대낮에 이동하지 않을 수 없었던 경우에는 영감이 가마니에 담은 아들을 지게로 져 날라야 했다. 허리가 부러지게 지고 다닌 거였다. 솔이 엄마를 며느리로 맞게 된 것은 임진강을 건넌 직후였다. 부모를 따라 함께 도강은 했으나 폭격이 한차례 거쳐간 뒤로 고아가 되어버린, 두고 보기가 딱한 처녀를 길에서 만났던 것이다. 그 처녀는 사지가 발겨진 채 고드래떡으로 굳은 부모 시체를 땅바닥에 뒹굴리며 하염없이 몸부림을 치고 있었다. 그 정경을 몰라라 하고 그대로 지나치지 못한 그들이 주검을 묻어주고 동행이 됨으로써 이루어진 혼사였다. 그들은 함께 경북 군위읍까지 피난살이를 옮겨 갔었다. 학로가 그녀와 보리죽을 먹고 초야를 치른 것은, 이슬이 달빛처럼 부스러져 내리던 어느 밀밭 고랑이었다. 두 늙은이는 그 일을 몹시 기특하게 여겼다. 그들은 많은 것을 기대했고, 젊은것들을 세상에 없어 하며 상전 받들듯이 했다.

"이리될 줄이야 누구레 생각이나 해봤갔시오……"

솔이 할머니는 그 대목에 이르자 한차례 눈물까지 지었다. 부모를 어렵게 알고 매사에 순종하던 아들이 날이 갈수록 거칠어가던 것이다. 부모를 업신여기고 언사가 거칠어졌으며, 그들 내외의 금실도 악화일로였던 것이다. 유리걸식을 하던 비참한 처지에서도 그랬고, 솔이가 생긴 뒤에도 그랬다.

"쯧쯧…… 부자 쌍내외가 한방에서 복작댔으니 여북했겠수."

더 듣지 않고도 어머니는 모든 것을 이해하겠다는 표정이었다.

학로라는 사내가 문밖을 얼씬 않고 송장처럼 이불을 뒤집어쓴 채 방구석에만 처박혀 두더지 시늉한 까닭이, 다만 병역기피를 위함이었음도 우리는 그제서야 알았지만, 그는 방에서 물수건으로 세수를 했고, 뒷간도 어두워진 뒤에나 출입했다는 거였다. 누가 들어도 기막힐 일이었다. 그런 일이 있고도 사흘이나 지나서야 우리 식구는 처음으로 솔이 아버지의 얼굴을 구경할 수 있었다. 그 스스로 자청해서 안으로 인사를 왔던 것이다. 봉두난발에 고슴도치처럼 자란 수염은 아무리 잘 보려 해도 사람 꼴이 아니었다. 얼굴은 뜨다 못해 허옇게 쇠어 있었으며, 여리기 나무젓가락만 한 손가락은 하들하들 떨리고 있었다. 무척 양순하고 조심성 깊은 청년인 듯하면서도, 잔뜩 지르숙은* 고개 밑으로 곁눈질하는 꼴은, 어지간히 융통성 없고 소갈머리 좁은 얼뜨기 같기도 했다. 질서가 다소 잡혀, 가호적*이나 기류계*가 없이는 징집 영장도 안 나오기에, 이제는 신분을 공개해도 무방할 것 같아 드디어 햇볕 아래에 나서기로 결심했다는 거였다.

그 후로도 솔이네의 가정불화는 그칠 날이 없었다. 솔이 어머니의 외박이 잦아졌던 것이다. 일에 바빠하다 보면 통금에 걸려 못 들어온다던 것이 그녀의 변명이었는데, 학로는 그것이 절대로 용서할 수 없는 일이라던 것이다. 그러므로 학로가 의처증에 시달린 것도 당연했는지 몰랐다. 문제는 나날이 복잡하고 어려워져갔다. 솔이 엄마의 알 수 없는 태도 때문이었다. 그녀는 시부모의 꾸중과 만류를 무릅쓰고, 아니 남편이 이틀이 멀다 하고 휘젓는 장작개비 찜질마저 우습게 알고 끝끝내 여관을 나갔던 것이다.

만나면 만나는 사람마다 솔이 엄마를 입살에 올려 쑥덕방아였다. 모두들 그녀가 나쁘다는 것이었고, 학로를 동정해 마지않는 공론이었다. 납득이 안 간다던 것이 그 이유였다. 더러는 학로를 나무라는 의견도 있었다. 여편네 하나를 휘어잡지 못한, 지지리도 못난 숙맥이라는 비난이었다. 여관 종업원이나 단골손님 가운데 이미 배 맞은 사내가 없을 법도 없다는 말마저 들려오고 있었다. 그런 사람들 가운데에서도 어떤 이는,

"여관방에서 삼팔선을 없앤 통 큰 여자가 본서방 미서워서 헐 짓 못 헐 중 아남."

"이남 사내허구 이북 지집이 통했응께 남벅 퇭일은 분명헌디……"

하고 웃었다. 아무나 예사로 주고받던 말처럼, 그녀의 절조를 믿으려 한 사람은 약으로 쓸래도 찾아볼 수 없던 것이다.

학로가 오복여관으로 직접 찾아가 솔이 엄마 머리채를 끌어온 것은 그런 소문이 파다해진 다음이었다. 학로는 신작로가의 차중철이네 주막에서 취하게 마신 다음 모처럼 숫기 있는 일을 해보였던 것이다. 그녀는 며칠 동안 우물가에도 얼씬 않고 방구석에만 틀어박혀 있었다. 붙들려 오기가 무섭게 머리를 깎였던 것이다.

그 대신 학로가 돈벌이를 하러 발벗고 나선 것은 누구나가 바라던 일이었다. 남들이 주선해주어 그리된 것인데, 취직이라기보다는 객공(客工)*살이였다. 내력도 간판도 없이 가내수공업으로 소반·목판 따위를 짜서 팔아먹던, 장터 초입의 왕이라는 사람네 일간*으로 말이 되어 나가기 시작했던 것이다. 학로는 원래 손재주가 있는 데다, 사변 전에는 쟁반·예반 등을 깎아먹던 쟁이네 드나들기를 취미로 했으므로, 어지간한 연장은 다룰 줄 모르는 것이 없었다고 했다.

그는 연장 망태만 한 구럭* 속에 결흑통(結黑桶)을 비롯, 까뀌·가심끌·깔종·후리대패·굽자, 갖은 톱 등속을 담아 들고 게으름 없이 드나들었다. 손속도 걸싼* 편이라던 것이 남들이 이르던 말이었다. 그가 나가기 시작한 지 달포도 안 되어 목공 월급을 받게 된 것도 순전 타고난 손재주 덕이라던 것이다. 소문은 또 본뜨는 솜씨도 여간 아니어서 원반·개다리소반·책상반·호족반·두레반·교자상 하여, 그의 손만 가면 무엇이든지 이루어지지 않는 것이 없다는 거였다.

솔이 엄마 손에도 제법 살림이 잡히어가고, 그럭저럭 영감네 셈평도 펴이는 것 같았다. 마을 사람들은 모두들 자기네 일처럼 흐뭇해하고 있었다. 학로도 살아보고 싶은 의욕이 생기는 것 같았다. 그의 뜨는 메주 같던 얼굴에도 모처럼 화기가 돌고 있었던 것이다.

그것이 몇 조금* 못 가고 다시 열패감에 젖어 자학적인 좌절만 하지 않았더라도 그는 갸륵한 아들일 수 있었고, 무던한 가장으로서 바닥난 집안도 제대로 일으켰을 터임에 틀림없었다.

진실로 애석한 일이었다. 가정 분란이 재연되면서 그가 의기를 잃고 좌초한 기미를 보이기 시작하자 그를 잠시라도 사귀어본 사람이면 한결같이 불안해하며 위로할 바를 몰라 하고 있었다. 아내의 바람기가 고질이 되어 의처증을 떨쳐버리지 못한 것이 원인이었다.

그런 중에서도 가장 치명적이었던 사건은, 학로 자신이 직접 아내의 정부였던 자를 목격한 데에 있었다. 막연한 채로 추측만 해보았을 일이 그토록 들어맞는 수도 있을까 싶을 지경이었다.

오복여관 단골의 그 장돌뱅이 서울 사내와 몇 차례나 잤더냐고 학로는 족쳐대기 시작했다. 밤마다 계속된 몽둥이찜질과 울부짖음으로 안 일이지만, 학로도 처음에는 소반 공장으로 마을 왔던 이웃 사내와 공장주인 왕이 주고받던 음담패설

가운데에서 눈치를 챘고, 이윽고는 만화책 두 권에 넘어간 중학교 1학년짜리 오복여관 막내아들을 꾀어 증언시킴으로써 모든 것의 확증이 잡혔다고 학로는 주장하고 있었다.

솔이 엄마는 종시 유구무언이었다. 부인할 수 없는 과오를 침묵으로 고백한 셈이었을까. 학로는 절반 이상 실성한 것 같았고, 광적으로 아내를 닦달하고 있었다. 그러면서도 낮으로 소반 공장을 열심히 나간 것은 아내의 부정행위에 관한 방증 수집에 혈안이 되어 있었기 때문이었다.

어머니는 밤마다 문간방에서 일어나던 폭력 행위를 가로맡아 말리는 것으로 일과를 삼았다. 늙은 부모나 말 못 하는 어린 자식을 보아서라도 지난 일을 잊으라고 타이르기에 지쳐 누울 지경이었다. 따라서 솔이 엄마도 호되게 꾸짖지 않은 것이 아니었다. 부디 개과천선*하기를 누누이 당부했으며, 하루바삐 과거가 일소된 새출발이 되기를 빌듯이 달랬다. 정말 남의 일 같지 않게 신칙하지* 않을 수 없었던 것이다.

그러나 언제 어떻게 마무리될 것인지는 예측할 수 없었다. 첫째는 솔이 엄마에게 욕됨을 뉘우치는 빛이 없었고, 그에 따라 학로의 발광도 숙어들 기미가 보이지 않고 있었던 것이다. 학로의 폭력이 광적인 모습을 띠게 된 것은, 그 장돌뱅이 서울 사내가 오복여관에 하숙을 정한 채 버티고 있은 까닭이었다. 학로의 주장을 뒷받침이라도 해주듯, 여관까지 가서 직접 확인하고 온 사람도 한둘이 아니었다. 허여멀끔한 허우대나 하고, 돈푼이나 뿌리게 생겼더라는 것이 그 사람들의 뒷말이었다. 갈수록 거세어져가기만 하던 풍파였기에 어느 세월에나 가라앉을는지 종잡지 못할 일이었다. 무슨 수가 없을 것인

가. 정녕 아무 수도 없단 말인가. 그처럼 안타까운 일도 다시 없을 것 같았다.

그러나 결말은 뜻밖으로 일렀다. 너무도 간단한 맺음새였다. 솔이 엄마가 줄행랑을 놓음으로써 그렇듯 답답하던 난제가 하루아침에 마무리됐던 것이다. 오복여관에 하숙하고 있던 서울 사내가 없어진 것도 같은 날이었다. 솔이 엄마가 입은 옷 그대로 나갔듯, 그 사내도 서둘러 새벽에 나갔다는 것이다. 그러나 길래* 알 수 없겠던 것── 그것은 그녀가 솔이를 데리고 나간 점이었다.

젖먹이를 버릴 수 없는 한 가닥 모성애가 남아 있었던 것일까. 솔이를 업고 나가지만 않았더라도 일이 그토록 허망하게 뒤틀리지는 않았으련마는.

너무도 애틋한 패가망신이었다. 남의 가문을 순식간에 파멸시킬 수 있었던 그 가증스러운 것── 그것은 곧 여인의 마음이었다.

학로가 진현이네 외양간에서 쟁깃줄을 풀어다가 뒷산 오리나무숲 밤나무 가지에 목매달고 죽은 것은, 그녀가 없어지고 보름이나 되었을까 해서였다. 그야말로 유서 한 자 필요 없는 숙명적인 자결이었는지도 모를 일이었다.

윤 영감이 아주 떠나버린 며느리를 찾아, 아니 잃어버린 손자 솔이를 찾아 쓸쓸히 천릿길에 오른 것은, 무서리* 친 아침마다 마당가의 개오동이 소리 내어 지며, 바지랑대 끝을 맴돌던 잠자리일수록 고춧물이 짙게 물들어 보이던 시월 스무날께였다.

서울 하늘이 정처*라 했다. 비록 두 다리가 닳아져 앉아 죽을지언정, 찾아 헤매기를 어이 게을리하랴면서 떠나가던 것이다. 솔이를 못 찾으면 살아도 소용없는 목숨임을 거듭 다짐해 보이던 영감 내외는, 가서 춘하추동 주야불철로 샅샅이 뒤지고 훑겠다고 말했다.

노파는 입고 벗을 옷가지와 취사도구를 꾸렸고, 영감은 소반 한 짐을 멜빵 하여 짊어지고 앞장서서 떠났다. 그 소반들은 절반 이상이 학로가 만들었을 것이라고 했다. 월급에 부조금을 보태어 모개홍정*했노라고 영감은 말했다. 서울에 가면 소반 장수로 나서겠노라고 영감은 거듭 되풀이 말했는데, 그것은 결코 학로를 못 잊겠어서가 아니라는 말로 덧붙여서 설명했다. 호구지책*을 겸해서, 가가호호 대문을 두들길 것이며, 주인 여자마다 직접 만나보되 그러기 위해서는, 그리고 주부들을 상대로 수소문이라도 해보려면, 소반 장수 이상 갈 것이 무엇이겠느냐고 되물으며 눈물짓던 것이다.

서울 와서 사는 지도 어언 열너덧 해.

그동안 집 앞에서나 거리에서 늙은 행상인을 보고도 그냥 지나친 적이 내게는 한 번도 없지 않았나 한다. 우연히 마주친 소반 장수일 경우에는 더욱 유심히 살펴보곤 했다. 그런데 작년 그러께부터였나, 내가 사는 연희동에는 나도 모르게 소스라쳐 놀라며 밖을 내다보도록 해주던 웬 늙은 소반 장수가 지나다니기 시작했다. 그 목소리가 바로 윤 영감의 것인 데다 하고 다니는 주제꼴 또한 관촌 부락을 떠나던 차림새와 그렇게 비스름할 수가 없었다. 소반 사라고 외치는 소리도 오래 사는 설움과 못 이룬 한이라도 맺힌 듯 청승맞기 그지없었다. 동네 어디쯤에서 오는 기척만 들려도 나로 하여금 내다보기를 서슴지 않게 하는 거였다. 벌써 몇 차례나 그랬는지, 이제는 이루 헤아려볼 수도 없다.

엊그제도 한차례 더듬고 갔으니 며칠 뒤에나 다시 들어보게 되겠지만, 언제부터였을까, 그 늙은이 외치던 사설을 자신도 모르게 외어보는 버릇이 내게 붙어버린 것은.

소반 사려어 소반 사압, 행자목 소반들 사려어―

외상반에 겸상반에 사인반에 두레반*에, 교자상 행자목 소반들 사려어―

(『신동아』 1973년 1월호)

행운유수(行雲流水)
― 관촌수필 3

• 떠가는 구름과 흐르는 물.

벌판에서 얼음 지치던 바람이 신작로로 몰려 말달리기 시작하면서부터 눈자위가 맵고 두 볼이 남의 살이 되도록, 그 모진 추위는 한결 더한 것 같았다.

저만치로 보이던 읍내 주택들의 불빛마저 성에가 돋은 사금파리의 반사처럼 차디차게 느껴질 정도로 혹한이었다. 변성기 이후, 보온 내복을 모르고 따로 장만한 양말 한 켤레 없이 삼동*을 나온 만큼은 추위를 안 타던 터였지만, 아래윗니가 마치고* 턱이 굳으면서 머릿속까지 시린 것 같았다.

그런 경황이었음에도 불현듯 옹점(甕點)이를 생각했던 것은, 물론 갈래갈래로 여러 가닥이 난 감회가 뒤섞인 데다, 서른이 넘은 나이가 무색하게 너무 감상(感傷)에 젖어 있었기 때문일 것이며, 가슴에 서려 멍울졌던 회포와 더불어 그리움이 움튼 추억이었을지도 몰랐다. 그녀는 나보다 10년이 위였지만, 노상 동갑내기처럼 구순하게* 놀아주었으며, 내가 아망*을

떨거나 핀잔 듣고 토라져 우울해하며 자기 신세를 볶을 적에
도 언제나 한결같이 감싸주었고, 즐거움과 스산함을 함께 나
눠 갖는 든든한 보호자 역할도 겸하고 있었다.

어디가 션찮거나 무슨 일로 부르터서 밥 먹기를 거부하면
덩달아 숟갈을 들지 않았고, 앓아누워 약 먹기 싫다고 몸부림
치며 울어대면 약종발을 든 채 그 큰 눈이 눈물에 젖으며 함께
아파하기를 마지않던 그녀였다. 그녀는 돌성받이*요 근본이
없었지만 성은 이가였다. 이복 동복 합해 2남 2녀 가운데 만딸
이었으며 큰오라비 이름은 일문(一文), 남동생은 두문(斗文)이
었다. 지금 따져보아 여섯 살 어름의 기억 같은데, 내가 그녀
아버지라는 사람을 본 것은 꼭 한 번뿐이었다. 늦깎이* 땡추중
마냥 삭발은 했으되 좀 길쯤한 머리였고, 베둥거리*에 지까다
비*를 꿰고 있었다. 끌 망치 송곳 따위, 자루에 손때가 흐르는
연장들을 구럭*에 담아 멘 채, 그해 여름 어느 날 그가 불쑥 안
마당으로 들어섰던 것이다. 안마당에 들어올 수 있는 사내면
어머니는 예외 없이 해라로 대했듯 그를 보자,

"일문이 오느냐?"

하면서 앉음새를 고쳐 앉던 것이다.

"아씨, 안녕허셨에유. 나리만님 기력두 여전허시구, 서방
님이랑 사랑으른들두 뵐고 옳으신가유?"

그는 그런 장황한 인사를 하며 벗어 든 찌든 벙거지를 뜰
팡에 던지고 엉거주춤하니 서 있었다.

"뵐고가 무고(無故)지…… 어서 그늘루 앉게. 여태두 게
가서 독[石] 일 헌다나?"

"예. 모집(징용)* 가서 밴 것이 그 노릇인디 워칙허겠슈.

고연시리* 븐다 허구 지집 색긔만 고상시키는개 뷰."

"집 벗어나면 고상이니 어서 솔가해다가 뫼 살으얄 텐디…… 갱겡이[江景邑]가 예서 워디간…… 타관살이버덤 한내[大川]루 들어오는 게 안 낫은감."

"죅야 암시러면 워떻간디유. 서방님이 고상되시겠구먼유. 가나오나 증챌서 순사만 보면 서방님이 걱정되더먼유."

걸핏하면 예비 검속되던 아버지의 신변이 염려되더라는 말이었다.

"그런디 이년은 워디 심부럼시키셨담유? 삼시 시끄니 굶는 자리만 아니면 싸게* 여워뻬려야 일 추겄는디……"*

"근디(그네) 뛰러 나간다데. 요새 학질허느라구 메츨 누어 있었거든. 그년 승질에 오금탱이 그니거려* 배기겠남."

"말만 헌 년이 근디가 다 뭣이래유. 그냥 두먼 못쓰겄네유. 혼 좀 내시지유."

그가 이년이라고 일컬은 것은 옹점이었다. 그는 정분을 두었던 이매(二梅)에게 옹점이를 잉태시켜놓고 징용에 나갔다가 해방과 더불어 귀국했던 거였다.

"엄니, 그이가 뭐 허는 사람이랴?"

나는 그가 그네 뛰러 나간 옹점이를 보러 영당 옆 느티나무로 찾아 나가자 어머니한테 물었고,

"옹젬이 애븨. 큰머스매허구 갱겡이 가서 돌쪼시[石手]* 헌다더라."

어머니는 그 이상의 자세한 것은 들려주지 않았다. 그 뒤로 얼마 동안 나는 옹점이와 다투어 비위 상한 일만 있으면 으레,

"봬 나먼 늬 아배 이름을 애들헌티 갈쳐줄 텨…… 일문이

라구. 같은 문 짜 이름이지만 늬 아배는 내 밑이여. 문 짜가 밑에 들었으니께······"

하고 놀려주었지만 그녀는 내 말에는 시척*도 않고 신들신들 웃기만 했었다. 일문이가 배다른 오라비였고, 어머니는 옹점이 아버지를 앞에 두고 부르려면 언제나 그의 큰아들 이름으로 대신했던 것을 훨씬 뒤에나 알게 된 거였다. 어머니가 옹점이 아버지를 돌쪼시 또는 일문이라고 하던 것을 귀에 담아두었던 나는, 일문이란 곧 한 돈*이라는 뜻이었으므로 나중에는 옹점이를 곯리려면,

"너는 지집애니께 반 돈이여······ 한 돈이 두 돈이 반 돈이, 싯을 다 합쳐두 늬네는 스 돈 반밖에 안 됭께 순 싸구려 것이여······ 너 같은 싸구려는 후제 그지헌티 시집가두 하나두 밑질 거 읎어."

"증말루? 그려. 니 말대루 그지헌티 시집갈 껴. 좋겄다. 나 시집가면 맨날 놀러온다메? 그려, 와. 은어 온 밥허구 건건이* 허구 쫍박에다 담아줄 텡께. 안 먹었담 봐, 그냥 두나."

"······"

"저리 가 따루 놀어. 나는 그지 각씨 될 텐디 왜 곁이 서 있네? 저리 가 혼자 놀어."

"······"

그 무렵 옹점이 어머니 이매는 한내읍 새텡이 부락에서 두문이와 언년이를 데리고 기척 없이 살고 있었다. 들어앉아 돌쪼시가 벌어서 보내는 돈으로 얌전히 밥이나 끓여 먹고 살아가던 것이다. 그녀는 무싯날*이면 여간해서 우리 집을 방문하지 않았다. 어머니는 그녀가 올 적마다,

"저 술고래 온다."

했는데, 그 소리가 듣기 싫어 걸음도 드물어졌으리라고 여겼
지만, 와서 시시덕거리며 수다 떨 적마다 드러나던 금이빨 탓
일 것이라고 옹점이는 덧붙여 설명했었다. 그녀는 툭하면 입
을 바작*만 하게 벌려가며 요란하게 웃었는데, 그럴 때마다 으
레 칙칙한 은이빨과 싯누런 금이빨이 흉하게 드러나던 것이
다. 어머니는 그녀의 그런 이빨들을 몹시 보기 싫어했다. 멀쩡
한 이빨을 멋내느라고 부러 뽑아냈기 때문이었다. 그러나 언
년이는 무시로 드나들었고 여분 있는 음식이며 남는 옷가지들
을 꾸려다가 입곤 했다. 그즈음은 나도 천자문을 배우던 때여
서 읍내로 심부름 가는 길이면 제법 남의 집 문패며 간판들을
읽을 줄 알았으므로, 돌쪼시네 가족의 이름에도 무관심해지지
않았으니, 할아버지에게 언년이 이름을 지어주도록 건의한 것
도 그 까닭이었다.

"할아버지, 왜 옹젬이네 식구는 이름을 죄다 돈으루 쳐서
지었대유? 옹젬이마냥 언년이두 진짜 이름을 지여줘유."

할아버지는 귀담아듣고 싶지 않은 기색이더니,

"페엥— 으레 그런 게니라. 여겨보려무나. 한 냥 두 냥 한
푼이 두 푼이 허느니보담 일문이 이문이가 듣기에 썩 낫지 않
겠느냐."

"허지만 저 언년이는 동네에 쎘는* 이름인디유. 강원도 성
서방네 작은 지집애두 언년이, 짐 격군(金格軍)네 지집애두 언
년이……"

"짐 곁군 손녀두?"

"그럼유."

목넘이 쇠찜골에 그런 집이 있었고, 할아버지는 으레 '창
의군(倡義軍) 집'이라 올려 불렀는데, 비록 상사람 집안이긴
하지만 '보잘 게 있는 집'이매 함부로 대하면 안 되리라고 일
러 왔었다. 민종식 선생 밑에 들어가 홍주성을 무찔렀던, 한
말* 의병의 후예란 점에서 그렇게 여겼던가 보았다.

"옹젬이 밑잇것은 애가 죄용허구, 노는 게 싹이 뵈던구
나……"

할아버지는 그 자리에서 언년이에게 복점(福點)이라는 이
름을 지어주었다. 즉흥적인 작명이었으나 보리밥 같던 언년이
생김새에 걸맞게 어울리는 이름 같았다. 복점이는 차분한 성
질이었고 굼뜨되 능청스럽기도 하여 동복 자매 같지 않게 옹
점이와는 퍽 대조적인 아이였다.

"후제* 시집가면 저 덜렁쇠보담 즉은 것이 더 낫으리라."

그녀 자매를 놓고 어머니도 그렇게 보고 있었다.

"큰것버덤 밑잇것이 낫어. 얼굴두 달싹허구* 승질두 고분
허구."

마을 아낙네들도 같은 의견이었다. 그렇지 않다고 우긴
것은 나 혼자뿐이었다. 물론 정실*이 지배한 판단이었지만 나
는 언제나 옹점이 역성을 들었던 것이다.

이제 이십오륙 년 전의 아득한 옛일을 되새겨보는 것이지
만, 옹점이는 남들이 대중으로 여겼듯이 덜렁거리며 걱실걱실
하고* 사납기만 하던 처녀는 아니었다. 그것은 우리 집의 생활
규모와 풍습에 젖어가며 자란 탓임이 두말할 나위 없는 일이
지만, 그러나 애초의 천성 또한 속이지 못할 것이라면, 타고나
기도 걸맞게 타고나서 우리 집과의 관계는 거의 숙명적인 것

94

으로 보아야 옳을 것 같았다.

학교를 다닌 적도 없고 누가 가르쳐주어 배운 글자도 없었지만 웬만한 글은 국한문을 가리지 않고 해득해낼 만큼 영악한 데가 있던 것만 보아도 어림하기에 어렵지 않았다.

여섯 살 나던 해 봄부터 여름내 나는 신장염을 앓고 있었다. 나는 의사의 처방에 따른 복약과 더불어 부기를 누르고 이뇨를 돕는 허술한 음식으로 끼니를 메우고 있었다. 자극성 없는 푸성귀와 보리죽, 각종 여름 과일만으로 주식을 삼았던 것이다. 그녀는 그해, 내가 기름기 구경은 고사하고 곱삶이* 꽁보리밥과 보릿가루죽만 반찬 없이 먹는 것을 몹시 걸려 하며 안쓰러워했는데, 쌀밥이 목에 넘어가지 않는다면서 밥을 못 먹어 하기가 일쑤였다. 어른들 몰래 쌀밥을 먹여보려고 나를 부엌으로 불러내어 어르고 타이르기도 한두 번이 아니었고, 특히 절시식(節時食)*이나 별식이 있을 때는 내가 측은해 보인다고 눈물마저 글썽거리기도 했다. 참다못한 그녀가 흰밥 숟갈을 몰래 떠먹이려 하면 부뚜막에 앉혀 있던 나는 예외 없이,

"이애 좀 보래유, 나헌티 쌀밥 준대유."

하고 외쳐 고자질을 했고, 그러면 그녀는 그 고지식함을 더욱 기특하게 여겨 애초 안타까움에 젖었던 눈길을 감출 바 몰라 하곤 했다. 그러고도 내가 은연중에 하루 반 공기 이상 쌀밥을 먹지 않고 못 배긴 것은 순전 그녀의 꾐에 빠져들었기 때문이었다. 그녀는 흔히 "야, 시방버팀 숨바꼭질허자" 하고 말했고 내 동의도 얻기 전에 그럴 채비부터 차렸던 것이다. 그것은 지금 생각에도 정말 별쭝맞은* 숨바꼭질이었다. 그녀는 숟갈 두 개를 준비하여 숟갈에 밥을 뜨고 반찬을 얹은 다음, 하나는 나

를 주어 숟갈을 든 채 숨도록 하고, 그녀는 그녀대로 밥이 얹힌 숟갈을 들고 나를 찾아 나서는 거였다. 술래는 둘이 번갈아가며 하되 술래에 잡히면 즉석에서 들고 다닌 숟갈을 서로 바꾸어 먹도록 되어 있었다. 그래서 나는 무심결에 밥숟갈을 바꿔 먹은 거였고, 그때마다 그녀는 나를 업어줄 듯이 사뭇 귀여워하고 흐뭇해했다.

그렇듯 여리고 가냘픈 마음결의 그녀였지만, 그러나 경우에 따라서는 그 누구보다도 억세고 굳은 의지를 보이는, 정말 그녀다운 면목 그대로를 드러내기도 했다. 아직도 눈에 선연하지만 그 무렵의 어느 날 밤에 있었던 일이다. 막 더운갈이*를 마친 날이었으니 한여름이었던 듯하다. 그날도 사랑에는 남의 눈을 피해 누가 여럿 다녀갔다는 거였다. 그 어름에 우리들이 말하는 누구란 길게 설명할 것도 없이 아버지에게 포섭된 조직원 및 어디선가 무시로 오던 연락원들을 뜻한다. 그들은 지하조직 총책이었던 아버지를 자기네 친부모보다도 더 짙은 피를 나눈 것으로 믿었고, 그 믿는 보람과 자부심으로써 아버지에 대한 백명백종(百命百從),* 그리고 목숨도 돌보지 않는 사람들이라고 나는 듣고 있었다. 따라서 사랑에는 밤낮없이 그런 사람으로 붐볐고, 그네들은 자정녘이건 어슴새벽이건 때를 가리지 않고 무상출입하는 것을 오히려 예의로 알고 있는 것 같았다. 우리 집을 출입하는 그네들의 행색도 여러 가지였다. 나뭇짐이나 소금가마를 진 사람도 있었고, 엿목판을 지고 왔거나 땜장이 행색으로 온 사람도 있었다. 옹점이도 우리 집안 돌아가는 사정을 눈치로 알고 있는 것 같았다. 사랑에 든 사내들만 누구라고 불린 것이 아니라 안으로 찾아와서 상대를 아버지로 하던 낯선 여자들도 거의가 사랑 손님과 같은 부류였던 것이다. 새우젓 장수나 황아장수로 분장했던 그네들은 거개가 아이를 업은 아낙네들이었지만, 개중에는 어리고 앳된 처녀도 드물지 않게 있었으니, 옹점이는 어쩌면 그런 처녀들이 남기고 간 냄새로써 알고 있었던 것인지도 몰랐다. 그런 처녀들은 으레 옹점이와 잠자리를 같이했으며, '어디서 오면' 옹점이의 이종 동생, 또는 외사촌 언니 하고 일가 푸네기*로 위장하도록 교육을 받았던 것이다. '어디서 오면'이란, 심야에 가택 수색을 하기 위해 불시에 덮치는 것을 뜻한다.

"아씨, 하루라도 좋응께 속것만 입구 자봤으면 원이 읎겄슈. 오뉴월 삼복에두 입은 채루 틀틀 감구 자장께 첫째루 땀떼기* 땜이 못 살것슈."

어머니한테 그녀가 그렇게 하소연하던 소리를 나는 여러 번 들었다. 오밤중이고 새벽이고 가리지 않고 느닷없이 담 넘어 들어와서 함부로 뒤져대기 때문에, 온 집안 여자들은 아무리 무더운 복중이라도 겉옷을 벗고 잘 수가 없었던 것이다.

그날 밤도 옹점이는 곤히 잠들어 있었다. 먼 논에서 더운 갈이한 철호에게 점심을 해다 주고 와서 해거름까지 무려 네 차례나 더운밥을 지어냈으니 오죽했을 것인가. 언제나 업어가도 모르게 죽어 자던 그녀가 개 짖는 소리에 놀라 잠을 깨고 일어앉아 보니 방에는 이미 불이 켜져 있고, 낯선 순경이 벽장 속을 뒤적거리더라고 했다.

"접때 워디서 갈려 온 순사라더라."

가택 수색을 마친 순경이 돌아가자 어리둥절하고 서 있던 나더러 아무렇지도 않다는 음성으로 말하던 것도 그랬지만,

막상 내 앞에서 그녀가 당하던 꼴만 상기해도 정말 보통내기
는 아니었다.

"저것두 닳어서 여간 아니던디. 너 워느새 벌써 그렇게 까
졌네?"

철호도 자다 나온 머슴방 문지방에 걸터앉아 옹점이더러
그런 감탄을 하고 있었다.

"너는 뭣이여? 누구여? 바른 대루 대여."

하는 사내 말소리에,

"이 댁 부뚜막지기유. 왜유?"

하던 앙칼진 목소리에 나는 잠결에도 또 그 일임을 깨닫고 눈
을 떴다. 깨어 보니 머리맡에는 벽장 속을 뒤져낸 엿단지,
가조기 채반, 감초 봉지, 한적(漢籍) 따위, 할아버지 살림이 수
북이 쌓여 있고,

"난세니라. 원제나 이 꼴을 안 보고 살어본단 말이냐, 페
엥—"

할아버지는 침통한 음성으로 중얼거리며 뒤집혀진 벽장
살림들을 챙기고 있었다.

"이년이 누구를 째려봐. 잔말 말구 나와."

우악스런 목소리를 거듭 듣고 내가 사랑에서 나오니, 옹
점이는 시커먼 순경 손에 적삼 섶을 죄어 잡힌 채 안마당으로
끌려 나오고 있었다.

"이 댁 부엌떼기란 말여유."

그녀는 독이 시퍼렇게 오른 눈으로 순경을 찢어보며 화통
삶아 먹은 소리를 지르고 있었다. 그러나 그 낯선 순경은 무가
내*면서 옹점이의 몸수색을 시작했다.

"이년이 뭣을 닮아서 이리 뻗세여. 돌어스라면 돌어섯."

순경이 눈을 부라리며 윽박지르자 그녀는 마지못해 고개를 돌렸다. 순경은 치렁치렁 땋아 늘인 머리채 끝의, 깨끼저고리* 남끝동 같은 댕기를 풀었다. 식모로 가장한 연락원으로 알았는지, 순경은 자기 호주머니에서 빗을 꺼내더니 머리끄덩이를 잡아채가며 동짓달 서캐 훑듯 짯짯이 빗겨보는 거였다. 그러나 그녀 머릿속에서 순경이 바랐던 암호문이나 지령문 쪽지가 나올 리는 만무한 노릇이었다.

"증말루 이 집 애여?"

"또 물어유?"

다소 무안을 느꼈는지 순경은 거칠어진 음성으로 되물었다. 그녀도 독 오른 눈을 감그려뜨리면서 대꾸했다.

"그짓말허면 워디 가는 중 알지? 신세 조지지 말구 순순히 대답혀."

"자던 사람 대이구 말 시키면 하품 나와유."

"그야 고단헐 테지. 손님 밥을 일곱 번이나 지었으니께."

누가 오면 으레 밥을 새로 지어 대접해온 터이므로 식객이 몇이었던가를 알려는 유도 심문이었으나 그만한 눈치가 없을 옹점이는 아니었다.

"넘으 집 안살림을 워치기 그리 잘 아슈. 그 개갈 안 나는 소리* 웬만큼 허슈."

"야, 굴뚝에서 일곱 번 연기 난 것을 본 사람이 있어."

"워떤 옘병허다 용 못 쓰구 뎌질 것이 그류? 밥 짓구 국 끓이구 찌개 허면 하루 시끼니께 연기가 아홉 번 나지 워째서 해필 일곱 번이여. 끈나풀*을 삼어두 워째서 그런 들 익은 것으루 삼었으까. 그런 눈깔을 빼서 개 줄 늠 같으니."

"……"

"워떤 용천(나병)허다 올러감사혈* 것이 그런 그짓말을
헙듀? 찢어서 젓 담글 늠. 그런 것은 안 잡어가유?"

순경은 그녀의 걸쩍한 구습에 질려 부쩌지 못하다* 말고,
사랑 재떨이에 웬 담배꽁초가 그리 수북하냐고 다시 휘어서
물었다.

"이 동네 마실꾼들은 담배두 못 핀대유?"

"이 동네 마실꾼들은 누구냔 말여."

"바깥 마실꾼을 안이서 워치기 알유. 내외*허는 댁인디."

"동네 마실꾼인디 모란 공작 부용 같은 궐련*을 피여?"

"허가 읎이 잎담배 말어 피면 잽혀간다메유."

"너 몇 살 먹었네?"

"멥쌀두 먹구 찹쌀두 먹구, 열두 가지 곡석 다 먹었슈."

하고 나서 그녀는 치맛자락 밑으로 어슬렁대던 검둥이 뱃구레
에 냅다 발길질을 하며,

"이런 육시럴 늠으 가이색깃 지랄허구 자빠졌네. 주둥패
기 됐다가 뭣 허구 이 지랄혀여. 너 니열버텀 잘 굶었다. 생전
밥 구경을 시키나 봐라."

하고 거듭 발길질을 하여 금방 어떻게 되는 비명 소리가 들리
도록 했다. 내가 듣기에도 담 넘어 들어오는 순경을 물어뜯지
않았다는 핀잔이었다. 그 무렵에도 개는 밥 주는 사람을 닮는
다던 말이 들리고 있었다. 그것은 특히 옹점이의 성질머리를
탓하고 싶으면 으레 빗대어 하던 대복 어메 말이었다. 대복 어
메 말은 틀림없었다. 그녀는 개가 독해지라고 어려서부터 부

러 맵고 짜게 먹었고, 심심하면 빗자루나 부지깽이로 개를 닦달하여 모질고 사납게 키웠다. 그러므로 그녀 손에 자란 개는 걸핏하면 동네 사람도 물어뜯고, 허구한 날 남의 집 닭을 물어 죽이는 한다하는 맹수가 되던 것이다.

옹점이가 그처럼 혼이 나고 있어도 누구 하나 나서서 감싸준 사람은 없었다. 그럴 겨를이 없어서였다. 사복 형사 둘이 각기 다른 방을 뒤지고 있었으므로 지켜 서서 입회하지 않으면 안 되었기 때문이었다. 입회를 하지 않을 경우, 순경 자신들이 가지고 온 물건을 꺼내어 들고 마치 우리 집에서 감추어 둔 것을 적발해낸 것처럼, 그것의 출처를 추궁할뿐더러 그 물건을 빌미하여 연행해 가려 들기 때문이었다. 그들은 그들이 미리 준비해온 문서나 소총 실탄 따위를 슬쩍 꺼내 들고는 그것이 증거라 하며 없는 혐의를 뒤집어씌우려 들던 것이 상투적인 수법이었다.

한바탕 북새를 치르고 난 뒤,

"쟤는 주뎅이두 흠허더라. 야중 워떤 것이 저런 것을 데리다 살는지 걱정이 태산이랑께."

잠 달아난 철호가 모깃불을 놓으며 빈정거리자,

"야, 너처럼 묻는 말에 이빨 앓는 시늉허다가 볼텡이에 혹 붙이느니버덤 낫겄다……"

그녀는 하품을 늘어지게 하면서 의젓하게 말했다.

"그 애(순경), 저 딱 바라진 엉뎅이나 벳겨보지 않구."

"시늉허네, 작것."

그녀는 그만큼 입이 걸고 성질도 사나웠지만 늘 시원시원하고 엉뚱한 데가 있었으며 의뭉스럽기도 따를 자가 없었다.

육덕 좋은 허우대나 하고 곱게 쪽집은 눈썹과 사철 발그레하게 피어 있던 얼굴이며, 그녀는 안팎 모가비* 총각들에게 선망의 대상이었다. 남다른 눈썰미로 한번 보면 못 내는 시늉이 없었고, 손속 또한 유별났으니 애써 가르친 바가 없어도 음식 맛깔과 바느질 솜씨는 어머니도 나무랄 수 없음을 진작에 선언한 정도였다.

동냥을 주면 종구라기*가 넘치고 개밥을 주어도 구유가 좁게 손이 컸다.

"저것이 저리 손이 크니 시집가면 대번 시에미 눈 밖에 나리……"

어머니의 걱정처럼 그녀는 오종종하거나 소갈머리 오죽잖은 짓을 가장 싫어했고, 남의 억울한 일에는 팔뚝을 걷어붙이고 나서서 뒵들어* 싸워주며, 부지런하려 들기로도 남보다 뒤처짐이 없었던 것이다. 대소간에 대사가 있을 때마다 그녀가 징발됐던 것도 남의 집 뒷수쇄*에 뛰어난 능력을 보였음이니, 온갖 일의 들무새*요 안머슴이었던 것이다.

"말 꼬랑지 파리가 천리 가더라구 옹젬이가 그렇당께."

부락 사람들은 그녀의 억척과 솜씨를 그렇게 비유하였고, 그녀는 그녀대로 그런 말 듣게 된 자신을 대견스레 여기는 것 같았다.

그녀가 열여섯이라는 어린 나이였음에도, 안팎 동네의 머슴이나 품 일꾼, 그리고 어리전*이나 드팀전*을 보아 제 몫은 하던 장돌뱅이 총각들의 눈독을 한 몸에 받고 있었음은 당연한 일이었다. 그러나 그 총각들은 장차 그녀를 아내로 맞고 싶어서 그러던 것은 분명 아닌 것 같았다. 그 시절만 해도 혼사에 있어서만은 으레 근본의 어떠함이 결정적인 역할을 하고 있던 것이다. 양반 찌꺼기들은 말할 것도 없고 향품배(鄕品輩)* 끄트머리만 되어도 집안이 이렇고 저러함을 가장 큰 구실로 삼고 있었던 것이다. 그런 경우 교전비(轎前婢)*와 난봉난* 행랑것 사이에서 태어났던 그녀의 신분은 누구라도 고개를 저을 커다란 허물이었다. 아무리 소견이 들어 됨됨이가 쓸 만하고 살림에 규모가 있더라도 그녀의 내력을 번연하게 외던 근동 사람이라면 거들떠보려고도 않을 판이었다. 그러므로 아는 총각들이 그녀를 좋아한 것은 그녀의 빼어난 노래 솜씨, 그렇다, 그 노래에 반한 거였다.

"페엥— 저것이 소리 한 가지는 말쉬바위[曲馬團] 굿패들보담 빠지지 않으리라."

할아버지가 나무라다 말 정도로 그녀는 무슨 노래든지 푸짐하게 불러대었고 목청도 다시없이 좋았다. 그녀가 떠벌리기를 가장 즐겨하던 노래는 내가 기억하기에 「황하다방」이었다. 아궁이 앞에 가랑이를 쩍 벌리고 앉은 채 한창 신명이 나면, 삭정이 잉걸불에 통치마에서 눈내*가 나는 줄도 모르고 부지깽이가 몇 동강이 나도록 부뚜막을 두들겨 장단 치며 가락을 뽑아댔던 것이다.

목단꽃 붉게 피는 사라무렌 찻집에
칼피스 향기 속에 조는 꾸—냥……
내뿜는 담배 연기 밤은 깊어가는데
가슴에 스며든다 새빨간 귀거리

한가락 뽑고 나면 으레 하던 말이 있었다.

"아씨, 올 갈에 바심*허면 오와싯쓰표 유성기 한 대만 사
유. 라지요버덤 쬐끔만 더 주면 산대유."

안방에 대고 목통껏 소리를 지르는 거였다. 그러면 어머
니는 또,

"시끄럽게 유성기가 다 뭐냐. 니 창가 듣는 것만두 지긋덥
구 진절머리 난다 얘."

하고 일축했고 그녀는 다시,

"장터 가가에 가면 유성기 소리판두 고루고루 썼던디……
심연옥 소리, 장세정 소리, 박단마, 금사향, 이난영, 신카나리
아 소리……"

"알기는 똑 귀뚜리 풍월허듯기……"

"고려성, 이부풍, 천하토 작사가 젤루 맘에 들던디…… 강
남춘, 진방남, 이애리수 소리두 여간 안 좋아유."

하고 바람 든 소리를 한바탕 늘어놓고 나서 다시 노래를 불러
제낀다.

　　　호동왕자 말채쭉은 충성 충──짜요
　　　모란공주 주사위는 사랑 앳──짤세
　　　충성이냐 사랑이냐 쌍갈랫 질을
　　　이리 갈까 저리 갈까 별두 흐리네

"작것아, 뭐 탄내 난다. 지발 불 좀 보거라."

어머니가 야단을 쳐야만 놀라며 아궁이 불을 아무리고*
엉덩이가 무겁게 일어나는 버릇이었으니, 그녀는 이미 그 무

렵부터 자기가 가사를 바꾸어 부르는 재치도 있었던 것으로
안다. 그중에는 내가 아직 안 잊은 것도 있다.

죽 끓는 부엌짝 아궁지 앞에
동냥허는 비렝이야 해가 졌느냐
쉬지 말구 놀지를 말구 달빛에 밥을 벌어
꿈에 어리는 건건이 은어서 움막 찾어가거라

운다고 옛사랑이 오리오마는 눈물로 달래보는 구슬픈 이
밤…… 요즘도 술집 술상머리나 라디오에서 니나노가 흘러나
오면 잃어버린 지 오래인 동심이 불현듯 되살아나곤 한다. 잊
혀진 노래── 그것도 유행가를 들어야만 비로소 철없은 어린
시절이 되새겨진다. 옹점이한테 그런 노래들을 배워가며 뛰놀
던 기억이 가장 그립기 때문이리라. 물론 그녀는 내게 그런 유
행가만 가르쳐준 것은 아니었다. 유행가가 아니었던 노래들은
대부분이 들어보기 어렵게 됐거나 아예 잊어버렸을 따름이다.
내가 옹점이 등에 업혀 보통학교 학예회 구경을 가고 그녀와
함께 배워 와서 오랫동안 함께 부르며 놀았던 노래들, "아침
해 고을시고 삼천리 강산……"이나, "어둡고 괴로워라 밤도
깊더니……"로 시작되고, "아아 자유의 자유의 종이 울린다,"
운운하던 노래만 해도 이젠 거의 잊어버린 노래가 아니던가.
그녀는 비단 유행가뿐만 아니라 보통학교에서 가르치던 노래
도 학동들보다 먼저 배웠고 더 잘 불렀던 것으로 기억한다. 그
녀는 머슴애들마냥 어디서나 떠벌리기를 잘했고, 줄넘기나 공
기놀이보다도 고누·연날리기·자치기·쥐불놀이·목대치기를

더 잘했으며, 치기 가운데서도 엿치기만은 그녀에 견줄 사람이 없었다.

그 무렵 관촌 부락으로 이틀이 멀게 하루걸이로 가위 소리를 내며 다닌 엿장수 한 사람이 있었다. 서른 살이나 됐을까한 애꾸였는데, 어설픈 언동으로 보아 총각임에 틀림없다고들 했다. 옹점이는 언제나 저만치 어딘가에서 가위 소리만 나도 지금 어느 엿장수가 동네 어디쯤에 오고 있다는 것을 단박에 알아맞추었으며, 그리하여 그 만만한 애꾸눈의 엿장수 가위 소리만 나면 만사를 작파하고 뛰어나갔고, 곧이어서 엿치기로 들어붙는 거였다. 정말이지 목판에 가득 담긴 그 숱한 엿가락 가운데에서 그녀가 골라잡아 제 귓가에다 대고 손톱으로 살살 긁어 복— 복— 소리가 나는 놈으로 뚝 분지르며, 쉿— 하고 불어본 놈치고 구멍이 크지 않은 놈은 거의 없다시피 했으니, 결국은 그 엿장수를 상대로 열을 올려 엿치기에 몰두하던 것도 당연한 일이었다. 그녀는 엿장수와 엿목판을 가운데에 두고 엿치기에 들어붙으면, 부엌의 잿물 빨래 삶는 솥에서 눋는 냄새가 나도 모를 지경이었다. 그럼에도 어머니가 짐짓 모른 체하고 나무라지 않았던 것은, 그녀가 노상 이기게 마련이었고, 백랍전* 한푼 없이 대들고도 치마폭에 엿가래를 한 보따리씩 싸들고 들어오는 꼴을 보는 것이 재미있어서였음이 분명했다. 그때마다,

"눈깔 하나가 모자라니께 저런 것두 지집애라구 홀랑 빠졌겠지."

철호가 엿장수와 그녀의 수작이 마뜩찮고* 심통이 나서 이기죽거리면,

"저 작것 또 육갑헌다. 저런 것두 사내꼭지라구 새암헌다 닝께."

하며 옹점이도 지지 않으려고 맞섰다.

"애꾸가 니 맘 보느라구 대이구* 저주니께 엿을 따지, 무슨 개장에 초 친 맛으루* 니까짓 것헌티 지구 있겄다."

철호는 대문 밖으로 휭 돌아나가며 중얼거렸다.

철호 말에도 일리가 없지 않은 것 같기도 했다. 옹점이가 행주치마 속의 엿가래를 쏟아놓고 보면 그중에는 부러지지 않은 성한 엿도 대여섯 가락씩 들어 있었던 것이다. 그것은 새치기한 것이라면서 훔쳐 넣는 시늉까지 천연스럽게 되풀이했다. 엿장수가 저쪽 눈이 애꾸라서 이쪽 손으로 연방 집어넣어도 모른다던 것이다. 그러나 그것도 한두 번이지 눈감아주지 않는 바에는 들키지 않을 이치가 없는 거였다. 어쨌든 우리들로서는 알 바 아닌 일이었다. 그녀도 나 못지않게 군것질이라면 밤잠도 마다하던 터였으니, 그런 어리숙한 엿장수가 제물에 걸려들었다는 것은 바라지 않던 부조요 횡재로만 여겨질밖에 없었다. 할아버지가 쓰는 사랑 벽장 속에도 항상 엿 단지가 들어 있기는 했지만 여간해서는 얻어먹기 어렵던 것. 그런 단것들은 옹점이 아니면 챙겨주는 사람이 없기도 해서, 우리들의 군것질이 그칠 새 없은 것도 순전 옹점이의 수완이 비범한 덕택이었다. 그중에서도 못내 잊혀지지 않던 것은, 내가 캐러멜을 처음 먹어본 기억이다. 어쩌면 그 이전에 이미 먹어본 것임에도 기억을 못 해서 그것이 처음으로 알고 있는 것인지도 모르긴 하나, 좌우간 나는 여태껏 옹점이가 사다 준 것을 먹어본 것이 최초의 것이니라 여기고 있다.

해방 이태 뒤였나, 여하간 가물어 메밀 싹이 안 난다던 삼복중에 내가 학질로 입맛도 잃고 가쁜 숨만 그렁거리며 마루 끝에 누워 있던 날이었다. 서른이 넘고부터는 걸핏하면 감기에 걸리듯 그 무렵은 웬 학질을 그토록 자주 앓았는지 모른다. 한 축만 앓고 나도 며칠씩이나 먹지를 못했었다. 그날도 돌봐주는 이 없이 혼자 뒹굴며 호되게 앓았고, 해가 설핏해지면서 정신이 좀 난다 싶을 때였다. 옹점이가 장바구니를 들고 들어오는 것이 보였다. 그녀는 바구니를 부엌에 두고 나오더니 내 이마를 가만히 짚어보며,

"얼라, 이 머리 연태 끓어쌌네…… 이봐라, 내가 너 줄라구 이런 거 사왔지. 뭔 중 알었네?"

그녀는 손에 들고 있던 것을 살짝 펴 보이며 말했다. 나는 그 순간 소름이 끼쳐 얼른 돌아누워버렸다. 속여서 약을 먹이려는 그녀 속셈이 너무 뻔해서였다. 제가 무슨 돈으로 먹을 것을 사와, 하도 약을 안 먹으려 드니 꾀를 써서 먹이려는 것이지. 나로서는 그 외에 달리 생각해볼 수가 없던 것이다.

"딴 애들 옰을 때 빨리 먹어라. 태모시* 판 돈 여투어* 산 거여."

그녀는 히뜩히뜩 웃어가며 가진 것을 내주었다. 조일표 성냥갑만 한 것이 천상* 목이 타게 쓰디쓴 금계랍갑이었다.

"겡그랍이 아니랑게. 내가 너헌티 쓴 약을 줄 성싶네? 봐 미루꾸*지, 바둑끔처럼 쫄깃쫄깃허니 오꼬시*나 셈뻬이보담 맛있는 미루꾸여."

"싫다는 디두 대이구 이려."

내가 신경질을 부리자 그녀는 갑을 뜯어 알맹이를 내보였

다. 약은 아닌 것 같기도 했다. 주황 색깔이 도는 것이 똑 세숫
비누 같았다. 그녀가 조금만 맛보라면서 칼로 반듯하게 저며
주어 마지못해 입에 대어보고서야 나는 역시 내게는 옹점이밖
에 없다는 생각을 거듭 다짐하게 되었다. 아직도 보드랍고 쫀
득대는 맛으로 남아 있는 그것이 곧 캐러멜이었음은 나중에서
야 안 일이었다. 그녀는 그 뒤로 엿치기해서 딴 엿 말고도 캐
러멜이나 콩과자 같은 싸구려 과자를 내게 사주어 입이 굴품
하지* 않도록 신경을 썼다. 그것이 부정한 방법에 의한 것인
줄 번연히 알면서도 끝내 모른 척했음은 물론이다. 그녀는 밥
할 때마다 조그만 마른 단지에 한줌씩 여투어 모아둔 움쌀이
나 보리쌀을 어머니 몰래 빼돌렸던 것이다.

관촌 부락에서 등성이를 끼고 돌면 요까티라는 작은 부락
이 있었다. 원래 이웃하고 농사짓는 초가집 대여섯 가구뿐으
로 1년 내내 대사 한번 치르지 않아 사는 것 같지 않던 동네였
으나, 해방 이듬해부터는 금융조합 창고 같은 연립주택이 몇
채 들어서고 한 채에 여남은 가구씩, 북해도에서 왔다는 전재
민*들을 들여 정착시키자, 밤낮 조용할 날이 없게 시끄러운 마
을로 변하면서 전재민촌이라는 새 이름이 붙은 곳이었다. 읍
내의 지게꾼, 신기료장수, 리어카꾼과, 주제꼴이 남루한 낯선
사람은 모두 전재민촌에서 사는 사람들이라고 해도 무방할 지
경이었다. 그 전재민촌이란 이름은 차츰 도둑놈 소굴이라는
뜻의 대명사로 불리어져갔다. 관촌 사람들은 집 안에서 무엇
이 없어진다거나, 논밭에 심은 것이 축난 듯싶으면 으레 전재
민촌 사람들의 소행으로 여겨 버릇했고, 서툰 임고리장수*가
들어서도 전재민촌 사람으로 판단, 물건을 갈아주기보다 집어

가는 것이 없는가를 살피려는 도사림으로 냉대해 보내기 일쑤였다.

그런 중에도 옹점이는 조금 달랐다. 그네들이 살아온 이야기, 살아가는 이야기를 들어보면 불쌍하기 그지없던 거였다. 굶다 못해 이불솜을 빼다 팔아 겨울에도 홑이불을 덮는다든가, 변변한 옷가지는 죄 팔아먹어 주제꼴이 그처럼 비렁뱅이 꼴이라는 거였다. 그렇다면서 전재민만 오면 어머니를 졸라 무엇이든 한 가지는 갈아주도록 꾀하던 것이다. 그녀는 특히 그녀만 보면,

"옥상, 오꼬시 사 먹소."

하며 들어붙던 절름발이 늙은이를 가장 측은하게 여기고 있었다. 일본에서 건너오다 처자를 놓쳐 홀로된 늙은이라는 거였다.

"그 옥상만 보면 지 애비가 모집* 나갔다 나오면서 고상했다던 생각이 나서 딱해 못 견디겠슈."

옹점이가 어머니한테 하던 말이다.

과자를 먹어 어디서 난 것이냐고 물으면 옹점이는 서슴지 않고,

"쭉젱이* 보리 한 종발 주구 옥상헌티 샀지."

했다. 옥상에게 곡식을 빼돌려가면서까지 그녀가 내게 군것질을 시킨 이유는, 옥상이라고 부르던 그 불우한 늙은이를 돕는 마음이었지만, 그러나 그보다 더 갸륵한 뜻이 없지 않았음을 나는 알고 있었다.

근래에 들어와 크게 유행을 본 말 가운데서 내가 가장 깨닫기 수월찮던 말이 주체의식이니 주체성 운운하던 단어들이

었다. 어떡하는 것이 주체의식이 있는 일이고 무엇이 주체성을 지키는 것인지 얼른 이해하기 어려운 말이었다. 세상이 어지러운 난세일수록 유언비어가 난무함이 예사이고, 말을 않으면 병신 대접 받기 십상인 줄 모르지 않으나, 주체의식이나 주체성이란 말을 외래어보다도 막연하게, 개나 걸이나* 지껄여대지 않으면 행세를 못 하는 줄 알던 많은 사람을 보아온 터여서, 그 천한 말을 옹점이는 일찍이 내게 행동으로써 보여준 셈이라고 장담하게 되지 않았나 싶기도 하다. 한 번 더 다짐해두지만, 그 무렵 옹점이의 태도를 주체의식, 또는 주체성이 있는 것으로 보아 무방하다면, 나는 그녀만 한 정신 자세를 가진 인간을, 내가 이 사회에 나와 벌어먹게 된 뒤로는 몇 사람 외에 구경하지 못했다고 단언할 수 있으리라 믿는다. 물론 그녀가 '민족적 주체의식에 의해' 집안 물건을 빼돌리거나 엿장수를 속여가며 내게 주전부리를 시켰다고 말해봤자 이해한다고 할 사람은 없을 터이지만.

그렇더라도 최근에 이르러, 해묵은 낱말들이 유행하는 현실을 비위 거슬려 해온 터이므로 그런 억지라도 우겨보고 싶은 오기가 아니 날 수 없다.

그 대목의 전말을 나는 '어느 날이었다'라는 상투적인 말로 서두를 삼지 않으면 안 되리라. 그것은 살아오면서 겪음한 바가 적지 않았듯, 길흉화복이건 일상의 범속한 일이었건, 삶의 과정은 무슨 조짐이나 예측이 없이 우연으로 시작되기 예사이고, 종말 역시 그렇게 맺던 것에 바탕하여 하는 말이다.

어느 날이었다. 소나기 한 줄금 없이 찌던 그 7월. 앞서 말한 학질로 눕기 대엿새 전일 터이다.

"오포(午砲)* 불기 전에 짐칫거리버텀 절여야 헐 텐디……"

옹점이가 솎음 열무 소쿠리를 자배기에 포개어 이고 나서자 누군가가 먼저 "우리두 갯놀이허러 가자" 해서 우리들이 그녀 뒤를 따라가다가 처음 발견한 일이었다. 아, 그때의 우리들에겐 그 얼마나 당혹스럽고 두려운 충격이었던가. 우리들이란 나와 함께 천자문을 배우러 와서 오전 공부를 마치고 쉬던 진현이와 준배, 그리고 옹점이 하여 넷뿐이었지만, 그것은 실로 아연하지 않을 수 없는 사건이었다. 우리들은 어쭈어쭈 춤을 추는 옹점이의 자주 댕기를 따라 신작로에 이르고, 미루나무 그늘에 들어서서 잠시 땀을 들이고 있었던 것이다. 철로를 넘어서면 제방이 바로였다. 그 제방 위로 넘실대는 바닷물에는 밤하늘보다도 더 많은 별들이 반짝거리고 있었다. 놀이라기보다 너울이라고 해야 좋을 만큼, 바다는 잠포록한* 수평선으로부터 얌전하게 들먹거리면서 아름답고 눈부신 빛깔로 춤을 추고 있었다.

"보름사리라 물두 오달지게* 들었는디."

옹점이는 느낀 바를 중얼거리고 있었지만 우리들에게는 심통을 줴지르는 부아 덩어리였다. 우리들은 들어찬 밀물[滿潮]을 반겨본 적이 별로 없었다. 그 즐거운 개펄놀이가 불가능하기 때문이었다. 물이 들면 개펄에서 뒹굴며 개랑물*에 미역 감고 게나 뿔고둥 따위를 못 잡게 되었다. 아니, 그렇듯 빠지면 그만이게 한 길이 넘는 깊이로 만조만 되지 않았더라도 우리들의 낙심이 그토록 크지는 않았을 터였다. 노는 소금가마를 띄워 타고 노 젓는 사공놀이를 하기도 여간 흐뭇한 일이 아니었으니까. 그러나 그날 옹점이가 열무를 씻는 동안 우리들이 놀 수 있는 놀잇감이라고는 둑에 매여 있던 남의 염소뿐이었다. 염소 고리 풀어 끌어내다가 물에 던질 듯이 하여 놀래어주는 심술이나 부리고 되돌아올밖에 없이 되었던 것이다. 염소를 놀래어주는 장난도 재미없는 장난은 아니었지만. 물이 제방 둑을 넘나들게 만조가 되면 옹점이나 마을 아낙네들은 매양° 갯가로 김칫거리를 썻으러 나왔다. 갯물에 썻는 동안 갯물이 간국이 되어 저절로 절여지므로 소금이 절약되기 때문이었다. 그런 때 갯가에 나간 우리들은 일쑤 둑에서 풀을 뜯던 염소 놀래주기 장난을 즐기려 하였다. 염소는 무엇보다도 물을 가장 두려워했으니, 그것은 염소가 물 먹는 것을 못 본 데다가, 마을 어느 집이 염소를 잡는다는 소문에 나가보면, 으레껀 장정 두서넛이 염소를 갯둑으로 끌고 가서 멀쩡한 놈을 갯물에 던졌다 꺼냈는데, 그때마다 이미 숨겨 있던 것을 미루어보아도 능히 알 만한 일이었다. 우리들은 제방 이쪽의, 물이 안 보이는 중간턱에 말뚝이 박힌 염소 고리를 풀어 둑 너머로 끌어낸다. 염소는 넘실거리는 물자락과 부서지는 물보라를 만난 순간 이미 넋이 달아난 눈을 한다. 염소 고집이라는 말이 있듯, 염소는 한번 마다하기로 작정한 것이면 황소만치나 힘이 세어진다. 우리들도 있는 기운을 다해서 앞으로 끌고 뒤에서 밀어낸다. 어린애 장난도 개구리에게는 생사 문제듯이, 우리들의 심심풀이도 염소에게는 사활을 가름하는 일이었다. 염소는 언제나 결사적으로 버티며 뿔로 받으려 했고, 우리 셋은 번번이 염소 한 마리를 당해내지 못했다. 우리가 마지막 힘을 다하여 달려들어야 겨우 염소 뒷다리만 조금 적셔주고 말 뿐이었다. 그날도 나는 역시 그럴 참으로,

"그만 가자. 그만 쉬구 얼릉 근너가서 염소허구 3 대 1루 한바탕 더 해보자."

하며 어서 철로를 건너가자고 재촉했다.

"금방 오는 소리가 났는디 자발읎이* 그러네."

옹점이가 나무라듯이 말했다. 나도 별수 없이 진현이나 준배마냥 입을 다물고 있었다. 더워서 그늘에 든 것이 아니라 기차가 지나가기를 기다리고 있었던 것이다. 곧 완행열차가 지나갈 시각이었다. 서울 살며 기차 소리만 들리면 얼른 창 너머로 눈을 보내 버릇하는 이는 나 혼자만이 아닐지도 모른다. 나는 십수 년 동안을 한결같이 그래왔다. 어떤 별난 소리가 들려도 못 들은 척할 수 있지만 수색이나 서강 쪽으로 기차 가는 소리만 들리면 참을 수가 없었다. 어쩐 셈인지 뉘우쳐보기도 여러 번이었건만 번번이 해명되지 않았다. 어려서부터 몸에 밴 습관인지, 아니면 늘 철로가 보이는 신촌에서만 사는 탓인지 알 수 없는 일이었다. 하여간 그날도 우리들은 기차가 지나가기만 기다리고 있었다. 그것은 어려서부터 철로가에서 자라온 습관 때문이었다. 그리고 우리들은 늘 철로와 더불어 뛰놀고 있었다. 우리들은 내남없이 엽전이나 못, 철사 토막, 대장간에서 훔친 쇠붙이 따위만 있으면 항상 철둑으로 뛰어나왔고, 기차 시간에 맞추어 그것들을 철로 위에다 올려놓았던 것이다. 기차가 지나가고 난 뒤에 보면 그것들은 뜨겁게 달구어진 채 얇히고 넓혀져 전혀 엉뚱한 모양으로 변해 있었다. 그것으로 우리들은 무엇이나 두들겨 만들며 놀았었다.

기차가 지나간 뒤에 보면 아예 없어져서 찾지 못하는 것도 많았다. 그래서 우리들은 철로 위에 침을 뱉고 침방울 위에 그것들을 올려놓았었다. 그렇게 해야만 기차 바퀴에 묻어가지 않으리라고 누군가가 일러주었던 것이다. 그렇게 해서 없앤 엽전과 백통전은 또 얼마나 많았는가. 그때는 기차에 눌린 엽전으로 만든 제기라야 발에 잘 맞았던 것이다.

나잇살이나 먹은 옹점이도 지나가는 기차 쳐다보는 것을 취미로 하고 있었다. 논밭에서 하던 일도 멈추고 연장 자루를 쥔 채 허리 세워 지나가는 열차에 넋이 빠지는 아낙네들은 지금도 기차 여행에서 흔히 보지만, 옹점이는 그중에서도 유별났던 것으로 기억한다.

"인저 온다!"

철로 위에 올려놓은 쇠붙이도 없으면서 진현인가 준배든가, 둘 중의 하나가 반색을 하며 말했다. 이윽고 시커멓고 우람한 화통이 서낭당 모퉁이로 돌아오며 언제나처럼 긴 허리를 뒤로 잡아빼기 시작하자, 우리들은 곧 손을 흔들어줄 채비를 하고 있었다.

"어 어?"

"얼라 — 얼라 —"

화통이 지나가자 우리들은 저마다 놀란 입을 다물지 못하고 있었다.

그렇다. 그것은 우리가 늘 보던 기차가 아니었다. 울긋불긋 희끗뉘끗한 사람들로 미어지던 보통 기차가 아니었다. 국방색, 그리고 카키색 군복을 입은 군인들이 가득 차 있었지만, 창문마다 내다보고 있던 군인들은 우리 국방군이 아니었다. 모두 뇌리끼해 보이는 미군들이었다. 그러나 우리들의 놀라움은 그래서 그랬던 것도 아니었다. 그 미군들은 우리에게 뭔가를 던져주며 히엿히엿하게 웃고 연방 고갯짓을 했는데, 그네들이 내던지던 것은 버린 것이 아니라 우리들더러 가져가라고 하는 시늉이었으며, 던져준 물건마다 먹는 것이어서도 아니었다. 그것들은 모두 한두 번씩 베어 먹은 것들이었는데, 그래서 그랬다기보다도 여러 가지로 놀라운 것들을 한눈으로 한꺼번에 보았기 때문이었다. 난리가 났나? 미군들이 읍내로 쳐들어오는 것인가? 곧 싸움이 벌어질 건가? 나는 가슴이 두근거리고 다리가 후들거려 어쩔 바를 몰라 하고 있었다.

"고, 록구, 시찌……"

옹점이는 열차 차량 수를 세어보고 있었다.

"야, 옹젬아."

나는 옹점이 손목을 부여잡으며 떨리는 소리로 말했다.

"……"

옹점이는 내 말에 대답할 겨를이 없었다. 어디서 어떻게 알고 모여들었는지, 마을 조무래기들이 쏟아져 나와 미군들이 던져준 것들을 한 아름씩 주워댔던 것이다.

"어이구 저런…… 저런 그지떼……"

한참 만에야 옹점이는 그런 욕지거리를 내뱉었다. 아니, 아이들만 꾀어든 것도 아니었다. 어른 아이 할 것 없이 모여들어 북새를 피우고* 있었다. 두서너 사람이 엉겨 붙어 서로 밀고 당기는 실랑이가 벌어진 곳도 있었다. 먼저 줍기 위해서, 주운 사람이 임자라 우기느라고, 그렇지만 먼저 발견한 사람이 주인이라고, 또는 반반씩 나누어 갖자고, 조금만 주면 맛이나 알고 말겠다고, 무엇인지 보게 만져만 보라고…… 남볼썽*은 아예 아랑곳없이 온갖 악다구니를 다 떨며 싸우고 있었던 것이다.

아이들은 주워온 것들을 아귀가 미어지게 허발대신하며* 먹어대고 있었다. 모두가 하나같이 한두 번씩은 입이 갔던 것들이었다. 뿐만 아니라 녀석들은 어느새 빈 병 빈 깡통 등속도 한 아름씩 모아놓고 있었다.

"너는 뭣뭣 줏었데?"

옹점이가 물었다.

"빠다, 빵, 끔, 미루꾸……"

창인이는 들고 있던 빵 조각을 우겨넣고 찔룩거리며 대꾸했다.

"개살구를 줏어 먹었나 너는 왜 쇠똥 밟은 상판이냐?"

"풰풰…… 되게 쓴디 뭔지 모르겄어. 풰풰……"

장식이는 세모난 구멍이 두 개 뚫린 깡통을 입에 기울이더니 연방 침만 뱉었다. 지금 생각하면 녀석은 한 모금쯤 남기고 던져준 맥주를 맛본 것이 분명했다. 그러나 내가 가장 놀랐던 것은 그다음에 목격한 일이었다.

"저런…… 저러니……"

놀란 것은 옹점이도 마찬가지였다. 그녀는 다시 그 사나운 입을 열었다.

"어매…… 그런 빌어를 먹다 급살맞어 뎌질* 것들 봐……"

내가 보기에도 그럴 수는 없는 일이었다. 창인이는 이내 먹던 빵 조각을 내팽개쳤지만, 손에는 누런 가랫덩이가 그대로 남아 있었던 것이다. 빵에다 가래침을 뱉어 던져주다니.

"생각만 해두 끔찍스럽다. 너는 절대루 저러면 못쓴다. 맛 못 보던 게라구 저런 것 줏어먹으면 큰일날 중 알어."

그날 옹점이는 나에게 몇 번이나 신신당부를 했는지 모른다.

"그것들이 조선 사람은 죄다 그지라구 여북이나' 숭보면서 비웃었겠네. 개헌티두 그렇게는 안 던져주겄더라. 너는 누가 주더라두 받어먹지 말어여."

그녀가 거듭거듭 되풀이 타이른 것은, 내가 아이들의 먹는 입을 쳐다보며 침을 삼켰기 때문이었다고 뒷날 들었다.

"대관절 조선 사람이 뭘루 뵀글래 처먹던 것을 던져줬으까나······"

그녀는 몹시 분개하고 있었다.

"너두 그런 거 줏어먹으면 서방님께 당장 일러바칠 텡께."

나는 그녀에게 굳게 약속했다. 그녀 말이 모두 옳게 여겨지기도 했지만, 그보다는 할아버지한테 배운 바에 충실하고 있었기 때문이었다. 할아버지로부터 배운 것이면 무조건 순종하고 지키던 터였으니 낯선 것이라 하여 함부로 얻어먹을 수는 없었던 것이다. 따라서 나는 그 후로도 아이들 틈에 섞여 놀되, 하루에 기차가 몇 번씩 지나가며 무엇을 떨어뜨리고 가든 거들떠보지도 않았던 것이다. 그것은 그 무렵의 내가 생각하기에도 여간 대견스러운 일이 아니었다.

이튿날부터 마을 사람들은 차 시간을 기다려 철로 양켠 둑에 줄을 서고 있었다. 미군들은 언제나처럼 먹던 것만을 던져주었고, 사람들은 서로 싸우며 주워먹었다. 나는 밭마당가에 나앉아 그러는 꼴들을 구경했다. 매일같이 일과처럼 지켜 앉아 있었다. 미군들은 젊은 부인네나 처녀한테는 먹다 버리지 않고 새것으로 던져주었다. 사이다 병에 대가리가 터진 어른도 있었고, 깡통에 맞아 눈이 빠질 뻔한 노인도 있었다. 이틀 사흘 나흘, 철로가에 사람들이 없어진 것은 닷새나 지난 뒤였던가. 빵이나 버터, 초콜릿이며 비스킷에다 침을 발라서 던진다더라는 소문이 모를 사람 없도록 파다해진 뒤였으니까. 그와 함께 들려온 소문은 군두리에 해수욕장이 선다는 것이었다. 조개껍질 가루가 10리도 넘게 백사장을 이룬 물때 좋은 터를 영영 아주 그네들 손에 잃게 됐다던 거였다. 군두리는 미군들 천지가 되어 그네들을 상대로 닭 채소 과일 계란 장사를 해서 한밑천 뭉쳐둔 사람도 있다고 하였다. 정부가 군두리 모래 장벌을 미군에게 아주 떼어 팔아먹었다는 소문도 있었다. 별장은 또 얼마나 들어찼는지 가서 직접 본 사람이 아니고는 자세히 알 수 없다던 이야기도 있었다. 미군들은 한국인을 얼마나 무시하는지 우물물도 더럽다고 안 마신다는 말까지 들렸다. 따라서 그네들을 상대로 장사를 하려고 덤빈 사람치고 망하지 않은 사람이 없다고도 했다. 한밑천 장만했다는 말도 말짱 헛소문이라던 것이다. 왜냐하면 한국인이 파는 물건은 더럽다는 이유로 거들떠보지도 않기 때문이라고 했다. 계란 외에는 받지 않는다는 것이었다. 과일 채소 생선 닭 따위, 그들을 상대로 돈 좀 만져볼까 생각했던 사람은 한결같이 버렁이 빠졌으리라는* 공론이었다.

우리 집에 그런 말들을 귀동냥해 들인 것은 말할 필요도 없이 장에 다녀오는 옹점이었다.

"흰둥이건 껌둥이건 순 숭악헌 상것들이던디유. 허연 노인네 앞에서 맞담배질을 예사 허구유, 끔을 쩍쩍 씹어쌌구 그러유."

그녀는 그때마다 흥분된 표정이었다. 그녀는 쉬지 않고 연달아 말했다.

"월매나 드런 것들인지 가이(개)허구 밥을 하냥' 처먹구 유 잠두 하냥 잔대유."

"오줌두 질바닥에서 함부루 내뻗지르구 누더래유. 조선 사람 뒷간은 드럽다구유."

"말두 못 헐 작것들인개 뷰. 여자만 보면 곁에 서방이 있거나 말거나 손구락을 이렇게 까불까불허메 시비시비 오케이 헌다는 규."

"아씨는 그것들을 한번두 안 보셨으니께 모르시지만유, 암만 봐두 즘생 같유. 그런디 그런 것들찌리두 뇌랑 대가리는 뇌랑 대가리찌리, 껌뎅이는 껌뎅이들찌리 따루 놀더라는디유."

"곁이 가봉께유, 누린내가 워찌 독허게 쏘는지 똑 비 맞은 가이 냄새 같데유. 워떤 것은 염생이 내장 삶는 내 나는 것두 있구유."

그녀는 그 외에도 별의별 잡된 소문까지 묻혀 들였고, 밖에서는 사랑 마을꾼들이 또한 그녀에게 뒤질세라 귀동냥을 해 들였다. 아무 데서나 바지를 열고 히쭉거린다거나, 성기를 주물러주고 돈 받은 녀석도 있다는 등······

그 무렵의 소문으로 기억되는 것 중에는 '고빠또'라는 별명을 얻었던, 고연수라는 사내 이야기도 있다. 뜬소문이라는 말이 있는 가운데에 사실 같기도 하던 이야기였다. 서낭당 모퉁이를 저쪽으로 돌아가 있는 쇠미 부락에 살던 고연수는, 이미 나이가 마흔을 넘고 자식도 여럿 거느린 장년이었으나 본디가 아둔하고 얼뜬 사내였다. 그는 귀틀집만 한 초가 한 채에, 하늘받이 마른갈이* 서너 배미와 천둥지기* 남의 땅 두어 뙈기 고지* 지어 가난에 찌들린 살림을 하고 있었다. 그해 그 어름, 그도 다른 사람들과 한가지로 어느 집 논을 매고 있었다. 새참이 되어 일꾼들은 모두 논에서 나왔다. 언제나 마찬가지로 곁두리*는 들판 가운데를 가로질러 달아난 철롯둑 위에서 먹었다. 먹을 것을 먹고 나면 대개 레일을 베개 삼아 드러눕게 마련이었다. 하루 세 번 왕복하는 기차 시간이 뻔해 마음놓고 눈을 붙이는 이도 흔히 볼 수 있었다. 뒤늦게 숟가락을 놓던 고연수도 남들처럼 레일을 베고 누워 있었다. 그리고 얼마 안 돼서였다. 누군가가 소변을 보려고 일어서다가 얼핏 보니, 고연수가 침목 틈에서 무엇인가를 주워들더니 슬며시 입으로 가져가는 거였다. 미군들이 버린 과자 부스러기려니 했다. 그러나 고연수는 이내 오만상이 우그러지더니 입안을 뱉기 시작하며 연해 손등으로 혀끝을 싹싹 훑어 바짓가랑이에 문질러대는 거였다. 무슨 큰일 날 것이라도 맛본 꼴이었다.

"게 뭣인디 그류?"

소변보러 가려던 사람이 보다 못해 물었다. 고연수는 엉겁결에 흠칫 놀라더니 애써 태연을 가장하며,

"앙껏두 아녀."

했다. 물은 사람도 어지간한 사람이었다. 그는 고연수가 버린 것을 부러 집어 보았다. 마른 오물 덩어리가 분명했다.

"어라, 이건 미국늠 거시기 아뉴?"

"그렁개 벼."

"그런디 이것을 왜유?"

고연수가 대답했다.

"누가 그러는디 싀양늠덜은 순전 괴기, 과자, 과실, 우유 같은 맛난 것만 먹어서 변두 똑 과자 같다더라구 허글래, 게 증말인가 허구서……"

그 시절만 해도 마을 사람들이 알고 있던 서양개라면 '세 빠또'* 한 가지였다. 마을에서 고연수가 '고빠또'라는 이름으로 일컬어지기 비롯한 것은 그런 일이 있고 이틀도 못 가서였다.

지난여름, 바캉스니 피서니 하고 모두 살판 만난 듯이 설칠 때, 내게도 나흘 동안의 여름휴가가 차례 왔다. 비록 하루 이틀이라도 난장판 같은 서울을 벗어날 수 있었으면 하는 것은 누구나 바라는 일이요 나도 그 예외가 아니었다. 피서 행각이라면 나도 유리한 조건을 가지고 있었다. 남들이 벼르고 별러야 가볼 수 있을 대천해수욕장만 해도, 나로서는 가는 여비만 있으면 얼마간이라도 묵어 올 수 있는 곳이었다. 아직도 대천에는 여러 친구들이, 그것도 어엿한 군내 유지가 되어 제각기 한자리씩 지키고 있는 것이다. 지난여름 휴가에도 나는 대천으로 내려가 오래간만에 고향 풍물과 어울려, 해묵어 체증이 된 향수를 말끔히 씻었어야 옳았다. 그럼에도 나는 그곳을 외면하였다. 내게는 만감이 사무치는 곳이기 때문이었다.

지난여름에도 나는 옹점이를 생각하지 않을 수 없었다. 엿장수하고 엿치기를 해서 이긴 엿으로, 움쌀을 모아 몰래 바꾼 과자 부스러기로 나를 달래면서, 미군들이 먹다 버린 것은 외면한다는 다짐을 받으려 들던 그녀가 떠올랐다.

외국인에 의하여 외국인들의 취미대로 개발된 해수욕장에서, 외국인들이 이루어놓은 풍속과, 그들이 즐기던 분위기를 본받아 갖은 행색으로 설치는 인파 속에 섞여, 그들과 다름 없이 지내기에는 어딘지 모르게 싫었던 것이다.

오늘도 걷는다마는 정처 없는 이 발길…… 걷다가도 어디서 그녀 입으로 배웠던 여린 가락이 발부리에 밟히면 요즘도 나는 문득 발걸음이 무거워진다.

지나온 자죽마다 눈물 고였다…… 옹점이는 그 노래를 그만큼 뽑을 수 없이 잘 불렀다.

내가 그녀 입으로 그 노래를 들으며 눈물짓고 돌아섰던 것도 벌써 그렇게 되는가. 그렇다. 어언 스무 해가 다 되어간다. 국민학교 오륙 학년 적이었다. 그것도 그녀가 소식 끊고 삼사 년이나 지나 처음 만난 자리에서였다.

그녀는 시집가서 난리를 치르고 9·28 수복이 된 다음, 그러니까 우리 집이 완전히 쑥밭이 된 뒤에도 자주 찾아왔다.

그녀가 다래실 김 무엇이라나 하는 신랑과 함께 우리 집으로 근친(覲親)*을 왔던 것은 초례를 치른 나흘 만이었다. 닭 두 마리와 술 한 병, 그리고 떡을 한 고리 해서 이고 왔던 것이다.

"아씨, 자양 왔습니다."

머슴살이를 7년이나 했다던 김 무엇이라는 그 신랑은 제 스스로 재행(再行)*이란 말을 썼다.

"왜 갈 때는 나 옳을 때 몰래 갔니?"

내가 곱게 단장하고 얌전 떨던 옹점이한테 달려들어 그녀 어깨에 손찌검까지 하며 떼를 썼던 일도 안 잊히는 기억이다. 우리 집에서 그녀에게 해준 혼수는 이불 두 채와 농 하나, 그리고 치마저고리도 여러 해 입을 것을 감으로 떠주었다고 들었다. 저희 어버이가 장만했던 혼수는 버선과 적삼 두 장, 덤으로 요강이 끼고 놋대야가 곁들여졌다지만, 그 시절의 혼수치고는 논섬지기나 착실하게 짓는 어느 지체 있는 집안의 혼수에 견줘 손색이 없었으므로, 부락에서는 그녀를 부러워하지 않은 이가 드물었다.

그녀가 우리 집을 떠난 것은 혼인 이틀 전, 참게 잡는 복산이를 쫓아다니며 메뚜기를 두 꿰미나 잡아 들고 돌아오니 그녀는 이미 떠나고 없던 것이다. 나 모르게 달아난 그녀가 얼마나 미웠던가. 집 안에서는 그런 내색을 할 수 없어 멀찌감치 떨어진 어느 논두렁에 쭈그리고 앉아 논 고랑물에 마구 눈물을 흘렸었다.

눈물 한 번 닦고 세수 한 번 하고, 다시 눈물짓고 한 번 더 세수하고······

말갛게 흐르던 논 고랑물, 도랑에 빠져 흘러가던 어린 메뚜기 새끼······

논 고랑물에 세수를 해본 것도 참으로 오래된 것 같다.

그녀도 아주 가면서 눈물을 흘렸다고 했다. 이불 두 채와 큼직한 버들고리를 포개어 지게로 져다 준 철호 뒤를 따라가며, 동구 밖을 벗어날 때까지 훌쩍거렸다는 것이다. 시집에서는 어느 집 규수 어느 집 며느리보다 못잖게 잘 살리라고 어머니는 말했고, 동네 사람들도 입을 모아 한결같은 말로써 어머니를 위로했다. 어려서부터 쥐어박혀가며 배운 제반 범절이며, 빼어난 음식 솜씨와 바느질 솜씨, 어른 공경 아이 수발, 그 얼은 눈이며 들은 귀라면 어디에 내놔도 흠잡힐 리가 없다는 거였다.

"나는 하루아침에 손발을 잃고 나니 아무 정신 읎네. 그것이 읎어지니께 똑 반병신 된 것 같어. 앞으루 워치기 살어갈지 큰 걱정이구먼."

어머니는 마치 넋 나간 사람 모양 안절부절못하고 있었다.

어머니는 그녀가 가기 전에 몇 날 며칠을 두고 다짐을 받아냈었다.

"아무리 상사람들이라구 해두 그게 그런 게 아니다……"

그 집안 풍습이 우습더라도 그 집안 풍습은 반드시 지켜야 한다는 거였다.

"시미 시애비가 죄 일짜무식이더라두 눈 밖에 날 일은 덮어주지 않을리라."

어머니가 누누이 타이른 것은, 그녀가 못 미더워서라기보다 그녀를 길러낸 우리 집안이 흉 될까 싶어 경계한 셈이었으리라. 그녀의 행실 여하에 따라 우리 집안도 구설에 오르내릴 터이던 것이다.

"부디 덜렁대지 좀 말구, 워디 가서 충그리구* 무슨 일에 해찰 부리지* 말구, 다다* 입 다물구, 그릇 좀 구만 깨치구, 그러구 지발 그 개갈 안 나는 창가 좀 구만 불러라."

중매쟁이는 그녀 아버지와 함께 강경읍에 가서 돌쪼시 했던 중씰한* 나이의 다래실 사람이라고 했다. 신랑 될 사람이나 시부모 될 사람은 우리 집 내력을 잘 알고 있었고, 강릉댁에서 자란 몸이면 어련할까 보냐고 선도 볼 필요 없다면서 크게 좋아했다고 들었다. 당사자끼리는 다래실 어귀 황포국민학교 운동회 날 운동장에서 첫선이 이루어졌던 것이며, 그네들은 한 번 본 것으로 피차간에 이의가 없었더라고 했다. 내다본 바와 다르지 않게 그녀는 소문 없이 곧잘 살아가고 있었다. 장날이면 장에 왔다던 길이라며 들렀고 그때마다 어머니는,

"워디 제금나서* 따루 사는 재미가 워떻던가 얘기 좀 허다 가거라."

하며 붙잡았는데, 원래가 밑이 질겼던 그녀라 한번 앉으면 해 넘어가는 줄을 모르곤 했었다. 6·25 난리 중에도 그녀는 자주 들러 홀로된 어머니를 위로하며, 어지러워진 집안 꼴을 제 일처럼 보살펴주고 갔다. 언제 보아도 변함이 없던 그 옹점이 그대로였던 것이다.

워낙이 그런 여자였기에, 그녀에게 풍파가 몰아쳐 왔다는 기별을 처음 접했을 때, 우리 집에서는 아무도 곧이들으려 하지 않았다. 그러나 실지로는 들린 소문보다도 훨씬 어려운 고비였던가 보았다.

그녀는 그런 소문이 있고부터 우리 집에도 아예 발길을 끊었던 것인데, 그것은 어머니를 뵐 낯이 없다는 것이 핑계였다. 소문은 남편이 군대에 나가고부터였다. 그 시절에 군대에 나간다는 것은 누구를 쳐들 것 없이 전쟁터의 밥으로 요리되어가는 것과 다를 바 없다고 인식하던 때였다.

가면 소식이 없기가 정상적인 사태로 판단되던 시절— 그러한 전쟁의 불행이 옹점이라고 해서 예외일 수는 없었다. 그녀도 남편에게서 전혀 소식이 없다는 거였다. 처음에는 글을 몰라서 소식이 먼가 했으나 그것도 한두 달이었고, 날이 가면 갈수록 그녀에게는 절망만이 쌓여갔던 것이다.

"아씨, 워쩌면 쓴대유. 저리 되면 질래* 죄용허게 살기가 심든 벱인디."

옹점이 어머니는 이따금 어머니를 찾아와 부질없는 하소연을 하고 있었다. 옹점이는 본가로 들어가 시집 식구들과 살게 됐다는 거였고, 그녀가 제금나서 살던 집은 군대 가서 부상을 당해 온 시누 남편에게로 넘어갔다는 거였다. 집을 잃고 세간은 합솔되어 네 것 내 것이 없어졌으며, 시집살이도 유례없이 심하다며 그녀는 가슴을 태웠다. 그뿐만도 아니라고 그녀는 말했다. 난데없는 모함까지 예사로 하니 이제는 시집 식구가 아니라 원수라고 했다.

'서방 잡아먹은 지집'이라는 누명을 씌우는 시누이, 동서만 그러는 것이 아니라 시사촌 따위 일가 떨거지들마저 그녀를 못 먹어 안달이라는 거였다.

"나 원, 기가 맥혀서…… 엔간헌 것들이 그러기나 헌다면 새끼 나서 넘 준 에미 탓이라구나 허지…… 그 사람 같잖은 것들이 꼴두 별꼴이지 원…… 우습지도 않어서 당최……"

옹점이 어머니는 주먹으로 자기 가슴을 쳐가며 원통해했다. 그녀는 허구한 날 딸 걱정으로 눈물을 질금거리고 애꿎게 샛별 담배만 죽여대곤 했다. 시부모를 비롯한 푸네기들의 집중적인 공격을 죽으면 죽었지 견디지 못하겠다고 옹점이는 울부짖는다던 거였다.

"아씨, 그 짐가 것들이 사람인 중 알유? 아무리 읎이 살었기루 그게 무슨 지랄이래유."

하고 언젠가는 옹점이가 직접 와서 시집 흉을 보고 가기도 했다. 시집 식구들 눈에는 어느 것 한 가지도 흉이 아닌 것이 없던가 보았다. 그녀의 시집 식구들은 그녀가 음식에 솜씨를 내고 바느질에 맵시를 낸 것이 트집이었고, 손이 큰 것도 큰 허물이 되었다. 시집살이를 하면서도 이왕에 큰손은 조심이 되지 않았던 것이다. 오종종하고 야짓잖은* 짓을 싫어했으니 시부모와 그 떨거지들 보기에는 헤프고 규모 없는 짓으로밖에 여겨지지 않았을 거였다.

시부모나 시집 푸네기들은 말했다. 숭늉 맛을 내자고 밥을 눌릴 수 있느냐, 배춧빛이 붉도록 고춧가루를 퍼 넣을 수 있느냐, 김치에 파 한 뿌리면 족하지 비싼 마늘까지 섞어 넣는 것은 어디서 배워 온 못된 짓이냐, 아직 덜 검은 옷을 비싼 비누 처발라가며 자주 빨아 입는다…… 옹점이 어머니가 와서 전한 말은 이루 다 기억해낼 수도 없다. 배운 바를 되살려 제법 하느라고 한 것이 시집 쪽에서는 거꾸로 낭비와 사치로 보인 거였다. 살림 못할 여자, 집안 망칠 여자, 그녀는 그렇게 못된 여자로 만들어졌던 것이다.

한편 그녀는 그녀대로 저항을 했으니, 그것이 파국을 부른 결정적인 계기가 됐다고 한다. 그 괄괄한 성질을 이기지 못한 거였다.

그녀는 그렇게 주장했다고 한다. 옷은 비누 아끼지 않고 자주 빨아 입어야 위생에 좋고 남 보기에도 무던하다, 푸성귀일수록 영양가를 살려야 하니 아무것도 아닌 나물 따위에는 참기름을 듬뿍 쳐서 요리해야 먹을 만하다, 김치는 젓갈을 써야 제맛이 나며 소금에 띄워 담는 김치, 양념 없이 버무리는 김장은 지짐거리고 군둥내* 나서 먹을 수 없다── 그러나 시집 식구들이 그녀에게 집중적으로 가한 구박 뒤에는 무엇보다도 그네들 나름의 절실한 것이 있었던 것 같다. 그것은 자식 없는 며느리, 언젠가는 다른 사내 해 가서 팔자 고칠 젊은 며느리,

그것은 곧 남의 자식이었다. 어차피 남의 자식인데 구태여 없는 양식 축내가면서 먹여줄 필요가 있겠는가, 이왕 떠날 것이면 하루라도 일찍 없어져달라, 쌀 한 줌 보리쌀 한 됫박이 금싸라기 같던 판이었으므로 아마도 시집 식구들은 그런 생각을 밑바닥에 깔고 있었던 것 같았다. 뿐만 아니라 그녀는 오기와 배차기*로 장날이면 일부러 장에 나와 젓갈치 꽁댕이나 꽁치 뭇을 사 들고 들어가고 더러는 고깃칼*도 들여다 먹었다.

읍내의 장사치들은 대개가 토박이들이었으므로 십중팔구는 그녀가 우리 집에 있을 때부터 얼굴이 익은 터였으니 모든 것을 외상으로 달아놓는다면 못 할 일이 없을 거였다. 그러나 식구들은 색다른 반찬이 상에 오르면 거들떠보지도 않았고, 시래깃국과 우거지찌개만을 원수대고 먹었으며, 그럴수록 옹점이는 보라는 듯이 자기 혼자서 그것들을 쓸어 먹어치웠다. 결과는 뻔했다. 옹점이가 견디다 못해 친정으로 되돌아온 거였다.

그 어름에 어머니는 타계하였다. 마지막 어른을 잃은 집안이라 꼴이 말이 아니었으므로 옹점이 일도 자연 우리들의 관심사에서 벗어나기 시작했다. 그러다가 얼마 후였다. 한 다리 두 다리 거쳐 들린 소식에 의하면 옹점이의 남편 김 무엇은 언제 어디서 전사했는지도 모른 채 유골만 돌아왔다는 거였다. 이윽고 옹점이 소식도 잇따라 들어왔다. 어처구니없게도 너무나 충격적인 것이었다.

그녀가 약장수 패거리를 따라다니며 노래를 부르더라는 거였다. 한다하는 가수더라고도 했다. 혼잣몸 추슬릴 만큼 장사할 밑천이 잡힐 때까지는 그 길로 계속 내뻗겠다고 흰 목 젖혀가며 장담하더라는 거였다.

광천장에서 봤다는 이, 홍성장에서 만났다는 이, 청양장에서 그러더라는 이, 들리는 소문은 요란했지만 우리는 아무도 믿으려 하지 않았다. 그때는 이미 그녀 어머니와 복점이 두문이마저 남 보기 창피하다고 돌쪼시를 찾아 강경읍으로 떠난 뒤여서 나로서는 확인해볼 도리가 없었다. 어머니마저 타계했으니 그녀를 잡아다놓고 마음을 걷잡아줄 사람도 없는 형편이었지만.

그러나 모두가 사실이었다. 내가 직접 그녀를 두 눈으로 보게 됐던 것이다. 그것도 대천장에서였다.

장날, 하학하는 길이었다. 뒤에서 부른 이가 있어 돌아다보니 한잔 걸친 창인이 아버지였다. 그는 말했다. 옹점이가 지금 약장수 패거리 틈에 끼어 노래를 부르고 있으니 가서 구경하고 가라는 거였다. 나는 우선 반가운 마음부터 앞서 이런저런 경우를 따져볼 겨를도 없이 그쪽으로 치달려갔다.

볼일 다 본 장꾼들이 겹겹으로 둘러선 싸전마당 한켠으로 내가 급히 다가갔을 즈음에는 약 선전의 순서였다. 장구를 멘 중년 사내와 기타를 든 젊은 사내, 그리고 상판이 해반주그레하게* 생긴 젊은 여자 둘, 나란히 늘어선 그들 일행 가운데에서 얼핏 옹점이는 보이지 않았다. 저 여자들을 잘못 보고서 내게 한 말이었을까. 꼭 그랬을 것 같기만 하고 또 그러리라고 믿고 싶었다. 승섭이 어머니가 하던 말대로 '까미* 풀어 빠마를 하고 맘보바지에 히루*를 신은' 옹점이는 찾아볼 수가 없던 것이다. 밤색 가죽 점퍼에 검은 안경을 쓴 사내는 연방 장구채를 뚱땅거리면서 지저분한 언사를 낯짝 없이 지껄여대고 있었다.

　나는 혹시나 하는 마음으로 그 사내의 약 선전이 어서 끝
나기만 기다리며 장내를 톺아보는* 데에 게을리하지 않았다.
그 사내가 무슨 약병을 든 채,

　"베르구 벨러 모처름 한번 척 올러타면 방뎅이가 무지근
허구 뻐근헌 것이 생각이 싹 가셔버린단 말여. 게 슬그머니 내
려오면서 츕츕헌 부랄 밑에 손을 쓱 늫보면 송장 상헌 냄새가
확 쏘는디, 이 약으로 말헐 것 같으면……"
하며 약병 마개를 닫을 즈음이었다. 이발사같이 매초롬한 젊
은 사내가 대신 들어서며 잔가락으로 기타를 켜기 시작하는
데, 바로 그때 나는 처음으로 그녀를 본 거였다. 틀림없는 옹
점이었다. 내가 아뜩해진 눈앞을 겨우 챙겼을 때는 그녀의 노
래가 내 가슴을 뒤흔들기 시작한 다음이었다.

　　　오늘도 걷는다마는 정처 없는 이 발길
　　　지나온 자죽마다 눈물 고였다……

　나는 눈앞이 캄캄하고 다리가 후들거려 심신을 가눌 수가
없었다. 아니, 그 이상 그 자리에 서서 버틸 기운도, 건너다볼
눈도 잃어버리고 말았던 것이다. 아, 그 순간의 충격을 이제
와서 무슨 글자로 골라 다시금 되살려 말할 수 있을 것인가.
나는 나도 모른 사이 무슨 그릇된 짓을 저지르다 들킨 녀석처
럼 밟히는 것이 없는 두 다리로 장터를 뛰쳐나와 오금껏 뛰고
있었지만, 그녀의 고운 목소리와 훌륭한 가락은 달아나는 내
뒤통수에 매달려서 줄곧 뒤쫓아오고 있었다.

선창가 고동 소리 옛님이 그리워도

나그네 흐를 길은 한이 없어라——

(『월간중앙』 1973년 2월호)

녹수청산(綠水靑山)·

— 관촌수필 4

• 청산녹수. 푸른 산골짜기에 흐르는 맑은 물.

칠성바위 가운데서도 기중* 어른스럽던 범바위 뒤 모시밭 곁에는 겨릅대*와 수수깡 울타리를 두른 서너 칸내기 초옥한 채가 있었다. 대사립 밖에는 마당 한 뼘 없이 돌아가며 우리 푸성귀밭이었고, 울안도 섬돌 아래에 멍석 두어 닢 펴 겉보리 말이나 널고 나면 삽살개 한 마리 다리 뻗을 데가 없었으나 초협한* 대로나마 용마루는 어연번듯한* 남향받이 일자집이었다. 차양 안엔 제법 큰 상 한 자리는 차릴 만한 겹널마루가 나 있었고, 부엌에 내단 헛간도 가마니쌀을 안친 술독을 검불 속에 숨겨두더라도 들키지 않을 만큼이나 넉넉했던 것으로 기억된다. 사립문 양쪽으로는 개복숭아와 고욤나무가 두어 길은 자라 있었고 돌뽕나무 한 그루는 따로 물러서서 늙고 있었다. 울타리 밑엔 사철 찔레 넌출*이 어우러지고, 비름, 질경이, 뱀딸기 따위가 해마다 제멋대로 자라 우북이* 풀새밭을 이루곤 했다. 그러나 뒤껼 추녀 밑이 아니고는 응달진 데가 없이

지어졌건만 울안은 늘 음침하고 싸늘한 기운이 께름하게 맴돌
아, 일을 치르고 나간 집 같지 않던 날이 드물었다. 울타리 한
모서리엔 거적때기로 앞만 가린 지붕 안 한 뒷간이 휑하게 나
있고, 마루 밑엔 고랫재*를 파낸 시커먼 고막이*가 여럿이라
서 더욱 그리 보였던 것인지도 모르겠다. 하긴 달포 장마가 진
대도 신던 짚세기 두어 짝만 마루 밑으로 챙겨두면 걷을 것이
없게 애초 심란한 살림이었으니 썰렁함이야 당연할 수도 있
었다. 하지만 그것은 그저 무심한 겉보매에 지나지 않을 것이
니, 세월은 벌써 이만큼이나 흘러왔지만 나는 그 무렵 그 집안
의 모든 것을 남의 일로 알려고 하지 않았기 때문이며, 은연중
에 그 집안의 그늘에 젖은 채 생활의 일부를 함께하고 있었던
것이다. 좀더 간추려 말하면 그 집은 온통 내 어린 시절의 놀
이터나 마찬가지였다. 그 집 식구는 모두가 내 친구라 해도 상
관없겠고 세간살이 역시 소꿉질 장난감이나 다를 바가 없었던
것이다.

　지금 생각에도 그 집 외아들 대복(大福)이는 여간 좋은 친
구가 아니었다. 나한테 대복이만큼 듬직하고 아쉬웠던 친구가
그 후론 다시없는 것 같을 정도로— 이제 나는 그를 친구라고
말했지만 실지 친구라기엔 거북스러움이 많았다. 그는 나보다
여남은 살이나 더 먹어, 내가 동몽선습 책씻이를 할 무렵의 미
취학(未就學) 시절만 해도 내남적없이* 이른 한다한 장정이었
고, 뿐만 아니라 그가 내게 베푼 인정이라든가, 아직껏 간직해
온 기억 속의 여러 모가 한결같이 의젓하고 어른스러우며 정
의 어린 것들뿐이기에 그랬다. 그런데도 나는 이런 난리 저런
난리 다 겪어 어지간히 철이 들 무렵까지는 노상 그를 친구로

생각하고 있었고, 대복이 또한 허물 않고 내게 벗해주기를 즐 긴 것으로 안다.

내가 멜빵 달린 반바지에 단추 붙어 있을 새 없던 생모시 반소매를 걸치고, 무릎에 넘어진 생채기 아물 날 없이 졸래졸 래 따라다니면서 갖은 포달* 다 부리며 성가시게 굴어대도, 대 복이는 매양 제 막냇동생이라도 달래듯 고분고분 받아주었던 건데, 그때 대복이는 이미 어른처럼 목소리가 굵었고, 우리 집 머슴 철호마냥 국 한 대접으로 고봉*밥 두 사발을 거뜬히 먹어 치웠으며, 옹솥*에 든 고물팥이 삶아지기 전에 돌메공이*로 두 말 떡쌀을 무거리* 없이 빻아낼 만큼 기운이 장사였고, 진일 마 른일 없이 한번 손댔다 하면 또려지게* 마무리를 낼 줄 알아, 장가 안 들어 아이였을 뿐 내 친구는 될 수가 없는 처지였다.

담 너머로 울안 감을 따먹을 만큼 키가 크고, 개 잡는 집마 다 불리어다닐 정도로 주먹심도 셌다. 단오가 되면 영당 옆 정자나무에 그네 맬 동앗줄도 저 혼자 짚 추렴하여 틀어 꼬았 고, 백중 장터에 난장판이 서면 빠짐없이 씨름 선수로 나가 으 레껀 판막이[決勝戰]*에서 지고 돼지 새끼를 타던 장정이었다. 아, 대복이 뒤만 따라다니면 모든 것을 맘대로 해도 겁날 게 없 었던 시절의 이 그리움—, 먹고살다 주워들은 문자지만 '실락 원의 별'이란 말이 그처럼 실감날 수가 없었다. 길에서 비를 만 나면 제 옷을 벗어 내게 덮씌워주었고, 밤마실 이슬 길에 달이 거울 같아도 제가 좋아 나를 업고 오며 가지 않았던가.

대복이네 집은 울타리를 돌아가며 우리 집 푸성귀밭이었 지만, 부엌에서 누룽지 긁는 소리가 우리 사랑에 앉아서도 들 리게, 우리 집 밭마당가의 돼지감자밭머리로 사립문 하나가 더 나 있었다. 그 집은 원래가 별채 행랑이었던 것이다. 우리가 이사 와 살기 전의 주인은 행세깨나 해본 양반 찌꺼기로 볏백이나 거두던 지주였다고 했다. 대복이가 살던 집은 그러니까 고지기[庫直]나 마름, 또는 행랑 작인(作人)들이 거처했던 곳이며, 대복이 어머니도 원래 그 푸네기*였더라고 하였다. 너저분하고 허무하게 무너지기는 망조 든 지주에 견줄 게 있으랴 싶다. 지주가 몰락하는 과정이 채만식(蔡萬植) 선생의 소문난 소설『태평천하』에 적실(的實)하게 드러나 있는 줄은 내가 성장한 뒤에나 읽게 된 것이지만, 우리 집에서 먼저 살고 떠난 집안도, 토지 개혁과 함께 완전히 볼장 다 보아 난거지 꼴이었더라고 들었다.

그렇게 다들 산지사방으로 제 갈 길을 더듬어 갈 때, 대복이 아버지 조중찌(趙中之) 혼자만이 행랑채를 얻어 관촌 부락에 남게 된 것은, 전부터 자별하게 가까이 지냈던, 가느실 부락의 작인 최을축(崔乙丑)이 젊은 여편네를 두고 시난고난하여,* 최가가 몸 거두기를 기다렸기 때문이란 것이 전해 온 말이었다. 그 최가의 젊으나한 여편네가 나중 대복이 어머니임은 물론이다. 조중찌는 젊어서 비부(婢夫)살이*를 하다가 혼자된 몸으로서, 술고래인 데다 투전꾼으로도 소문난 막된 사내였으나, 대복이를 얻고부터 비로소 사람 탈 썼다는 소리를 듣게 된 터라고 했다. 내가 보기에는, 이미 쉰 줄이 넘어 한물 진 뒤라 그랬는지는 몰라도, 여느 생일꾼*과 조금도 다를 바 없이 후터분하고 규모가 있는 사내 같았다. 장에 간다거나 우리 집 사랑 심부름으로 나들이할 때는 반드시 패랭이를 쓰고 나섰는데, 상립(喪笠)으로서가 아니라 의관을 갖추기 위한 것이라고 하였다. 나는 늘 그를 조 패랭이라고 불렀고, 거치스름한 구레나룻과 수염이 지저분하고 불결하게만 보여, 집안 어른 심부름이 아니고는 좀처럼 말을 걸어볼 마음이 내키지 않았었다.

대복이 어머니를 나는 항상 '대복 어메'라고 불렀다. 우리 집에서는 그들 내외를 조 서방, 대복 어메로 부르고 있었던 것이다.

나는 여태껏 그 대복 어메처럼 수다스럽고 간사스러우며, 걀근걀근 남 비위 잘 맞추고 아첨 잘하는 여자를 본 일이 없었다. 그녀는 별쭝맞게도* 눈치가 빨라 무슨 일에건 사내 볼 쥐어지르게 빤드름했고 귀뚜라미 알 듯* 잘도 씨월거리곤* 했는데, 남 좋은 일에는 개미허리로 웃어주고, 이웃의 안된 일엔 눈물도 싸게 먼저 울어댔으며, 욕을 하려 들면 안팎 동네 구정물은 혼자 다 마신 듯이 걸고 상스러웠다. 키도 나지리한* 졸토뱅이*로서, 입 싸고 발 재고 손 바르며, 남의 말 잘 엎지르고 자기 입으로 못 쓸어담던 만큼은, 내 앞엔 입때껏* 다시없을 만한 여자였던 것이다. 그래서 그녀가 남을 험구하면 듣던 사람들은 "뱃것이 슴것더러 상것이란다더니먼……" 뱃사람이 섬사람더러 상스럽다 한다는 뜻으로 씩둑깍둑해가며 말 같잖아 하였다. 그 시절의 어린 마음에도 나는, 그녀가 역전 여관 골목에서 어물전으로 가는 곱은탱이* 술집들의 잔술팔이*하던 여자들과 조금도 다를 게 없다고 여겨두기 한두 번 아니었으니까. 그럼에도 그런 됨됨이에 견줘 하는 일은 아퀴 짓게* 못하고 시적지근하다*고들 입을 모았다. 손바닥만 한 포대깃잇 한번이나 시쳐내려면* 여러 하품 들여야 한다고 어머니는 늘 나무라곤 했었다. 그래서 무슨 때에 부조일을 해주마고 가도 달가워하는 집이 없다던 게 공론이었다. 그녀는 우리 집 외엔 관촌 부락 삼동네의 어느 집하고도 뜨악하게* 지내지 않은 집이 없었다. 그래저래 그녀가 빌붙어 비벼볼 만한 곳은 오로지 우리 집 한 군데뿐일 수밖에 없었다. 그녀는 아무 흉허물 없이 우리 집 안을 헛간 드나들듯 해, 구태여 가리지만 않는다면 남의 식구랄 게 없을 정도였다. 동네 사람들은 그녀가 우리 집을 어렴성 없이 무시로* 드난이하는* 게 부러운 모양이더니 "들병 장수가 술짐 졌지* 뭘 그려……" 하며 이죽거렸다.

그녀가 우리 집에 드나들며 한 일은 죄다 허드렛일뿐이어서 조목 지어 품삯 챙겨주기도 수월찮을 수밖에 없었다. 입만 먹고 빨래하기, 반찬 얻고 보리쌀 대껴주기, 기름챗날*에 매달려 거들고 깻묵 얻어 가며, 두부 쑤어주고 비지 가져다 먹기, 엿 고는 솥에 불 넣어주고 엿밥 얻어다 끼니 에우는* 따위…… 살림이 번다했던* 우리에겐 안 보이면 아쉬운 대로 넘어갈 수 있어도 있으면 언제나 요긴한 존재였던 셈이다.

대복 어메와 기중 사이 안 좋게 지낸 사람은 부엌 어른이기도 했던 덜렁쇠 옹점이었다. 옹점이의 일솜씨는 이미 소문난 정도로 훌륭한 터였고, 걱실걱실하여* 오종종한* 꼴은 꼴같잖아 못 보던 성미 또한 대복 어메하고는 남산 보고 청계천 보듯* 정반대였던 것이다. 대복 어메는 손 크고 속 트인 옹점이에게는 흉도 많고 허물도 흔했다. 근천맞게* 걸터듬기* 잘하고, 손 거친 짓하는 버릇 못 버려, 팔모*로 봐도 속에 거지 오장이 들어 있다던 거였다. 옹점이는 그럴 만한 까닭이 있었기에 일부러 힐뜯고자 했음이 분명했다. 내 보기에도 옹점이는 유별나게 보시기·종발·접시 따위 사기그릇의 귀를 잘 떨어뜨렸고, 걸핏하면 바가지를 깨거나 소래기*에 금을 냈는데, 그럴 적마다 대복 어메는 무슨 살판난 사람같이 신명 솟은 목소리로 어머니한테 고자질해댄 탓일 거였다. 옹점이의 주장은 그러나 그렇지만도 않았다. 대복 어메가 무엇이든 야금야금 축이 나게 가져다 먹는다던 거였다. 어디에 어떻게 꾸리고 가는지 모르지만 생쥐 팥바구니 드나들듯 하며 훔쳐간다는 거였다.

"제년만 나물허시지 말구 아씨가 즉접 말쌈을 허셔야 헌당께유. 그 여편네 쇄소굼을 안 퍼 가나 챙지름을 안 따러 가나……"

옹점이가 어머니한테 일러바치는 것도 모함을 하기 위해서만은 아닐 터이라고들 했다.

"찬장이구 살강이구 즈이 집 벽장 뒤지듯 들들 뒤져가메, 마눌, 꼬춧가루, 워떨 적은 소굼할라, 그저 눈만 띄면 번쩍허니…… 제년헌티 들키기나 허야 혼구녕을 내주지유. 말허구 은어 가구, 안 볼 때 훔쳐 가구, 순전 도둑년이랑께유."

"들올라, 또 그 큰 목통으로 떠들어쌌는다……"

어머니는 무류하게 그 정도로 그쳤을 뿐 달리 말씀하지는 않았다. 옹점이도 막상 대복 어메 면전에서 없어진 것을 쳐들어 말할 용기만큼은 없었던가, 곧잘 으르렁거리긴 하면서도 바른말은 제대로 못한 줄 안다. 제가 아쉬운 일 당할 때를 남겨두느라고 그러는 것 같았다. 드문 일이었지만 옹점이는 어머니로부터 따끔하게 혼나던 수가 더러 있었는데, 으레 불씨를 죽인 날 새벽에 당하는 일이었다. 저녁 해 먹은 아궁이에 이튿날 조반 지을 불씨가 꺼진다는 것은, 그 무렵의 우리 집안에선 예삿일이 아닌 변고로 여기는 관습이 지켜지고 있던 것이다. 장터에서 곡마단 나팔 소리가 들리는 밤이나 역전 금융조합 창고에 변사 좋은 활동사진이 들어왔을 때는 어김없이 불씨를 잃곤 하던 거였다. 부지깽이로 아궁이를 먼저 뒤져보는 건 물론 잠이 일찍 깨는 옹점이었다. 아궁이의 재가 식어 있으면 그녀는 서슴없이 대복이네 집으로 달려갔다. 여러 번 보고도 나는 모른 척했고, 그때마다 내 입 무거운 것을 기특히 여긴 그녀는 일부러 많은 누룽지를 눌려 그 값을 했지만, 어머니한테 직접 들킨 때는 별수 없이 혼이 나야 했던 것이다. 그녀는 대개 불씨 그릇을 삼태미*나 겉곡식 담던 멱둥구미* 속에 넣어 감춰 가지고 들여오곤 했지만, 불씨가 담긴 그릇이 매흙질*하는 투가리나 무슨 사금파리 조각같이 작지 않고, 급한 김에 자루가 삐죽 나오는 부삽이나, 낯선 대복이네 그릇에 담아 나를 경우엔 일쑤 들통이 나던 거였다.

대복 어메는 불씨 왕래에 관해선 한 번도 고자질한 적이 없다. 그네들 사이에 무슨 묵계 비슷한 수작이 있어서가 아니라, 자칫하면 옹점이와 원수지고 말게 됨을 잘 알고 있어서였으리라 싶다. 지게도 작대기*가 있어야 일어나거늘, 옹점이와 원수져서 이로움이 있을 리 있을 터인가.

대복 어메의 손버릇에 대해서 우리는 모든 걸 이해해주려고 한 셈이다. 그녀의 허물을 구설거리로 삼기 전에 가난으로부터 건져줄 수 없음을 더 안타깝게 여기고 있었던 것이다.

조가네는 가난에 찢어지는 살림을 하고 있었다. 무슨 수로도 헤어나기 어려울 애달픈 살림이었고, 그것은 마치 전생의 무슨 업(業)처럼, 하늘과 땅으로부터 얻는 게 아무것도 없는 생활이었다. 열무 한 소쿠리 솎아 먹을 땅이라곤 없었고,

조 패랭이가 이미 늙었으매 선새경*이라도 당겨다 먹게 머슴들일 집도 없었다. 그런데도 그네는 굶은 적이 없다고 했다. 삼순구식(三旬九食)*은 근근이 면했던 것이다. 쌀독에 거미줄이 서려도 곡기 걱정은 않게 되어, 외려 타고난 먹을 복이란 소릴 듣고 있었으니, 그것은 몸이 가볍고 부지런한 덕분이었다. 대복 어메는 하루의 대부분을 우리 집에서 살다시피 했으므로 배곯을 리가 없었다. 들바라지, 터앝에 김매기, 빨래 다듬이질, 방아 찧기와 잔심부름 등, 그녀는 안팎으로 나다니며 허드렛일이라면 누가 시키기 전에 해치울 줄 알던 것이다. 저녁에 돌아갈 때는 매번 밥을 한 사발씩 얻어 바가지로 덮어 갔고, 그러지 않을 때는 대복이가 머슴방에서 철호와 겸상으로 먹는 날이었다. 조 패랭이 역시 사철 나가 얻어먹어, 대복 어메 말마따나 사발 농사를 짓고 있었다. 조 패랭이에게도 남의 집 품팔이 외엔 달리 할 만한 일이 없었다. 마을은 농사짓기와 바다에 나가 갯일하기에 거의 비등한 투자를 하고 있었고, 따라서 삼동(三冬)*이라도 애초 농한기가 따로 있지 않은 곳이었다. 어부림(魚付林)* 아래 개펄엔 돌살[石防簾]*과 대살[竹防簾]*이 줄지어 있고, 염전 옆 소금막은 장마철만 아니면 노상 화통 같은 연기를 올리고 있었다.

농삿일과 갯일이 아니더라도 몸만 성하면 일거리는 동나지 않았다. 가령 장터의 여염집이나 영업집에 다니며 변소를 치워 온대도 거름이 없어 못 팔아먹을 지경이게 농가마다 비료 부족으로 허덕대었고, 일삼아 망태기나 얼렁이*를 지고 개똥을 주우러 쏘다니기까지 하던 판이었다. 조 패랭이는 늙었어도 젊어서 망나니답지 않게 주어진 일이면 힘은 부치나마 깜냥*껏 해찰 부리지* 않고 해내었다. 조 패랭이는 말이 없는 사람이었으므로, 여러모로 대복 어메하곤 반대였던 셈이다. 곁에서 대복 어메가 단춧구멍만 한 두 눈을 깜짝거리며 조조거리고, 수다 떨고, 들었다 놓을 기세로 볶아대어도, 그는 멀뚱한 왕눈을 씀벅거리며 뜸적뜸적 입맛이나 다시고 말던 것이다. 요즘 말로 하면 공처가라는 것이겠으나, 워낙 내 주장이니 뭐니 하고 찾을 형편이 못 되던 살림이라 크게 흉될 것은 없었다. 어쩌면 젊어서 온갖 풍진 다 겪음 해본 뒤라서 세상을 달관하여, 우선 가장(家長)이란 굴레부터 벗어버리고, 집안의 시름·근심 따위는 아내한테 떠넘긴 채, 자기 혼자나 수월하게 살기로 작정했던 건지도 모를 일이었다. 괴춤*의 한 뼘 가웃은 될 곰방대와 쌈지를 벗삼고, 끄를 날 없던 찌든 무명 수건을 테메듯* 이마에 질끈 둘러맨 채, 묵묵히 맹물에 맨밥 말아 먹기를 즐겨 하곤 하였다. 그러니까 조 패랭이가 어쩌다 날 궂어 집에 누워 하루 쉬어볼 날이 있어도 있으나 마나 한 존재였으므로, 그 집을 놀이터로 알았던 우리들로선 대추 먹으며 밤 털기나* 다름없은 셈이었다.

아무리 세월이 무상하다 한들 다시 어디서 그렇듯 흐뭇한 놀이터를 만나볼 수 있으랴. 우리들의 놀이는 유난스럽고 극성맞기로도 이미 널리 알려진 터였다. 오죽했으면 다듬잇돌까지 도막 내었겠는가. 우리들 등쌀에 남아난 게 별로 없는 줄 안다. 금 안 간 바가지, 문살 고스란히 남은 문짝이 없었고, 자루 성한 연장이 없었으며, 방 안의 왕골자리 갈자리도 제 명이 다 되어 걷어낸 일이 없다고 했다. 부엌칼은 갈아놓고 하루 지나면 톱날처럼 뼈 물기 일쑤였고, 질화로를 걷어차서 엎질러

놓지 않은 날이 드물었다. 등잔은 노상 나뒹굴며 석유를 쏟아내었고, 방 안의 횟댓줄은 이틀이 멀다 하고 이어서 다시 매지 않으면 아니 되었다. 함께 천자문을 배우던 진현이와 준배도 나 못잖은 개구쟁이였기에 우리 셋이 모인 곳이면 항상 굿이 벌어지고 난리가 일었던 것이다. 아마 우리 집보다 낮잠 자기 불편스런 집은 온 고을 다 뒤져도 없었으리라 싶다. 안이나 밖이나 어른과 손님들뿐이어서 아이들이 다리 뻗고 누워보기란 전혀 불가능한 일이었다. 우리들이 대복이네 집으로 몰리기 시작한 것도 벌거벗고 가로세로 자빠져 자되 싫은 소리 할 사람이 없던 때문이었다. 한번은 그렇게 자다가 오줌을 지리며 깨어난 적도 있었다. 그 참 내처 누워 있었더라면 대복 어메가 내게 키 씌워 우리 집으로 소금 얻으러 보낸다며 갖은 사살 다 떨었을 게 분명했다. 용케도 나는 아주 싸기 직전에 잠을 깨었고, 깨어 보니 대복이네 방이었다. 얼핏 밖을 내다보니 해가 이만치 누렇게 떠오른 아침이었다. 나는 소스라쳐 놀라 일어나 신발을 뒤집어 꿰고는, 마당 한켠 화덕에 푸장나무를 때고 앉았던 대복 어메더러,

"왜 연태 안 깨웠어? 사랑에 가서 혼나는 걸 볼라구 안 깼지."

마치 옹점이에게 하듯 욱하고는 그녀 옆에 놓여 있던 부지깽이와 나뭇전부터 발길로 차 마당에 헤쳐버리며 심술을 부렸다.

"어려, 왜 이런댜. 왜 이러여……"

대복 어메가 영문을 몰라 체증기 있는 목소리를 내며 일어나자, 나는 그녀가 깔고 앉았던 똬리를 아궁이 불길 속에 냅다

차넣어버렸다. 거죽을 왕골로 맵시 있게 감은 아껴온 똬리에 불이 붙자, 그녀는 그것을 맨손으로 끄집어내어 밟아 끄면서,

"뭣 땜이 이런댜…… 뭣 땜이 소가지* 부려……"

소리만 연방 중얼거렸다. 이미 이태째를 하루같이, 새벽에 일어나는 대로 사랑에 나가서 할아버지 앞에 꿇어앉아 문안드리고, 천자문 배운 것을 한바탕 외어드린 다음, 방 안을 훔치고 요강과 타구를 부시어 놓아드린 뒤 아침 공부를 해온 터에, 처음으로 그 일을 잊어버린 채 남의 집에서 늦잠마저 자버린 나로서는 어디론가 영원히 도망쳐버리고만 싶게, 크나큰 불공을 저지른 셈이 아닐 수 없었던 것이다. 대복 어메가 그처럼 미울 수 있을까. 모든 것을 번연히 알면서 일부러 한나절까지 자버리게 둔 그녀의 속셈도 뻔한 것이었다. 꿇어앉아 할아버지의 걱정을 들으며 눈물을 찔끔찔끔 훔칠, 내 하는 꼴 구경할 재미로 모른 척했음이 분명하던 것이다.

"싸게 얘기해봐, 무슨 심뽀루 그랬나. 빼나면 이늠으 솥이 다 흙을 퍼놓을 테니께……"

예나 이제나 욱하는 성질인 나는, 마침 김을 푸숭푸숭 솟아 올리던 화덕 위의 나무 솥뚜껑을 번쩍 들어올리고, 그것을 저리 팽개칠 기세로 씨근거렸다. 한번 지랄 나면 눈에 뵈는 게 없는 성질인 줄 잘 알던 그녀라 대복 어메는 얼른 간들간들 웃어가며 내 앞에 등을 돌려 대고 널벅* 앉았다. 업어줄 테니 참으라는 뜻이다. 수제비가 숨바꼭질하듯 끓어대는 솥전에다 솥뚜껑을 메치듯 덮은 다음, 나는 슬그머니 돌팍 위에 주저앉아버리고 말았다. 참을래서가 아니었다. 내가 터무니없는 오해와 착각을 했음에 무안해서 그런 거였다. 내던지려고 뜨거운

솥뚜껑을 울러메던* 결에 보니, 해는 바야흐로 서산마루에 걸 터앉아 있던 것이다. 낮잠을 길게 자 해거름녘에 이르고는, 밤 잠 자고 난 아침나절로 착각을 했던 것이다.

"어부바 안 할려? 어부바허여······"

업어주어야 내 성질이 누그러진다 싶은 대복 어메는 여전 히 업자고 돌려 댄 등을 지싯지싯* 들이대며 엉덩이를 뭉개고 있었다.

"나는 지끔이 니열 아침인 중 알았단 말여······"

나는 그렇게 무색하고도 민둥한 입으로 고백할 수밖에 없 었다. 그 뒤로도 자면서 나는 그런 착각을 가끔 겪음한 바였지 만, 그러나 그때 일처럼 짙은 색깔로 눈 안에 남아 있는 모습 이 없었다. 이튿날 아침으로 착각했더라는 말에, 대복 어메는 번철* 위에서 아주까리기름 녹듯 자지러지게 웃어대며 내 앞 에 수제비 한 그릇을 떠놓아주었다. 맷돌에 밀을 삭갈아* 어레 미*로 친 가루 반죽 수제비여서 입안이 꺼끌꺼끌은 했지만, 싱 싱한 조갯살과 애호박 국물 덕으로 여간 맛있지 않았던 그 입 맛은 지금도 조금쯤 입안에 남아 있는 것같이 느껴지곤 한다. 그러고부터 기울*이 섞인 듯 누리끼한 밀가루를 질음하게 반 죽하여 주걱 위에 한 모태씩 얹어놓고 숟갈 자루로 손가락만 씩하게 떼어, 끓는 국에 넣어 끓이는 대복 어메의 수제비 맛에 들렸던 나는, 그런 것을 끓이는 줄 알기만 하면 으레껀 지켜 앉았다가 얻어먹어야 일어섰고, 옹점이 시켜 밥하고 바꿔다 먹기를 큰 별미로 알기도 했던 것이다.

대복이 뒤만 따라다니면 모든 걸 내 맘대로 장난해도 겁 날 게 없던 그리운 시절──, 그것은 내가 일곱 살 나던 해부터 한 이태 동안의 비록 짤막한 세월에 지나지 않지만, 그러나 다시금 꿈결 속에 본 대자연처럼 그지없이 아름답고, 은하(銀河)를 헤엄쳐가는 듯한 심란한 향수에 잠기게 하며, 때로는 나 혼자나 알고 죽을 것같이 비밀스럽고, 혹은 물려줄 수 없는 소중한 재산처럼 여겨지곤 한다.

그 무렵은 대복이가 이미 '희망 없는 애'라는 별명으로 손가락질당하며 오나가나 따돌림을 받기 예사이던 판이기도 했다. 대복이와 곧잘 어울려 놀던 철호마저 툭하면,

"저런 걸 낳느니 방바닥에다 싸구 파리 새끼 존 일이나 시키지……"

무슨 뜻인지 모를 말을 하면서 자식 못되게 둔 조 패랭이가 측은하다는 말을 되작거리던 터였다. 뿐만 아니었다. 철호는 나한테도 한두 번 충고한 게 아니었다. 아니, 철호보다도 옹점이가 더 미덥지 않은 말로 나를 타이르려고 하였다.

"예비당이나 절 삼 년 댕긴 사람허구는 마주 앉지두 말라구 했단 말여……"
하고 그녀는 말했다. 다시 목소리를 낮추어가지고,

"장바닥 삼 년 쏘댕긴 늠이 여북헐깨미.* 대복이는 순전 도둑늠잉께 상대두 말란 말여. 너 대복이 쫓어댕기다 순사헌티 붙잽혀 가면 워쩔래? 도둑늠이라고 대복이허구 하냥* 묶어가버리면 워칙헐 티여……"

옹점이는 숫제 공갈을 하고 있었지만, 대복이가 마냥 좋기만 하던 마음은 누가 어쩐대도 어쩌지 못할 노릇이었다. 어머니한테 대복이 따라다니며 노는 일이 좋고 그른가를 물어본 일도 있었다.

"대복이만 닮지 말려무나. 암만 대복이가 그렇더라두 네 게다야 못된 짓을 가르치겠네."

대복이가 나를 제 살붙이처럼 귀여워하며 아껴 위하는 줄 알고 있던 어머니는, 대복이의 나에 대한 행세만은 누구보다도 미더워한 것 같았다. 그러고 보면 옹점이는 아마 대복 어메가 미워 험구를 일삼았는지도 모를 일이었다. 옹점이나 철호 말은 듣지 않기로 한 것도 그 때문이었다.

논배미 이끼가 파래빛으로 고와지기 시작하면 새로 퍼진 미나리아재비 잎새 밑엔 올챙이들이 옴닥옴닥 놀기 시작한다. 우리가 해마다 제비 소리보다 며칠 뒤처져 논두렁에서 들을 수 있던 소리는, 부리가 날카롭고 깃털이 반짝이는 파랑새 노래였다. 물총새를 우리는 파랑새라고 불렀던 건데, 물총새 구멍을 뒤져내는 데엔 대복이와 겨룰 아이가 아무도 없었다. 물총새는 산골짜기 깊은 개랑*의 깎아지른 듯한 흙벽에다 게구멍처럼 깊숙이 굴을 파고 살고 있었다. 나는 대복이를 따라 두어 길이 넘게 깊숙이 파인 시뻘건 황토 개랑 속을 한나절씩 헤매어 다녔고, 대복이는 한 구멍에서도 물총새 새끼를 서너 마리씩이나 잡아내곤 했다. 구멍에 거미줄이 슬고 산이끼가 푸름하게 돋아 아무것도 살지 않는 구멍 같건만, 구멍 임자가 들고 안 들어 있는 걸 영락없이 맞혀 헛손질 한 번을 않던 것이다. 물총새가 논다랭이로 올챙이·송사리 따위 먹이를 찾아나 간 구멍이면 두어 시간씩이나 기다렸다가 잡기도 했다.

도대체 잡는 일이라면 대복이처럼 능숙한 사람이 다시 있을는지가 지금도 의문스럽다. 그런 사람을 뭐라고 일컫는지 우선 그 명칭이나 알았으면 좋을 심정이기도 하다. 그는 무엇이든 절등(絕等)하게* 잘 줍고 잘 잡아내는 손속*이 있었다. 겨울 사냥질만 해도 잡은 것을 팔아서 집안 쏨쏨이를 댈 정도였다. 약이나 덫으로 잡은 꿩을 엮으면 두름*이 되었고, 겨울 지내고 산토끼 가죽을 팔면 옷 한 벌이 되곤 했다. 조개와 게는 또 얼마나 많이 잡았던가. 해동만 하면 대복이는 구럭*을 메고 바다로 나갔다. 고둥이나 바지락 따위는 나도 다른 아이들만큼 잡을 수 있는 거였지만, 대합·백합 같은 값있는 조개나 맛*·꽃게 등을 잡는 데엔 대복이밖에 없던 것이다.

펄밭을 가로타고 나간 뱃길은 조금* 때나 썰물 때에도 내 허리 위로 오르는 물이 칠렁하게 차 있기 예사였다. 그런 물속에서의 꽃게잡이란 어느 놀이보다도 재미있고 신명나는 일이었다. 우리들은 손에 용수*같이 생긴 다래끼를 들고 가슴 밑으로 차오른 물속에 들어가 물 밑의 모래를 차근차근 밟아 나간다. 그러면 모래 속에서 자던 꽃게들은 틀림없이 우리들의 발가락을 물고 늘어진다. 어떤 놈은 발가락을 끊어먹을 듯이 힘껏 물어보고 달아나기도 하지만 대개는 놓지 않고 물고 있었다. 우리는 몹시 아프고 그 아픔을 참기란 여간 고통스럽지 않았지만, 물린 발가락을 움직이거나 사람 소리를 내면 놓치기 때문에, 때로는 눈물마저 머금어가며 살그머니 손을 넣어 잡아내곤 했다. 우리들 손바닥만 한 빨간 등딱지의 꽃게 새끼들은 일단 그릇 속에 들어가면 기어나올 줄을 모른 채 밥 짓는 거품만 바글바글 끓여대었다. 물속에 들어 있으면 흔히 등딱지를 반짝거리며 참새우나 보리새우가 껑충껑충 물 위를 뛰어온다. 그것들은 손바닥으로 움켜 채거나 매미채 따위로 덮쳐 잡아야 한다. 새우는 그릇에 담아도 튀어나가기 때문에 잡는 대로 그냥 냉큼 먹어버려야 한다. 입안에 들어가면 비릿하면서도 곧장 녹아버리던 구수한 새우 맛은, 물속의 바위에 걸터앉아 따 먹어야 제격이던 벅굴 맛보다 훨씬 훌륭했던 것으로 기억되고 있다.

여름이 가까워지면 대복이는 내게도 두어 발쯤 되는 대나무로 낚싯대를 만들어준다. 비록 수수깡 속대로 찌를 만든 볼품없는 것이었으나 망둥이가 곧잘 낚이는 데엔 예외가 있을 수 없었다. 대복이는 망둥이 낚시 미끼인 갯지렁이잡이까지도 다들 부러워할 정도로 재빠른 솜씨를 지니고 있었다. 해가 설핏하니 물때가 되어간다 싶으면 낚시가 내릴 틈도 없게 입질을 하고 올라왔다.

"업세,* 너두 저녁 찬거리는 했구나야. 아씨, 쟤가 망뎅이를 한 투가리 것이나 잡어 왔네유."

옹점이는 화통 삶아먹은 목소리로 내 바구니를 들여다보며 수선 떨었지만, 그러나 내가 그렇게 잡을 수 있었던 것은 두서너 차례에 지나지 않았고, 대개 대복이가 자기 바구니의 것을 내게 여투어*주어야 직성이 풀리던 덕택일 때가 거의 전부였다.

그는 또 여름이면 몇 차례씩이나 앞뒷말 방죽과 둠벙*을 찾아다니며 물고기를 곧잘 잡았다. 그는 근력이 누구보다도 세었고, 마을 아이들은 그가 시킨 일이면 무조건 복종하고 있었으므로 아이들을 시켜 세숫대야·물초롱·양푼 따위를 동원해서 온나절 걸려 물을 퍼내는 거였다. 붕어나 메기·뱀장어 따위는 자배기*로 잡히고, 우리들은 미리 준비해 온 고추장과 애호박을 썰어 즉석에서 만든 화덕에 솥을 걸고 끓여 먹었는데, 옷이 후질러지고* 신발짝을 잃더라도 열성으로 대복이를 따랐던 것이다.

대복이는 놀이를 하더라도 반드시 남 좋은 일로만 가려 하지는 않았다. 구경꾼인 우리들은 여간 재미있어 하지 않았지만, 당한 쪽 사람들 입장에서 보면 정말 싸가지 없는 짓일 터였다. 그것은 대개 우리 부락 앞 개펄로 게잡이를 하러 청라(靑蘿)같이 먼 길에서 온 사람을 상대로 부린 텃세와 같은 거였다. 요즘은 큰 저수지를 갖게 되어 낚시 한다는 서울 사내치고 모를 리 없이 된 곳이지만, 그 무렵만 해도 청라라면 1년 열두 달 트럭 한번 안 들어가던, 햇밤·물대추나 나야 장 구경을 나올 수 있던 벽촌이었다. 청라면이면서도 대천읍과 접경하고 있던, 이젠 저수지 수몰 구역이 되어 인적마저 드물어졌다지만, 여술·가느실·복뱅이·시루셍이·담안·임척골같이 자자부레한 마을 사람들은, 1년 내내 먹는 것이 푸성귀와 산나무새뿐이라선지 몰라도 능쟁이·농게·황바리 등 칙갈스런* 펄게 나부랭이를 무슨 큰 비린 반찬처럼 아는 모양으로 곧잘 떼지어 게잡이를 나오곤 했던 것이다.

우리들은 그네들을 '긔꾼'이라고 불렀다. 미리 날 잡아서 함께 가기로 짰는지 보통 열댓 명 혹은 스무남은 사람씩 떼거리로 왔으며, 대부분 스물 안짝의 아이들이었는데, 그것은 거리가 멀고 바다에 익숙지 못해 그런 모양이었다. 긔꾼들은 언제나 마찬가지로 들일과 산판일에 다니던 가장 낡고 더럽혀진 옷으로 골라 입고, 구럭 속에는 마실 물이 담긴 석유병과 누룽지 뭉치나 개떡을 싼 주먹만 한 점심 덩어리가 담겨 있어, 안된 말이지만 비렁뱅이 꼴이 따로 있지 않은 몰골들이었다. 그네들은 온종일 펄밭을 후벼 게를 잡고 고둥도 줍는데, 오후 새참 때나 되어 신작로 가에 나가 있으면 구럭 구럭에 게거품을 끓여가며 돌아가는 긔꾼들의 너절한 행렬이 나타나곤 하였다.

길목을 지켜 기다렸던 우리들은 일제히 입을 모아 놀려댄다.

"야 이 산골지앙텡이*들아……"

"야 이 긔 그지들아……"

"이 뜨벵이 촌것들아……"

우리들은 약을 올리며 기를 꺾었다. 그네들은 일체 아무런 대꾸도 하지 않았다. 본바닥 아이들한테 텃세 당하고 괄시받는 것을 당연하게 여겼는지도 몰랐다. 조무래기들이 앞을 쓸어놓으면 이윽고 대복이 차례가 된다.

그는 점잖게 긔꾼들 앞을 막아서며,

"형씨들, 타 둥네에 왔으메 인사두 읎이 가긴감?"

"……"

"욧시, 인사는 안 해두 조용께 쇠금이나 물구 가시게."

두 눈을 부라리며 우람한 목소리로 좨잡겠다는* 태세를 취한다. 그러면 저쪽에서는,

"다덜 배구픈 사람들인디, 싸게 가서 짐치허구 밥 먹게스리 좋게 봐줘유."

하고, 그중에서 덩치도 볼 만하고 입담이 들어 뵈는 사내녀석이, 대변이라도 하겠다는 투로 가로맡고 나선다.

"누가 뭐라간디, 쇠금만 내면 된당께 그려……"

대복이는 능글능글 물고 늘어질 작정을 한다.

"갯바닥두 임자 있는 중 갈머리 와서 츰 듣는디."

"넘의 동네 질을 공으루 지나댕기는 벱은 읎으니께……
여러 말 허자면 날 저물 테구, 통행세나 받구 말 티여."

"……"

"욧시, 안 받구 마나 보까?"

"하여가나 이 동네, 에지간헌 애들이여……"

그네들은 결국 더 이상 이러니저러니 못 하고 구럭이나
자루 속의 게들을 한 움큼씩 집어내어, 우리들이 들고 있는 그
릇에 담아주었다. 우리들은 세금 거둔 게를 대복이네 집으로
가지고 가 구워 먹거나 볶아 먹었는데, 그 맛은 우리들이 직접
잡아 온 게보다도 훨씬 좋았던 것 같다. 그러는 동안 나는 대
복이한테 옮은 못된 장난을 갖게 되었지만. 동네 어른들은 대
복이의 그런 장난을 볼 적마다 조금도 이해해주고 싶지 않은
눈치들이었다. 남의 집 아이들 장난이라면 "그러면 못쓴다"
한마디로 그칠 일이런만 대복이한테만은 예사,

"까그매* 열두 소리에 쓸 만헌 소리 한 마디 있다더냐……"
하며 외면했고,

"바닥자식늠이라 놀음을 놀아두 고따우루 싹바가지 읎이
놀거던……"
하고 욕을 퍼붓곤 했다. 바닥자식이란 말은 천생(賤生)이란 뜻
이었다.

내가 대복이 본을 딴 못된 장난을 가졌던 것은 다른 게 아
니었다. 그 짓은 장날에나 할 수 있던 거였는데, 역시 촌사람
놀려먹기 장난이었다. 뒷동산엔 달구지라도 다닐 수 있을 만
큼 오솔길치고는 꽤나 넓은 길이 산중턱을 가로 타고 있었고,
이쪽의 내리막길 가풀막진* 길허리엔, 대복이네 집 저쪽 사립

문 개복숭아나무 밑에서 그 길을 올려다보자면, 그 과녁빼기*로 멍석만이나 하게 널찍한 바위가 길가에 놓여 있었다. 사람들은 넓다고 하여 너럭바위라 부르기도 했지만 그런 장난질하기엔 안성맞춤인 장소이기도 했다. 장날 저녁나절이면 그 길로 해서 등성이를 넘어 귀가하는 쇠미·해창·신대리에서 나온 장꾼들이 그칠 새 없이 지나가게 된다. 장꾼들 손엔 장을 보아가는 온갖 잡살뱅이들이 들리어 있게 마련이었고, 그중에서도 우리들 눈에 제일 흔히 띄던 것은, 그릇 속에 함부로 담아 갈 수 없는 양잿물* 꾸러미였다. 양잿물은 맨손으론 만질 수 없는 것이라서, 장수가 끌로 떼어 신문지에 싸고 짚홰기*에 매달아 주는 대로 대롱거리며 들고 갈밖에 없을 터였다. 양잿물 꾸러미는 이미 조금씩 녹아 종이가 젖어 있으므로 좀 앉아 쉬어 가려면 옷이나 먹을 것에 닿지 않도록, 바위 가장자리에 놓아두든가 나무고갱이에 매달아두어야 한다. 그렇게 하고 한숨 돌린 장꾼이 일어날 때는 다른 짐 챙기는 데에만 정신이 가 있어 양잿물 꾸러미를 잊고 떠나가기가 십중팔구였다.

우리들의 장난 버릇은 마침내 그런 것에까지 손을 대게 되었다.

우리들은 양잿물 조각과 비슷한 색깔의 차돌멩이를 주워서 헌 종이에 싸 짚홰기로 고를 내어 묶는다. 양잿물은 아주 조금씩 녹는 것이므로 우리들이 위조한 양잿물도 종이를 약간 적시어놓아야 한다. 맹물에 적시면 금방 말라버려, 별수 없이 대복이네 울타리 밑에 놓인 오줌독에 반쯤 담갔다가 꺼내지 않으면 안 되었다. 종이 젖은 빛깔이나 하고, 냄새마저 어찌 그리 양잿물하고 흡사하던지…… 우리들은 그것을 장꾼들이 자주 붙어 앉아 쉬어 가던 너럭바위의 가장자리나 그 근처 나무 고갱이에 걸어두었고, 이내 먼발치로 물러나 딴전 보고 노는 시늉을 하며 핼끔핼끔 살펴보곤 했다.

장꾼 가운데서도 나이가 직수굿한 아낙네는 틀림없이 그것을 집어 들고 일어섰다. 앞뒤를 슬그머니 둘러본 다음 천연덕스럽게 자기 것으로 만들던 것이다. 손이 양잿물에 닿으면 살갗이 타니 누구도 그 자리에서 그것을 끌러보려 하지는 않았다. 대개가 그 먼 길을 걸어 자기 집에 이를 때까지 오줌독에 미역 감은 차돌멩이 조각을 소중하게 받쳐 들고 갈 거였다. 생각할수록 재미있고 웃음이 북받치던 장난이었으므로, 우리들은 하룻장에 보통 여남은 꾸러미의 가짜 양잿물을 만들어 남 좋은 일을 시키곤 했던 것이다.

진현이나 준배네 어른들이 우리들의 그런 장난을 모를 리 없었다. 두 아이 부모들은 따져보지도 않고 모두가 대복이 탓이려니 했다. 그렇다고 대복이를 불러 나무라지도 않았다. 동네에서 이미 버린 자식으로 돌린 대복이를 새삼 나무라봤자 아무 잇속도 없을 줄 잘 알았기 때문이다.

"기생 그릇되면 질바닥에 나앉아 탁주 장수 하더라구, 내 버려둬라, 어채피 개잡늠 됐는디……"

하면서 자기네 자식들 단속하기에만 소홀하지 않던 거였다. 나는 반대로 날이 더하고 달이 갈수록 대복이가 점점 더 좋아져가기만 했다. 대복이가 깎아준 팽이는 왜 그리 잘도 돌던지, 그의 손이 간 것은 무엇이든 남이 만든 맵시보다도 월등하던 것이다. 자치기 막대는 갑절을 더 날아가고, 방패연이거나 가오리연이거나 간에 연은 실이 짧아 더 뜨지 못했다. 썰매는 겨우내 타고 놀아도 송곳 한 짝 휘어지지 않았고, 종이만 주면 어디서 난 엽전인지 하루에도 몇 개씩 제기를 만들어내었다. 오리나 닭서리*를 잘해 와 나는 얻어먹는 재미로 밤잠이 짧아 지고, 탱자나무 울타리 과수원도 달 없는 어둠을 타고 들어가 면 쌀자루가 미어지게 사과를 따내 왔었다.

　해가 바뀌면서 우리 읍내도 전에는 없던 일들이 한두 가 지씩 나타나기 시작했다. 못 보던 물건들, 들어보지 못한 소문 들이 돌아다니면서 은연중에 술렁거리더니 차츰차츰 현실화 되고 있었다. 근래에 들어 때때로 회고해본 바이지만, 그 조그 만 읍내로서는 부딪친 마당에서 감당해내기가 벅찬 외래 문물 에 휘말려들면서 제 모습이 변질되던 과정이 아니었던가 여 겨진다. 그 무렵의 그 고장 사람들로서는 왜정 시대를 아프게 겪음했음에도 불구하고 박래품(舶來品)*과의 실질적인 접근 은 비로소 본격화된 셈이었다. 그 좁은 읍내에 갑자기 하루에 도 이삼백 명의 미군(美軍)들이 들이닥쳐 버글거리게 됐던 것 이다. 그것은 적잖은 이변이었다. 언젠가도 일러둔 바 있지만, 요즘은 모를 사람이 없이 된 피서지 대천해수욕장도 그즈음 에 처음으로 미군들에 의해서 개발됐던 것이다. 군정(軍政) 시 대의 끝물이었던 미군들이 대량 투입되자 덩달아 그네들을 상 대로 하는 신종(新種) 상업이 번지게 되었다. 그러면서도 읍내 주민들은 착잡한 표정이었으니, 설치고 덤벙대든가 어정거리 고 서성대다가 물러앉으면서 제자리를 잃어버리는, 많이 무질 서하고 혼탁한 분위기였던 것으로 기억한다. 쉽게 말하면 윤 리적 수구성(守舊性)*과 생활적인 실리주의 계산이 엇갈린 갈피 없는 상태가 아니었나 싶은 것이다. 그중에서도 선비 기질을 가진 주민들이 크게 근심했던 것은, 미군들의 물건을 맛보기 위해 많은 농어민들이 자기들의 식량과 다름없는 생산품을 지고 나가 미군 물건과 서슴없이 물물교환하던 풍조였다.

"이 삐—루 한 고뿌가 쇠고기 닷 근이라데, 먼저 죽었다먼 억울해 워쩔 뻔헌 중……"

하며 맥주 한 잔에 든 영양가가 쇠고기 다섯 근을 포식한 만큼이나 몸에 좋다며 다투어 바꿔 먹지 않은 이가 얼마나 됐으랴 싶다. 헬로, 오케, 해부 노, 남바 완…… 이 말도 벙어리 아니고는 읊어보지 않은 이가 드물었다. 양반 팔고 족보 우려먹다 끼니 잃고 아닌 보살 하며* 살던 상투쟁이 늙은이들이나 예외였으리라 싶다.

그해 여름이다. 차츰 대복이 보기가 수월찮아지기 시작했다. 미군들 심부름을 해주고 돈 얻는 맛에 해수욕장에 나가 살다시피 한다는 거였다. 대복 어메도 무척 자랑스럽게 여기는 눈치였다. 나는 대복이가 여름내 돈이나 많이 벌었으면 하며 여름이 가기만 기다릴 수밖에 없었다. 대복이는 좋은 것, 맛있는 것이 있으면 나부터 먹여왔으므로, 제가 번 돈도 나를 위해 쓸 것 같은 엉뚱한 마음을 곁들여보기도 했다. 하긴 걱정도 적잖이 했다. 그 허옇고 새까만, 사람 같잖은 미군들 틈에 섞인 대복이의 신변이 염려스러웠기 때문이다. 말도 못하는데 무슨 심부름을 해줄 수 있을까. 나의 그런 궁금증은 밤낮없이 그치지 않았다. 혹은 대복 어메 말이 거짓인지도 모를 일이었다. 한두 마디씩 들려오던 소문도 내가 바란 바와 달랐으며 그리 좋지 못한 내용이던 것이다. 달리 들려온 소문은, 심부름이란 게 미군들의 구두를 닦아주는 일이라고 했다. 그것은 돈을 받을 만한 일이 못 되는 것이었는지도 몰랐다. 껌·빵·캐러멜 등을 얻어 주전부리하는 것으로 그치더라는 거였다.

달포가량은 지나서였나, 이 사람의 이 말 저 사람의 저 말이 한창 부산스럽게 오가던 어느 날, 그렇듯 분분하던 뒷공론이 간단하게 정리되어버렸다. 검은 모자 검은 제복을 입은 순사가 느닷없이 대복이를 앞세우고 대복이네 집 울안으로 들이닥쳤던 것이다. 아, 나는 그때 얼마나 놀랐던가. 커다란 충격이었고 무서운 사건이었다. 공교롭게도 그날사 말고* 마침 장이었으므로 마을이 비어 본 사람이 없었으니 대복 어메와 나만이 목격자일 뿐이었다. 대복 어메와 나는 서로 쉬쉬하여 덕택에 소문은 나지 않았지만 미군들의 물건을 훔치다 들켰다는 것이었다. 순경은 미군 상대의 좀도둑이 처음 발생했고, 미성년자라는 정상을 참작하여 보호자에게 돌려주는 만큼, 다시는 그런 일이 없도록 해달라고 일삼아 당부하러 왔다는 것이었다.

나는 굳게 비밀을 지켜주는 대신 사실이 아니기를 바랐고, 대복이 입으로 직접 해명이 있으리라 기대하고 있었다. 그러나 그사이 대복이는 변해버렸던가. 변명은커녕 동네 어느 아이하고도 어울리려 하지 않았다.

나는 대복이의 그렇듯 돌변한 태도에 뭔지 모를 어떤 것이 크게 느껴진 것 같았다. 날이 가면서 대복이의 변모는 여러 짓둥이*에서 무시로 발견되고 있었다. 언사가 거칠어진 데다 행동 또한 후레자식 소리 듣기에 알맞은 짓을 하고 다녔다. 대복이 보기가 어려워진 것도 그가 미군 부대 근처에서 배회하던 무렵하고 다를 게 없었다. 마을에 나다니지 않아서가 아니라 집에 붙어 있는 날이 없는 까닭이었다. 어딜 그리 쏘다니는지 안다는 사람이 없었다. 믿을 수 없는 풍문으론 아직도 해수욕장 주변에서 얼쩡거리더란 거였지만 증거가 없었다. 간혹 우물가에서나 칠성바위에 올라갔다가 그를 얼핏 발견할 때도 없진 않았다. 그때마다 나는 그에게 다가가 달근거리든가* 이야기를 시켜 듣고 싶던 마음이 가셔지곤 했다.

여름이 다 가고 미군들이 물러가자 대복이는 외모부터 다른 사람으로 되어가고 있었다. 안팎 동네 누구도 아직 천신* 못 해본 붉은 군화를 신었나 하면 어떤 때는 새 카키바지를 입고 나서기도 했다. 요즘 한창 유행하는 것에 청바지가 있지만, 그 여름에 군화나 카키복을 착용할 수 있던 사람이라면 어떤 의미에서 알아줄 만한 인물로 대우받고 있었다. 통역이나 고급 장교가 아니면 그런 시골에선 만져볼 수도 없던 물건이었으니까. 대복이도 여간 뽐내고 으스대지 않았다. 그러나 그를 부러워하거나 대수롭게 여긴 이는 아무도 없었다. 오히려 그가 언제 어디서 무슨 몹쓸 꼴을 당하려나 싶어 은연중 기다리는 심사였었다.

"지가 도적질 안 혔으면 워디서 만져나 볼 물견이간디."

모두들 자신 있게 내뱉는 말이었다. 나는 어디까지나 마을 사람들의 억측이길 바랐고 대복이 스스로 그렇지 않음을 증거했으면 하였다. 나 혼자만이 그런 심정이었을까. 그것은 대복 어메와 앙숙이었던 옹점이도 마찬가지였으리라 싶다. 대복이와 곧잘 한 상 밥을 먹고 놀면서도 경계를 게을리 않던 철호도 같은 마음이 아니었을까.

대복이는 그러나 그런 기대가 조금이라도 보람 볼 일은

하지 않았다. 땔나무 한 부지깽이 해보지 않고, 고추모 한 포기 모종해본 일조차 없는 터였으니 갑자기 될 일이 아닐지도 모르지만.

10원 한 장 벌어보지 못하면서 어느새 배운 담배던가, 사는 집에서도 엽초를 말아 피우는데 대복이만은 백두산 부용 공작 등 비싼 궐련만 꼬나물고 다니며 밤이 이슥토록 뒷산 너럭바위에 앉아 하모니카를 불어대곤 했다. 사람들은 가급적이면 상종을 않으려고 애써 외면하고 지냈다. 아예 관심조차 갖지 않으려고 노력한 거였다. 결국 마을 사람들의 그런 태도는 여러 가지 불행을 자초한 셈이 되었다. 관심 밖에서 따로 놀던 대복은 고질화된 도벽(盜癖)을 키워갔던 것이다. 대복이가 얼씬만 했다 하면 반드시 무엇인가가 없어진다던 게 뒷공론이었다. 닭이 축났다, 오리가 모자란다, 메주 쑤려고 내놨던 콩 자루, 고추장 담그려고 여퉈둔 고추 푸대가 간데없다, 찬장 속에 간수해온 참기름병이 없어지고, 동고리에 담아 시렁에 얹어뒀던 누룩 몇 장을 발자국도 없이 집어 갔다…… 사흘이 멀게 가증스런* 소문이 잇달고 있던 것이다.

대복이는 여전 자정이 넘도록 하모니카나 불어댈 따름, 동네에 어떤 소문이 파다해졌는지에 관해선 전혀 들은 바 없는 표정이었다. 지금 생각하면 그 넌더리나게 불어대던 하모니카는, 밤이 이울도록 뒷산 너럭바위에서 놀지 않더냐는, 소위 알리바이란 걸 장만해두기 위한 그 나름의 잔꾀였던 것으로 판단된다.

그가 그런 짓을 안팎 동네서만 돌아가며 길래* 손 떼지 않았더라면 종내 어떤 일이 일어났을는지 어림하기 어렵지 않다. 이웃 간의 인정으로 직접 경찰에 출두하여 고발할 사람은 없었달지라도 최소한 아주 멀찍한 타관으로 이사 가길 강요당했을 건 뻔한 일이었다. 훔치는 일에도 이골이 나고 자신이 생겼음에선가, 그는 오래잖아 이웃 사람 괴롭힘을 단념한 듯했고, 대신 소문 덜 날 곳으로 원정을 시작했던 것이다. 원정이라고 해도 뭐 아주 먼 곳으로 가서 냄새 안 날 짓을 한 게 아니라 광천 홍성 웅천 청양 장항 등, 차편 드물잖아 당일치기가 가능한 곳이면 장판*이 넓고 좁음 없이 난전(亂廛)의 좌판들을 걸터듬고 다닌 거였다. 그가 그러고 다닌 줄 모르지 않으련만 직접적인 피해를 면하게 된 것만 다행으로 여긴 마을에서는 누구도 나서서 신칙하려는* 사람이 없었다. 혹은 대복 어메가 어떤 사람인 줄 너무 잘들 알고 있었기에, 섣불리 한마디 내났다가 그녀와 원수지기 싫어 몰라라 했는지도 몰랐다. 다만 대복이는 용케 잡혀가지도 않더라는, 치안 당국자에 대한 불만이나 남몰래 뇌작거렸을* 따름이다. 어쩌면 나 한 사람 외엔 대개가 그런 불만을 끓였으리라 싶다. 모진 형벌이 내려져 볼장 보기를 바라서가 아니라 새사람이 되어질지도 모른다는 마음으로── 도둑질로 올린 수입을 어디에 소비하느냐 하는 의문도 이야깃거리로서 충분했던 것 같다. 집에 쌀 한 톨 가용한 푼 보태주지 않는 눈치란 것이 마을 사람들의 공통적인 의견이었는데, 그렇다고 대복이가 말술을 마신다거나 사치를 하는 것도 아니었다. 어느 요릿집 계집애에게 빠져들거나 노름판의 넋이 씌웠으리란 짐작으로 의문들을 마무리했다. 뒤늦게 밝혀졌거니와 사람들의 그런 추측은 두 가지 모두 비스름하게 들어맞았었지마는. 어림짐작 가운데 한 가지 엇나갔던 것은 그가 용케도 잡혀가는 법이 없더라는 치안 당국에의 불만이었다. 그는 곧잘 들켜 예사 연행되어 갔으며 이미 우범자로 지목받아 전과가 낱낱이 기록되고 있던 것이다. 다만 죄질이 무겁잖고 아직 미성년이란 점을 접어주어 따귀나 몇 대 얻어가지고 풀려나오기가 십중팔구였을 뿐이었다. 맘속으로 그에게 아무 불행한 일도 일어나지 않기를 바라면서도 그를 위해 왜 나는 그에게 직접 내 말로 충고 한마디 못 해주게 됐던 것일까. 그것은 나 자신이 깊이 규명해봐야 될 성질의 것이지만, 우선 알 수 있는 것은 대복이가 차츰 두려워진 까닭일 거였다. 먼 발로 보게 되더라도 어딘지 모르게 점점 더 떨떠름하고 꺼림칙하기만 했었으니까.

언젠가 옹젬이는 어머니 귀에 대고 이런 말을 하였다.

"아씨, 지년은 아깨 장터 댕겨오다 섹웃집 앞서 대뵉이 봤슈…… 가께쓰봉에 군대 긋수를 신구유, 대가리는 찍구를 빤지름허게 처발르구유…… 우수워 못 보겠던디유."

옹젬이 말은 사실이었다. 이젠 어디서 먹고 자는지 동네엔 얼씬도 않지만 장날 장터에만 나가면 몇 번이고 만나볼 수 있다던 것까지. 그런 중에도 대복이는 가끔 소문 없이 집에 들어와서 자고 나가기도 했던가 보았다. 그런 날이면 나도 칠성바위께나 짚누리* 틈에서 문득 그와 마주칠 수가 있었다. 그는 만나면 여전히 자기 호주머니를 뒤집어보았고 잡혀 나온 것이면 무엇이든 서슴없이 내 손에 쥐여주고 싶어 했다. 작은 가죽지갑 바뚝껌 손거울 손칼 헌 만년필…… 그러나 그런 것들이 죄 남의 주머니 살림을 뒤져낸 장물이라서 꺼려져, 애써 피함으로써 얻을 수 있는 기회를 부러 만들지 않으려 꾀부린 기

억도 새롭게 되살아난다. 받아 갖고 싶은 마음은 사실 무진했
었다. 대장간에서 버리는 쇳조각 나사못 열쇠 토막 자석 토막
거멀장* 따위 쇠붙이면 덮어놓고 장난감 삼아 수북하게 모아
두던 시절이었으니까. 그만큼 나는 대복이와 멀어지려고 마음
다짐을 거듭하며 지내고 있었다. 더욱이 어느 저녁나절 대복
어메가 하던 짓을 숨어서 몰래 지켜본 뒤로는 더욱더 그러기
로 했던 것이다.

어느 날 저녁나절이던 것으로 기억되는 일. 그때 대복 어
메는 자기네 울타리와 모시밭 어중간에 있던 목화밭에서 우리
목화를 따고 있었다. 어린 목화다래*를 까먹어본 사람한테나
할 말이지만, 그 달착지근한 맛은 어느 태깔 좋은 과일 맛에
못지않음을 알고 있으리라 싶은데, 나는 그때 목화밭 고랑에
숨어 앉아 목화다래를 따 먹다가 보게 된 일이었다. 내가 처음
발견한 장면은 대복이네 사립 앞에서 순사가 대복 어메에게
언성을 높여 호령하는 모습이었다. 순사는 혼자였고 대복 어
메는 언제 밭에서 나갔던가 두 손으로 삿대질을 해가며 한참
악다구니를 퍼대는 중이었다.

"에미가 요따우니께 새끼두 고따우란 말여. 새끼를 내질
렀으면 책음지구 질르야지."

순사가 금방 귀쌈*이라도 도려낼 듯이 호통치자 대복 어
메도 질세라고 목통껏 악을 썼다.

"오냐, 워너니* 그렇겄다. 이 사람 여럿 잡어먹을 늠아, 내
새끼가 도적질허는 거 니 눈구녕으루 봤으면 왜 진작 못 잡어
늫웃데?"

"이런 오구러질 여편네, 에미버텀 혼구녕을 내놔야 쓰겄

구먼."

"이 주리럴 늠, 너는 에미 애비두 읎네? 워따가 함부로 반
말 찌거리여."

"이 뻔뻔스런 여편네 봐, 아무 날 아무 디서 뭣뭣 훔쳤다
구 종조목*을 대주랴? 사람 같잖은 소리 웬만침 했걸랑 싸게
대복이 튄 디나 대여. 워디루 튀였어?"

"이 왜간장에 졸여 청국장에 다져늫을 늠아, 나를 잡어먹
어라, 나를 잡어먹어."

"어리…… 어리……"

순사는 어쩔 바 몰라 뒤춤뒤춤하고 대복 어메는 더욱 기
승하여 물어뜯을 양으로 대들며 발악했다.

"오냐, 새끼 잘못 둔 이 에미를 잡어가거라, 나를 잡어
가……"

나도 그전부터 순사라면 진저리를 칠 만큼 좋지 않은 선
입견을 가지고 있었지만, 그러나 그 경우엔 마땅히 대복 어메
가 고분고분 사죄해야 옳다고 여기며 구경한 거였다. 그녀는
점점 더 발악하듯 덤벼들며 앙탈했다.

"이 뭣 같은 게 뎁세* 지랄허구 자빠졌네. 포악만 떨면 젤
인 중 알어, 이게—"

참다못한 순사가 손을 한번 들어올리자 동시에 대복 어메
도 나뒹굴었는데, 그녀는 흙바닥에 뒹굴어대며 방성통곡을 하
고, 자기 적삼을 풀어헤치고 가슴을 쥐어뜯기도 했다. 대복이
를 연행해 갈 가망이 없는 줄 알았는지 순사가 울타리를 돌아
윗말 구장네 쪽으로 뒷모습을 가져가자, 그녀는 언제 무슨 짓
을 했더냐는 듯이 코 한번 풀고 나더니 부석부석 일어나 목화

밭으로 들어갔다. 그녀가 도로 목화밭 두둑에 들어가 중동무이했던* 일을 계속하자, 나는 무엇이랄 수 없으면서도 몹시 기분이 나쁘고 섭섭한 입맛이었다. 그것이 그녀가 아주 싫어지게 된 동기이기도 했다. 그녀를 보면 마치 고름이 흐르는 옴오른 사람이거나 곁에 얼씬만 해도 이나 벼룩이 옮을 성싶던 걸인하고 좁다란 골목에서 마주쳐 엇갈리며 지나가던 때처럼 그렇게 살갗이 섬뜩해지곤 하던 것이다. 그런 느낌은 대복이에 대해서도 마찬가지였다. 제 한 몸뚱이 할 탓으로 어미가 뺨을 맞고 맞아도 싸다는 소리를 듣게시리 하는 법이 어찌 있을 수 있겠던가.

대복 어메는 그 후로 남이 잊을 만하면 경찰서에 불리어 가곤 했다. 그녀 말에 따르면 수배 중인 대복이 행방을 대라고 오너라가너라한다던 것이었으나, 달포쯤 되고 경찰서 출입이 빈번해진 뒤엔 대복이가 검찰로 송치된다는 소문이 들려오고 있었다. 그녀의 경찰서 출입이 면회와 간식 차입을 위한 비밀스런 행각이었음도 아울러 밝혀졌다. 대복이가 남포 섭바디란 동네에 가서 소를 훔쳐 팔아먹었다던 것이었다.

대복 어메는 조석으로 우리 집에 와 눈물을 거두지 못하며 설움이 북받쳐했다. 결국 소도둑에 이르고 말다니…… 나도 여간 섭섭하고 괘씸하지가 않았다.

검찰청은 80리 밖 홍성 읍내에 있어 그녀는 열흘에 한 번 보름에 한 번꼴로 면회를 다니고 있었다. 그러나 몇 개월 징역이라든가 형기가 얼마쯤 남았다는 이야기를 입 밖에 낸 적은 한 번도 없다고 했다. 이런 일로 말미암아 새사람으로 바뀌어 나온다면 오죽이나 다행이겠느냐, 어머니는 비현실적인 위로

를 자주 대복 어메에게 해준 모양이었으나, 팔자소관이요 집
구석의 내력이 원수라는 푸념 외엔 조금도 뉘우침이 없더라고
했다. 내가 듣기에도 답답한 노릇이었다. 우리 집은 원래가 유
치장의 뒷바라지에는 이력이 나 있었으므로 삼동을 얼어 지낼
대복이의 형편도 가장 잘 이해하고 있었다. 때문에 대복 어메
가 홍성으로 면회 가는 날은 매번 빈손 들리어 보낸 적이 없었
던 줄 안다. 입던 내복가지며 인절미 따위를 꾸려 보내고 때로
는 가용을 남겨 여비에 보태주기도 했다.

　그해 겨울은 너무나 쓸쓸하고 삭막했다.

　옹점이가 시집을 가고 진현이네가 다른 부락으로 이사를
갔다거나 해서 그렇던 것은 아니었다. 대복이 없는 겨울을 혼
자 보낸 탓이었다. 그것은 전혀 예기치 못한 처량한 일이었다.
길고 긴 겨울 동안 나는 아무것도 할 수가 없어 방구석에 처박
혀 붓글씨 연습이나 지겹도록 되풀이하지 않으면 안 되었던
것이다.

　눈이 발등을 덮어도 산토끼 올무나 꿩덫을 놓아볼 수 없
었고, 논배미마다 빙판이 져도 썰매 한번 타볼 수가 없었다.
연날리기도 흥미가 없었고, 팽이와 자치기 놀음 역시 재미가
있을 리 없었다. 꿩덫에 치인 산비둘기와 까치 고기는 겨울마
다 대복이네 집에서 할아버지 몰래 맛보던 별미였건만, 그해
이래 25년이란 세월이 흐른 오늘에 이르도록 두 번 다시 냄새
조차 맡아보지 못하고 살아왔다. 진달래 고주배기* 잉걸불*에
하루에도 몇 마리씩 구워 먹었던 참새고기도 옛 맛이 그리워,
재작년 겨울인가 서울 살며 처음 시민회관 뒷골목 리어카 포
장 속에서 막소주 안주로 삼아본 일이 있지만, 어딘지 제 맛이

아니다 싶더니 부화장에서 무녀리*와 열쭝이*를 골라 버린 병아리구이였음을 뒤늦게 알아내기도 했다. 대복이의 고무총 참새 사냥은 요즘 누가 산탄총으로도 그런 솜씨를 시늉이나 내보랴 싶게 기막힌 것이었다.

대복이와 어울림으로써 누릴 수 있었던, 동짓날 밤 별밭같이 아름다운 시절의 추억들도 그 겨울을 마지막으로 영원히 그쳐버렸다.

모진 먼지바람이 말달리는 허허벌판이나 다름없던 쓸쓸한 겨울이 봄눈과 함께 녹으면서 세상이 차츰 험악하게 변질되어 갈 조짐이 우리 집안에도 스며들더니, 초여름을 맞으면서부터는 내 생활 환경 자체가 완전히 뒤집혀버리고 말았던 것이다.

대복이네 울타리가 호박 덩굴에 덮이고 칠성바위 밑에서 종다리가 하늘로 솟구치며 뭉게구름을 노래하건만 대복이네 울안의 그늘은 한결 더 짙어져 있었다. 대복이가 공주형무소로 이감된 채 풀려나오지 못하고 있기 때문이었다. 그러나 장차 무슨 일이 일어나게 될 것인지 미리 짐작한 사람은 아무도 없었다. 전쟁——, 나같이 어린것은 더구나 꿈에도 상상 못 해볼 지극히 추상적인 것이었다. 하지만 그것은, 전쟁은, 내가 여태껏 겪어본 사건들 중에서 가장 구체적이고 실질적인 모습을 하고 있었다.

6·25 사변 발발과 함께 우리 집은 몸서리치게 무참한 쑥밭이 되어버렸다. 참극의 현장(現場)으로 돌변하고 말았던 것이다. 반대로 대복이네는 상황이 달라졌다. 애당초 어느 모로 보더라도 우리 집하고는 상반된 입장이었다.

대복이가 처음 마을에 나타난 것은 그해 7월 그믐께였다. 뜻밖에도 얼핏 봐서는 대뜸 알아보지 못할 정도로 많이 달라진 모습을 하고 나타난 거였다. 인민군 손에 옥문이 열려 출옥하였다면서 자기 집 다음에 찾아온 곳이 우리 집이었다. 자기네 집에 들르긴 했지만 신발도 벗어보지 않고 우리 집으로 왔던 것이다. 그는 폐허가 된 우리 집안 꼴을 확인하자 냉큼 달래기 어려우리만큼 큰 소리로 울어버렸다. 그는 울다 말고 어머니한테 큰절을 하고 나서 목 안으로 흐느끼기를 한참이나 계속했고, 어머니는 그의 건강을 염려하며 어서 눈물을 거두기를 거듭 재촉하곤 했다. 얼마 만엔가, 어머니 앞을 물러난 대복이는 이윽고 내 두 손을 얼싸잡았고 다시 내 머리를 쓰다듬으며,

"월마나 놀랬데? 어린것이 월마나 놀랬겄어……"

하더니 다시 한차례 눈물을 흘렸다. 아, 얼마 만에 다시 들어보는 부드럽고 다정한 음성이던가.

"이왕 이리됐응께 너무 슬허 말어라, 참구 전디야지……"

대복이로서는 자기가 겪은 고통과 우리 집에 덮친 불운을 뒤섞어 흘린 눈물일 테지만, 어쩌면 자기 일생에 처음으로 뜨겁게 울어볼 수 있었던 괜찮은 기회였는지도 모를 일이었다. 그는 고대* 출감한 사람 같잖게 입성도 말쑥하며 건강한 모습이었다.

"예꺼지 은어먹으메 걸어왔는디, 발바닥이 몇 번이나 부르키구 터졌는지 수도 읎다야."

볕에 타 새까만 얼굴에서 땀을 훔쳐가며,

"인민군이 안 내려왔으면 원제 나올지 모른다야, 암 아직

두 멀었지…… 옷시, 워치기 허던지 은혜는 꼭 갚을 텡께 두구
봐라."

그리고 그는 다시,

"인저 존 세상 왔응께 넘매루* 살아볼 티여."

정말 새롭게 살아볼 각오가 섰는지 엄숙한 표정으로 다짐
해 보이기도 했다. 그는 남들한테도 자원해서 의용군이라도 나
가겠다고 서슴없이 희떠운* 말을 하고 다녔다. 그것은 무법 시
대임을 이용하여 자기 전과(前科) 위에 붉은 물감을 맥질해 미
장하기 위한 속셈이었던 것 같았다. 결과를 지켜본 소감으로서
가 아니라 그 당시 그를 알던 사람이면 하나같던 공론이었다.

대복이는 마치 살 만한 세상을 만난 사람마냥 바삐 돌아
다녔다. 읍내도 매일 한 차례씩은 다녀온다고 했는데, 제 푼수
에 일할 자리를 뚫어보기 위한 방황이었던가 보았다. 사변 전
에 유치장이나 감옥에 들었던 사람치고 날뛰지 않은 자가 없
던 시절이었으니, 유독 대복이 행각만을 우습게 여길 수도 없
는 노릇이었다. 10년 여일* 남의 집 머슴살이를 했건, 철공소
바닥일로 잔뼈가 굵어졌건, 보통학교만 마쳤으면 관공서 서기
못 된 자가 드문 판이었다. 그런 시절이었음에도 불구하고 대
복이에게는 입치레라도 할 수 있게 빌붙어 심부름해줄 만한
곳조차도 없었던가 보았다. 상습 절도라는 이력 때문에 그런
예외자도 있을 수 있었던 모양이다. 결국 그에겐 의용군으로
나 자원해 나갈 수밖에는 인공에 대해 충성으로써 보답할 길
이 없었다. 말로는 무엇이라 했건 대복은 스스로 실천에 옮길
만한 주제가 못 된 위인이었다. 과연 의용군에 나가지 않으려
고 갖은 노력을 다하기 시작했다. 그 나름의 머리와 잔꾀로 몇

가지 일에 발 벗고 나섰던 것이다.

내가 흔히 볼 수 있었던 일은 밤마다 남으로 남으로 내려가던 우마차들의 마소가 먹을 여물거리 징발과 그 조달이었다. 날이 어둑어둑해지면 종일토록 은폐하고 있던 달구지들, 무기와 전리품이 바리바리 실린 달구지들이 신작로가 미어지게 남녘으로 흘러가고 있었다. 길마* 얹은 나귀도 하루에 10여 필씩 뒤따라가고 있었다.

대복은 집집마다 드나들며 보릿겨와 밀기울을 추렴해 내고, 거둬 모은 여물거리들을 길가에 내놨다가 지나가는 달구지마다 골고루 나누어주곤 했다. 그는 그것으로 그친 것도 아니었다. 개를 잡게 한다, 흰무리*를 쪄 내어라, 닭을 비틀어 삶아 내야 한다, 하고 밤낮없이 가로세로 날쳐댔던 것이다. 그런 행각을 달갑잖게 여긴 눈치가 보인 집이 있으면 그때마다 돌아가며,

"욧시, 요 댐이 보자" 하면서 어금니를 악물었고, "욧시, 네늠의 집구석, 월마나 견뎌내나 겨룸허자……" 하고 벼르기도 했다.

"밤도적 늠이 세상 뒤바낑께 낮도적 늠 되더랑께……"

시달리다 못해 그렇게 막말하는 소리도 나는 들었다.

"사람 되어본다는 풍신이 아주 버린 늠 되엿뻐리니……"

"그 자슥 읊어지는 것 보구 싶어서라두 한 번 더 뒤집히야 허여……"

오죽 보기 싫었으면 그런 위험한 말까지 입 밖에 냈을까.

"제깟 늠이 그러다 말지 워쩔라데유, 시국도 어채피 몇 조금 안 가 엎어질 텐디……"

"그 눙깔 핏발 서 가지구 미친 가이마냥 쏘댕기는 거 보슈, 조심휴, 입바른 소리 허다 말버릇 고치게 되지 말구……"

모두들 쉬쉬하고 몸을 사려 이렇다 할 사건 없이 두어 순(旬)은 괜찮게 보냈던 것 같다.

온 동네 솥뚜껑이 들썩대게 시끄러워졌던 것은 추석을 보름가량 앞뒀던가 싶게 벼가 패고 수수모개*도 숙어진 어름이었다. 대복이가 강간 미수로 붙들려 들어갔던 것이다. 그것도 대복이로서는 감히 넘나보지도 못한 참봉 집 손녀딸을 건드리려 한 거였다.

참봉 집이라면 가세는 기울어 근근했어도 근본이나 하며 내려오던 범절은 아직껏 서슬이 살아 있었고, 참봉 며느리만 해도 청상에 홀로되어 자식들 뒷바라지하느라고 비록 바깥일에 일쑤 나서긴 했으나, 원래 본데 있는 집안답게 가풍을 엄히 지켜온 보기 드문 부인이었다. 그녀는 또 케케묵은 구식 집안 주부이긴 했으나 재봉틀 한 대를 밑천 삼아, 맏딸 순심(順心)이를 멀리 군산으로 보내어 고등 교육을 시키고 있기도 했다. 순심은 사범학교 재학 중이었고 그해 18세였다. 나이는 어렸지만 진작 시집을 보냈더라면 아이 두엇은 낳았을 만큼 숙성한 편이기도 했다. 그녀는 요즘 일본인 관광객 전용 접대부 아가씨들처럼 이렇게 쏙 빠지고 아까울 만큼 이쁘지는 않았지만, 그만하면 됐잖느냐 싶게 괜찮은 인상으로 머릿속에 남아 있거니와, 방학이 아니면 볼 수 없었던 그녀와 모처럼 가까이 지내봤던 그 당시의 내 어린 마음에도 썩 착하고 수더분한 처녀가 분명한 것 같았다.

순심은 그 시절 우리들에겐 무척 재미있는 선생이었다.

마을에선 유일하게 고등 교육을 받던 그녀였으므로 싫어도 별수는 없었겠지만, 그러나 그녀는 매우 열성적으로 우리들을 가르친 거였다. 좌경(左傾)해본 이가 전혀 없고 붉은 물이 든 푸네기도 없던 집안이었지만 그녀는 조금 다른 것 같았다. 우리들은 밥을 먹으면 실여울 건너뜸 여성동맹 사무소 앞에 모였고, 순심이 시킨 대로 스무남은이나 된 많은 아이들이 열을 지어 행진하며 각종 구호와 새로 배운 노래들을 고개 젖혀 불러대곤 했다. 날이 몹시 뜨겁거나 장터가 공습을 당한 날은 모임도 밤에 가졌으며, 장소도 너럭바위 철둑 갯물이 출렁대는 갯둑 등, 시원한 곳으로 자주 옮겨 다니며 놀았던 것이다.

대복이가 평소 순심이를 연모했을 리는 없으리라고들 했다. 다만 평등이니 동권*이니 동무 동무 하며 비슷한 일을 하느라고 자주 마주쳐 스스럼 타지 않고 어울리다가 견물생심*이 됐으리라는 것이 중론이었다. 한번은 준배네 집에 놀러 갔다가 준배 부모가 주고받는 말도 들어봤지만 남들도 대개 그렇게 새기는 눈치였다.

"그 바닥자식 늠이 내동* 가만두다가 난리 나니께 미친 지랄했단 말여……"

준배 어머니가 대복이 욕을 먼저 했었다.

"평지에 지여두 절은 절인디, 대복이라구 보는 것보덤 허는 게 낫은 줄 모를 거여?"

준배 아버지는 대복이 역성을 들고픈 눈치였다.

"보리밥풀루 잉어를 낚자는 심뽀지,* 츤헌 짐승일수록 새끼버텀 깐다더니 되다 만 것이 인저 사람 도둑질루 들어섰단 말여."

"두엄에다 집장 띄워 먹구 훔친 떡 뒷간에 가 먹기지.˚ 지집 사내 붙는 디 무슨 공부 무슨 학문이 필요혀?"

"나무두 마주 스는 게 있구, 꽤구락지도 올챙이가 크야 자손 본다우. 지랄을 해두 분수가 있으야지, 동네 챙피스러 친정에두 못 가겄어."

"한국 사람은 다섯만 모이면 으레 뒤 보구 가는 늠 하나는 있는 벱여. 자네나 행실 바로 허소."

"내 행실이 워떤디? 기가 맥혀……"

"장 보러 가다 질갓이 앉어 오줌 누지 말란 말여."

순심이 맡은 임무는 우리 조무래기들에게 이북 노래 가르치기였던 것 같았다. 그런데 그날은 온종일 비가 왔었다. 여러 아이가 모일 만한 장소는 없었으므로 그런 날은 집 안에서 제각기 놀 수밖에 없었다. 궂는 날도 대복이는 말 먹이 밀기울 추렴을 다니고 있었다. 대복이가 울안에 들어섰을 때 순심이는 마루에 누워 낮잠을 자고 있었다. 그녀 어머니는 물꼬 보러 나가 없었고, 그녀는 집을 보던 중 깜뭇 잠에 빠졌던가 보았다.

보지 않은 소리를 함부로 지껄일 수는 없으나, 추측건대 순심에게 달려들면서도 대복이는 말 한마디 변변히 꺼내보지 못했을 것 같다.

"사리마다˚ 끈이 고뭇줄만 됐더래두 영락없었을 텐디, 놋내끼(노끈)를 썼으니 그게 싸게 벳겨질 거유."

하며 마실 왔던 상술이 어머니는 허리가 시어했지만 한 다리 거쳐서 들린 대복이 변명은 뜻밖의 것이었다.

"그것들이 대대루 양반질해 처먹는 동안 우리네 같은 인민들 피를 월마나 빨어먹었간디. 가난헌 무지렁이 백성들 피를 월마나 많이 빨어먹었더냔 말여…… 그런 것들헌티 시방 세상에 웬수 안 갚으면 워떤 세상을 만나야 우리네 한을 풀어 본대유……"

대복이는 다시,

"나는 지집애 몸뗭이가 탐나서 그런 게 아니랑께유. 우리네 인민들 원을 풀을라구 그랬슈. 웬수 양반 새끼들헌티 원을 풀을라구 헌 노릇이랑께."

눈 하나 깜짝 않고 태연스럽게 입놀림하더라면서, 마침 학질로 물 한 모금 못 넘기고 누웠던 대복 어메 부탁을 마지못해 대리 면회 푼수로 유치장 안까지 들여다보고 왔다는 상술 어머니의 이야기였다.

"츤헌 불쌍늠……"

어머니는 어린 자식 보는 앞에서 듣기가 면구스럽던지 얼굴을 돌리며 개탄하였다. 상술이 어머니 얼굴만 멀거니 쳐다보고 있던 나도 어머니처럼 고개를 돌렸다.

"아무리 바닥으 자식이래두유 원체 희망이 읇는 애더먼유."

상술 어머니가 말매듭을 짓자,

"양반 노릇헌 것두 죄 된다우?"

하고 맞은편에다 물은 다음,

"지가 원제버텀 왼손잽이[左翼]질 했다구 저리 날치나 했더니 두구 보니 그럴라구 그랬구먼…… 피래미 십 년 묵어 붕어 되는 법 못 봤으니께."

하고 어머니는 고개를 내둘렀다.

"고욤낭구에 감 열리겄남유,˚ 설은 채미 오이만 못허지유.˚"

상술 어머니는 면회 다녀준 게 후회되는지 연방 시키지 않은 욕을 퍼대었다. 엎질러놓은 일이 워낙 동네 생기고 처음 있는 일이며, 유치장에 갇히고도 어지간히 맞은 모양이더라고 상술 어머니는 덧붙여 말했다.

"삭신이 바근바근허게* 처맞은 꼴이더먼유, 굴신을 못 허고 밍그적대더라닝께유."

상술 어머니뿐 아니라 다들 잘 걸려들었다며 고소해했으나 오직 나만은 예외였다. 대복이를 두둔하고자 그런 건 아니었다. 이유가 있었다. 엉뚱하게도 나는 대복이와 순심이가 그 계제에 혼인을 해버리면 제일 좋겠다 싶었던 것이다. 순심이 마냥 마음결 곱고 예쁜 처녀와 신랑 각시 하고 살면 대복이도 착한 사람이 될 수밖에 없으리라고 여겼던 것이다. 대복이는 갇히고 달포 가까이 되는데도 풀려나오지 못했다. 과거가 이러저러한 불측한 인간이니 단단히 족치고 닦달하도록 순심이가 뒷공작을 해서 그러는지 모른다고도 했으나 그것만은 근거 없이 나돈 말 같았다.

가을이 완연해졌다. 범바위 찔레 덤불 틈에 옻나무 잎새가 불긋거렸고, 너럭바위에 올라앉아 모과와 땡감*을 함께 씹으면 물대추 맛으로 감쳤다. 김장밭에 들어가 왜무를 뽑아 먹으면 배 맛이 나고, 논배미마다 메뚜기 잡던 아이들의 두렁콩 서리하는 연기가 뒷목* 끝낸 모닥불 마당처럼 피어오르고 있었다. 그날도 내가 잡은 메뚜기 꿰미는 한 발이 넘었다. 메뚜기 못지않게 참게도 흔했다. 메뚜기 사냥이 싫증나자 대신 게 잡을 궁리로 마음이 바빠졌다. 내가 게 구멍 쑤실 철사 도막을 찾으러 부살같이* 집으로 뛰어들던 참이었다. 그때 나를 놀래키며 우리 대문 앞에 우뚝 서 있던 사람, 대복이었다. 나는 반가움이 벅차서 화등잔 같은 눈으로 그를 올려다보았다.

"잘 있었데?"

얼굴이 두부모처럼 허옇게 쇤 대복이가 그 큰 입으로 시커멓게 웃으며 손을 내밀었다.

"원제 나왔니?"

나는 메뚜기 꿰미가 쥐어진 손을 어쩔 줄 모르며 물었고,

"쪼끔 아깨*……"

그는 내 머리를 쓰다듬었다.

"늬 엄니 보구 싶었지?"

그는 빙글거리면서 고개만 끄덕거렸다.

"배고팠지?"

"뭐……"

"이 메떼기 궈 먹을려?"

"이따가…… 비양기 뜨면 겁났지?"

"잉."

"사람 많이 상했다메?"

"잉."

"인저 평난됐응께 핵교두 댕기야지."

"잉."

"똘캉*물루 손 닦어라."

"그려."

나는 그를 따라 우물로 갔다. 우물에서는 대복 어메가 우리 쌀을 일어놓고, 우리 밭에서 따온 반찬거리를 다듬고 있었다.

"워쩌면 기별두 읎이 나왔다네?"

그녀가 말했다.

"쟤가 니 걱정을 월매나 헌 중 아네? 아마 니 아배허구 나 댐이는 쟤가 그중 그랬을 게다."

그녀가 나를 턱으로 가리키며 말하자,

"그려? 그랬을껴. 욧시, 인저 나는 맨날맨날 너허구만 놀 으야겠다."

대복이가 희뜩 웃으며 말했다. 대복이는 그렇게 장담했지만, 나에겐 대복이와 노닥거리며 놀아볼 경황이 없었다. 그것은 대복도 마찬가지로 그랬다. 그는 나더러 이런 말을 했었다.

"국방군이 안 올러왔다면 나는 여직 뽈갱이덜 땜이 유치장서 썩구 있을 게다…… 국방군두 올러오구 했으닝께, 욧시 두구 봐라."

"국방군 될라구?"

"아녀, 인저 웬수를 갚으야지, 내 고생헌 웬수를 갚으야 여."

그는 주먹을 불끈 쥐어 봬 가며 말하고 있었다.

세상이 뒤바뀔 때마다 대복이는 자유스런 몸이 되곤 했지만 반대로 우리 집안엔 된서리가 내리곤 했다. 여름내 보던 것들이 자취를 감추고 대신 태극기를 다시 볼 수 있게 밀려났던 세상은 되돌아왔지만, 내가 그런 북새에 얻은 것이라고는 말귀가 트이고 눈치나 빨라졌을 뿐, 한번 들어버린 멍은 풀어지지 않았다.

대복이는 대복이대로 우리 조무래기들과는 완전히 척지고* 자기 세계를 살아가고 있었다. 많이 의젓해지고 어른스런 언행을 하고 있었다. 그래서 그런가 마을엔 향토방위대가 붙어 낯선 사람이 걸핏만 해도 신분 확인을 하러 올 만큼 대강 질서도 잡혀갔지만 대복이가 부역한* 사실에 대해서 재론할 기미는 보이지 않았다. 적 치하에서 구금됐던 사실만으로도 그만한 부역쯤은 탕감될 수가 있었나 보았다. 그런데 대복이 한테는 없던 버릇이 한 가지 붙어 있었다. 의젓하고 어른스럽 던 언행으로 멀쩡하다가도 술만 들어가면 야단이었다. 주정도 보통 주정이 아니었다. 마시면 곧장 취하고 취하면 못 할 소리 가 없이 함부로 떠들며 아우성이었다.

"욧시 두구 봐. 뻘갱이 집구석은 종자를 싹 말려버릴 텡 께."

그렇게 한번 시작되면 말려볼 장사가 없었다.

"뻘갱이질 헌 년늠들은 몽땅 패 쥑여버릴 거란 말여. 욧 시, 웬수 안 갚구 놔두나 봐……"

술평계하여 누구 들으라고 부러 하는 건주정 같기도 했다.

참봉 집은 밤이나 낮이나 대문을 걸어 잠그고 아이들까지 도 밤잠을 못 이룬다고 했다. 대복이가 도끼나 칼을 들고 보복 하러 들어올 것 같아 그런 것이다. 대복이 앙심이라면 밤에 집 에다 불을 지를 수도 있다는 짐작이었으므로, 참봉 집과 무관 하게 지내온 사람들도 함께 걱정되어 전전긍긍하고 있었다. 사실 대복이가 술만 들어가면 쳐 죽인다, 패 죽인다, 씨를 말 린다 한 것도 참봉 집을 두고 벼른 것이었다. 하는 언동으로 봐서는 당장에라도 참봉 집에 들어가 흉측한 일을 저지를 것 같았지만, 다행스럽게도 무슨 일은 일어나지 않고 있었다. 순 심이가 종적을 감추지만 않았더라도 못 볼 꼴을 보게 됐을지 모를 일이었다. 실지* 순심이 행방을 아는 사람은 아무도 없었다. 경찰에서는 문턱이 닳게 드나들며 가족을 들볶아댔지만 냄새조차 못 맡는다던 거였다. 참봉 집의 남은 가족들도 순심이 염려로 울어 세월한다고 했다. 어디에 묻혀 있는지 단단히 도피한 모양이었다. 누구는 그녀가 후퇴하는 공작대원들을 따라나섰으니 이북으로 넘어갔기 쉽다고 했고, 인민군 패잔병들 뒤에 묻어갔으므로 못 넘어갔으면 죽었으리라고도 했다. 중도에서 길이 막혀 산속으로 숨어들었으면 공비가 됐으리란 설도 있었고…… 죽기 십중팔구지 공비로 살았다 한들 어린 처녀 몸에 어떻게 견디겠느냐면서 안쓰러워하는 이도 있었다. 공비 토벌대에 총살당했든가 얼고 굶어 죽었으리라는 것이었다. 눈발이 희뜩거리고 바람 끝에 살얼음이 가기 시작하자 순심이를 걱정하던 사람들은 더욱 안타까워하였다.

그럴 즈음이었던가 보다, 언제나 사람을 놀래어온 대복이가 다시 한번 온 동네를 들었다 놓았던 것은.

누구나 놀라지 않을 수 없었다. 그렇다. 사람들은 심지어 대복이의 정신 상태마저 의심하면서 입을 못 다물고 있었다. 그러나 놀라긴 마찬가지였지만 나는 그러지 않았다. 오히려 당연하며 옳은 일이라 여겼고, 혼자 흐뭇해하되 새삼스럽게 대복이가 좋아졌을 정도로 그를 지지하고 싶었다. 아, 그 놀랍던 일을 어찌 장황하게 늘려 말할 겨를이 있으랴, 대복이가 참봉 집에 머슴으로 들어갔던 일을.

사람들은 다시 그 집안에서 장차 무슨 일이 벌어지려나 싶어 모두들 불길한 예감과 불안한 느낌으로 가슴을 졸이기 시작했다. 그러나 얼마가 지나도 아무 일이 없었다.

"대복이가 인저서 사람 되였구나……"

대복이가 주인집 심부름으로 우리 집에 소금을 꾸러 왔을 때 어머니가 대놓고 한 말이다.

"예."

대복이는 아주 점잖은 음성으로 그렇게 대답하며 머리를 숙였다.

"암, 그러야지, 그러야 쓰구말구…… 내숭스런* 녀석, 진작 좀 그래보지 않구는."

"죄송스러워유."

어머니는 대복이가 잘못을 뉘우치고 사죄하는 뜻에서 머슴으로 들어갔으리라고 했으나 남들은 그렇지 않으리라고 우겼다. 본디가 흉물이므로 한집에 살면서 언제 어떻게 무슨 패악스런 짓을 저지를지 모르며, 그렇지 않다고 장담할 만한 아무런 근거가 없다고 주장했다. 들어보면 그럴 성한 이야기였다. 순심이라도 집에 있다든가, 혹은 부역한 죄로 유치장 살이나 형무소 복역 중이기라도 하다면 언젠가 출옥하길 기다려 그녀에게 장가들 욕심으로나 그럴 수 있다겠지만, 순심은 행방불명이요 서 발 장대 휘둘러야 생쥐 볼가심하던* 감자 한 쪽 걸릴 게 없고, 초동*부터 아침 끓이고 나면 저녁거리가 간데없어, 무엇으로 목구멍을 풀칠하기에 부황이 안 나고 배기는가 싶도록 째지는 집에, 군불 나무나 해주러 머슴이 된 속셈을 가늠할 수 없기 때문이었다. 참회하는 뜻으로 그러려니 하더라도 대복이 됨됨이를 보면 걸맞지 않는다고 했다. 없이 사는 농가의 겨울 일거리란 땔나무 해 들이기가 유일한 것으로 된다. 대복이는 하루같이 20리 길이나 되는 성주산의 도유림 숲속으로 나무를 다니며 갈퀴나무와 고사목을 해 들였다. 눈여겨보면 어떤 날은 빈 지게에 작대기와 갈퀴 자루가 바지랑대처럼 뻗쳐 있을 뿐 고다리*에 매끼*만 감겨 있기도 했다. 처음엔 산림 감수한테 나무를 압수당했거니 했으나 나무를 팔아 쌈짓돈 만드는 것으로 알려지게 되었다. 그러자 대복 어메는 우리 집에 오면 으레 하던 말이 있었다.

"그 주리힐 늠이 글쎄 나무 한 짐 팔았다구 흔 돈 한 닢 안 뵈주네유. 원젯적인가 즤 애비 장수연 한 봉토 사다 줘보구는 고만이랑께유" 하면서, "아마 참봉 집 양석 대주는 모냥유" 하고 넘겨짚어 말했다. 그녀는 다시 참봉 집을 두고,

"농사진 것 죄 압수당허구, 짐장밭두 무수 한 뿌래기 배차 한 잎새귀 안 냉기구 죄 압수당했는디 뭣 먹구 여적 살겄슈. 대븨이 등골 뽑어 연명허는 게 분명치."

참봉 집은 순심이가 부역한 바람에 그해 농사 된 것은 논밭에 세워놓은 채로 압수를 당해 시래기 한 두름 엮어둔 게 없었다. 대복 어메는

"자슥새끼 만나보기가 바깥사둔 요강 가시는 꼴 보기보덤두 어려우니……* 새끼가 아니라 웬수랑께유."
하고 일쑤 볼멘소리를 하였다.

대복이는 정말 너무도 충직한 머슴이 되어 있었던 것이다.

겨울이 지났다. 아무 일도 없었다. 순심이가 튄 곳, 순심이 숨어 사는 곳을 대복이가 알고 있기에 겨우내 조용했으리라는 추측만 파다했을 뿐.

우리들은 학교에 다니고 있었다. 책상 걸상이 없는 맨바닥에 늘어앉아 책 한 권을 두서넛이 함께 보며 가난가난하게 학교를 다녔던 것이다. 공부도 제대로 할 수 없었다. 등교 때

는 책보를 허리에 감아 매고, 삽이나 괭이를 실습 도구처럼 메고 다니며, 지붕만 남은 황폐해진 학교를 손질하기 위해서 토요일도 잊어야 되었다. 게다가 우리들은 흔히 정거장으로 동원되어 나가 예사 하루해를 보내기도 했다. 창문도 없이 굴속 같은 화물 열차에 가득가득 실려 나가는 입영 장정들의 전도를 전송해주기 위해서였다. 전도란 말을 한자로 표기하면 '戰道'가 된다. 그 무렵만 해도 전쟁이 한창 치열하던 판이라 장정들이 싸우다 죽을 때는 빽이 없어 죽는다고 "빽──" 소리를 지르며 죽어간다던 시절이었다. 관촌 부락에서만 해도 이미 여러 사람이 가고 아니 왔다. 열두 사람이 출정했지만 목숨이 붙어 온 이는 최상태 문군식 두 사람뿐이었다. 그나마도 최상태는 다리 한 짝을 못쓰게 된 상이용사였다. 이남주 채홍덕 조상일 셋은 백골로 돌아오고 나머지는 끝내 종무소식이었다. 시기가 그런 시기였으므로 영장이 나왔다 하면 다시는 못 볼 사람으로 간주했던 것이며, 집에서 마지막 먹고 나온 식사를 사잣밥*으로 치부하고 있었다. 소식이 없는 장정 가족들은 집 떠난 날을 적어뒀다가 제삿날로 삼았고, 빽이 없어 먼저 죽어갔다고 믿어 돈으로 군대 안 가는 자를 원수처럼 여기기도 했다. 참으로 많은 장정들이 징집되어 나갔다. 떠나는 날이다 하면 군내(郡內)가 들썩거렸고, 군청 소재지였던 우리 읍내는 그 전날부터 사람장이 서서 북새를 이루곤 했다. 장 서듯 한 그 숱한 사람 가운데 얼굴에 웃음기를 머금은 이는 한 사람도 구경할 수 없었다. 우리들처럼 철딱서니 없는 어린것들만이 큰 구경거리로 알아 히히덕대며 법석 떨었을 뿐. 출정하는 날은 읍내가 온통 초상집이었다. 장정들을 따라 읍에 온 가족들로 여관 여인숙마다 울음소리가 그칠 새 없기 때문이었다. 정거장 근처는 인산인해를 이루고, 마지막 가는 사람을 조금이라도 더 쳐다보려고 변소, 석탄 더미, 조운(朝運) 창고 지붕 같은 곳에도 온통 사람 범벅이곤 했다. 열댓 량(輛)씩 연결된 화물차 문 앞에는 총검 든 헌병이 둘씩 경비를 했는데, 그 헌병을 경계로 하여, 조금이라도 밖을 내다보고 싶어 하는 장정들과 밖에서 아우성인 가족들이 난장판을 이루곤 했다. 한마디로 말하기가 벽찰 수밖에 없는 광경…… 모두가 울고불고 정거장이 떠나가는 데다, 환송 나온 학생들이 만세와 군가로 합세를 하면 그야말로 천지가 진동하던 것이었다.

무찌르자 오랑캐 몇천만이냐 대한 남아 가는 데 초개로구나…… 가슴을 치고 통곡하는 노파, 아무개를 숨넘어가게 부르고 몸부림치는 노인, 땅바닥에 데굴데굴 구르며 머리칼을 쥐어뜯어대는 아낙네, 제지하던 헌병에게 떠다박질려 고꾸라지며 코피가 터진 여자, 헌병의 가랑이를 붙들고 늘어지며 대신 나를 데려가라고 사정하는 노파, 헌병 구둣발길에 넘어졌다 일어나서 얼굴을 쥐어뜯으려고 덤비는 노파…… 전우의 시체를 넘고 넘어 앞으로 앞으로…… 우리 학교 전교생은 목통이 터져라고 노래를 부르고, 호루라기 소리, 경찰관의 고함과 호통 소리, 떠난다고 울어대는 기적 소리, 젖먹이 아이들 우는 소리, 중고등학생들이 불고 치는 북소리 나팔 소리…… 동이 트는 새벽 꿈에 고향을 본 후 배낭 메고 구두끈을 굳게 매고서…… 노래를 불렀다. 기차가 움직이면 더욱 큰 소리로 노래를 불렀다. 만세를 부르고 박수를 쳐대고…… 기차가 엿가래 휘어지듯 산모퉁이를 돌아가버리면 아무도 없는 빈 철길을 맨발로 뛰어 쫓아가며, 아무개를 부르다가 치맛자락을 밟고 넘어지고, 다시 일어나 만세 만세를 외쳐대던 백발 노파의 울부짖음, 너울너울 춤을 추다가 정신이 돌아버리던 허연 노파의 허연 눈동자······ 우리들은 만세와 군가만을 신나게 불러대었다.

만세와 군가는 그로부터 얼마 안 돼 이틀이 멀다고 되풀이하게 되었다. 휴전협정 반대 궐기대회나 중립국 적성 감시위원단 축출 궐기대회 때에도 수없이 불러야 했던 것이다. 우리들은 그 일을 그저 시키니 한다는 투로 무의미하게 반복했다. 하물며 군대에 나간 가족이나 당내간*의 친척이 전혀 없었던 나의 경우임에랴. 다만 내게는 단 한 번의 예외가 있었을 따름이다.

단 한 번의 예외. 그것은 군대 보낸 가족들의 그 비절했던 심정을 한꺼번에 이해할 수 있었던, 그리하여 무릇 전쟁의 가증스러움, 목숨의 허무함, 인생의 무상함, 생활이란 것의 부질없음, 세월의 덧없음을 조금씩 깨우치기 비롯하고, 알면서 살고 싶은, 쉬운 말로 느낌을 가져온 계기이기도 하다.

대복이가 출정하는 것을 지켜본 날, 예외란 바로 그날이었다.

나는 대복이가 빨아 풀 먹여 다듬은 깨끗한 흰 베갯잇을 수건 삼아 머리에 질끈 동여매고, 화물 곳간차의 문전 헌병의 뒤에 붙어 서서 내다보며,

"엄니 잘 있어— 아버지도 잘 지슈—"

하고 목메어 외치던 소리를 아직껏 기억하고 있다. 대복이는 그 전날 밤, 저녁을 우리 집 대청에서 나하고 겸상하여 먹었다. 어머니가 안됐다고 유념하여 저녁 대접을 했던 것이다.

20여 년을 그렇게 가까이 지내오고도 그가 우리 안마루에 발 벗고 올라앉아보기는 그것이 처음이었다. 우리 집에서도 못자 리할 볍씨 서너 말 외엔 그릇마다 비워진 고달픈 보릿고개였 다. 싸라기 듬성듬성 섞인 쑥버무리, 자운영 삶아 보릿가루 반 죽해 찐 개떡으로 끼니를 이어가던 대복이네는 실상 더운밥 한 그릇 제대로 못 먹여 보낼 처지이기도 했다. 참봉 집 형편 도 마찬가지였다.

"원제 올 중 모르는 질이지만 죽으라는 법두 읎잖네. 욧 시, 꼭 살어올 텡께 봐라."

저녁을 마치고 바깥마당으로 나오면서 대복이는 내 머리 를 쓰다듬어주며 장담했다.

대복 어메는 기차에 매달리려고 허우적거리며 대복이 이 름만 수없이 불러대고 있었다. 가로막아 선 헌병이 구둣발을 들썩대며 얼씬도 못하게 했지만, 그녀는 어떻게 해서든 대복 이 바짓가랑이나마 한 번이라도 더 만져보려고 갖은 용을 썼 다. 화차 문 앞마다 모두 그런 아낙네들과 제지하는 헌병과의 실랑이였고 싸움이었다. 어떤 여자는 헌병의 군화 부리에 턱 을 받혀 벌렁 나자빠지기도 하고, 어떤 여자 하나는 헌병 장교 의 지휘봉으로 어깨와 등짝을 몇 대씩 얻어맞기도 했다. 정거 장 이쪽으로 전교생과 함께 질서 있게 섞여 서서 무슨 운동장 응원단 모양 규칙적인 만세와 군가를 부르고 있었던 나도, 대 복이 가까이로 가서 잘 가란 말 한마디라도 더 하고 싶은 마음 이 간절했지만, 그것은 엄두도 내지 못할 험악한 바다이었다. 섣불리 뛰어들었다가 누구 발길에 걷어차이고, 무얼 밟고 겹 질려* 넘어질는지 알지 못할 판이었다. 언제나 그랬듯 한번 넘어지기만 했다가는 그참 짓밟혀 죽고 말게 혼란이 극에 다다른 상태였다. 나는 마음속으로만 무사히 돌아오기를 빌고 있었다. 총에 맞지 않고 포로가 되어 가지 말기를, 크게 부상하여 병신이 되지 않기를, 아니 죽지만 말았으면 하고 애타는 가슴을 부쩌지*할 길이 없었다. 대복이는 그 많은 아이들 틈에 섞인 나를 끝내 알아보지 못했다. 그럴 겨를이 없기도 했다. 조 패랭이와 대복 어메가 번갈아가며 울고불고 했으니까.

기차가 뜨기 시작하면 만세 소리와 울부짖음이 읍내를 뒤엎는 함성으로 변하게 마련이었지만, 나도 그때만은 건성이 아니고 장난도 아닌, 참으로 순수한 내 목소리로써 대복이의 장도를 전송하였다. 눈시울이 뜨거워지자 반 아이들에게 눈물을 들키지 않으려고 갖은 몸짓 다해가면서.

정거장 난리판에서 학교로 되돌아간 날은 어수선하게 마음만 들쑤셔놓아 하던 공부도 여느 때처럼 되지 않았는데, 대복이를 전별한 날은 말할 나위도 없었다.

그날의 학교 길은 그처럼 쓸쓸하고 허전하며 심란할 수가 없었다. 사지에 맥이 풀려 걸어지지도 않았고, 종다리가 높이 높이 솟구쳐 오르며 뽑는 노랫소리도 귓결에 닿지 않았다. 밀밭둑에 앉아 밀모개* 잡아 밀껌을 만들거나 장다리밭*에 들어가 무 공다리*를 꺾어 먹고 싶은 마음도 없었다.

고개가 쳐들어지지 않아 내 그림자만 쳐다보며 마을 초입의 대장간 앞에 거지반 왔을 때였다. 신작로 위에 난데없는 사람들로 장이 서 있음이 보였다. 무슨 구경이 난 게 분명했다. 아이들 다툼질이 어른 싸움 됐든가, 아들이 군대 나갔던 집 가운데 전사 통지서가 왔다든가. 그러나 뭇사람들이 입을 굳게 다물어 그지없이 조용한 게 이상한 일이었다. 나는 달음박질 치다시피 하여 사람들 틈에 끼어들었다.

놀라운 일이었다. 놀라운 일이 거기 있었다. 나는 얼이 빠져 손에 들었던 책보를 놓치고 짓밟혀 필통이 찌부러지는 소리도 듣지 못했다. 고개를 숙인 여자, 순심이를 발견했던 것이다. 물에서 물이 나게 빨아 바랜 옥양목만큼이나 새하얀 얼굴의 순심이는, 무슨 보살처럼 아무런 감정도 나타내지 않은 채 담담하고도 침착하되 지극히 무표정한 기색을 하고 있었다. 그녀는 경찰서로 잡혀가는 길이었다. 대복이가 떠나자 순심이 나타나게 된 앞뒤 사정은 두고두고 마을 사람들의 반찬거리가 되었지만, 그러나 누구 한 사람도 옳거니 그르거니 하며 잘잘못을 가리려고는 하지 않았다. 단지 순심이 어머니의 후일담을 유일한 근거로 하여 사람마다 제 나름대로 새겨 그렇겠거니 했을 따름이었다.

어느 날 밤이었다. 밤도 많이 이울어서 겨우 눈 좀 붙여볼까 하는데 방 안에 무엇이 든 것 같았다. 차라리 도둑이라고 여겼더라면 두려울 게 없었다. 집어갈 것이라곤 서캐 실은 누더기 몇 가지뿐이었으니까. 그녀는 드디어 올 것이 왔구나 한순간 비장한 각오를 곁들일 수 있었다. 모든 게 끝났다 싶은 체념이었는지도 몰랐다. 그녀는 가택 수색 나온 사찰 기관원보다 대복이 얼굴이 먼저 떠오르더라고 했다. 떨리는 손으로 성냥을 더듬어 등잔에 붙이려는데도 아무런 기척이 없었다. 방 안이 밝혀지기 전에 미리 일앉아 있었던 순심이가 앞질러 말했다.

"대복이지? 이대로 여기서 죽여다구……"

"……"

불을 밝혀 보니 방구석에 버티고 서 있던 것은 역시 대복이었다. 그의 손엔 아무것도 쥐어져 있지 않았다. 이윽고 대복이가 방바닥에 털썩 주저앉았다.

"이대로 죽여주어……"

순심이는 거듭 침착하게 말했다.

"그새 고상 여간 안 했지?"

대복이의 첫마디 응수였다. 그는 나지막한 목소리로 차근차근 말했다.

"여기 들을 때만 해두 해꾸지헐 심이었슈. 그런디 순심이를 즉접 눈으루 보니께 차마 못 헐 노릇이더먼유."

그는 계속해서 순심이 어머니를 향해,

"깅찰서루 끄서갈라구 했슈, 당정 패 쥑이구 싶은 맘두 있었구유. 그런디…… 들키지 않게 잘 숨어 있으야 헐 거유. 저두 입 다물구 있을 테니께, 어제마냥 요강 버리러 나왔다가는 큰일난단 말유."

그날 밤 대복이는 몸조심하길 신신당부하고 슬그머니 물러갔다. 순심이는 뜬눈으로 밤을 지새우고 다시 땅굴 속으로 들어갔다. 그녀는 허드레로 쓰던 골방 구들장을 몇 장 들어내고, 방고래를 늪고 앉을 만큼 파낸 다음, 가마니와 거적으로 방을 만들어 두더지 생활을 해온 거였다. 낮인지 밤인지 모르고 먹으면 잤다. 골방 바닥은 장판 대신 마분지로 초배만 하여 왕골자리를 깔았고, 수시로 떼고 덮도록 된 구들장 문 위엔, 허부렁한 옷가지를 넣어 무겁지 않게 된 장롱을 옮겨다가 눌러놓았다. 먹고 마실 것을 들이고 낼 때도 일일이 장롱과 자리를 들어내지 않으면 안 되어 번거롭고 거추장스러웠지만, 검거되어 고생하는 셈치고 자수할 시기가 올 때까지는 견뎌볼 작정이었다. 바깥이 너무 춥고 밤이 깊어지면 슬그머니 나와서 따끈한 구들목에 몸을 지지기도 했다. 대복이가 들이닥친 날도 그러던 중이었다.

언제라도 마음만 변하면 경찰에 정보를 줄 수 있는 대복이라서 한날 한시도 마음놓을 수가 없었다. 위태위태하여 살아도 사는 것 같지 않던 어느 날 대복이가 다시 찾아왔다. 머슴살이를 하겠다고 자청하였다. 마다할 수 없는 노릇이었다. 오히려 고맙게 여겨야 했다.

그럭저럭 겨울이 가고 봄이 되었다. 대복이에게도 징집영장이 발부되었다.

출정하던 날도 순심이 어머니나 신작로 초입까지 나가 바래다주었지 순심이는 방고래 속에만 누워 있어야 했다. 순심이는 견딜 수가 없었다. 마지막 길인지도 모르고 떠나는 사람, 집 안에 숨어서 멀리 뒷모습만이라도 바라보고 싶었다. 그녀는 동생을 시켜 장롱을 치운 다음 스스로 구들장을 열고 나왔고, 밖을 몰래 엿볼 수 있는 변소 속으로 들어갔다. 시간이 되자 대복이 뒷모습이 길에 나타났다. 조 패랭이와 대복 어메 그리고 자기 어머니가 앞서거니 뒤서거니 하며 걸어 나가고 있었다. 문득 대복이 얼굴이 보였다. 대복이가 걷다 말고 불현듯 돌아서서 이쪽을 한 바퀴 둘러보며 집과 울타리, 논밭이며 나무들에게 두루 작별을 고하던 것이다. 몇 달 만이었을까, 그녀가 대복이 얼굴을 대낮에 밝은 눈으로 쳐다봤던 것은. 대복이가 안 보일 때까지 변소 속에서 있던 그녀는 갑자기 구토감이 걷잡지 못하게 치밀어 오름을 가라앉힐 수 없었다. 나는 아직도 알지 못한다. 입덧 증상이 어떤 것인지를. 그리고 우연히 지나다가 순심이를 발견하고 경찰서에 일러바친 자가 누구였는지도.

(『창작과비평』 1973년 가을호)

공산토월(空山吐月)·
— 관촌수필 5

• 빈산이 달을 토하다. 빈산에서 떠오른 아름다운 달. '공산명월'(空山明月: 빈 산에 뜬 밝은 달)을 변용한 표현으로 보임.[편]

역시 객담*이지만, 지난 9월 초순 어느 날이던가, 나는 어느 신문사 문화부의 전화를 받고 한참 동안이나 말다툼 비스름한 실랑이를 벌인 적이 있었으니, 까닭은 전화를 걸어온 그쪽 용건이 도무지 신통치 않은 데에 있었다.

　　그쪽의 용건은 그 무렵 가타부타 말썽이 들리던 영화 「대부」의 상영을 놓고, 찬성론자와 반대론자를 각각 한 사람씩 골라 그 주장하는 바를 신문에 내놓고 견주어보기로 한바, 나는 그 영화를 상영해도 무방하다는 찬성론자가 되어, 어서 영화를 보고 찬성하는 몇 마디를 간단하게 써달라는 거였다.

　　나하고도 안면이 두터운 편이던 그 담당 기자는, 여간 끈덕지지 않고 지멸이 있기로* 정평이 나 있었으므로, 그 전화도 이쪽에서 두 손 들고 져주지 않으면 끝낼 수가 없었다.

　　나는 어려서부터 활동사진이라면 끼니를 잊고 쫓아다닐 지경으로 즐긴 편이었고, 영화라면 으레 외화를 치되 특히 서부 활극이라면 무턱대고 장땡인 줄로 알았었다. 요즘도 마카로니 웨스턴은 물론 황당무계한 외팔이 시리즈 끝물인 무협 영화나 007 부류의 만화 같은 첩보극까지, 대량으로 죽이며 치고받는 것이라면 놓치기 전에 애써 찾아가며 본 것이 사실이긴 하지만, 그러나 그런 재미로「대부」의 상영 찬성론을 쓰게 된 것은 아니었다. 영화 내용이나 됨됨이와는 아무 상관 없이 순전 그 기자의 요청을 마다하지 못한 탓이었다. 그리고 어쭙잖게도 그 신문사에서 주관하는 무슨 상이라는 것이 우습게 얻어걸린 뒤부터는, 그 신문사에서 요청한 일은 거절하기가 어려웠음이 솔직한 고백이다.

나는 영화 구경을 무엇 하는 만큼이나 즐기는 것이 사실이지만, 무슨 관람기나 영화 수상 따위를 글로 써본 일이 없음을 내세우며 다다* 안 쓰고도 배길 수 있도록 버티었으나, 찬반 양론을 모두 작가에게 씌우기로 결정했다면서 그 기자 또한 무가내*였다. 그렇다면 더욱 그렇다고 나는 말했다.

이 나라에 천을 헤아리는 글쟁이 가운데 소설꾼만 해도 2백여 명이 웃도는데 하필이면 나를 지목하는가. 인기와 네임 밸류라는 것이 전무한 무명초*인 줄 알면서 평소 안면이 있다고 만만히 보았는가. 아니, 나를 이름난 사람으로 만들고 싶은 갸륵한 정실*로 그러는 줄도 모르지 않는다. 그러나 이런 경우 오히려 나에게는 백해무익한 노릇이다.

"그런데요, 그렇지만요……"

하고 기자는 말끝을 낚아채며 덮어씌우려 들었다.

"찬성론자로 내세울 만한 작가로는 누가 적당할까 하는 의견이 부내(部內)에서도 분분했었어요. 평소 성질이 거칠고 냉정하다든가, 그리고 또…… 냉혹하고 잔인한 일에도 놀라지 않고, 그리고 또…… 그런 난폭한 일도 경험했을 듯하고, 그리고 또…… 아무튼 이하 동문이니까 생략하죠. 하여간 그런 사람이어야 한대요. 히힛……"

'그리고, 또……'를 거듭한 것은 그나마 점잖은 말로 가려서 하느라고 더듬거린 대목이었다.

"그래서? 그런 사람이 바로 나라 이거요?"

내가 기막혀하다가 얼결에 언성을 높이자, 기자도 엉겁결에 민망스런 느낌이었는지 주변머리 없게도,

"그렇지만 만장일치로 지명됐는걸요, 히힛……" 했다.

"이 거국적인 인격자를? 눈물 닦기 성가시려 국산 영화 안 본 지가 십 년이 넘는 나를? 허헛……"

"역시 알아주는 사람이 있다는 게 즐거우신 모양이죠? 히힛……"

"이게 바로 웃음성 어쩔 수 없음증이라는 거요. 나 원……"

내가 해야 할 말을 몰라 우물쭈물한 사이에 기자는,

"낼 오전 중으로 꼭 써주셔야 돼요. 원고지 다섯 장 정도로요."

하고는 전화를 거두었다.

"허헛…… 나 원 참……"

웃음은 나왔으나 우습지도 않은 일이었고, 한편으로는 허전하고 떫어서 심신이 개운하지 않았다. 악의 없고 순직한 기자의 농담으로만 받아들이기에는 다소 석연치 않았으므로 나는 의자에 깊숙이 웅크리고 앉아서 나 자신을 반성해보기 시작했다.

도대체 언제 어디서 무슨 짓을 어찌 했길래 오늘날에 이르러 그런 소리를 듣게 됐는가. 곰곰이 생각해보아도 깨칠 수가 없었다. 이렇다 할 어떤 큰 실수를 저질렀던가 하면 그런 그것도 아니었다. 만약 가까운 친구들이나 선배들도 그렇게 보았다면 어찌될 일인가. 그것은 상상을 해보기도 전에 소름부터 끼쳐지는 일이었다.

그것은 뒤집어서 생각해보아도 마찬가지였다. 덤덤하되 서로 결례를 삼가고 체면과 위신을 지켜온 터의 사람들이, 난폭한 성질이므로 냉혹한 구경거리를 즐겨 하리라고 어림하게 된 까닭은 무엇이며, 그런 인식에서 빚어질 결과는 얼마나 가증스러울 것인가. 실망과 낙담 그리고 열패감으로 오갈 들기에* 더없이 알맞은 말이었다. 어떤가 하고 새삼스럽게 거울을 들여다보기도 했지만, 미련하고 굼뜨게 생긴 텁텁한 상판일 뿐 그다지 추악해 보일 꼴도 아닐 듯했다. 일상의 말투가 거칠기는 하지만 그것은 스스럼없고 흉허물이 되지 않을 상대, 다시 말해서 다른 사람보다는 친근하고 정이 가며, 또한 뜻이 엇비슷하게 걸맞을 사람으로만 가려서 거의 우스개로 해본 거였다. 나는 또 나의 기호와 취미를 생각해보기도 했다. 걸고 수더분한 맛에 취해 채만식, 김유정, 김동리의 소설 읽기와 정지용의 시 암송하기, 문주란의 노래를 즐겨 듣는 것, 한때는 포커판에 빠져 정신이 없은 적도 있으나, 역시 천성으로 승부욕이 없어 으레껀 가진 것 다 털리고 초장에 물러나버려 밤샘한 적이 없었음, 빌려준 돈 돌려달라는 말 한마디 하기가 돈 꾸어달라는 말 두서너 번 하기보다 더 어려워 빌려간 쪽에서 갚아주기도 전에 잊어버리고 말던 잔졸함,* 제 몫도 못 찾아 먹어

온 게으름에 의한 물욕의 결여— 간추려 한마디로 아무리자면* 무력 무능함에 다름 아니련만, 그런대로 가로왈 세로왈 늘어놓기로 하면 끝이 없을 것 같다.

아무리 무리한 형편이었더라도 남의 부탁을 건성으로 시늉만 내보이다 마는 적이 없고, 사생활이 유린당하는 줄 번연히 알면서도 남의 일이나 공식적인 일에 발뺌할 줄 모른 소심함이며, 도리 염치 위신 체면 경위 따위 의로움만이 으뜸인 줄 알려고 한 촌스러움— 하지만 그런 상식적이고도 평범한 인간임을 밑천 삼아 내리 발명만 해댈 수 없는 줄도 안다.

나는 도리어 덤덤한 속물로 치부되어서는 안 되겠어서 내 나름으로 체질을 개선하기에 부단히 노력해왔음도 아울러 밝히고 싶다.

우유부단한 성격을 뜯어고치고자 이해득실을 암산해보기 전에 육감과 즉흥적인 판단에 따라 일관성 있게 언동했고, 천성이 늠름치 못해 외강내유*의 졸망스러운* 배포뿐이었으되 인품과 덕량이 있는, 어질고 슬기로운 선비를 닮고 싶어 늘 신경이 무디지 않도록 관리해왔음도 사실이었다.

어지간히 반성을 하고 보니 나는 결코 남들의 근거 없는 짐작처럼 냉혹 잔인 난폭한 사람이 아닌 것이 분명했고, 그런 짓을 두둔하거나 감싸준 적도 없음이 뚜렷했다. 그러나 대인 관계만은 다소 별쭝스러웠으니,* 냇자갈처럼 야무지고 매끄러운 알로 깐 자와, 말 많고 잔주접* 잘 떠는 되다 만 인간, 단작스럽고* 근천맞은* 좀팽이 따위에게 박절하게 대해온 사실은 스스로 인정하지 않을 수 없는 일이다. 이해하기 거북할는지 모르나 나는 어쩐지 나와 비슷한 성격을 가진 사람은 그다지

달가워하지 않는다. 그런 사람 곁에 있으면 사뭇 불안하기까지 했다. 따라서 내가 좋아한 사람은 아무 이해관계 없이 자기 성격에 의해 나를 좋아하던 사람임에 두말할 필요가 없다.

더러 예외가 없을 수 없겠지만, 나는 누구보다도 아무 타산 없이 자기 천성으로 나를 좋아한 사람을 좋아한다. 애초 이렇다 할 인연도 없었고, 재산 권세 이해득실 따위를 개떡으로 알면서 그냥 그저 그렇게 명목 없이 좋아할 수 있던 사람. 다행스럽게도 나는 그런 사람을 많이 알고 있다. 멀리는 여러 백 리를 상거하여 한 해에 고작 한두 번 만나볼 수 있던, 천리상봉 만리별(千里相逢萬里別)*의 선배들을 비롯하여 하루가 멀다 하고 상종해온 서울의 그 사람들——, 구체적인 예를 들어도 무방하다면 대전의 두 시인, 박용래 씨와 임강빈 씨를 들먹일 수도 있다. 어엿한 인연이랄 것이 없는 두 시인이지만, 실례를 무릅쓰고 과실에 빗대어 일컫기를 마치 홍시감과 같다고 하면 어떨는지 모르겠다. 홍시는 겉과 속이 한 가지 색깔이며 어루만지기 더없이 부드러운 피부를 가졌으되, 외부의 강압적인 폭력만 작용하지 않는다면 스스로 물러터지거나 깨어짐이 없음에서이다.

그러게,* 눈발이 희뜩거리던 겨울 어느 날 이른 아침, 갑자기 내가 보고 싶어져 무턱대고 새벽 첫차로 상경했노라며, 내가 출근하기 전부터 내 근무처 건물의 지하 다방에서 기다리고 있었던 박용래 씨만 해도, 그가 정과 한에 어혈이 든 눈물의 시인이라는 사실을 깨닫게 된 것은 실로 그날 아침의 일이었다.

아침 9시부터 백제 유민 박 씨와 나는 난로가 후끈한 중국

집 식탁에 늘어붙어 창밖에 쏟아지는 함박눈을 내다보며 고량주를 마셨다. 하늘의 선심 같은 푸짐한 눈발 때문이었겠지만, 씨는 불쑥 밑동 없는 말을 내놓았다.

"왜정 때, 내가 조선은행(한국은행)에 댕길 적에 말여……"

씨는 전재민*같이 야윈 손가락으로 고량주 잔을 삼키고 나서 말했다.

"조선은행권 현찰을 곳간차에 가득 싣고 경원선을 달리는디, 블라디보스톡까지 논스톱으루 달리는디 말여……"

"경비원으루 묻어갔었다—— 그 말이라……"

"야, 너 웨 그러네? 웨 그려? 이래 뵈두 무장 경호원이 본인을 경호하던 시절이 있어야. 현찰 운송 책임을 내가 자원해서 했던 거여. 너 참 이상해졌다야. 웨 그려? 오—— 그 눈……그 눈송이…… 그 두만강……"

"……"

"이까짓 눈두 눈인 중 아네? 눈인 중 알어? 너두 한심허구나야…… 원산역을 지날 때 눈발이 비치더니, 청진을 지나니께 정신읎이 쏟아지는디, 아—— 그런 눈은 처음이었었어……아—— 그 눈…… 그 눈……"

그는 이미 떨리는 음성이었고 두 눈시울에는 벌써 삼수갑산* 저문 산자락에 붐비던 눈송이가 녹으며 모여 토담 부엌 두멍*처럼 넘실거리고 있었다.

"차가 두만강 철교를 근너가는디…… 오! 두만강—— 오, 두만강! 내 눈에는 무엇이 보였겠네? 눈! 그저 그 눈! 쌓인 눈, 쌓이는 눈…… 아무것두 안 보이구 눈 천지더라. 그 눈을 쳐다보는 내 마음은 워땠겠네? 이내 심정이 워땠겠어?"

"워땠는지 내가 봤으야 알지유."

"그러냐, 야, 너두 되게 한심허구나야. 그래 가지구 무슨
문학을 헌다구. 나는…… 나는 울었다. 그냥 울었다. 두만강 눈
송이를 바라보며 한없이 한없이 그냥 울었단 말여……"

어느덧 그의 양 어깨에 두만강 물너울이 실리면서 두 볼
에는 강이 흐르고 있었다. 식민지 시대의 두만강이 흐르고 있
었다.

"오, 두만강…… 오, 두만강 눈…… 오…… 오……"

그는 아침 9시 반부터 두만강을 부르며 울기 시작하여, 그
날 밤 9시 반이 넘어 여관방에 쓰러져 꿈결에 두만강 뱃노래를
부를 수 있게 되기까지 쉬지 않고 울었다.

박 씨와 가장 자별한 사이면서도 판이 다른 임강빈 씨를
처음 만난 것도 같은 해 겨울이었다. 해장에 막걸리 다섯 되를
거뜬히 해치우고도 천연스럽게 출근하는, 과묵하고 무표정하
면서도 속으로 모닥불을 태우는 임 씨 또한 백제 유민임에 분
명했다. 씨를 처음 만났던 날, 무슨 일로인가 여럿이서 술판을
벌였으되, 끝까지 흔쾌하게 대작하며 도갓집* 바닥을 낸 것은
임 씨와 나뿐이었다. 무슨 당내간*의 아저씨뻘이라도 되는 사
람처럼 나를 곱게 보아주던 씨는, 어느덧 자정이 다가오자 취
해서 정신이 없는 내 귀에 대고 뜻밖의 밀어를 속삭이는 거
였다.

"야, 너 혼자 자구 싶지 않지?"

"혼자 자야 편치유."

"사내는 솔직허야 쓰는 겨."

"실— 여자는 필요 읎당께유."

"그러냐. 야, 미안스런 말이지만 말여, 니가 필요허다구 해두 소용읎다. 왜 그런고 허니 말여, 오늘 말여 집에 기고가 기셔. 집이 가서 지사 모실 뮘인디 그런 짓을 시키겄네? 상것들두 아니구 말여……"

가기(家忌)*가 있으므로 아무리 남남이라고 해도 깨끗지 못한 짓을 주선해준다거나 알면서도 모른 척할 수가 없다는 거였다. 그는 유생(儒生)이었다.

난파삼동(暖波三冬)*이었던 금년 연초, 나는 두 분을 모시고 대전 역전 어느 4층 호텔 한 방에서 자정이 넘도록 술을 마신 일이 있다. 우리는 아무렇게나 쓰러져 잤는데, 창가에 찾아온 빗소리에 깬, 박 시인의 고시랑거리는* 소리에 일어난, 임 시인의 부시럭거리는 소리에 내가 눈을 떴을 때, 부실거리는 빗방울에 유리창에는 조춘(早春)*이 숨 쉬고 있었고, 그 너머 하늘은 경칩 달무리 비낀 미나리꽝마냥 깊고 묽었다. 박 시인이 먼저 한말* 시골 나그네 핫바지 같은 내복 차림으로 창문을 척 열어붙이더니 금방 울음이 터질 듯한 음성으로,

"정월 초닷새 대전 추녀 밑에 비가 내리다…… 역전 골목을 돌아가는 리어카의 파 빛……"

하고 중얼거린다.

"뭣 보구 또 시 한 수 짓는디야."

하며 임 시인이 뒤를 이어 내다보고는,

"저게 무슨 파여, 미나리구먼. 미나리 빛으로 고쳐."

했다. 나도 덩달아 벗은 몸으로 내다보았다. 빗속의 리어카꾼이 무와 시금치를 가득 싣고 곱은탱이*를 돌아가고 있었다.

그들과 기질이 상통할 뿐 아니라 여러모로 닮은 서울 시

인으로는, 나무 때어 눌린 무쇠솥 숭늉 같은 박재삼 씨가 있다. 누가 때와 장소를 가리지 않고,

"한잔헐까요?"

하고 물으면, 고은 씨나 이호철 씨 못잖은 반가운 미소를 보이며,

"안 헐 수 있습니까."

하고 입술부터 핥는 이 낮술의 대가(大家)는, 설령 박성룡 씨가 없는 자리더라도 반드시 한 가락 뽑아야 배긴다.

"삼류 시인 난해시보다 열 배는 좋다 말이라……"

그는 노래를 부르기 전에 으레 가사부터 한바탕 읊는 것을 바른 순서로 친다.

사공아 뱃사공아 울진 사람아
인사는 없다만 말 물어보자
울릉도 동백꽃이 피어 있더냐
정든 내 울타리에 새가 울더냐

어쩌다가 이야기가 이에 이르렀는지 알지 못하겠다. 그러나 이왕 꺼낸 말이매 매듭을 짓기로 한다. 다시 영화 관람기로 돌아가거니와, 「대부」는 한 시간어치 이상이나 가위질당한 채 상영되고 있음에도 잔인하고 냉혹스러운 스크린임을 부인할 수는 없었다. 물론 그만한 살육과 유혈이 흐른 영화가 진작 없었던 것은 아니었다. 다만 다른 어느 영화보다도 현장감이랄까 실감을 가슴에 짙게 그어주는 화면이었다. 유치한 대로 나는 대략 이렇게 써다 주었다.

사회 구성원의 절대 다수로서, 역사를 이끌어가야 할 이 땅의 주역은 당연히 서민 대중이다. 그러나 오늘의 대중들은 자기의 위치를 앗긴* 채 변두리로 밀려나가 구경꾼 노릇밖에 하지 못하는 것이 현실이다. 그러나 이들은 그 구경마저도 목숨의 보전 및 본능의 연장전(延長戰)이라는, 절등(絕等)*의 뜻을 품고 있을 정도로 외롭다. 이런 사람들이 제각기 가슴에 얹고 있는 체증을 잠시라도 내려줄 수 있는 오락이 있다면, 곧 이 비슷한 영화가 대신할 수 있지 않을까 한다.

　　그리고 나는 이렇게 덧붙였다. 좋은 멜로디에는 가사가 거추장스럽고 무더운 여름날 목마를 때에는 위생 처리로 끓여 식힌 물 한 바가지보다 우물에서 갓 길어 낸 찬물 한 모금이 더 시원하다. 그러므로 어차피 오락용일 바에는 나무라기만 할 것도 아닐 줄 안다.

　　이튿날 그 기자가 전화를 해왔다. 원고료를 어떻게 전해주는 것이 서로 편리하겠느냐는 내용이었다. 나는 몇 푼 안 되는 돈으로 오너라가너라하기도 번거로울 터이므로 잠시 보관해두라고 말했다. 일이 있어 그 근처에 갈 계제가 되면 들를 셈도 없지 않았으나 실은 길게 대꾸하기가 성가시어 둘러댄 말이었으니, 그것은 한창 보다가 중동무이한* 신문을 어서 마저 읽었으면 해서였다.

　　읽다가 접어놨던 기사는, 김 모라는 16세 된 소년이, 서울과 성남시 사이에 있는 어느 길목에서 과도로 택시 운전사를 살해하고 피 묻은 돈 1천8백 원을 빼앗아 달아나다가 붙잡혔다는 내용이었다. 형제 친척 고향 등을 모르며 일곱 살에 외톨이가 되어 10여 년을 서울의 처마 밑에서 되는대로 하루하루를 살아왔다는 그 소년은, 서울 인심이 너무 박정하여 살아갈 수가 없어 시골로 가려고 했으며, 시골로 가기 전에 먹고 싶던 것이나 한번 먹어보고 가려고, 그 돈 마련을 위해 그런 짓을 했다는 거였다. 소년은 이어서 그토록 먹고 싶었던 것이 무엇이었느냐는 질문에, 쌀밥과 콜라와 포도였다고 대답한 모양이었다.

나는 가슴 어디쯤이 크게 웅어리지면서 무거운 덩어리가 자리 잡는 느낌을 물리칠 수가 없었다. 오죽이나 주려 허기졌기에 한 그릇 쌀밥이 그토록 소원이었을까. 나는 느닷없이 어렸을 적, 대문 앞에 서서 바가지에 얻어 가던 어린 거지와 추녀 밑에서 먹고 가던 늙은 비렁뱅이가 어릿거릴* 적마다, 아무 말 없이 밥을 차려 내다 주게 하던 어머니 얼굴이 불현듯 떠오르고, 그것이 무슨 적선이나 보시가 아닌데도, 반드시 소반에 받쳐서 내다 주도록 신칙하던* 그 음성이 다시금 귓결에 맴돌고 있음을 들었다.

일찍이 금년처럼 사람을 볶고 찐 여름도 없었을 줄 안다. 여름내 갖은 청량음료를 냉장고에 가득 쟁여 두고 냉수 마시듯 한 사람도 숱하련만 여북* 목이 타는 조갈에 시달렸으면 그 흔해빠진 콜라 한 병 마셔보기를 그다지 소원했었을까. 이가 시린 냉장음료를 수없이 들이켜고도 더워더워 하며 여름을 원수 삼았던 내 자신이 부끄럽기도 했다.

나는 다시 거리 골목마다 가게 앞에 열두 가지 색깔을 자랑하며 맷물 좋게 무르익어 더미더미 쌓여 지천으로 흔한 햇과일들이 볼수록 먹음직스럽던 입맛을 새삼스럽게 되새겼다. 한 덩이 한 덩이가 저마다 봄 여름 가을이 영글어 요염한 자태로 구미를 희롱하던 것들, 미루어보건대 소년은 아마 그것들의 유혹을 뿌리치기에 몸서리를 쳤으리라고 여겨졌다. 그러나 모든 것은 이미 늦어 있었다. 각박하고 삭막한 서울 인심에 넌더리나고 지친 표정이었다고 그 기사는 결론하고 있었다. 마치 농촌이나 두메산골로 진작 내려갔더라면 순박한 소년이 되었을 텐데 애석하다는 투로—— 그러나 그 소년이 그런 끔찍한 짓을 하기 전에 시골로 내려갔더라도 차디차고 야박한 인심에 뼈끝마다 저렸을 줄 안다. 이 나라 어디를 가본들 은근하고 수더분한 인심이 남아 있을 것인가. 이미 한 세대 전부터 고향에 돌아와도 그리던 고향이 아니더라며 탄식한 시인이 있지 않던가.

사흘 후였다. 추석날 아침, 햅쌀밥과 고깃국을 먹던 나는 문득 유치장에 갇혀 있을 그 16세 소년 살인강도를 생각했다. 그러자 내 머릿속은 이내 쌀밥과 콜라병과 포도송이들이 가득 들어차는 거였다. 입맛이 가셔 목이 넘어가지 않았다. 나는 상을 물리고 나와 뜨락 사철나무 곁 잔디 위에 늘펀히* 주저앉았다. 볕이 눈부시게 쏟아진 뜰에는 조카아이들이 비순이 비돌이라 부르며 기르는 비둘기 한 쌍이 흩뿌려진 모이를 주워가며 아장거리고, 비둘기와 친구처럼 지내는 어린 고양이는 비둘기 물그릇 곁에 두 발을 들고 앉아 세수하기에 다른 겨를이 없었다.

나는 담배를 피워 물자 자연 쌀밥 한 그릇을 금싸라기 한 사발보다 더 귀중한 것으로 여겼던, 어린 시절의 한때가 되살아나고 있었다. 6·25 사변이 일어났던 해 겨울의 그 지긋지긋하던 기억이 떠오른 거였다. 약 석 달가량 내가 아직 어떤 집이라고 밝히기가 거시기한 집에서 피난살이를 하고 있던 때의 일이었다. 나는 밥을 얻어먹는 대가로 애 보아주기를 하면서, 남의 말로만 들었던 구박과 눈칫밥이 어떤 것인지를 처음 겪음하며 깨달을 수 있은 거였다.

그곳은 바람만 조금 일어도 모래가 날려 눈을 뜨지 못한 궁벽한 어촌이었고, 내가 얹혀살았던 집은 중선과 발동선이 한 척씩 있어 먹을 만큼 살던 선주(船主)네 집이었다. 일찍이 자식들이 모두 서울 유학을 하고 내처 서울에 눌러앉아 살림을 하고 있던 터라, 1·4 후퇴를 맞은 그해 겨울은 서울에서 피난 나온 그 집 자녀들과 그 가족들, 그리고 일가 푸네기*들이 그 집으로 몰려들어 밤낮으로 북새판*이었다. 이 집 저 집의 사돈네 식구까지 곁들여져 스무 명 가까운 낯선 사람들이 들벅거리기* 시작하자 초동*부터 그 집에 머물고 있던 나는 자연 초상집에 부고 전하러 온 신세*나 다름없는 처지가 되어 눈 밖에 나야 했고, 양식과 김장 절약이라는 월동 대책이 세워지게 된 이후로는 먹성만 셀 뿐 쓰잘머리 없는 군식구로 치부되어 누구의 눈에나 걸리적거리는 존재가 되지 않을 수 없었다.

나는 내 밥값을 스스로 하지 않으면 안 된다고 깨우쳐 내 깜냥*으로 감당할 만한 일을 찾아내지 않으면 안 되었다. 아이 보기가 된 것도 그 까닭이었다. 그 집에는 겨우 첫돌을 본 아망*이 몹시 사나운 외손자가 있었는데, 그리될래서 그랬는지 아무리 극성스럽게 울부짖다가도 내 손이 가기만 하면 언제 어쨌더냐는 듯이 순둥이가 되곤 했다. 내 등은 지린내가 가실 날이 없고 마를 겨를도 없었다. 내복이 없어 홑것으로 겨울을 나면서도 그다지 추운 줄을 몰랐음은, 아이 고뿔* 들릴까 봐

방구석 횃대 밑에서만 지내고, 잠자리에 들기까지는 늘 처네*
포대기가 몸에 둘려 있어 외투 구실을 한 까닭이었을 터이다.
그 전전해까지만 해도 대복이와 대복 어메, 그리고 옹점이 등
을 안장 삼아 허구한 날 말타기를 즐긴 터에 견주어보면 어처
구니가 없는 노릇이었으나, 모든 것이 시국 탓이려니 여겨 근
근이 연명하며 구차스런 목숨이나마 놓치지 않으려고 끈덕지
게 버티고 있었던 것이다.

그 비슷한 고비는 성장하면서도 여러 번 넘긴 터이지만,
아무리 몸서리쳐지는 질곡 속에서도 자해(自害)하거나 좌절하
지 않고 끈질기게 때를 기다려온 참을성도, 바로 그때를 바탕
하여 쌓고 다진 의지라고 믿는다.

그때는 점심이란 음식은 이름도 없었고, 조석으로 입가심
하던 것은 불그누름한 밀기울밥 한 보시기*가 고작이었다. 밀
을 맷돌에 삭갈이하여* 어레미*로 가루를 쳐낸 밀기울은 쌀이
눈지 않도록 밥밑*을 했던 것인데, 그것은 그러나 부엌 아이
판순이와 나, 그리고 북데기라는 이름의 개를 먹이기 위해 부
러 그렇게 하던 거였다. 판순이는 제가 직접 퍼서 부뚜막에 앉
아 먹었으니 요령껏 섞어 쌀 낱 구경도 더러 해보았을 터이나,
내 밥그릇의 기울* 가루는 주먹손으로 여러 번 주무르고 뭉쳐
야 겨우 덩이가 질 정도로 풀기라고는 없었다. 그렇게 뭉쳐 아
랫목에 이틀만 놓아 띄우면 훌륭한 누룩이 될 지경으로 밥풀
한 낱 섞이지 않은 것이었다. 그러나 나는 허기진 판이라 개마
저 꺼려하던 것이었지만 허발 대신하며 먹었고, 그러고도 양
에 안 가 노상 입맛이 얌하여 껄떡거리기가 일쑤였다.

이렇게 쓰다 보니 불현듯 그 시절이 다시 눈앞에 펼쳐지

면서 그 사람들이 새삼스럽게 섭섭해진다. 이름이 밥이라면서도 개하고 나에게만 누룽을 먹인 것이 야속해서가 아니라, 매일같이 밤이 이슥하게 이울 무렵이면 자기네들끼리만 밤참을 먹던 것이 되살아난 것이다. 그네들이 밤참 먹는 낌새를 맡기만 하면, 나도 덩달아 속이 헛헛하고 굴품해서* 얼마나 많은 군침을 삼켰는지 모른다. 그것이 어쩌면 그리도 먹고 싶었던가. 돌이켜 생각할 때마다 이제는 슬며시 미소로 그치고 말지만, 그네들이 밤마다 먹던 밤참이라는 것이 무슨 별식이라도 될 만한 것이었으면 오히려 그러지도 않았을 터이었다. 군식구 몰래 즐기던 그네들의 밤참은 으레 장독대 밑에 묻어 두었던 김장 동치미였다. 살얼음 간 독에서 동치미를 꺼내다가 쪼란히* 둘러앉아 길쭉길쭉 쪼개어 먹던 것이다.

쌀밥과 콜라와 포도가 먹고 싶어 살인강도를 저지른 소년을 나는 끝내 증오하지 않을 것 같다.

내가 양지바른 뜨락에 앉아, 누룽 부스러기를 시래깃국에 말아 먹어가며 쌀밥 한 그릇 구경하기가 소원이었던 시절을 다녀온 동안, 모이를 양껏 먹은 비둘기 한 쌍은 고무나무 화분 곁에 놓아준 옹배기만 한 금붕어 어항 전두리에 올라앉아 물을 마시며 구루루 구루루 울고, 화장을 끝낸 어린 고양이는 꼬마들이 던져준 풋대추 알을 두 발로 번갈아 차고 굴리며 저 혼자 축구 놀이를 신명나서 즐기고 있었다.

내 마음은 다시 평온해져 있었고, 이만큼이라도 살아온 것이 얼마나 대견한 노릇인가 하는 오죽잖고도 소갈머리 없는 안일 속에 포근하게 싸여 있었다. 그러나 나는 다시 앞으로도 결코 순탄하고 단란할 팔자를 타고난 인간이 아니라는 평소 지녀온 바의 기본자세를 되찾았고, 흐트러진 정신을 챙겨 가다듬으면서, 아울러 그 16세 살인강도처럼 불우한 소년들에게 식사 한번 선사할 수 없었던 내 주변머리를 거짓됨이란 전혀 없는 순진한 내 마음으로 개탄을 되풀이하고 있었다.

너무 푸실거려 젓가락으로는 떠지지 않고 개도 고개를 외오* 빼며 죽은 쥐나 주워 먹으러 나가던 밀기울밥에 물리어, 옳은 밥과 동치미 밤참이 그리워 밤잠을 이루지 못했던 과거를 돌이켜본 뒤끝이라 그랬을까. 나는 문득 무슨 수를 내서라도 오랜 세월을 두고 스스로 죄과를 뉘우치며 몸부림치게 될 소년 죄수에게 밥이라도 한번쯤 배불리 먹여줬으면 하는 마음의 움직임을 깨닫고 있었다. 그러던 끝에 이윽고 나는 꾀를 자아내기에 이르렀다. 그것은 아직 받지 않은 몇 푼 안 될 그 영화 상영 찬성 원고료를 소년수에게 전달하면 어떨까 하는 내용이었다. 그것은 그 신문사의 경찰 출입 기자에게 부탁하면 간단히 전달될 터이었다. 또는 담당 수사관에게 부탁해도 무방하리라고 여겨졌다. 내일 출근하는 대로 문화부 기자에게 전화로 그러도록 부탁할 작정을 하고서야 나는 다소 느긋한 하품과 함께 낮잠에 들 수가 있었다.

그러나 이튿날은 전화 한번 걸어볼 틈도 없이 바빠 하루가 미루어지고 그다음 날도 어지저지하며* 겨를 없이 다시 하루를 저물리는 바람에 실현되지 않았다. 아니, 그 일은 서너 달이 넘은 오늘까지도 이루어지지 않았으니, 그것은 중간에 그 계획이 부러져버린 까닭이었다. 추석을 지낸 지 이틀 만에 가진 술자리에서 그 계획은 제동이 걸린 거였다.

술을 마시다 보면 안주가 보잘것없더라도 술맛은 따로 있

는 경우가 있고, 기름진 안주로 상다리가 휘어지더라도 술이
안 받던 경우를 수없이 겪어보기도 했다.

　그러나 나에게는 그런 경우와 딴판으로 오로지 고기를 먹
기 위해서 안주 삼아 술을 마신 계제도 흔히 있었다. 그것은
한 달에 한 번꼴인데 그나마도 전부 얻어먹은 것이었고, 늘 돈
을 쓰는 사람은 작가 한남철 씨였다. 씨는 나하고 무슨 은밀하
게 나눌 이야기가 있어서도 아니었고 또 술을 마시고 싶어 그
러던 것도 아니었다. 나로 하여금 먹을 만큼 먹었다는 공치사
를 하도록 할 겸 자기 몸보신을 위하여 그러는 눈치였다. 그는
매번 여러 사람이 내 근무처 사무실에 모여 벅적거릴 때도 유
독 나 한 사람만을 불러내었는데, 내가 워낙 남의 살을 좋아하
는 동물성 식성인 줄을 씨가 일찍이 알아보았고, 원체 걸게 먹
어주니까 자기도 덩달아 식욕이 일어 더불어 먹게 되는 잇속
이 있어 그러리라고 풀이된다. 그러므로 씨의 전화만 받으면
우선 입안에 군침부터 괴고 소문 안 나게 단둘이 호젓하고 오
붓하게 마주 앉아 참숯불 풍로에 암소갈비라는 것을 걸쳐 포
식하기가 일쑤였다. 가진 돈이 푼푼치* 않을 경우에는 근으로
사서 굽는 등심구이집이었으니, 피차가 먹는 일에는 아끼지
않아온 성질이었으므로 일방적으로 얻어먹기만 하더라도 그
리 부담스럽지가 않았다.

　그날도 한 씨는 나를 해운대갈비라는 집으로 불러내었고
단둘이 그것을 먹기 위해 소주 한 병을 가운데에 모시고 마주
앉게 되었다. 그렇게 먹는 자리이고 보니 자연 먹는 이야기일
수밖에.

　나는 다시 그 소년 강도를 감싸주면서 그 소년에게 몇 푼

의 촌지를 전할 셈이라 말하고, 소년이 저지른 범행 자체가 이 사회를 살아가는 모든 자의 책임이라고 주장하면서, 촌지라는 명목의 보잘것없는 동정이 대단히 타당한 것처럼 강조했다. 한 씨는 그렇지 않다면서 내 말이 길겨지지 않도록 젓가락을 내둘러 말리고는,

"그렇지만 말야, 죽은 사람을 생각해보라구. 죽은 사람은 뭐야. 천둥 없는 날벼락이지. 이건 도대체가 말야……"

하고 그는 열을 내었다.

그 소년은 근본적으로 본성이 그르쳐져 있었다. 그 소년처럼 오로지 나 하나뿐이라는 사고방식을 가진 자는 어느 시대나 많았다. 그런 사람이야말로 잔인하고 냉혹한 자들이다. 이 나라 사람 모두가 호의호식한 것도 아닌데 자기 혼자만 동떨어져 있다는 생각이 잘못이다. 입때껏* 돌봐준 사람 없이 몇 해나 서울 바닥에서 살아왔다면 보통 아이로 볼 수 있는가. 남들이 잘들 참고 견딜 때 곁가지로 나갔으니 용납되지 않는다.

운전사는 무슨 죄인가. 이틀 벌어 하루 먹고 사는 스페어 운전사일 수도 있고, 처자가 우무루루 딸린, 팔순 노모를 부양하는 가장일 수도 있으며, 누가 눈만 흘겨도 억울한 착한 사람일 경우도 있는데, 단지 먹고 싶은 것을 해결하기 위해 남의 귀중한 목숨을 제 마음대로 처분할 수 있는 일인가. 그 용서받지 못할 죄를 저지른 자에게 주는 동정이라면, 그 동정의 성분은 무엇인가.

나는 즉시 응수할 수가 없었다. 그렇게 복잡하게 생각해본 바가 아니었기 때문이다.

"도대체 말야, 불갈비에 술을 걸치고 앉아서 말야, 무슨

새우젓 같은 소릴 허구 있는 거야."

하고 한 씨는 말했다.

　나는 입을 다물었다. 문득 그 불우 소년을 두둔함이 곧 잔인함이며, 결국 내 본성을 드러내는 일이 아닌가 의문스러웠고, 그렇다면 남들이 말하는 그러한 나의 결함이란 것도 대단한 것이 아니구나 싶은 안도감에 빠져들고 있었다.

　진실로 본성이 착하고 어질며 갸륵한 인간은 드물다는 데에 이르러 그날의 화제는 매듭지어졌다. 그러는 동안 16세 소년범을 위해 장만해놓았던 조그마한 동정 주머니는 어디론가 달아나버리고 시간이 흘러 이에 이르도록 되돌아오지 않는다. 무슨 까닭인지 알 수 없지만 그러나 어렴풋이나마 짐작되는 바도 없지는 않았다.

　그것은 자기 자신이 희생되더라도 이웃과 남을 위해 몸을 버릴 수 있었던, 진실로 어질고 갸륵한 하나의 구원한 인간상이 내 정신 속에 굳게 자리 잡고 있기 때문인지도 모를 일이던 것이다.

　그 사람은 내가 일생을 살며 추모해도 다하지 못할 만큼 나이를 얻어 살수록 못내 그립기만 했다. 그의 이름은 신현석(申賢石), 향년 37세였고, 살아 있다면 올해 마흔여덟이 될 터였다. 이름에 돌 석 자가 들어 그랬던지 그는 살아생전에 유난히 돌을 좋아했거니와, 돌이켜 따져보면 그 자신이 천생 돌과 같은 사람이기도 했다. 그래서 모두들 그를 석공(石公)이란 별명으로 부르기를 즐겨하였고 본인도 그런 명칭을 마다하지 않았던 줄 안다. 나는 돌에 대해서 아는 바가 없다. 그러나 그런

대로 석공을 추억하고 아쉬워하던 끝이면 흔히 돌의 됨됨이와 성질을 더불어 되새기게 되곤 했다. 그러므로 내가 아는 돌의 성질이란 곧 석공이란 별명을 가졌던 그 인간의 성질과 거의 같은 것임을 뜻하기도 한다.

돌은 천년을 값없이 내버려져 있다가도 문득 필요한 자에게 쓸모가 보이면서 비로소 석재(石材)라는 허울을 얻으며 가치가 주어진다. 그럴 기회를 얻지 못한 돌은 만년을 묵어도 골동이 될 리 없으며 어떤 품목(品目)에 끼어들 명분도 없다. 그렇듯 돌은 용모가 곧 쓸모이되 장중한 바위로부터 간지러운 자갈에 이르기까지 타고난 성질만은 매한가지로 같다. 더위에 늘어짐이 없고 장마에 젖으나 물러지지 않으며, 추위에 움츠러들지 않고 바람에 뒹굴지언정 가벼이 날아가지 않는다. 가벼워지거나 무거워지지 않고 망치로 얻어맞아 깨지긴 해도 일그러지거나 무름해지지 않는다. 옛 글에도 "丹可磨 而不可奪其赤 石可破 而不可奪其堅…… 단사(丹砂)를 갈더라도* 그 붉은 빛은 빼앗을 수 없고, 돌을 깨뜨려도 그 굳음은 빼앗을 수 없다"고 일렀음을 알고 있다.

석공이 그렇듯 돌과 같았던 줄로 생각하기를 나는 서슴지 않는다. 산이 높으면 달이 작게 보이듯, 워낙 거친 세상에 섞여 있기로 더러는 잊으며 살긴 했지마는.

범바위에서 해돋이하는 쪽으로 서너너덧 발쯤 떨어진 곳에는 막 걸음발 타기* 시작한 어린것이라도 쉬이 기어오를 수 있게 황소마냥 나붓이 엎드린 바위가 사철 아이들 신창에 닳아 번질거렸으니, 우리들은 그 바위를 모양대로 이름 지어 황소바위라고 불렀다. 그 바위는 대복이네 집 뒷등성이 너럭바위를 두고 휘넘어가는 오솔길 가풀막* 아래 길섶에 옆구리를 대고 누워 있고, 오가는 사람의 두런거림을 하 많이 엿들어온 탓일까, 칠성바위 가운데에서도 기중* 능청스럽고 너볏하던* 바위였다. 그 황소바위는 얼핏 보기로 마치 우리 밭의 체통을 지켜주는 장승처럼 여겨지기도 했으니, 그것은 길 건너 맞은 편에 사는 신 서방의 야짓잖은* 짓으로, 밭이 점점 길바닥에 먹혀들어 이미 여러 평(坪)이나 줄어든 뒤였기 때문이었다. 황소바위가 누워 버티고 있지 않았더라면 우리 밭은 얼마를 더 길바닥으로 내버리게 됐을지 어림할 수도 없이 된 형편이었다. 원래가 산등성이를 휘넘어간 오솔길 초입이었기에, 황소바위를 거쳐 신작로로 타 내려간 그 길바닥은 겨우 지게나 지나다닐 만하게 좁으장한* 거였었다. 그 길섶은 내가 늘 대복이를 따라 물총새 구멍을 뒤지고 다닌 산골짜기가 내려 흐른 것으로 너름한 개울이었고, 신 서방네 집은 그 건너 고섶에 뙤똑하게* 올라앉아 있었다. 어느 해부터였나, 신 서방은 그 좁은 길 가장자리를 두어 발 폭이나 되게 곡괭이로 일구어 쇠스랑으로 골을 타고는, 줄파와 부추 따위 푸성귀를 부쳐 먹고 있었다. 봄에 강낭콩을 심었다가 거두면 열무를 뿌리든가 호박 구덩이를 몇 개씩 묻기도 하고, 가로 퍼지는 옥수수와 댑싸리를 울타리처럼 가꾸기도 하였다.

"남는 땅 임자 읎이 뵈기두 아깝구, 뭐던지 묻은 씨는 건 지리라 허구 심는 것인디…… 사람은 다다(모름지기) 부지런 허구 볼 것이랑께……"

신 서방은 곧잘 그런 말을 하던 것으로 기억하지만, 실은 뿌린 씨앗의 몇십 갑절이 소출되어, 내심 터앝*으로 치부하고 재미를 들였음이 분명했다. 신 서방은 호미 끝으로 야금야금 길바닥을 먹어들며 터를 넓혔고, 차츰 들깨나 고추모 따위 열매가 열려도 더뎅이지게* 매달리는 작물로만 가려 심기 버릇하였으니, 오가는 행인들은 자연 남이 심어 가꾼 것을 다치지 않으려고 비켜 가게 되고, 그것에 비례하여 다소 짓밟아도 자리가 뚜렷하게 나지 않는 넓은 밭 가장자리 쪽으로 발걸음이 몰리게 되니 우리 밭은 한 뼘 두 뼘 잠식을 당하게 되던 거였다. 그래서 우리는 밭에 쟁기를 댈 때마다 행인들 발길에 길바닥으로 나가버린 땅을 되찾기 위해 돌덩이처럼 다져진 곳에 생땅 일구기보다 훨씬 많은 힘을 들여가며 땀깨나 뿌려야 했다. 그럴 경우 우리는 늘 황소바위 옆구리를 기준하여 금을 긋고, 잃어버린 경계선을 가늠으로 되찾아내곤 하였다. 때문에 신 서방은 아마 황소바위가 여간 눈에 거슬리지 않았으리라고 여겨지거니와 그래도 그 바위를 가장 요긴하게 이용한 것은 바로 신 서방 자신이었음도 사실이다. 바윗등은 매끄럽고 멍석 반 닢 넓이나 되었으므로 신 서방 마누라가 빨래를 널기도 하고 물고추나 호박고지를 펼쳐 말리기도 했지만, 그보다는 신 서방이 술주정하는 장소로 이용할 때가 더 많았던 것이다.

관촌 사람들은 신 서방네 집을 흔히 꽃패[花形] 집*이라고 불렀는데, 집 얼개가 ㅁ자 모양이었기에 꽃잎에 빗대어 이름했던 것으로 알고 있다. 해마다 이엉*을 새로 이어 언제나 아담하고 단란해 보이면서도 뒤꼍의 어수선한 찔레 덤불 울타리와, 돌멩이가 들어 있어 누가 건드리면 소리가 요란하던 깡통이 매달려진 널빤지 사립문으로 해서 품위는 없어 보였다. 그럼에도 밭마당 귀에는 아름드리 개오동 한 그루가 정자나무처럼 버티고 있었고, 그 곁엔 깔끔하게 손이 간 돼지우리와 퇴비장이 있어 규모 있는 집이란 인상을 주기에는 부족하지 않았다.

"두쨋년 여월* 때 농짝*이래두 해준다구 낳던 날 꽂은 오동인디, 머릿장을 짜구두 반짇고리 한 감은 넉넉허겠당께."
하고 신 서방은 개오동을 올려다보며 일쑤 자랑하고 있었지만, 그 무렵의 나는 어린 소견에도 개오동보다는 마당가로 줄줄이 늘어섰던 돌에 더 시선이 갔었고, 괜찮다 싶은 돌만 열심히 주워다 늘어놓던 석공의 자상하고도 순박한 마음결이 늘 관심사였었다.

석공은 신 서방의 4남 5녀 가운데에서 맏아들이었다. 그가 돌에 대한 관심을 언제부터 가졌던 것인지는 어림되지 않지만, 돌에 대해 유난히 깊은 애정을 품은 듯했고, 완상하는* 여유도 지니고 있었던가 보았다. 나는 석공의 그런 일면을 요즘 배부른 사람들의 수석(壽石) 취미에 견주어본 일은 없다. 자칭 탐석가(探石家)니 수석 연구가(水石硏究家)니 하면서 체중 줄이기 운동 삼아, 또는 신경성 소화불량 치료제로 돌아다니며 정원 장식용 정석(庭石) 장사에 뜻을 둔 그 사람들의 구차스러움에 비길 수는 없겠던 것이다. 요즈음 사람들은 돌을 주워다 물형석(物形石)이니 산수경석(山水景石)이니 추상석(抽象石), 문양석(紋樣石) 하고 가르며, '창세기' '환호(幻湖)' '천녀(天女)' 어쩌고 하는 같잖은 제목으로 장난질을 하지만 석공은 그런 놀이 할 만큼 돈이나 여가가 없었고, 그런 제목을 꾸며낼 푼수로 유식하지도 않았었다. 그는 보통학교만을 겨우 마친 뒤 어려서부터 생일*이 몸에 배었던 한갓 농투성이*였으니까. 구태여 시체에 맞춰 석공에게 이름을 주자면 석재 수집가라고나 할는지. 그는 태깔과 크기가 저마다 다른, 일상에 쓸모 있는 돌들로만 모았던 것이며, 남의 집 아궁이 붓돌*이나 방고래*를 놓는 데에, 더러는 이웃에서 굴뚝이나 담장을 쌓든가 장독대를 늘리는 데에 기꺼이 나눠주곤 하였다. 지금 생각이지만 그는 쓸모 있을 성부른 돌은 무조건 모아놨다가 필요한 이들에게 나눠주는 재미로 돌쟁이[石公]가 됐던 것 같았다.

그러나 나는 석공이 기려질 때마다 처마 밑에 늘어놓았던 돌들보다도 먼저 그네 집 마당이 머릿속에 펼쳐지던 게 사실이었다. 그와 함께 이윽고 나는 그 집 마당에서 벌어졌던 자자분한* 여러 가지 추억들을 맞이했고, 그 추억들을 순서가 뒤바뀌지 않게 만나고자 다시 한번 어린 시절로 되돌아가 그 집의 마당 귀퉁이에 서보게 되곤 했다. 맨 첫번 순서는 으레 석공이 해마다 두 번씩 마당을 새로 맥질하던* 모습의 재연이었다. 여름의 보리바심과 가을 벼바심을 하기 위해 석공은 매년 봄가을로 마당을 새로 하였다. 산사태 진 벼랑의 황토를 여남은 발채씩 지게로 논에 져 내린 다음, 대신 논바닥을 그만큼 마당에 퍼내어다 펴놓고 논흙으로 매흙*을 삼던 것이다. 고령토처럼 차지고 보얀 빛깔을 내는 논흙덩이를 잘 반죽하여 한 켜 고루 덧입혀놓기만 하고 석공은 손발을 씻는다. 그 나머지 작업은 안팎 동네 조무래기들이 무료 봉사로 마무리를 해주기 때문이었다. 그 조무래기들 틈서리에 내가 한 번도 빠진 적이 없었음은 물론이다. 말이 좋아 무료 봉사라고 둘러댔을 뿐 우리들은 순전히 뛰노는 재미로 그 일을 자청한 셈이다. 매흙이 질음하게 반죽되어 깔린 위에 아이들은 대오리로 엮은 발이나 헌 가마니를 덮고는 자글자글 떠들어대며 가로세로 뛰고 짓밟아 다지는 거였다. 마당 바닥의 매흙이 묵처럼 솔았다가 송편이나 수제비 모태*마냥 되직해지면* 아이들은 대오리발이나 가마니 위를 밟기보다도 맨발로 맨흙 밟기를 더 즐겨하였다. 마당을 댑싸리비로 쓸어 고운 먼지가 일 때까지 이틀 사흘을 아이들은 그 마당으로만 몰려들어 놀았다. 마당이 손톱자국만 한 금한 줄기 나지 않고 곱게 다져지던 것은 당연한 결과. 아이들 극성 덕에 곡식을 멍석 없이 그냥 쏟아 말려 당그래*나 넉가래로 긁어모아 담더라도 흙부스러기와 돌이 섞이지 않던 것은 석공도 잘 알고 있었을 터이다. 비록 남의 집 마당이긴 했지만 우리들의 놀이터라면 둘째로 꼬느기가* 아까울 지경이던 만큼의 그리움이 아직도 남아 있다.

그러나 나는 석공의 추억이 일기 시작하면, 내가 즐겨 놀았던 마당으로서보다도 나의 아버지가 평생에 단 한 번 객스럽게* 놀아보신 장소라는 데에 보다 소중함이 느껴져서 잊지 못해해온 사실을 밝혀두고 싶다. 그것은 내가 일곱 살 나던 해의 가을이었다.

그 무렵은 봄볕 든 양달보다도 더 눈부신 햇살이 온누리에 잦아드는 것처럼 산과 들에 그리고 개펄에 매일같이 내리쏟아지고 있었다. 미처 못 떠난 제비들은 아침마다 전깃줄에 주렁주렁 열리고, 범바위 둘레 가시덤불에는 까치밥*이 고추밭보다 더 짙은 색깔로 빨갛게 익어 어우러졌으며, 대복이네 집 뒤 너럭바위 아래 잔디밭에는 뽑아 넌 목화대의 목화다래*가 한껏 벙그러지고 피어, 먼 논으로 메뚜기를 잡으러 가려면 반드시 스쳐가게 되던 층길이네 메밀밭의 흐드러진 메밀꽃보다도 훨씬 눈부시고 깨끗하게 널려 있기도 했다.

그날도 아침부터 눈에 뵈던 모든 것들은 꿈결에 들리던 말방울 소리처럼 맑고 환상적인 색깔로 빛나고 있었다. 밭머리 저쪽과 과수원 탱자나무 울타리엔 탱자가 볏모개*보다도 더 샛노랗게 가시 틈틈으로 숨어 있었으며, 가녀리게 자라 무더기져 핀 보랏빛 들국화는, 여름내 패랭이꽃들로 불긋불긋 수놓였던 산등성이 푸새* 틈틈이에서, 여름 내내 번성하다가 무서리에 오갈 들어 꼴사납게 늘어진 호박 덩굴더러 보라는 듯이 새들새들 쉴 새 없이 고갯짓을 하고 있었다. 뛰면 미끈거리는 고무신짝은 애당초 거추장스러운 것, 온 들판을 맨발로 뛰어다녀도 사금파리 한 조각 찔릴 것 같지 않게 보드랍고 넓어 보이기만 하던 아침이었다.

그날 나는 새벽부터 간사지* 수문 앞 갈대밭으로 나가 참게잡이를 구경했었다.

"긔막*에 언니 진지 갖다 드리고 올래? 그럴래?"
하며, 눈 뜨며부터 옹점이가 나만 붙들고 다잡아댔기 때문이었다.

"언니가 밤새 긔막에 있었나?"

무서리*가 성에 앉듯 한 담 너머를 내다보며 묻자 옹점이는,

"암, 아마 되린님이 젤 많이 잡았을 겨⋯⋯"
하며 그녀는 나를 충동이질했다.

"내가 갖다 드리면 아씨헌티 걱정 듣는단 말여, 말만 헌 지집애가 버르쟁이 읎다구."

하는 핑계도 대었다. 나는 별수 없었다. 어머니는 철호처럼 한 집 식구 된 어린 머슴이라도 논밭에 혼자 나가 일할 경우 옹점이조차 논밭에 내보내지 않을 만큼 철저한 내외*를 시킨 터였으니 하물며 중학생이었던 언니 곁임에랴.

"언니가 굶으면 안 되지."

하며 내가 나서야 했다. 우리 집안 풍습이랄까, 친형제간이건 일가간이건 같은 항렬의 손위는 형이란 호칭 대신 언니로 부르도록 되어 있었다. 약관에 요절한 그 형을 찾아 옹점이가 일러준 갈밭*으로 가자 가마니와 거적대기로 엮은 원추형의 움막이 둘이나 세워져 있었다. 움막 속에 앉아 밤을 밝힌 모양인 형은 햇살이 퍼져 안온해진 덕인지 누비이불을 뒤집어쓴 채 한창 코를 골고 있었다. 움막 앞에서 밤을 밝히고 기름이 다 되어 생심지를 태우며 가물거리는 남포등 아래 항아리 속에는, 갈색 털이 집게발가락마다 탐스럽게 돋은 참게들이 도무지 몇십 마리나 빠졌는지 어림도 해볼 수 없게 바글거리고 있었다. 노상 물이 흘러 갈대가 배게* 나고, 앙금이 곱게 갈앉은 개울 한가운데를 파고 운두*가 내 키만이나 한 김칫독을 묻은 다음 대오리로 엮은 발로 둘러막았으니 남폿불에 홀려 밤 도와 꾀어들었던 게들은 모조리 김칫독으로 빠지도록 되어 있던 것이다.

"언니가 젤 많이 잡았지, 그지?"

흔들어 깨우고 나서 그렇게 물으니,

"대복이는 더 많이 잡았을 텐디, 가서 대복이더러 와서 이밥 하냥* 먹자고 일러라."

하며 형은 독 안에 든 게부터 내게 건져 보낼 채비를 했다. 대복이의 게막은 저만치 떨어져 같은 모양새로 지어져 있었는데 벌써 짚토매*를 깔고 앉아 게두름*을 엮어대고 있었다.

"언니가 와서 아침 먹으랴…… 야, 너 무지무지허게 많이 잡었구나야."

내가 말하자 대복은,

"제우* 아홉 두룸배끼 안 되겠는디, 늬 언니는 몇 마리데?"

대복은 묻고 나서,

"오늘 신 서방네 샥씨 들온다메? 돌쟁이 각씨……"하고 "이 긔를 돈 사야 엄니가 부주헐 텐디……"했다.

"신 서방네가 대사 지내여?"

내가 놀라워하자 대복은,

"석공이 어제 장가간 줄 인저 아네?"

"아 그래서 어제버팀 즌 부치는 냄새, 돼지 삶는 냄새가 진동했구나……"

나는 갑자기 가슴이 설레면서 마음이 달뜨기 시작했다. 석공의 각시가 오는 구경을 놓칠라 싶어 한시바삐 석공네 마당으로 내닫자니 나는 가빠진 숨을 가라앉힐 수가 없었다.

"대복이는 엮웅께 아홉 두룸 나더라. 언니는 몇 마리여?"

"여든시 마리, 대복이가 한 뭇*은 더 잡았구나, 일곱 마리 더 잡았어."

하면서 게를 건져 담은 구럭*을 가리킨 다음,

"집에 얼른 가서 엄니더러, 대복이가 가걸랑 긔를 죄다 사시라구 해라. 아깝다."

했다. 나는 그러리라고 대답하며 집을 향해 달렸지만 워낙 건성으로 들은 터라 이내 잊어버린 기억이 지금도 새롭다. 집에 들이닿자마자 식구들이 물린 아침상을 설거지하던 옹점이는 나를 부엌으로 불러들였다. 그녀는 내 손에 콩누룽지를 한 덩이 쥐어주며 귓속말로 소곤거렸다.

"밥 먹구 신 서방네 메누리 귀경 나허구 하냥 가자."

"……"

나는 대답을 안 하려다가 한참만에야 고개를 끄덕여주었다. 나를 데리고 가 고루 구경시킨다는 핑계라도 대지 않으면 어른만 있는 집에서 그녀 혼자 대문을 나설 수 없음을 얼핏 깨달았던 것이다.

"소리 내지 말구 싸게 먹어."

옹점이는 밥과 국그릇만 목판에 올리고 반찬은 부뚜막에 늘어놓아가며 쉬쉬했다. 나를 부엌에서 그것도 이맛돌* 앞에 앉혀놓고 밥 먹이는 줄을 어머니가 안다면 그녀는 영락없이 크게 혼이 날 터였다. 그러나 무슨 청승이며 본데없는 짓이었을까. 나는 아궁이 앞에 똬리*나 장작개비를 깔고 앉아 문전걸식 나온 거지처럼 밥 먹는 게 소꿉장난 같기만 하여 여간 재미있지 않았던 것이다. 나의 그런 심중을 옹점이는 누구보다도 더 잘 알고 있었다. 나는 무릎을 꿇고 조심하며 어른이 어려운 앞에서 먹기보다 훨씬 밥맛이 좋던 것이다. 그날도 옹점이와 마주 앉아 서로 자기 밥을 떠서 상대방 입에 먹여가며 치륵치륵 소리 죽여 웃곤 했다. 한창 그러는데 안방에서 어머니 음성이 들려오고 있었다.

"얘, 신 서방네 잔치 채비는 그럭저럭 돼간다데?"

옹점이 소스라치게 놀라면서 엉겁결에 대답한 소리는,

"아녀유, 지년이 원제유?"

였다. 동문서답치고는 너무 터무니가 없었다. 얼김*에 내가 부
엌에서 밥 먹느냐고 들은 모양이었다. 그녀는 내가 가만히 귀
띔해줘서야 알아차리고,

"예, 지년이 닭을 가지구 가니께 웬 장닭을 두 마리씩이나
슨사하시느냐구 해쌌던디, 그냥저냥 채릴 것은 채리는 모냥이
데유."

그녀는 겨우 그렇게 둘러대고는 웃음을 못 참아 입안에서
우물거리던 음식을 재채기하여 입과 코로 쏟아내었고, 코가
매워 눈물을 글썽거리고 있었다.

"아이구 사레 들려 혼났네."

그녀는 연방 재채기를 하고, 허리를 쥐며 소리 없이 자지
러지게 웃어댔다. 그녀가 한참 만에 다시 말했다.

"넘덜은 밀가루 한 됫박, 묵 몇 모 그렇게 부주허던디, 아
씨는 두부할래 한 말이나 쒀다 주셨으니 여북 자랑삼겄시유."

그녀가 묻잖은 소리를 꺼내자, 어머니는 다시,

"워디 츠녀라더냐?"

"예, 슴 시약씨래유, 배슴[舟島] 츠넌디, 어물전 들랑대던
워느 뱃늠이 중신했대유."

그녀는 이어서,

"슴것 슴것 허다가 막상 슨을 보니께 아주 갱긋잖게* 생겼
더라며, 궁합두 썩 좋다구 신 서방 마누라는 자랑했쌌던디유."

"슴 츠녀라구 다 시커먼허구 불상* 슝허게 생긴다더냐?"

어머니가 나무라자,

"그러기 말유, 쬐끄만 뗌마*두 있구 중선두 부린다더랑께

웬만큼 사는 집 딸인 모냥이데유. 오정 때쯤 각시가 오먼 폐백 디리구 헐 텐디, 뭔뭣 해 오는지 이따 혼수 귀경 가보까유?"

"또 오금이 저리나 부다. 말만 헌 지집애가 여러 사람 뫼여 굿허는디 워디를 간다네?"

하고 나무라자 옹점이는 으레 들을 말 들었다는 듯 혀를 낼름거리면서 다시 내 입에 먹던 밥을 떠 넣어주었다. 내가 옹점이로부터 석공의 각시에 대해 예비지식을 가질 수 있었던 것은 대충 그 정도였다. 우리 집에서는 장닭 두 마리에 한 말 콩이나 두부를 쑤어 부조했다는 것도 그제서야 알았다. 색시는 열여덟, 신랑인 석공 나이가 스물두 살이란 것도 그녀한테서 처음 들은 말이었지만……

아침밥을 마치자 옹점이는 기회 보아 함께 나가자고 나를 붙들었지만 나는 매몰스럽게 그녀의 팔뚝을 뿌리쳤다. 그 대신 그녀도 색시 오는 구경을 할 수 있도록 한 가지 꾀를 귀띔해주었다. 점심때 나를 찾아 점심 먹인다는 핑계로 집에서 빠져나오도록 방법을 가르쳐준 것이다. 약 3백 미터 저쪽의 석공네 집은 우리 사랑마루에 앉아서도 훤히 내려다보이고 있으므로 서둘지 않더라도 신작로에 트럭이 서고 트럭에서 내린 각시가 가마에 올라타는 것까지 정확히 알 수 있었지만 나는 그참 차일이 높직이 드리워진 그 집 마당으로 뛰어들었던 것이다. 그 집 마당에는 흰 광목 두루마기를 받쳐 입은 안팎 동네 어른들이 명석과 밀짚 방석 위에 앉아 국수 상들을 받고 있었고, 석공의 일가 푸네기로 보이는 노랑 인조견 저고리의 남끝동을 걷어붙이고 자락치마를 두른 아낙네와 처녀들은 하얀 버선목을 내보이며 발바닥이 묻어나도록 들락날락 부산이었다.

먼 동네에서도 많은 사람이 일삼아 와 잔치 일을 돌봐주고 있었는데, 그네들의 대부분은 너럭바위 앞이나 신작로 송방 앞에서 장 보고 가다 충그릴* 때 봐서 이미 익은 낯들이었다. 나는 부조일하러 온 대복 어메나 동네 아이들이 떡부스러기라든가 다식 조각 같은 것을 손에 쥐여줄지 몰라 미리 그런 일이 없도록 한구석에 물러서서 그러저러한 모습들이나 건성으로 보고 서 있었다.

얼마나 지났을까. 누군가가 시간이 다 돼간다면서 대빗자루를 들고 주위 청소를 한 다음, 개울 위에 가로질러 건너간 다리부터 신작로 쪽으로 뻗은 길을 쓸어 나가기 시작했다. 신부가 도착할 어름이 가까워진 눈치였다. 이윽고 요까티 사는, 석공네와 무엇이 된다던 남춘 동춘이 형제가 산등성이 황토박이에서 금방 파온 듯싶은 삼태미의 황토를 다리 위에 좌우로 두 무더기, 널빤지 사립 문턱 양쪽에 두 무더기씩 소복소복 쏟아놓았다. 그러는 사이에 '뙷뙤—' 하고 자동차 닿은 소리가 신작로 송방께서 들려오고, "오메, 저 차루 왔나 벼." "각씨 왔구나." "도라꾸 타구 왔디야……" 어른 아이 없이 저마다 생긴 얼굴대로 한입 가득 괴었던 소리들을 쏟아내며 신작로 쪽으로 내닫기 시작했다. 나도 휩쓸려 따라가 보고 싶었지만 선 채로 눌러 참아야 했다. 지금 생각하면 가소롭기 그지없지만, 한창 동몽선습을 배우고 있던 터라 할아버지가 이르신 대로 글을 배우는 사람답게 체신을 지켜야 했던 것이다. 이윽고 쏠리어 내려간 조무래기들이 앞지르고 뒤따르며 되돌아오는 소리가 와글바글 들려왔다. 나는 그 이상 견디지 못하고 마중 나가듯 개울을 건너가 보게 되었다. 사모를 쓰고 가지색 단령(團

領)을 입은 수줍음에 움츠러든 석공의 얼굴이 조무래기들한테 에워싸인 채 떼밀려오듯 하고 있었다. 콧잔등엔 맑은 땀방울이 돋아 있었고 목화(木靴)를 신어 무척 뒤퉁스런 걸음을 걷고 있었다. 석공의 두 어깨 너머로 훨씬 치켜 올려진 채 뒤따라오던 청사초롱도 나는 보았다. 이어 청사초롱 뒤로 가마 지붕이 보이자 나도 다른 아이들과 마찬가지로 가마 곁에 달라붙으며 각시 구경을 하려 했지만, 가마 앞에 오던 폐백물 든 사람과 감주단지를 든 부인네 그리고 함진아비* 영감이 소리를 질러가며 말리고, 가마를 멘 두 교군꾼의 걸음이 가마 발[簾]을 제껴볼 틈도 없을 만큼 잽싸서 뜻을 이뤘던가는 기억이 없다. 가장 선명하게 기억되는 것은, 폐백 드리기를 끝낸 각시가 홍상(紅裳)에 활옷을 입고 족두리를 얹고, 안방 아랫목에 무릎 꿇고 앉아 고개를 못 들어 하던 모습이며, 내가 얼마 동안인가를 각시 혼자 두었던 석공네 안방의 윗목에 턱살을 쳐들고 앉아서 각시의 얼굴을 뜯어본 일이었다. 어린 눈에도 각시는 여간 이쁘지 않은 것 같았다. 아무리 분으로 뒤발한다더라도* 그토록 깨끗할 수 없으리라 여겨지던 해말끔한 살결이며 달걀처럼 갸름한 얼굴에 오똑하게 서 있던 콧날…… 누가 뜯어보더라도 섬 색시라고 미루어 함부로 흉잡지 못할 것이 분명하였다. 나는 점심때가 겨웠건만 배고픈 줄도 모르고 각시만 지켜보고 있었다. 다른 동네 아이들은 물론 일가 푸네기 아이들도 기웃거리거나 드나들지 못하게 말리고 있었지만, 나더러 자리를 비키라든가 나가주기를 눈치하던 이는 아무도 없었다. 평소 대복이네 집 외엔 남의 집 울안에 들어가본 적이 없기로 소문이 났던 터에 방 안까지 들온 것이 신기하고 기특했던 것인지, 아니면 차마 나가달라는 말이 나오지 않아 그랬으리라고 짐작되었다. 그러나 나는 마음이 편치가 않았고 초조하고 불안해 시종 오금이 졸밋거림을* 억누를 수가 없었다. 그것은 각시가 너무 고개를 숙이고 있어 금방 족두리가 굴러떨어질 것 같은 불안감이었고, 음식 장만에 주야로 계속 불을 지펴 거의 쩔쩔 끓다시피 하는 방 안 아랫목에 방석 하나만 깔고 꿇어앉아, 걷잡을 수 없이 흘러내리던 땀방울에 연지와 곤지*가 지워져 얼룩질 것만 같은 안타까움이었다. 연지나 곤지가 씻겨 달무리에 싸인 달처럼 흐려진다면, 각시 얼굴이 어찌될 것인지 알 만한 노릇이었다.

안타까움에 속깨나 태우고 걱정스러워 발을 굴렀던 일은 그뿐이 아니었다. 그렇다. 신부한테 가졌던 동정과 근심스러움은 되려 아무것도 아닌 셈이었다. 그것은 내가 저녁을 먹고 다시 석공네 차일 걷힌 마당으로 뛰어오면서부터 달이 이울고 밤이 이슥해지도록 계속된, 두려움과 의협심 같은 것이 뒤범벅이 되었던, 그리고 그 후로 이 평생 두 번 다시 가져보지 못한 순결스런 추억이기도 하다.

석공네 마당의 앙상한 오동나무 가지에 달이 열리고, 그 아래에 모닥불이 뜨물*보다 더 짙은 연기를 올리며 지펴지자, 우리는 콩깍지며 바심*하고 뒷목* 들인 검불과 마른 참깻대 따위를 한 아름씩 안아다 불에 얹었다. 불이 이글거리며 화롱화롱 타오르자 온 동네는 콩 낱과 벼이삭 그리고 덜 털린 참깨 타는 고소한 냄새로 가득해졌으리라 싶다. 아이들은 무슨 청승이며 근천을 떠느라고 그랬을까. 음식이 흔전만전한 잔칫집 마당임에도 불구하고 모닥불 재티 속에서 굴러나오는 콩알과

하얗게 튀겨진 깡밥을 주워 먹느라고, 얼굴엔 온통 굴왕신 뺨 치게 검댕 천지를 해서는, 달이 서쪽으로 바삐 내달은 줄도 모른 채 뛰놀고 있었다. 그러나 나는 다른 일에 정신을 앗겨 밤이 어떻게 됐는지도 모르고 있었다.

"술 닷 말은 나가 은어봤네, 이늠으로 신랑 볼기를 들입다 조져대면 각씨가 손구락에 찐 가락지라도 빼준다구 헐겨……"

술에 잔뜩 취한 쌍례 아배가 헛간에서 도리깨*자루 부러진 몽둥이 끝을 깎낫으로 도스르면서* 중얼거린 말이 얼핏 귓결에 걸린 뒤부터 나는 석공이 걱정되어 조바심을 하기 시작한 것이다.

"안주는 자네라 은으소. 술은 내가 내니께."

쌍례 아배가 훌쭉훌쭉 웃으며 말하자,

"암만, 주막집에 수* 내준 도야지 멱을 따내던지, 저 닭을 여나문 마리 비틀게 허던지, 안주 장만은 내가 헐 텡께."

서낭당 너머 사는 복산 아배도 어느새 장만해둔 나뭇가지에서 옹이 자국을 창칼로 다듬고 있었다. 나는 두근거리는 가슴을 진정시키지 못한 채 그네들이 술이라도 덜 취해 있다면 오죽 좋을까 하는 생각을 하며 그네들의 동태를 열심히 지키고 있었다.

"옳유, 그려유, 그늠으루다 발바닥을 제기며 패슈, 나는요 산내끼*루 창창 묶어 대들보에 매달어놓을 텡께……"

덕길이 형 덕산이도 술이 거나하게 취해서 혀 꼬부라진 소리를 내고 있었다.

"여게, 그럴 거 읎이 작대기*루 주리를 트세, 주릿대를 질러야 벽장 찬장 과방 속에 감춰논 음석이 절루 나온당께……
도야지 잡어 원제 삶구 닭이 모가지 비틀면 원제 털 뜯는다나,
감춰논 음석 내놓게 허야 먹네……"

검불더미 위에 늘어져 누워 있던 대복 아배 조 패랭이가
텁석부리 구레나룻을 쓰다듬으며 비척비척 일어나다 주저앉
아 중얼거리고 있었다. 그네들이 벼르는* 말을 흘리지 않고 들
었던 나는, 그러지 못하게 말려줄 사람이 없는지 사방을 희번
득이며 둘러보았지만 부탁할 만한 사람은 아무도 없었다. 나
이는 어리더라도 철호와 대복이라면 내 말을 들어줄 성싶긴
했지만 그런 기대도 이내 사위었으므로 단념할 수밖에 없었
다. 둥성이 너럭바위 쪽에서 「신라의 달밤」을 고래고래 불러
제끼던 것이 술 얻어 마신 대복이와 철호 음성이란 걸 금방 깨
달은 때문이었다. 별수 없이 나는 쌍례 아배와 복산 아배가 움
직이면 움직인 대로, 옮겨 가면 옮겨진 자리까지 뒤를 졸래졸
래 따라다니며 지켜보는 수뿐임을 알았다. 그네들이 석공을
밧줄처럼 여물고 단단한 기계새끼줄로 옭아 들보에 매달거나
부러진 도리깨 자루와 삭정이 도막으로 석공을 때린다면 나
혼자라도 덤벼들어 말려보리라고 결심했던 것이다. 나는 정
말 그럴 작정이었다. 내 생각에도 내가 중간에 뛰어들어 석공
을 가로막고 나선다면, 내가 어느 어르신네 손자란 것만 알더
라도 쥐어박거나 떠밀어내지 못하게 될뿐더러, 그네들이 져주
고 말 것 같았던 것이다. 나는 마음을 단단히 다져 먹고 그들
만 줄곧 감시하고 있었으며, 어딜 가는가 싶어 따라가보면 뒷
간*이라든가 한데* 오줌독이곤 했지만 몽둥이와 새끼 타래를
놓지 않는 한 그네들에 대한 경계는 게을리할 수가 없었다.

모닥불은 계속 지펴지는 데다 달빛은 또 그렇게 고와 동네는 밤새껏 매양 황혼녘이었고, 뒷산 등성이 솔수펑이* 속에서는 어른들 코골음 같은 부엉이 울음이 마루 밑에서 강아지 꿈꾸는 소리처럼 정겹게 들려오고 있었다. 쇄쇗 쇄쇗…… 머리 위에서는 이따금 기러기 떼 지나가는 소리가 유독 컸으며, 낄룩— 하는 기러기 울음소리가 들릴 즈음이면 마당 가장자리에는 가지런한 기러기 떼 그림자가 달빛을 한 옴큼씩 훔치며 달아나고 있었다. 하늘에서는 별 하나 주워볼 수 없고 구름 한 조각 묻어 있지 않았으며, 오직 우리 어머니 마음 같은 달덩이만이 가득해 있음을 나는 보았다. 달빛에 밀려 건듯건듯 볼따귀를 스치며 내리는 무서리 서슬에 옷깃을 여며가며, 개울 건너 과수원 울타리 안에서 남은 능금과 탱자 냄새가 맴돌아, 천지에 생긴다고 생긴 것이란 온통 영글고 농익어가는 듯 촘촘히 깊어가던 밤을 지켜본 것이다. 어쩌면 술꾼들을 지켜본다기보다 늦가을 밤에만 이루어질 수 있는 신비로운 정경에 얼이 홀렸던 것인지도 몰랐다. 문득 내 이마에 보드라운 오뉴월 이슬이 맺히는 느낌이 있더니 늣늣한* 아주까리 기름내가 코를 가리는 거였다.

"서방님께서 알으시면 되게 혼나야……"

옹점이가 속닥거리고 있었다.

"……"

나는 고개를 저어 이마에 와 닿은 옹점이의 보드라운 앞머리칼을 귓등으로 치웠다.

"나리만님께서 걱정허신다면…… 구만 가 자자닝께는."

밤새껏 그러고 서 있는다먼 할아버지 걱정을 들음이 자명

한 일이었다.

"저이들이 석공을 몽둥이루 팬다는디…… 산내끼루 천장에다 달어 맨디야."

나는 근심스러워 풀죽은 목소리로 중얼거리며 연방 도래질*을 하였다.

"신랑 달어 먹는 겨. 그런 건 노상 장난으루 허는 거랑께."

그녀는 히뜩히뜩 웃다 말고 나를 덥석 둘러업었다. 웅점이 등에 업혀 돌아오면서 나는 다시 하늘을 쳐다보았다. 얼마나 드높고 가없으며 꿈속에서의 하늘처럼 이상하게만 보인 하늘이었던가. 하늘을 가득 채우고 있던 달도 나만을 쳐다보고 있었고, 내 그림자를 쫓아 대문 앞까지 따라오던 것이 아직도 눈에 선하게 남아 있다. 웅점이는 나를 안방 윗목의 푹신한 새 요잇* 위에 부리고 새물내*가 몸으로 배어드는 누비이불을 덮어주며 실픗실픗 웃었고, 어서 잠이 들기를 바라고 있었지만, 나는 사모 썼던 석공의 모습과 몽둥이와 새끼타래를 잔뜩 움켜쥐고 별러대던 쌍례 아배, 복산 아배와 덕산이, 그리고 조 패랭이의 숨결 고르지 못하던 얼굴이 떠올라 잠을 이룰 수가 없었다.

"코가 너무 세서 팔자는 워떨지 몰라두, 농, 경대, 반짇고리…… 그러구유 지년이 보니께 명이불 두 채허구유 명지* 뉘비이불……"

웅점이는 어머니 앞에 앉아 석공네 각시가 해온 혼수들을 부러운 양 늘어놓으며 자리끼 숭늉 대접을 벌씬벌씬 들이마시고 있었다. 그녀는 계속해서,

"놋요강, 놋대야, 오석 다듬잇돌*…… 보선 열두 죽, 유똥

치마 두 짓, 모분단 저구리허구 비나(비녀) 둘, 은 민잠허구 동
백 완두잠 하나썩…… 또 신 서방 마누라 다리속것허구 백모
시적삼, 신 서방 당목고의허구 시누 항라적삼 하나…… 슴 것
치구는 제법 알구서 했던디유. 바누질두 괜찮구 품두 넉넉허
니, 새약씨 손이 크겄다구들 해쌌던디, 지년 보기에두 메누리
는 방짜*루 은었더면유. 코가 너무 오똑허구 해서 워떨런지 몰
라두유……"
하고 침이 마르게 지껄이고 있었지만, 내 귀는 이미 담을 넘어
석공네 마당에 닿고 있었다.

　　"당그랑그랑 당그랑그랑……"

　　나는 혀끝으로 장단을 흉내 내고 있었다. 석공네 마당에
서 꽹과리와 징이 없는 풍장 소리가 들려오기 시작했던 거였
다. 그뿐 아니었다. 노랫소리도 곁들여서 들려오고 있었다. 마
음놓고 목청껏 불러대는 소리였다.

　　"어려, 옹젬아, 누가 소리(노래)헌다야……"

　　내가 못 참아 하자,

　　"쇠— 소리는 내 가락이 이건디, 쇠—"
하며 그녀도 들뜨는 마음인지 냉큼 대꾸하고 있었다.

　　대동강 부이벽루에 산뽀를 가는, 리수일과 심순애의 량인
이로다, 악슈 론고하난 것도 오날뿐이요, 보보행진 산뽀험두
오날뿐이라…… 나는 온몸이 그닐거리고* 쑤셔 잠은커녕 진드
근히* 누워 있을 수도 없었다. 무슨 핑계를 대고 빠져나갔던가
는 기억해낼 수 없다. 내가 다시 석공네 마당으로 달려들었을
때, 밭마당의 모닥불은 거진 사위어버리고 사람 하나 얼씬하
지 않고 있었다. 그러나 풍장 소리와 노래는 사립 울안에서 요

란하게 울려 퍼지고 있었다. 여전히 누군가가 '소리'를 부르고 있었다. 멍석 너덧 닢 내기만 한 안마당엔 어른들이 겹겹으로 둘러서서 모두가 엉덩이를 궁싯궁싯 들썩대며, 그러나 하나같이 군소리를 참고 눈과 얼굴로만 흥겨워하고 있었다.

누구 음성이었을까, 생전 처음 들어본 그 구성진 가락은. 석탄 백탄이 타는데, 연기만 펑펑 나는데…… 이내 가슴 타는데, 연기가 하나도 안 나는데…… 나는 키가 모자라 사람 다리만 빽빽한 쪽마루에 비비대고 올라가 넘어다보았다. 그리고 놀랐다. 놀라지 않을 수 없던 것이다. 한 손으로 주안상 가장자리를 두들겨가며 앉아서 노래하는 어른, 코와 눈이 그렇게 크고 음성 또한 굵직한 신사, 그이는 아버지였다. 나는 가슴이 벅차올라 숨조차 제대로 쉴 수가 없었다. 황홀하기도 하고 의심스럽기도 하여 얼마를 두고 뚫어지게 바라보았으나 분명 아버지였다. 당신으로서는 도저히 있을 수 없는 일에 도취된 모습이기도 했다. 우선 석공네 울안에 들어왔다는 사실이 현실 같지 않았고, 노래를 하는 것도 사실일 수가 없으련만, 모든 것은 눈에 보인 그대로였다. 아버지는 안팎 동네 어느 누구네 집도 울안은 들어가본 적이 없는 터였다. 일가간인 한산 이가네로서 노인을 모시는 집안이거나 당내간의 사랑이라면 더러 출입이 있었을 따름이요, 그것도 울안에 발을 들인 일이란 한번도 없던 터였으니, 하물며 전에 일갓집* 행랑살이*를 했던 사람네 집이겠던가. 신 서방은 덩실덩실 춤을 추었고, 아버지의 맞은편에 꿇어앉은 석공은 연방 싱글벙글 웃어가며 솟음솟음하는 신명을 어쩌지 못해 답답한 표정이었다. 아버지가 노래를 마치자 요란스런 박수 소리가 터져 나오고, 신 서방이 두

손에 술잔을 받쳐 드니 석공은 주전자를 기울였다. 아버지가
술잔을 받아 들자 신 서방은 일어서며 노래를 부르기 시작했
는데 아, 나는 그때 또 한번 크게 놀라고 말았다. 다시 한번 뜻
하지 않은 일이 벌어졌음이니 그것은 아버지가 일어서서 어깨
춤을 추기 시작한 거였다. 그때까지 내가 알고 있던 아버지는
그렇게 평범한 사람이 아니었다. 할아버지 앞에서는 항상 무
릎 꿇고 조아려 공손하기가 몸종과 다름없었지만, 처자 앞에
서는 단란하고 즐거워 웃더라도 결코 치아를 내보인 일이 없
게 근엄하되, 한내천 백사장에 강연장이 설치되면 뜨내기 장
돌뱅이까지도 전을 걷어치울 정도로 수천 군민이 모여들게 마
련이었으며, 산천이 들렸다 놓인다 싶게 불 뿜듯 웅변을 했는
데, 그때마다 청중들로부터 천둥보다 더 우렁찬 환호와 박수
갈채를 얻고 당신을 알던 모든 사람들한테 선생님이란 경칭을
받았던, 저만치 멀리로 건너다보이며 어렵기만 한 사람이었
다. 어디 그럴 법이 있을 수 있단 말인가. 남의 집 울안 출입에
노랫가락과 어깨춤…… 신기함과 경이로움을 주체하지 못해
나는 몹시 당황했지만 그러나 그런 거북스러움도 슬몃슬몃 가
셔지고 있었다. 명석 가장자리로 둘러서 있던 모든 사람들이
덩달아 함께 어울려 춤을 추기 시작했던 것이며, 그 속에는 작
대기 막대기와 새끼타래를 내던진 쌍례 아배와 복산 아배, 덕
산이와 조 패랭이가 섞인 채 누구보다도 흥겨워 몸부림을 하
고 있었기 때문이다. 그 흥겨움에 감싸여 흐른 밤은 얼마나 되
었을까. 모든 사람들의 배웅을 뒤에 두고 나는 아버지 뒤를 따
라 집으로 돌아오고 있었다. 아버지 그림자를 밟지 않기 위해
나는 이만큼 뒤처져 걷고 있었는데, 그림자가 너무 길다고 느

껴져 불현듯 하늘을 우러르니, 달은 어느덧 자리를 거의 다 내놓아 겨우 앞치마만 한 하늘을 두른 채 왕소나무 가지 틈에 머물고 있었으며, 뒷동산 솔수펑이의 부엉이만이 잠 못 들어 투덜대고 있었다. 아버지는 사랑 앞에 이르도록 헛기침 한번 없이 여전 근엄하였고, 나는 버긋하게* 지쳐놓은 대문을 돌쩌귀 소리 안 나도록 조용히 여닫으며 들어가 이내 곤한 잠에 떨어져버렸다. 이튿날 잠에서 깨어났을 때는 요 위가 질펀하니 한강이었고 아랫도리가 걸레처럼 척척했으나 부끄러워서 일어날 수도 없었다.

"삼십 년을 모시면서 보기를 츰 보겄다. 아마 평생 츰이실 걸……"

어머니 음성이 들려오고 있었다.

"지년만 츰인 중 알었더니 아씨두유?"

옹점이 대꾸하는 소리도 들려왔다. 나중 안 일이지만, 어머니에게 평생 처음으로 보인 일이란 그날 밤에 아버지가 손수 행한 바의 모두를 말함이었다. 귀로에 한쪽 발을 헛디뎠던 일도 그중에 포함되어 있었다. 아버지의 양말 한 짝이 마당가 우물 도랑물에 젖어 있었다던 것이다. 어쨌든 그날 밤에 있었던 아버지의 거동은 오랫동안 여러 동네의 큰 화젯거리였은 줄 안다. 모두들 처음이며 아울러 마지막일 터임을 미루어볼 줄 알았기 때문이었다. 언제나 그랬지만 그 후부터 더욱더 신서방은 아버지 보기를 조심스러워한 것 같았고, 석공의 얼굴에선 어쩌면 자기 부모보다 우리 아버지가 훨씬 더 어려우면서도 가까이 뵙고 싶은 마음이 역연함을 엿볼 수 있었다.

그 이튿날 해돋이 어름이 되자마자 석공은 우리 집에 인

사를 왔었다. 그 틈에 나는 질척한 이부자리를 가동쳐* 개어
얹고 빠져나올 수 있었고. 할아버지께 석공이 큰절로 인사드
릴 때, 그의 물색 공단 조끼 등허리 한복판에서 무늬 널따란
모란 꽃잎이 문창호 엷은 빗살에 윤기를 내뿜으며 빛나는 것
도 보았다. 지게 멜빵밖엔 걸어본 적이 없던 그의 두 어깨였지
만 생전 처음 걸쳐진 비단 조끼였음에도 조금치의 어색함이
없음을 나는 아울러 발견했던 것이다. 석공은 명색이 자기 이
름도 모를 만큼 무심했던 할아버지께 인사를 드리러 왔다고
했으나 그것은 한갓 구실이었을 뿐, 대취하여 귀가했던 아버
지에게 문안 드림이 목적이었은 줄을 우리 가족으로서는 모른
이가 없었다. 석공이 우리 울안 마루에 올라앉아보기도 그날
이 처음 아니었을까 한다. 어머니는 석공의 인사에 거의 맞절
이나 다름없이 정중하게 대우하였고 "첫아들버텀 보아야지.
부디 부모 효도허구 부부 유정허게." 각근한* 덕담을 잊지 않
았으며 아녀자의 속성도 곁들여 불쑥 "장가들러 슴까지 신행
갔다 왔으니 첫날밤 재미야 어련했겠나마는, 색시 잘 은었다
니 소문 턱두 내게나" 했다.

　　"구명새*나 크막크막허지 이뿔 것두 읇구 암스렁투* 않게
생겼는디, 재밀랑사리 고상만 잔뜩 했슈. 시방두 걸을라면 다
리가 뻑쩍지근헌걸유."

　　석공은 겸연쩍고 스스럼 타는 기색도 없이 수월하게 대답
했다.

　　"무슨 슴인디 배루 가구서두 그렇게 걸었나, 개펄에 빠
져가메 갔던가 뵈……"

　　"그랬간디유, 워떤 늠하구 한구재비* 먹살걸이를 해버린

걸유."

그제서야 석공의 낯에 민망한 빛이 벌그레하게 번지는 듯
했다.

"다투다니?"

어머니가 다시 재촉해서야,

"예, 그게 이렇게 됐다닝께유……"

하고 석공은 설명을 달기 시작했다.

초례(醮禮)를 치르고 나니 곧 날이 저물었다. 용궁에서 살
다 금방 빠져나와 그런지 바닷물결을 노 저어 다가온 달은 관
촌에 왔던 중추만월보다도 훨씬 더 크고 밝은 것 같았다. 석공
은 한번 들어가면 나오지 못할 병풍 속에서 그 달밤을 모르기
가 너무 아까워서 한동안 시간 지체를 했고, 그러다가 끼어든
잔치 자리였다. 놀이는 섬것이나 뱃놈들이 더 푸짐하다고 느
끼며 연방 술을 마셨다. 열대엿이나 되는 섬 사내들은 춤을 곧
잘 추었다. 석공도 그네들 틈에 어울려 함께 춤을 추어주지 않
으면 아니 될 판에 이르렀다. 석공은 일어서서 어깨춤을 추게
되었고, 그러고 나서야 비로소 자기가 섞여 놀기엔 무척 어색
한 자리임을 깨우치게 되었다. 차라리 신랑 달아먹기에 말려
들어 그 청년들 손찌검에 발바닥을 난타당했더라면 몰랐다.
그러나 장소는 밀짚 방석이 여러 닢 깔린 너른 마당이었다.

"그런디 워떤 늠다 대이구* 발등어리를 짓밟어 잇깨더랑
께유."

석공은 침을 한번 삼키고 나서 뒤를 이었다. 그래 그는 일
삼고 눈여겨 살펴보기 시작했다. 어떤 녀석 혼자만 하는 짓이
었다. 달 보기가 부끄러울 만큼 거무추레한 상판에 허우대가

바라진 덩치 큰 녀석이었다. 녀석은 코빼기만 한 섬에 웬 문명(文明)인가 싶게 번들거리는 구두를 신고 있었으며 춤을 추느라고 그러는 척하며 그 구두 뒤축으로 고무신 신은 석공의 발등을, 헤아려보진 않았어도 스무남은 번가량이나 짓이겨 밟아댄 거였다. 발로 그러지 않으면 팔꿈치로라도 석공의 어깨와 가슴팍을 짓찧곤 하던 거였다. 시빗거리를 만들고자 부러 집적거리는 게 분명했다. 아프기도 아팠지만 첫째로 기분이 상해 견딜 수 없었다.

"형씨, 나헌티 뭔 유감 있슈? 팔꿈생이루 치구 굿수발루 짓밟게…… 나두 내 승질 근디리면 바뻐지는 인품이니께, 참어보슈."

했더니, 석공 나이 또래나 됐지 싶은 그 청년은 대뜸,

"요것 싹바가지 옳이 까부는 것 보장께, 얼레 요 작것이 삿대질할래 헌다요."

하면서 멱살을 잡자고 덤볐다.

석공은 천성이 바탕 고르고 유한 편이었지만 이번만은 경우가 달랐다. 그 자리에서 놀던 청년들은 모두가 녀석의 졸개들 같았고, 자기가 떠나고 나면 기세에 눌려 무지렁이*처럼 빈말 한마디 못해보고 갔다더라는 너절한 소문만 파다해질 것 같았다. 그리된다면 처갓집 체면에도 '인사가 아닐 것' 같았다.

"귀싸대기를 쌔려번질까 허다가 확 집어 저리 내던져버렸슈. 뺴가 여간 안 나더랑께유. 뒈지는 시늉 허길래 살려줬이유."

사과는 나중 신방에서 신부한테 대신 받았노라며 석공은 웃었다. 신부 말에 따르면 오랫동안 그녀를 몹시 짝사랑해온

그 동네 이웃 녀석이었다. 물론 아무 일도 없었지만 원한 맺어 봤자 좋을 일 없으니 참아달라며 신부가 애원했던 눈치였다. 어제 저녁까지도 문간을 기웃거리며 지분댔다*고 실토하던 신부에게는 숨김이 없을 것 같더라며,

"무슨 큰 조이(죄)나 진 사람매루 빌어쌌는디, 그거 워칙헌데유."

석공은 싱긋벙긋 웃어가며 물러가고 있었다.

"신 서방두 홀륭허구먼그려. 저런 씩씩한 아들을 뒀으니 신수가 안 피겄남. 빈산에 달이 뜨기루 저런 아들을 뒀단 말여……"

어머니는 물러가는 석공의 뒷모습을 이윽히 바래주며 상찬을 마지않았다.

그 이듬해 봄이었는지 어렴풋한 기억이지만, 아버지가 어떤 혐의로 두어 파수 동안 경찰에 구금됐다 풀려나온 적이 있는데, 거의 한 장(場) 도막이나 석공은 자기 아내를 시켜 정성 들여 차린 음식으로 하루 세 번씩 사식(私食) 차입을 하였고, 석공 자신이 직접 찬합을 싸들고 경찰서 출입을 하기도 하였다. 그가 그러고 갈 때는 한눈 한번 팔지 않고 계속 뛰어간다는 거였으며, 고마워 고마워 하던 어머니가 직접 석공을 불러 사의를 말씀하고, 다녀도 장가든 사람답게 의젓스레 다니도록 하라 하니,

"진지가 식을깨미 그러지유. 장(늘) 찬 읎이 해다 드려 죄송스럽기만 허유……"

무슨 큰 보람 있는 사업이라도 벌인 듯한 어조로, 그러나 겸손하게 말하더라고 했다.

그 일이 빌미 되어 아버지에게 무슨 혐의가 씌워지고 연행 조사를 받게 될 때면 석공도 일쑤 경찰의 부름으로 나가 죄인 다스림을 받았으며 때로는 고문을 당했다고도 하였다. 물론 지하 조직이니 전단(傳單) 살포니 하는 아버지의 사업엔 얼씬도 한 적이 없었다. 다만 그가 바로 이웃하고 살며 아버지를 무조건 경외(敬畏)한다는 소문 때문에 가당찮은 피해를 입었던 것이다. 어떤 때는 석공이 스스로 와서 대문간에서 어머니와 만났으며 여기는 이러이러하게 당하고, 이쪽을 이만큼 두들겨 맞아 간신히 굴신한다며 고문당한 설명을 하기도 했는데, 그럴 겸해서 거듭 강조하던 것은 '선생님께 부끄럽잖은 사내가 되고자' 마음에 없는 말은 한마디도 입 밖에 내본 적이 없었음을 해명함이 목적인 것 같았다.

"볼수록 아깝더라. 핵교 글만 죄끔 더 배웠더라면 여북 똑똑허까나. 숫제* 아여 눈이 옳는 생일꾼*이던지……"

하며, 어머니는 그런 심성의 그가 보통학교나 겨우 마치고 만 것을 안타까워하였는데, 그러나 그에게 학벌을 물음처럼 부질없는 짓도 드물 것이란 느낌이다. 됨됨이며 천품이 워낙 그런 사람인 이상 학교 공부는 더 했어도 그만이요 생판 불학이었대도 마찬가지였으리란 느낌인 것이다. 하긴 어머니의 의견대로 차라리 판무식꾼이었거나 아주 약게 잘 배운 사람이었더라면 자기 한평생쯤 자기 편의대로 요리했지, 그렇게 운명의 농간 같기만 한 일생을 마치지는 않았을지도 모를 일이었다. 그 일생의 애석함을 어찌 몇 줄의 작문으로 그칠 수 있을 것이랴. 하나 그는 그 나름의 주견과 소신대로 자기 인생을 경영(經營)했음이 분명하며 또한 다시 일어설 수 없는 실패를 본 것도 사실이었다.

황소바위 가장자리에 다래가 여물고, 터져 눈송이로 핀 목화대 틈으로 해설피 반짝이는 서릿바람 그림자가 얼룩질 때, 반지르르 살찐 검은 염소는 개랑* 둑 실버들 가지 밑에서 잠들고, 구름 아래에 머문 솔개 한 마리가 온 마을을 깃 끝으로 재어보며 솔푸데기 틈의 장끼 우는 소리를 엿들을 때, 범바위 앞의 찔레 덩굴 속에서 핏빛 짙은 옻나무 잎을 비켜가며 까치밥을 따 먹던 나는 언젠가도 한번 들은 바 있는 신 서방의 울부짖음에 소스라쳐 놀라고 말았다.

"이 가이(개)색긔들아── 나, 이 신 아무개 아즉 안 죽구 여기 있다…… 두구 봐라, 이 드런 늠으 색긔들…… 누가 더 잘 되나 야중에 두구 대보잔 말여, 이 웬수 같은 늠덜아……"

신 서방은 고래고래 악을 쓰다 말고 엉엉 울어 펴대는 거였다. 원래가 고주*였고 주사가 있었던 만큼 모두들 면역이 되어 그의 주정에 귀를 기울일 사람은 마을에 없었지만, 그는 술이 취하면 일쑤 그런 험담을 해댔던 것이며 그 험담이 가는 곳도 고정이 되어 있었다. 물론 자기가 어려서부터 행랑붙이로 얽어매어져 있었던 이가네더러 그러던 거였고, 그렇게 함으로써 켜켜로 쌓였던 불만과 짓눌렸던 주눅을 피워 체증기 내리는 약으로 삼아온 거였다. 그러나 그날은 다소 색다른 데가 있었음을 나는 나중에야 알게 되었다. 며느리에게 산기(産氣)가 있은 거였다. 그는 손자를 보게 된 기대와 흥분에 술잔깨나 비운 거였고, 따라서 떳떳이 노인 대접 받기에 충분한 근거가 마련이 된 거였다. 그러니 한평생 하대(下待)와 멸시로 시종해온 무리들아, 이젠 나를 달리 대해다오. 신 서방의 주장은 대략 그런 것이라고 했다. 그날 신 서방은 어느 때보다도 큰 목소리로 오랫동안이나 발악하듯 떠들었다. 때문에 듣다 못해 어머니는 석공을 불러 무슨 사연인가를 알아보게 되었다. 어찌 생각하면 신 서방으로서는 한 번쯤 그렇게 해봄직한 사유가 없지 않기도 했다. 어머니가 듣고 온 내막만 해도 적잖은 이야깃감이었으니까.

석공의 보통학교 동창 하나가 무슨 신문 지국을 운영하고 있는데, 면장하고는 동서지간이었다. 그 동창이 석공을 면사무소 고용원으로 천거하였다. 그러나 이야기가 잘 되어가다 까탈이 생겨 뒤틀리고 말았다.

"면소(面所) 꼬스까이*래두 월급은 있으니 괜찮았을 텐디…… 싀[署:경찰서]에 댕겨온 게 무슨 허물이라구……"
하며 어머니도 무척 아쉬워하고 있었다. 신 서방의 소원이 관청의 월급쟁이 아들을 두는 것이었음은 마을에서 모를 사람이 없게 널리 알려진 일이었다. 자기가 설움받았던 집 자식들이 모두 고장의 관공리나 은행원이었기에 더욱 그랬을 터이지만, 석공이 면사무소의 잡역 고용원이 되려 한 것에서도 신 서방의 기대와 보람은 적잖았던 모양이었다. 무슨 발신(發身)*이라고 생각했었는지도 모를 일이었다. 하긴 임시 고원(雇員)으로 있다가 면서기로 특채되는 예도 드문 일이 아니었다. 신 서방의 그 부풀었던 꿈은 여지없이 깨졌다. 그것도 평소 원수처럼 별러왔던 이가네 떨거지의 훼방에 의한 것이었다. 작으나크나 관청인데 한 지붕 밑에 같이 출입할 수 없다 하여 면서기로 다니던 이 아무개란 자가 중간에 뛰어들어 모략을 했다는 거였으며, 그자는 석공의 관공서 고용원 됨이 부당하다는 사

244

유로서 석공이 불온한 사상에 감염되어 있다고 무고를 했다는 것이었다. 그자는 또 석공이 아버지의 사식 차입을 계기로 몇 차례 서(署)에 연행되었던 사실을 과장하여 그 증거로 하려 한 모양이었다. 석공은 아무런 불만도 내색하지 않았고, 그나마도 분수에 넘친 일에 한눈팔았다는 듯 무렴해하는 표정이기도 했다. 신 서방은 주정을 하던 날 밤 손녀를 보았다. 손자가 아니라서 적잖이 섭섭했겠지만 홧술을 마셨다는 이야기는 듣지 못한 것 같았다.

신 서방이 일생의 그 소원을 잠시나마 풀어볼 수 있었던 해가 왔다. 그것은 1950년이었으며 8월 그리고 9월이었다. 석공이 무엇을 했던 것이다. 면소의 고용원이 아니라 군청 서기가 되어 나갔던 것이다. 그것은 우리 아버지에 대한 흠모와 사식 차입, 그로 인해 당하지 않을 수 없었던 연행, 고문 등등 지난날 그에게 가해졌던 몇 가지 고통에 대한 보상으로 주어진 직책이었다. 우리 아버지는 이미 사전에 타계한 후였으므로 누구의 배려로 그런 대우를 받게 되었는지는 알 수 없었다. 석공은 매우 만족스러운 표정이었다. 석공네 집은 비로소 이렇게 살 때가 왔다는 듯 밤낮없이 식객이 드나들었고 석공은 모처럼 고무신 대신으로 하얀 운동화를 신고 다녔다. 널빤지 사립짝*에 매달았던 깡통도 마침내 본래의 임무였던 초인종 구실을 제대로 해볼 기회를 만나고, 석공 새댁도 뭍 사내에게 시집온 보람을 느껴본다는 기색이 역연하였다. 피체된 경찰관 가족들이 벌건 장닭을 구럭에 담아 메고 깡통 매단 철삿줄이 끊어질 만큼 자주 드나들었고, 의용군에 자식 내보낼 수 없다

는 노파들은 인절미와 흰무리 혹은 풋능금 따위를 보퉁이에
꾸려 이고 문턱을 닳리었다. 나중엔 대복 어메와 조 패랭이도
그중에서 한몫하며 순심이를 욕보이려다가 갇혔던 대복이 석
방을 위해 조석으로 들락거리던 꼴도 볼 수 있었다. 그러나 석
공은 그네들에게 아무런 도움도 줄 수 없었던가 보았다. 힘이
될 만한 자리에 앉지 못한 탓이었다. 사변 전에 이렇다 하게
한 일이 없고 워낙 순수한 동기로서 얻어걸린 직책이었으므로
무슨 실권이랄 것이 있을 수 없었던 것도 당연한 일 같았다.
그는 평범하여 소문 없는 덤덤한 사무원이었다. 신 서방은 그
러나 아들의 그러한 '출세'를 이상하리만큼이나 달갑지 않다
는 기색을 하고 있었다. 날마다 미군기의 폭격이 요란하고 민
심이 겉돌며 흉흉한 분위기가 감돌아 불안을 느낀 거였을까.
그런 것도 아니었을 줄 믿는다. 본디부터 그는 우익 사람들을
애써 옹호해왔고 그만큼 공산주의자들을 증오해온 터였다. 우
리 아버지가 하던 일에 대해서 조금도 호감을 보인 적이 없었
음이 그러한 증거였다. 물론 무슨 주의 주장이 따로 있어 그랬
던 것은 분명 아니었다. 다만 땅을 거르고 가축 거둬 먹이기와
논밭에 거름 한 지게라도 더 얹고 싶어 안달하며, 있는 농사짓
기에도 힘이 부친 근근한 농민 분수임을 잘 알고 있는 까닭이
었다. 어떠한 번거로움도 마다했고, 전에 없었던 일은 여하한
것도 꺼려했음이 분명했다. 이는 그 당시 나이 어린 내 눈에
보인 바가 그와 같았음을 근거하여 하는 말이다.

월급쟁이나 관공리 자식 두기를 소망했던 어버이를 위해
석공은 대체 몇 푼이나 벌어다 바쳤던 것일까. 모르면 몰라도
대강 미루어보건대 그는 아마 한두 가마의 곡식을 타다가 들

여놓은 것으로 그쳤을 것이었다. 그럴 만큼 그 무렵의 석공에 대한 인상이 기억에 남아 있지 않기도 하다. 석공은 해 뜨기 전에 출근하여 밤이나 되어야 귀가했고, 우리들은 우리들대로 밤낮 여성동맹 마을 책임자였던 순심의 인솔로 후미진 산기슭과 숲속으로 골라 다니며 놀되 단체 놀음을 하고 있은 때문이었다.

그리고 그 시절은 잠깐이었다. 추석 지나고 며칠 안 되어 국군이 들어오고, 이내 경찰이 뒤를 이어 치안을 맡기 시작했던 것이다. 석공이 언제 어디로 피신했는지 당초에는 집안 식구들마저 종적을 몰라 했었다. 깊이 처박혀서 잘 숨어 있는지, 혹은 월북을 했는지, 아니면 길이 막혀 잡혀 죽어 여우밥이 되었는지, 알 만한 사람은 아무도 없었다. 석공 새댁은 울며 날을 지새워 눈두덩이가 부얼거리며 밤톨처럼 솟아 있지 않은 날이 없었다. 그녀는 첫돌이 가까워진 어린 딸 정희를 업은 채로 석공이 했어야 옳을 일에 매달려 오나가나 갈팡질팡 정신이 없어 하고 있었다. 신 서방은 화병으로 쓰러져 일어나지 못하고 신 서방댁은 석공의 내가, 외가, 처가 할 것 없이 두루 뒤져가며 아들의 생사 여부를 수소문하기에 볼일 볼 새가 없다고 했다. 다행인지 불행인지 한 가지 이상한 것은 피의자가 잠적해버렸음에도 그 가족들의 신변이 무사하던 일이었다. 신서방이 불리어 가 다리가 부러졌거나 새댁이 닦달을 당해 어디가 어찌 되었다거나, 하여간 석공이 검거될 때까지는 남은 사람이 못살아 했어야 그 무렵의 상황에 걸맞을 일이런만, 그흔한 가택 수색 한번 나온 것을 구경하지 못하겠던 것이다. 그런대로 석공 새댁은 머슴도 상머슴이 다 되어 손에 연장 놓을

때가 없었고, 논밭 걷이와 씨앗 뿌리기에 벗은 발 신발 찾을
새가 없었다. 두엄 져 나르기와 돼지 꼴 베어 들이기는 지게로
했고, 가물 타 오갈 든 김장밭에 물지게를 져 나른 밤에도 보
리쌀 대끼는˚ 절구 소리로 이웃의 잠을 설쳐놓곤 했다.

　시월도 다 가던 어느 날 해설픈 새참 때나 되어서 있은 일
이다. 조무래기들로 시끌덤벙한 소리와 사나운 울부짖음 소리
가 귀에 들어와 밖을 내다보게 되었다. 그리고 석공네 마당 오
동나무 밑에서 보통 아닌 무슨 일이 벌어졌음을 알게 되었다.
나는 대뜸 드디어 흉악한 일을 보게 됐다고 넘겨짚었다. 언뜻
푸줏간에 너리너리˚ 걸렸던 고깃덩어리들이 떠오르고, 언젠
가 돼지 잡을 때 자배기 속에서 솔고 엉겨 붙던 검붉은 선지피
가 눈앞이 아찔하며 떠올랐다. 두 다리가 후루루 떨렸다. 석공
의 시체! 참으로 방정맞은 연상이었다. 석공네 마당으로 달음
박질하는데도 벌집 다 된 총알 자국, 도끼와 쇠스랑에 찍혀 빠
개진 뒤통수, 작살이나 대창[竹槍]에 난탕질당한 가슴과 뱃구
레…… 그렇게 되었을 석공의 몸뚱이가 두 겹 세 겹으로 떠오
르던 거였다. 그 마당은 역시 내 예감과 엇비슷하게 걸맞은 현
장이었다. 오동나무 아래에 뒹굴려진 것은 석공이 아니라 그
의 아내였다. 그녀가 농즙을 내며 짓이겨지고 걷어차여 온몸
이 붉게 반죽이 되어 있던 것이다. 곁에서는 나이 어린 시뉘가
몸부림을 치며 울고, 겨우 걸음발을 타기 시작한 정희는 마당
가를 두꺼비처럼 기어다니며 보인 대로 집어넣어 입 언저리가
흙투성이에 검불 범벅인 채 혼자 놀고 있었다. 운신을 못 하게
쇠약해진 신 서방은 토방에 주저앉은 채 부레가 끓어˚ 죽는 시
늉이었고, 구경꾼들은 어른 아이 없이 벙어리 시늉을 하며 그

저 구경이나 할 뿐이었다. 누가 이 끔찍스런 일을 저지른 것일까. 그때 "에이" 하며 송곳니 사이로 침을 내갈기는 사내가 있었다. 낯선 청년이었고 분풀이가 덜 되어 씨근벌떡거리는 눈치였다. "씨발년" 하고 그 청년은 또 침을 뱉었다. 나는 얼핏 그 사내가 신고 있는 반드르한 구두를 보았다.

"과부 노릇허는 꼴 좀 보장께, 이 쌍년."

낯선 청년은 계속 혼잣말처럼 중얼거렸다.

"이 집 사내늠헌티 시집오면 호강 요강 헐 중 알었지? 좋겄다! 고 콧빼기 높은 값 허느라구, 쌍년, 제우 새끼 한 마리 까구 서방 잡아 처먹구, 좋겄어 이년아."

그 사내는 돌아 나가면서도 입으로 옮길 수 없는 욕설 한 마디를 더 내뱉었다.

"너 같은 년 버러 뭣이라구 허는 중 아네? 그게 바루 벌려주구 뺨 맞구, 국 쏟구 투가리 깨치구, 밑구녕까지 데였다구 허는 것이여, 쌍년······"

그 사내가 석공이 배섬으로 장가가 첫날밤을 치르기 직전, 신부네 잔치 마당에서 춤추는 척하며 시비를 걸었던, 석공의 발등을 짓밟고 팔꿈치로 쳤다가 석공한테 태질을 당했다던 작자라고 했다. 못 이룬 짝사랑이 곪으면 그렇게도 터지는 것인지 모를 일이었다.

"그늠이 사내 지집 죄다 밟어 조졌다구 원 풀어 허더라는디······ 내 암제구 돈 벌면 뺏쪽구두 한 커리 사 신구 슴으로 근너가, 내 그늠의 자슥 대갈빼기를 부숴주구 말 티여······"

모진 풍파가 다소 끔해지고 한숨을 돌릴 만하자 석공댁이 농담처럼 하던 말이었다. 그날 그 사내가 찾아와 들이단짝* 정

신 못 차리게 치고 패며 밟을 때는 그녀도 이젠 다 살은 줄로
알았다고 하였다. 그 같잖은 풍신에 언제 그리됐으랴는 생각
을 해볼 겨를만 있었더라도 그렇게 당하진 않았으련만, 서슬
이 워낙 시퍼렇고 살기가 뻗쳐 있어 대뜸 치안 계통의 무엇이
돼가지고 앙갚음을 하러 온 줄로만 여겼다는 거였다. 더구나
그자는 보자마자 대뜸,

"내가 금방 늬 서방 뒈지느라구 용쓰는 거 보구 나왔니라.
초상 치를 채비허여 이년…… 싸게 싀(署)에 가 송장 떼며* 오
라니께…… 통 큰 년, 공산(共産)질 헌 즤 서방이 살어나기를
바랬던가 뵈……"

하더라는 것이다. 그때 속은 것이 그렇게도 분하다고 그녀는
못 잊어했다.

"공산질은 즤 늠두 했데. 저두 잽혀가서 늑신 처맞구 풀려
나온 질이더랑께."

하며 그녀는 어처구니없어 하였다. 그 사내도 적 치하에서 부
역을 했던 것이다. 물론 목숨을 붙이자니 마지못해 그랬겠지
만, 하고 그녀는 말했는데, 그 사내의 죄목이 무엇이었는지는
길래* 알 수 없었다. 며칠 묶여 있다가 풀려나온 것으로 미루
어보아 대단치는 않았으리라 싶을 따름이었다.

석공은 그 섬 사내가 전한 대로 그때 이미 검속되어 있었
으나 집에 연락이 안 닿아 가족과 마을 사람들만 모르고 있은
거였다. 석공이 갇혀 있던 곳은 농업조합 미곡창고 속이었다.
혹독한 고문을 당해 거의 빈사 상태였더라고 했다. 실지 보고
온 사람들이 전해준 말이었다. 고춧가루 탄 물 한 주전자를 코
로 다 마시더라던 사람, 방망이로 맞을 때 세어봤는데 예순두

대째 맞고 까무라치더라는 사람…… 다만 아주 죽었다고 전한 사람만이 없었을 뿐이었다. 석공의 고문당한 기별이 전달된 날부터 새댁은 핫옷* 바느질로 잠 없는 밤을 견뎌냈다고 했고, 무심코 솔기*를 호다가도* 출입복이 될지 수의(壽衣)가 될지 용도를 의문하게 되면 으레 그때마다 바늘을 부러뜨렸노라고 했다. 정말 안타까웠고 아까운 일이었다. 스물다섯이란 석공의 한창 나이가 그지없이 아깝던 것이었다. 그 무렵만 해도 그녀의 그 같은 의문에 누구라고 시원한 대답으로 자신 있게 말할 수 있었을까.

우리는 석공의 새댁을 정희 엄마라고 불렀다. 정희는 재롱둥이였다. 신 서방네 집안의 유일한 웃음거리였다.

"저것이라두 읎으면 무슨 건지*루 살겠어유."

정희 엄마도 늘 그런 말을 되풀이하고 있었다. 석공은 언도받은 대로 대전형무소에 이감되어 있었다. 5년 징역이었다. 5년이란 형기가 굳어지자, 늘편히 누워 시름거리던 신 서방은 기신기신* 일어나 일꾼 없는 농사를 지어냈고, 정희 엄마도 안팎 두루치기로 상머슴 몫을 해내고 있었다. 그녀가 억척스레 일하는 것을 볼 때면 어쩐지 자학적으로 부러 고된 일로만 골라서 하는 것 같은 느낌이 들곤 했다. 그 지악스러움과* 억척스러움은 멀쩡한 사내도 감히 흉내 낼 수 없을 지경이었으니까.

모두들 비명에 세상을 뜨고, 어른이라곤 오로지 어머니 한 분뿐이었던 우리 집도 적잖이 변모된 채 겨우 하루살이를 하고 있었다. 명절날 무시날 따로 없이 주야장천 내방객의 신발들이 즐비하던 사랑 뜰과 댓돌에는 퍼렇게 이끼가 끼어 시

절이 아님을 말하고, 문짝마다 안으로 굳게 잠겨진 사랑마루
엔 여름 먼지 겨울 티끌만이 자리를 만난 듯 쌓여 지는 해 붉
은 노을에 퇴락만 거듭하고 있었다. 그러나 울안엔 언제나 사
람들이 들벅거렸음을 무슨 조홧속이라 이를 것인가. 밤낮으로
마을 아낙들이 모여들었으니 안사랑이라 이름할 것인가. 그네
들은 낮잠을 자러 오기가 예사였고 어린아이를 맡기러 오기도
했다. 어렴성 모르고 무시로* 드나들어 거의 마을방이나 다름
이 없었다. 덕택에 어머니는 적적한 줄을 몰랐고 마당일 부엌
일 거들어주는 손이 많아 자자분한 집안일로 허리를 앓지 않
아도 되었다. 정희 엄마도 마을꾼 중의 하나였다.

"저는 아마 이 코 땜이 팔자가 이런 것 같튜."

그녀는 일쑤 그런 말을 했고,

"츠녀 쩍에 넘덜이 보구 반주그레허니* 괜찮게 빠졌다구
허면 철읎이 좋아했더니, 게 다 무슨 살(煞)*이던개 뷰. 후제
자슥 두구 메누리 읃으면, 저처럼 콧날 오똑허구 얼굴 갈상허
니 해끔헌* 시악씨는 절대 마다헐래유."

자기 코를 가리키며 그런 말도 하고 있었다. 그녀는 자기
의 미모와 몸매를 나무라기 위해 모질고 거친 일만 도맡아 했
던 것이다. 그녀는 말했다.

"접때 면회 가니께 재 아배가 전처럼 낭자*에다 댕기두 드
리구, 끝동 달린 소매두 입으라구 해쌌길래 저는 싫다구 했이
유. 자기가 나오면 쪽* 풀구 빠마두 허구, 베루벳도 치마두 해
입을란다구 했더니…… 허연이 웃으면서 눈물을 주루루 흘리
데유."

곁에서 듣고 있던 나는 문득 그녀가 시집오던 날을 기억

해내고 코가 너무 반듯하여 어떨지 모르겠다던 옹점이 말도 곁들여 되새겨보곤 했다. 그녀는 면회 가는 날을 기다림으로 써 그 인고의 세월을 잊으며 살고 있었다.

시작에서 끝이 없으되 결국은 잠깐이기에 세월이라 이름 했거니 한다. 석공의 복역 기간이 그와 같았기로 더욱 그런 느 낌이려니 한다. 석공이 형기를 반년 앞두고 모범수로 특사 받 아 풀려나오게 됐던 것이다. 그해 8월 15일 광복절. 아침부터 마을은 온통 무슨 명절을 맞은 기색으로 술렁거리며 기꺼운 표정이었다. 방학 중이어서 그 집 마당이 가득하게 들어차 놀 던 아이들 틈에서 나도 일찍부터 뒤섞이어 초조한 마음으로 시간을 기다리고 있었다. 마을 앞 신작로로 지나갈 버스는 오 후 4시경이었으므로, 나는 무려 여섯 시간 이상을 그 마당 귀 퉁이에 서 있었고 거의 하루해를 에우다시피* 한 셈이었다. 점 심때쯤부터는 성깃하게 빗방울이 듣어 개오동 잎새마다 얼룩 무늬를 두었고, 그것은 차츰 여려지면서 촘초롬한 부슬비로 변했으며 실금실금 뿌려지는 대로 거미줄마다 부슬비가 꿰어 지자 거미줄은 잘 닦인 은쟁반처럼 우아한 모습으로 보였다. 어느 때였나, 문득 버스 멎는 소리가 들리자 마당 안의 시선들 이 개랑 건너 과수원의 탱자나무 울타리를 끼고 신작로 쪽으 로 쏠려갔다. 나는 다른 아이들처럼 그렇게 팔짱 끼고 서서 구 경이나 하고 있을 처지가 아니란 걸 알고 있었다. 그가 우리 아버지에게 보였던 정리에 대한 조그마한 답례라도 될 수 있 는 일이라면, 나는 아마 무슨 일이라도 주저하지 않았을 터이 었다. 나는 무얼 어떻게 해야 될는지 알지 못하고 있었으므로 인사라도 남보다 먼저 하는 것이 옳을 것 같았다. 나는 뛰어갔다. 정희 엄마와 정희 그리고 신 서방 내외, 또한 신작로 송방* 앞에 있었던 마을 사람들에 둘러싸인 채 석공은 싱글벙글 웃으며 걸어오고 있었다. 그가 장가갈 때 도리깨 자루와 새끼타래를 사려 쥐고 달아먹기로 별러댔던 그 사람들, 쌍례 아배 조패랭이 복산 아배도 그 틈에 뒤섞여 있었다. 상상했던 바와는 딴판으로 석공은 건강하고 늠름해 보였다. 나는 마을 아이들의 맨 앞에 서서 건강한 생환을 진정으로 고마워하며 고개만 깊이 숙였다. 그가 먼저 말할 때까지 나는 아무 말도 하지 못했다.

"몰라보겠네, 되게* 컸어."

그는 내 손을 잡고 여러 차례나 힘지게 흔들었다. 그래도 내 입에서는 아무 말도 새어 나오지 않고 있었다. 요즘도 나는 하루 열댓 번 이상 헛손질하듯 하며 형식적인 악수를 자주하고 살지만, 또 앞으로도 매양 그러기가 쉽지만, 그때 해봤던 그 석공과의 악수만은 언제까지라도 못 잊어 할 것임을 스스로 믿는다. 그것은 내가 생전 처음 처자를 거느린 어른하고 악수를 해본 최초의 경험이라는 한 가지 뜻만으로도 그렇다.

그는 얼굴이 허옇게 쇠었다는 겉보매 외에 조금도 달라진 데가 보이지 않았다. 어느 결에 그는 내 손을 뿌리치듯 물리고는 불쑥 내 뒤로 튕겨져 나갔다. 그리고 두 손이 발등에 닿도록 허리를 굽혀 절하고 있었다. 우리 어머니가 석공의 어깨를 쓰다듬으며 웃어 보이고 있었다. 어쩌면 울고 있었는지도 모를 표정이었지만…… 석공은 고개를 들지 않았다. 마치 자기가 그처럼 살아 돌아왔음이 무슨 큰 허물이라도 되는 듯한 표정으로. 어머니가 앞서 걷기 시작해서야 늘어놓은 두름처럼 정지됐던 행렬도 서서히 움직이기 시작했다. 개랑을 건너고 마당에 발을 디뎠다. 그는 그리던 집에 들어선 것이었다. 석공은 성급하게 울안으로 들어가려 했다. 여러 사람들이 앞을 가로막았다. 어느새 먼저 들어왔던가, 신 서방댁은 하얀 대접에 두부를 가득 담아 들고 서 있었다.

"엄니는 쓸디읎이 두부를 먹으래유."

석공이 그것을 마다하고 그냥 울안으로 들어가려 하자, 신 서방은 정색을 하며 나무라듯 말했다.

"얘, 이 두부 저 으르신께서 쒀 오신 게여."

석공이 신 서방 눈길을 따라 돌아본 곳엔 우리 어머니의 미소가 있었다. 석공은 고개를 떨구었다. 그는 신 서방댁이 입에 물려주는 대로 목을 쩔룩거려 가면서 자기 얼굴만큼이나 하얀 두부 덩이를 허발하고* 먹어치웠다.

이튿날. 아마 동네에서 동트며 일변 일어나 맨 먼저 연장 자루를 쥐고 나선 사람은 석공이 아니었을까 싶다. 정희 엄마 말에 의하면 그날 밤을 온통 뜬눈으로 새우더라는 거였다.

"사 년 반이나 굶은 사랑 벌충헐랑께……"

입이 걸었던 상술 어머니는 웃느라고 말끝을 못 맺었지만, 정희 엄마는 정색을 하며 '일이 하고 싶어 잠 못 자던' 석공에 대해 자세하게 풀이를 달았었다. 형무소에 들앉아 있는 동안 처자 다음으로 그립고 잡아보고 싶어 못 견딘 것이 낫 호미 쇠스랑이며, 밤마다 귓전에 들려온 것이 도리깨 소리 탈곡기 소리였다고 실토하더라는 것이다. 알 수는 없지만 나는 정희 엄마 말을 그대로 곧이듣고 싶었다. 석공은 가장 모범적인 일꾼이 되어갔다. 그처럼 건실한 농군도 다시는 없을 것 같았다. 마을 사람들은 모두 석공하고만 품앗이하기를 원하고, 같은 값이면 석공의 품을 사고 싶어 서로 다툼질하기를 그치지 않았다. 그는 누가 시키기 전에 먼저 알아서 일을 추어내고 남의 능장과 꾀부림도 앉아서는 못 보던 성미였다. 그러나 사철 내내 그럴 순 없는 것 같았다. 날이 거푸 궂거나 장마 기운이 몰린다 싶으면 그 스스로가 된 일을 삼가면서 몸조리에 신경을 곤두세우곤 하였다. 고문으로 골병이 든 데다가 형무소 독까지 몸에 배고 뿌리를 박았던 것이다. 워낙 되게 당한 탓일 것이라며 석공 자신도 응어리가 박이고 어혈이 들었었음을 시인하고 있었다. 그러면서도 몸을 보하고 조섭하기 위해 어떤 대책을 꾸미는 것 같지는 않았다. 쇠꼬리 한 대 안 들여가고 개 한 마리 잡지 않았던 것은 무슨 자신이 있었던 걸까. 그보다는 연장 쥐고 움직임을 만병통치로 알았음이 분명하다. 그는 자기 집 농사일에만 부지런을 피운 것이 아니었다. 이웃 동네 크고 작은 일에도 부러 빠진 적이 없었다. 아니, 그가 없으면 되는 일이 별로 없을 지경이었다. 추렴이나 울력으로 마을의 곳집*을 고친다거나 봇둑 보수가 있게 되면 으레 석공이 앞장서 나서야만 버그러지고 뒤틀림이 없었다. 구장, 반장이 엄연하게 따로 있었건만 석공 말이라야 설복을 했고, 어련하랴 하며 믿거라 했던 것이다. 사변통에 어떻게 없어진지 모른 마을 상례 기구가 마련되기까지 상여계와 상포계(喪布契)*를 일으켜 마무리 지은 것도 석공의 힘이었고, 이중계(里中契)*가 해를 더해갈수록 번창을 본 것도 순전 그의 적공이던 것이다. 그의 심덕은 정평이 나 있어, 학교에 갓 입학한 어린아이들까지도 은연중 어려운 사람이라는 선입견을 심어가는 것 같았다. 석공의 손발이 아쉬워질 때는 그러니 안 그러니 해도 역시 아침을 끓이며 저녁 걱정하는 집일수록 절실하며 반드시 있어야만 제격일 것 같았다. 갑갑하고 궂은일일수록 그것은 더욱 그런 듯했다. 그는 꿋꿋이 그리고 성심껏 일을 치러내었다. 7월 삼복 땡볕 아래서 남의 무덤을 파고, 8월 장마 궂은 밤비 속에서는 갓난애 무덤을 꾸려냈다. 동네에서 죽은 어린애 관은 거의 석공 혼자서 지고 올라가 매장해주기 일쑤였던 것이다. 들으나 마나 한 공치사 몇 마디 외엔 아무런 보수도 없던 일들, 마치 그런 일에 봉사함만이 자기의 직분이며 도리인 것처럼, 수술하다 목숨을 거둔 피투성이 이웃 송장도 혼자 업어나르고, 술 취해 장바닥에 자빠진 사람은 도맡아 구완해주기를 일삼고 있었다. 상한 시체 염을 해주고, 묵은 산소 면례*가 있어 파분(破墳)이 되면, 썩은 관을 먼저 뜯어내던 이도 맡아 놓고 석공이었다.

누가 그를 그런 사람이도록 했는지는 끝내 알 수 없었다. 아무리 천성이 그런 위인이라기로, 천성을 모개로* 셈해 말하기엔 너무 무모하다는 각성을 스스로 하게 되었다. 인고(忍苦)의 형무소 세월에서 무엇인가 터득한 게 있었을까. 모르는 문제를 되다 만 소리로 둘러칠 수는 없다.

출옥 이듬해에 석공은 아들을 낳았다. 정희 엄마는 낭자를 자르고 다복다복하게 신식으로 지졌고, 까만 벨벳 치마를 해 입은 것도 두 번인가 보았다. 벼르던 것 가운데서 뾰족구두만 보지 못한 것 같았다. 점차 셈평이 펴이고 일상의 형편도 느는 것이 눈으로 보였으며, 살게 되느라고, 여름내 곱삶이*를 면할 수 있도록 농사도 해마다 대풍이었다. 형무소에서 그토

록 몸서리나게 참아야 했던 그의 소망, 그렇다, 그 일을 그는
원이 없을 만큼 해댔던 것이다. 밤에 지나다 들으면 석공 내외
가 거처하는 문간방 쪽에서는 으레 라디오 소리가 흘러나오곤
했다. 라디오 한 대 장만하기가 송아지 한 마리 사들이기보다
갑절은 어렵던 시절이었다. 그는 신문을 구독하고, 쉬운 잡지
도 열심히 사다 읽는 여유를 보이고 있었다.

"시집와서 츰으루 사는 재미에 살어유……"

동네 사람 중에서 맨 먼저 나일론 것을 해 입고 자랑삼아
왔던 정희 엄마는 천식으로 몸져누운 어머니 다리에 부채질을
해주며 행복에 겨운 표정으로 말했다. 나일론이 사치품이다
아니다 하며 그 수입 여부를 놓고 사회부와 상공부가 자루를
찢던* 시절이었다.

"자긔 징역살이헐 때 고상했다구 예전 고렷적 얘기 해싸
메, 그 보상허느라구 한 감 끊어 왔대유…… 눈 딱 감구 해 입
었슈."

그녀는 숨을 돌린 다음.

"재봉집이다 맽긴께 공전이 껏보리 한 가마 금새*나 들더
먼유. 미두계(米豆契)* 장변*을 댕겨다 쓰더래두 재봉침 한 틀
은 살라구 그류."

"그럴 테지…… 그러야 쓰구……"

어머니는 고대 넘어가는 숨을 붙들며 석공의 기특함을 되
뇌곤 했다. 석공은 매일처럼 어머니 병문안을 왔다. 용태가 걱
정되어 밤잠을 설친다고 말한 적도 있었다.

어머니의 수의도 석공 손으로 입혀졌다. 유택(幽宅)* 역시
석공 손에 이루어졌다. 그 어느 무덤보다도 정성으로 물매* 잡

힌 봉분이 돋우어지고, 지심(至心)으로 뗏장*을 입혔다. 일이
그에 이르도록 석공이 자원한 고초가 어느 만큼인 줄도 나는
모르지 않았다. 어디 좋다더라는 약이 있으면 자기네 곡식 자
루를 메고 가서라도 그는 구해 왔었다. 용하다는 의원 한번 보
이기 위해 밤길 새벽길을 가리지 않고 뛰었었다.

그 무렵의 나는 겨우 중학 2년생의 어리보기*였지만, 도대
체 어찌하여야만 그의 성의에 조금이라도 보답할 수 있을는지
궁리하지 않으면 안 되었다. 그것은 참고서와 사서(辭書)*가
있을 수 없는 오랜 세월의 숙제이기도 했다. 나의 마음은 언제
나 신세 갚음이었지만, 그러나 그것도 그런 것이 아니었다. 관
촌에서 노박이*로 살고 있는 한은 내가 되려 폐를 끼치며 도움
을 받아야 될 것 같았고, 실지 그리됐음이 사실이던 것이다.

우리는 헤어지던 마지막 날 그 시각까지 그의 신세를 졌
다. 따로 쉰 막걸리 한 종발 대접해보지 못한 채 우리는 고향
을 떠나면서 석공과 헤어졌다. 그는 말문이 막힐 정도로 섭섭
함을 참지 못하고 있었다. 그는 아무 말 없이 땀만 쏟으면서
이삿짐 건사를 거들어주었다. 우리 집 세간은 원래가 번다하
고 잡동사니투성이였다. 개화 이전에서 삼대를 물림해온 것들
이니 오죽이나 잡다했겠는가. 농사로 거둔 세전(歲前)* 곡식
스무남은 가마를 제외하면 화물 트럭 한 대분이 모두 그런 쓰
잘머리 없는 것들이었다. 그날, 온 동네 사람은 총동원되어 우
리 이삿짐을 정거장까지 운반하고 실어주었다. 머리로 여 나
르고 등짐으로 져 날랐으며 지게 지는 사람치고 한두 행보하
지 않은 이가 없었다. 그때도 석공은 열두서너 행보 이상이나
힘겨운 것들로만 골라서 져 나르는 것 같았다. 중간에 점심 들

새도 없이 부살같이* 왕복하던 거였다.

　기차가 떠난 시각은 오후 4시경이었다. 화차간의 짐들이 대강 자리를 잡자 석공은 파랑새 한 대를 피워 물며 지게 멜빵을 벗어 뉘었다.

　"이것, 원체 섭섭헝께 말두 안 나오는디…… 워칙 헌댜, 이냥* 이렇게 떠버리니 워칙 허여……"

　그는 아쉬움을 못 이겨 부쩌지 못하고* 있었다. 기적 소리가 길게 울려 퍼지자 석공은 내 어깨를 자기 품으로 얼싸안듯 당겨가며 약간 더듬거리는 어조로 말했다.

　"부디 성공해서 옛말 허며 살으야 되여. 원제던지 편지허구, 한번이나 내려오게 되면 내 집버텀 들르야 허네…… 기별 자주 허구, 몸성히 잘 올러가게……"

　나는 가슴이 미어졌으므로 무슨 말 한마디 입 밖에 낼 수가 없었다.

　서울 살면서 과연 나는 그에게 가장 많은 편지를 보냈다. 누구보다도 서슴없이 자주 기별을 하였다. 편지 많이 받고 자주 답장 내보기는 석공 역시 나와 같았을 것이다. 나는 정말 누구보다도 복잡한 내용을 주저 않고 써 보냈다. 안부를 묻고 전하는 의례적인 편지를 그처럼 자주 쓴 게 아니라 때마다 내가 아쉬워 성가신 부탁만을 그에게 도급 주듯이 떠맡기곤 했던 것이다. 전적(轉籍)* 절차가 간소화되어 본적을 서울 주소로 떼어 옮기며 마지막 호적 등본을 보내주기까지 온 가족의 호적 초본이며 졸업 증명서, 그 까다로운 병사 관계 서류 따위를 석공 혼자서 처리해준 거였다. 성묘차 내려가면 맨 먼저 들러 앉았다 일어나곤 한 집도 물론 석공네였다. 4월 혁명이 일

었던 해 봄, 할아버지 산소를 면봉*하러 갔을 때만 해도 석공
의 살림 형편은 그저 그만하면 되리 싶게 부쩍 일어나 있었다.
봉당 안에는 사서 얼마 안 탄 신품 자전거가 있었고, 미처 겉
칠도 안 벗겨진 새 풍구(風具)*도 한 틀 비료 부대로 덮인 채
추녀 밑에 놓여져 있었다. 국민학교에 다니는 정희 신주머니
가 마루 끝에서 뒹구는가 하면, 출옥 1주년 기념품처럼 태어났
던 머스매도 돈을 주면 뒤도 안 돌아보고 가게로 내달을 만큼
자라 있었다. 바야흐로 석공은 옛말을 하며 살아가는 중이었
다. 달라진 것은 석공네 살림 규모만이 아니었다. 여러 사람한
테 얻어 들은 말이었지만, 무엇보다도 많이 달라진 것이라면
신 서방의 건주정이었다. 그의 주정 아닌 시비를 안 듣게 된
지도 어언 이태나 되나 보라면서, 일가 댁 어느 아주머니는 신
통해 마지않던 것이다. 다시 말해 이가네 문중을 향해 퍼부어
쌌던 그 욕설과 삿대질 버릇이 자취를 감추었다는 뜻이었다.
신 서방으로선 당연한 일이리라 싶었다. 귀밑머리가 옥수수
염 다 된 만큼 늙기도 했지만 답답하여 울화 끓일 일이 없어졌
으매 그러고 싶더라도 건더기가 마땅찮아 못할 것 같았다. 칠
성바위 둘레에는 양옥집이 서너 채 들어서고 대복이네 살던
집 지붕도 함석으로 개비되어* 있었다. 그뿐만도 아니었다. 범
바위 이쪽은 두엄자리인지 돼지우리를 지었다가 헐은 자리인
지 쉬파리가 끓는 속에서 거름 냄새가 물씬거리고, 황소바위
곁에서는 들깻모 붓고 요강 부신 뒤 비가 안 온 탓에 지린 냄
새로 가득 차 코가 헐고 있었다. 때문에 칠성바위 안쪽 할아버
지 산소를 달리 모실 수밖에 없음을 알린 이가 석공이었고, 내
가 몸뚱이만 내려가도 아무 차질 없이 모든 게 마련돼 있던 것

역시 석공의 분별이었다. 그는 모든 부수적인 잔일까지 혼자 시작하여 마무리 짓고자 했다. 구기(舊基)* 파봉(破封)에서 새 유택의 성분(成墳)까지, 석공은 남의 손 빌리지 않고 혼자 힘으로 마쳐주었다. 도대체 무슨 인연이었을까. 설명도 되지 않고, 실감 없는 공허한 글자로만 끄적거리며 되잖게 서툰 수작을 할 수도 없다. 헤아려보면 석공은 삼대(三代)에 걸쳐 우리 집안의 불행들을 뒤치다꺼리한 셈이었다. 할아버지로부터 나의 동기까지, 그는 비명(非命)* 및 천수(天壽)에 의한 별세(別世)를 지켜보았고 아울러 신후(身後)*의 휴게처마저 자기 손으로 치장해주지 않았던가.

석공이 처음 서울에 왔던 것은, 날이날마다 엔간히도 찌고 삶아대던 5·16 나던 해의 한여름이었다. 나는 명색 대학 1년생으로 어디 가서 단돈 10원 한 장을 못 만들던 숙맥으로서, 그만큼 궁기에 찌들던 시절이었다. 석공은 미리 편지에 일러둔 말이나 예고도 없이 불쑥 나타났다. 그는 카키색 작업바지에 백모시 반소매를 시원하게 받쳐 입고 흰 운동화를 빨아 신고 있었다. 우리는 일찍이 그 어느 손님도 그처럼 반겨한 적이 없었다. 누구여 누구, 이게 누구여, 하며 누나는 그들 목소리만 귓결에 듣고도 대문 앞까지 맨발로 뛰쳐나갔을 정도였다. 거짓말 보태 말하자면 우리들의 그런 영접이 석공은 다소 의외란 듯 감격스러운 빛까지 서리어 있었다. 그런데 이상한 일이었다. 무턱대고 반가워할 만한 상경이 아닐지도 모른다는 불길한 예감이 어리기 시작하던 것이다. 한창 바쁜 철에 부부 동반으로 상경했음이 첫째요, 우중충하게 꾸려 들고 온 헌것 보따리 꼴이 그 둘째였다. 게다가 정희 엄마는 수시로 젖을 물려야 되는 젖먹이를 들쳐업고 있었다. 그 더위나 하고 무슨 일로 이 먼 길에 이르렀을까. 예사로운 곡절이 아닐 것 같았다. 석공은 얼굴이 수척하게 빠져 있었고 눈은 또 어떻게 그리 커 보이는지 모를 일이었다. 젖먹이에 매달려 부대낀 탓일까. 정희 엄마도 몹시 지치고 하염없는 얼굴로 늘어져 하고 있었다. 이 부부가 어찌하여 이토록 궁상스럽고 청승맞아 뵈는가 싶어 불안해 못 견딜 노릇이었다.

"첨이지요, 서울……"

번연히 알면서 묻고 나는 그들의 기색을 살피기 시작했다.

"그럼, 생전 첨이지."

석공은 무엇에 쫓기는 사람 같았다. 어딘지 군시럽고˚ 오금탱이가 저린 표정 같기도 했다.

"며칠 푹 쉬면서 구경도 하고 놀다 가시야지요."

본디 말주변이 없기도 했지만 마음이 불안해 혀가 굳어지는 느낌이었다.

"그럼, 그럼……"

점심 짓느라고 부엌을 드나들던 누나는, 마치 기다리던 친정 오라비라도 맞은 듯, 이리 닫고 저리 내달으며 여간 부산스럽지가 않았다.

"아니여, 니열 아침 차루 뜨야 되여. 아 시방이 월매나 바쁜 땐디……"

석공은 건설 담배를 피워 물고 멀리 트인 하늘을 쳐다보며 말했다.

"그 일 년 열두 달 허는 일, 넌더리도 안 난대요?"

누나는 그렇게 물색없이 반박을 했지만 나는 아무 말도 하지 못했다. 석공의 신상에 좋지 않은 일이 생긴 눈치가 역연해졌던 것이다. 더부룩하게 자란 머리, 오갈 든 푸성귀처럼 윤기 없는 입술…… 초췌해진 외모부터가 그런 증상임을 말하고 있었다.

"그저 그늠의 일…… 저이는 일허다 병 샀다니께……"

정희 엄마는 석공의 눈자위를 살펴보며 오가는 말 매둥그리듯* 힘들어하며 말했다. 그녀도 몹시 피곤한 기색이었다. 역시 우환이 있었음이 분명했다. 그녀 말처럼 일에 매두몰신(埋頭沒身)*하다가 체력이 달려 얻어걸린 병인지도 모를 일이었다. 석공은 차근차근 말했다. 이렇다 할 증상도 없는 채 몸이 노상 어렵고 개운찮더니 어느 날 갑자기 졸도를 했다. 그 후로 현기증이 자주 일었다. 의식을 잃고 쓰러지는 때도 가끔 있었다. 혼절(昏絶)이 거듭되긴 했지만 처음에는 대수롭게 여기지 않았었다. 일은 되고 먹는 게 션찮아 빈혈 기운이려니 하고 말았다. 나중엔 병원을 찾아가고 약국에 가서 진맥도 해보았다. 어느 쪽에서도 병 이름을 뒤져내지 못했다. 옛적에 고문당한 어혈이 도진 것인가 싶었다. 아무래도 그 후유증 같아 몸 조신을 하려고 작정했다. 그러나 현기증 증상은 날이 더해갈수록 잦아지고도 심했다. 그곳 의사의 권유를 받아들여 큰 병원 진찰을 받기로 했다.

"암만해두 대학병원을 찾어가보야 될 양인디, 이왕 이런 몸뎅이, 숫제 족보 있이 유명헌 병이라면 좋겄네. 유명헌 병은 약도 쌨을 텡께……"

하고 석공은 자기 말이 가소롭다는 표정을 지으며 거푸 담배를 붙여 물었다. 나는 세브란스병원으로 석공 내외를 안내해 주었다. 신축 공사가 채 마무리되기도 전에 개원한 터라 병원 구내 여기저기에서는 중기(重機)의 소음이 시끄럽고 시뻘건 황토 더미가 무더기무더기 쌓여 있어 황량하기 이를 데 없었다. 우리 집에서 그 병원까지는 한눈팔며 걷더라도 5분이면 너끈히 닿는 지척지간이었다. 나는 석공 명의의 '평생 진찰권'을 끊어주면서 그것이 평생 필요 없을 건강한 몸이기만 마음으로 빌었다. 두어 시간이나 지나서야 석공은 진찰실에서 나왔다. 간단히 진찰해본 모양이었다.

"암시렁치두 않은개 비데. 이렇게 봐서는 뭐라구 말을 못 허겄디야……"

석공은 손등으로 일그러진 이맛살의 땀방울을 훔쳐내었다. 우리는 와우산 너머로 저물던 하늘이 마포강에 내려앉아 흘러가는 것을 보았고, 이슬슬 이슬슬 엉기는 비안개 속을 걸으면서 어디선가 혼자 우는 개구리 울음소리도 들었다. 저녁 식사 후 여름 과일로 후식을 마치자 석공 내외는 부스럭부스럭 일어났다.

"여관이 워느 쪽에 더러 있다?"

석공은 나더러 묻고 말했다.

"더웁구 물컷* 있구 허니, 잠은 여관에 가 널찍허게 잘라네야……"

듣던 중 별소리라며 온 가족이 말렸지만 그네들도 고집을 누그릴 기색이 아니었다. 나는 그네들을 저만큼 큰길 앞까지 따라 나가 안내했다. 여관이 정해진 것을 보고 돌아서는 내 귀를 불러 석공은 이렇게 속닥거렸다.

"자네 서운히 생각 마소. 우리는 연태까장 객지 나와 여관 잠 한번을 못 자봤거던…… 실은 오늘 저 여편네 원 풀어줄라구 영업집에서 잘라구 허는 게여……"

서울 시간이 촌 같지 않아 차 시간에 몰려 다시 못 들르고 내려갔다는 석공의 편지를 받았던 것은 그 나흘 뒤였던가 한다. 특별한 손님을 평범하게 대접하여 길래 서운하던 나에게는, 그동안 별탈이 없었다 하매 우선 한시름이 놓이고, 무엇보다도 큰 부조로만 여겨졌다. 그 무렵의 내 신변이나 심중으로는 그보다 다행한 일이 없던 때였다. 그리고 겨우 달포나 보냈는지 모르겠다, 정희 엄마가 갑자기 나타났던 것은…… 그녀는 들이단짝 대청마루 장귀틀에 허리 한 도막을 걸치고 엎드리며, 북받쳐 오른 설움을 한꺼번에 쏟아놓듯 울음 속에서 외쳤다.

"나 저이를 영영 잃는개 벼…… 사람 되기는 다 틀린 것 같다닝께……"

나는 영문을 몰랐음에도 대번 짚이는 것이 있었고, 다리가 후들거려 일어설 힘조차 없었다.

"어째야 좋우, 어째야 좋아…… 나는 몰러, 나는 몰러…… 가련허구 불쌍한 저이……"

그녀는 사설 떨어낼 기력마저 없는지 잠시 후에는 정신을 가다듬어 옷매무시도 매만질 만큼 침착할 수 있었는데, 이미 한 고비를 시골에서 넘기고 왔기에 그럴 수 있었던가 보았다. 아침 먹고 일어서다 까무라쳐 쓰러지고 종내 의식이 돌아오지 않기에 그참 덮어놓고 택시를 대절하여 치달아 왔다는 거였다. 나는 앞질러 입원실로 뛰어가 보았다. 위급 중환자실에 사지를 뻗고 누운 석공은 인공호흡기를 물고 있었다. 의사들도 서로 몸을 부딪쳐가면서 이리 집고 저리 재며 진땀을 흘리고 있었다. 석공을 함께 싣고 왔었다는 석공 아우는 입원비 마련이 더 다급하여 타고 온 택시를 되돌아 몰고 내려가, 병실은 순전 병원 사람들로만 메워져 있는 셈이었다. 석공은 의식 회복이 불가능할 것 같았고, 마지못해 억지로 산소 호흡을 하는 모양이었다.

반달이 창문으로 넘어 들어오고 자정 사이렌이 울린 뒤에야 병명이 밝혀졌다는 간호원의 귀띔이 왔다. 나는 정희 엄마 대리 자격으로 의사에게 불려갔다.

"환자하곤 어떻게 되지? 가족인가?"

촌에서 온 사람에겐 말투가 그래야 위신이 서는 줄 아는지 젊은 의사는 내게 반말로 물었다. 어디서 더러 본 듯한 이름이 흰 가운 위에 매달려 있었다. 『사상계』니 『새벽』이니 하는 잡지에 가끔 수필을 쓰던 이름이었다.

"친척 언니입니다."

나는 무슨 취조 받으러 온 혐의자처럼 주눅 든 음성으로 대답했다.

"어려워."

의사가 썩은 나뭇가지 부러뜨리듯 잘라 말했을 때 나는 그대로 주저앉을 뻔했다.

"백혈병이라는 것은 말야……"

의사는 혼자 지껄였고, 들리고 보이는 게 없던 나는 임자 잃은 말뚝마냥 서 있기만 했다. 아니, 한 가닥 의식이 있긴 했

다. 매몰스럽고 얄밉게 지껄이는 의사의 턱주가리를 주먹으로
쳐 돌리고 싶은 충동을 애써 참아야 했으니까.

"아직 특효약이 없는 병이라서 말야……"

녀석은 흰 목 젖혀가며 자신 있게 말하고 있었다. 저런 개
자식의 수필을 다 읽다니. 나는 속이 캄캄해 헛둥헛둥 오리걸
음을 걸어 병실로 돌아왔다. 그리고 입을 다물었다. 정희 엄마
는 성화같이 병명을 다잡아 물었지만 바른 대답을 할 수가 없
었다. 그러나 그녀의 애타는 심정에 견뎌낼 수도 없었다.

"백혈병이랍디다."

나는 담담한 말투로 말했다.

"백혈병…… 그게 워떤 병이래유?"

"내가 워치기 안다구 물어요?"

할 말이 없어 나는 핀잔하듯 반문함으로써 그녀의 질문을
막아버렸고,

"자세한 건 낼 아침에 들으세요. 저 작자는 의사 데모도°
고 시로도°라서 믿을 수 없으니까는……"

자정이 넘자 교대로 불침번을 서기로 하고 정희 엄마부터
자도록 했다. 추석을 마중 가는 길이라서 반달은 물색없이 밝
기만 했다. 마치 석공이 장가들던 날 밤, 온 하늘에 가득하던
그 예전 달같이…… 아, 별들은 또 어찌 그리도 고대 숨넘어가
듯 가물거려댔던 걸까. 별빛은 보면 볼수록 불안스럽기만 했
다. 정말 요망스러운 망상이니라 하면서도 자꾸 불안해지던
가슴, 그중의 어느 별이라도 깜뭇 꺼져버린다면 석공의 숨소
리 또한 그와 동시에 멎어버릴지도 모른다 싶던 그 두려움, 그
이겨낼 수 없던 시시각각의 공포와 초조로움. 어느 병실의 잠

못 이루는 환자가 그리 바치는지* 라디오의 노랫소리가 마지막 비명처럼 날카롭게 들려오고 있었다. 찾아가 라디오를 빼앗아 박살을 냈으면 살 것 같은 심정이었다. 밤이 깊어질수록 간헐적으로 들려오던 환자들의 신음 소리도 잦아들고, 창 너머 신촌역의 시그널 불빛만이 허공의 등대처럼 밑동 없이 떠 있었다. 밤은 참으로 많은 것들을 생각하게 해주었다. 석공에 관한 자잘한 기억들이 쉴 새 없이 떠오르고 있었다. 내가 그린 수채화처럼 짙은 원색으로 떠오르곤 하였다. 라디오 소리가 다하여 정말 적막한 시간에 이르자, 이렇듯 대지가 모두 잠들어 휴식하되 하늘만이 살아 있는 밤의 신비로움에 대해서 몹시 감상적(感傷的)인 잡념에 접어들었고, 그러자 이 밤에도 이 대지 위엔 얼마나 많은 괴롭고 슬픈 일들이 남모르게 벌어지고 있는가가 생각되고, 사람 한평생의 무거리*가 말짱 덧없고 부질없는 헛된 놀이판의 작은 자취에 불과하다는, 처음으로 깊고 어두운 허무 속에 빠져들어 헤어나지 못하고 있었다. 정적이 음울하고 건습한 공기로 변해 병실 가득히 감돌고 있음이 느껴졌을 때, 나는 몹시 소스라침과 동시에 온몸이 공포감에 싸여 떨리기 시작했다. 다가오는 것, 무슨 그런 것이 있던 것이다. 딱, 둠벅, 딱, 둠벅…… 들려오는 음향은 매우 규칙적이면서 무거운 음량이었다. 나는 아무 까닭 없이 처음부터 패악하고 흉측한 예감에 얽혀들고 있었다. 무엇인가를 앗으러* 오는 소리였다. 그렇다. 그것은 석공의 숨통을 가지러 오던 저 승사자의 발자국 소리였다. 어쩌다가 생각 없이 그렇게 단정했던 것일까. 서슴거릴 것 없이 자신에 넘치는 음량을 그 기나긴 복도 가득히 거느리고 다가왔기 때문일지도 몰랐다. 진땀에 떡 감듯 하며 나는 이를 악물면서 두 주먹을 불끈 움켜쥐었다. 아마도 나는 그런 순간 무슨 비장한 각오를 했었음이 틀림없다. 나는 저승으로부터 찾아온 발자국을 만나보러 도어를 벌컥 열어버렸던 것이다. 아— 나는 입 밖으로 가녀린 동물 소리를 내지르고 말았다. 허옇던 발자국이 멈칫하는 듯했던 것이다. 그것은 역시 다리가 넷이나 달린 괴물 형상이었다. 한쪽 다리에 붕대를 칭칭 감아올리고, 두 겨드랑이로 목발을 짚은 노인이었다.

"화장실은 저쪽이오."

나는 조용하고 엄숙해진 음성으로 타이르듯이 말했다. 나는 문을 얼른 메어 닫았고, 그래도 혹시나 하며 석공 턱밑의 숨통을 살펴보았다. 모를 일이 있었다. 석공이 두 눈을 뜨고 있었다. 정신도 조금 돌아온 기색이었다. 내가 성급히 다가가자 그는 한동안이나 어리둥절해하더니 겨우 무엇이 분별되는 눈치였다. 아무개가 웬일이냐, 예가 서울인가, 마음속으로는 그렇게 묻는 시늉이었다. 나는 대뜸 정희 엄마를 꼬집어 떼었다. 그녀는 석공의 눈망울을 보자 거의 울부짖음으로 반가워했다.

"정신 좀 드슈? 내가 누구여, 누구여 내가…… 알어보겠느냐면?"

그녀가 거듭 몰아세우자 석공은 고개를 끄덕이며 미소를 띠기까지 했다. 그러고도 얼마가 지나서야,

"나는……"

하고 혀끝을 움직여보는 거였다.

"나는 살으야 되여……"

하고 석공이 첫마디를 떼었다. 그는 우선 자기 코에 장치된 산소호흡기가 엄청난 기계 같고 놀라운 것으로 보인 모양이었다.

"나는 살으야 헌당께……"

발음이 한결 부드럽고 분명했다. 그런 뒤 다시 한참 만에 내 손을 더듬어 쥐더니 좀더 기운이 나는 듯 또렷하게 말했다.

"나는 이게 아마 영 가는 질일 거여. 도루 사람 노릇 허게 되기는 틀린 모양인디…… 나 오래 살구 가네…… 융니오(6·25) 때 죽을 뻔 보구 살았지…… 9·28에 죽을라다 살었지…… 감옥소서 다 죽다 살었지…… 이래두 내 명 다 살구 가는 것일쎄……"

"왜 그런 약한 말씀을……"

나는 입을 다물었다. 석공이 다시 의식을 놓았기 때문이다.

"아이구 분해, 분해서 워칙 허여. 근근이* 살 만허니께 간다구 허네. 분해서 나는 못 살어유."

정희 엄마는 털썩 주저앉아 넋두리를 엮으며 느껴 울었다. 석공은 쉽게 말해 하루 낮 하루 밤 사이에 열두 번은 깨어나고 스무 번도 더 혼수상태로 떨어지는 것 같았다. 그런 상태가 하루 이틀도 아니고 내리 일주일이나 계속되었다. 곁에서 지켜보는 살아 있는 사람이 죽을 지경이게 아무런 차도도 보이지 않았다.

"사람이 무슨 일을 당하려면 이렇대유. 이게 못된 징조지, 세상 졸리워 못 살겄이유. 낮이나 밤이나 앉어두 졸리고 서 있어도 잠이 쏟어지구, 왜 이러는지 모르겄이유……"

정희 엄마는 하루에도 두서너 차례나 그런 호소를 했다. 그것은 당연한 일이었다. 주야로 안절부절 서성대며 먹지도 쉬지도 못한 채 신경만 곤두세웠으니 그럴밖에 없을 일이었다. 낮에는 누나가 가사를 전폐하고 병실을 돌보았고, 밤이면 밤마다 내가 불침번을 섰다. 그것은 무척이나 고된 노릇이었지만 석공이 재생하는 데 도움만 된다면 무엇이 어찌 되든 못할 일이 없을 것 같았다. 낮에는 온종일 서울 바닥을 쓸다시피 약국 뒤지기로 해를 저물리었다. 도매 산매,* 약국이라고 생긴 곳은 빠뜨릴 수가 없었다. 제약회사, 제약 공장을 찾아 안양, 시흥, 태릉, 의정부…… 서울 근접의 공장까지도 알 수 있는 곳이면 멀다 할 수가 없었다. 무슨 약인지, 그 의사 녀석이 영어로 길쭉하게 끄적거려 준 명함을 곱게 들고, 지정된 약을 찾아 하루 백 리씩은 걸어다녔던 것이다. 발바닥은 부르트고 물집이 잡히면 터지고 하여 아리고 쓰라려 보행조차 불편했지만, 시간을 다투는 약이어서 노상 뛰어다니지 않으면 안 되었던 것이다. 의사가 적어준 약은 그러나 아무 데서도 구해볼 수가 없었다. 아직 국내에는 없으리라는 거였고, 주문은 했으나 아직 도착되지 않았다는 곳도 몇 군데 있었다. 설령 그 약이 얻어진다더라도 석공이 다시 일어날 사람이 아님을 모른 것도 아니었다. 그 약은 다만 환자의 고통을 약간 덜어주면서 겸하여 며칠분의 생명을 이어줄 수도 있을는지 모르나 한갓 진통제 효과밖에 없을 것이라는 것이, 내가 기대하고 찾아가서 내민 명함을 본 약사마다 한결같이 내뱉던 말이었다. 정희 엄마도 각오는 단단히 하고 있었던 것 같았다. 진땀에 후질러진 채 빈손으로 들어오는 나를 아무런 기대도 없었다는 듯 예사로운 눈망울로 쳐다보던 것이다. 국내에는 그 약이 없다는 것, 있다 해도 신통한 것이 아니란 것을, 그리하여 모든 것을 단념하고

난 그런 눈치였다. 나는 석공의 병상을 지킬 적이면 하루 한 번꼴로 찾아오는 끔찍스런 생각에 몸서리를 치곤 했다. 그것은 어쩌면 내 자신에 대한 혐오요 자괴감이었는지도 모를 일이었다. 곁들여서 내 자신이 자꾸만 무슨 요물(妖物)이 아닌가 하는 의문이 들기도 했다. 그래서 때때로 나는 자신이 가증스러웠으며 증오를 하기도 했다. 어쩐지 내가 징그러웠고 재수없는 놈이란 생각이었다. 그것은 망령된 착각이라든가 환상 따위와 비스름한 성질의 것이 아니었다. 분명히 현실적인 관심을 근거하여 우러난 것이었음에도 정체는 드러나지 않던 것이다. 그것은 석공의 헐떡거리는 숨결을 보다가도 불쑥, 이미 잊혀진 지 오래인 10여 년 전의 어느 날 한때가 눈앞에 펼쳐지면서 곧 현실화하는 것이었다. 석공네 마당에 웅성대는 사람들, 명주 가로지를 찢는 듯한 비명 소리, 석공 몸뚱이에 벌집을 만든 총알 자국, 도끼 또는 쇠스랑에 찍혀 빠개져버린 두개골, 작살과 죽창에 난탕질당한 뱃구레와 앞가슴의 선혈…… 그렇다, 그 돼지 잡을 때마다 자배기 안에서 솔고 엉겨붙던 검붉은 선지피…… 나는 몸부림쳐도 시원찮게 후회스러웠다. 어찌하여 10여 년 전에 벌써 그런 망상을 했던 것인지, 내 자신이 그토록 저주스러울 수가 없었다. 10여 년 전에 그런 망상을 했던 까닭으로 드디어 석공의 몸이 이렇게 되지 않았나 하는 느낌을 무엇으로 물리칠 수 있었을까. 목숨이 경각에 이른 석공의 참혹한 꼴을 지켜보게 됐음도 그 요망스런 망상에 대한 당연한 업보 같기만 했다. 석공이 누워 있는 침대 밑에는 널찍한 세숫대야가 받쳐지고, 그 대야 속에는 석공 몸에서 계속 호스로 뽑아낸, 죽어 검붉어진 피가 그들먹하게* 담겨져 있었다.

그 반투명체의 호스는 마치 수백 년 묵은 거머리로 보이기도 하며, 코에서 죽은피를 뽑아내고, 양 옆구리와 두 허벅지를 뚫고 들어가서도 같은 짓을 계속하는 거였다. 죽은피를 뽑아내기 위해 여기저기로 그어진 메스 자국마다에는 붉은 약물과 검은 피가 뒤엉긴 채 더뎅이져 있었다. 한쪽 팔뚝으로는 쉬지 않고 새로운 피가 수혈되고 있었지만, 죽어 나오는 분량에 비하면 너무도 빈약한 공급이었다. 그런데도 석공의 목숨은 기적적으로 붙어 있었다. 마지막 심지를 태우는 등잔불처럼 이제나저제나 하며 시간을 벌고 있던 것이다.

해가 뉘엿뉘엿하는 저녁나절, 드디어 의사의 마지막 선고가 내려졌다. 의사는 정희 엄마 어깨에 손을 얹으며 점잖고 냉엄한 어조로 말하던 것이다.

"아주머니, 퇴원하시죠. 얼마 안 남았습니다."

넋이 나가 장승처럼 서 있는 우리를 비슥* 돌아보며 의사는 다시 중얼거렸다.

"이왕이면 집에 가서 종신*을 해야 될 거 아닙니까."

나는 정희 엄마를 돌아보았다. 숫제 담담한 표정이었다. 그녀는 내게 눈으로 말했고 나는 아무 말 없이 그녀의 의견에 따랐다. 우체국으로 뛰어가서 전보를 쳤다. '퇴원 준비 초급 상경 요망.' 그날 밤 석공은 그 어느 때보다도 정신의 혼명이 잦았지만 한번 맑아지면 멀쩡한 사람보다 훨씬 더 분명했다.

"나는 살구 싶은디, 살구 싶은디 그여 데려가네…… 늙으신 부모를 두구 먼저 가다니, 어린 새끼들은 워칙 허라구 나를 데려가까……"

그러다가도 그는 사지를 버둥거리고 눈을 뒤집으며 발악

274

하듯 울부짖는 거였다.

"안 되여, 나는 살으야 되여, 나는 살구 싶어, 내가 죽으면
안 되여……"

말이 쏟아져 나오기 시작하면 숨 돌릴 겨를도 없었다.

"여게, 줴매,* 얼릉 대천 가서 논 팔어 와…… 밭두 팔구
집두 팔구…… 싸게 가서 돈 맹글어 오란 말여…… 나버텀 살
구 봐야겄어…… 이대루는 억울해서 죽을 수 읎당께……"

그는 내 손을 더듬어 잡고 애원하듯 말했다.

"자네 나를 이러긴가, 나 좀 살려주게, 더 살구 싶어……"
하며 안면에 경련을 일으키고, 내 손목에 진저리를 치듯 손가
락이 바르르 떨리곤 했다. 그는 살고 싶다고 거듭거듭 되풀이
하며 다짐했지만, 그러다가도 한번 눈을 흡뜨기 시작하면 거
의 광란이나 다름없이 시트를 움켜쥐며 처절하게 외치는 것이
었다.

"놔둬라, 놔둬. 여게, 이늠으 여편네, 집에 가지 마. 절대
루 가면 안 되여…… 내 한 몸 살자구 논 팔구 밭 팔면 새끼들
은 뭣 먹구 사네, 새끼들 멕이구…… 그것들 가르치야지……
팔지 마, 팔면 안 되여…… 차라리 내가 이냥 죽을 텨. 나 하나
죽구 여러 목숨 살으야지……"

내 소맷자락을 뜯어먹을 듯이 거머쥐며 그는 울부짖었다.

"정희…… 훗년이면 그년두 중학 들어갈 텐디, 자네 후제
라두 우리 정희 잊지 마소. 부디 그년 좀 배우게 해주여. 자
네 장가가 살림 나면 자네 집에 데리다가 식모루 쓰소. 식모
시키면서 야간 핵교라두 보내주야 허여…… 자네가 책임지구
고등과까지만 가리쳐주어…… 애비 읎이 큰 새끼들, 글이나

넘들 반만침이라두 배우야지……"

　그는 그것으로써 유언을 한 셈이었다. 나에게 남긴 유언
이나 다름없는 말이었다. 그뒤로도, 날이 허옇게 샐 때까지 혼
명을 거듭하며 상반된 말을 수도 없이 되풀이했던 것이지만,
대개가 자기 바른 정신으로 한 말은 아니었던 것이다. 밤을 지
새우며 그는 내내 같은 말을 뒤섞어 울부짖었다. 살아야 한다,
아니, 죽어야 한다, 내가 살면 여러 식구를 죽인다, 아니, 내가
살아야 여러 식구 먹여 살린다, 논밭 죄 팔아서라도 나를 고쳐
다오, 그러지 말라, 더 이상 빚지지 말고 나를 버려다오, 헌데
꼭 1년만 더 살고 싶다, 아니다, 지금 죽어야 자식들이 중학교
라도 다닐 수 있다, 나는 포기했으니 마지막 소원을 들어 제발
물이나 한 모금 마시게 해다오…… 새벽 4시 반까지 그의 아우
성은 계속되었다. 그러나 5시가 가까워지자 완전히 탈진하고
눈뜬 송장이나 조금도 다를 것 없는 상태였다. 뒤미처 뛰어든
자기 아우와 매부 된다는 청년이 벽을 치며 흐느끼고, 아내가
시멘트 바닥에 머리를 짓찧으며 통곡하건만, 그는 아무런 표
정도 내비치지 않고 있었다. 그것은 나도 마찬가지였다. 나는
그네들을 대신하여 퇴원 수속도 하고 떠나보낼 채비를 챙겨주
는 동안, 그렇다, 눈시울 한번 적셔본 일이 없었던 것이다. 그
런 걸 생각하면 나는 역시 독종이었고 냉정하고 잔혹한 성격
인지도 모를 일이었다. 나는 퇴원 수속이며 입원비, 치료비 등
을 대리로 계산해주는 데에도 단돈 10원 한 장 틀림이 없을 정
도로 침착할 수 있었으며, 나중 막 가는 길로 떠나는 판에 이
르러 석공에게 하게 될 마지막 인사말까지도 미리 머릿속에
준비를 해두고 있은 정도였다.

"다시 뵈올 수 있도록 행운이 있으시길 빕니다. 안녕히 가십시오."

그리고 이번만은 내가 먼저 손을 내밀어 악수하리라고 작정하고 있었다. 내가 이리저리 분별하여 떠나보낼 채비를 두루 챙겨놓았을 때는 이화대학 뒤 산등성이 마루로 붉은 햇덩이가 떠오르고 있었다. 석공은 들것에 실린 채 엘리베이터로 해서 병원 뒤켠 광장까지 운반되었다. 택시 안에 끼어 앉을 틈이라도 있으면 동행하여 따라가보겠지만 그럴 구석도 없고, 나는 이제 택시 옆에 우두커니 서 있을밖에 없었다. 이젠 거들어주고 돌보아줄 일도 모두가 끝나버린 거였다. 차에 시동이 걸리니 아우와 매부 품에 안긴 채 동자 없는 눈을 했던 석공이, 택시 유리문 너머로 내가 어릿거리자 뜻밖에 턱으로 나를 부르는 시늉을 했다. 나는 다시 택시 문을 열었다. 이젠 준비해두었던 말로 고별인사를 하며 손을 내밀어 악수로 영결(永訣)해야 될 차례였다. 내가 고개를 차 안으로 디밀며 입을 열려하자, 석공이 먼저 꺼져가는 음성으로,

"잘들 사는 걸 보구 죽으야 옳을 텐디, 이대루 죽어서 미안하네…… 부디 잘들 살어……"

하며 움직여지지 않는 손으로 악수를 청했다. 나는 울었다.

(『문학과지성』 1973년 겨울호)

관산추정 (關山芻丁)·

—관촌수필 6

* 고향에서 꼴 베는 사람. 고향의 옛 친구.

바다는 밤으로 더 가까이 오면서 길잡이 바람만 되돌아가 구름으로 솔면* 으레껏 선잠에 들며 늘 그렇던 꿈을 꾸기 시작했다. 달빛이 뚫어지고 별이 새어 나오면 어둠을 얼비추며 너울춤이 칠칠하던* 바다가, 갈잎에 이슬이 잘게 열리는 밤이면 깬 꿈을 한결같이 다시 잇던 것이다.

　바다의 꿈결은 언제나 뒤숭숭하니 어지럽고 길어 무야(戊夜)*로 이울며 샛별이 보이도록 그치지 않았고, 꿈자리가 사나운 탓인지 썰물 때까지는 뒤치락거리는 몸부림으로 천둥과 지동을 비벼 무겁게 신음하며 거친 숨을 몰아쉬었다. 갯둑을 넘보며 넘실대던 사리 썰물이 여러 날 동안 소식이 없는 조금*에 이르면, 겨우 해거름*만 가신 초저녁부터 그런 꿈자리가 벌어지며 그 참 도깨비들의 놀이터가 되던 것이다. 대명(大明)을 피하여 그것들이 낮잠 자러 모이던 소굴은 어디였을까. 어디로 들어가 해동갑하며* 잠자다가 하늘의 푸른 기운만 땅에 드리우면 쏟아져 나와 그 북새를 피운 거였을까. 그 많은 도깨비들이 저녁마다 논다니*패의 난장을 이루던 왕대뫼[大竹山] 곱은탱이*의 먹탕곳[黑浦] 개펄과 무저지*를 자주 뒤져 먹던 사람들도, 결 삭은 몽당비 한 자루, 부러진 작대기 한 토막 주웠다는 소문이 없었으니, 그것들은 한 놈도 축나지 않은 채 떼를 이루어 영락없이 먹탕곳 언저리에 숨어 살고 있을 것으로 여겨지건만, 죄* 그것들을 꺼려 아무도 가까이 가려 하지 않았음이 분명했다.

날이 새면 누구도 도깨비 이야기를 하지 않았지만, 땅거미가 어리기 시작하면 마실 마당마다 반드시 쑥내* 짙은 모깃불에 비껴 앉아 바다 건너 불을 먼눈으로 지켜보고 있었다. 도깨비들은 우리들이 정월 대보름께 쥐불싸움을 즐겨 하듯 밤마다 불놀이를 했으며, 달무리가 짙거나 비거스렁이* 끝이면 더욱 별쭝맞게* 극성을 떨었다. 도깨비불은 무등타기*와 팔매질로 시작하여 곧 숨바꼭질로 들어가기 일쑤였고, 도리깨* 고두머리* 메치듯 태질하여 메어꽂고 흘레*를 하다가도, 이리 몰리고 저리 쫓기는 패싸움으로 밤을 새우곤 하였다. 그것들은 성질이 급하고 거칠되 벙어리들인 것 같았고, 우리가 쥐불놀이할 때 어레미*처럼 몽글게* 구멍 뚫은 깡통에 관솔불을 담아 돌리듯이 그것들이 불방망이로 상모*를 돌릴 적이면, 웬 사내가 무디게 두런거리는 틈을 여투어* 앳된 목통으로 짜글짜글 다툼질하는 소리도 자우룩한* 골안개에 빠진 참새들마냥 멀리서 들려오곤 하였다. 그것은 말할 나위 없이 신작로가의 송방(松房)* 앞 마실꾼이나 서낭당 쪽의 도린곁*에 외오* 서 있던 왕소나무 밑의 마실 마당이었다. 조무래기들은 도깨비불만 보면 네 그르니 내 옳으니 하며 짜그락거리기* 일쑤였고, 그러면 나이 좀 있는 사람이 얼른 쉬쉬하면서, 도깨비가 듣겠다고 나무라주게 마련이었던 것이다. 도깨비가 들으면 무엇이 어떻다고 불뚱 끄듯 서두르며 말리려 들었을까. 그것은 아무도 가르쳐주지 않았다. 알면서도 짐짓 모르는 시늉을 해보이려 했지만, 그네들도 어려서부터 가르쳐준 이가 없어 이렇다 하게 내놓지 못하는 눈치가 역연하던 것이다. 그것은 바지랑대*에 등을 매달고 멍석에 둘러앉아 삼을 삼거나 태모시*를 톺던* 늘그막의 아낙네들도 마찬가지로 가늠을 못 해, 도깨비불에 손가락질하면 도깨비가 쫓아온다는 것밖에 다른 말은 할 줄 모르고 있었다. 그네들은 낮춘 말로, 도깨비들이 벌거벗고 산다더라고 귀띔해주었으며, 그것은 그것들이 여름내 왕대뫼 자드락*이나 갯가에 나와 불놀이를 하다가도, 기러기 그림자에 논두렁 콩노굿*이 지고 오려논*에 자마구*가 일며부터는 아무도 모르게 간곳없이 사라지던 것을 보아 믿을 만한 말이라고 우길 따름이었다.

된내기* 빛에 두엄이 허옇게 쇤 위로 난초 치던 붓끝 같은 마늘 싹이 솟고, 보리밭 머리에 장끼가 내리기 시작하여 이듬해 구렁찰* 논배미에서 뜸— 뜸— 뜸부기 짝 찾는 소리로 개구리 논두렁 넘기 바쁘던 여름까지는 도깨비들이 감뭇하기도* 했었다. 그러나 아직 학령기에도 이르지 않았던 나는 정말 알지 못했다. 차지던 바람이 메져지고* 개펄에 성에 엉기듯 허옇게 소금기가 끼는 철이 되면, 음습한 바람이 맴돌아야 난동하던 인화(燐火)*가 전혀 일지 않던 것을.

어른들이 눈을 꿈적이며 먹탕곳 개펄께를 그만 보라고 타이른 밤이면 담 밑에 반딧불만 자주 날아도, 촛불 붙이려 혼자 사당(祠堂) 문을 열 때처럼 뒷덜미가 선뜩하고 떨떠름하여 담 밑에도 가지 못할 만큼이나 그 도깨비불은 여간 두려운 존재가 아니었다. 그러므로 그런 날은 아무리 무더워도 모기가 떠메어간다는 핑계로 마실 마당에서 일찍 물러나곤 하였다. 뿐더러 홑이불 한 장으로 대청에서 베개 없이 자던 것도 잊고 이내 방에 들어가 초저녁잠을 부르곤 했다. 그 무렵에도 해가 길면 새벽에는 잠귀가 얕아져 으레 무슨 소리에 놀라 문득 잠을 깨었다. 그 귓결에 스친 것이 무슨 소리였는가 어림할 동안에 잠이 나가면 고개를 돌려 가로닫이* 높은 영창을 쳐다봄으로써 바깥의 기미를 살피는 것이 버릇이었다. 그러면 새벽 어슴이 영창을 비추고 있었으며 의걸이* 말코지*에 허옇게 서 있는 것이 얼핏 띄었는데, 나는 그 순간 가슴이 후끈해져서 엉겁결에 홑이불을 도로 뒤집어쓰며 사지가 움츠러들었다.

의걸이용 말코지에 걸려 늘어진 여름살이 옷가지나 갈모* 따위가 그토록 무섭게 보이던 것은 학질을 여러 죽 하면서 못 일어나 끓는 머리에 헛것이 뵈고 두려움에 질려 소름 끼칠 때와 진배없이 지경이었다. 그럴 때마다 나는 등골에 식은땀이 흐르고 학질을 며느리고금*이라고 부를 적이면 부러 엄살을 떨었던 것이 되새겨지는 거였다. 그러면서 한편으로는 아랫집 대복이가 뛰어와,

"업세,* 야 되게 재미있겠다. 싸게 가보자. 민구야, 싸게 나와보라면."

하고 개명하기 전의 묵은 이름으로 불러주기만 기다리기를 가슴 앓듯 했었다. 그렇다. 무슨 일이 있을 때마다 대복이는 뛰

어왔었다. 밖에 무슨 일이 있으면 먼저 나를 불러내어 이러저러하다는 것을 일러줌으로써 곁들여서 우리 집 식구들도 모두 알게 해주었고, 내가 학질로 눕기만 하면 어느새 물총새나 참새를 잡아 실로 다리를 매어가지고 와서 내 엄살 울음을 그쳐 보게 하려고 갖은 장난을 다 해보였으며, 그래도 안 되면 둘러업고 달래어보려고 그토록 애쓸 수가 없어 하던 것이다. 어려서는 웬 학질이 그다지도 잦았던지. 내가 한 이틀 못 일어나게 되면 대복이는 종조(終朝)*에 우리 부엌으로 와서 아무도 모르게 옹점이와 짜고 학질 떼는 이방*을 했었다.

대복이는 우리 아침밥이 다 되면 내 밥을 맨 먼저 푸게 하여 그 밥그릇을 하늘이 안 보도록 무엇으로 감춰가지고 저의 집으로 달려가고, 그 밥그릇을 저의 뒷간 바닥에 잠깐 놓아두었다가 다시 덮어가지고 와서 내가 멋모르고 먹게 하는 것이었다. 다 먹고 물린 상을 가져가면서도 옹점이는 천연덕스럽게 시치미를 떼고 부엌으로 숨었는데 그것은 대복이가 내 앞에 와서,

"얼레, 민구야, 너 아까 밥 먹을 때 뭣 섞이지 않았데? 옹점이가 우리 뒷간에 놓구 고사* 지낸 밥인디…… 냄새 나두 그냥 먹어버렸남?"

하고 창피를 주어 내가 가로세로 뒹굴면서 뭐 헐 년, 뭣 깔 년, 하고 고래고래 욕을 퍼붓고 몽니를 부리면* 그치게 할 장사가 없기 때문이었다.

그 바람에 학질이 떨어졌는지 그저 그랬던지는 알 수 없으나, 그들은 일쑤 그 짓을 하였으므로 나는 학질 기운으로 여겨지기만 하면 두 번 다시 속지 않으려고 여간 조심하여 살펴

보지 않았으며, 그것만은 나중에도 잊혀지지 않았다. 그러나 그것을 대중하기는 어려웠다. 하루 세끼 중에 언제 그럴는지도 모를뿐더러, 아이들은 매양 사랑어른들의 식사가 끝난 뒤에나 물림상을 받아 앉게 되어 있었으니, 입맛도 변한 데다 밥도 늘 식어 있어 긴가민가하며 먹다가 그런 망신을 당하게 되던 것이다.

그러고도 학질이 떨어지지 않으면 대복이는 늘 남의 마른 일* 가고 없던 제 어머니를 불러들여 다른 이방을 해보도록 서둘러대게 마련이었다. 그러면 대복 어메는 해 있어 일을 대강 마물러놓고, 머리에 쓴 땀수건도 못 푼 채 부르르하고 쫓아와서 내 이마를 짚어보며 하루 번하면* 하루 더하고, 늘 저녁나절로 머리가 부쩍 끓더라는 옹점이 설명을 들어가며,

"하루거리 허나 뵈. 영락 읎어. 이 도령이 메누리고금을 허셔……"

하고 서성거리며 사블사블* 웃었는데 그녀의 그 웃음은 내가 그녀 품에 안겨 웃던 그대로를 흉내 낸 거였다. 걸음발을 탈 때부터 노상 그녀의 품에 안긴 간*이 있어서였겠지만, 그녀가 그렇게 안고 둥개질을 하면 나는 수줍음을 타면서도 포근하여 얼마든지 좋았던 것이다. 그러는 사이 옹점이는 서둘러 뒤꼍 장독대를 돌아가며 이방 채비하기에 바빴다.

"대복 엄니……"

옹점이가 불러놓고 눈으로 말하면 그녀는 나를 안은 채 뒤꼍 장독대로 갔다. 댓돌 틈틈이 고양이밥과 돌나물이 탐스럽게 돋아나 있던 장독대에는, 언제나 흰 종이로 버선본*을 한 켤레 오려 붙이고 전두리*에 숯과 고추를 끼운 금줄이 쳐진 장

독 두엇을 가운데로 하고, 앞으로 나오면서 가마들이 대독과 말들이 단지와 되들이 거위병*이며 홉들이 귀때병* 따위가 옻칠하여 길 낸 것처럼 반들거리며 가지런히 놓여 있었다.

따라온 대복이가 턱으로 물으면 웅점이는 물 우려 덮어두었던 김장독 세 개를 눈으로 가리켰다. 대복 어메는 나를 한번 추슬러 왼팔로 고쳐 안은 다음 마치 한다하는 무꾸리*처럼 어깨를 들썩이며 오른쪽 항아리의 소래기*를 열고 들여다보며 커다란 목소리로,

"우리 메눌애기가 예서 질쌈*허신다메? 얼라…… 여기 아닌가 뵈."

하며 도로 닫고 이어 가운데의 빈 항아리 소래기를 열고 들여다보며,

"그럼 우리 메눌애기가 여기서 명 낳고(베 짜고) 있는 개비구먼…… 어매, 여기도 아녀……"

하고 얼른 소래기를 덮었다. 그녀는 이윽고 하나 남은 왼쪽 항아리 앞에서 밭은기침을 두어 번 한 다음,

"그러니…… 우리 메눌애기가 워디서 얌전히 질쌈만 허구 지신고…… 그럼 혹시 여기 워디 지신가?"

하며 뚜껑을 열어보는 거였다. 그러면 으레 그랬듯이 그 항아리 속에는 웅점이가 미리 넣어둔 실꾸리*와 성긴 아홉새 바디*가 들어 있는 것이었다. 대복 어메는 짐짓 반색을 하며 푸닥거리 가락으로,

"어허, 바루 여기 지셨구먼그려…… 옳지 옳지, 암만 암만…… 우리 도령이 싫어허싱께 우리 도령일랑 아예 생각 말구, 나오지두 말구, 부디 질쌈이나 부지런히 허구 앉아 있으야

여. 또 나와서 우리 도령 성가시게만 했단 봐라. 내 당정 머리 끄뎅이를 잡구 가서 서낭구신 으붓자슥헌티 홋살이* 보내버릴 리라……"

하고 뚜껑을 닫으려 한다. 그러면 나는 해본 가늠이 있어서 누가 시키지 않더라도 항아리 속에다 침을 세 번 뱉었고, 이어 항아리가 닫히면 옹점이는 얼른 쳇다리*나 용발 따위를 소래기 위에 얹고 다시 김장이나 젓갈독을 지질러 눌렀던 돌멩이를 올려놓는 거였다. 나는 재미있어 애써 물고 있었던 웃음을 놓고 낄낄거렸는데 대복이와 옹점이도 서로 잔등을 집적거리며 시시덕거렸다.

그 항아리는 사흘 동안 그렇게 덮어두어야 며느리고금이 잡힌다는 거였으며, 정말 그래서 그랬는지 이튿날이면 가뿐하게 일어나 돌아다닐 수가 있었던 것이다.

왕대뫼 자드락이며 무저지와 갈대밭이 널브러져 있던 먹탕곳 개펄에 도깨비불이 요란한 탓으로, 바다가 선잠 속에서 가위눌림과 흉몽에 밤새 뒤척이고, 나도 사지를 움츠려 일찍 잠들었던 이듬날*은 반드시 짙은 안개가 끼었고, 바깥에서 들어와 귓전을 스친 소리에 잠에서 깨어나면 밖에 무슨 일이 있는가를 어림하며 바깥 기미를 살피고자 첫눈을 뜰 적마다 번번이 헛것이 눈에 띄곤 하였다.

나중에 다시 보면 그것은 의걸이용 말코지에 흔히 걸려 있어 여느 때는 눈팔이거리도 못 되어 벌로 보아 왔던, 할아버지의 모시것*이거나 누리끼리하게 들기름에 결은 갈모 따위였다. 그러나 나는 결김에 그것을 간밤의 그 도깨비 한 놈이 나를 업어가려고 마침내 방 안까지 쫓아온 것이라고 대뜸 넘겨짚곤 하였다. 나는 홑이불을 뒤집어쓰고 오금이 저려도 옴짝 달싹 못 한 채 누구든지 어서 깨어 인기척을 내주기만 기다리지 않으면 안 되었다. 그런 경황이라 비록 밖에 무슨 일이 있는지 대중할 수 없고 그 기미조차 가량하지 못했더라도 잠결에 귓전을 스쳐간 무슨 소리가 있었음은 분명히 주장할 수 있었다. 얼마 지나지 않아 언젠가도 그렇게 들리던 소리가 한참 만에 한 번씩 되풀이되면서 부러 여겨듣지 않더라도 자연히 귀에 담아지기 때문이었다. 이윽고 나는 그 소리가 무엇이라고 서슴없이 일매지을* 수가 있었다.

그것은 여우가 우는 소리였다. 백일해(百日咳) 하는 갓난아이가 기침 끝에 금방 숨넘어갈 듯 자지러지는 소리, 그것은 대복이가 뜰팡* 섬돌 끝에 턱이 걸린 채 일 난 소리로 나를 부르지 않더라도 능히 알 수 있던 것이다. 그 비슷한 소리는 해마다 몇 차례씩 겨울밤 눈보라 속에서도 끊어질 듯 이어지며 들려왔었으나 그렇게 울던 것은 거지반이 노루였으므로, 도깨비 장 섰던 여름밤의 동살*을 열던 것은 언제나 명주올처럼 가녀리고 질긴 여우 울음소리 한 가지였다.

여우가 분명해지면 나는 뒤집어쓴 홑이불을 더욱 여미며 자발머리없게도* 돌멩이가 수북하게 쌓인 깔밋한 애장터[兒葬塚]*가 거기거기 널려 있던 뒷산 붱제(부엉이재) 허리를 떠올리곤 했다. 그것은 누구누구 하여 여럿이 패 지어 진달래를 꺾으러 갈 적마다 길목에 있어 아무리 안 보고 가려 해봐도 소용없던, 진달래가 무더기로 피고 꽃잎에서 핏방울이 뚝뚝 떨어지던 꽃그늘 밑으로 여우가 파헤쳐 관 대신 썼던 질항아리가 거우듬하게* 튀어나오고, 그 위로 도롱뇽이 새끼들이 부산하게 달아나던 묵은 애무덤이 선연하게 떠오르는 것이었다.

그것을 볼 때마다 나는 두 눈에 눈물이 어릿거려 청미래 덩굴에 걸리며 자주 고무신짝이 벗어지고 흔히 두릅나무 가시에 귓전을 할퀴곤 했었다. 그 여우가 닿았던 애무덤이 머릿속으로 들어오면 자연히 여우 울음소리도 애무덤 울음소리가 되어 귓전을 맴돌았다. 뚝새풀이 우거진 물갈이 논배미에서 맹꽁이들이 짝 맞추어 울기 십상이게 가랑비가 긋지 않는 어스름밤이면 뒝재에서도 애무덤이 울더라는 것이었다. 누가 잿밭* 매고 저물게 오다가 들었다는 말도 나돌고, 둘이 어디를 간다고 가다가 서로 먼저 들었다고 우기는 이도 있더라는 것이었으나, 사실 여부를 불구하고 나는 애무덤의 울음을 믿고 있었다.

"언내* 듣는 디서 말허기가 거시기헝께 그렇지 월매나 애잔허구 불쌍허게 우는지 들어보잖은 사람은 모를 겨."
하던 허풍쟁이 옹점이나,

"똑 여수 우는 소리, 너구리 우는 소리두 같구, 믄 디서 늑대가 우는 성싶기두 헌디, 아이구 끔찍스러라…… 내사 새끼 낳서 안 잃어봤응께 듣구두 구만이지, 애 낳구 실패헌 사람은 증말 귀막힌 소릴레."
하며 어깨를 흠칫흠칫해 보이던 수다쟁이 대복 어메 말은 곧이듣지 않더라도, 날 궂는 저녁이면 뒝재 애장터에서는 갓난애가 그리도 울어쌌더라는 거였다.

내가 꿈속도 아니면서 무엇에 씌어 고드래떡*처럼 언 몸에 속이 타고 졸밋거려* 고대 죽을 지경에 이르면, 누가 맞춰주도록 시키기라도 한 것처럼 대복이가 와서 토방 툇마루 장

귀틀에 들고 온 작대기를 거리비껴 놓으며,

"민구야, 연태 자네? 야 얼릉 저 근너 가보자. 싸게 나와 봐라, 얘."

하며 나를 건져주는 것이었다.

"이잉?"

나는 살았다는 말을 그렇게 내면서 쥐새끼 튀듯이 문고리가 떨어져나가게 문짝을 걷어차며 뛰쳐나온다.

밖은 아직도 어슬어슬하니 해가 뜰 생각도 않을 시간이었다.

"어따, 애두 수선스럽기는…… 신은 워따 벗었글래 안 뵌다네?"

고무신이 안 보인 것은 덜 밝아서가 아니라 함실문 안에서 벗고 들어가 잤기 때문이었다.

"니가 들어가서 찾어 갖구 와."

그러면 대복이는,

"에헤, 밧브당께는……"

하고 지청구를 하며 가장자리에 흰 테가 돌아간 내 검정 고무신을 더듬지 않고 이내 찾아 내왔다.

"사람들 다 와 있겄다. 싸게 엡혀라. 이것 들구."

그는 내 앞섶을 움켜다가 제 등에 얹는다. 걸음을 서둘러야 할 판이면 으레 업고 뛰던 것이 그의 성미였다. 나는 작대기가 거칫거리지 않도록 추켜들며, 그가 짙은 안개에 잘못 딛거나 겹질려 고꾸라지면 어쩌나 하는 조마조마한 가슴을 펑퍼짐한 그의 등판에 바짝 지진다. 그가 무엇 하러 가고 있는지를 나는 묻기 전에 이미 대중하고 있었지만, 그래도 가다가 한 번은 물어보아야 개운했다.

"또 여우가 빠졌니?"

"안개 찐 걸 봐."

공연히 물은 빈말인 줄 알므로 대복이 대답도 그 한마디로 그친다. 그런 때 마침 캐앵— 캐앵— 하고 울다가 그친 여우가 다시 이어주면 대복은 뼛성* 오른 푸소*처럼 급히 뛰었고, 나는 울렁거리는 가슴을 부쩌지 못해* 대복이 어깨를 잡았던 팔로 대복이의 목덜미를 감아 죄는 거였다.

"목멘다. 이 팔 좀 거시기해라."

나는 싫은 소리를 들어야만 겨우 정신이 생겨 팔을 풀면서 여우가 바다에 빠진 이유를 곰곰이 생각해보는 거였다. 그러나 그것은 아무리 알아보려 해도 알아낼 수 없는 일이었다. 봉우리 높아 골 깊은 뷍재 너머에 산다는 여우가, 마을에 내려왔으면 닭 마리나 물고 밝기 전에 올라갈 것이지 왜 하필 바다로 들어가 개펄에 빠진단 말인가. 어느 짐승보다도 냄새를 잘 맡는다던 여우가 유독 갯냄새만 못 맡을 이치도 없으리라 싶었다. 혹시 비린내를 쫓아서 들어간 것일까. 그러나 그 약은 짐승이 물 쓴 개펄 위에 생선이 남아 있으리라고 믿었을 것 같지는 않았다. 수렁처럼 빠지는 개펄 속으로 물을 마시러 들어갔으리라고도 여길 수가 없었다. 더욱이 산짐승은 짠맛을 가장 싫어한다고 들었다. 갈대숲을 으악새* 덤불로 착각한 것일까. 그것도 그럴듯하지 않았다. 여우가 내려온 것은 인가가 있고 그 인가에서 먹이를 훔치자는 것이 목적일 거였다. 바닷가에는 인가가 없었다. 더구나 동네와 바다 사이에는 밤에도 차가 오르내리는 신작로와 철로가 나란히 가로질러 달아나고 있었다. 그러고 보면 여우도 일부러 바다로 가지 않으면 안 될 부득이한 사정이 있었을 거였다. 어떤 사정이 있었을까. 그것은 세월을 보태고 나이를 얹어가며 여태 곱새겨봐도* 끝내 알 수 없는 일이었다.

대복이가 나를 내려놓던 곳은 왕소나무를 지나 서낭당 못 미처의 소금막 앞이었다.

소금막 마당에는 벌써 여러 사람이 나와 있었다. 나가는 데가 있던 본바닥 청년과 남의집살이로 마을에 와 있는 사내 말고, 몇 안 되던 한가한 동네 사내는 거의 빠지지 않고 모인 셈이나 마찬가지였다. 그들도 손에는 작대기나 고두머리 부러진 도리깨 자루 따위 몽둥이로 알맞은 것 한 가지씩을 틀어쥐고 있었다.

그들은 담배를 피우거나 손으로 눈곱을 밀면서도 귀는 한 결같이 개펄에 두고 있었다. 여우 있는 곳을 몰라 그렇게 무르춤하고 있던 것이다. 그들도 매양 여우가 안개에 길을 잃고 바다로 들어갔다가 개펄에 빠져 못 나온다고 믿는 눈치였다. 여우가 있는 곳만 확실해지면 지체 없이 뛰어들어가 몰이를 하거나 손에 쥔 것으로 때려잡을 판이었다.

그러나 그들은 바짓가랑이만 걷어올렸을 뿐 누구도 개펄에 먼저 들어가려고 하지는 않았다. 어디쯤이라고 미처 방향도 어림 못 한 게 분명했다. 혹시 혼자 방향을 대중한* 사람이 있었더라도 함부로 뛰어들기에는 아직 이른 시간이기도 했다. 좀더 안개가 걷혀 앞이 트이기를 기다리지 않으면 안 될 터이었다. 개펄에는 이루 헤아릴 수 없을 만큼 많은 갈통*이 묻혀 있기 때문이었다. 조금 때면 염전에 얇게 널어 볕으로 졸이고 달인 갯물을 가마에 넣고 끓여 소금으로 건질 때까지 갈무리하기 위해 만들어진 갈통은, 깊이가 두 길이 넘을뿐더러 비가와도 빗물이 안 들어가도록 병모가지처럼 주둥이가 좁고 배가넓어 한다하는 장사도 한번 빠지면 기어나오기가 어렵게 만들어져 있었던 것이다.

해마다 단오 무렵이 되면 아낙네들이 떼 지어 횃불을 켜들고 갈대밭으로 들어가 함석 물초롱과 구럭*이 넘치게 갈게를 잡기도 하지만, 능쟁이 황바리 방게 등이 더 많은 개펄로들어서지 않던 것도 군데군데에 묻혀 있는 갈통을 조심하기위함이었다.

"밤중에 자다 여수 우는 소리를 들으면 메칠은 영 재수가 읊데. 내 이번에는 기여 잡구 말라네."

소금짐을 지고 산골로 도부치러* 다니는 만배 아버지가새로 삼아 신은 짚세기를 한구석에 접어놓으며 말했다.

"아무렴, 껍데기만 벳겨두 털값이 월만디. 싸게 저늠을 잡어다 장보러 가세."

복산(福山)이 아버지가 무릎에 쌈지를 풀어놓고 담뱃대에눌러 담으며 그르렁거리는 잔기침 끝에 말했다.

"아따, 게 앉어 혼자 충청감사 구만허구 팔다리 걷어붙이구 나서봐."

송방 주인이 좋지 않게 뜨고 있던 눈을 돌리며 말했다.

"젊은것이 뭐 알간. 집이두 내 나이 돼보게, 한번 허구 나면 무르꽉 풀려 뒷물시켜놓구두 생각 가실 텡께."

복산 아버지는 언제 어디서 무슨 말을 하든 얼마만큼이농담이고 어디까지가 진담인지 들어도 알 수 없이 하기로 알려진 사람이었다.

"저 싸가지 읈는 것 말뿐새 보게. 언내들 듣는 디서는 말을 해두 다다* 그러큼 쓰게 허야 쓰느니."

같은 또래의 봉대 아버지가 송방 주인을 옙들었다.* 그러자 복산 아버지도 부러 배참*으로,

"바람 불구 자는 디 읈다더니, 쩨구락지 보지 털 난 걸 봤나, 집은 워째서 빙깃거리메 쌩이질*만 헌다나."

하고 지르퉁하여 돌아앉으며,

"안 그러면 똑 이러구 앉아서 좌포청 우포청만 챛어야 쓰겄남. 잡으야 물건이지 몽뎅이만 들구 앉었으면 누가 쳐주나."

그는 케헤케헤 잔기침을 했다. 그 소리는 마치 여우가 노루 올무에 멱이 옭히어 고대 숨 거두는 소리와 같았다. 담뱃집 달명이 의붓아버지 최 무엇이라나 하는 사내가 괴춤*을 거머쥐고 돌아가며 두런거렸다.

"게는 요새 지침 소리가 썩 나뿌던디…… 으원헌티 좀 뵈봤남?"

복산 아버지는 간신히 기침을 재우고 나서 가래 붙은 목소리로,

"으원은 뵈서 뭘 헌다나, 술 담배 끊구 질게 고상살이허느니 칼칼허게 놀다가 거짐 다 되었나 싶을 적에 두 손 바짝 들구 자빠지면 될 텐디."

그의 말소리엔 젓가락 집을 힘도 들어 있지 않은 것 같았다.

"엇저녁이두 한잔허구 연태 들 깬 모양이구먼?"

달명이 의붓아버지 말을 받아 송방 주인은,

"어린것 뱃속에 즘잖은 것 들어가면 으레 말버릇이 저 모

냥이더니……"

한마디 더 보태어 복산 아버지를 깎았다. 봉대 아버지는,

"칼칼허게 놀랑께 몸뚱이 건사를 허야지. 그렇잖구두 지침 그칠 날 읎는 사람이 고랫장* 지구 누어 있지 않구 장(늘) 안개 짙은 디 나오너 새벽바람을 쐬여?"

복산 아버지를 어서 들여보내려고 구슬렸다.

"찬밥 두구 잠 안 오는 것처럼 잔등이 가려워 누어 있을 수 있간디. 궁금해서 내다볼라닝께 일루들 뫼들더먼그려……"

그러면서 그는 또 가래를 끓였다.

내가 그런 이야기를 듣느라고 한눈 팔 동안, 대복이는 열심히 안개 속만 두렷거리며 여우 있을 만한 곳을 가늠하고 있었다. 그러기를 한참 만에야 대복이도 볼거리하는 말투로 한마디 뱉었다.

"저늠으 여수가 뎌졌나 워째 찍소리도 않는대유. 아마 갈통에 빠져 뎌졌나 뷰."

"워너니……"*

만배 아버지도 같이 생각했던 것처럼 뜨물 속 같은 개펄 속을 훑어보았다. 그제서야 나도 아닌 게 아니라 언제부터인가 여우 울음소리가 아주 그쳐버린 사실을 뒤늦게 깨달았다. 다른 사람들도 덩달아서 한마디씩 했다.

"질 챚어서 도루 뵝재루 올러갔는 게지."

"뱃질에 빠져 떠내려갔는지 아남."

"그게 진당* 여수는 여수라담?"

"뉘라 봤으야 말이지."

"여수가 아니라 물구신이 사람 홀리려구 여수 우는 시늉

헌 게 아녀?"

"도깨비 장난인지두 알 수 읎지."

"아따나, 언내 듣는디 낯간지럽지두 않은가, 모냥 내는 소
리 엔간히들 해쌌네그려."

이러니저러니 하는 말에 관심 않고 대복이는 여전히 안개
가 많이 엷어진 개펄만을 뒤져보고 있었다.

"보유, 암껏두 안 뵈잖유."

대복이가 어른들을 돌아보며 말했다. 어느새 안개가 걷히
고 듬성거뭇한* 갈통 아가리들이 솟아나더니, 이내 눈부신 햇
살이 퍼지며 개펄을 말끔히 씻어내었다. 개펄에 괴었던 물은
게구멍으로 잦아들며 자글거리고, 나문재 포기 밑마다 능쟁이
들이 꿀석꿀석 기어나와 바글거렸다. 괸 물이 햇살을 되쏘아
개펄은 온통 부싯돌로 뒤덮인 듯 미루나무 잎새 이슬방울보다
도 더 눈부시게 반짝거렸다.

"여수는 고사허구 깨딱했으면 생사람 때려잡을 뻔 봤네
나."

복산 아버지가 대꼭지*에 부시*를 치면서 두런거렸다. 그
가 그런 말을 하기 전부터 다른 사람들도 같은 마음이었을 터
이다. 나도 그런 마음을 삼켜가며 어이없어 입맛만 다시고 서
있던 대복이 얼굴이나 쳐다보고 있었으니까. 개펄 위에는 이
미 여러 사람이 안개를 헤치고 나와 일을 하고 있었다. 게구멍
을 뒤지는 여자, 조개밭을 긁는 여자, 파래 뜨러 뱃길로 가
는 여자, 뒤퉁스럽게 짐승처럼 꾸물거리는 것은 일 나온 부녀
자들이었고, 모시것으로 잘 차리고 구경 나온 사람마냥 거드
름을 피우며 조심조심 걷는 것은 백로와 왜가리였다. 그러므

로 물이 빠진 개펄이나 아직 물이 흐르고 있을 뱃길에는 여우 비슷한 것도 없음이 확인된 셈이었다.

"공중(괜히) 잠만 밑졌네나."

만배 아버지가 벗어놨던 짚세기를 도로 꿰며 말했다.

"제기, 그새 꿨모종을 했더라면 낮잠이나 붙었지."

봉대 아버지가 철둑으로 올라가며 투덜거렸다.

"가 식기 전에 밥이나 먹세."

달명이 의붓아버지도 엉덩이를 긁적대며 따라갔다. 그러나 복산 아버지는 초상집 가서 문상하다 상제 앞에서 실언한 낯으로 무룸무룸* 앉은 자리에서 뭉개며,

"얘, 꼽새*네 대상(大祥)이 니열이라데 모리라데?"

대복이더러 물었다.

"넘의 지사가 메칟 날인 중 워치기 안다구 나버러 물으슈."

대복이는 톱상스럽게 질러박더니,

"공중* 새벽버텀 소용없이 이슬바심*만 했다…… 싸게 가자. 아침 글 안 읽었다구 혼나겄다."

하며 이슬이 배어 후질러진 바짓가랑이를 쥐어짠 다음 앞서 걷기 시작했다. 여우한테 속았다고 여겨지면 자연 그에 따른 느낌들도 좋지 않았으나 어쩔 수 없는 일이었다.

"에이, 또 허탕이여."

한마디라도 씨월거리지 않으면 입맛이 가실 것 같아 나도 들으란 사람 없이 씨부렁거렸다. 여러 번 겪음해본 일이었다. 여우를 잡기는커녕 번번이 봤다는 사람조차 없었고, 개펄 위에 여우 발자국 하나가 찍힌 적도 없었다. 나중 간추려보면 기껏 바다 쪽에서 그런 소리가 들린 것 같았다는 정도였다. 그

런데도 사람들은 그때마다 손에 무엇이든 한 가지씩 들고 소금막 앞으로 모여들었고, 실없는 말만 몇 마디 건네다가 해 뜨며 안개가 걷히면 슬금슬금 돌아가는 것이 고작이었다. 그중에서도 한번 거르는 법 없이 맨 처음 뛰쳐나오고, 남이야 어찌 생각하건 말건 된 소리 안 된 소리를 혼자 왜장치듯* 지껄이는 사람은 노상 복산 아버지였다.

언제나 빈손이던 것으로 보아 막상 개펄에 빠진 여우가 눈앞에 보이더라도 그는 뒷짐지고 서서 구경만 할 사람이었다. 그래서 그는 늘 남의 눈치꾸러기였다. 사람들은 그를 몹시 마뜩찮아* 했다. 어른들만 그러는 것도 아니었다. 동네 아이들도 오다가다 길에서 그를 만나면 저만치서부터 달아나며 멀리하려고 했다. 아직 어른이 못 되고 아이는 아닌 대복이도 누구 못지않게 그가 다가오는 것을 꺼렸다.

그날도 내가 뒤를 흘끔거리면서 발을 더듬어 디디자 대복이는 불쑥 핀잔을 하였다.

"민구야, 그 칙갈맞은* 사람을 뭣 나온다구 대이구* 쳐다보네? 그러다가 고연히 같잖은 말이나 들을라구……"

"……"

나는 대꾸하지 않았다. 대복이 말이 싫기도 했지만 그보다는 다른 생각 먹이로 걸음을 옮기고 있었으니, 나는 얼마 안 있으면 바라보게 될 일을 미리 눈앞에 불러다놓고 있었던 것이다.

그것은 먼 산을 찾아가는 꽃상여 행렬이었다.

명정(銘旌)*과 공포(功布)*를 길잡이로 세우고 펄럭이는 앙장(仰帳)*이 하늘을 싣고 가는 꽃상여였다. 어깨로 장강(長

杠)*을 들썩이며 구성지게 저승을 부르는 상여꾼들의 소리가 머리를 에워싸고 있었다. 개펄에 여우가 빠졌다고 북새를 피운 날은 내 그림자가 발밑으로 기어들 만해져서 반드시 상여가 나가던 것을 나는 알고 있었던 것이다.

상여는 읍내에서 나와 마을을 가로질러 왕소나무와 소금막 앞으로 해서 곱은탱이 서낭당을 돌아가든가, 멀리 개 건너 먹탕곳 자드락을 지나 왕대뫼 후밋길로 사라지는 게 예사였다. 그때마다 나는 이승을 버리고 가는 이가 누군지도 모르면서 공연히 심란해져서, 큰 구경거리라도 발견하기 전에는 온종일 신명을 낼 수가 없었다.

나는 들키지 않게 뒷산 잔디 위나 양지바른 담 밑에 턱살을 내리고 앉아 청승을 떨며 허전해하였고, 그리고 엉뚱하게도 그 까닭을 깨우치려고 애썼다. 하지만 그것은 끝내 알 수 없었다. 왜 그런 날이면 여우가 울었던가를——

"으른들은 복산 아배를 사람것으로 쳐주지도 않잖데? 그이는 사람것이 아니여. 그이마냥 드럽구 추접스럽구 우스운이가 또 있데?"

그날도 대복이는 거듭 잡도리하듯* 말했다.

언제나 늘 그 타령이던 사람이었지만 그러나 나는 그가 추접스런 사내로만 여겨지지는 않았다. 대복이나 옹점이가 척진 듯이 징그러워했으면 나도 덩달아 그렇게 여겼어야 마땅하련만, 복산 아버지를 보는 눈만은 그네들과 등진 셈이나 다름없었던 것이다.

그것은 복산이가 내 소꿉동무래서 그런 것 같지도 않았고, 그가 나를 받아주려고 해서 그리 보인 것도 아니었다. 그

를 보면 그의 몸에서 무슨 구뜰한* 냄새가 나기 때문이라고 해
야 내 말이 될 터였다. 그러나 그것은 아무도 곧이듣지 않을
말이었다. 그는 사철 구수한 맛과는 거리가 먼 일만을 도맡아
하며 살았으니까. 차라리 그의 몸에 피비린내가 늘 배어 있고,
쉰 막걸리에 생으로 이긴 마늘 내가 섞이고, 거기에 집장 띄우
는 외양간 두엄 냄새가 범벅이 되어서 물씬거린다고 해야 남
들도 들으면 기특하게 보아줄 그런 사람이었다. 사실 그와 마
주치면 동네 개들도 꼬랑지가 옥아들며 도망치기 바쁜 판이
었다. 동네 아이들과 개가 피해 달아나는 사람이라면 이미 인
간 말종이나 다름 아닐 지경이겠고, 그렇게 여기던 어른이 동
네에 여럿이나 되던 것도 나는 어림으로 알아낼 수 있었다. 그
럼에도 나는 그렇지 않다고 아무에게나 우기고 싶을 만큼이나
그를 좋아하고 있었다.

그의 이름은 유천만(柳千萬). 왜정 때 징용에 끌려가 고생
이 자심했다더니 마흔네댓 안쪽이라고 들은 것 같은데도 이
미 찌들고 겉늙어 흰머리 한 모숨*만 얹어 보태면 어디를 가도
자리 비켜줄 사람이 나설 만큼이나 다되어간다 싶던 사람이
었다.

우리 집에서 머슴살이조차 해본 적이 없는 그를 어린 내
가 유 서방이라고 아랫사람 부르듯 했던 것은, 그가 일갓집*인
이남포(李藍浦) 댁의 '행랑것'**이었다는 근거로 어른들이 낮추
어 일컫던 것을 그대로 따라 불러 버릇한 것에 지나지 않는다.
한말에 남포군수를 지냈다던 일구(逸求) 할아버지는 내가 태
어나기도 전에 세상을 떠서, 그때는 서예당(棲艾堂)이라는 택
호와 함께 채국우계(採菊隅階)라는 세월 바랜 현판이나 외로

이 옛날을 기념하던 서른 칸짜리 낡은 기와집만이 마을에 남아 있을 뿐이었다.

그럼에도 유천만은 서예당을 주인댁이라 일컬었고, 무슨 때가 되면 그들 내외는 물론 복산이 복희 남매까지도 여전히 그 집의 안팎 들무새*로 다리가 떨어졌으며, 손에 얼음이 박이도록 뒷설거지를 마쳐주기까지 조금도 언짢아하지 않았었다. 묵집의 말을 들으면, 유천만이가 말 가운데에 더러 문자를 섞어 쓰고, 글을 모르면서 문장을 쓰던 것도 이남포의 잔시중을 들다가 귀로 익힌 동냥풍월이라는 거였다.

유천만은 가끔 가는 기둥에 서까래* 굵은 소리*를 입에 올렸으니 예를 들면 이런 거였다.

"내 비록 둔근(鈍根)*일망정 소갈머리 하나는 막천석지(幕天席地)*라네. 사람 야리게(값싸게) 보지 마소."

"쇤네 소인이 따루 있다나? 나모냥 기거무시(起居無時)* 허면 가로사대 군자요 가로왈 양반이지."

"나 같은 수민(手民) 따위야 민주주의 공산주의, 푸렝이 뻘갱이 챗을 것 있겄나, 그저 먹자주의가 당세관(當世冠)*이지…… 허기는 천하조민(天下兆民) 많구두 많은 중에 나 같은 먹선[食仙]*은 드물기두 드물겄지만……"

그 말마따나 그는 비록 한물간 논다니패 퇴물보다 웃돌 것이 없었지만 흔한 졸토뱅이*도 아니었다.

묵집은 서예당 바로 아래에 있었다. 이남포 댁의 허드렛집이었는데 쓸 일도 없지만 허는 수고도 들일 필요가 없어 그대로 버려둔 빈집에 들어 살았던 것이다. 그 집은 방 두 칸에 처마를 의지하여 내단 나뭇간과 부엌, 마당의 솔가지 울*에 지붕 없는 변소가 전부로서, 마루 한쪽 안 놓이고 전기도 못 단 오막살이였다.

그는 허구한 날 그 침침한 방구석의 문지방을 퇴침*하여 늘편하게* 누워 있었다. 어디서 짚이라도 한 토매 얻으면 마누라 신길 짚세기를 삼는 것이 그로서는 유일한 집안일이었으나 그나마도 여간해선 보기 어렵던 일이었고, 그것도 마누라 생각으로 삼는다기보다 사는 값으로 에끼려는* 억지 안간힘 같기만 했다. 그러나 담뱃대를 동무 삼아 나돌아다닐 때는 항상 풍년이 든 얼굴이었다. 그의 얼굴은 늘 개어 있어 장마나 가뭄을 찾아볼 수 없었다. 그는 얼굴 뜨뜻한 줄도 알고 뒤통수 가려운 줄도 알았지만* 그것을 무시함으로써 그 나름의 삶을 부끄럽지 않은 것으로 치려고 애쓰는 것 같았다. 따라서 그는 남들이 다 하는 일을 혼자만 몰라라 했고, 남이 다 치르는 일도 혼자서 외면하여 자기의 존재를 스스로 가꾸려고 하는 것 같았다.

들은 바를 믿으면 그는 징용에 나가 병을 얻어 온 뒤부터 일이라고 이름할 만한 것이면 덮어놓고 비켜섰는데, 동네에서 사람으로 쳐주기를 주저하게 된 것도 그 빈둥거리는 꼴을 보기 싫어한 나머지였다.

그가 징용에 나가서 무슨 병을 얻었는지는 알 수 없었다. 내가 들음들음으로 알 만하던 것은 해방 이듬해엔가 복막염으로 반년이나 자리보전하다 겨우 일어났었고, 어느 해 겨울인가는 빙재에 올라 참나무 그루터기를 캐다가 허리를 삔 것이 늑막염으로 깊어져 다시 쓰러졌다가 간신히 돌아다니게 됐다는 것뿐이었다. 일어나며 일변 조리를 제대로 못해 까부라진 것인지, 아니면 어설프게 남의 말만 믿고 고쳐본답시고 병만 덧내어 아주 눈감기 전에는 물러가지 않을 병으로 바꾼 탓인지, 그는 담배가 떨어지면 남의 담배밭에 들어가 시퍼런 떡잎을 따다가 부뚜막에 구워 피울망정, 일이라고 생긴 것이면 비각*으로 안다고 했다. 못자리배미를 물갈이하고 두렁* 얹는 절기부터 보리바심에 그루갈이*가 겹치고 가을걷이 마른갈이*가 마무리될 무렵까지, 집집마다 몸을 열두 쪽으로 쪼개어 써도 손이 안 가서 겨우 씨나 건질 둥 말 둥한 묵정밭*이 생겨도, 그는 손톱 하나 까딱하려 하지 않았던 것이다.

그는 당최 힘을 쓸 수가 없다면서 아궁이의 찬 재 한 삼태미*만 고무래로 쳐내어도 허리가 끊어진다고 하소연이었고, 언젠가는 솔푸대기의 잔솔뿌리를 캐어다가 솔이나 몇 개 매어 돈 사서 쏨쏨이 해본다고 빙재에 올라갔다가 괭이 한번 못 찍어보고 도로 내려왔다고도 하였다.

그런 말을 삼동네에 널고 다닌 사람은 그의 아내 묵집이었다. 그의 아내, 복산이 어머니를 사람들은 묵집이라고 불렀는데, 남편이 산송장이 되고부터 집안의 살림이 그녀 손으로 이루어지고 있었으므로, 바깥사내 천만이보다 열 배는 낫다 하여 '만만이'라고도 즐겨 부르고 있었다.

그녀는 빙재에 누렁잎이 보이면서 가을이 산에서 들로 내려올 만해지면, 어린 복산이 남매를 양쪽에 달고 떡갈나무가 어디보다도 거하던* 빙재 너머 큰고랑을 뒤지기 시작했다. 임자 없는 도토리와 상수리를 가으내 따 들이는 것이 곧 그네의 추수였던 것이다.

산밤이나 개암을 줍자고 내가 복산네를 따라가본 것도 한

두 번이 아니었다.

　　나무꾼이 잦아 큰고랑이란 이름과 딴판으로 으름이며 다래는 구경도 할 수 없었지만, 개암이나 아가위는 지천이었으므로 복산이나 복희(福姬)가 제 것을 여투어 덜어주지 않더라도 그때마다 내 호주머니는 천석꾼이 부럽지 않게 그들먹하니* 늘어지곤 했다. 그녀는 하루에 두 자루 세 자루씩 도토리와 상수리를 따 모으면서도 싸리버섯처럼 돈이 될 것이면 보이는 대로 거두었다. 그녀는 댕댕이 덩굴도 걸리는 대로 걷어 곁바구니를 채웠으니, 남달리 눈썰미와 손속이 있어 그 댕댕이 덩굴을 방석 짜듯 둥글게 엮어 시룻밑*으로 팔려는 속셈이었다.

　　해전치기*를 할 수 있는 둘레의 안산을 두루 뒤지고 나면 그녀는 매일같이 묵을 쑤어 팔기 시작했으며, 그녀의 묵판은 장터까지 차례 갈 겨를도 없이 으레껀 동네에서 바닥이 났다.

　　나이가 어려도 여물어야 할 곳은 고루 영글었던 옹점이는, 사랑어른들이 타관 나들이를 하여 한 짐 덜거나 집안일에 꾀가 나면 일쑤 바구니를 뒤집어쓰고 나서며 산에 보내달라고 졸랐다.

　　"아씨, 지년두 오늘은 산이 가서 반찬거리나 장만해보까유?"

　　"또 난봉나는구나……"**

　　"만만이 가는 디만 쫓어댕기면 지년두 그이 부럽잖이 헐 수 있슈."

　　"아서,* 아스라면……"

　　봄가을로 마음이 들떠 바깥바람이 쐬고 싶으면 핑계가 그것이었다. 원추리와 수리치도 뜯고 잔대나 도라지를 캐어 반찬 하겠다는 것이며, 도토리묵도 쑤어내겠다는 거였다.

그러나 그것은 봄가을로 한 철에 하루씩밖에는 허락되지 않았다. 어머니는,

"묵은 묵집이 쑨 묵집 묵이라야 묵이더라. 공중 입맛 덧나게 허지 말구, 그저 놀기 민망컬랑 더덕이나 멫 뿌래기 캐보거라."

하며 아예 도토리 줍겠다는 것을 마다했다. 봄철에도 마찬가지였다.

"저것이 또 여수 떤다. 그러다가 도라지루 보구 뎁세 산삼 캘라 겁난다."

"아씨는, 만만이만 젤이간디유."

"그래두 도라지 잔대는 묵집 손이 간 게라야 먹을 만허더라. 다 쇠어 터져서 공이 백인 것이야 가마니루 캐온들 무슨 쇠용 있데?"

"이따 민구헌티 알어보시면 되잖유. 지넌두 해찰만 안 부리면 만만이 손땀쯤은 저리 비키게 헐 자신 있슈."

그녀는 흰소리를 하면서도 안 들키게 혀를 날름거리면서 제 대갈통만 한 누룽지와 대복이네서 빌려온 창을 담아 가지고 나를 앞세웠다.

옹점이는 나를 걸리거니 업거니 해 가면서 묵집을 따라간다. 그러나 막상 창질을 하게 되면 옹점이는 어림 서푼 어치도 없었다. 겨루어볼 상대가 아니었고 견주어볼 필요도 없을 지경으로 옹점이는 더디었다. 얼마 못 견뎌 옹점이는 나를 잡고 거추없이 꾀송거린다.*

"애, 너는 쓰구 애린 도라지가 더 좋데, 무릇 곤 것이 더 좋데?"

그것은 나도 집을 나설 적부터 미리 알고 있던, 그녀의 밑마음이었다. 그러므로 나도 부러 대답을 어렵게 해주었다.

"쓰구 애리기는 둘이 다 같은디 뭘."

"달기는?"

"도라지 반찬을 단맛으로 먹나?"

"먹기는 워느 게 더 좋구?"

"무릇이지."

"그럼 반찬감을 캘거나, 그냥 먹을감을 캘거나?"

"그냥 먹을감……"

그녀가 나중 집에 와서 내가 무릇만 캐래서 그것만 캤다고 멍덕을 씌울* 것은 두고 보나마나 깜냥*으로 알 수 있던 일이었다. 옹점이는 묵집만 졸래졸래 따라다니며 고작 묵집이 캐려다 버린 것만을 캐는 데도 힘이 부쳐 허덕거렸다. 그녀는 묵집보다도 나 보기가 민망하여 줄곧 묵집한테 말을 건네어, 묵집의 일손을 굼뜨게 함으로써 바구니 속을 맞춰갈 셈인 것 같았다.

"그런디 복산 엄니는 보기두 용케 보네유. 워치기 넘 가진 두 눈 가지구 한꺼번에 여러 개를 찾어낸대유?"

옹점이는 그렇게 시작하여 끝을 보려고 했다.

"새끼들허구 살라니 허는 노릇인디 요만두 못해서야 죽이나 쒀 먹겠남."

묵집도 심심한데 잘됐다는 눈치였다.

"복산 아버지는 워디가 워때서 꼼짝 않고 식구들만 부린

데유?"

"부리기만? 들들 볶지나 말었으면 활인적덕*허겄어."

"요새두 장 시난고난 허남유?"*

"고록고록허구 오늘 니열 허는 게 벌써 원제버텀인디……"
하면서 묵집은 소매끝으로 눈자위를 찍었으나 옹점이는 못 본
모양이었다.

"그러니 하루이틀두 아니구 월매나 속을 끓인데유."

"지긋지긋허구 징글징글혀서……"

"속쎅여싸서 그런지 벌써 새치가 히끔거려유."

"서방을 웬수 삼은 년 팔자가 숨어 낸다구 검은 터럭 나겄
남. 인저 다 틀린 신세여."

"어채피 이리 된 것, 애들이 불쌍해서라두 맘 독허게 먹구
견디시야지유."

"젤루 친정 식구 뵈기 챙피시러 못 살겄더먼. 울 엄니가
갈러서라 헐 때 진작 말을 들었으면 시방 이 고상은 안 헐 텐
디……"

"친정 엄니두 연태 생전허신개 뷰?"

"나 땜이 다 늙었지."

"참 워디서 주막 헌다구 했지유?"

"울 엄니가 나를 웬수로 알어. 저이(남편) 죽기 전에는 에
미라구 부르지두 말라는 게거던."

"……"

"밤이 되니 사내구실을 허나, 낮이 되니 새끼들 애비 노릇
을 허나…… 전생에 무슨 업으로 불구대천의 웬수를 만나 신
세를 잡었는지. 이년두 복은 참 드럽게두 읎는 년이어."

"돌어댕기는 근력 있으면 드러눠서두 근력을 쓸 텐디 워째서 밤에 남자 노릇을 못 헌데유?"

"어매— 쟤는 츠녀가 헐 소리 안 헐 소리 읊이……"

옹점이도 이젠 그런 나무람으로 부끄러워할 나이는 아니었다. 옹점이는 오히려 한술 더 떠서,

"복산 아버지는 맨날 근력 읊네 읊네 해두 증말 심드는 일은 혼자 댕기메 다 허데유?"

"그건 다른 게지."

"다르기는유, 동네 돼지 염생이는 복산 아버지가 다 잡어주잖유."

"그려…… 안 그러면 생전 누린물 한 모금 천신헐 수 있간디."

두 여자의 말은 내 마음을 그대로 닮고 있었으나 묵집보다도 옹점이의 말이 더 다부진 것 같았다.

힘을 못 써 논다면서 뒷짐지고 이웃 동네 마실 마당만 어슬렁거리던 유천만이었으나, 막상 힘든 일이 생길 듯하면 맨먼저 걷어붙이고 덤비던 것을 나도 무시로* 보아온 터였다.

그 일은 모를 심거나 밭이랑을 고르는 일과 다르고, 오뉴월 바심 도리깨질이나 구시월 마당 자리개질*하고도 다른 것이긴 하지만, 여간내기가 아니고는 엄두도 못 낼 일을 그는 서슴없이 달려들어 수월하게 해치우던 것이다.

우리 집만 해도 해마다 몇 차례씩 유천만의 손에 맡기지 않으면 안 되었던 일이 한두 가지 아니었다. 반드시 그의 손에 닿아야 까탈* 없이 제대로 이루어진다는 것을, 우리 집은 물론 온 동네 사람들도 한가지로 믿고 있던 것이다.

매년 해토머리*마다 우리 집 밭마당에 나타나 사금파리 한 조각만으로 돼지 새끼를 거세해주던 이가 그였고, 삼복에 노인 복달임으로 개가 쓰일 경우 그 개를 잡아주던 것도 유천 만이었다.

돼지와 염소가 암내를 피워도 그를 시켜 씨돝*과 숫염소를 물색하여 붙여 오게 하고, 기르던 짐승이 병들어 어려우면 그 처리도 그에게 맡겼다. 내남적없이 예삿일이 아닐 때는 지체 없이 그를 불러대려고 서로 앞을 찾게 되던 것이다.

그러나 그를 찾아 번거롭게 헤맬 필요는 없었다. 그것은 아무개네 집에 무슨 일로 어떤 일감이 있게 되리라는 것을 유천만이 스스로가 어림으로 미리 알아차리고 때가 되면 자진해서 그 자리에 나타나주기 때문이었다.

대복이가 찾아와 내 귀에 대고 어디서 개가 흘레를 하니 구경 가자고 꾀송거려 가보면, 아이들만 꾀게 마련인 그런 곳에도 그는 먼저 와 있었다. 그는 조무래기들 틈에 꺼진 담뱃대를 물고 앉았다가 대복이나 그 또래로 대가리가 좀 굵은 아이를 보면,

"너 저게 뭐 허는 겐 중 알기나 허구 보네?"
하고 묻는다. 아이가 시쭉 웃기만 하거나 고개를 절레절레하면,

"수캐가 암캐헌티 양분을 주는 게여. 그래야 암캐 뱃속에 젖이 생겨서 새끼를 낳면 멕여 지르게 되는 게여."
하며 입을 나간집* 부엌 문짝처럼 열어제끼곤 했다.

추석이나 음력설을 하루 이틀 앞두고 동네에서 소나 돼지를 잡아 밀매한다 하여 가보면 입술과 턱주가리에 붉은 칠

을 한 채 칼잡이로 설치던 것도 유천만이었다. 망치나 메로 쳐서 쓰러뜨리고 멱을 따서 선지를 따로 받아낸 다음, 껍질 벗겨 각을 뜨고 내장을 추려 국거리로 나누며, 사러 온 사람이 부르는 대로 저울눈에 맞게 칼질을 하는 일도 그가 아니면 할 사람이 없다는 거였다. 그런 일을 해주는 그에게도 품삯은 있었다. 그러나 그 품삯은 물론 돈이나 곡식이 아니었다. 칼 오래기*나 도맛밥*으로 떨어진 희나리* 고기 부스러기와 비계 몇 점에 선지를 조금 얻어 가는 것이 고작이었다.

개 잡아 그을려주고 내장 차지하기, 염소 토끼 잡아주고 가죽 얻어 가기를 그는 무슨 큰 수나 난 것처럼 신명을 내어가며 독차지하던 것이다.

"요건 내 게여, 누구 소금 좀 가져오너……"

그는 화통 삶아먹은 목통으로 외치고 누가 소금을 내오면 우선 김이 어리는 시뻘건 간부터 서너 점 베어 남 맛보라고 해볼 새도 없이 찔룩거리고 삼켰으며, 염통이 괜찮은 것이라고 베어 먹고 콩팥이 좋은 것이라며 저며 먹었다.

일의 분량에 비해 그의 품삯은 너무 보잘것없었다. 그런데도 남의 손이 가기 전에 칼부터 갈던 것은 소증*이 나서 남의 살 맛보기를 소원해서가 아니라, 그런 일을 하기에 재미를 붙이도록 타고난 천성 탓인 것 같았다. 그것은 그런 일을 해주고도 허드레 객꾼으로 보여 누린 국물 한 모금 차례 가긴 고사하고, 부지런히 찾지 않으면 찬밥 한술 얻어먹기도 바쁜 잔칫집에 와서 자청하여 그런 일을 마무리 짓던 것만 보더라도 가늠하기 어렵지 않은 일이었다.

잔칫집 두엄간 옆에 웅크리고 앉아 닭 모가지를 여럿 비틀어 끓는 물에 튀해* 뜯어주어도, 우물가에 그러고 앉아 채반만 한 홍어나 아이만 한 민어 방어를 다루어주어도, 그에게는 닭 모가지 한 개 밴댕이 아가미 한 쪽 얻어걸릴 것이 없었다. 그래도 그는 칼자루가 남의 손에 있는 것은 못 보아 했다. 일이 끝나면 막걸리 한두 잔을 맛볼 수 있던 것이 사실이었지만 그것도 잔칫집이라면 아무나 오면가면 얻어먹을 수 있던 동네 인심에 지나지 않았으니, 김장거리 뽑아주고 배추 뿌리 얻어먹듯 일의 분량에 견주어 그만큼 생기는 것이 없었다.

오히려 그런 일하고 전혀 무관할 때가 수입으로는 나은 편이었다. 우리 집이 그랬고, 남들도 그랬다. 일테면 개가 새끼를 낳으면 강아지를 무상으로 나누는 것이 풍습이었다. 유천만은 그런 계제에서도 빠지지 않았다. 아니, 으레 그 사람 몫부터 정해놓는 것을 순서로 알고 있었다. 그런데 그가 강아지를 얻으려면 강아지 주인에게 증명해야 될 것이 한 가지 있었다. 그것은 그 전날과 전전날 하여 적어도 사나흘은 손이 깨끗했었다는 증언이 필요하던 것이다.

옹점이만 해도 그것은 철저하게 지키려고 했다. 그녀는 강아지를 안고 나와 대문 앞에 멍둥하게 빈손 벌리고 서 있는 유천만이더러,

"진당으로 말해유. 요새 메칠 사이 손에 붉은 것[血]을 묻히셨으면 시방은 안 디릴 텡께 야중에 가져가셔유."

하고 단호하게 말했다. 그러면 그는 메주 먹은 엉성한 이빨을 내보이며,

"벌써 원제버텀 푸성가리만 욱여 먹었는지 손바닥에 풀이 나게 생겼다야."

하고 며칠 사이에는 비린내도 못 맡아봤다면서 설명이 길었다.

"부정 타면 복산 아버지 책음유. 책음질류?"

그는 그 말엔 대꾸도 않고 강아지를 채뜨려* 들며 엉뚱한 말만 지껄였다.

"에, 그놈 폭 과서 초장 찍어 먹었으면 약 되겠다."

그는 강아지를 얻어 가도 기르려고 해본 적은 없었다. 반드시 장에 내다가 팔아 썼다. 보리쌀 한 말 값이면 받을 금 받았다는 것이 시세였다. 그것으로 담뱃값도 하고 탁배기 잔이라도 걸친다던 것이 묵집의 말이었다.

유천만이가 동네 초상집에 밤샘하지 않은 적이 없다는 것도 널리 알려진 일이었다. 아는 데가 많아 멀리까지 부고를 돌리며, 상여 앞에 공포잡이로 앞서고 돌아와 문간의 사잣밥*을 치우는 것이 그가 즐겨 하던 일이었다. 초상집 싸움판은 그가 끼어들어야 푸짐해졌으며, 대소상 제삿집에 온 거지들도 국수솥에 불을 때고 있던 그의 눈에 띄어야만 맨입으로 돌아가지 않을 수가 있었다.

그는 사람이 서넛만 모여도 으레 한다리 걸치려고 들었다. 이사 가는 집에 찾아가 이삿짐을 날라줘도 깔다 버린 헌 삿자리 한 닢 차례 안 오고, 이사 오는 집에 나타나 제 집 일추듯 거들어줘도 엿 한 가락 바꿀 부러진 숟갈 도막 하나 주워오지 못하면서 그랬다. 이엉* 얹는 집에 가봤자 온종일 사다리만 들고 추녀 밑에나 맴돌다가 곁두리* 한 그릇으로 수고로 웠음을 에끼기 일쑤였고, 새로 짓는 집 상량판에 붙어 앉아 목수 밑손 노릇, 미장이 뒷손잡이를 해주어도 시루떡 한 조각만 맛보면 그것으로 그날을 행복하게 여기던 사람이었다.

내가 들키면 걱정 듣던 집안 어른 몰래 복산이의 어깨동무가 된 것도 따지고 보면 복산이가 그런 사람의 자식이기 때문이었는지도 모를 일이었다. 복산이도 좋은 아이였다. 그것이 대복이에 미치지 못했던 것은 나이 탓이었을 뿐, 마음 씀씀이는 작은 대복이라고 해도 무방할 만큼 너그럽고 자상했다. 그는 나보다 두 살이 위였는데 하는 짓을 보면 천만이와 만만이를 반반씩 빼다 박은 꼴이었다. 손땀*이 좋아 무슨 일이든 금방 익히고 이내 서툴지 않게 시늉해내던 재간만 해도 그랬다.

복산이도 손이 두텁다*는 것은 일찍부터 알려져 있었다. 도토리 상수리를 주울 때 보면 제 어머니보다 못한 것 같지 않았고, 개암을 주워도 나 같은 둔보는 따라갈 맘도 못 먹어보게 눈이 밝았다. 그는 산에 오르면 하던 것을 잠시 그만두고 물줄기를 찾아내어 곧잘 가재를 잡았는데 가재 잡는 솜씨도 별쭝맞아, 얼핏 한눈팔이를 하다 보면 어느새 깡통이 그들먹하도록 잡고도 양이 덜 차는 기색이었다. 가재를 잡으면 곧장 삭정이와 검불로 모닥불을 지피고 깡통째 얹어 삶아 먹었다.

해가 긴긴 여름이면 주린 배를 채우기 위해 남의 콩밭으로 들어가 제 주먹보다도 더 큰 개구리를 몇 마리씩 꿰미에 꿰어 들고 나와 불을 피웠다. 논두렁을 뒤져 참게와 우렁을 잡아 구워 먹고, 메뚜기는 물론 심지어 말잠자리도 잡으면 불에 얹었다가 먹었다.

그러나 언제 보더라도 없이 사는 집의 놓아먹이는 아이 같지가 않았다. 어른을 어려워하고 어린아이를 고루 겸애하였다.* 남이 무슨 심부름을 시키건 얼굴빛이 조금도 없이 잘 들어주었고, 임자 있는 물건이면 부서진 장난감 한 조각 집으려

하지 않았다.

　나는 심심하면 신작로가의 대장간에 가서 구경하는 척하면서 몰래 쇠토막 훔쳐오는 것을 취미로 삼았고, 땜장이가 땜질을 하는 곁에서 어릿거리다가 양철 조각 훔치기를 재미로 알았었으나 복산이는 그런 짓도 전혀 할 줄 모르던 것이다. 그렇듯 일찍부터 속이 들고 기특한 데가 많아 내가 그를 좋아하게 된 것일까. 그것은 그렇지 않다.

　그와 어울린 것은 그를 따라다니면 무엇이든 생기는 것이 있기 때문이었다. 그도 대복이처럼 팽이를 깎고 제기와 연을 만들었으며, 물총을 넘겨주기도 하고 구슬치기해서 딴 구슬과 딱지를 나누어주기도 했다. 양철 조각을 오림질하여 여러 가지 장난감도 만들어주었고, 길바닥에서 주운 무슨 장식 떨어진 것, 녹슨 나사, 자전거 체인 토막, 엽전 따위도 꿍쳐두지 않고 모두 내게 넘겨주던 것이다. 그러나 복산이가 내게 넘겨주는 것 중에서 가장 재미있게 가지고 놀 수 있던 장난감은 돼지 오줌보였다. 유천만이가 돼지를 잡으면 돼지 오줌보는 자연 복산이 차지였다. 그는 그것을 물로 씻고 밀대나 보릿짚 홰기로 바람을 넣어 공을 만들었으며, 손 벌리는 아이가 많아도 정해놓고 나를 주곤 했다. 나는 그것으로 온종일 축구놀이를 했다. 그 돼지 오줌보 공놀이처럼 지루하거나 물리지 않던 놀이가 다시 있었던가.

　나는 어려서 약질이었으므로 잔주접*이 떠날 날이 없었거니와, 학질 버금으로 자주 걸린 것이 안질이었다. 한쪽 눈자위가 불그레해지면서 시근거리는 증상이 그것이었다.

　그런 증상이 나타나면 어머니는 곧 사랑에 알리도록 했

다. 할아버지가 반의사는 되었으므로 반드시 어떤 처방이 내릴 것이기 때문이었다. 그렇다. 내 잔주접은 할아버지의 처방이라야 효험이 있었다. 배탈이 나면 3년 묵은 간장 세 수저를 먹여 가라앉혀주고, 허벅지에 가래톳이 서면 간장으로 먹을 갈아 멍울 선 곳에 어떤 글자를 써주어 풀리게 했다. 눈병도 예외는 아니었다. 내 안질이 사랑에 알려지면 할아버지는 곧 옹점이를 불러 세우고 누가 언제 어디에다 무슨 못을 어떻게 박았는지 알아오도록 했다. 일진을 보아 살 없는 방향을 가리지 않고 때 없이 함부로 벽이나 기둥에 못을 박으면 반드시 약한 아이의 눈에 삼*이 선다는 것이 할아버지의 주장이어서, 안에서는 사실 여부는 둘째 치고 우선 옹점이 시켜 아무도 못 박은 사실이 없다고 발명부터 했다. 물론 못 박은 일이 있으면 지체하지 않고 그것을 뺐다. 부엌이나 헛간에서 시렁 밑받침한 까치다리가 흔들려 부득이 못을 주었던 것이라도 알려지면 벼락이 떨어졌으므로 그러지 않을 수가 없었던 것이다. 그러나 할아버지의 걱정이 두려워 일단은 모두들 입을 다물지 않으면 안 되었다.

"페엥— 못고쟁이를 안 박었으면 아이 눈에 삼이 설 이치가 있었느냐? 다시 살펴보라구 일러라. 페엥⋯⋯"

할아버지는 그러나 그 이상은 꾸짖지 않고 옹점이더러 붉은팥 한 줌을 내오게 하여 나를 안고 동영(東榮)에 앉아, 팥이 쥐어진 손바닥으로 내 시큰대는 눈자위를 비비면서 알아들을 수 없는 주문을 중얼거리는 거였다.

그런다고 해서 삼이 곧 잡히는 것은 아니었다. 나는 할아버지의 치료가 끝나면 으레 만만한 복산네 집으로 놀러갔다.

그것은 그런 눈을 보고도 외면하지 않는 아이가 대복이와 복산이뿐이기도 했지만 복산이는 영락없이 유 서방을 시켜 내게 색다른 이방을 해주도록 했고, 나는 그것이 덮어놓고 재미있었던 것이다.

"그런 눈을 허구 워디 간다네?"

하고 말리던 옹점이도,

"유 서방네 집."

하고 말하면 아무 말도 하지 않았다. 그녀도 그 까닭을 알고 있던 것이다.

복산이가 제 아버지더러,

"아버지, 쟤가 개씨발이 옮었는디유, 잘 안 낫는대유."

하고 말하면,

"개씨발이는 유 서방이 잘 고치잖어유?"

하고 나도 응석을 부렸다.

"놔두면 눈 멀깨미?"

그는 뜰팡에서 내려와 마당 구석을 기웃거리며 물었다.

"내가 안 낫으면 복산이가 옮을 텐디유."

내가 능청을 떨면 그는 쭉정웃음을 보이며,

"허기사 그렇기는 그려……"

그는 곧 마당 구석에서 가늘고 짧은 마디뼈 몇 개를 주워 들고 짯짯이 살펴보기 시작한다. 닭뼈인가, 돼지뼈나 아닌가 하고 따져보는 것이다.

그는 이윽고 복산에게 실패를 내오게 하여 개뼉다귀 두 개를 실에 꿰어서 하나는 내 앞자락 단추에, 다른 하나는 복산이 앞자락에 조롱처럼 매달아준다.

내 눈병은 하룻밤만 자고 나면 씻은 듯이 떨어졌다. 그러나 그것이 가릴 것을 안 가리고 박았던 못이 빠져서인지, 할아버지의 주문 덕택인지, 혹은 개뻑다귀 이방 덕분이었는지는 끝내 알아낼 수 없었다.

내년이면 나도 학교에 들어갈 것이라는 말을 여러 번 들어 이미 이태째 학교에 다니고 있던 복산이가 별로 부러워 보이지 않던 해로 기억된다. 그해 봄도 다 된 어느 날, 그날도 대복이 부름에 걸떠서* 새벽부터 이슬바심을 한 날이었다. 내가 듣기에도 길 잃은 여우가 개펄에 빠져 헤어나지 못하고 애태워 우는 게 역연했건만 역시 허탕이었다. 안개를 걷으며 보니 새벽물 보러 들어가던 어살[漁箭]* 임자 하나 얼씬하지 않는 빈 바다였다. 안개도 짙지 않았고 물때도 괜찮았다는데 뜻밖으로 사람이 없었다.

사람이 안 보이는 것은 비단 개펄만이 아니었다. 대복이처럼 몽둥이를 들고 소금막 앞으로 나온 사람도 전혀 없었다. 달명이 의붓아버지가 나중 안개 걷을 만하여 삐끔 둘러보고 가긴 했지만, 그것도 여우에 맘이 있어서가 아니라 두부를 쑤려고 소금막의 간수를 푸러 온 거였다.

몰이꾼이 아무도 나와 있지 않은 것에 놀란 나는 문득 혼자가 된 기분이 들고 갑자기 떨떠름해지는 것을 부쩌지*할 수가 없었다. 그래서 얼른 대복이더러,

"딴사람들은 못 들었나, 암두 안 나오잖었니?"

했고, 대복이도,

"그러메 말여, 이상헌디……"

할 뿐 오두망절한 채 갈피를 못 추리고 있었다. 나는 점점 옆구리가 스산하고 허전해서 견디지 못할 것 같았다.

"얼른 가자."

"왜? 미서우냐?"

그도 기미가 달랐는지 그렇게만 말하고 발걸음을 돌렸다. 이런 날일수록 다 사람이 있어야 한다고 여기며 나는 대복이보다 앞서서 걷고 있었다. 발걸음도 전 같지 않게 묵근하고 살갑지 않았다. 대복이 뒤에 무엇이 따라오는 게 아닌가 싶어 섬뜩하기도 하고, 눈앞으로 어떤 낯선 것이 금방 가로 지나갈 것 같은 느낌이기도 했다.

그런 허겁으로 잔뜩 주눅이 들어 있던 나는 다시 새채비로 진저리를 치며 걷지 않으면 안 되었다. 그런 겨를에도 늘 하던 버릇대로 얼마 있으면 보게 될 그 일을 눈자위가 좁좁하게 전벌여놓았기 때문이었다. 행상(行喪)*이었다. 검은 도련이 비구름처럼 너펄거리며 구성진 상여 소리에 덩실덩실 떠가는 꽃상여의 행렬이었다. 나는 어느덧 조객이 되어 따라가는 중이었다. 붉게 벗겨진 황토 위로 흰나비가 팔랑거리는 공동묘지에 다 와 간다는 속삭임도 엿듣고 있었다.

"그늠의 여수는 원제든지 내 손에 잡히구 말 거여……"

대복이는 나 보기가 무안한지 상여 소리 틈으로 말했다. 나는 가슴이 답답하여 아무 소리도 할 수가 없었다. 그는 갈림목에 이르자 나를 위로하듯 말을 보탰다.

"이따 뷩재루 새알 끄내러 가자. 꿩알이 쌨다더라…… 싸게 밥 먹구 올께."

그래도 나는 대꾸할 경황이 없었다.

나는 들키지 않게 부엌으로 들어가 찬광 대청에서 아침밥을 먹었다. 부엌에서 밥을 먹다 들키면 웅점이부터 죽살이 찾게 혼나게 마련이었지만 그녀는 그리될 것을 번연히 알면서도 내 편을 들어주었다. 그녀는 알고 있었다. 내가 가장 싫어하는 것이 무엇이라는 것을. 나는 아침 숟갈을 놓기 바쁘게 사랑에 불리어 나가 분판(粉板)* 앞에 꿇어앉아 붓글씨를 쓰지 않으면 안 되었다. 붓글씨 쓰기보다 지겨운 일이 다시 있었을까. 내가 벋놓여* 되도록이면 집 안에 붙어 있지 않으려고 버둥거린 것도 그것이 싫어서였다. 한번 불리어 나가면 점심 전으로는 놓여나오지 못하던 것도 그녀는 잘 알고 있었다. 그리고 그것을 그녀는 몹시 안쓰럽게 생각해주고 있었다.

내가 부엌에서 밥을 먹게 되면 그녀는 꼼짝 않고 지켜 앉아 한 수저에 한 자밤*씩 젓가락으로 반찬을 집어 먹었다. 찬장에 쥐 들어간 소리로 달그락거리지만 않으면 아무에게도 들키지 않을 수 있었던 것이다. 안에서는 사랑에 나가 먹는 줄로, 사랑에서는 안식구들과 함께 먹으려니 하므로 나의 식사쯤은 어른들의 관심거리 축에도 못 들어갔던 것이다. 그렇다고 해서 전혀 불안하지 않은 것도 아니었다. 그렇게 먹는 밥은 늘 덜 퍼진 보리 곱삶이*처럼 목에 걸리어 제대로 넘어가지도 않았다. 입맛이 가셔 떫었던 것이다.

"왜 밥을 되새기니?"

그날도 그녀는 늘 하던 말을 되풀이하고 나서,

"나리만님 걱정허실 텐디 놀어두 부르면 들리는 디서 놀어라."

그것도 예사 듣던 말이었다.

"대복이가 워디 데리구 간다구 했어."

그러자 그녀는 목을 훨씬 숙이고 말했다.

"그래두 지야집(이남포 댁)께는 가면 못써."

"왜?"

"묵집 복산 아배가 죽었디야……"

나는 먹던 숟갈을 놓았다. 갑자기 귓전을 가득 메우는 소리가 있었던 것이다. 그것은 저승을 노래하던 상여 소리였고, 복산이 남매가 느껴 우는 소리였다. 복산이가 단춧구멍에 매단 개뼈를 흔들며 우는 모습이 찬광 유리창에 가득 들어 있었다.

"오늘 새벽닭 울구 나서 죽었는디…… 닭 울구 생긴 구신은 하늘이 닫혀서 못 올러가구 오늘밤까지는 송장허구 같이 있는 법이랴. 거께*는 얼씬두 말어, 이?"

나는 수긋해* 보이긴 했으나 말을 하지는 않았다.

대복이는 나타나지 않았다. 그 집 사립문도 닫혀 있었다. 모두 복산네 집에 가서 거들어주고 있는 모양이었다. 바쁜 철이건만 논밭에 나와 일하는 사람도 없었다. 마을에 초상이 나면 모두 일손을 놓던 것이다. 옹점이도 빨래를 하지 않았다. 장례를 마칠 때까지는 빨래를 널거나 다듬이질도 삼가도록 되어 있었다.

나는 뒷산 버덩* 위로 올라갔다. 그곳에나 올라가야 묵집이 저만치로 건너다보이던 것이다. 나는 엉겅퀴가 꿩 새끼 치게 욱고* 패랭이꽃이 꽃방석 널리듯이 깔린 틈에 웅크리고 앉아 묵집을 살펴보았다. 다 삭아 거우듬한 용마루에는 운명 직후 고복*할 때 쓴 누런 베적삼이 빈 논두렁에 넘어진 허수아비처럼 얹혀 있고, 차일도 치지 않은 손바닥만 한 마당귀의 새로 만든 화덕에는 땟거리도 없다는 집에서 무슨 솥을 안쳤는지 연기가 흩어지고 있었다. 동네 사람 몇이 화덕 옆에 맷방석과 거적을 깔고 앉아 부조로 들어온 막걸리를 마시고 있었다. 백 짓권*과 양초를 보냈다는 우리 집을 보더라도 동네 사람들은 보리쌀 막걸리 장작 콩나물 따위 당장 있어야 할 것들을 물건으로 부조했으리라 여겨졌다. 마침 대복 어메가 질동이*로 물을 길어 들이는 것이 얼핏 보이고, 도토리껍질 벗기는 매통에 가려 얼굴이 잘 안 보이는 여자가, 고무래 자루 같은 것을 깔고 돌아앉아 시퍼런 푸성귀를 다듬고 있는 것 같았다.

울음소리나 말소리도 들리지 않아 초상집의 기척치고는 너무나 조용했다. 아이들도 보이지 않고 새로 오는 조객도 없었다. 죽은 이가 살아서 개를 잡아 그을릴 때 꾀어들던 수의 반도 안 되는 사람이 둘러앉아 자기네가 부조해 온 것을 축내어주고 있을 뿐이었다.

무슨 소리엔가 돌아보니 자발없는* 옹점이가 올라오고 있었다. 그녀도 일 난 집 동정이 궁금해서 보러 오는 눈치였다.

"뭘 보네? 관도 못 쓰구 거적뙈기에 말어다 묻을 게라는디 오죽헐라구."

그녀가 내 곁에 주저앉으며 언제 들은 말인지 그렇게 옮기고,

"여편네 속두 지지리두 썩여쌌더니…… 저 지경살이를 맹글어놓구 죽을 바이면 진작 죽어주던지…… 어매……"
하던 말도 마치지 못한 채 옹점이는 벌떡 일어났다. 나도 소스라쳐 놀라며 그녀를 따라 고개를 뽑고 일어섰다.

그것은 놀라운 일이었다. 누가 복산네 집으로 춤을 추고

오면서 큰 소리로 노래를 부르는 거였다. 그것도 여자였다. 삼던 모시 광주리를 인 것 모양 낭자* 위로 머리가 허옇게 늙은 여자가 입성도 말끔한데 미친 짓을 하던 거였다. 어깨를 으쓱거리며 얼싸 춤을 추고 있음이 분명했다. 목청은 서예당 기왓장이 들썩거릴 만큼이나 굵고 크며 구성지고, 가락도 처음 들어보는 것이었다.

"미치데긴*가?"

"시끄러, 무슨 소린가 들어보게……"

"우는 것 같다. 그지?"

"울메 춤추는 것 봤남."

하던 옹점이는 잠깐 뜸을 들이고 있더니 자신 있게 말했다.

"복산 어메 친정엄니구나, 그려…… 그이 아니면 누가 저러겠네. 잘 들어봐라, 틀림읎어."

옹점이는 바로 맞힌 것 같았다. 그것은 사설을 들을수록 그러했다.

"유천만아 이 웬수야, 너는 잘 간다— 내 딸만 달달 볶어 먹구 너는 잘 간다— 이 백년 천년 못 썩을 늠아, 이렇게 갈라면 진작이나 가지— 이 개백장 소백장 지집백장 늠아, 너는 훨훨 잘 간다— 에이 시연허다 시연허여. 시연허게두 잘 간다—"

울음 섞인 노래와 가락 뽑아 춤추기를, 묵집 친정어머니는 복산네 마당에 들어서도록 그치지 않았다. 그녀는 마당귀 맷방석 위에 철푸데기 주저앉더니 다시 발악하듯 큰 소리로,

"저 웬수늠 급살 맞어 뎌졌네, 베락 맞어 뎌졌네?"

하고는 옷고름을 풀어헤치고 나서 궐련을 꼬나물더니,

"저 징그런 늠 올러감사허니께" 내가 다 살겄다. 에이 속 션혀……"

소리를 되풀이했다.

"워디서 주막 헌다더니 술 먹구 왔나 부다. 암만 지긋더웠기루' 사우가 죽었는디두 창가가 나오까…… 술장사 가닥지라 춤깨나 춘다만……"

옹점이는 부아를 내며 흉잡으면서도,

"고상을 덜어줘서 고맙겄지만 찔레 덤불마냥 늙어서 혼자됐으니 서방두 못 해갈 테구 사고뭉치구먼……"

묵집 친정어머니와 다를 게 없는 소리로만 연방 이죽거렸다.

"적이나마' 울어는 못 줄망정 어린 자슥들이 워치기 생각허라구 저 꼴 헌다네…… 즤 딸이야 어채피 애덜 보구 살어갈 텐디 송장 앞이서 저러큼 포달부릴 건 뭐여. 상것 자슥이래두 애덜은 싸가지 있던디……"

유천만이가 꽃가마를 타고 하늘로 가던 날도 구름 한점 묻어 있지 않고 화창했다.

나는 옹점이와 함께 버덩에 올라가서 행상을 지켜보았다. 옹점이는 상여를 보고 중얼거렸다.

"살어생전 사람 취급 못 받더니 죽웅께 호강허네. 호강 요강 허여……"

그러나 묵집 친정어머니는 입을 다물고 있었다. 마당 구석 저만치로 물러앉아서 넋없이 바라다보고만 있었다. 막상 상여가 떠도 시원하게 잘 간다는 말 한마디 없이 이웃집 푸닥거리 구경하듯 하고 있었다. 상여가 그 아래 신작로로 들어설 때에야 그녀는 무릎을 짚고 일어났다. 그녀는 방에서 내온 것들을 집 헐어낸 빈터에 쓸어다 놓았다. 숨 거둔 뒤에 썼던 홑이불과 옷가지, 그리고 신던 짚세기 따위였다.

그녀가 그 위에 짚 한 토매*를 풀어 덮고 불을 붙이니 곧 하얀 연기가 나지막하게 가로퍼지면서 마치 골안개가 끼는 것 같은 모양이 되었다.

그 안개 속으로 상여를 뒤따르던 복산 어머니 울음소리가 개펄에 빠진 여우의 그것처럼 새벽 소리로 들려왔다. 그 소리는 멀고 가늘었으며 자주 끊어지고 있었다. 안개, 여우 우짖는 소리, 꽃상여의 행렬, 저승을 부르는 구성진 합창—— 그것은 너무도 여러 번 보고 들었던 아주 낯익은 풍경이었다.

"울 것도 많다."

어느새 옹점이가 내 눈자위를 훔쳐보고 말했다.

"복산이가 불쌍혀서 그러남?"

그렇지는 않았다. 그러나 나는 엉겁결에 무안해서 고개를 끄덕여 보였다. 옹점이가 나를 일세우며 말했다.

"그애는 저만해서버텀 싸가지가 있어서 즤 애비 따러 즤 어메 가심은 안 필* 테니 구만 마음 다스려라, 어서……"

세월은 지난 것을 말하지 않는다. 다만 새로 이룬 것을 보여줄 뿐이다. 나는 날로 새로워진 것을 볼 때마다 내가 그만큼 낡아졌음을 터득하고 때로는 서글퍼하기도 했으나 무엇이 얼마만큼 변했는가는 크게 여기지 않는다. 무엇이 왜 안 변했는가를 알아내는 것이 더 중요하겠기 때문이다. 그리고 그것은 관촌 부락을 방문할 때마다 더욱 절실하게 느껴졌다.

관촌 부락도 어디 못지않게 변했다. 뭉개진 뼝재에는 여자중고등학교가 보다 높은 봉우리로 솟아 있었으며, 여우가 길을 잃어 우짖었던 개펄은 사철 봇물이 넘실대는 수로를 가운데로 하고 농로와 논두렁이 바둑판으로 그어졌다. 상여가 돌아가던 서낭당 터는 라디오 가게가 차지했고, 수백 년을 버티며 견딘 왕소나무 자리에는 2층으로 올린 붉은 벽돌 위에 슬라브 지붕을 인 농지개량조합 청사가 풀색 새마을 깃발을 드높이 치켜들고 있었다. 서예당 터에는 교회 십자가가 우뚝하고, 엉겅퀴와 패랭이꽃이 우북하던 버덩에는 담장에 가시철망이 돌아간 똑같은 모양의 집장수 집이 대여섯 채도 넘게 들어서 있었으니 산과 바다가 사람보다도 더 못 미더운 동네로 변해버린 거였다. 그러나 유복산이는 거연(居然)했다.* 오직 하나 변치 않은 것이 그였다. 뼝재가 변하고 바다가 변했음에도 그 한 사람만은 아직 다치지 않고 남겨두고 있었다.

우연히 되잖은 글줄이나 쓰게 됐다고 내가 이제 와서 복산이의 월단(月旦)*을 함부로 농할 수 있을까. 안 될 일임을 나는 스스로 안다.

비록 몽당붓일지언정 그런대로 제법 낙필(落筆)하여* 주어진 내 한몫의 삶이라도 떳떳하게 지탱해왔다면 가능한 일일지도 모른다. 그러나 나는 현실에 투생(偸生)하여* 이 오죽잖은 생활이나마도 누릴 수 있기를 도모하였고, 애초부터 사문(斯文)*을 따르지 못하여 나이 넉 질[四秩]*이 다 되도록 구이지학(口耳之學)*으로 활계(活計)함에 그쳤으니, 얼굴은 들 수 있어도 뒤통수 부끄러워 못 다닐 지경에 이르지 않았는가——

고향을 지키고 있어 고향에 가려면 반드시 거치지 않을

수 없는 산을 관산(關山)이라 일컬어온 것은 마사(馬史—사마천의 『사기』) 이래의 일이었다. 내게는 이제 복산이가 관산이었다. 그가 그곳에 남아 있지 않았다면 나는 그곳이 고향이라는 증거를 한 가지도 지니지 못한 셈이 될 터였다. 그는 그곳에 남아 있었다. 옛 문장을 빌려 말하면 목우즐풍(沐雨櫛風)—비로 목욕하고 바람에 머리 감는 신산고초를 견디고 이겼으니 그를 관산으로 여김은 지극히 당연하다고 믿는다.

도토리를 주워 중학교에 입학을 했던 그는 곧 성실성이 눈에 들어 학교의 온실(溫室)지기로 일하게 되고, 그 대가로 사친회비를 면제받아 농업고등학교도 마치게 되었으며, 본디 땅뙈기라곤 되지기거리*조차 없었건만 이젠 어엿한 섬지기* 농군으로 자라 대강 셈평이 펴이고 있었다.

그는 그러나, 음식을 첫째로 하고, 노름 낮잠 색을 둘째로 치며, 농한기를 긴 명절로 보내되, 먹을 양식이 있는 한 벌어 보태지 않거니와 혹 그런 것과 관계없이 부지런한 자는 벌어 놓고 곧 죽는다고, 누군가가 말했던 지난날의 농사꾼이 아니었다. 보리밥 한 그릇에 두 끼 물을 마셔 배를 채우고, 첫눈을 맞아야 여름옷을 벗는 도토리같이 야무진 일꾼이었다.

그는 이틀 품을 하루에 쩌낼 만큼 근신골강(筋信骨强)*하였고, 동냥 나온 걸인이 울안에서 쉬어 가도록 결곡하고 겸용스러운,* 정자나무 폭*의 붙박이 그늘이 되어 있었다.

얄팍한 슬레이트를 얹은 그의 집은 어느 구석보다도 잊을 수 없어 못내 못 잊어 했던 갯둑, 인가 한 채 없이 마을 곳집과 마주 보며 간국*에 찌든 채 고리삭던* 소금막 터에 자리 잡고 있었다. 그 갯둑— 그러나 지금은 한남체인스토어와 티파

니의상실이 마주 보고 있는 골목을 접어들어 뉴타운 퍼모스트
집과 한일TV수리센터를 지나, 김스미용실과 서울여인숙을 거
치고도, 문명이 진열된 양옥집 추녀 밑을 한참이나 훑어가서
가로지른 논누렁으로 골목이 그친 곳에 멈춰야만 그의 집을
만날 수 있었다.

가장 최근에 찾아갔던 올봄에도 그는 전처럼 색연(色然)
하면서* 내 손을 맞잡아 들였다.

그는 해꽃이 설핏한 마당에 돼지먹이로 막 베어온 듯싶은
꼴짐을 풀어놓고 낫 끝으로 짯짯이* 뒤적거리며 무엇인가를
눈여겨 찾고 있었다.

"뭘 그리 찾어?"

나는 왔다는 인사를 그렇게 했다.

"얼라, 시방 오는 질인감?"

그도 다른 말은 몰랐다.

"역시 자네가 예서 사니까 든든허구먼."

"꾸부러진 나무가 선산 지킨다더니* 내가 바루 그 짝이
지."

"좋은 시절 만나서 자주 근면 협동허니께 신색두 좋구먼."

"일하면서 싸울라니 힘이 넘쳐 그럴밖에."

"농사두 초전박살루 짓지그려."

"그새 뭐 좋은 사껀 좀 읎었남?"

"아, 드디어 예비군을 제대했지."

"그럼 민방위대원두 되구 했으니 그 기념으루 장가나 가
지그려. 자지에 가지치기 전에……"

"장가 한 번 가나 연애 열두 번 거나 허는 건 비슷허게 헐

겨."

"다 있는디 노총각 조치법만 읎구먼."

그 말에 내가 멋쩍게 웃으니 그는 안에다 대고 소리 질렀다.

"옥동아, 내다봐라. 손님 오셨다."

옥동이는 네댓 살 난 그의 큰딸 이름이었지만 그것은 아
내를 부른 말이었다. 그 말이 떨어지기 바쁘게 그의 아내가 물
묻은 손을 포대기 끝에다 훔치며 나왔다. 그녀는 아기를 업고
있었다.

"어, 그새 식구가 늘었네. 시쟁가 뵈?"

내 말에 복산이는 웃지도 않고,

"작년에 낳았지. 교통두 복잡허구 해서 구만 낳을라구 했
는디 생일날 기념으루 찰떡을 멕였더니 직통으로 체해버리데.
별수 있어. 낳게 했지."

그러자 그의 아내도 죽을 맞추느라고,

"방문 문고리만 튼튼허면 애 낳기두 어렵잖어유."

하고 깔깔 웃었다.

"돈두 모으구 애두 모으구, 바야흐로 모을 일만 남었구
먼."

"돈? 시골 돈 이름만 컸지 서울 가면 한나절 고뿔거리두
못 되는 돈——"

"누구한테 들으니 한밑천 묻어놨을 게라든데?"

"돈 벌기 쉽걸랑 자네두 마셔 조지구 태워 조지구 자서 조
지지 말구 고향에다 땅두 좀 사놓구 허지? 살 땅은 읎어두 죽
을 땅은 마련해야 허잖여."

"임시 설 땅두 읎는데 아주 누을 땅을 장만해라? 도처청

산골가매(到處靑山骨可埋)*라니 죽은 뒤에야 고향이 따루 있나."

그때 그의 아내가 끼어들어,

"아무리 말에 임자 없다지만 벌써 죽을 걱정부터 해요?" 하고 남편에게 허연 눈을 했다. 복산이는 무르춤해서* 고개를 돌렸다.

"멀리 오시느라구 고단허실 텐디 좀 씻으셔야지유. 당신이 애기 좀 받으슈."

그녀가 업었던 아이를 복산에게 넘기고 들어가자 나는 아이를 들여다보며 이름을 물었다. 복산은 헐렁하게 웃으며 이름을 말했다.

"이크, 굵게 노는데, 장차 크게 될 이름 같어."

내 말에 복산은 대답 대신 음성을 낮추어,

"지집이란 게 나이 처먹으면 여수 된다더니 저게(아내) 보통은 웃돈다구. 애 이름두 저 여편네가 받어 왔으니께……"

"받어 오다니?"

"이 고장 높은 양반이 지어줬거든."

"군수가?"

복산이는 푸실거리며 고개를 끄덕였다. 군수가 작명해주기까지는 간단하지 않은 사연을 바탕으로 했으려니 싶었다. 그의 아내 성화로 손발을 닦고 나자 저녁상이 기다리고 있었으므로, 그 작명에 깔린 이야기를 듣게 된 것은 밤이 깊어진 뒤였다.

그의 방에 처음 들어설 때, 내 눈에 맨 먼저 들어온 것이 책상이었다. 어느 집을 방문하든 우선 책상부터 훑어보던 것

330

이 잡지 일을 하면서부터 내게 붙은 버릇이었다. 그의 앉은뱅이책상 위에는 산림경제, 새마을, 자유공론 같은 잡지와 충청일보가 가지런히 놓여 있었다. 시골집을 다녀본 가늠이 있어 나는 묻지 않고도 그가 새마을지도자거나 이장이란 것을 이내 알아챌 수 있었다. 따라서 아이 이름에 관해서도 관심을 놓을 수 있었다. 공무로 군수와 가깝게 지내다 보면 군수에게 작명한 가지쯤 부탁하기가 그렇게 어려울 일도 아닐 터이겠던 것이다.

복산이가 아이의 이름과 그에 얽힌 이야기를 입에 올린 것은 덤이었다. 식사를 마치자 안에서 삼촌네 제삿날 안 들여다볼 수 없겠다며 나간 뒤, 복산은 곧장 자기 아내 이야기를 늘어놓던 것이다. 그것은 물론 아내 자랑이었다. 비록 배웠달 건 없는 여자였으나 지악스럽고* 억척스러워서 이만큼 땅 마지기나 내 것 만들어 살게 됐다는 뜻이었다. 살림에 규모 있고 돈 족보에 밝으며 무엇으로든 항상 움직이지 않으면 몸살하는 여자라고 그는 치켜세웠다. 그러면서도 그는 가를 것은 분명히 갈라야 한다면서 그 서두를 이렇게 떼었다.

"나이 먹으면 여수 되는 게 지집이라더니, 우리 애 어메 잔꾀두 보통이 넘는단 말이여. 잘되면 서방 하나 살리구 못되면 여러 조상까지 죽일 게 지집년 잔꾀더구먼……"

그러나 다행스럽게도 아직 큰 실수로 망신은 시키지 않았던 셈이라고 그는 말했다. 누가 보아도 번연히 알 만한 꾀를 부리되 그러나 무슨 악의가 있어 빚어낸 흉계가 아니었고, 남다른 재치가 있었기로 언제나 뒤탈을 부르지 않을 수 있었다던 것이 결론이었다.

"애 이름만 해도 그렇지……"

그는 아이의 작명 과정을 털어놓음으로써, 그 일 한 가지만으로도 자기 아내의 전부를 이해할 수 있었으면 싶은 눈치였다.

지난번 국민투표를 이틀인가 앞둔 날이었다고 그는 말머리를 새로 하였다. 변고도 그런 변고가 없었다고 그는 과장해서 말하고 있었다. 그것은 아내가 출산 예정일이 오늘 아니면 내일이라고 노래하면서도 미역 한 꼭지 준비해두기는커녕, 거꾸로 생전 모르고 살아왔던 미장원을 다녀오던 거였다. 복산이 생각으로는 미장원 출입만 해도 예삿일이 아니었다. 하지만 사건은 그것으로 그치지 않았다. 더욱 가관스러운 것은 어디 가서 한약을 몇 첩인가 지어다 놓고 몰래 달여 먹으려다 들킨 거였다. 복산이는 눈앞이 아찔했다. 별생각이 다 들던 것이다. 그렇다고 뭐라 나무랄 수도 없었다.

평소 고기 한 칼 제대로 못 먹였으니 출산에 오죽 자신이 없으면 남편 몰래 보약을 지어다 먹으려 했겠는가 싶어 가슴이 저렸던 것이다. 그래도 전혀 모른 척할 수는 없었다. 겁이 나던 것이다. 아무래도 어디가 단단히 잘못된 것 같기만 했다. 시렁시렁 미치는 게 아닌가 하여 의사에게 보일 작정도 했다. 그런데 아무리 살펴보아도 이상한 언동을 하지 않았고, 눈동자도 변함이 없었다.

그는 생각다 못해 아내에게 직접 물어보기로 했다. 그러나 아내는 벙글거리기만 했다. 아내는 투표일 당일에야 입을 열었다.

"나 이따 해산할지도 모르니께 어디 가지 말아요. 투표를 하러 갈 때두 나랑 함께 가야 해요."

복산은 그 말을 무심하게 듣고,

"미쳤남? 금방 애 낳는다는 여편네가 투표하러 게까지 걸어가게."

그러나 아내도 수굿하지 않았다.

"어매, 그럼 이 중요헌 투표를 하지 말란 말유?"

"자기 투표 아니면 투표율이 낮어서 될 것이 안 될 줄 아나 뵈."

"그래두 자기만 가면 안 돼요."

"그럼 나두 안 가면 되겠구먼그려."

"허라는 것은 해야 하는 것인 줄도 좀 아슈."

"시끄럿 —"

복산이는 부아가 치밀어 그대로 앉아 있을 수가 없었다. 그는 문을 메어 닫고 나와 이웃 처삼촌 집으로 갔다. 그는 처삼촌댁에게 해산관을 부탁했다. 오면가면 할 테니 아내를 단단히 잡아놓고 있어달라는 말도 잊지 않고 일렀다. 마음 같아서는 다 그만두고 싶었으나 공연히 의심 살 필요도 없겠어서 그참 투표장으로 내달았다.

투표장은 읍내 군청 옆의 국민학교 교실이었다. 얼른 혼자 다녀왔다고 해야 아내를 방 안에 가두고 일을 곱게 치를 수 있으리라 믿은 거였다. 복산은 정말 아내가 염려스러워 그녀를 아끼느라고 그렇게 했던 것이다. 그러나 그것은 오산이었다. 복산이 때 아닌 땀을 흘려가며 집으로 되돌아오니 집에는 뜻밖에도 어린 처조카와 아이들만 모여 앉아 집을 보고 있었다. 처삼촌댁과 함께 투표장에 다녀오마고 나갔다는 거였다.

그는 열통이 터졌지만 별수 없이 진드근히* 눌러 참으며 어서
탈 없이 되돌아오기만을 기다렸다. 남도 아닌 처삼촌댁을 넣
어 이웃 아낙네들과 어울려 갔으므로 마음이 다소 놓이기도
했다. 하지만 올 시간이 겨웠는데도 돌아오지 않았다. 함께 갔
다던 이웃 여자들조차도 종무소식이었다. 복산이는 불안감을
부쩌지 못해 속절없이 골목 앞이나 지키고 서 있을 수밖에 없
었다.

투표도 마감이 다 됐겠다 싶을 때서야 이웃집 여자들만
돌아왔다. 더욱 이상한 것은 그네들이 하나같이 밝은 표정으
로 걸어오던 모양이었다. 그중에서 옆집 이장 마누라가 한걸
음 앞서 다가오며 말했다.

"옥동 아버지 좋겄이유, 또 아들 낳아서······"

"······"

복산이 어이가 없어 말을 못 찾는데 그네들은 돌아가며
한마디씩이었다.

"시방 핵교 앞이 오내과에 입원했는디유, 애두 알토란같
이 여물데유."

"질바닥에서 애 난 사람 안 같데유. 한디서 애 낳면 뭣이
워쩐다더니 원······"

"그러구 서 있지만 말구 얼릉 가봐유. 읍장두 댕겨가구 스
장두 댕겨갔는디, 애 아버지는 워째서 그러구 서 있기만 헌데
유."

"병원비는 스장이 다 댄다구 했다메?"

"군수가 금일봉을 보내오구 이름두 지어줬대유."

"아 이 촌바닥에서 금일봉이 워디여······ 아들 낳구 금뎅

이 한 봉지 은구…… 옥동 엄니가 보통 출세헌 게 아니여."

복산이도 처음에는—그녀리 썩을늠으 여편네 망신두 요지가지루 시키네. 급살헌다구 투표는 가설랑 질바닥에서 그 지랄을 허구 자빠졌어— 하며 막말을 했고, 홧김에 애써준 이웃 아낙네들한테 고맙다는 인사 한마디 못 차린 채 병원을 찾아 나섰지만, 가면서 생각하니 무턱대고 성질만 내세울 일도 아닌 성싶었다. 그 일은 결국 그렇게 치르지 않으면 안 되도록 미리 마련된 것이 분명하던 것이다. 아내가 생전 처음 미장원을 다녀온 것이 그렇고, 앞서 보약을 지어다 먹던 것이 바로 그것이었다. 허전하고 섭섭했지만 어쩔 수 없었다.

미리 달여 먹은 한약도 나중 알아보니 보약이 아니라 출산 예정일을 이틀 늦추어 투표일에 맞추려고 처방한 출산 지연제였다. 고을의 경사라 하여 군수가 금일봉이 든 봉투 속에 작명첩을 넣어 보낸 사실도 그날 밤으로 퇴원시켜다놓고 나서야 안 일이었다. 그러면서 복산은 한 가지 더 웃긴 일이 있다며 쓸쓸하게 웃었다. 그것은 금일봉으로 소문난 봉투는 금덩이가 든 돈 봉투가 아니라 만 원짜리 돈이 한 장 들어 있었다는 것을, 사실대로 말해도 곧이들으려고 하지 않던 사람마다 붙들고 해명하기에 진땀을 뺀 일이었다.

"신문엔 안 났던가 뵈, 났었으면 나두 봤을 텐디."

내가 실없는 소리를 하자 복산은 정색을 하고 말했다.

"전국 각지에서— 도청 소재지에서만두 그런 일이 수두룩했는디 이 촌구석 일이야 차례 갈 틈이 있겠남?"

"허긴 그 말두 일리가 없지 않은 것 같구면."

내가 신문에서 봤던 가늠으로 말하니 복산은 다시,

"안 헐 말루, 모르기는 허지만 그때 그렇게 난 애는 우리 여편네처럼 미리 치밀허게 계획을 세워가지구 그랬을 것 같어……"

복산의 말이 떨어질 만해서 그의 아내도 돌아왔으므로 그 이야기는 자연 거기서 마무리되었다.

"니열 아침에 국 자시러 오라는디 손님이 지셔서 못 온다구 했슈."

그의 아내가 안방으로 들어가며 이쪽에 대고 말했다.

"아직두 예전 풍속이 남은 모양이군."

내 말에 복산은 고개를 이렇게 젓고는,

"처삼춘이면 아주 남두 아니지만…… 지삿날 아침이래야 별겐가. 먹던 밥 먹던 반찬이지. 고깃국이 있다 뿐이여. 아직두 명일*이나 지사 아니면 고기 천신을 못 해보거던. 그러니께 시 방두 밥 먹으러 오라잖구 국 먹으러 오랜다구 허잖여."

"많이 좋아졌다든데."

"그럼 나만 모르고 사는 모양이구먼…… 고단헐 텐디 구만 눕세."

복산이가 자리를 만들 동안 나는 변소를 찾아 나섰다. 농가라면 흔히 그렇듯 그곳은 저만치 밭마당 구석에 따로 나와 있었다. 나는 마당을 가로질러 가면서 무심결에 개펄 쪽을 둘러보다가 소스라쳐 놀라며 그 자리에 굳어버리고 말았다.

아— 나는 참으로 오랜만에 가슴이 벅차오르는 것을 느꼈다. 도깨비불— 그렇다. 왕대뫼 밑 먹탕곶 개펄에 푸른빛을 내뿜는 도깨비불이 즐비하게 늘어서 있던 것이다.

하나 둘 서이 너이…… 나는 어느새 도깨비불들을 손가락

으로 헤아려 나가고 있었다. 변치 않은 것이 한 가지 더 있다
는 반가움, 반가움과 즐거움에 들떠 그것들을 차곡차곡 빠뜨
리지 않고 세어 나갔다.

"마흔다섯……"

하고 중얼거리며 나는 손가락을 떨었다. 내일 새벽엔 안개도
볼 수 있으리라고 믿어, 가슴의 설렘에 손가락마저 떨린 거였
다. 모를 일이었다. 옛날로 돌아가 혹시 길 잃은 여우가 울부
짖게 될는지도.

"게서 뭣 허나?"

복산이가 같은 용무로 나오면서 허텅지거리*를 했다.

"아, 도깨비불…… 생전 못 볼 줄 알았다가 보니 좋은데.
멋있는걸."

나는 건너편을 손가락질하면서 들뜬 소리로 말했다.

"무엇이?"

"저 도깨비불……"

"무엇 불?"

"옛날에 보던 도깨비불, 그거 아녀?"

"무슨 불? 허어 참, 그러게 장가를 가라구."

"……"

"도깨비불 좋아허네…… 저게? 술고래라서 안주두 고루
먹어 헛소리는 안 헐 중 알았더니……"

"그럼 모르겠는데……"

"뭘 몰러? 저건 서울서 온 낚시꾼들의 간드렛불이여. 명
색 문화인이라면서 밤낚시 한번두 못 해봤구먼."

나는 무엇에 받혀 하늘 높이 떠올랐다가 거꾸로 떨어진

기분이었다. 오랜 꿈결에서 순간적으로 깨어난 것처럼 허망하고 민망했다.

"이리 죽 늘어앉은 디는 물길이구, 저쪽 저리 둘러앉은 디가 유수지(留水池)여. 갯물이 들어오면 수문을 막았다가 쏠물 때 열어 물을 빼는디 민물고기 갯물고기가 섞이구 해서 씨알두 게가 굵구, 물길에서는 잔챙이래두 붕어만 문다데. 남포, 청라 담에는 여기를 친다는 겨."

그제서야 나는 늘어앉은 불빛들이 제자리에 죽어 있음을 비로소 깨달았다. 무등타기와 숨바꼭질을 하던 살아 있는 불이 아니란 것만 진작 알았어도 마흔다섯까지 수효를 헤아리지는 않았을 터였다. 나는 무슨 재산붙이를 어둠 속에 잃고 찾지 못한 투로 무거워진 가슴을 안고 복산이 따라 방으로 들어갔다.

나는 한동안 얼빠진 얼굴로 천장만 쳐다보고 있었다. 바깥이 시끄러워 잠도 쉽게 올 것 같지 않았다.

"여기두 발전허니께 시끄럽구먼."

내가 한참 만에 소음을 가리켜 말했다.

"공해 공해 허지만 알구 보면 게 다 인간 공해여. 저것덜 한번 저 지랄허기 시작허면 밤새 잠두 안 자네. 니열 새벽 부연헐 때까지 저 지랄헐 텐디…… 말리니 듣나, 동네것들이니 고발을 허겠나. 에이……"

기타 켜는 소리가 차츰 크게 들려왔다. 논두렁에서 고고춤을 추는지 왁자하기가 서울 근교의 유원지에 지지 않았다. 더구나 팝송을 합창할 때는 정말 귀 있는 것이 원망스러울 지경이었다. 복산은 저래도 저대로 두는 수밖에 없다고 거듭 말했다. 동네 인심도 이제는 아이가 논두렁에서 콩서리만 해 먹다 들켜도 고발될 정도로 근대화되어서, 저런 스무남은 안팎의 애송이들이라 해도 섣불리 건드렸다가는 망신만 당하고 병신 소리 듣기 십상이라는 거였다. 동네 사람도 없고 이웃도 몰라보는 아이들이므로 누가 뉘 집 자식인지 훤하지만 아예 몰라라 해야 가장 무난한 처신이 된다고 복산은 탄식했다. 그러다가 그는 다시,

"나야말루 어린것들은 자꾸 커 나가구 어떻게 해야 좋을지 큰일인디."

하고 새채비로 한숨을 졌다.

"벌써부터 교육을 걱정허나?"

나는 복산이답잖은 말이 비위에 거슬려 무뚝하게* 말했다.

"교육이야 교육이지. 여기만 해두 인간 공해가 보통은 넘어."

"저 키타 치구 춤추는 애들 땜이?"

"저것들이야 별게간. 문제는 자네 말마따나 저 도깨비불이여."

하고 복산은 짐짓 웃었다.

"제기, 관광객두 끌어들일 판에 낚시꾼들이야 제 발로 와서 돈을 뿌리구 가는데 소득 증대 겸 여북* 좋아. 딴 디서는 낚시꾼을 낚으려구 저수지에 치어를 수십만 마리씩 넣어 기르기두 허는디 돈 들여 선전은 안 헐망정 돈지랄허겠다구 오는 것까지야 꺼릴 것 있나."

나도 낚시회를 따라 전라도까지 가본 적이 있어 흥미를 느껴 물었다.

"좋지, 이 동네만 해두 낚시쟁이들 상대루 밥장사, 술장사, 지렁이 장사루 나선 집이 서너 가구나 되는걸."

복산은 일단 그렇게 일러놓고 나서,

"저것들이 와서 돈지랄만 허구 가면 좋겠는디 공짜가 윲데. 딱 한 가지가 속을 쌕인단 말여. 물런 다 그렇다는 게 아니라, 일부 몰지각헌 인사가 그야말루 내 입에서 인간 공해란 말이 나오게 헌다구."

하여 내가 다시 물으려 하자,

"아까 자네 올 때 내가 돼지 줄 풀을 허쳐놓구 뭘 챚었는지 말헐까?"

"농약 묻은 풀이나 독초?"

"돼지 죽일까 싶어 사람 묻은 약을 챚은 게여."

"무엇 묻은 무얼 찾어?"

"사람 약."

복산은 그것이 콘돔이라고 말했다.

"다른 디는 몰라두 여기는 해수욕장이 곁에 붙어서 그런지 여름 내내 풀새밭에 가면 그게 널려 있다시피 허거던. 물길 뚝셍이,* 유수지 언저리, 논두렁…… 풀만 흙 안 뵈게 자랐다 허면 으레 그게 있는디, 꼴 비는 사람이 일일이 그걸 개려가면서 낫질허겄나…… 한번은 김웅필이라구 요 옆댕이 사는, 간사지 농사짓는 사람인디, 하루는 느닷없이 다 큰 돼지가 죽어버리더란 말여."

"……"

"게, 무슨 영문인지 알아나 봐야 헌다구, 돼지를 해부 안 해봤겄나. 물런 독약 중독만 아니면, 가령 심장마비니 고혈압이니 동맥경화증, 무슨 암 같은 게 걸려 죽었으면 병두 고급 병이니께 먹을 만허겠다구, 죽은 고기지만 팔어먹을 심두 했었지만 말여. 그런디 갈러보니께 독물 중독은 독물 중독인디 농약 중독이 아니라 사람 중독이더구먼. 콘돔이란 게 소화되는 겐가. 그것두 한두 개가 아니라 한 뭉치가 뱃속에 뭉쳐 있더란 말여. 꼴을 벼다 줄 때마다 살펴서 가려내고 주었더라면 거시기했을 텐디, 그때만 해두 누가 그런 일이 있을지 생각이나 해봤겠남…… 기가 맥혀서."

"……"

나는 어처구니가 없어서 우습지도 않았다.

"신문에 보면 창경원 코끼리나 하마는 구경꾼이 넣어준 빵을 봉지째루 먹구 뱃속에 비니루가 뭉쳐 죽는다던디 이 동네 돼지는……"

나는 말끝을 내지 못했다. 복산이가 말했다.

"애들이 뭐 아나, 풍선 모냥 생겼으니 장난감인 줄 알지. 저 너르고 좋은 들판에 애들을 못 내보낸다면 말 다했지. 애를 키울 수가 있나, 짐승을 제대루 칠 수 있나…… 제기, 세상 좋아진다더니 원……"

"그야 어디라구 안 그럴까만, 공해부터 평준화돼가는 것도 아닐 테구."

나는 할 만한 말이 마땅치 않아 입을 다물어버렸다. 잠시 숨을 돌리고 있던 복산이가 문득 고개를 들어 책상 위의 사발시계를 보더니,

"벌써 저렇게 됐나 뵈."

중얼거리고 나서 안에 들리도록 큰 소리로 말했다.

"거시기 잠들었남?"

"아니—"

그의 아내가 되받아 넘겼다. 몰리는 잠을 간신히 참아내던 음성이었다.

"시간이 다 돼 가는디, 잠깐 일어나 라면이나 한 개 끓여."

"아 어련히 알아서 헐라구 재촉혀, 고단해 죽겠구먼."

그의 아내는 잔뜩 볼 물어서 쏘아붙였다.

"아닌 밤중에 라면은 왜?"

나는 눈을 크게 뜨고 물었다. 밤참을 먹자고 할지도 모른다고 지레짐작을 했던 것이다. 복산은 내 말엔 대답을 않고 다시 안에다 대고,

"어허, 니열까지만 참구 허여. 모레 온다는 날 오면 될 텐디그려."

"하여간 저이는 이냥* 이 꼴 허구 살어두 싸다니께. 불 덴자리 아프듯이 살어두 션찮은 판인디 쓸디 읎는 디다 쓴단 말여. 이백 원은 돈이 아닌가."

"구만해 둬."

"뭘 구만해 둬? 돈두 돈이지만 이게 뭐야. 맨날 자다 말구 일어나서 도깨비 살림허듯 남 다 자는디 덜그럭대가며…… 지겨워 못 살어."

"내가 참으야지."

복산이는 중얼거리다 말고 안으로 귀를 모았다. 문 여닫는 소리에 이어 양은그릇 건드리고 연탄 아궁이 여는 소리가 자세하게 들려왔다.

"허기는 저 여자나 내나 요새는 서루 못 헐 짓 허구 있어."

복산은 마른침을 삼키며 두런거렸다.

"웬 라면인데?"

나는 영문을 모르겠어 되풀이하여 물었다.

"아까 저 앞에 도깨비불 봤지?"

그가 웃었으므로 나도 웃으면서 고개를 끄덕였다.

"게가 유수진디, 베랑* 넓지는 않어두 사철 물이 칠넘칠넘 허거든. 옛날 뱃길이었으니 짚기두 쓸찮이 짚거든."

나는 얼른 옛날의 그 연파(烟波)*가 가물거리던 잠포록한 바다를 떠올렸다. 중선이 드나들고 원산도 삽시도로 떠나는 기곗배가 방앗간 방아 돌아가는 소리를 내며 드나들던 뱃길도 더불어 제 모습을 나타냈다. 복산이가 말했다.

"그런디 그 유수지에서 해마두 한 번은 기여 사고가 난단 말여. 살인 사건이 나던지 자살 사건이 나던지, 하여간 일 년에 하나는 누가 죽던지 죽는다구…… 이 쬐끄만 바닥인디두 그런 일이 생겨."

"이 바닥 사람들이?"

"물런이지. 요 메칠 전에두…… 한 보름 됐나, 헌디 또 살인 사건이 났잖여. 스무남은 가차이 된 츠녀가 떠올렀는디 즌 깃줄로 목이 졸린 채 갈았었다가 떠올렀거든, 아직은 신원두 안 밝혀졌지만."

"신원두 못 밝히고 무슨 수사를 허나."

"범인만 잡으면 자연 신원두 밝혀질 테니…… 탐문 수사를 해봐두 아직 실종된 츠녀가 읎다는 걸루 봐서 이 바닥 여자는 아닌개 벼."

"신원이 밝혀져야 범인이 잡힐 텐데, 범인이 잡혀야 신원이 밝혀진다? 당최 모르겠구먼."

"낸들 알 수 있나. 그래서 벌써 보름째나 형사가 현장에 나가 잠복허구 있는디, 소득이 읎는 모냥여."

"현장 잠복은 왜?"

"무슨 범인이든지 범행을 저지르면 불안허구 궁금혀서 반드시 현장에 한 번은 나타난다── 나타날 것이다, 나타나면 잡는다, 허구 날마다 밤낮으로 낚시꾼으로 변장허구설랑 번차례루 앉어 있거든."

"아, 그러니까 잠복 형사에게 매일 밤참으로 라면을 삶아다 준다?"

내가 비로소 깨닫고 물었다.

"라면 하나 가지고 되겄남. 으레 쇠주두 한 병 묻어가게 마련이지."

복산은 다시 탁상시계를 여겨 보았다. 자정이 넘어선 시각이었다. 내가 물었다.

"그러고 보니 자네가 여기 이장 일 보는구먼?"

그러나 복산은 아무렇지도 않은 얼굴로,

"이장은커녕 줄반장도 아녀."

"그럼 왜 그 노릇을 허구 있나, 성가시게."

"장 했간디? 이제 엿새째구먼. 그동안에는 이장이 했거던. 그런디 이장이 새마을연수원에 강습 받으러 가구 요새 비었단 말여. 니열이 이레째니께 모레는 올 거여. 자기가 댕겨올 동안 뒷수발해줄 사람 읎어서 큰일이라구, 부러 나만 보면 자꾸 되작거리길래 내가 맡어주마구 했지. 못 들은 척허기두 거북허구."

"그렇지만……"

"그야 밤바람두 쐴 겸 나는 괜찮어. 나는 상관 읎는디 집사람이 못 견뎌 허는구먼."

"이장 다음으로 동네 유지니까, 유지세를 무는 셈이군."

"유지 좋아허네. 유지두 아니구 그지두 아니구…… 그런디두 왜 해필 나헌티 그런 부탁을 했으면 허는지 짐작허겄남?"

"부전자전으루 내 일 제쳐놓구 넘의 일버터 봐주는 성질을 알구 그러겄지."

"그것두 아니여. 뭐냐 허면 이 동네에 사는 유일헌 본토백이라 이거여. 타관서 떠들어온 드난살이* 열 사람버덤은, 났거나 못났거나 그래두 토백이 하나가 더 낫다— 그거여. 그래서 내가 늘 속절읎이 바쁜 것이구."

복산이 말을 마칠 만하여 그의 아내가 문 밖에 바짝 와서 말했다.

"다 해놨으니 불어터지기 전에 갖다 주던지 말던지 생각대루 허슈."

"자네 먼저 자게. 나는 어채피 그릇 내 가지구 와야 되구, 가면 쇠줏잔이나 대작을 해주다 와야지 그냥은 못 오니께. 지달리지 말구 자라구."

복산이가 일어났다. 그제서야 그가 밤늦도록 낮에 입었던 작업복 그대로 이부자리 위에 앉아 있었던 것도 알 수 있었다. 복산은 입고 있던 봄 스웨터 위에 낡은 예비군 옷을 끼어 입으면서 밖으로 나갔다. 나는 그 뒷모습을 본 순간 문득 그 옛날의 유천만을 생각했다. 그가 곧 그의 부친이었다. 동네 들무새로 남의 뒷수쇄*로, 남 못할 힘드는 일만 골라 자청해서 치다 꺼리해주기 바쁘던 것 한 가지만은 고스란히 대물림이 되어 있던 것이다.

기타 켜는 소리가 시끄럽기도 했지만 옛 생각이 떠올라 쉽사리 잠이 이루어지지 않았다. 복산이가 되돌아오도록 뜬눈으로 있었다.

언제 잠이 들어 얼마를 잤는지 잠결에 무슨 소리가 있어 나는 눈을 떴다. 동창이 어지간히 벗겨져 있었다. 얼핏 스치는 소리가 다시 있었다. 나는 불현듯 개펄에 빠진 안개 속의 여우를 그려보고 그것이 여우 울음소리일지도 모른다고 생각했다.

나는 내다보려고 엉거주춤 일어서며 담배와 성냥을 더듬었다. 이윽고 성냥을 켜자 잠이 혼곤한 줄 알았던 복산이가 잠꼬대처럼 중얼거렸다.

"저 낚시쟁이들 등쌀에 새벽잠두 달게 못 자……"

나도 도로 누우면서 쓴 담배를 붙여 물었다.

(『창작과비평』 1976년 겨울호)

여요주서 (與謠註序) .

- '별것 아닌 일에 대한 설명' 또는 '그저 그런 이야기에 관한 해설'을 뜻하는 말로 보임.[편]

드문 여행에 그것도 사무적인 출장으로 대도시나 몇 군데 드나든 것이 여행의 전부인 사람은, 급행열차마저 쉬어 가지 않아 물색이 보잘것없는 시골 정거장의 썰렁한 모습에서 문득 지난날 자신의 어설폈던 모습을 떠올리기가 쉬울 것이다.

그런 정거장의 '역전앞'은 으레 생전 물 구경을 못 해본 것 같은 조무래기들이 까마귀 같은 발로 줄넘기며 구슬치기를 하느라고 시끄럽고, 기차나 지나가야 해가 어떻게 됐는지 알 만한 영감이 선술* 한잔 생각에 발이 안 돌아서서 물꼬 보고 가던 삽자루를 깔고 앉아 먼산바라기나 하고 있기가 십상이었다. 그리고 그 옆에는 광주리에 널빤지를 걸치고 찐 고구마와 우린 감을 전 벌인 노파 서넛에, 지게랑 함께 누워서 낮잠이 곤한 짐꾼도 두엇은 눈에 띄기 마련이었다.

갓 제대한 듯한 머리 짧은 청년이 빈 자전거로 여남은 바퀴씩 돌고, 작정 없이 서울로 뜨기 알맞게 해끔한* 처녀 서넛이 고장 난 대합실 문짝에 기대어 서서 자전거 타는 청년의 뒤통수를 쫓으며 시시덕거리고 있는 것도 그런 '역전앞'이 아니면 냉큼 되살리기가 어려운 저 궁핍했던 시대의 추억일 것이다.

일제 시대의 전설처럼 우중충한 대합실에 말감고*가 멍석을 걷은 싸전이나 벼리러* 들어온 연장들을 한나절도 안 되어 구워내고 풀무를 챙겨서 들어가버린 대장간마냥 언제나 휑하던 그 찬바람, 그것은 보릿고개가 서럽던 사람들이 떠나면서 남기고 간 한숨이었는지도 몰랐다.

그러나 그것들이 관촌 부락 앞에서 모습을 감춘 지도 어언간에 반 세대가 지난 것 같다. 소도시의 변천에 맞추어 역사도 변한 것이다. 물론 경주역이나 수덕사역처럼 예스러움을 가꾸는 뜻이 깃들인 것도 아니고, 차가 닿기 바쁘게 푸짐한 춘향가가 들리는 남원역을 본떠서 풍류를 반죽한 것도 아니었다. 다만 콘크리트 시공법에 맞추어서 시멘트적으로 변모했을 뿐이었다.

바람만 건듯해도* 석탄가루가 하늘을 가리던 '역전앞'도 시멘트에 뒤덮여 노천 대합실로 바뀌었다. 택시 대기장이 마련되고 시내버스 터미널도 들어섰다. 시간 가는 줄을 모르게끔 항상 시간을 붙잡아두고 있는 시계탑이 서 있고, 레스토랑에 커피숍을 갖춘 모텔과 드나드는 손님마다 너 언제 또 보랴 하고 대하는 다방도 두 집 건너 한 집꼴로 늘어서 있는 것이었다.

그러나 금강산 일만 이천 봉이 그 자리에 그렇게 즐비하게 둘러 있다더라도, 그 정거장은 태깔부터가 탐탁지 않았고 역으로서도 어울리지 않았다. 원주민이 밀려나고 유입인(流入人)들이 가운데를 차지하여 노박이*로 굳어가는 탓만도 아니겠지만, 제바닥 것인 내가 보기에도 어설프고 썰렁한 꼴은 이루 이를 수가 없을 지경이었다.

내가 거기에 있었던 그날이 그랬듯이 무싯날*도 무슨 날 못잖게 그 역전 거리는 그만큼 붐빌 거였다.

기다려서 가려고 기다리는 사람들에, 그들이 어서 가게 되기를 기다리는 사람과, 기다리던 사람의 도착을 기다리는 사람이며, 기다리려고 나온 사람을 기다리다 못해 나온 사람에, 그도 저도 아닌 사람들로 하여, 역전 거리는 그날도 부산하고 지저분하고 좁아터졌던 것이다.

그날은 나도 기다려서 가려고 기다리던 무리 중의 하나가 되어 그곳에서 서성거리고 있었다. 원래 완행은 잦아도 보통급행이란 것은 하루 두 차례밖에 없는 노선이었으므로 일찍 나왔던 보람도 없이 차를 그냥 보내고는, 하릴없이 서너 시간 뒤에나 있다던 오후 3시 것을 예매해놓고, 나머지 뜬 시간을 에울* 마땅한 방법이 없어 그러고 있은 거였다. 그러다가 나도 어쩌면 한눈파는 눈으로 뜻밖의 것을 발견할 수 있을지도 모른다고 얼핏 장담을 하였으니, 그것은 그 대목장*이 무색하던 역전 거리에서 신용모(申龍模)를 알아볼 수 있었기 때문이었다.

내가 서슴없이 그에게 알은체를 할 수 있었던 것은, 무엇보다도 그의 얼굴에 아직 애티가 많이 어리어 있는 덕이었지만, 여러 조상을 제 땅에 묻고 지켜온 농투성이* 아들로 태어나 가업을 이어 나가는 사내답게, 오랜 세월 볕에 태우고 비바람에 쏜 데다 땀으로 젓 담가온 몸이 적실하면서도, 눈자위가 애리하고* 볼때기에는 젖살이 남아 있던 것이다. 나는 그것이 타고난 체질과 품성 덕이리라고 여겼다. 코흘리개 적부터 장정이 다 되도록 이웃하여 지냈던 만큼, 나는 용모의 성질을 누구보다도 잘 알았던 것이다. 어디서 무슨 일을 만나도, 그것이 남 보매는 불나게 서둘러야 될 일임에도, 그래서 어서 부딪쳐 치를 것은 치르고 보라던 재촉이 빗발치고 성화같아도, 당사자인 그는 언제나 내전보살*했으며 해찰 부릴* 것 다 부리고 찾을 것 고루 챙겨 갖추는 늑장 끝에야 슬며시 집적거려보는, 생전 늙잖을 위인이 그였던 것이다.

매사에 물렁하고 심지 좋던 용모의 성질은, 그러나 자발 없고 방정맞은 것보다 정녕 낫다고만 할 수도 없었으니, 그것은 침착해서 삼가는 것과도 다른 성질의 것이기 때문이었다. 덧붙여 말하면 일의 얼거리*나 시초를 알아서 함부로 덤비지 않았다든가, 등골이 다부지고 배짱이 알찬 값 하느라고 늑장을 부린 것이 아니라, 거지반은 앞뒤가 어두워 일의 갈피를 모르고 아울러 대책을 못 세워서 뭉그적거린 셈이었다. 가르칠 만한 집 자식이면서 중학교에서 배움을 마칠 수밖에 없었던 것도, 본디 어버이 체면으로 졸업장이나 얻어주자고 억지로 넣은 터였거니와, 아무리 부모의 마음이더라도 그 이상은 돈이 아깝던 모양이었다. 천성이 우둔하여 무슨 일에나 흥미가 없었고, 어떤 것에도 무관심이었으므로, 한 번만 귀띔해줘도 넉넉할 것을 열 번 스무 번 가르쳐보아야 아무 소용이 없었다. 무슨 말이든 들을 때뿐 그 자리에서 돌아서기만 하면 도로아미타불이었다. 신경이 무디고 됨됨이가 헐렁하니 변변치 못했던 만큼이나 그의 뒤통수에는 여러 가지 별명이 덕지덕지 더뎅이져* 있었는데, 그 여러 별명 중에서 용모 자신도 뜻을 몰랐던 것이 한 가지 있었으니 '장부식(不識)'이 그것이었다. '늘 몰라'라는 뜻임은 풀어 말할 나위도 없으련만 막상 그 임자만 은 새겨듣지 못하던 것이다.

그날 역전 거리에서 뜻밖으로 십수 년 만에 마주쳤던 순간에도 나는 그의 원이름보다 장부식이라는 별명부터 먼저 떠올라, 실언 직전에 마침 정신 들어 모처럼 성인이 되어 만난 자리를 부드럽게 넘길 수가 있었다.

그는 그의 얼굴빛보다 색깔이 엷다고 할 수 없을 밤색 골덴 바지에 해묵어 바랜 하늘색 저고리를 회색 긴 소매 남방으로 받쳐 입고 있었는데, 그 겉꾸림만 해도 남은 그렇게 시늉해 보려고 할래야 할 줄을 몰라서 못 할 지경으로 어설프고도 촌스러운 행색이었다. 그는 내 목소리를 알아듣자마자 다가와서 소매 끝을 잡았다. 그는 벌어진 입을 못 다물며,

"워디 가서 입주*래두 한잔허야 옳은디 일진이 이 지경이니 그건 아직 안 되겄구…… 시방 저 다방서 만날 사람이 있는디 나랑 하냥* 가지."

하며 소매를 잡고 있던 손으로 등을 밀었다. 나는 마다할 까닭도 없었지만, 무디고 질긴 성질에 생전 서두는 법이 없던 사람이 갑갑증에 일그러진 얼굴로 설치는 게 예사롭지 않아, 그의 변모를 좀더 여겨보기 위해서라도 동행해볼 만한 일인 것 같았다. 그는 역전다방이란 곳으로 나를 밀어 갔다. 다방 안은 몹시 침침했으나 바닥이 서너 칸도 안 되어 들이단짝으로 한눈에 훑을 수 있었다. 용모가 만나기로 한 사람은 아직 안 온 모양이었다. 내가 구석진 자리로 앉자 용모도 마주 보고 앉으며,

"어째 해필 이리 복잡헌 날 이런 디서 만나게 되니. 여유

있이 왔으면 우리계두 좀 들러서 안 묵어 가구……"

하고 핀잔 섞어 두런거렸다. 나는 그렇게 됐다고 변명하기보다 무엇이 그리 복잡한가를 물었다.

"죽는 늠만 죽으라는 세상인지, 이렇다 허니께 별 옴딱지가 다 속을 쎅인단 말여, 에이— 같잖어서."

그는 담배를 붙이면서 담 붙은 목소리로 투덜거렸다. 주문 받으러 왔던 종업원이 그의 잔뜩 끓어오른 이마를 보고 질려 입을 못 떼고 우물쭈물하다 엽차만 내려놓고 돌아서자, 그는 조금만 삐긋해도 금방 날아갈 눈으로 그녀의 뒷덜미를 찢으며 말했다.

"안마담 말여— 여기 보리숭님만 두 사발 들었다 놓구 갈 게 아니라 말여, 돈 받을 것두 두어 보새기 퍼 오야 허잖여."

종업원이 웃음기를 못 거둔 채 돌아보며 말했다.

"저 마담 아니에요."

"마담이 아닝께 안마담이지."

"커피루 올릴까요?"

"구만 올리구 내려…… 그 왜 촌늠 설탕 맛으로 마시는 거 있잖여? 웃기는, 당나귀 배 보구 빤쓰 적실 년……"

용모는 엽차를 단숨에 들이붓고 나서,

"서울은 밝은 디라 괜찮을 겨. 이 구석서는 폭폭해서 못 살겄다. 잘 먹구 못 먹구가 문제 아니라 열화 터져 못 살겄다구. 옴싹달싹을 헐 수가 읎단 말여."

하며 또 새 담배를 갈아 물었다.

"무슨 내용인지 나는 알어두 소용읎남?"

내가 거듭 물어서야 그는 말머리를 꺼낼 채비로 출입문

쪽을 한번 둘러보았는데, 때마침 문이 열리고 가죽점퍼 차림의 중년 사내가 안경알을 번쩍이며 들어서니, 용모는 얼른 엉덩이를 들썩해 보이고 나서,

"인저 오너먼. 처삼춘인디 이야기는 이따 허구 앉어 있어. 오래 안 걸리니께."

하며 그 점퍼 뒤에 묻어갔다. 그들은 나하고 서너 좌석인가 떨어진 창문 쪽의 밝은 자리를 골라 마주 앉았다. 저만치로 떼어놓고 살펴보니 용모는 무엇으로 막바지에 몰린 듯 몹시 초조해 보이고, 어딘지 모르게 고단하고 불안한 기색을 짙게 드리우고 있었다. 혼자 힘으로는 안 될 무슨 답답한 일에 얽매여 엔간히 부대끼는 기미였는데, 그의 표정이며 언동은 지난날의 장부식이가 아니었다. 이미 깎일 대로 깎여 속만 남은 듯한 인상이었다. 용모가 속에 쌓이고 뭉쳐 있던 것을 어서 하소연하고픈 마음에 열띤 눈치를 거듭 보이는데도 용모의 처삼촌은 의자 등받이를 거우듬하게* 버티며 점퍼 밑으로 혁대를 내놓고 앉아 딴전을 벌였다.

"나 봐 미쓰 정, 내게 즌화 온 거 읇어? 누구 찾어오지 않았어?"

종업원들이 그렇다고 하니,

"나 봐— 나 좀 봐— 공보실장에게서두 아무 거시기 읇었구? 아니 대일기업으 강 사장헌티서두 전화가 읇었다 그게여? 이상헌디. 나 봐— 즌화는 왔는디 누구 다른 것이 잘못 받은 거 아녀? 그럴 리가 읇는디. 나 봐, 거북선 있으면 한 갑 가져와."

가죽점퍼는 한바탕 수선을 피우고 난 뒤에도 용모의 말

은 귓등으로 듣고 있었다. 나는 가죽점퍼의 자세하는* 투며 말투며가 모두 남더러 들어달라고 부러 떠드는 허텅지거리*라고 짐작했다. 그는 출입문만 삐끔해도 흘끔거리고 계산석의 전화가 울릴 적마다 돌아보았으며, 종업원이 오가는 대로 허벅지와 엉덩이를 집적거렸는데, 그것이 무엇이라는 것도 아울러 어림할 수 있었으니 이른바 읍내 유지들의 허세라는 것이었다. 거저먹을 것이 있을 성싶으면 이런 때는 이렇게 붙고 다른 때는 다르게 붙어 거드럭거리며* 나라 것을 여투어* 먹고 남의 것을 알겨먹되,* 흥정이 쉬워 소문 안 나고 실속 따져 서로 눈감아주며 사는 상것들의 묵은 버릇이었다. 저만 못해 보인 것에게는 문장 지어 구박하고, 저보다 나아 뵈던 것들에게는 영리한 개가 되어 짖어주는, 그런 부류의 족보 있는 행티*를 그대로 판박이하여 뵈주던 것이다. 그러므로 내 가량에도 용모가 무슨 부탁을 하고 있었는지는 모르되 그것이 이루어지리라고는 애당초 기대할 것이 못 되어 보였다.

그럼에도 용모는 무엇을 호소하길래 그토록 눈치 없이 그 꼴을 하는지, 연방 등줄기를 늘여가며 침이 마르도록 주워섬기고 있었다. 다시 출입문이 여닫히자 얼른 고개를 제껴 보던 가죽점퍼가 큰 소리로 말했다.

"미쓰 정, 거시기 말여, 부군수 들어왔나 즌화 즘 늫봐. 있으면 나 여기 있다구 허구."

이윽고 계산석 종업원이 전화를 걸더니 그에게 말했다.

"최 국장님, 지금 계시대요."

"그려, 그럼 나 시방 떠난다구 잠깐만 기시라구 허여."

그는 일어서더니 용모를 내려다보며 이 구석까지 들리도

록 큰 소리로,

"하여거나* 이왕 이리된 거, 용코 옳어,* 벌금 몇 푼 물구 말으야지."

하고는 후딱 나갔다. 용모는 어깨를 무겁게 지고 와서 내 앞자리에 주저앉으며 씨월거렸다.*

"예전버텀 처삼춘 무덤에 벌초허는 늘 옳더라기에 왜 그런가 했더니 오늘 보니 알겠구먼."

하며 내가 남긴 엽차를 마저 마시고는,

"마당 하나 사이로 십 촌 넘어간다*더니 맞는 말이여. 즤가 급허면 쫒어와서 돼지 암내 난 소리를 해두 내가 아쉴 때는 말짱 헛게라구. 서루 니미룩내미룩허며* 그것 하나를 안 들어주네, 드러워서 말여……"

그는 치솟았던 욱기를 못 갈앉혀 두 손 맞잡고 손가락을 꺾어 마디 소리만 왁살스럽게 내며 부쩌지 못하고* 있었다.

"무슨 일인디 그려?"

한창 속 타 하는 중이므로 자상하게 이야기해주리라고 기대하지도 않았지만, 나까지 덩달아 지르퉁해*가지고 무료하게 앉아 있기가 따분해서 한 말이었다.

"실옳는 짓허다 재판을 받게 됐으니 성한 사람이면 간 뒤 집힐 노릇 아니냔 말여. 내 원 참."

용모는 서슴없이 내뱉었다. 의외였다. 무슨 재판이냐고 다시 물었다.

"장난두 아니구 지랄두 아니구…… 재수 옳으면 이렇다구."

"누구허구 다퉜남? 누가 돈을 안 갚구 떼먹담? 그럼 뭐여.

넘의 지집허구 사통헐 주변두 아니구……"

내가 줄달아 물었던 것은 그가 연방 허벅허벅 웃으면서 고개를 가로저었기 때문이었는데, 내 말이 다 된 뒤에야 용모는 본래의 자기 얼굴로 반죽한 다음 무게 달린 음성으로 말했다.

"우리네 모냥 평생 끓탕에 삶기며 찍소리 한마디 못 내본 여물주걱*이야 워디서 오라면 오구 가라면 가야지 달리 숨통 델 디 있는 중 아남? 징역을 살리면 징역을 살구 벌금을 물리면 벌금을 물으야 허구…… 그렇단 말여."

용모는 개연한* 얼굴에 체념한 눈을 내리깔며 말했다.

"재판에 이기면 되잖여. 지게 생겼남?"

내가 속 모르고 지껄여도 용모는 뾰족할 줄 모르던 옛 가락 그대로 느리터분하게 받아주었다.

"여기가 서울인감. 이기면 얼굴 날리구 지면 재산 날리는 게 시골 재판인디, 이건 그것두 아니구 사람만 못쓰게 버려놓았다는 거여. 이러니 내가 요새 내 정신으루 살었겄남. 메칠 속 끓였더니 돌아댕길 근력두 읎어."

"다시 말허면 인권에 관한 문제다?"

"인권인지 인격인지는 배운 사람 배운 값 허는 소리구. 이런 디서 이렇게 사는 나 같은 것들은 그냥 살게만 해줬으면 좋겄어. 남에게 못 헐 노릇 않구 폐 끼치지 않을 테니 생긴 대루 살게나 해줬으면 살겄단 말여."

용모는 그러나 그 이상은 말하기가 거북한지 한동안 뜸을 들였다. 나는 용모 스스로 입을 열 때까지 진드근히* 기다렸다. 여러 해 동안 재판정에 다니며 방청을 해본 가늠이 있어, 내막에 따라서는 내 의견이 그에게 도움이 될지도 모르므로 먼저 사건의 성질부터 알아야 되겠던 것이다. 한참 만에 용모가 입을 열었다.

"이따 내 재판에 하냥 가볼래? 나는 생전 츰이라서 말여……"

"세시 차표를 샀는디."

"그럼 넉넉혀. 재판 시간은 십삼시 영분이거던. 십삼시가 오후 한시라메? 새루 한시면 한시구 증각이면 증각이지 십삼시 영분은 뭐여."

"여기 재판소는 가보지 않았지만 그번에 말은 들었지."

그곳 재판소 풍속에 대해서 용모가 더 모르고 있었으므로 나는 내가 들은 대로 옮겨주었다. 그것은 용모가 지레 주눅 들어가지고 법정에서 당황해한다거나 스스로 죄인 노릇을 하지 않도록 도모하고자 함이었다. 내가 알고 있던 것들은 대강 이런 것이었다.

이곳 순회 재판소는 매주에 한 번씩 수요일 오후 1시부터 2시까지 한 시간 동안 열린다. 이웃 고을 지법지원(地法支院) 판사가 12시 완행열차를 타고 와서 재판하고 3시 보통급행을 타고 되돌아간다. 사건은 민사 형사를 가리지 않는데 대개는 즉결 재판으로 시간이 간다. 검사 변호사가 입회하지 않는 것도 특징의 하나인데, 그것은 검사나 변호사가 그곳에 상주하지 않아서라기보다 사건 자체가 가볍고 크지 않기 때문이다. 그러나 사건의 종류만은 강도 살인 및 통금 위반 사항만 대도시와 다를 뿐, 폭행 배임 사기 횡령 절도 강간 간통 등 구색을 고루 갖추고 있으며, 가장 빈번하게 다루어지는 것으로는 첫째가 간통이고 금전 거래 관계가 그다음이다.

이것은 그곳에서 39년째 대서소를 하고 있는 남 모 씨에게서 들은 거였다. 내 말이 끝나자,

　"그러나 사람이 사람값을 허는 디래야 말이지. 이번 일만 해두 뭣을 아는 것들이 법을 되려 우습게 여기더란 말여. 뭣이 잘못인지 모르는 나 같은 것들은 워디 가서 이 폭폭한 사정을 호소허야 되겄나 생각 좀 해보라구. 모르는 것들은 몰라서나 그렇다구 허지. 뭣을 아는 것들은 빠져나갈 구녕을 아닝께 뎁세* 장난을 칠라구 들더란 말여."

　용모는 결김에 잔뜩 쥐고 있던 주먹으로 탁자를 내리찍었다. 호두 껍질 못잖던 쭈그렁 양은 재떨이가 펄쩍 뛰며 담뱃재를 풍기고 내려앉았으나 그는 부아가 치밀어 그것도 눈에 뵈지 않는 모양이었다.

　"나 원, 재수 옰으면 송사리헌티 좆 물린다더니 멀쩡허니 병신 될라닝께 별 우스운 것이 다 생겨 보고리챈단* 말여."

　내용을 들어보니 용모로서는 열통이 터지지 않을 수 없는 일이었다. 용모는 흥분을 갈앉힌 다음 순서를 엇먹이지 않고 알아들을 만하게 늘어놓았다.

　용모네가 관촌 부락에서 뜬 것은 동네 앞의 개펄이 논으로 바뀔 무렵이었다. 저수지와 간척지를 잇는 수로가 그의 집을 반반으로 쪼개며 지나갔던 것이다. 집만 한 채 헐리고 말았더라도 그렇게 아주 떠나지는 않을 사람들이었으나, 앞뒤로 있던 텃논과 터앝*마저 양쪽으로 갈라지면서 수로로 먹혀 들어가, 관촌 부락에 그대로 남아 붙박이 되면 살림을 지탱해갈 수가 없이 된 형편이었다. 그들은 달리 방도가 없었으므로 준다는 보상금을 주는 대로 받고 물러나지 않으면 안 되었다. 허

울 좋은 하눌타리로* 이름만 보상금이었을 뿐, 그나마도 1년이나 질질 끌며 세 차례로 나누어 받았으니 모갯돈*이 들어와도 션찮은 판에 푼돈을 쥐게 된 거였다.

지악스럽고 규모가 굳기로 근동에서 으뜸가리라던 소문대로 용모의 부친은 비록 푼돈이었을망정 한푼도 녹이지 않았다. 하지만 그 돈으로 잃은 만큼의 농토를 장만하려면 거기서 늘잡고* 시오리는 산골로 들어가 하늘에 막힌 동네 아니면 발도 디뎌볼 수가 없었다. 보상금 자체가 시가보다 헐하게 매겨져 나온 탓이었다. 용모가 여태 트럭마저 안 들어가는 느름새로 옮겨가 부모를 게다 묻고 입때껏 전깃불조차 구경 못 하며 사는 것도 그런 연유였다.

느름새는 그제나 이제나 아래위뜸을 다 더듬어 열다섯 가호밖에 안 되는 강아지 이마빡만 한 기슭 동네였다. 워낙 외오* 돌아가고 후미진 두메라 생전 쓰게 된 사람 하나 와서 들여다보는 법이 없었고, 이것 해라 저것 해라 하고 볶는 관청 떨거지들의 신칙을 안 받아, 그 성가시지 않은 점 한 가지만 보고도 그럭저럭 살 만했었다고 말하며 용모는 웃었다. 느름새는 그만큼 사람이 드문 데다 기슭 동네답게 도린곁*이 흔하고 곱은탱이*가 잦아 1년 내내 사람 발길이 안 닿는 구석진 터가 널려 있었다. 따라서 오소리 너구리 족제비 살가지 따위 바닥 피물(皮物)이 많았고 수리니 보라매니 부엉이서껀 날짐승도 바글거렸다. 그중에서도 들비둘기와 꿩은 너무 지천이어서 쳐다보는 것조차 물릴 지경이었다. 그러므로 놔두면 남아나지 않을 것이 밭농사였다. 전에는 들쥐나 참새 등쌀에 사람 차례 오는 것이 적었지만, 다른 지방과 마찬가지로 야생 동물 보호령이 내린 이후 근년에는 꿩의 행패가 가장 심하던 것이다.

그러나 누구도 그것들을 물리쳐보려고 궁리하지는 않았다. 셈판 없이 올무나 덫을 놓아 한두 마리 축낸다 하여 효과가 있을 리도 없으려니와 무릇 내남적없이* 일에 묻히어 살려니 그럴 틈도 없었던 것이다.

용모의 멀쩡한 병신 노릇이 비롯된 것은 한 파수 전이었다. 나흘 전인 지난 장 아침이었다. 느름새에서는 별종맞은 사람이 아니더라도, 한 달 육장을 장날이면 으레 장에 나와 해를 저물리는 것이 버릇이었으니 용모도 예외가 아니었다. 사람들은 암만 바빠도 호미를 벼릅네, 낫 개재비* 구멍을 죄러 갑네하며, 대개는 그런 자디잔 일거리를 만들어 나갔으며, 정 볼일이 없으면 곡식금을 보러 간다든가 어리전* 시세가 어떤지 알아본다는 평계를 대었고, 하다못해 빈 지게라도 지고 나서야배기던 거였다.

모처럼 날씨가 풀려 응달이 녹도록 푹하기도 했지만 똑부러지게 할 일 또한 없었으므로 그날도 용모는 실없이 일어섰던 것이다. 신발 꿰는 기척에 침침한 방구석에서 콩나물 시루를 앉히던 아내가 잔뜩 부르터서 내다보지도 않고,

"저옰내* 새우젓 한 보새기 안 사 먹은 장을 뭣 허러 나간대유. 여물 쑬라면 쏘시개 한소끔 능을 검불 한 젓가락이 옰던디, 갈퀴자루 잇어서 북데기*를 긁던지 고주배기*나 빼개놓던지 허지 않구."

하며 말릴 때, 그대로 듣기만 했더라도 그런 일은 없었을 거였다.

"아녀, 면에 가 누구 좀 만나보야여."

그는 부러 뻔한 거짓말까지 해가며 부득부득 사립을 나선 거였다. 길이 질어 말벗 없이 내닫더라도 여물 한 솥지기*는 좋이 들여야 읍에 닿을 둥 말 둥했으므로, 용모는 엉덩이가 무지근하도록 바삐 걸었다.

그가 한남송이라고, 월남 갔다 온 사내가 차린 방앗간을 저만치로 내려다보며 독서릿재 마루에 막 올라서고였다. 웬 아이가 저만이나 하게 큰 벌건 장끼 한 마리를 겨드랑이에 낀 채 내려가고 있었다. 꼬랑지 털이 쭉 뻗은 게 이만치에서 보기에도 금방 잡은 놈이 분명했다. 용모는 결김에 자기도 한 마리 잡아 볶아 먹으면 보 되겠다고 여겼지만 그 생각은 몇 걸음 못가서 그쳤다.

고개를 내려오던 야트막한 개랑*이 나가고, 겨우내 얼지 않고 흐르는 여울목이 있었으며, 발 벗지 않고도 건널 수 있게 고리삭아가는 오리나무 서너 개를 걸쳐놓은 거섶*이 있었다. 용모는 거섶을 지나자 쥐불 놓아 시커멓게 누운 논두렁으로 에워 질러서 신작로에 이르렀다. 신작로에 들어서자 비로소 사람 사는 동네에 온 것 같았다. 한가네 방앗간에서 방아 찧는 발동기 소리가 숨 가쁘게 들리고, 방앗간 울타리 옆 미루나무에는 가지가 휘어지게 참새 떼가 다닥다닥 열려 짜그락거리고, 이고 진 장꾼들이 두서넛씩 패 지어 두런거리며 앞서가고 뒤에도 있고 하였다.

방앗간 앞에는 볏섬이나 찧어 돈 사려고 나왔나 싶은 느름새 조순만이와 역시 쌀가마나 만들어 가용하려고 나왔을 뫼들이 오수길이가 웬 아이를 앞에 두고 시시덕거리고 있었다. 오수길이가 먼저 용모에게 알은체를 했다.

"워디 가나?"

"심심해서 예까지 나와봤구먼."

용모가 다가가며 대꾸하자 조순만이도 얼굴을 걷으며,

"장보러 나가남?"

하고 물었다.

"아침버텀 장에 가봤자 별 볼일 있간디. 나이타에 지름이 나 늫까 허구……"

하는데 옆에 있던 아이가 고개를 꾸뻑 하여 여겨보니 느름새 위뜸 고학성이 아들 성문이었다. 아이는 겨드랑이에 장끼를 물리고 있었다.

"웬 게냐. 니라 잡었데?"

용모가 물었다.

"으만무지루* 칡넝쿨 올무*를 해놨더니 오늘 아침에 가봉께 모가지가 옭혀 죽었더라너먼그려."

오가 아이 대신 그렇다고 일러주었다.

"잡었으면 앓구 있는 아버지나 볶어 디리지 워디 가지구 가는 겨?"

용모가 나무라는 투로 한 말에 오는,

"학셍이가 여적지 못 일어났나 뵈. 워디가 워째서 못 일어난다나? 누운 지두 달포 가차이나 될 텐디."

하며 염려하였고 조는,

"원채 읎는 살림에 약을 먹을라니 되게 쩨는가 벼. 담뱃값 허게 팔어 오라더랴."

장끼를 어루만져가며 성문이 말로 대꾸했다.

"좀 들헌지 그저 그 타령인지, 나두 자주 못 들여다봐서…… 늬 아빠가 팔어 오라더란 말여?"

용모가 성문이더러 물으니 녀석도 그렇다고 대답했다.

"얼마나 나가나?"

조가 묻고,

"누가 팔어봤으야지."

오가 고개를 갸웃하는데,

"삼천 원 아래루는 안 팔 거유."

성문이가 어린 것 답지 않게 흰소리를 했다.

"글쎄 말여, 드믄 것이긴 해두 그 돈 주구 먹을 사람이 있으까……"

용모는 막연하게 중얼거리고 나서 가던 길을 다시 이었는데, 성문이가 졸래졸래 뒤따라오고 있었다.

용모가 성문이 손에서 꿩을 넘겨받아 든 것은 읍내 초입에 들어서기 직전이었다. 그것은 물건을 흥정하기에는 애가 너무 어리고, 뿐만 아니라 곁에서 말마디나 거들어 다다* 한푼이라도 더 받아 쥐게 해주고 싶었기 때문이었다.

용모는 꿩 날갯죽지를 쥐고 앞뒤로 내둘거리며 장꾼들 틈으로 들어갔다. 보자는 사람만 나서면 아무라도 붙들고 흥정하여 웬만하면 얼른 넘겨주고 아이를 일찍 들여보낼 셈이었다. 그는 하던 대로 먼저 어리전에 들렀다. 그날도 돼지 새끼 염소 닭 오리부터 억지로 젖 뗀 강아지, 생쥐만 한 고양이 새끼까지 고루 나왔는데, 용모가 그곳을 먼저 찾아간 것은 꿩 임자가 있으리라고 여겨서가 아니라 장에 나오면 으레 거기서부터 둘러보았던 습관으로서였다. 따라서 실은 손에 쥐고 있던 꿩보다도 바닥에 묶여 버르적거리는 것들에게 정신을 팔고 있었다.

그가 어리전을 한 바퀴 둘러보고 쇠전[牛市場]으로 막 들어서려던 참이었다.

"그거 팔 거요?"

하는 소리가 팔꿈치를 집적 했다. 얼김에 돌아보니 곤색 바지에 아무나 입는 밤색 나일론 점퍼를 입은 중년 사내였다. 아주 낯설지 않고 어디서 더러 본 듯한 것이 근처에서 가게를 보든가 음식점 주인 같은 인상이었다. 용모는 생판 모를 사람보다는 말하기도 쉽겠다고 여기며 상냥하게,

"예, 오늘 아침에 잡은 게라 토실토실허니 여간 좋잖유. 들어보슈. 아주 무거워유."

하며 꿩을 사내에게 넘겨주었다. 사내는 꿩을 받아 들고 이리저리 살펴보며,

"약으루 잡았나 뭘루 잡았어……"

중얼거렸고, 용모는 재빨리,

"올무로 잡았지유. 요새 함부로 약을 놓을 수 있간유. 안심허구 자실 수 있슈."

했다. 사내는 고개를 끄덕이면서,

"저리로 좀 나갑시다."

하며 용모 등을 슬쩍 밀었다. 용모는 얼결에 한길로 빠져나오다가 어리전을 무심히 돌아보고는 발걸음을 더듬었다. 여러 사람의 눈길이 모두 자기 얼굴로만 쏠려 와서 엉기는 게 느낌이 예사롭지 않던 것이다. 그러면서도 자기가 어찌 될 것인가를 깨닫지 못했으니, 어쩐지 성문이를 놓친 것 같아 한길로 빠져나오자마자 돌아서서 두리번거린 다음에도 임자를 옳게 만

났다는 기분일 따름이었다.

임자 한번 잘 만난 것은 사실이었다. 자기보다 눈치 있어
먼저 내뺄 줄도 모르고 용모가 성문이를 찾느라고 어름거리자,

"왜 이래요. 얼굴 생각해서 점잖게 대허면 그런 줄이나 알
지."

하고 사내는 용모 옆구리를 툭 쳤다. 그제서야 그가 누구란 것
을 겨우 짐작했는데, 용모는 눈이 꺼지면서 땅거미가 내려 뵈
는 것이 없었다. 그래도 한번 해보기나 한다고,

"왜 이러슈. 얼라── 나는 아무것두 아닌디, 꿩 임자는
따루 있단 말유."

"가면 알어요."

"아니란 말유. 이야기를 들어두 안 보구 이러시면 워치기
허유."

"점잖은 분두 그짓말허시나. 내가 첨부터 보고 있었는
데……"

"얼라, 아니란 말유. 우리 계 핵교 댕기는 애가 잡은 겐디,
내가 대신 팔어준다고 잠깐 들구 있은 게구 나는 아무것두 아
니란 말유."

"글쎄 아무것두 아니니까 가서 말해요. 가서 말하면 되잖
소."

"죄 읎는 사람이 왜 가유."

"나는 지금 밥 먹고 할 일이 없어서 죄 없는 사람 성가시
게 하구 있단 말요? 이 사람이── 당신 장바닥에서 뼉다귀 한
번 추려볼텨? 나잇살이나 처먹은 새끼가 말귀도 없어. 누구한
테 뻗대여. 잡지 말라는 거 잡았으면 잘못한 줄이나 알아야지.

되려 어린애 핑계를 대고 뻗대여. 이 싸가지 없는 새끼야——"

용모는 두 주먹이 번갈아가며 올라붙자 얼이 빠져 간신히 몸을 가누었다. 천장 만장 뛰며 부인해도 소용이 없을 것 같았다. 사람들이 쏠려 오며 겹겹으로 에워싸고 있었다. 용모는 알 만한 사람이 더러 섞인 것 같아 얼른 고개를 숙였다. 그러고 보니 다다 얼른 남의 눈이 없는 곳으로 가서 사정해봄만 같지 못할 것 같았다. 그는 사내가 가자는 대로 순순히 따라갔다. 아이가 꿩을 잡았다는 사실이나 신통하게 여기고 그것을 팔아 애비 담뱃값에 보탠다는 것만 기특하게 여긴 것뿐, 그다음 일을 생각지 않은 것이 잘못이었다. 더구나 쇠전이나 어리전에는 따개꾼*이 들끓어 장날이면 반드시 형사가 잠복하고 있다는 것도 미리 생각했어야 옳았다.

그 사내를 같은 데에 있는 사람이 최 순경이라고 불렀다. 일요일이고 비번이어서 사복을 했고, 어리전에 잠복하고 있었던 것은 소매치기 단속을 목적해서가 아니라, 그동안 전염병이 돌아 조는 닭을 팔아치우러 나온 촌사람이 많고, 그 병이 어리전에서 전염되어 각지로 퍼지며 피해가 자심하여 축산조합에서 특별 단속을 청원해온 바람에 우연히 파견 나가 있었다는 거였다.

용모가 따라간 곳은 역전 거리에서 저만치 떨어져 있는, 농협과 은행 지점 옆에 자리한 파출소였다. 일요일임에도 장이 선 까닭인지 정복 순경이 둘이나 자리를 지키고 있었다. 난로마저 신통찮아 바깥보다도 더 썰렁한 탓으로 용모는 팔꿈치가 시리고 무릎이 떨렸다. 그는 시킨 대로 최 순경 책상 위에 주민등록증과 예비군 수첩을 내놓고 마주 앉았다. 본적 주소

성명 생년월일 주민등록증 번호 직업 끝에,

　"잡은 시간이 언제요?"

하고 물었다. 용모는 얼떨결에,

　"아침 먹구 가봤더라니께 아홉시나 됐겠지유."

라고 대답했다.

　"덫으로 잡았다구 했소? 무슨 덫이오?"

　"그런디 그게 말유……"

　"묻는 말이나 대답해요. 쥐덫은 아닐 테구 무슨 덫이냔 말요?"

　"글쎄 그것이 안 그렇단 말유."

　"뭣이 안 그려? 덫은 몇 개나 있소? 전문으로 밀렵허려구 기구까지 준비하고 말여, 당신 악질이구먼. 그리고 이게 몇 마리째요?"

　"에이, 선생님두 참. 애매헌 말씀만 해싸시네유, 안 그렇다는디두."

　"당신 봐주려구 헐 때 들어요. 그게 쉬워요. 일을 어렵게 만들 거 없어요. 야생 조류, 야생 동물을 보호한다는 것은 모르는 사람이 없는데 말여…… 어린애들두 산에다 새집을 만들어다 달아주고 하는데, 당신은 꿩만 잡은 것두 아닐 거요. 언제 무엇 무엇을 잡었으며, 무슨 방법으로 몇 마리 잡았다고 솔직히 말 않으면 재미없어. 오랫동안 집에 못 간다구. 최하 징역 유월이여."

　"아이구 환장허겄네. 선생님두 아까 보셨을 거 아니유. 쬐끄만 애가 하나 안 따라왔더냔 말이유. 그 애는 고학생이라구 우리 계 한동네 사람 아들인디, 그 애가 잡은 것을 말유……"

"그 애는 당신 아들이잖여—"

"어허— 그애는 말유……"

"이 사람 정신 못 차리는구먼. 이따위가 있어 이거— 자기가 진 죄를 자기 어린 자식에게 덮어씰 참여? 뭐 이런 것두 있어…… 싸가지 읋는 새끼, 야 너 좀 일어나봐. 일어나……"

소리와 함께 앉아 있던 용모는 얼굴을 천장으로 띄우면서 뒤로 나가떨어져 뒤통수를 바람벽에 이겨 붙였다. 구두 뒤축이 허벅지를 찍더니 아랫배로 올라왔다가 옆구리를 제긴 다음 엉덩이를 까 뭉기고 어깻죽지로 올라왔다. 논산 훈련소에서 맛보고 십몇 년 만에 받아보는 대접이었다.

"제 어린 자식에게 떠밀어? 그 친구 안 되겠는데."

"그 사람 버릇 단단히 고쳐놔야 되겠어."

거기 있던 직원들도 한마디씩 거들고 있었다. 용모가 간신히 굴신하여 의자를 바로 놓고 앉자 최 순경이 얼굴을 풀고 말했다.

"신용모 씨, 피차 일을 쉽게 합시다. 무슨 말인지 알겠소? 죄가 있다 없다, 벌을 주고 안 주고는 차차 재판장이 할 일이고, 나는 조사만 하면 되는 사람이오. 변통머리 없이 나헌테 잘 뵐라구 헐 필요도 없구, 그렇다구 나잇값 없이 의젓잖이* 그짓말할 필요도 없는 게요. 또 그짓말해봤자 통허지두 않어. 당신 말에 속을 사람 같소? 나두 처자식이 있는 사람이라 사정이 있을 수 있구 인정두 없을 수 없는 사람인디, 다시 말허면 당신이 신사적으루 나올 적에는 나두 생각허는 바가 있을 것이다— 이겁니다. 왜냐. 나두 사람이더라 이것이여. 무슨 말인고 허니, 나는 죄가 있다 없다, 벌을 준다 안 준다 헐 자격은 없지만서두, 죄가 커질 것을 적게 만들구 벌이 무겁게 내릴 것두 어느 정도 가볍게 내려질 수 있도록 헐 수는 있는 사람이 다—— 이런 말입니다. 신용모 씨, 무슨 말인지 알아듣겠소?"

"예, 그러믄유. 잘 알아들겄어유."

엉겁결에 그렇게 대답하고 난 용모는, 막상 조서가 작성되는데도 사실을 사실이라고 주장할 수 없고, 그렇지 않은 것을 그렇지 않다고 내뻗기도 어려웠다. 더구나 최 순경은 중간에 이런 말도 하던 것이다.

"신용모 씨, 우리가 이런 일로 이렇게 알게 된 것은 피차 유감입니다. 그러나 우리가 여기서 하루이틀 살다 말 사람두 아니구 허니 이것두 다 인연입니다. 아까 내가 흥분해서 나도 모르게 손이 올라가긴 했지만 그거야 무슨 혐의져서 부러 헌 일이겠소. 내가 손버릇이 좀 안 좋아 그리된 것뿐인데 살다 보면 이런 일도 겪고 저런 일도 겪는 법입니다. 나쁘게 생각지 마시구 좋은 경험 한번 했느니라구 생각하시오. 그리고 이런 사건은 말이오, 최근 신문 지상을 통해서나 라디오 테레비 보도를 보더라도 아주 엄격하게 통제하고 처벌하는 판이란 말이오. 이 사건두 당연히 구속 입건헐 것이나, 당신은 처음이라니까 당신 말을 믿기루 허구, 특별히 생각해서 즉결에 넘기는 정도로 할 테니 그런 줄이나 아시오. 생각해보오. 이 엄동설한에 교도소 마룻바닥에서 견뎌내겠소? 당신이 재수가 좋고 운이 틔어서 나 같은 사람 만난 줄이나 알아요."

들어보면 불리한 것이 전혀 없고 유리한 것만 있는 판이라 고맙다는 말밖에 할 말이 없었으므로, 최 순경이 진술서를 넘겨주며 한번 읽어보고 지장을 찍으라고 할 때는 용모도 아무 말 없이 그렇게 했던 것이다.

——피의자 신용모는 상기 거주지에서 소낙지(小落只)의 농업에 종사하여 생계하는 자로서 평소 전작물에 생치(生雉)*의 피해가 다대하다고 인정하야 생치 구제에 부심하던 중 기구를 사용하야 포획할 것을 기도하고, 피의자 소유 맥전 우경(隅徑)*에 제구(蹄具)를 작설한바, 금월 3일 09시경 생치 1수를 포획한 사실이 유하고, 피의자는 일용(日用) 용전이 궁핍함을 통감하던 중 본읍 장시(場市)를 기하야 불법 취득물을 경매하고 용전에 전용할 것을 기도한 사실이 유한 자로서, 야생 동물 보호령을 실지하고도 고의로 왜곡 위반한……

용모가 읽은 내용은 대강 그런 거였다. 최 순경은 저녁때가 다 되자 풀어주면서, 반드시 수요일 13시 0분까지 순회 재판소 법정으로 출두할 것을 지시했다. 용모는 풀려 나오자마자 읍내에서 가볼 만한 푸네기*는 모두 찾아다녔다. 부조리 제거니 서정 쇄신이니 하고 아무리 떠들어도 돈만 쓰면 무마시킬 수 있을 것으로 믿은 거였다. 설령 벌금보다 돈이 더 든다더라도 법정 출두만은 면해야 되겠던 것이다. 그것은 실형이 떨어지면 법정 구속을 집행할 가능성도 남아 있기 때문이었다. 그러나 몇 군데 되지도 않았지만 장날이었음에도 불구하고 10원 한 장을 두를* 수가 없었다. 말로는 그렇게 안 해도 없는 것한테 어떻게 받으려고 돈을 놓겠느냐는 눈치가 역연하였다. 돈이 안 되면 최 순경을 만나 말이라도 좋게 해달라고 갈급하게 매달렸으나 무가내*였다. 평소 안면 있는 사람이 간곡하게 붙들고 늘어지면 서류가 넘어가지 않을 성싶어 그랬던 것이지만 당장 자기네가 아쉽지 않으니 외눈 하나 잇긋하는*

자가 없었다. 3년째 여름 개장국* 겨울 해장국을 하던 당숙은, 안 그래도 뜯기는 것 많아 문 닫히겠다며 고개를 저었고 자동차 부속 가게를 하는 이종도 마찬가지였다. 그런 자잘한 신세를 미리 지면 나중에 정말 무슨 일이 생겨서 급할 때는 못 써 먹게 된다는 거였다. 신문 지국장을 하는 처삼촌도 다를 것이 없었다. 만나서 이야기를 해보마고, 재판 받는 날 역전다방으로 나오면 결과를 알 것이라더니, 만나니까 오히려 용모더러 참으라고 타이르던 것이다.

"이왕 넘어간 것, 별수 읎으니 곱게 참구 판사 앞에서 허튼소리나 말어. 최 순경허구 나허구는 종씨간이구, 서로 그럴 처지가 아니거든. 쬐끔이라두 틀리면 피차 곤란헌 입장이니께 나를 봐서라두 벌금이나 물구 말어."

용모는 가죽점퍼와 안경알만 번쩍거리다가 부군수와 만난다며 찻값도 안 내고 나간 사내의 말투를 시늉해 보이고 나서 체념한 얼굴을 했다. 처삼촌 얼굴을 봐서가 아니라 자기 앞날을 위해서 참아야 할 것 같다는 거였다. 재판정에서 진술을 뒤집으면 앙갚음이 있을는지 몰라 두려운 모양이었다. 좁은 바닥에 살자면 누구하고 혐의 지거나 유감을 품고 살 수가 없다는 것이 용모의 의견이었다. 용모의 말이 끝나자, 나는 그가 좀더 용기 있게 사실 그대로를 밝힘으로써 진실이 거짓의 힘에 은폐되는 사태가 빚어지지 않기를 바랐다. 그것을 용모에게 기대한다는 것은 무리일지도 몰랐다. 그래도 나는 용모에게 충고하고 싶었다. 내 자신도 내 할 말을 못 하고 사는 주제에 하물며 충고일까마는, 전적으로 남의 일로만 치부하고 말 수도 없겠던 것이다. 진실은 언제나 만고부동의 존재이긴 하지만, 시대와 장소에 따라서 일시적으로 거짓의 횡포에 눌리는 수난을 겪을 수도 있다고 나는 말했다. 따라서 진실을 알고 있는 사람도 부득이한 경우 거짓의 횡포 앞에 굴복하는 자세를 취하기도 하지만, 그러나 그것은 어디까지나 위장일 뿐이며 진실 자체와는 항상 무관하다고 말하고, 진실을 아는 자가 잠시라도 그런 자세를 취해 보이는 것은 진실이 공개될 때까지 그 증거를 완전한 형태로 보전하기 위한 불가피한 수단인 것이며 그 증거의 가장 완전한 형태가 곧 양심인바, 정의가 질서를 바로잡을 때 그 증거에 의해 진실은 공인 받는 것이라고, 그리고 그것을 믿는 행위가 삶의 바탕이 될 것이라고 말한 거였다. 용모의 경우 법정에서조차 본의 아닌 허위 진술을 뒤집어엎지 않으면 삶의 기권이나 다를 바 없을 터였다. 게다가 사실을 목격한 증인이 성문이 부자 외에도 방앗간에 와 있었던 조순만, 오수길 두 친구나 더 있었다. 그러나 용모는 정식 재판을 청구할 만한 주제가 아니었고 허위 진술을 뒤집어엎을 만한 배포도 없어 보였다.

용모는 그냥 맨입으로 돌려보내면 걸려서 쓰겠느냐면서 역전다방 옆의 간판 없는 집에 들어가 장국밥과 소주를 샀다.

재판소는 역전 거리에서 한길로 잠깐 나가다가 그전 기름창고 터에 2층 붉은 벽돌로 새로 올린 등기소 건물의 한구석에 있었다. 오죽잖은 등기소 건물에 곁방살이를 하는 법정을 보자, 나는 실감이 안 나고 재미있다는 느낌이 들었다. 그처럼 초라한 건물 구석방에서도 엄숙한 분위기로 법률이 집행되어, 인권의 유무, 투쟁의 승패, 가문의 흥망, 남녀의 이합, 재물의 득실 등 사람의 온갖 희비애락이 결정되어지리라고는 믿어지지 않던 것이다. 그것은 물론 여러 해에 걸쳐 나의 친구나 문단 선배들이 여기서는 밝히기 무엇한 사건에 얽히어 재판정 출입이 예삿일로 되자, 나도 묻어 뻔질나게 들락거렸던 대소 재판정의 인상이 너무도 짙게 자리 잡고 있던 까닭이었고, 그리고 이제는 그나마도 그 방청이라는 것마저도 이 핑계 저 핑계 하며 그만두게 된, 보잘것없는 내 자신을 스스로 조문하는* 치욕감이 오장에 뿌리박고 있기 때문인 것 같기도 했다.

용모와 내가 법정에 들어섰을 때는 이미 주제꼴이 추레한 사람으로만 어디서 골라온 듯 꾸밈새가 대중없는* 사람 스무 남은 명이 앉아 있었다. 한자리에 나란히 앉아 있기는 하지만 그들의 신분은 즉결 피의자를 비롯해서 원고 피고 증인 방청객 등 사람마다 처지가 다를 것이 분명했다. 한복 차림의 중늙은이 둘에 나머지는 장년 사내들이었고 철공소의 공원인 듯한 더벅머리 청년이 시선을 끌었다. 법정은 스무 평 남짓해 보였다. 바닥에는 국민학교 아이들 것 모양으로 세 사람씩 앉게 된 긴 나무걸상 여섯 개가 두 줄로 놓였는데, 그 사람들만으로도 빈자리가 없었다. 얼핏 보아 다른 법정과 다르기는 검사, 변호사, 서기석과 증언대가 없고 모든 비품들의 규모가 작으며 간단한 것이었다.

사람들은 외투와 모자를 벗고 조심스럽게 앉아서 재판장석 옆에 벌겋게 달아오른 선풍기처럼 작은 석유 난방기를 쳐다보거나, 등받이가 붉은 우단으로 덮인 재판장 의자를 올려다보고 있는 것 같았다. 출입문 앞자리의 입회 나온 사법경찰관 한 사람도 피의자처럼 얌전하게 앉아 있었다. 용모와 나는 맨 뒷줄 가장자리에 앉았다. 누군가가 앞자리 어디에서 "시간이 워치기 됬디야?" "다 돼가는디" 하는 소리가 들릴 때 정리가 서류 다발을 들고 나와 판사석 앞에 놓았다. 이윽고,

"기립——" 소리에 모두 일어섰다가 스물다섯 위는 아닐 젊은 판사를 따라 제자리에 우루루 주저앉았다.

판사는 앉자마자 맨 위에 놓인 기록을 들여다보며 사건을 호명했다.

"방상호 씨, 강영춘 씨."

반백 머리를 이맛전만 남기고 바짝 밀어붙인 육십대의 한복 늙은이와 밤색 가죽점퍼에 가죽장화를 신은 사십 안팎이 판사 앞으로 나왔다.

"강영춘 씨, 육 개월 전 방상호 씨로부터 한 달 기한으로 오만 원을 차용하고 현재까지 원금과 이자를 갚지 않은 게 사실입니까?"

판사가 점퍼를 보고 물었다.

"아니지요. 제가 형편이 필 때까지 기다려달라구 사정했지요. 그런디 안 된다구 자꾸만 독촉을 허길래, 정 그렇다면 내가 가진 건 석탄밖에 없으니 그게라두 대신 가져갈려면 가져가라 했습니다. 안 갚는다구 헌 적은 없습니다."

"방상호 씨가 인부 시켜 석탄을 실으러 가니까 깡패를 동원해서 위협하여 인부들이 위험을 느끼고 되돌아왔다는 건 뭡니까?"

판사가 되묻고 강이 대답했다. 강은 탄광 덕대*인 모양이었다.

"절대 그런 사실이 없습니다. 방 씨가 중상모략헌 겁니다. 인간은 감정의 동물인디, 방 영감 증말 이러면 맘에 안 들어

요."

그러자 방이 허리를 굽실하고 나서 말했다.

"시방두 공갈치는 거 판사님께서 보셨지유? 일꾼들이 탄을 못 푸고 그저 왔글래 왜 그랬느냐구 물으니께 뭐라고 허는고 허니, 깡패 같은 청년 여남은이서 탄 데미 위로 우루루 올라가서 좋잖은 눈으로 흘겨보며 여차허면 시비를 허자구 헐판 같더랍니다유. 게 맞으면 맞는 늠만 손해라 싶어서 그냥 왔다는 겝니다유. 그 사람들두 품 팔어 먹구사는 사람들인디 빈차루 올 이치가 옰거던유."

"이 노인네— 똑똑히 말해요. 도대체 무슨 억하심정으루 이러는 게유? 아 그럼 인간은 감정의 동물인디, 광부들두 자기들이 목숨을 걸구 파낸 탄을 엉뚱헌 것들이 와서 덮어놓구 삽질허면, 광부도 사람인디 그냥 보구만 있겠소? 무엇이 깡패 같더란 게요. 깡패라구 마빡에 써붙였던가요? 시방 때가 어느 때요? 그러지 마슈, 그런 식으로 국민 총화*를 저해허지 말라구요. 또 남의 돈 쓰고 몇 달 이자 밀리기두 예사지, 요새 한국 재벌이라는 사람들두 츰에는 다 그런 고비 한두 번 안 넘겼는 줄 아슈? 그 사람들은 나라에 진 빚두 몇 해씩 안 갚습디다. 서루 아는 처지에 고까짓 것 가지고 고소가 다 뭐요, 고소가…… 나 원 재수 옰을라니께."

"당신은 그럼 장차 재벌이 되기 위해 배짱 기르는 연습으로 안 갚는다는 거요, 성의가 없었다는 거요?"

판사가 한마디하고 다시 말을 이으려는데 강이 먼저 말했다.

"수단 방법을 안 가리고 받을라구 노력허는 사람한테는

줄라고 애쓸 게 읎는 겝니다. 인간은 감정의 동물인디…… 츰부터 가만히 있었으면 모르지만 그런 식으로 나온다면 탄으로 퍼 가라 이겁니다. 방 영감두 법이면 단 줄 아시는 모양인디 맘대루 허시라구. 나두 이왕 이런 디까장 끌려와 가며, 챙피당헐 거 다 당헌 사람이니께."

"말 조심해— 법정 모욕죄로 들어가고 싶어? 사과해!"

판사가 얼굴빛을 바꾸며 호통쳤다.

"예. 국민 여러분께 죄송허게 생각합니다. 용서하십시오."

강이 얼른 허리를 반으로 접으며, 말이 어떻게 돼 나가는지 알고나 그러나 되는대로 주워섬겼다.

"이 사람 돼먹지 않았어…… 피고는 십오일 오후 다섯시까지 원고에게 원금과 이자를 갚으시오. 이자는 육 개월분이오. 그리고 원고의 소송 비용 팔백이십 원도 피고가 부담해요."

판사가 기록을 옆으로 치우면서 판결했다. 나는 실소를 했다. 강이 감정의 동물 소리를 좋아하다가 자승자박해서라기보다 근년에 들며 먹고살 일이 생긴 것치고 개나 걸이나' 라디오 텔레비전에만 나오면 으레 판박이로 '국민 여러분의 덕택' 안 찾는 것이 없고, '국가와 민족 앞에 고개 숙여 감사한다'는 말할 줄 모르는 자가 없더니, 이제는 즉결 재판소에 나온 피의자마저 그런 말을 해야만 되는 줄로 아는 꼴이 우습던 것이다.

"장국선 씨—"

판사는 곧 다음 사건을 불렀다. 거기에 대답하고 나온 것은, 기름때에 절어 번들거리는 청바지와 분홍색 스웨터를 입은 더벅머리 청년이었다. 자동차 정비공이거나 철공소 공원으로 십중팔구 미성년자임이 분명했다. 옷만 기름때가 더뎅이진 것이 아니라 두 손과 얼굴까지 검댕을 뒤발한 폭이 세수도 제대로 못 한 꼴이었다. 꺼칠한 것이 유치장에서 하룻밤쯤 새우잠을 잔 모양이었다.

들어보니 읍내 한구석에 있는 철공소 직공으로서, 주인의 담배 심부름으로 잠깐 집 앞에 나왔다가 장발로 잡히고, 머리 깎이기를 거절하여 즉결로 넘어온 거였다. 서울 같으면 장발 단속 기간에도 활개치고 다니기 알맞은 머리였다. 도시와 농촌의 사람 눈은 아직 평준화되지 않은 모양이었다. 판사가 무슨 말끝엔가 말했다.

"그러니까 피고인은 왜 여기까지 왔는지 잘 안다 이거군."

그러나 장은 목젖에 멍울이 선 어조로 부드럽지 않게 대답했다.

"그렇지 않어유. 그 이발쟁이더러 솔직히 아저씨는 이용사 자격증이 옰으니 손대지 마시라구, 또 솔직히 질바닥에서 막 깎일 수는 옰으니께 놓시라구 했더니, 무턱대구 이 자식 저 자식 허구 막 욕을 허데유."

판사는 웃음기를 머금었으나 방청석은 굳어진 표정 그대로였다.

"'언어도단'의 언사로 본 건 사법경찰관을 우롱하여 공무 집행을 방해한── 방해했다고 했는데? 어떻게 했는가 이야기해봐요."

"그건 솔직히 그분이 저더러, 그렇게 똑똑허면 진작 판검사가 될 것이지 왜 철공소 직공으로 출세를 헐라구 허느냐 허구 비꽈서, 솔직히 아저씨두 그렇게 똑똑허구 쎈 분이 왜 이런 디서 이러느냐구 헌 것뿐인디유."

판사가 기록을 훑어보며 말했다.

"그전에 한 말이 또 있어…… 장발 단속은 역사적 역행 운운하며 비방했다——고 되어 있는데, 이건 무슨 이야기요?"

"그건 솔직히, 그분이 저더러, 너는 잘나서 똑똑허니께 오천 년 역사상 우리나라에 단발령이 내린 지가 백 년이 넘는다는 것을 잘 알 거라구 허면서 비웃데유. 그래서 저두, 솔직히, 아저씨두 똑똑해서 역사를 잘 아시니께 우리나라 오천 년 역사 중 사천구백 년 동안은 세계 최고의 장발족 국가였다는 역사적인 사실두 아시라구 헌 거예유…… 그랬더니 그 아저씨가, 그럼 너두 상투를 틀구 갓을 쓰던지, 계룡산 미신교 믿는 사람처럼 머리를 질게 땋던지 해라, 그러면 단속허지 않겠다, 그러데유. 그래서 제가 솔직히, 그건 왜 안 깎느냐, 그건 장발이 아니라구 정해진 법이 있느냐, 허니께 그 아저씨가, 그런 사람은 종교적인 신념이 있어서 그렇다 그래유. 그래서 제가 솔직히, 나두 신념이 있으니께 머리를 못 깎겄다 헌 거예유."

"그 신념이 뭔가 말해봐요. 어떤 신념이오?"

판사가 웃음을 참느라고 얼굴을 붉게 적시며 물었다. 장은 순간 어름대는가 싶더니,

"그것은…… 미관상 필요헐 거 같어서유……"

하고 뒤통수를 긁적거렸다. 판사가 한쪽 팔을 장에게 뻗으며 말했다.

"미관상? 미관상도 좋은데 이리 좀 와봐요. 이리 더 가까이 와봐."

장이 두어 걸음 다가서자 판사는 장의 왼쪽 귀를 이리저리 잡아당기며 목덜미 뒷덜미를 살펴보더니 기록을 집어 옆으

로 갈라놓으며 판결했다.

"미관상 신념을 위해서, 이 귀때기하고 모가지 때나 좀 벗겨. 그 꼴에 미관상 좋아하네……"

하더니 이어 출입문 앞에 앉아 있던 경찰관더러 말했다.

"이 사람 데리고 나가 목욕시키고 이발시켜서 집에 보내세요."

다음 차례가 용모였다. 용모는 대답을 하고 일어서면서,

"암만 생각해봐두 말여, 고연히 덧넬 게 아니라 내가 헌 짓이라구 뒤집어쓰는 수밖에 옳겠다."

내게 귓속말을 하고 나갔다. 그가 움직이자 새삼 점심에 마신 술 냄새가 물씬했다. 판사는 기록을 한눈으로 훑고 나더니,

"야생 조류나 야생 동물뿐 아니라 입산 금지와 낙엽 채취를 비롯해서 자연을 보호하자는 것이 우리 모두의 당면 과제라는 것을 알 만한 분이 왜 이런 짓 했어요?"

판사는 앞서보다 훨씬 부드러운 어조였으나 그만큼 위엄이 서리어 있는 것 같기도 했다. 용모는 거듭 읍한 뒤에도 잔뜩 지르숙어*가지고 입을 못 열고 있었다.

"꿩이 천연기념물은 아니지만, 비록 참새 한 마리라도 그것이 보호할 만한 가치가 있어서 보호하자는 건데, 보호하는 사람 따로 있고 해치는 사람 따로 있고 해서야 되겠습니까?"

판사가 거듭 나무라서야 용모가 대답했다. 그런데 뜻밖에도 주눅이 들었거나 겁에 질린 음성이 아니었다.

"물런 그렇지유. 그러나 말입니다, 꿩은 말입니다, 과연 현재 보호헐 만한 가치가 있느냐 하는 것두 문제란 말입니다. 보호헐 건 보호허야 마땅허지만 그렇지 않은 것은 그렇지 않

단 말입니다. 실지 농작물을 망치는 해조는 으레 참새만 긴 줄 아시는데 말입니다, 꿩의 피해는 말입니다, 사실 농군에게는 말입니다, 훨씬 심각하다 이 말입니다. 이것은 그냥 참고로 아시라구 말씀드리는 말입니다."

용모는 아무것도 꿀릴 게 없다는 투로 원기 있게 말했다. 그것은 슬기운 덕도 아닌 것 같았다. 지은 죄 없이 고개 조이고 살아온 사람이 오랜만에 켜보는 기지개와 같은 몸짓으로 믿어야 될 성싶었다. 판사가 고개를 갸웃하고 나서 용모를 쏘아보며 말했다.

"그래서 꿩은 잡아도 무방하다, 해조를 퇴치했다—— 이겁니까?"

"도낏자루 감으로 나무를 찍을 때는 쥐고 있는 도낏자루를 기준해서 찍는다는 말도 있지만 말입니다, 물런 그건 아닙니다."

"뭐가 아니오? 당신 같은 생각을 하는 사람 등쌀에 야생동물이 안 남아나니까 보호하자고 하는 것 아니오?"

"제가 한 말씀 드리겠는디유, 제가 뭐 처벌이 무서워서가 아니라 말입니다, 예. 제가 잘못한 것은 제가 벌을 받아야 옳습니다. 예, 받겠습니다. 그러나 말입니다. 저도 법의 보호를 받고 싶습니다…… 이런 말씀을 드려도 괜찮을는지 모르겠습니다마는……"

"괜찮으니까 당신이 지금 말하고 있는 거 아니오?"

"예, 그러믄유. 여기는 바깥허구 달러서 여러 가지 것을 보호허는 법정이라 이런 말씀도 드릴 수 있는디 말입니다. 동물에 물격이 있으면 저두 인격이 있으니 말입니다, 저두 야생 동물—— 아니 그게 아니라, 야생 인간인디 말입니다…… 야생 인격이 물격보다두 거시기허면 말입니다…… 그럴 수는 읎기 때문에 말씀드리는 것입니다."

나는 용모의 뒷모습을 지켜보다가 문득, 물은 부드러우나 추운 겨울에 얼면 굳어져 부러진다던, 어디서 들은 말이 떠올랐다.

판사가 기록집을 젖혀놓으며 판결했다.

"피의자가 개전의 정이 전혀 안 보여…… 법정에 출두하는데 술에 취해가지고 와서 횡설수설하고, 정상을 참작할 여지가 없으니까…… 이런 사람 일벌백계*로 다스려서 본보기를 삼아야 해요. 벌금 이만 원——"

(『세계의 문학』 1976년 겨울호)

월곡후야（月谷後夜）·

—관촌수필 8

• 월곡 동네의 밤중부터 아침까지. 월곡 마을에서 후야에 일어난 일.

그에게도 꿈이 있었다. 비록 이루지는 못했으나 사춘기와 더불어 움텄으므로 열성을 다하여 가꾼 셈이었다. 그리고 꿈은 다만 잠결에서나 펼쳐질 수 있던 것으로 터득했을 때는 그의 나이 이미 서른도 넘은 뒤였다.

그는 서른두 살로 접어든 해 정월부터 그 꿈을 허무와 바꾸어 지녔다. 그것은 김희찬이라는 괜찮은 이름값조차 스스로 저버린 속없는 짓이었지만 그 주변머리로서는 그보다 더 윗길로 칠 다른 도리도 없었다. 그해 2월 중앙으로 올라온 지 반년 만에 그는 비로소 돈벌이를 시작했다. 그것은 실로 그가 돈 얼굴을 안 지 25년 만의 일이었다. 업종을 따서 문필업이라고 애써 우길 수도 있을 일거리였으나, 사실은 우리말 큰사전에도 오르지 않은 명칭의 직업이었다. 억지로 이름하면 세계명작개칠사(世界名作改漆師)— 일찍이 한국 문학의 중흥과 세계 무대 진출에 이바지할 작가가 되려 했던 애초의 꿈과는 많이 어굿난 거였으나 우선은 그렇게 머물 수밖에 궁리를 달리해볼 형편도 아니었다. 그는 매일 아침 7시에 나가 자정에 대어 들어왔다. 무등록 출판사와 덤핑 서점이 포갬포갬* 몰려 있는 종로5가 뒷골목 한구석의 오죽잖은 한옥, 그 통일여인숙의 침침한 방구석이 일테면 직장이었다. 앉은뱅이책상 서넛에 붉은 볼펜 몇 자루, 찌그러진 주전자와 다방에서 집어 온 찻종 두어 개가 사무 집기의 전부였다. 그곳이 간기(刊記)*에 등록번호나 주소와 전화번호도 없이 새로운 책을 찍어낼 때마다 이름이 바뀌던 유령 출판사의 사무실이었다. 그곳으로 출근한 희찬은 이미 이름 있는 출판사에서 번역되어 나온 소설책을 펼쳐놓고, 다다* 띄엄띄엄 건성으로 읽어가며 마음 내키는 대로 변조하는 것이 일이었다. 작품 전편을 손질하는 것이 아니라 문장마다 앞머리 몇 자 또는 꽁지를 다른 글자로 바꾸어 번역자가 전혀 다른 것처럼 위조하는 작업이었다. 가령 "그날 밤으로부터 2주일이 지났다. 낸시는 나에게 자기가 지금 치근덕거림을 받고 있다는 것을 밝혔다. 한 사람은 주둔지 오키나와에서 돌아온 공군 대위였고 또 하나는 보험업자 테디였다. 그러나 그것은 그녀가 나를 더 좋아한다는 것을 방해하지 않았다"는 문장이 희찬의 손에 걸리면 "그로부터 두 주일이 지났다. 낸시는 나에게 자기가 지금 치근덕거림을 받고 있다고 밝혔다. 한 사람은 주둔지 오키나와에서 돌아온 공군 대위였고 또 하나는 보험업자 테디였다. 허지만 그것은 그녀가 나를 더 좋아하는 것을 방해하지는 않았던 것이다"로 바뀌는 거였다. 희찬이가 받는 원고료 아닌 위조료는 1페이지에 8원씩이었다. 출판사는 붉은 글씨투성이의 그 책을 원고로 조판하고 널리 알려진 외국 문학 교수와 발음이나 글자가 비슷하게 작명된 가공 인물 이름으로 아무렇게나 찍어 내어 뚜껑만 번지르르하게 씌워 내놓았는데, 그것은 대개 정가의 3~4할 선에서 현금과 바꾸고 지방 서점으로 넘어갔다. 흔히 노벨문학상 수상작이 그리되었고 그것들은 대개 열 권 스무 권씩 한 질로 묶이어 세계문학전집이란 간판을 달고 나갔으며, 단행본으로 독립되기도 했다. 특히 『데미안』『25시』『슬픔이여 안녕』『어린 왕자』『러브 스토리』 등은 희찬의 손으로만도 서너너덧 번 이상이나 개조되어 나갔다. 외국 문학 작품만 그렇게 번역되어 나간 것도 아니었다. 토정비결·가정보감·가정의학대전·웅변백과·최신양계전서·최신양돈전서·신고등소채법 따위도 그렇게 엮어졌다. 그래서 그는 하던 말을 가끔 되풀이했다.

"나를 덤핑 인생으로 우습게 치면 국제적인 망신이라. 동서고금의 세계명작을 모조리 가필, 보완해내는 이 국보적인 문장을 보통 것으로 여긴다면 그건 국제펜클럽 총회에서 토의될 문제라구."

그 방에는 희찬이보다 여남은씩 더 먹은 사람도 셋이나 있었다. 그들은 희찬이보다 세 배가량 수입이 있는 일문(日文) 번역사들이었다. 일본의 통속소설들을 비롯 축산, 화훼, 특용작물 재배법, 식이요법, 지압술 그리고 중기 정비, 냉동기 수리, 선반 공작 등의 각종 기술 서적들도 그들의 손을 거쳐 국산화되던 것이다. 번역료는 원고지 한 장에 고작 30원이었는데 대개 50원 정도로 돗내기한* 사람에게 30원으로 깎아 하청하지 않으면 그나마도 얻어걸리기 수월찮게 경쟁이 심했다. 번역은 하루에 백 장 이상 하지 않으면 담뱃값도 못 댈 중노동이었다. 그 못 할 노릇을 희찬은 넉 달 정도 견디다가 내놓았다. 그것도 그 이상은 양심이 허락지 않았거나 일감이 달린 탓이 아니었다. 온종일 오금 한번 못 펴고 쭈그려 앉은 값 하느라고 관절염을 얻었던 것이다. 그는 시골에서 올려온 돈으로 관절염을 다스릴 동안 5급 공무원 공채에 나가보려고 시험 준비도 해봤다. 유령 출판사에 드나들며 집어다 놨던 싼거리 책들 중에 일반 행정직 임용고시 문제집과 참고서 나부랭이가 여러 권 있었으므로 그것만 믿고 시작한 짓이었다. 그것도 말로는, "나만헌 문장이면 당대의 문형(文衡)*인디 아전(衙前)에 응모헌다? 암만 해두 말기적 현상 같어" 하면서도 여간 열심한 것이 아니었다. 그러나 그는 시험 일자를 바짝 당겨놓고 포기하고 말았다. 그 시험에도 뒷거래에 의한 부정행위가 오고갈 것 같은 느낌이 있어서였다. 그것은 서울에서도 엄지가락에 꼽히는 운수회사의 노선상무인 고향 친구에게 들은 바에 미루어 짐작한 거였다. 자동차 면허 시험만 해도 8만 원이나 된다고 유는 말했다. 시험 답안지가 컴퓨터로 일괄 처리되므로 채점 자체는 부정이 있을 수 없으나 미리 시험 감독에게 집어주면 시험장에서 먹은 값을 해준다는 거였다. 방법은 시험장에 들어가 남 보기 어색잖게 답안지를 쓰는 시늉으로 10분쯤 충그린 뒤에 손을 들며, 잘 안 보이는 문제가 몇 군데 있다고 호소하면 시험 감독이 다른 문제지로 바꾸어주는 거였다. 그렇게 해서 바꾸어 받은 시험지에는 정답이 낱낱이 표시되어 있게 마련이던 것이다. 그것도 반드시 10분이 지난 뒤에 손을 들어야만 가능한 까닭이 있었다. 그것은 첫째 받아먹은 사람이 누군지 모르고, 10분 정도 지난 뒤에는 여느 응시자 가운데서 시험지를 바꿔달랄 사람이 없기 때문이었다. 그렇게 말하면서 유는 어떤 것은 몇십만 원까지 호가된다더란 말도 했다. 하다못해 공무원 지치러기*라도 돼봤으면 했던 보잘것없는 꿈마저 꺾이자 희찬은 새삼스레 자기 분수를 재어보기 시작하고 더불어 자신의 가장 두드러진 결점과 병폐가 무엇이라는 것도 깨닫게 되었다. 그것은 담뱃값과 교통비를 대고자 주야로 독서한 탓에 쓸데없이 유식해졌다는 사실이었다. 그는 자기 생활과 무관한 지식 과잉 상태에 부끄러움을 알았고 늦은 후회도 했는데, 없어도 살 만한 것과 있어서 불편한 것을 나름껏 적실하게 줄 그어서, 내내 지닐 것과 어서 버려야 할 것을 가르려고 노력하였다.

그것은 그다지 어려워하지 않아도 뜻대로 되었다. 그는 낙향 곧 귀농을 마음했던 것이다.

낙향 길을 잠시 머뭇거리게 하던 미애마저 유에게 떠맡기고 나니 그렇게 홀가분할 수가 없었다. 미애는 그가 갑갑할 적마다 만나자고 하여 몸을 묻고 지낸 터였으므로 마음에 있고 없고를 따지기에 앞서 남남으로 돌아서자고 하기가 어렵게 된 여자였다. 그것을 유는 말 한마디로 깨끗하게 처리했다. 희찬이가 부러 슬며시 자리를 떠준 사이 유는 미애더러 더할 수 없이 진지한 표정으로 귀띔해주듯 말했던 것이다. 유는 이렇게 말했다.

"조미애 씨는 고향이 논산인가 금산 어디라고 헌 것 같은데 집에서는 농사를 짓겠군요?"

그녀는 대뜸 농사꾼 딸이라고 하기가 거시기하던지 그렇지 않을 수도 있다는 투로 이렇게 어떻게 모호한 고갯짓을 했

다. 유는 처음부터 된다는 확신을 가지고 있었으므로 더듬지
않고 말했다.

"희찬이도 이젠 맘잡었어요. 고향으로 내려갈 작정헌 걸
보니 그새 다른 속셈이 있었던 것 같아요. 다시 물 좋고 공기
좋은 데서 살게 되면 그것도 한결 덜헐 테고, 여기보다 낫고
말고가 없겠죠. 미애 씨만 아니었어도 그동안 무슨 끔찍한 짓
을 했을지 모르는데 친구의 한 사람으로서 고맙게 생각합니
다. 부디 부모님 허락을 받으셔서 아예 뒤따라 내려가세요. 미
애 씨가 곁에서 그렇게 안 해주면 더 심해질지두 모르거든요.
어차피 못 고치는 유전이니까 결혼은 늘잡어 내후년쯤 허시
기루 허구, 그동안 공해 없는 데서 충분히 요양허게 하면 문래
(門來)병*이라구 해두 지금보다는 훨씬 덜헐 테니까요."

"그래요? 아니 어디가 어땠는데요?"

마침내 눈치 없는 그녀가 뜸 안 들인 눈으로 물었다. 그러
려니 했던 유는 더 능청을 부렸다.

"그 녀석 그거 있잖아요?"

"무슨 말씀인지 모르겠어요. 물음표 달지 말고 이야기해
주세요."

그녀는 안달이 나 했지만 그것은 희찬을 걱정해서가 아
니라 평소 뭔지 속는 게 아닌가 싶던 그녀 자신의 묵은 체증이
마침 되얹힌 기색일 뿐이었다.

"그럼 미애 씨는 아직 몰랐었나요? 허긴 서른 넘고부터는
잦지 않었지. 한 달에 한 번 정도밖에 발작허지 않었으니까."

그 말끝에 서둘러서 간질병 환자라는 말을 꺼낸 유는, 그
러나 그다음부터는 연방 고개만 끄덕여주면 되었으니 그 후

그녀는 두 번 다시 희찬을 찾지 않았던 것이다.

희찬은 아무것도 되는 일이 없던 서울 바닥을 평생 안 들여다볼 사람처럼 딱 분지르고 내려갔다. 그는 내려가고 얼마 안 있어 관촌 부락도 배추 밑 도리듯 하고 떴는데, 그가 옮겨가 똬리를 틀고 눌러앉은 곳은 관촌에서도 20리나 나간 월곡면 알바디[種採里]였다. 일삼아 게까지 찾아가지 않고는 서로 기별이 어려운 깊은 두메였다. 그곳에서 그는 알음알음으로 줄이 닿아 남의 과수원을 고지* 얻어 짓는 지 이태째 접어든다고 했다.

나는 그를 찾아갔다. 어떻게 하고 사는지 궁금해 한번 들여다나 본다고 찾아간 거였다. 길이 그래서 아침나절에 들어가는 버스를 탔어도 오정에나 닿았다. 그는 듣던 말대로 가을엔 방위병으로 복무하게 될 셋째 아우 수찬이와 과수원 한 귀퉁이의 살림집 옴팡간*에서 자취를 하고 있었다. 비탈 가파르지 않은 버덩*을 천여 평쯤 개간하여 이룬 지 몇 해 안 된 데다 제대로 거두지* 못해 작년에야 배와 사과를 처음 따봤다는 햇과수원이었다. 그날 희찬은 과수 밑으로 만든 딸기밭을 혼자 김매고 있었다. 그는 1년 동안의 비료 농약 노동을 떠맡고도 추수하여 밭 임자 몫 4할을 떼고 나니 아무것도 아니던 게 작년의 예였다면서, 궁리 끝에 딸기를 간작*하기로 하여 내년 한 철을 바라보기로 했다고 말했다. 희찬은 목에 두르고 있던 땀수건을 틀어 짜서 발바닥보다 두꺼워 보이는 이마를 훔치며 그늘로 들어왔다. 그는 도시 그늘에 쇠어 땟물이 없는 내 얼굴을 살펴보며,

"여전히 비타민이 부족헌 얼굴이구먼. 안됐다 안됐어."

하고 입에 허연 것을 물었다. 나도 웃으면서 말했다.

"물 좋구 공기 좋은 디서 살면 들헐 게라던 상무의 말이 맞구나. 그래서 간질은 다 고쳤남?"

"여기는 간질(오입)헐래두 좁어서 못 허는 디라."

그러면서 희찬은 아카시아 울타리 바깥의 우물로 데리고 가서 나를 씻기고 자기도 등멱*을 했다.

"나 땜이 일 품메는구나.* 핑곗김에 쉬엄쉬엄 해라. 첨부터 생일* 헌 것두 아닌디 무리허지 말구."

말은 그렇게 하면서도 농군 티가 완연한 희찬을 나는 대견스럽게 여겼다.

"많이 떠들던디 여기두 괜찮게 됐남?"

"활자에 물려서 신문 한 장을 안 보고 사니 무엇이 나아졌는지 구체적으루 알 수 있간."

"최신과수백과전서 같은 책두 위조해냈으니 전과(前科)를 발휘하여 소득 증대에 박차를 가허지 그려."

나는 이왕 어렵게 남의 과수원을 소작할 바엔 땅이 남아서 남 준 여유 있는 지주의 투자를 유도하라고 말했다.

"그동안 농촌의 어중간한 식자층이 책만 믿고 뭘 해보려 하면 반드시 실패허던 이유를 여기 와서야 알었지."

희찬은 그것을 정보산업시대의 부작용이라는 어려운 말을 지어가며 말했다. 일테면 활자와 전파에 의한 정보공해라는 말로 간추릴 수 있는 내용이었다. 어느 지방의 누가 무슨 품종을 어떻게 경영하여 소득 증대에 어떤 성과가 있었고, 아울러 주민 계발 및 농촌 근대화에 얼마를 이바지했다는 투의 흔한 소식에 자극되고 성급하게 의욕을 냄으로써 대개 시행착

오를 하게 됐다는 거였다. 그렇게 된 또 다른 원인은 말할 나위 없이 유령 출판사들의 서적 위조였다. 기성 식자층은 색다른 것을 손대려면 아쉬운 대로 싼 맛에 그런 날조된 서적으로 교재를 삼았던 것이다. 영농에 관한 국내 학자와 전문가의 저서가 없는 건 아니었으나 그것들은 현실성이 없었다. 값이 비쌀뿐더러 구입하기도 수월치 않았으며 설령 그런 저서를 만난다고 하더라도 보통 수준의 영농가가 터득하기에는 너무 난해하다는 결정적인 흠이 있었다. 태반이 외래어와 학술적인 전문용어로 이루어진 연구논문 중심의 서적들은 현장성이 있을 수 없었던 것이다. 그러므로 장날 벌전*에서도 살 수 있는 허울 좋은 책들을 사서 읽고 배우지 않으면 안 되었다. 그들은 무슨 일이든 책에서 얻은 지식을 바탕으로 시작했다. 그러나 그들은 다만 한 장에 30원이라는 참담한 번역료를 벌고자 식민지 시대의 찌꺼기를 밑천으로, 하루에 백여 장씩 무책임하게 직역해낸 그 서적 속의 모든 실험과 이론이 일본을 기준으로 전개되었다는 것을 알 까닭이 없었다. 기온과 토양부터 근본적으로 다른 일본 풍토의 사정은 현해탄 이쪽 실정과 전혀 맞지 않았던 것이다. 유실수 접목이 그렇고 동물의 돌림병 예방과 접종이며 사료 배합도 다르던 것이 당연한 일이었다. 일본의 4월 파종이 이 나라 4월과 같을 수 없고, 그쪽 5월 초순 모종이 여기 5월 초순 모종과 같을 수 없었다. 진정한 농촌 부흥은 재래식 경영 방식에서 벗어나지 못한 기성 농민과 60년대 이후에 교육 받은 국문 세대와의 영농권 교체가 선행된 다음에 바랄 일이라고 희찬은 주장했다. 경험에 의한 것이라고 곁다리를 달면서 정부의 정책은 논외로 하고 한 말이었다. 내가 허텅지거리*로 말했다.

"최신국내영농대전이라구 겸손허게 제목 붙여서 저서를
간행허면 돈 벌어 좋구, 농촌 근대화에 공헌했다구 위에서 김
일대[金一封]* 씨와 함께 모가지에 거는 것두 줄지 모르구, 한
번 헐 만허겄는디."

희찬이는 웃음기 없이 대꾸했다.

"우선 급허기는 각종 비료시비정해(肥料施肥精解)와 최신
농약적중해설집(最新農藥的中解說集) 간행인디, 비료 농약 이
름조차 학술적인 외래어로 표기되어 있는 판이니 별 의미도
없거니와 종로5가 것들이 일 페이지에 십 원씩 주고 위조해먹
을 걸 생각하면 당최…… 쇠주 한잔에 낮잠 한숨 자느니만두
못헐 거라."

희찬은 말이 싱겁던지 이내 말범*을 했다.

"암두 읎이 오금질 때 쇠주 한모금 허야 헐 텐디 얘가 워
디 갔나."

그는 꿈지럭거리기가 싫어 수찬이나 찾았으면 하고 미룩
거리기만* 했다.

"사람이 많이 꾀는 모양이구나."

"이래 봬두 예가 동네 마실터*라, 사람 뫼면 일을 출 수 읎
구, 그렇다구 저 좋아서 들명날명허는 걸 막을 수도 읎구."

희찬은 그 과수원이 동네 마실터가 될 수밖에 없는 점을
몇 가지로 설명했다. 독한 농약을 자주 하여 물것*이 없는 게
그 한 가지였다. 과수원 전체가 짙은 녹음이매 한낮에 와서 놀
아도 남의 눈에 얼른 안 띄니 두번째로 좋은 점이었다. 들일이
한창일 때면 아무리 고단해도 남 보매엔 빈둥대며 노는 것 같

아서 마음이 한갓지지* 않아 못 쉬는 동네였다. 이장네와 새마을회관이 이웃해 있는 것도 지나가던 걸음들이 잠깐 들여다보고 가게 하는 요인이었다. 그러나 무엇보다도 아무나 무시로* 들락거려 무방한 곳으로 됨으로써, 사람이 다녀갈 적마다 여러 가지 소식과 남의 집 부엌 사정까지 어림할 수 있게 말이 많이 떨어져 있는 것이, 귀동냥으로만 세상 물정을 알던 사람들이 마실터로 삼기 시작한 까닭이었다. 그래서 그렇게 되더니 이제는 면이나 지서에서 나온 관공리마저 이장네를 옆에 두고 과수원부터 찾아와 버릇하더라며 희찬은 웃었다. 삐그덕거리는 낡은 평상과, 조심해서 걸치지 않으면 아주 주저앉게 쓰렷쓰렷하는 죽데기*로 꾸민 걸상 두 개, 마당에 깔려 있는 멍석 한 닢, 그것들이 내방객들을 위해 마련된 자리였다.

배는 신문지로 접은 봉투에 씌워져 알 수 없으나 사과는 탱자만큼씩 굵어져 있었다. 인도와 골덴*이 중심을 이룬 과수원을 둘러보니 땅 한 뼘 거저 놀리지 않는 희찬의 알뜰한 규모가 새삼 돋보였다. 나무 밑은 딸기가 반 이상을 뒤덮고 있었으며, 그 외에도 열무 아욱 부추 파 호박 따위, 그늘에서도 견딜 수 있는 푸성귀는 고루 가꾸어져 있었다. 희찬이 푸성귀를 가리키며 말했다.

"이런 것들이 아니면 여름내 가용 한푼 나올 디가 읎어, 과수원처럼 현금이 필요헌 농사두 읎는디."

희찬은 말을 이었다.

"수찬이가 지난봄에 농고 원예과를 나왔거던. 전지(剪枝)*는 죄 그 녀석 작품이라."

"염소 두 마리만 달랑 치지 말구 딴 것두 좀 길러보지. 닭 돼지 기타 생략."

나는 울타리 밑에서 소리 없이 아카시아 잎을 훑어 먹던 염소 새끼를 발견하고 소견 없이 말했다.

"사람 양식 걱정허기보다 가축 먹이 걱정허기가 훨씬 속 탄다는 걸 몰라서 그려. 사람이야 한두 끄니 굶어두 견디지만 말 못 하는 짐승에겐 차마 못 헐 노릇이 그것이라."

희찬의 그 말 한마디는 나를 입 다물게 하기에 넉넉했다. 농약하고 비도 한 번 있었다지만 아직도 농약 냄새에 코끝이 아려 꽃 지고 얼마 안 됐음에도 아카시아 잎새의 싱그러움은 전 같지 않았다.

울타리를 끼고 거의 한 바퀴 돌아갈 때 과수원의 문께가 웬 사내들이 패 지어 몰려드는 발자국 소리로 부산했다.

"마실꾼들인가 뵈?"

"마실꾼이 아니라 여기 4H 아이들인디, 수찬이가 그 대가리지."

희찬은 그렇게 말하고 묻지 않은 소리를 했다.

"요새 애들은 무섭데. 우리 때는 학생이라는 것이 유일헌 밑천이었는디 근래 애들은 힘이면 다라. 뭐든지 힘으로 해결 하려는 디가 있어. 그렇다구 뚜렷허게 무슨 주관이 서 있는 것 두 아니면서 당최 두려운 게 읎구 뒷갈망*도 않는 거라. 무슨 일이건 먼저 저질러놓구 보는디, 높이 된 사람들이 하두 말보 다 행동, 이론보다 실천, 허구 외쳐댄 영향인지 자칫허면 일내 겄더라구. 우격다짐이건 뭐건 어쨌든 허면 된다는 사고방식들 이여."

"그만큼 발전두 했겄구먼."

나는 담배를 붙여 물며 울타리 바깥 미루나무 위에서 매미 우는 소리를 들었다. 희찬이가 물러 떨어져 발밑에 뒹구는 배를 발로 이기며 말했다.

"뭘 쑥덕거리는지 가서 들어봐야겠는디, 내 느낌인디 암만 해두 철없는 장난을 꾸미는 것 같어 맘이 안 놓여."

나도 희찬을 따라 멍석이 깔린 살림집 마당으로 나갔다. 고만고만한 청소년들로 마당이 그들먹했다.* 그들이 낯가림을 하는 것도 아랑곳없이 나는 그들을 한차례 훑어보았다. 역시 아직도 첫눈에는 안 되는 것이 시골 사람들의 나이 가늠이었다. 서울 얼굴에 견주어 거의가 실제 나이보다 몇 살씩 더 든 피부를 갖게 마련인 그들임에도 그러나 한두 사람만 모르겠을 뿐 한결같이 미성년들이었다. 머리 하고 있는 모양으로 보면 고등학교 재학생도 서넛은 섞인 것 같았다. 그들은 물 빠진 청바지나 교련복에 남방셔츠를 입고 있었는데 윗것은 옷이라기보다 무늬만을 주워 모아 시침해* 입은 것 같았다. 희찬이가 무리 중에서 눈 뜨는 것이 기중* 되바라져* 보이는 장발을 찍어내어 말했다.

"이 애가 시째여, 수찬이라구."

그는 수찬이를 내게 인사시켰다. 수찬이는 이미 여자의 몸을 여러 번 경험한 기미가 보일 정도로 성년에 이른 덩치와 눈매를 갖추고 있었다.

"신형이는 공장에서 워치게 빠져나왔데?"

희찬이가 물으니 무리 중에서 슬리퍼를 신은 아이가 대답했다.

"예비군 보충교육 헌다구 했더니 암말도 않데유. 예비군 훈련이나 더두 말구 일주일에 한 번씩만 했으면 좋겠슈."

"누가 훈련 통지서만 나오면 생일 만난 기분이라더니 그
런 사람이 우리 계두 하나 있구면."

희찬은 그들이 하다 만 공론이 예사롭게 이어지도록 마당
언저리를 거닐며 딴전을 부렸다. 자리를 피해주는 것이 옳을
것 같아 나도 마당에서 나왔다. 살림집이라야 방 한 칸에 부엌
도 처마 밑을 거적으로 가려 시늉만 내놓은 터라, 오히려 저만
치 떨어져 있는 염소 우리가 더 나아 보일 지경이었다. 전에는
돼지도 치고 닭 마리나 가두었던 듯, 블록과 슬레이트로 창고
까지 곁들여 지어 염소 한 쌍이 살림하기엔 너무 사치스런 편
이었다. 먹매*가 크면 구정물 찌꺼기로도 돼지 한 마리는 너끈
히 기를 수 있으련만, 워낙 먹는 게 없어 병아리 한 마리 욕심
내지 못하는 것 같았다. 얼핏 무슨 소리가 있어 나는 귀를 기
울였다.

"초저녁은 너무 일러. 누가 말릴지두 모르니께 숫제 느지
감치 시작혀."

여겨 들으니 수찬이 목소리였다.

"이 동네는 아홉시만 되면 아예 오밤중인디 뭘."
하고 받아넘긴 물렁한 말 임자는 겨우 변성기를 넘긴 여린 목
소리였다. 나는 염소 우리 지붕을 뒤덮은 밤나무를 어루만졌
다. 개미가 줄달아 올라가고 더러는 급하게 내려오기도 했다.
염소 우리 슬레이트 지붕 위에는 밤느정이*가 지면서 볕에 타
송충이처럼 까칠하게 오그라든 채 시커멓게 뒤덮여 있었다.

"오나가나 그 소리를 들으니 챙피해서 갈 디두 못 가겠더
라구."

누군가가 잔뜩 볼멘소리를 내뱉었다. 앞뒤 없이 구시렁거리는 소리가 뒤를 이었다. 희찬이 말마따나 정말 무슨 일을 꾸미고 있는 것이 역연했다. 희찬은 신칙할* 틈도 없는 모양이었다. 연방 음성이 바뀌면서 말차례가 돌아가고 있었다.

"지서에 불려 가 닦달당헌 사람만 해두 몇이여? 나는 시 번이나 끌려가서 들을 소리 안 들을 소리 별소리 다 듣구 왔다구, 씨바."

"씨바, 나는 그거헌티 은어터지기두 했어."

"내가 그동안 우슨 꼴 당헌 건 일일이 말헐 수도 없을 정도라. 어떤 때는 울 엄니 울 아버지가 다 나를 의심헐라구 허더닝께."

"야야, 나는 동네 마실을 못 다녔다. 공연히 남이 쳐다보는 것 같아서 돌어다니지를 못했다구."

"좇두 나는 읍내 가면 아는 놈 만날깨미 피해 댕겼다. 나더러 혹시 내가 헌 짓 아니냐는 거라. 농담두 한두 번이지, 제미럴."

"그러니께 저 새끼를 오늘밤에 없애버리기루 허구 나머지는 점점점(……)해버려."

일손이 부쳐 염소 우리와 퇴비장 사이는 갖은 풀이 욱고* 어우러져 발 디밀기도 마땅찮을 지경이었다. 그 쇠비름 바랭이 질경이 민들레 참비름 여뀌 다북쑥 명아주 마타리 더위지기 따위들은 당장 사람이 뜯어 먹더라도 살로 갈 것처럼 탐스럽고 기름져 보였다.

과수원 아래는 다랑이 잦은 논이 두렁마다 층지면서 물꼬가 그 아래 조무래기들이 멱 감는 개울로 모여 바다눌* 같은 바람켜를 만들며 흘러가고 있었다. 바람결은 살갗에 닿아도 산뜻하지 않았으나 초목이 자라는 짙푸른 숨소리가 배어 있어서 조용하면서도 힘과 욕심이 가득 찬 느낌이었다. 논배미 어디선가는 가끔 뜸부기 소리가 있고, 물꼬 터둔 물 흔한 소리가 어지간한 여울목의 소용돌이치는 소리만큼이나 차지게 들려오고 있었다. 문득 동네 안의 모든 움직임을 정지시키는 희찬이의 음성이 들려왔다.

"자네들 증 이러기여? 한 살이래두 더 먹은 사람이 무슨 말을 허면 열 마디에 한 마디는 듣는 시늉이래두 허야 되잖여. 왜, 내 말이 말 같잖은감? 증 그럴라면 나가. 여기는 그런 일 꾸미는 디가 아닝께 딴 디 가서들 허던지 말던지 허여. 배웠다는 사람들이 워째서 하나만 알구 둘은 모른다나? 딱두 허네들."

아무 대꾸가 없었다. 희찬이의 성난 음성이 이어졌다.

"아무리 거시기헌 사건이기는 허지만 이미 위자료가 근너가구 사화(私和)*를 해서 당국에서두 눈감아준 것을 자네들이 워쩐다는 게여. 내가 이르겄는디 제발 그만들 두라구. 세상이 이럴수록 다다 냉정허구 침착허게 사리를 따져서 합리적으로 처신해야 쓰는 겨. 그래야 배운 보람 있구 장차 큰일두 헐 수 있는 게지 흥분버텀 하면 쓰겄나? 자네들 의기를 몰라서가 아니라 세상 이치가 그것만 가지구는 안 된다 이거여. 당부허거니 부디 그만들 두라구. 이 바쁜 때 이게 무슨 짝여. 당사자는 가만있는디 왜 옆댕이서 먼저 난봉난다나? 하여건 예는 그런 것 계책허는 디가 아닝께 어서들 나가라구. 나두 야중에 무슨 일 생기면 뒷말 듣구 싶지 않으닝께."

이윽고 우루루 자리 뜨는 소리가 들려왔다. 담배꽁초로

어질러진 마당을 비질하며 희찬이가 중얼거렸다.

"말려두 소용옰는디, 폭력을 박력이라구 믿는 것들이니 대책이 옰는 거라."

"무슨 일이길래?"

내가 걸상에 걸터앉으며 물었다.

"이야기를 시작허면 한나절 갖구 안 될 텐디."

희찬은 쓰레질을 마치자 고개를 도래도래 내두르며 평상에 두 다리를 뻗고 앉았다. 그는 무슨 속셈인지 먼저 자기가 금방 내몬 수찬이 친구들을 이름에 얹어가며 자세하게 형용했다. 곱슬머리가 되새에 사는 홍사섭, 눈썹의 숱이 많던 애가 터들에 사는 홍의 사촌 홍사명, 여드름 천지가 어치마을 민병길, 상고머리는 도래실에 사는 서만선, 수찬이의 왼쪽에 앉았던 아이는 갓바이 이상식, 그리고 여자 블라우스를 소매 걷어 입었던 게 도루머리에 사는 이상식의 조카, 거북선을 피우던 애가 펫둑에 사는 구재서, 빨간 빵모자를 쓴 것이 재서의 조카 구광회, 공장에 다닌다던 아이는 보루목 마을의 조신형이라면서, 모두 띄엄띄엄 나눠진 부락에서 모여든 종채리 아이들이라고 했다. 그들은 대개 땅 한 가지만 믿고 살아가는 양가의 자제들로서 그중에는 고등학교 재학생이 둘, 나머지는 대학 대신 군대에 나가기 전에 농사를 배우고 있는, 장차 이 마을을 지켜 나갈 일꾼들이라고 했다.

그들이 동네 어른들 눈을 멀리해가며 모여앉아 모의를 시작한 것은 이틀 전에 눈치로 알았었다. 그러나 그들의 움직임이 어떤 내용인지 희찬이로서는 자세히 알아낼 수가 없었다. 수찬이가 연달아 이틀이나 나가 잤던 것이다. 그럼에도 희찬은 짐작이 갔다. 그것은 김선영이의 어린이 추행 사건을 그네들 나름으로 처벌하려는 공작이 분명하던 것이다.

　추행 사건이 드러난 것은 달포 전이었다. 그것도 우연한 계제에 공개된 거였다. 피해자는 죽은 지 얼마 안 되는 최규철이의 열네 살 난 큰딸로서, 겨우 올봄에 6학년이 된 보루목 마을의 순이였다. 이번 여름방학으로 놀게 된 첫날이었다. 순이는 어머니가 임고리 장사를 나가고 없어 어린 동생하고 심심하게 집을 보다가 동생이 잠든 사이 서너 집 건너 조신형이네 집으로 놀러 갔다. 그 집 막내딸이 같은 또래였던 것이다. 뜻밖의 일은 먼저 그 집 사립문 앞에서 벌어졌다. 그 전날 새끼를 낳았던 복슬개가 느닷없이 마루 밑에서 튀어나오며 내동* 안 그러던 순이의 정강이를 물어 뗀 거였다. 죽는소리와 함께 순이가 허거물*을 뒤집어쓰고 나자빠졌다. 여러 사람이 달려나오고 아래윗집에서도 내다보았다. 급한 대로 우선 찬물을 먹여 놀란 가슴을 진정시켜주고, 동네를 뒤져 있는 약 없는 약 얻어다가 물린 데부터 치료했다. 구경하던 사람들의 의견대로 이방* 삼아 나중에는 개털을 한 옴큼 잘라 태워 된장에 개어 붙여주기도 했다. 그들은 그러다가 언뜻 순이의 치마 밑을 보고 소스라치며 놀라고 말았다. 그것은 도저히 상상할 수도 없는 기막힌 것이었다. 사지가 떨려 주저앉을 뻔했다는 사람도 있었다. 남의 일 같지 않아 분해서 며칠씩 잠을 설쳤다는 이도 한둘이 아니었다. 순이는 그 자리에서 낙태를 해보였던 것이다. 삽시간에 소문이 퍼져 안팎 동네가 발칵했다. 집집마다 사람들이 마을회관 앞마당에 모여 입을 보태어 탄식했다. 몇 사람은 순이 어머니에게 매달려 그녀가 우발적인 자해 행위를 하지 않도록 밤새워 달래지 않으면 안 되었다. 애가 선 지 서너 달은 된 것 같았다는 말이 사람들 입에서 나왔다. 그런대로 며칠이 지나갔다. 순이는 학교를 그만두고 들어앉고 아이 어머니도 마음을 잡고 전처럼 장사하러 다녔다. 그러나 범인은 밝혀지지 않았다. 지서에서 순경이 하루 걸러큼씩 나와 아이한테 별소리를 다 하며 꾀송거려보아도 겁에 질려버린 아이는 입을 열지 않았다. 아이 어머니나 이웃 아낙네들이 어르고 달래도 무가내*였다. 날개 돋힌 소문은 안 간 데가 없어 수사를 서두르지 않으면 안 될 판인데도 아이는 한번 다문 입을 죽어라고 열지 않았다. 그러는 동안 동네방네 학생을 비롯, 총각과 젊은 홀아비치고 지서에 다녀오지 않은 이가 없었다. 그러나 아무에게도 혐의를 둘 수가 없었다. 종채리는 드디어 이웃 마을과 읍내 사람들로부터 어질지 못한 사람들만 살아 배울 것 없는 동네, 자식 못 기르고 딸 안 보낼 동네, 심지어는 사람 안 사는 동네란 말을 들어도 할 말이 없게 되었다. 나중에는 네 여동생은 괜찮으냐, 집의 딸은 일없느냐는 일가친지들의 인사까지 받아야 했다.

　그 범인을 끝내 잡아내지 못하면 동네 장가가기가 꺼림칙해 색시감을 멀리서 수입해 오게 되리라는 말까지 나돌고 있었다. 뉘 집 딸이 언제 무슨 일을 당했는지 알 수가 없다는 거였다. 어느덧 사람들 눈에는 핏발이 서게 되었다. 그런데 역시 소나기는 오래가지 않는 법*이었다. 그 사건도 한 달이 다 돼 갈 무렵에 순간적으로 풀렸다. 그 공로자는 다름 아닌 희찬이었다. 수찬이 친구들이 과수원으로 몰려와서 모의하려 하던 것도 사건이 과수원 안에서 해결된 까닭이었다. 그것도 불과 사흘 전이었다고 희찬은 설명했다.

그날 지서의 심 순경이 사복으로 동네에 나왔던 것은 중복에 돼지 밀도살이 있을 것이라는 동네 끄나풀의 제보가 있었기 때문이었다. 중복과 백중이 겹치든가 하루 상관일 경우, 동네에서는 돼지를 잡아 나누어 파는 것이 관례였던 것이다. 심 순경도 동네에 오면 으레 과수원부터 들르는 버릇이 있었다. 무슨 이야기를 들어보려면 천상 과수원 마당에 흘리고 간 말 이삭을 줍는 게 가장 편케 그리고 고루 들을 수 있다는 것을 알고 있었던 것이다.

그날도 희찬은 심 순경과 마주 앉아 그 사건을 화제로 한가한 사람처럼 노닥거리고 있었다. 그런데 일이 그렇게 풀리려고 그랬는지 한동안 보기 어렵던 순이가 제 발로 찾아온 거였다. 아이는 저울을 빌리러 왔다고 말했다. 심 순경은 그 아이를 앞에 앉히고 부드럽게 이것저것 묻기 시작했다. 아이로서는 귀가 닳게 들은 말이었으므로 이미 이골이 나서 너 해라 나 듣지 하는 멀쩡한 낯을 하고 있었다. 희찬은 아이가 안쓰럽고 딱해 불쑥 생각지도 않았던 말을 했다.

"순이야, 이 아저씨는 굉장히 높은 분이셔. 순사 같은 것 보담 몇 곱 높은 형사시라구. 말 않으면 안 돼."

"그럼, 니가 살짝 일러주면 나 혼자만 알구, 그동안 너한테 몹시헌 순사들두 내가 책임지고 혼내줄 거여."

심 순경 말이 끝나자 갑자기 아이의 안색이 바뀌면서 망설이던 끝에 떨리는 소리로 입을 열었다.

"참말루 아저씨 둘이서만 알구 있을 건가유?"

아이는 그렇게 다짐을 받고 나서도 한참 있다가 그것은

봉자 아버지라고 말했다. 펫둑에서 저쪽으로 떨어져서 외오[^*]
사는 김선영이를 일컬은 말이었다.

김선영이라면 그동안 아무도 의심해보지 않았던 사람이
었다. 그럴 만한 이유가 있었다. 나이도 지긋하여 마흔한 살이
나 되었고 아이가 셋에 농협의 대리를 지내다 그만둔 만큼 배
운 것도 있다는 사람이었다. 뿐만 아니라 깊어진 폐결핵으로
자리보전한 지 제 돌을 넘긴 환자였다.

김선영이 보루목으로 이사 온 것은 이태 전이었다. 물 좋
고 공기 좋은 곳을 찾아 요양하러 왔다던 거였고, 퇴직금을 전
부 털었다면서 논밭도 여남은 마지기나 샀다. 땅은 애초부터
남에게 고지 주어 짓게 할 속셈인 것 같았다. 그는 서천군 비
인이 태생지이긴 하되 오랜 객지 생활로 고향이 따로 있지 않
다고도 말했다. 그의 아내는 읍내 관청 거리 한켠에 조그마한
미장원을 가지고 있었다. 그 미장원은 김선영이 병가(病暇) 중
이었을 때 치료비를 만들 방편으로 차린 터여서 햇수로는 3년
째가 되는 셈이었다. 그의 아내는 사철하고[^*] 억척이어서 조석
으로 드나드는 버스 편에 출퇴근을 하며 무난하게 해낸다던
것이 공론이었다. 김선영의 병세는 희찬이가 보기에도 나아
진 것 같지 않았다. 그는 중기 폐결핵 환자의 외양적인 특징을
고루 갖추고 있었다. 그는 여간해서 나돌아다니지도 않았지
만 가끔 남의 눈에 띄더라도 그 스스로 거리를 두었으며, 그것
도 대개는 펫둑 앞 저수지에서 혼자 낚시질로 시간을 에우기
가[^*] 일쑤였다. 따라서 동네에서는 그와 자별하게 지낸 사람이
없었고, 마을에 무슨 일이 있어도 흔히 빠뜨리고 넘어가기가
예사였다. 민방위 훈련에도 늘 불참이었지만 그것을 출석으로

해주어도 이의를 다는 사람조차 없었다. 그만큼 회복되어 사람 구실 다시 하기가 어려워 보인 까닭이었다. 그의 맏딸 봉자는 순이와 곧잘 어울려 놀았는데 그것은 두 아이가 한 반이었고, 둘 다 어두워진 뒤에나 어머니의 얼굴을 구경하는 공통점이 있었기 때문이라고 했다. 그날도 순이는 봉자를 꾀어내러 그 집엘 갔더라고 했다. 가 보니 아이들이 없었다. 어머니를 따라 읍내에 나갔던 것이다. 순이는 무섭고 겁이 나서 울었더니 김선영이가 옷을 입혀주며 백 원짜리 동전 두 닢을 주더란 말도 털어놓았다.

심 순경은 아이를 돌려보낸 뒤 곧장 김선영이를 찾아가 자백을 받아낸 눈치였다. 그러나 김을 연행해 가지는 않았다. 김은 그날 밤 이장 황준성을 찾아가 구워삶았고, 이장은 순이 어머니와 밤새워 흥정을 벌였다. 닭이 첫 홰를 칠 무렵에야 흥정이 끝났다. 순이 어머니가 돈 3만 원과 두 마지기짜리 밭문서를 위자료로 넘겨받고 나서 김이 미리 작성해온 합의서에 도장을 찍어준 거였다. 김의 자수와 쌍방의 합의가 이루어졌다는 소문이 동시에 퍼진 것은 이튿날 아침나절이었다. 사건을 매듭지으려고 이장이 일부러 소문을 내고 다닌 거였다. 안 팎 동네가 한 번 더 뒤집혔다. 그러나 다된 세상이라는 탄식들이나 내뱉을 뿐, 옳으니 그르니 하고 나서는 사람은 없었다. 순이 어머니가 만족하게 여기는 판에 뒷전에서 군소리하고 다닐 한가한 사람도 없었다.

"불가사야(弗可赦也)*두 다 시절 만나기 탓이라."

희찬이 말을 맺었다.

"농사만 짓는 줄 알았더니 심 순경 끄나풀 노릇까지 겸업

하구 있었구먼."

나는 웃느라고 말하면서도 수찬이 친구들이 벌일 일에만 신경을 쓰고 있었다. 내가 물었다.

"그러니께 기성세대는 물질적인 합의를 용인해두 동네 젊은 아이들은 도덕적으로 용납할 수 없다── 고로 윤리적인 제재를 가허겠다 그겐가?"

그것이라고 희찬은 말했다. 그는 또,

"공중* 동네분들만 폐롭혀쌌구* 헐 게 아니라, 짚이 생각해봉께 그게 낫겠데유. 껍데기만 남어서 그냥 내버려둬두 니열 모리면 제절루 뒈지게 생긴 늠, 밉기루야 찢어발겨두 션찮지만 형무소에 능은들 뭘 허겄슈. 지집애 앞질 생각해서 어채피 이 동네는 뜨야겄구 헌디, 뜨자니 당정 끄니 끓일 것두 읎는 형편이지. 새깨 하나 내버리는 심치구 허자는 대루 해버리구 말었슈. 임자 나스걸랑 그늠헌티 받은 밭뙈기나 팔어줘유."

했다던 순이 어머니 말투를 시늉해보기도 했다. 희찬은 이제 구경할 일만 남은 셈이라며 헐렁하게 웃고 일어섰다.

"갈증 나는디 저 아래 가서 막걸리나 한 모금 허자. 도갓술이래두 물맛이 갠찮여 먹을 만허다."

나도 시장기가 들던 판이라 그러고 싶었다. 아직 따갈 것이 없어 과수원은 비워둬도 무방한 모양이었다. 나는 희찬을 따라 달구지 길을 터덜거리고 내려갔다.

뗏둑 부락 앞 그닥 넓지 않은 저수지 언저리에 바람으로 쓰러지다 만 오두막이 한 채 있었다. 얼핏 보아도 천장에서 북두칠성이 보일 지경으로 낡았고 움집만큼이나 침침해 보였다. 객지에서 오는 낚시꾼을 바라고 다 큰 딸만 둘 있는 과부가 마

시는 것을 판다고 했다. 희찬은 말끝에,

"큰딸은 명실이라구, 열아홉 살, 그 밑엣 게 열일곱, 즤 어
메는 마흔다섯— 헌디 그중에서 내가 건드린 게 누굴 것 같
니?"

나는 주저하지 않고 말했다.

"그야 십 년 연상녀겠지."

"술김에 한 서너 번 웃짝 노릇을 해줬더니 고마워서 그 담
버텀은 나를 은인 대하듯 하는 거라."

"은혜 갚을려면 사위 삼으라구 허지. 그게 젤 좋은 방법
같어."

"고민이라. 까딱하면 사둔허게 생겼다구. 수찬이란 늠이
그 집 큰딸 명실이허구 눈이 맞은 것 같어. 나만 몰랐지 벌써
버텀 소문이 파다하다는 거라."

"늙은 건 늙은 것끼리, 젊은 건 젊은 것끼리, 궁합은 괜찮
게 맞었는디."

"내가 지집애 에미허구 관계했다는 말두 함부로 못 허겠
구, 그것들 떼놓을 무슨 좋은 방법이 읊을까? 지집애가 얌전허
기만 해두 좀 들허겠는디 이게 또 이름난 그것이라는 거여. 읍
내 어떤 녀석허구두 복잡했었다는 거라. 그런 걸 제수 삼을 수
있겄남."

희찬은 일껏 하던 말을 중동무이하고* 주춤했다. 어디서
아낙네들끼리 악다구니를 쓰며 말다툼하는 소리가 들려오던
거였다. 어디서가 아니라 바로 그 오막살이에서 나는 소리였
다. 희찬은 고개를 갸웃거리면서 다가갔다. 옻나무와 찔레가
아우러진 덤불 모퉁이를 돌아서니 말소리가 바로 눈앞에서 들

려왔다. 희찬은 발걸음을 멈추었다.

"그려 이 육시럴 년아, 혼저 되어 술장사는 허구 살어두니런 년 유세는 우습게두 안 여긴다. 제년으 집구석은 뭣 볼게 있다구 가당찮게 넘 말 허구 댕겨, 이 가리쟁이를 찢어놀년아."

"저 사나운 게 바루 내 과부 애인이여."

하며 희찬이 웃었다.

"급살허네. 암시러면 제런 년 같을깨미. 그렇게 그런 소리 듣기 싫걸랑 새끼를 쓰게 가리쳐. 시집두 안 보내서 배 불리지 말구."

"주리헐 년, 마당 터지는디 솔뿌레기 걱정허구 자빠졌네. 요샛 시상은 자식을 두서넛씩 낳구 혼인해두 숭 안 되더라. 올갈이라두 대사 치르면 될 것을 왜 니런 넌이 팔뚝 걷구 지랄허여."

"아따 그르게 싸게 그럭 허라구, 뉘라 말리데?"

"니넌두 말 조심혀, 주둥패기 찢어놓기 전에……"

"츠녀 배가 남산만 헌 것 보구두 모르쇠 허란 말이냐? 넘은 다 아는디 니넌만 모르는 게 딱해서 니넌헌테 들어가라구 그랬다."

"잘두 그래서 그랬겄다."

"그래, 그래서 그랬다."

잠깐 말이 틈난 사이 희찬은 밭은기침으로 인기척을 냈다. 마당으로 들어서니 다툼질도 자연 숙어 들어 주막집 혼자서만 뜰팡* 끝에 걸터앉아서 임자 없이 씨근거리고 있었다.

"누구를 그렇게 죽일 년 잡듯 했수?"

희찬이 멍석에 올라앉으며 말했다.

"담뱃집 것이, 그 섯바닥 빠진 년이 공중 와설랑 사람 오장육부를 홀랑 뒤집어놓구 가잖여. 혼구녕을 내줄랑께 시적부적* 가버리네."

쉬어터진 열무김치 가닥을 지범거리며* 희찬이와 나는 막걸리를 마셨다. 주막집은 아무도 없이 혼자 술 수발하랴, 보리쌀 삶아 저녁 안치랴, 김칫거리 다듬으랴, 하여 몹시 바빠하고 있었다.

"무슨 소리 못 들었수?"

희찬이 주막집더러 물었다.

"들앉어 있는 내가 무슨 소리를 들어?"

그녀는 퉁명스럽게 대꾸했다. 희찬은 그녀가 못 알아들을 만해지면 내게 말했다. 담뱃집 말대로 명실이 배가 부른 게 사실이라면 필경 수찬이의 것이기가 십중팔구다, 그러나 읍내 어떤 녀석의 씨일지도 모른다, 만약 수찬이 애라면 다다 떼어버리는 게 좋다, 그래야 한다, 이따 수찬이 보거든 말 좀 해줘라, 아직 아이를 낳아 기르기는 너무 이르다, 그런 일은 형편이 펴진 뒤에 해도 늦지 않다, 그런 뜻을 강조해가며 수찬이한테 한마디 해달라는 거였다, 나는 안 들은 것으로 쳤다. 손윗사람으로서의 통속적인 희찬이 말을 모두 옳다고 하기가 싫었던 것이다. 또 그렇게 말해봤자 아무 실효도 없을 거였다. 게다가 그런 구차스런 충고에 귀를 기울일 어수룩한 아이도 아닌 것 같았다.

"소설을 여러 편이나 쓴 자도 막상 이런 인생 문제 앞에서는 속수무책이군."

희찬이가 이기죽거렸다. 나도 한마디 했다.

"세계명작을 수도 없이 고쳐준 당대의 문형도 눈앞의 연애 문제 하나를 해결 못 하는 것처럼."

그와 나는 해가 들어가고 별이 나오도록 주막집 마당에 퍼질러 앉아 술을 마셨다. 저수지를 건너온 바람은 매우 시원했으나 해감내* 섞인 물비린내와 모기떼는 그다지 반갑지 않았다. 낮에 누군가가 말했듯 9시경이 되니 마을은 쥐 소리도 없이 온통 오밤중이었다. 나도 과수원에 들어온 길로 그참 쓰러져버렸다. 희찬이가 마구잡이로 집어 떼지만 않았으면, 이 튿날 해가 이렇게 된 뒤에야 잠에서 깨어났을 터였다.

"야 이것아, 이것아."

나는 잠결에 희찬이가 부르는 것을 들었다. 나는 눈을 뜨면서 갈증을 느꼈다. 희찬이가 집어 떼서 그런지 팔다리도 얼얼했다.

"그 애들이 제서 뭘 허구 있는 것 같다. 김선영이를 끌어다놓구 조지는 것 같어. 일내기 전에 한치* 안 가볼래?"

나도 관심했던 일이었으므로 한참 만에 겨우 몸을 추스르고 따라나섰다.

"어디서 무슨 소리가 들리남?"

"저기 불이 써 있잖어, 마을회관 안에."

희찬이가 손가락질을 했다. 석유 남폿불을 서너 군데나 켜놓은 것 같았다. 나와 희찬은 갈수록 발소리를 죽이며 더듬었다.

"웬만허면 못 본 척허구, 안 되겠으면 신칙헐라구 그려."

희찬이 자기 속셈을 귀띔했다. 나는 희찬을 따라 강단이

있는 옆문 앞을 거쳐 뒷문께로 돌아갔다. 슬그머니 손을 대어
보니 뒷문은 안으로 잠겨 있었다. 양쪽에 한 켤레씩 나 있는
유리 창문도 닫혀 있었다. 소리가 밖으로 새어 나가지 않도록
더위를 무릅쓰고 닫아놓은 모양이었다. 희찬이와 함께 나는
뒷문 유리창에 얼굴을 대었다. 대중하기에 회관은 30평 남짓
되어 보였고, 강단 위에는 심지를 돋운 남포등 두 개가 나란히
서서 그을음을 올리고 있었다. 서너 사람씩 앉게 된 걸상을 뒷
문께로 밀어놓고 낮에 보았던 아이들이 한 사람을 가운데로
앉히고 둘러서 있었다. 뒷문께만 터놓고 반달을 그리듯 늘어
서 있었다. 그들은 한결같이 작대기를 하나씩 짚고 있었다. 몽
둥이를 쥐고 있는 셈이었다. 그 가운데 사내는 무릎이 꿇리어
져 있었다. 그것은 김선영일 거였다. 김은 처분만 바란다는 시
늉으로 잠연(潛然)히* 고개를 떨구고 있었다. 희찬이 숨소리를
죽였다. 나도 문틀 사이에 귀를 대었다. 마침 크고 잘게 로마
글자가 뿌려진 핑크색 바탕의 여자 블라우스를 걷어 입은 아
이가 말하는 중이었다.

"당신이나 우리나 해방 후 같이 늙는 처지여. 그러니 반말
헌다구 나삐 생각 말구 솔직히 말해봐. 어떡 헐쳐? 여기서 무
덤 팔려, 보따리를 쌀려?"

빨간 빵모자가 손에 쥔 작대기를 들어 삿대질하며 말을
받았다.

"니열 모리면 대가리에 두 가지 털[牛白]을 가질 작자가
헐 일이 읎으면 죄용히 병이나 고칠 것이지 그게 뭐여, 이 움
도 싹도 읎는 자식아."

이어 낮에 슬리퍼를 신었던 조신형이가 바꿔 신은 농구화

414

발끝으로 김의 턱주가리를 두어 번 툭툭 쳐놓고 말했다.

"인면수심이란 말이 소설책에나 나오는 중 알았더니 이 동네에 버젓이 살고 있는 거라. 이 개 비슷헌 짐승을, 이걸 당장 패 죽이구 개값 사천오백 원을 물어줘?"

얼굴이 온통 여드름 천지인 민병길이 나섰다. 민은 짚고 있던 각목으로 김의 목덜미와 옆구리를 쿡쿡 찌르고 나서,

"야, 너 잘 들어봐. 우리의 처지를 약진의 발판으로 삼어 창조의 힘과 개척의 정신을 기르며 공익과 질서를 앞세워 능률과 실질을 숭상허구, 경애와 신의에 뿌리박은 상부상조의 전통을 이어 받는다— 너 이게 뭔지 잘 알지?"

김이 고개를 가로젓는 게 보였다.

"국민교육헌장도 모르니께 어린애헌테 못된 짓을 헌 거여. 이 쌍, 이걸 그냥……"

민은 각목으로 시멘트 바닥을 콱 찍었다. 곱슬머리 홍가가 허리를 휘어 김의 턱에 눈을 대고 조용히 물었다.

"야, 너 여기가 워디냐?"

김의 뒤통수가 조금 움직이는 듯했다. 홍이 말을 이었다.

"그렇지? 월곡면 종채리가 틀림없지? 알겠냐? 여기는 사람 사는 디여. 너 같은 짐승 사는 디가 아니란 말여. 워칙 헐래? 니열 새벽에 보따리 싸지? 어라, 이게 아직두 대답이 없어. 그럼 우덜버러 늬 집구석 기둥뿌리 찍어 넘기는 수고를 해달라는 거여 뭐여?"

"진말 헐 것 없이 이 자리서 뼉다구 추려."

뒷모습만 보여 잘 알 수 없는 자가 말했다. 홍이 다시 윽박질렀다.

"그래주랴? 여기서 죽어볼 테여?"

곧 몽둥이찜질이 시작될 것 같아 나는 희찬을 돌아보았다. 새어 나온 먼 빛에도 창연(悵然)하던 희찬의 얼굴에 드디어 전색(戰色)이 이는 것 같았다. 김은 여전히 굳어 있었다. 상고머리 서만선이가 말했다.

"야, 너 시방이 워느 때냐? 워느 때여? 그렇지? 그런디 너는 워치케 혔어? 우리가 단당 사백오십 키로 수확, 호당 구십만 원 소득을 위해서 밤낮으로 뛸 때 넌 워치케 혔어? 국민학교 댕기는 니 딸 친구를 워치키 혔냐 말여? 이 개새끼야."

서가 쥐고 있던 몽둥이를 번쩍 치켜들었다가 막 내리치려 하자 잽싸게 손을 들어 막으며 나선 것은, 그때까지 팔짱을 낀 채 노려보기만 하고 있던 수찬이었다. 수찬은 두 손을 옆구리에 얹고 천천히 말했다.

"우리가 지역 사회 발전과 근대화를 위해서 발 벗고 나섰다는 것은 당신두 잘 알 거여. 머리를 써서 더 좋은 생각허구, 손으로 봉사하며 진실하고 동정하는 마음으로 건강을 유지하여 가정과 지역사회에 이바지하자는 것이 우리들 모임의 목적이었다 이게여. 우리는 물런 4H 경진대회에 나가서 아직 입상은 못 해봤어. 왜? 시작헌 지 얼마 안 됐으니께. 그러나 조속한 전화(電化)*를 위해 여러 가지 일을 추진했던 것은 당신이 아는 바와 같은 거라. 객토 투입, 퇴비 증산에 박차를 가했고 그 결과 면내에 2위라는 성과를 거뒀어. 그것두 물런 맨손만 쥐고는 그렇게 안 됐겠지. 면직원들헌테 밥 사주고 술 사주고 담뱃값까지 우리 돈을 쓰며 그랬어. 그런 결과 내년이면 전기가 들어오도록 되어 있어. 따라서 잘살어보자는 의지와 근면과 협동 정신이 투철한 마을이라구 평판이 났어. 다시 말허면 어제의 종채리가 아닌, 오늘날의 종채리로 이미지를 확 바꿔버렸어. 그에 힘입어 우리는 또 80년대에 가서 호당 소득 이백만 원을 목표로 사업을 시작했던 거라.

그런데 당신은 어떻게 했는지 말해봐. 반생산적, 반사회적, 반도덕적인 행위만을 일삼았다구 어디 네 입으로 직접 읊어봐. 싫은감? 싫으면 말 안 해두 좋아. 그 대신 이렇게 허여. 아싸리 말해서 내일 당장 지집 새끼 몰아 가지구 여기서 떠나. 그러구 그것을 이 자리에서 우리허구 약속해. 만약 우리 요구를 듣지 않을 것 같으면 장차 어떻게 될 것이냐. 그건 우리가 말허기 전에 당신이 먼저 알 거여."

조신형이가 피우던 담배를 김의 이마에 눌러 끄며 말했다.

"작것이 그래두 못 알어들어. 이 더운디 우리더러 도리깨질을 한바탕 허라 이거여?"

곱슬머리가 뒤를 받았다.

"아직 손대지 말구 가만있어봐. 이봐, 우리가 밤에 이러는 것두 당신을 봐주기 때문이여. 동네 사람들이 몰려와서 돌팔매질을 않게 허려구 니열 새벽에 떠나라는 게여. 알어들었지? 이럴 것 없이 당신 집에다 불을 질러버리자는 의견두 있었으나 참자구 했어. 어디까지나 신사적으루 타협적으루 허자 이게여. 신사적으루 타이를 때 듣는 게 당신 몸뚱이두 남어나구 가재도구두 건진다 이 말이여. 알어들었지? 우선 애들허구 당장 급헌 것만 챙겨 가지구 몸뚱이버텀 떠나. 그러구 나서 차차 이삿짐두 실어 가구 집이랑 땅이랑두 정리허라 이게여. 알겠어?"

드디어 김이 고개를 두어 번 끄덕거렸다. 수찬이가 마무리하듯 말했다.

"김 씨, 당신은 목숨 건지구 우리는 손에 피 안 묻히구, 생각 잘헌 거요. 당신은 속으로 이런 법이 없다구 여길지 모르나, 그렇잖어. 이런 법을 뭐라구 하는 줄 아슈? 이게 바로 불문율이라는 거여. 한 번 더 다짐 받겠어. 당신 내일 새벽 틀림없이 지집 새끼 몰아가지구 여기서 떠나는 거지? 유감없지?"

김이 고개를 끄덕이며 몇 마디 중얼거린 것 같았으나 말소리는 들리지 않았다.

"가서 짐 챙기슈. 우리는 여기 있다가 당신이 떠나는 걸 지켜볼 거니께."

수찬이 말을 마치고 담배를 피워 물었다.

"구경 끝났으니 우리두 가서 자야지."

희찬이가 과수원 울타리 모퉁이를 지나가며 중얼거렸다.

과수원으로 돌아오자 희찬은 곧 잠이 들었으나 나는 머릿속이 총총해서 잠을 이루지 못했다. 일찍 일어나지 않으면 밝는 대로 떠난다던 버스를 잡기 어려울 줄 알면서도 어쩔 수 없었다. 그러면서 김이 과연 새벽을 도와 동네에서 떠날 것인가를 궁금하게 여겼다.

김은 그대로 눌러앉아 버틸 수도 있을 터였다. 당국에 호소하면 신변 보호도 가능하고 중재를 부탁할 수도 있을 거였다. 그러나 모든 걸 나중으로 미루고 일단은 마을에서 떠날 것 같았다.

이튿날 식전 나는 김선영 일가족의 행방도 알려지기 전에 희찬이와 작별하고 알바디를 떠났다. 통학생들로 가득 메워진 버스나마 놓쳐버리면 읍내까지 20리를 걸어야 되겠던 것이다.

나는 9시 보통급행 좌석표를 사놓고 나서 역전 거리의 음식집을 골라 들어갔다. 줄곧 마시기만 하고 먹은 게 없어 속이 몹시 쓰렸던 것이다.

꽤나 너른 음식점인데도 아침을 못 들고 나온 여행자들로 빈자리가 드물었다. 나는 겨우 한구석을 찾아 앉아 설렁탕을 주문한 다음 탁자 위에 접혀 있던 신문을 펼쳐놓았다. 석간이 이튿날 식전에나 나오고 조간이 오후에 배달되는 곳이라 새로운 것이 없어 건성으로 들여다보고 있었다. 그러던 중 나는 듣던 목소리가 있어 얼핏 고개를 들었는데 계산석 앞에서 돈을 치르고 있던 사내는 뜻밖에도 수찬이었다.

나들이옷으로 말쑥하게 차려입은 수찬이 곁에는 스무남은이 될락말락한 가무잡잡한 긴 머리 처녀가 붙어 있었다. 내가 알은체를 할 사이도 없이 수찬은 큼직한 여행가방을 들고 나갔다. 여자도 배부른 여행가방과 핸드백을 두 손에 나눠 들고 뒤따라 나갔다.

마침 내 자리에도 음식이 놓이고 있어 나가볼 수는 없었다. 그러나 그들이 정거장으로 가는 것은 유리문 밖으로 내다볼 수 있었다.

나는 식사를 마친 뒤에야 비로소 짐작이 갔다. 김선영이보다 수찬이가 먼저 종채리를 떠난다는 것, 그리고 그 여자가 주막집의 큰딸이라는 것.

(『월간중앙』 1977년 1월호)

책 끝에 몇 마디 객담을 덧붙이려 드니 여러 느낌을 제쳐 가며 앞질러 떠오르는 것이, 새삼스럽게도 나는 늘 남의 덕으로 살아왔다는 생각이었다. 전부터 내가 남들 앞에 떳떳이 내놓을 만한 자랑거리로 여긴 것도 '나는 인덕이 많은 자'라는 사실 한 가지뿐이었다. 이 한 가지만으로도 내 평생은 남달리 다행스러운 셈이라고 일매지어 말할 수 있으리라. 나는 이 이상 아무것도 바라지 않는다.

이 인덕은 이 책 속의 모든 글에서도 드러나고 있지만, 성년 이후 문단 데뷔를 비롯, 생활 창작 수상 출판 따위 어느 것 한 가지도 스승과 선배와 친구의 분별이나 우정에 의하여 이루어지지 않은 것이 없다. 특히 잡문집을 포함하여 여섯 권에 이른 출판은 그중에서도 두드러진 것이었으니, 일곱 권째가 되는 이『관촌수필(冠村隨筆)』도 예외가 아님은 두말할 나위 없다. 나는 지난 10여 년 동안 여러 가지 오죽잖은 글을 지었거니와, 내 가슴에도 그중의 태반은 같잖고 되다 만 것들이었다. 그러나 그런 중에서도 『관촌수필』만은 남의 이야기도 아니고 하여 좀더 낫게 써보려고 나름으로는 무던히 애쓴 편이었다.

읽는 분에게 참고가 될까 하여 대강 잡기하면, 내가 이 나이 먹도록 벗어나지 못하는 것의 하나가 이미 유년 시절부터 몸에 밴 조부의 훈육이기도 하지만, 이야기를 늘어놓기 전에 먼저 나부터 소개함이 바른 순서 같아 말머리를 삼은 것이 「일락서산(日落西山)」이다. 이 책 속에는 실화를 그대로 필기한 「화무십일(花無十日)」 같은 것도 있고, 「여요주서(與謠註序)」「월곡후야(月谷後夜)」처럼 지금도 그 자리에 살고 있는 동창생이나 친척의 이야기도 있으며, 후제 내 자식이나 조카들에게 읽히기 위해 소설이니 문학이니를 떠나 눈물을 지어가며 쓴 고인에 대한 추도문 「공산토월(空山吐月)」 같은 글도 있다. 금년(1977) 연초 「공산토월」의 정희 엄마를 찾아갔다가 벌써 중학교 졸업반이 된 고인의 유복녀를 보고 나는 또 울었다.

대개 조부 다음으로 내게 영향을 끼친 이는 한 마당에서 자란 동네 아이들이었다. 30년이나 세월한 지금은 반 이상이 죽었거나 행방불명이 되었지만 그들이야말로 여러모로 나를 키운 사람들이니, 「행운유수(行雲流水)」의 옹점이, 「녹수청산(綠水靑山)」의 대복이, 「관산추정(關山芻丁)」의 복산이가 그들이었다.

그런 사람들의 이야기를 차례로 쓰자면 아직도 멀었지만, 그러나 이제는 그만 묻어두려고 한다. 묵은 이야기보다는 앞

일이 더 복잡하겠기 때문이다. 소식 모르는 옛친구들의 행운
을 빈다.

1977년 10월

이문구

민중의 초상으로 가득 찬 벽화

최시한
(소설가 · 숙명여대 교수)

1.

'관촌수필 연작'이 문학과지성사에서 책으로 묶여 나온 지 41년이 흘렀다. 그 짧지 않은 기간 이 작품은 '연작소설의 시대'인 1970~80년대가 낳은 걸작 가운데 하나로 자리 잡았다. 여기에는 그럴 만한 이유와 얽힌 이야기가 있을 것이다.

『관촌수필』은 현재 충남 보령시에 속하는 대천(大川, 한내)의 갈머리 마을〔관촌(冠村)〕에서 1941년 태어난 이문구가, 일제 강점기 말엽부터 시월 유신과 새마을 운동이 일어난 1970년대에 이르는 30여 년 동안 고향에서 일어난 일을, 그 지역의 토속어를 풍부히 활용해 서술한 소설이다. 작가는 한산 이씨 토정 이지함의 후손으로 태어나 조부로부터 전통 양반의 훈육을 받았지만, 한국전쟁 때 사상 문제로 아버지와 형 둘을 무참히 잃고 결국 소년 가장이 되어 고향을 떠났던 사람이다. 그래서 이 자전적 이야기에는 '고향과 가족 상실'의 한(恨)이 짙은 그림자를 드리우고 있다. 분단된 나라의 냉전 현실에서, 그것도 박정희 독재 체제가 엄존하는 상황에서, 가까스로 자기 집안의 아픈 이야기를 꺼내는 좌익 운동가의 아들이 '나'로 나서서 하는 이 이야기는, 사랑방에서 구수한 입담으로 풀어내는 회고담을 듣는 것처럼 술술 읽히기도 하지만, 그럴 수만은 없는 점들이 내용과 형식면 모두에 아주 많다.

높이 평가되어온 만큼 관련된 글이 많은데, 거기에는 몇 가지 논점이 되풀이 등장한다. 그들 위주로 이 작품이 지닌 개성과 감동의 원천에 접근해보기로 한다.

2.

『관촌수필』은 1972년부터 6년에 걸쳐 발표된 여덟 편의 중·단편소설을 1977년에 한 권으로 출판한 연작(連作)소설이다. 형태나 장르 측면에서 보면, 전체 분량이 장편소설 규모이나 관촌이라는 배경과 '나'를 비롯한 몇 인물이 되풀이 등장할 뿐 연속되는 줄거리(스토리)를 찾기 어렵다. 연작이라도 매우 느슨하게 구성된 연작인 것이다. 그래서 한곳에서 일어나는 비슷한 이야기가 반복되는 느낌을 받게 되는데, 이러한 '공간적' 양상은 이 작품에서 인과관계로 얽힌 사건의 '시간적' 전개를 기대하는 이에게 당혹감을 준다.

이 작품에는 독자를 당황하게 만드는 요소가 그 밖에도 많다. 예를 들면 표지에 '연작소설집'이라고 적혀 있는데 정작

소설의 제목에는 '수필'이라는 말이 들어 있다. 글이 어느 갈래에 속하는가는 읽는 태도와 방법을 좌우하므로 매우 중요하다. 학교에서 소설은 허구적이고 수필은 비허구적이라고 배운 우리는 이 작품을 어떻게 읽어야 할지 망설이게 된다. 서술자이자 주인공인 '나'가 이문구 자신임을 밝히는 서술이 널려 있고, 작자가 작품을 짓고 발표한 역사적 현재(1970년대)와 작품 속에서 서술자가 '서술하는 현재'의 상황이 거의 일치하며, 대부분의 지명이 관촌과 그 주변의 실명이기에, 그리고 "어쩌다가 이야기가 이에 이르렀는지 알지 못하겠다"(「공산토월」, p. 204) 운운하는 화법을 보면, 과연 수필 같구나 싶다. 수필이란 '주제나 제재 중심의 구조를 지닌 비허구적 산문'이라 할 수 있다. 따라서 이 작품을 수필로 볼 경우, 독자는 그려진 무엇을 상상하거나 사건의 줄거리를 좇기보다 사물에 대한 필자의 생각, 태도 따위에 주목하게 된다. 이러한 독법은, 이 느슨한 구조의 이야기를 읽는 하나의 방법이 될 수도 있다.

하지만 그럴 경우 이 '소설'을 수기나 기록처럼 간주하여 지나치게 '사실 여부'라든가 '지시적 의미' 중심으로 읽게 되기 쉽다. 서술이 가리키는 외부의 사실 혹은 사물에 집중하게 되는 것이다. 어떤 글의 내용이 어디까지 사실인가를 따지는 일은 본래 어려울 뿐 아니라, 이 작품처럼 작가가 '소설'이라고 한 경우, 별 의미가 없을 가능성이 있다. 그러므로 여기서 관점을 다소 바꾸어, 제목의 '수필'이란 말을 앞에서와 같이 비허구성 위주의 장르나 양식 명칭으로 엄격히 파악하지 않는 게 보다 적절할 수 있다. (작가는 대개 자기 체험을 바탕으로 창작하지만 그것을 감추는 데 비해) 이 작품은 작가가 자전적 체험임을 스스로 드러내어 '사실적으로' 서술하려고 한다는 의도를 강조하기 위해 쓴 말 정도로 받아들이는 것이다. 허구적 상상이 개입된 소설적 변용을 되도록 배제하고 '보고 들은 것'을 적는 데 주력하였음을 표현하는, 다소 겸손함도 포함된 말로 보는 것이다.

그런데 사실, 무엇이 사실인지는 알기 어렵고 또 그것을 객관적으로 표현하기도 어렵다. '수필'이라고 했지만 이 작품도 모든 서술이 사실인 것은 아니다. 가령 「월곡후야」의 배경인 "관촌에서도 20리나 나간 월곡면 알바디[種採里]"(p. 393)는 존재하지 않는 동네이다. 필요한 사실을 밝히지 않은 경우도 있다. 1975년 12월에 발표된 「관산추정」에는 유복산의 아내가 "지난번 국민투표"(p. 332)하는 날에 맞추어 아기를 낳고 군수한테 금일봉과 아기 이름을 받는 사건이 나온다. 그 국민투표란 1975년 2월 12일에 시행된, 박정희 정권이 시월 유신을 합리화하기 위해서 치른 유신 찬반 투표이고, 받아온 아기 이름은 '유신'임이 분명한데, 막상 그 사실은 빠져 있다. 두 경우 모두 작품 외부의 비판이나 억압을 피하기 위해 그랬다고 볼 수도 있지만, 이야기로서의 전개와 표현을 위해 일정한 생략과 변용은 언제나 개입되게 마련이다. 작가가 그러지 않았는데 독자가 그렇게 만들 수도 있다. 전국에서 벌어진 그 '아기 이름 짓기' 사건은 꼭 관촌에서 일어났다기보다 당대 현실을 비판하기 위해 작가가 신문 기사에서 가져온 소재로 받아들여질 수 있다. 또 가령 이 작품에서 독자가 매우 관심을 갖게 마련인 '나'의 아버지("세 고을[保寧·舒川·靑陽郡]의 지하당을 창설하고 이끌었던 책임자", 「일락서산」, p. 58)는 의외로 본격적으로 서술되지 않는데, 의도적으로 생략하였든 그렇지 않든 간에, 그게 오히려 문학적 효과를 높이는 결과를 낳는 것으로 읽힐 수도 있다.

이러한 점들을 종합해보면, 제목에 사용된 '소설'이란 말역시 서구적 문학개론에 따른 장르 개념에 매일 게 아니라, 그것으로 대표되는 사건 서술 양식, 즉 '이야기(서사)' 일반을 가리키는 말로 넓게 보는 편이 적절하다. 그렇다면 이 작품은 소설은 소설이되 '사건의 미적 재현보다 경험의 사실적 서술에 주력하며, 주로 사물에 대한 서술 태도에서 형성되는 주제나 제재 중심의 이야기 갈래'에 속하는 셈이다.

작가가 '수필'과 '소설'이라는 말을 함께 썼기에 앞서와 같은 논의를 했지만, 여기서 그 같은 이야기를 가리키는 갈래 명칭이 전부터 있었음에 주목할 필요가 있다. 그것은 바로 실존 인물의 삶을 기록하고 평하는 서사 양식—'전(傳)'이다. 이는 본래 사건보다 인물 중심의 이야기로서, 작가의 그에 대한 서술 태도가 주제를 형성하는 전통적 서술 형식이다. 따라서 『관촌수필』의 기본 서술 형식은 '전'이요, 이 연작소설집은 '전 모음집'이라고 바꾸어 말할 수 있다. 이문구는 「김탁보전」「유자소전」처럼 제목에 '전'이라고 했건 하지 않았건 간에, 넓게 보아 전의 자장 안에 있는 행장(行狀), 평전(評傳), 그리고 오늘의 전기(傳記) 등에 해당되는 작품을 많이 썼다. 그는 매양 전을 썼거나, 혹은 전의 형태가 바탕에 깔린 글을 지었다고 할 수 있는 작가이다. 서술 방식도 방식이지만, 이 작품에서 그가 다룬 인물 가운데 다소 예외적이거나 거친 사람은 있어도 악한 사람은 없다는 점이 내용상 하나의 근거이다. 과연 이 소설의 '작가의 말'에 작가는 「공산토월」이 "후제 내 자식이나 조카들에게 읽히기 위해 소설이니 문학이니를 떠나 눈물을 지어가며 쓴 고인에 대한 추도문"이라 적고 있다. 이러한 서술 태도는 허구를 형상화하여 미적 체험을 제공하려는 '예술로서의 소설'과는 다른 쪽을 지향한다. 그러므로 이 이야기의 화자는 그냥 서술자라기보다 '작자-서술자'라고나 할 그런 존재이다.

『관촌수필』이 오늘의 독자를 당황하게 하는 것은, 근대화의 물결 속에서 우리가 잃은 그 전을 기본 형태로, 또 그 대상 인물을 드러내고 알리려는 자세로 글쓰기가 이루어졌기 때문이다. 적어도 이 작품에서, 이문구는 전이 소멸해가는 시대의 '전 작가'이다. 앞에서 그는 "소설이니 문학이니를 떠나"라는 말을 했는데, 거기에는 근대화를 곧 서구화로 알고 서구적 근대소설만을 소설의 주류로 여겨온 문학사적 흐름에 대한 비판, 그 속에서 전 읽는 법을 잊은 우리 자신에 대한 비판이 담겨 있다.

3.

『사기』열전(列傳)의 전들을 모형으로 삼는 전통적인 '전'은, 기본적으로 역사상 중요한 인물의 삶을 적고 평(評)을 붙이는 형식이다. 하지만 그 정전(正傳) 형식을 본뜨되, 춘향이나 심청같이 실제로 존재하지 않았거나 역사적으로 중요하지 않은 인물의 이야기(고소설)까지 전이라고 일컬어왔다. 근대로 넘어오면서 한문이 문자 생활의 주류에서 밀려나고 서구의 근대소설 형식이 들어오자 이 갈래는 전근대적인 것으로 간주되어 사라져갔다.

『관촌수필』은 민중 혹은 평민들의 전 모음집이다. 이문구는 전의 전통을 주체적으로 계승하면서 새로이 '(근대)소설스러운' 전을 짓고 있는데, 묘사를 곡진하게 하고, 한 편에 여러 인물을 함께 다루기도 하며, 무엇보다 영웅, 재자가인(才子佳人) 등이 아니라 이름 없는 평민을 대상으로 삼는다. 평민 중에서도 대부분 약하고 낮은 사람인데, 유천만·신용모·대복이 등과 같이, 보기에 따라 보통 이하이거나 비루한 사람도 있다. 하여간 거의 모두 예전 같으면 아예 전의 대상이 되기 어려운 인물들이다. 하지만 이런 도덕적이거나 계층적인 분류는 이 작품에서 그다지 중요하지 않다. '작자-서술자'가 그런 면을 중시하여 인물을 서술하고 있지 않은 까닭이다. 아니, 그런 점을 따지기보다, 기본적으로 대상 인물이 전을 지을 만한 사람임을 드러내기 위해 긍정적 태도로 서술하고 있기 때문이다. 그가 인물을 택하고 그들의 성격적 특질들을 제시하는 양상을 살펴보면, 이 작품이 어떠한 전 모음집인지 구체적으로 드러나고, 그 전체 구조를 크게 두 부분으로 나눌 수 있음도 알게 된다.

이 연작소설집은 여덟 편의 이야기가 발표순으로 수록되어 있다. 제1화(「일락서산」)부터 제5화(「공산토월」)까지의 중심인물은 대부분 '나'의 가족이거나 가족과 같은 사람들이다. '나'는 그들과 더불어 살며 인정을 주고받았고, 신세를 졌으며, 무엇보다 한국전쟁의 아픔을 함께 겪었다. 이에 비해 후반부 제7화(「여요주서」)와 제8화(「월곡후야」)의 중심인물들은

'나'와의 그런 인연이 적거나 없다. 그 사이에 끼인 제6화(「관산추정」)는 양쪽 특징을 함께 지니고 있으나 크게 나누면 뒤쪽에 속한다. 이렇게 볼 때 이 작품은 사건이 일어난 과거와 '작자-서술자'가 그것을 서술하는 현재가 대개 공존하지만, 초점이 현재 쪽으로 이동하면서 오염되고 삭막해진 1970년대 농촌 현실이 전면에 부각되는 전개 구조이다. 앞쪽 다섯 꼭지가 슬프지만 '유년의 따뜻함'과 '소년의 순진함'에 젖은 세계 중심이라면, 뒤쪽 세 꼭지는 오염되고 짓눌린 성인 세계 중심이다. [이 연작 뒤에 발표된 『우리 동네』(1981) 연작과 '나무 연작'『내 몸은 너무 오래 서 있거나 걸어왔다』(2000)는 이 뒤쪽의 흐름을 확대·발전시켜 농촌의 현실을 그린 작품들이다.]

　『관촌수필』의 독자가 보다 감동을 받고 높이 평가하는 것은, 분량으로 쳐서 전체의 약 3분의 2에 해당되는 앞쪽 이야기들로 보인다. 거기 등장하는, 조금 모자라고 어리석으며 때로 손가락질을 받더라도 '나'한테 잘해준 사람, 전쟁 때문에 별 잘못도 없이 인생이 뒤틀린 사람, 그러나 인정 많고 사람의 도리를 알아서 끝내 잊을 수 없는 사람, 다시 그러나, 끝내 행복에 이르지 못한 사람 등, 제5화 「공산토월」의 신현석(석공)으로 압축되는 그런 인간상이야말로 정말 '한국 사람'다우며 전으로 기록하여 남길 만한 무엇을 지니고 있다는 정서, 그것이 이 작품을 사랑받게 하였을 터이다. 20세기 중반 이후 많은 한국인이 체험했고 그리워하는 인물이 바로 그런 사람이기에, 이 작품이 감동적으로 읽혔을 것이다.

　그들이 품은 '인정'이나 그들이 행동으로 보여준 '사람의 도리'란 무엇인가? 그것은 "도리 염치 위신 체면 경위 따위 의로움"(「공산토월」, p. 199)을 으뜸으로 여기는 일과 밀접히 연관되어 있다. 그것을 아는 이들의 '인간다움'을 상찬하는 '나'의 따뜻하고 결곡한 마음이야 변함없이 소중히 여겨지겠으나, 급변하는 오늘의 탈가족적이고 도시 중심적인 사회에서 그것들이 과연 존재 가능하며 얼마만큼 가치를 지닐 것인가? 이는 더 살펴볼 문제이고, 어쩌면 결국 독자 몫의 문제이기도 하다.

4.

이 소설이 높이 평가되는 이유 가운데 다른 하나는, 그 언어, 문체와 관련되어 있다. 이 작품에 펼쳐진 어휘와 비유의 풍부함은 홍명희의 『임꺽정』, 김주영의 『객주』 등과 비교되곤 한다. 여기 갈무리된 한 시대의 언어와 풍속, 특히 그 해학성은 두고두고 가치를 잃지 않을 것이다. 작가의 끈질긴 조사와 수집 노력 없이는 이루기 어려웠을 결과이다.

이 작품의 문체는 서정적인 풍경 묘사와 인물들끼리의 다툼 혹은 입씨름 장면에서 더욱 진가를 발휘하는데, 인물들이 성격·지적 수준 등과 관계없이 대부분 입담이 좋은 것은, 작자가 지나치게 '걸쭉한 입담'에 몰두한 게 아닌가 하는 느낌까지 준다. 하여간 이 작품의 언어 표현의 풍부함은 단지 국어사전이나 민속사전 편찬에 도움을 주는 데 그치지 않는다. 나아가 언어 예술 특유의 기능을 함으로써 한국소설사에서 보기 드문 개성과 스타일을 낳는다.

약하고 낮은 보통 사람들의 언어는 강하고 높은 사람들의 언어와 같지 않다. '작자 – 서술자'는 토속어(속어)와 지역어를 즐겨 사용한다. 그는 충남 보령 지역의 이른바 '사투리'(필자는 작가의 뜻을 존중하여 이 말을 피한다)를, 일반 소설과는 달리, 대화만이 아니라 바탕글(지문)에까지 쓴다. 그가 약하고 낮은 사람들, 글과 거리가 먼 그들의 '입말'을 존중하기 때문이다. 이러한 구어(口語) 위주 서술은, 화법의 질서 혹은 경계가 무너지고 모순적인 것이 공존하는 '말의 카니발' 혹은 '언어의 다성성(多聲性)'을 낳는다. 문어(文語, 글말)의 표준어법을 무시할 수 없기에, 언어의 계층성 문제에 문법 문제까지 일으키기 때문이다.

여기서 주목할 점은, 이 작품에서 토속어가 한자어와 대립 관계에 있지 않다는 사실이다. 이문구는 어려서 한문 교양을 익혔으므로, 여덟 편의 제목이 모두 넉 자로 된 한자어인 데서 뚜렷하듯이(어떤 것은 관용구라기보다 작자가 지어낸 것이다) 한자어에 비교적 능하다. 한국어는 오랜 동안 한자어와 토속어가 언문일치를 이루지 못한 채 뒤섞였으므로 이 작품에서 둘이 혼합된 양상은 20세기 중반 한국의 언어 현실을 여실히 보여준다. 여기서 한자어와 토속어가 대립하지 않는 것은, 「일락서산」에 잘 그려져 있듯이, 양반과 평민의 계층 구별이 사라지면서 한자어가 급격히 퇴조하는 시대였기 때문이고, 또 작자가 양반 출신이지만 평민 쪽에 서 있기 때문이다.

이 작품에 펼쳐진 '말의 카니발'에서 가장 의미 있는 담화 대립은 토속어/한자어나 생활어/표준어 사이라기보다, 민중 언어/지배 언어, 속어/공식어(공적 언어), 지역어/중앙어 등의 각 사이에 있다. 물론 이 대립짝들의 앞과 뒤에 놓인 것들은 각기 하나의 범주에 드는 계열이지만, 어떤 용어를 쓰느냐에 따라 해석이 달라질 수 있다.

　이러한 담화 대립이 작품의 심층 갈등과 밀접히 연관되는 것은, 한자어와 토속어의 특이하지만 실감나는 공존 속에 지속되던 '유년의 따뜻함'이 사라지면서 농촌 현실의 모순이 전면에 부각되는 뒤쪽에서이다. 「여요주서」에서는 재판에 쓰이는 언어와 "야생 인간"(p. 383) 신용모의 토속어가 대립되는 정도지만, 다른 작품들에서는 매우 정치적인 양상을 띤다.

　「월곡후야」의 다음 대목을 보자.

　　얼굴이 온통 여드름 천지인 민병길이 나섰다. 민은 짚고 있던 각목으로 김의 목덜미와 옆구리를 쿡쿡 찌르고 나서,
　　"야, 너 잘 들어봐. 우리의 처지를 약진의 발판으로 삼아 창조의 힘과 개척의 정신을 기르며 공익과 질서를 앞세워 능률과 실질을 숭상허구, 경애와 신의에 뿌리박은 상부상조의 전통을 이어받는다 ── 너 이게 뭔지 알지?"
　　김이 고개를 가로젓는 게 보였다.
　　"국민교육헌장도 모르니께 어린애헌테 못된 짓을 헌 거여. 이 쌍, 이걸 그냥……"
　　민은 각목으로 시멘트 바닥을 콱 찍었다.

(「월곡후야」, p. 415)

　어린 아이를 임신시킨 동네 어른한테 같은 동네 청소년이 처벌을 빙자하여 폭력을 행사하는 장면인데, 비슷하게 '말'과 관련되어 있어도, 앞서 살핀 「관산추정」의 '아기 이름 짓기'와

는 다른 기법이 사용되고 있다. 거기서는 사건으로 박정희 정권의 시월 유신을 우스꽝스럽게 만드는 데 비해, 위에서는 그 이념을 주로 대화라는 표현 혹은 행동으로 비꼬고 있다. 당시 학교에서 모든 학생으로 하여금 외우게 했던 국민교육헌장을 대놓고 비판하지 않으면서, 불량스러운 청소년이 그 언어를 쓰게 하여 그 지배적·공적(公的) 언어의 폭력성을 폭로하는 것이다. 위의 인용에서는 국민교육헌장인데, 뒤에 가면 새마을 운동을 가지고 또 그렇게 한다.

언어 자체의 표면적 의미는 건드리지 않는 척하면서, 그 언어를 사용하는 행위로 이면적 의미를 만들어 표면적 의미를 비꼬는 이러한 서술 기법은, '풍자'나 '해학'이라는 이름으로, 인간과 지배 질서의 허위를 폭로·비판하는 수사의 방법으로 사용되어 왔다. '그들의 언어로 그들 자신을', 곧 비판 대상의 언어로 대상 자체를 비판함으로써 그 언어의 지위와 그것을 강요한 권력을 격하시키는 이러한 서술법을, 이문구는 뒤의 다른 연작들에서 더 정교하게 발전시킨다.

이문구의 문체는 늘 풍자적이고 해학적인 면을 띠고 있는데, 이 작품의 뒤쪽에서부터 더 '의식적'으로 그것을 추구한 듯하다. 2년 동안에 '관촌수필 연작'을 다섯 편이나 발표한 이문구는 1974년부터 3년간 쓰기를 계속하지 못한다. 1974년 11월 발족한 자유실천문인협의회(민족문학작가회의를 거쳐 현재는 한국작가회의로 이름이 바뀜)의 실무 간사를 맡아 민주화 투쟁을 벌이느라 그랬을 터이다. 한국전쟁의 와중에서 사상 문제로 아버지와 형제를 잃은 사람이, 반(反)독재투쟁에 나서면서 의식적으로 추구하게 된 기법이, 이 '말의 카니발' 속에서 지배적이고 공적인 언어를 격하시키고 풍자하는 방법이었던 것으로 보인다. 이 시기에 내용도 과거보다 현재 중심으로 바뀌는데, 이문구는 이렇게 자기의 삶과 문학을 일치시키고 또 심화시켜 갔던 것이다.

5.

박정희 독재 체제는 무너졌으나 민주화가 지체되던 1984년에 이문구는 「명천유사(鳴川遺事)」라는 단편소설을 발표한다. 제목에서 알 수 있듯이, 자기가 호를 '명천'으로 지은 연유를 밝히는 것을 구실로 지은 소설이다. 오랜 동안 자기 집에서 머슴살이를 했던 '최 서방' 이야기가 중심을 이루고 있는데, 실은『관촌수필』에서 못다 한 이야기를 하기 위해 지은, 그 부록 같은 작품으로 보인다. 성격이 독특하기는 하지만 중심인물 최 서방은 「화무십일」의 윤 영감, 「관산추정」의 유천만 등과 비슷하여 별로 새롭지 않은 인물이다.

'『관촌수필』에서 못다 한 이야기'란 다름 아닌 자기의 가족사이다. 그것은 아버지와 큰형이 죽임을 당한 뒤 또다시 "난리에 중형이 함께 일했던 수십 명과 한 두름으로 엮이어 (명천리에 속하는: 필자) 옥마산 중턱의 후미진 이어닛재 골짜기에서 학살당"한 이야기, 그 뒤 어머니마저 여의고 고향을 떠나 소년 가장으로 살아간 후일담 등이다. 그것은『관촌수필』제 4~5화와 시기적으로 다소 겹치지만, 대복이나 신현석 이야기를 하느라고 소홀했던, 아니 그들의 전(傳)을 서술한다는 구실

아래 억누르고 말하지 않았던 사실이다.

이문구는 "예로부터 사사로이 연고가 깊은 대천읍 명천리(현재 보령시 명천동: 필자)를 잊지 않기 위한 내 나름의 한 가지 방편"으로 자기의 호를 스스로 '명천'으로 삼는다고 하면서 그 연고라는 것들을 줄줄이 나열한다. 그런데 그 '명천'의 '명' 자가 본래 '울 명(鳴)' 자이다. 그의 호는 '우는 내(냇물)'라는 뜻인 것이다. 그가 굳이 그 지명을 호로 정하고 그 사유를 소설로 지은 걸 보면, 민중들의 전을 쓰면서 이문구는 줄곧 '울고 있는 자기 자신의 전'을 쓰고 있었던 듯하다.

이문구는 그 슬픔의 힘으로 자기의 일생을 보편화하여, 한 시대 민중들의 초상으로 가득 찬 거대한 벽화를 그려내었다.

『관촌수필』의 정본 및 어휘 풀이 작업

최시한
(소설가·숙명여대 교수)

1977년에 문학과지성사에서 처음 펴낸 이문구 연작소설집(連作小說集) 『관촌수필』은 이제 하나의 고전으로 자리 잡았다. 하지만 판본들이 일정하지 않아 혼란이 일어나고 있다.

이 작품은 여러 차례 출간되었는데, 연작 총 8편 가운데 일부만 수록한 것은 제외하고 헤아려도 총 6회나 된다. 그 가운데는 "작가의 첨삭, 가필, 개고 작업을 마친 결정본"이라고 못박은 전집본도 두 가지나 있지만, 실제로 작가가 생전에 직접 그랬다고 여겨지는 의미 있는 점들은 의외로 전집이 아닌 이전 판본들에서 많이 찾아볼 수 있다. 이른바 '청소년용'을 빙자하여 원본을 무참히 파괴한 것들은 아예 논외로 치더라도, 판본들을 대조하고 변동 과정을 살펴서 결정본을 만드는 일, 곧 정본(定本) 작업을 해두지 않는다면 앞으로 이 작품을 면밀히 읽고 연구하는 데 문제가 많아질 염려가 있다.

한편 이 작품의 여러 판본들에 '어휘·속담 풀이'가 자주 붙어 있는 데서 짐작할 수 있듯이, 여러 계층 어휘의 풍부한 사용, 충청도 토속어를 살려 쓴 세밀한 생활 묘사, 작가 특유의 문체 등 때문에 이 소설은 오늘의 독자들이 읽기 어려운 부분이 많다.

이런 이유로, 초판이 문학과지성사에서 출간된 지 40여 년이 흐른 지금, 모든 판본을 대조하여 정본 작업을 하고, 충남 (보령) 지역어는 물론, 오늘날 잘 쓰지 않는 표현들을 풀이해놓을 필요가 있다.

필자에게 이 작업이 맡겨진 것은, 작가와 고향이 같으며 또 소설을 연구하고 써왔기 때문일 것이다. 이유야 어떻든, 필자는 작가 생전의 인연과 작가에 대한 존경심에서 기쁜 마음으로 이 일을 맡아, 뜻을 같이하는 작가 원종국과 함께, 나름대로 최선을 다하고자 하였다.

(맞춤법 규정, 출판사의 편집 방침 등에 따른 변화는 아래에서 언급하지 않기로 한다.)

1. 정본 작업

이 작업을 하면서 중요시해야 한다고 본 판본은 총 여섯 가지이다.

① 발표본 ─ 여러 지면에 처음 발표한 텍스트들. 1972년 5월『현대문학』에 제1편이 발표되고 1977년 1월『월간중앙』에 마지막인 제8편이 발표됨. 작가가 각 편별로 끝에 적어놓았음.

② (문학과지성사) 초판본 — 이문구 연작소설집 『冠村隨筆』, 문학과지성사, 1977. 12. 5. 세로 쓰기 조판. 작가의 '후기' 있음.

③ (문학과지성사) 재판본 — 이문구 연작소설집 『冠村隨筆』, 문학과지성사, 1991. 7. 15. 가로 쓰기 조판. 작가의 '후기' 있음.

④ (문학과지성사) 제3판본 — 문학과지성 소설 명작선 6 『관촌수필』, 문학과지성사, 1996. 11. 10. ③과 내용이 거의 같되 편집을 달리함.

⑤ 솔출판사본 — 이문구 전집 제5권 『관촌수필』, 솔, 1997. 7. 15. '일러두기'에 "솔출판사에서 간행하는 이문구 전집은 작가의 첨삭, 가필, 개고작업을 마친 결정본임을 밝혀둔다"고 적혀 있음. 작가의 '후기' 없음. (이 전집은 완간되지 않음)

⑥ 랜덤하우스본 — 이문구 전집 제8권 『관촌수필』, 랜덤하우스 중앙, 2004. 12. 31. '일러두기'에 솔출판사본 전집과 비슷한 말이 있음("랜덤하우스 중앙에서 간행하는 이 작품집은 작가가 생전에 첨삭, 가필, 개고 작업을 마친 결정본임을 밝혀둔다"). 작가의 '후기' 없음. 다른 판본들과 달리 맨 뒤에 '수록 작품 발표지'를 정리하여 붙였는데, 초판본의 각 작품 뒤에 밝혀져 있던 그것 가운데 틀린 데가 있었던 것을 모두 바로잡고 있음. (이 전집은 2004~2006년 사이에 총 26권이 완

간됨)

위의 여섯 종을 대조해본 결과, 발표본을 초판본으로 낼 때 개고한 곳이 매우 많다. 그때 '관촌수필3'의 제목이 「행설비고(行雪備考)」에서 「행운유수(行雲流水)」로 바뀌기도 하였다. 그리고 초판본을 재판본으로 낼 때도 작가가 손 댄 곳이 많다. 「공산토월」과 후기의 '명희 엄마'가 '정희 엄마'로 바뀌고, 옹점이 어머니의 이름 '팔매'가 '이매'로 바뀌기도 하였다. 우리가 보는 이 작품의 기본 꼴이 재판본에서 잡혔다. 그러나 두 경우 모두 수는 많아도 '개작'이라기보다 '개고' 수준이다. 사건이나 인물을 넣고 빼는 정도가 아니라 표현, 표기 등의 수준에서 손질을 했기 때문이다. 입말투를 글말투로 바꾼다든가 표현이 번잡스러운 데를 정리하고, 소통이 어려운 지역어를 조금 줄이는 식이다. 이러한 개고는, 처음에는 기억을 재현하느라 세세히 적는 데 몰두했지만 후에 가독성과 완성도를 높이려는 의도에서 이루어진 것으로 보인다.

제3판본은 편집을 새로이 하면서 바탕글에 이어 쓴 대화를 따로 단락을 나누어 쓴 곳이 많다. 이 판본에서 작가의 의도적인 개고는 거의 없었던 것으로 보인다.

첫번째 전집본인 솔출판사본은 '일러두기'의 말과는 달리, 전집 중 적어도 이 작품의 경우, 작가의 의도적인 개작으로 보이는 데가 별로 눈에 띄지 않는다. (제3판본이 나온 지 7개월 후에 출간되어 참고하기 어려우므로) 재판본을 저본으로 삼은 것으로 보이는데, 유독 한자를 많이 빼고 있다.

이 판본에서 작가가 의도적으로 개고한 것처럼 보이는

거의 유일한 사항은, 재판본 20쪽 밑에서 위로 세번째 줄의 한 문장("또 누가 정월 보름날 시집을 보내 줬는지도 알 수 없었다")—'나무 시집보내는 풍습'에 관한—이 빠진 것이다. (이는 뒤의 랜덤하우스본에도 빠져 있다.)

두번째 전집본인 랜덤하우스본은 작가가 세상을 떠난 후에 출간된 것이다. 역시 '일러두기'와는 달리 작가의 의도적 개작이 눈에 띄지 않는 것으로 보아, 그 말은 솔출판사본의 그것을 받아 적은 데 불과한 것으로 보인다.

랜덤하우스본은 특이하게도 앞선 전집인 솔출판사본이 아니라 단행본인 문학과지성사 제3판본을 저본으로 삼은 것으로 보인다. 무엇보다 솔출판사본에서는 많이 빠진 한자 병기가 대부분 그대로 남아 있기 때문이다. 내용이 거의 같은 문학과지성사의 재판본과 제3판본 중에서도 굳이 후자로 보는 것은, 둘 사이에 보기 드물게 다른 다음 부분에서 제3판본을 따르고 있기 때문이다.

"밋갓"(초판본 p. 25) → "호파"(재판본 p. 22) → "호박"(제3판본 p. 27) → "호파"(솔출판사본 p. 27) → "호박"(랜덤하우스본 p. 26)

이렇게 볼 때 정본 작업을 하면서 바탕으로 삼을 것은 실제로 작가가 본격적으로 개고한 것 중 최종본인 문학과지성사의 재판본이다. 그런데 그와 같으면서 편집이 보다 개선된 제3판본이 있으므로 그것을 저본으로 작업을 하는 게 적합하다고 보았다. 따라서 제3판본을 바탕으로 삼되 같지 않거나 문제

되는 것들은 다른 판본들을 비교하면서 확정하는 방식을 취하기로 하였다.

2. 어휘 풀이 작업

이 소설은 한국어사전을 만들 때 반드시 핵심 자료로 써야 할 만큼 어휘와 표현이 풍부한 '한국어의 보고'이다. 여기 사용된 말 가운데는 요즘 독자들이 얼른 알기 어려운 여러 계층의 어휘, 지역어, 속담, 관용구 등이 많다. 21세기 초의 입장에서 보면 대개 그것은 시대와 풍속이 변하여 사라져가는 토속어와 한자어, 작가의 고향인 충남 보령 지역의 토박이말, 곁말, 작가가 만들어냈거나 나름대로 사용한 표현 등이다.

그것들의 표제어를 정하고 풀이를 함에 있어 일단 표준어를 기본으로 삼았다. 하지만 이른바 '사투리(방언)'일 경우에도, 구태여 그와 표준어를 구별하거나 차별하지 않은 작가의 뜻을 고려하여, 그들을 대등한 자격으로 함께 적었다. 맞춤법에 어긋나는 입말 투의 표현을 바탕글에까지 사용한 작가 특유의 문체를 존중하여, 본문의 표기 그대로를 표제어로 삼기도 하였다. 풀이 역시 사전에서 통용되는 의미를 바탕으로 하되, '이 소설에서 작가가 사용한 의미 맥락 중심으로', 또 그것만을 적었다. 따라서 해석에 따라서는 사전적 의미와 어휘 풀이가 다소 다를 수 있다. 그 밖의 풀이 방침을 간추려 적으면 다음과 같다.

○ 작가의 본래 서술 및 표기를 최대한 존중하여 그에 따름. 단, 표기가 현행 맞춤법이나 외래어 표기법에 어긋

나는 경우, 문체가 손상되지 않는 최소한의 범위 안에서 바로잡음.

○　작가의 실수가 확실해 보이는 것은 바로잡되, 그에 대해 편집자 주('[편]'으로 표시)를 붙임.

○　어휘 풀이는 중복을 피하고 찾아보기 쉽도록 사전식으로 정리하여 제시함. 대상 어휘는 각 장(章)을 기준으로 본문에 해당 어휘가 처음 나왔을 때 '*'를 붙여 표시함.

○　앞뒤 문맥으로 미루어 뜻을 짐작할 수 있는 어휘는 굳이 풀이하지 않음.

○　사전적 의미 외에 추가 설명을 붙인 경우, 말미에 편집자 주('[편]'으로 표시)를 붙여 사전적 풀이와 구별함.

○　과거의 생활, 풍습 등과 관계가 깊은 말의 경우, 꼭 필요한 일부만 풀이 대상으로 삼음. 설명이 더 필요하면 백과사전이나 관련 전문용어사전을 따로 참고하기 바람.

참고 자료

국립국어원 표준국어대사전.

네이버 '어학사전' 및 '지식백과사전'.

장삼식 편. 『대한한사전』, 박문출판사, 1974.

한글학회 지음. 『우리말큰사전』, 어문각, 1991.

민충환. 『이문구 소설어 사전』, 고려대학교 민족문화연구원, 2001.

임근혁. 『보령의 사투리』, 보령문화원, 2016.(비매품)

『관촌수필』 어휘 풀이

ㄱ

가갸 뒷다리   한글. 한글을 익히는 표가 "가갸 거겨 고교……"로 시작하므로 한글을 '가갸글'이라고도 불렀는데, 그것을 우습게 표현한 말. '한글날'도 애초에는 '가갸날'이었음.[편]

가기(家忌)   집안 조상의 기제사.

가는 기둥에 서까래 굵은 소리   '기둥보다 서까래가 더 굵다(중심이 되는 것과 그에 따르는 것이 뒤바뀌어 사리에 어긋남을 비유하여 이르는 말)'에서 온 표현.[편]

가동치다   정리하다.

가로닫이   가로로 열고 닫는 문이나 창.

가리마   가르마. 머리칼을 양쪽으로 빗었을 때 가운데 생기는 하얀 금.

가풀막   매우 비탈진 땅바닥.

가풀막지다   땅바닥이 가파르게 비탈져 있다.

가호적(假戶籍)   호적지(태어난 곳)가 아닌 곳에서 임시로 만든 호적(가족관계기록부).

각근하다(恪勤――)   매우 극진하다.

간 깐. 형편을 판단하는 생각이나 가늠.

간국 소금물.

간기(刊記) 책의 앞이나 뒤에 적는 출판 날짜, 출판사 이름 등에 관한 기록.

간사지 갯벌을 막아 개간한 간척지.

간작(間作) 사이짓기. 한 농작물을 심은 이랑 사이에 다른 농작물을 심어 가꾸는 일.

갈머리[冠村部落] 관촌 부락의 현지 이름. 이 소설의 제목 '관촌수필'의 '관촌'은 이 '갈머리'를 가리킴.[편]

갈모(-帽) 예전에, 갓이 비에 젖지 않게 하기 위해 갓 위에 덮어씌우는, 작은 우산 모양의 비 가리개.

갈밭 갈대밭.

갈퀴밥 갈퀴로 긁어모은 검불이나 낙엽.

갈통 굵은 갈대 줄기로 결어 만든 통.

감뭇하다 가뭇없다. 보이던 것이 감쪽같이 안 보이다.

개 보름 세듯 한다 대보름날 개에게 음식을 주면 여름에 파리가 많이 꼬인다고 하여 개를 굶기는 풍습에서 나온 말. 남들은 다 잘 먹고 지내는 명절 같은 날에 제대로 먹지 못하고 지냄을 비유적으로 이르는 말.[편]

개갈 안 나는 소리 형편과 사리에 도무지 맞지 않은 소리. 상대의 말을 조금도 인정하지 않을 때 쓰는 관용구.[편]

개갈 안 나다 말이나 행동에 논리가 서지 않고 맺고 끊는 맛이 없다.

개나 걸이나 누구랄 것 없이 아무나. 윷판의 '도, 개, 걸'에서 온 말.

개랑 개울. 아주 좁고 얕은 물줄기.

개랑물 좁고 얕은 개울(개랑)의 물.

개막이 갯벌에 어살을 박고 울타리처럼 그물을 쳐 두어 밀물 때 들어온 고기를 썰물 때 잡는 일. 또는 그런 때에 사용하는 그물.

개비하다(改備--) 낡은 것을 새것으로 바꾸다.

개연하다(慨然--) 억울하고 몹시 분하다.

개장국 보신탕.

개장에 초 친 맛 개장국(보신탕)에 식초를 친 맛. 전혀 어울리지 않음.

개재비 낫 따위의 기구에서 쇠 부분이 나무 손잡이에서 빠지지 않도록 나무 끝에 끼워서 죄는 둥근 쇠.

객공(客工) 임시로 고용한 직공.

객담(客談) 그냥 싱겁게 하는 말. 별로 중요하지 않은 말.

객스럽다(客---) 쓸데없고 실없는 느낌이 있다.

갱굿찮다 괜찮다. 상관없다.

거께 거기께. 그 부근.

거두다 돌보다. 첫 발표본부터 줄곧 "거루지"라고 표기되었으나 "거두지"의 오기로 보임.[편]

거드럭거리다 거만스럽게 잘난 체하며 자꾸 버릇없이 굴다.

거멀장 가구나 나무 그릇의 맞물린 부분이 버그러지지 않도록 걸쳐 대는 쇳조각. 그것이 못 형태이면 '거멀못'.

거섶 흐르는 물이 둑을 무너뜨리지 않도록 둑가에 말뚝을 늘여 박고 가로로 결은 나뭇가지.

거연하다(居然--) 사전적 의미는 '심심하고 무료하다'이나, 여기서는 '변함이 없다'는 뜻으로 쓰인 듯함. 거연하다(巨然--: 크고 우람하다, 당당하고 의젓하다)의 한자가 오기되었을 수도 있음.[편]

거우듬하다 조금 기울어진 듯하다.

거위병(--瓶) 오리병. 목이 잘록하고 긴 모양의 병.

거하다 우거지다.

걱실걱실하다 언행을 시원스럽게 하다.

건건이 변변치 않은 반찬. 또는 간략한 반찬.

건듯하다 무겁던 마음이나 기분이 풀리어 거뜬하다.

건지 건더기. 보람. 재미.

걸뜨다 생각이 어렴풋이 들뜨다.

걸싸다 동작이 매우 날쌔다.

걸음발 타다 어린애가 걸음걸이를 시작하다.

걸터듬다 음식이나 재물을 몹시 탐하다.

게두름 게를 두름(한 줄에 열 마리씩 두 줄)으로 엮은 것.

게자와 새양 겨자〔개(芥)〕와 생강〔강(薑)〕.

겨릅대 껍질을 벗긴 삼의 줄기.

견물생심(見物生心) 물건을 보면 그것을 가지고 싶은 마음이 생김.

겸애하다(兼愛––) 사람을 가리지 않고 똑같이 사랑하다.

겸용스럽다(兼容–––) 도량이 넓다.

겹질리다 몸의 근육이나 관절이 제 방향대로 움직이지 않아서 다치
다. 접질리다.

곁두리 농사꾼이나 일꾼들이 끼니 외에 참참이 먹는 간식.

고깃칼 칼로 자른 고기 덩어리. 약간의 고기.

고다리 지겟다리에서 비스듬히 뻗친 가지.

고대 이제. 막.

고두머리 도리깨 끝에 끼워 나무나 쇠 엮은 것과 손잡이 막대를 연
결하는 나사 비슷한 나무.

고드래떡 얼어서 고드랫돌처럼 딱딱해진 떡. '고드랫돌'은 돗자리
나 발을 엮을 때 날줄을 감아 내려뜨리는 단단한 돌.[편]

고랫장 구들장. 온돌의 고래를 덮는 넓적한 돌.

고랫재 온돌의 불길이 지나는 고래에 쌓인 재.

고리삭다 상하여 곯고 썩다. 젊은이다운 활발한 기상이 없고 하는
짓이 늙은이 같다.

고막이 온돌 구조에서, 불길이 밖으로 번지지 않도록 방고래 바깥을
돌과 흙으로 쌓아 막는 일. 또는 그렇게 쌓은 것. 거기에 구멍을
내고 그을음을 청소한 뒤 막기도 하는데, 이 소설에서는 그때 쓰
는 돌을 가리킴.[편]

고복(皐復) 초혼(招魂). 사람이 죽었을 때, 그 혼을 소리쳐 부르는

일. 죽은 이가 생시에 입던 윗옷을 갖고 지붕이나 마당에 서서, 옷을 잡고 북쪽을 향해 '아무 동네 아무개 복(復)'이라고 세 번 소리침.[편]

고봉(高捧) 곡식을 되거나 그릇에 밥 등을 담을 때에, 수북하게 담는 방법. 또는 그런 모양.

고뿔 감기.

고사(告祀) 나쁜 기운이 없어지고 좋은 일이 생기도록 신(神)에게 올리는 제사.

고섶 제일 쉽게 찾을 수 있는 맨 앞쪽.

고시랑거리다 못마땅하여 군소리를 좀스럽게 자꾸 하다.

고연시리 괜시리, 괜히.

고욤나무에 감 열리겠나 서로 한 계통의 나무지만 원래 왜소하고 못 먹는 고욤나무에 먹기 좋은 감이 열릴 리가 있는가? 바탕이 나쁘면 결과가 좋을 가능성이 전혀 없다.[편]

고주 고주망태. 술에 절어 사는 사람.

고주배기 죽은 나무의 썩은 그루터기.

고지 농삿일을 해주기로 하고 미리 받는 삯. 또는 그렇게 하는 일.

곤지 신부가 이마에 찍는 붉은 점.

곱삶이 (밥맛을 부드럽게 하기 위해) 두 번 삶아 지은 꽁보리밥.

곱새기다 되새기다. 되씹다. 거듭 생각하다. 깊이 따져보다.

곱은탱이 곱은(굽은) 길.

곱장리(-長利) 곱절로 받는 이자. 묵은 장리까지 합쳐서 받는 장리.

곳집(庫-) 곳간(창고). 상엿집.

공경대부(公卿大夫) 삼공과 구경, 대부 등의 높은 벼슬아치.

공다리 무, 배추 따위의 꽃줄기(꽃다리)에서 씨를 떨어낸 것.

공산토월(空山吐月) 빈산이 달을 토하다. 빈산에서 떠오른 아름다운 달. '공산명월(空山明月: 빈산에 뜬 밝은 달)'을 변용한 표현으로 보임.[편]

공중 공연히. 괜히.

공포(功布) 전통 장례식에서 관을 묻을 때 관을 닦는 데 쓰는 삼베 헝겊. 발인할 때 명정(銘旌)과 함께 앞에 세우고 감.[편]

과녁빼기 외곬으로 똑바로 건너다보이는 곳.

관산추정(關山芻丁) 고향에서 꼴 베는 사람. 고향의 옛 친구.

괴춤 '고의춤'의 준말. 고의나 바지의 허리를 접어서 여민 사이.

교전비(轎前婢) 시집가면서 각시가 (가마 앞에 세워) 데리고 가는 계집종.

구거지(溝渠地) 작은 하천이 흐르는 땅.

구기(舊基) 옛 무덤. 면례하기 전의 무덤.

구뜰하다 변변치 않은 음식의 맛이 제법 구수하다.

구럭 새끼로 그물처럼 얽어 만든, 물건 담는 도구.

구렁찰 늦게 익는 찰벼.

구멍새 얼굴 생김새를 낮잡아 이르는 말.

구부러진 나무가 선산(先山)을 지킨다 값어치 적은 나무가 베어지지 않아 조상의 묘를 지키게 된다. 쓸모없어 보이는 것이 도리어 중요한 구실을 하게 됨을 비유적으로 이르는 말.[편]

구순하다 서로 사귀거나 지내는 데 사이가 좋아 화목하다.

구이지학(口耳之學) 들은 것을 그대로 남에게 전하기만 하는 학문. 어깨너머로 배운 것.

국민 총화(國民總和) 국민 전체의 화합. 박정희 정권이 장기집권을 위해 단행한 '시월 유신' 후 중요하게 사용한 강령 혹은 구호.[편]

군둥내 군내. 김치 따위가 익지 않고 썩어서 나는 고약한 냄새.

군시럽다 가렵다. 무엇이 살갗에 기는 것처럼 느낌이 깨끗하지 않다.

굴품하다 뱃속이 출출하여 무엇을 먹고 싶다. 먹을 것이 궁금하다.

궐련 권연(卷煙). 담배 잎을 썰어 기계로 말아놓은 담배.

귀때병(――瓶) 담긴 액체를 조금씩 따르기 좋게 가느다란 부리가 붙은 병.

귀뚜라미 알듯 속담 '알기는 칠월 귀뚜라미'에서 파생된 말. 온갖 일을 잘 아는 듯이 나서는 사람을 비꼬아 이르는 말.[편]

귀싸대기 · 귀쌈 귀와 뺨 어름을 낮추어 부르는 말.

그날사 말고 다른 날 말고 바로 그날이. 하필이면 그날이.

그니거리다 · 그닐거리다 (무엇을 억지로 참느라고) 살갗이 근질거리고 저릿한 느낌이 들다.

그들먹하다 안에 거의 그득하다.

그러께 재작년.

그루갈이 이모작. 한 가지 작물을 수확하고 그 자리에 다른 작물을 심는 일. 혹은 그렇게 지은 농산물.

근근이 겨우. 어렵게, 간신히.

근신골강(筋信骨强) 튼튼하고 믿음직함.

근천맞다 궁상맞다. 보잘 것 없고 초라하다.

근친(覲親) 시집간 딸이 친정 부모를 찾아 뵘.

금새 금액.

금생여수(金生麗水) 옥출곤강(玉出崑岡) 금(金)은 (중국의) 여수에서 나고, 옥은 곤강산에서 난다. 천자문의 한 구절. 음식을 가려서 먹으라는 뜻을 강조하기 위해 인용하고 있음.[편]

급살 맞아 뎌지다. 갑자기 닥치는 재액[급살(急煞)]을 당하여 죽다. '뎌지다' '뒈지다'는 '죽다'의 비속어.[편]

긔막 게(그이) 잡는 막(幕).

기거무시(起居無時) 먹고 자는 때가 일정하지 않다는 뜻으로, 속박 없는 삶을 가리킴.

기류계(寄留屆) '주민등록'을 뜻하는 '기류 신고'. '기류(寄留)'는 다른 지방이나 남의 집에 일시적으로 머물러 사는 것을 일컬음.

기름챗날 기름틀 판에 올려놓은 기름떡을 덮어 눌러서 기름을 짜는, 길고 두꺼운 널판.

기신기신 게으르거나 기운이 없어 느릿느릿 힘없이 행동하는 모양.

기울 밀, 귀리 따위의 가루를 내고 남은 속껍질.

기중(其中) 가장. 그 가운데.

길래 오래. 오래도록 길게.

길마 짐을 싣거나 수레를 끌기 위하여 소나 말 따위의 등에 얹는 안장.

김일대[金一封] 부상으로 '봉투에 넣어주는 약간의 돈'을 가리키는 '금일봉'을 일부러 잘못 읽은 말.[편]

까그매 까마귀.

까미 일본어 '히사시카미'에서 온 말. 까미 머리. 비녀를 꽂지 않고 머리 뒤를 둥글게 올려 핀으로 고정시킨 머리 모양.

까치밥 나무의 과일을 수확할 때 날짐승 먹으라고 남겨두는 과일.

까탈 '가탈(일이 순조롭게 진행되는 것을 방해하는 것)'의 거센말.

깜냥 스스로 일을 헤아림. 또는 헤아릴 수 있는 능력.

깨끼저고리 안팎 솔기를 발이 얇고 성긴 깁을 써서 곱솔로 박아 지은 저고리.

껏보리 느 말이 멥쌀 한 말 겉보리(보리의 한 종류) 너 말이 멥쌀 한 말과 같다는 말. 가격 따위로 치면 그럴 수 있지만, 원래 종류가 다르므로 할아버지의 말과 어긋나는 엉뚱한 말임.[편]

꼬느다 평가하다. 순서를 매기다.

꼬스까이(こづかい) 사환, 심부름꾼, 급사.

꼽새 꼽추.

꽃패 집 모말집. 추녀가 사방으로 빙 둘려 있는 모말(네모진 말) 모양의 집. 작가는 소설에 "꽃패[花形]"라 적고 꽃 모양으로 보았음.[편]

꾀송거리다 달콤한 말로 자꾸 꾀다.

끈나풀 끄나풀. 길지 아니한 끈. 남의 '앞잡이'를 낮추어 부르는 말.

나간집 주인이 나가고 아무도 살지 않는 집. 빈집.

나지리하다 낮아 보이다.

낙필하다(落筆--) 붓으로 글을 쓰거나 그림을 그리다.

난봉나다 바람이 나다. 기분이 들뜨다.

난파삼동(暖波三冬) 겨울답지 않게 따뜻했던 겨울.

남볼썽 남을 대하여 볼 면목. 남의 이목.

남산 보고 청계천 보듯 서로 매우 대조적임을 나타내는 말.

낭자 ① 여자의 예장(禮裝)에 쓰는 딴머리의 하나. 쪽 찐 머리 위에
덧대어 얹고 긴 비녀를 꽂는다. ② 시집간 여자가 머리칼을 뒤통
수에 틀어 올리고 비녀를 꽂아 고정한 머리 모양. 쪽.

내남적없이 나니 남이니 가릴 것 없이 다 똑같이. 한결같이.

내다 불길이나 연기가 아궁이로 역류하다.

내동 내둥. 내내. 지금껏.

내숭스럽다 겉으로는 순해 보이나 속으로는 엉큼하다.

내외(內外) 남녀 사이에 서로 얼굴을 마주 대하지 않고 피함.

내전보살(內殿菩薩) '절의 내전에 앉아 있는 보살'이라는 말로, 알
면서도 모르는 체하며 가만히 있는 사람을 비유하는 말.[편]

너리너리 주렁주렁 널려 있는 모습을 가리키는 듯함.[편]

너볏하다 번듯하고 의젓하다.

넉 질[四秩] 사십.

넌출 넝쿨.

널벅 너부죽이. 천천히 넓적하게 엎드린 상태로.

넘매루 남처럼. 남과 같이.

노박이 붙박이. 항상 한 자리에 붙박여 사는 사람.

녹수청산(綠水靑山) 청산녹수. 푸른 산골짜기에 흐르는 맑은 물.

논다니 웃음과 몸을 파는 여자를 낮추어 이르는 말.

농짝(籠-) 옷장. 장롱.

농투성이(農---) '농부'를 낮잡아 이르는 말.

뇌작거리다 조금 수다스럽게 잔재미 있는 말들을 자꾸 늘어놓다.

눋내 옷이나 밥이 누런빛이 나도록 조금 탈 때 나는 냄새.

눌 울(기와를 2천 장씩 세는 단위인 '우리'의 준말). '열 눌'을 '十訥'로 표기한 것은 관습에 따라 한자의 소리를 취해 적은 것으로 보임.[편]

느루 (양이나 길이를) 늘여서 오래.

늘잡다 기한이나 길이 따위를 넉넉히 늘려 잡다.

늘펀히 퍼지르고 있거나 누운 모양이 편편하고 넓게.

늧늧하다 조금 끈적이고 비릿하다.[편]

늦깎이 나이가 많이 들어 승려가 된 사람. 또는 나이가 많이 들어서 어떤 일을 시작한 사람을 두루 가리킴.

니미룩내미룩하다 네가 미루고 내가 미루다. 서로 남한테 미루기만 하다.

Ⓒ

다다 모름지기. 가급적.

다듸밋돌 다듬잇돌. 다듬이질을 할 때 받치는 돌.

단사(丹砂)를 갈더라도 여불위의 『여씨춘추(呂氏春秋)』 권12에 실린 글. 원문은 소설의 본문과 조금 다르나 뜻은 같음.[편]

단작스럽다 하는 짓이 보기에 치사하고 다라운 데가 있다.

달근거리다 상대방 마음에 들도록 붙임성 있게 굴다.

달싹하다 달쌍하다. 얼굴이 달처럼 둥글다.

닭서리 닭을 훔쳐 먹는 장난. '서리'는 여럿이서 남의 곡식, 과일, 짐승 따위를 훔쳐 먹는 장난을 가리킴.

당그래 고무래. 자잘한 것을 긁어모으는 도구.

당내간(堂內間) 같은 성(姓)을 가진 팔촌 안에 드는 일가 사이.

당세관(當世冠) '최고의 벼슬, 목표'를 뜻하는 말인 듯함. '당상관(堂上官: 당상의 품계에 있는 높은 벼슬아치)'을 일부러 비틀어서 지어낸 말로 보임.[편]

대꼭지 담뱃대의 담배를 담는 끝부분.

대끼다 한번 찧은 보리, 수수 따위를 물기를 해가면서 깨끗하게 찧고 치대다.

대목장 명절 같은 때 열리는 큰 시장.

대살[竹防簾] 죽방렴. 좁은 바다 물목에 대나무로 만든 발과 그물을 세워 물고기를 잡는 일. 또는 그 장치.

대여의[竹如意] 대나무로 등을 긁을 수 있게 만든 것. 효자손.

대이구 자꾸. 거듭 되풀이하여.

대중없다 일정한 기준이나 형식이 없다.

대중하다 어림잡아 헤아리다. 대강 가늠하다.

대추 먹으며 밤 털기 좋은 일이 거푸 일어난 모양.

더뎅이지다 더덕더덕 엉겨붙어 뭉쳐지다.

더운갈이 몹시 가물다가 소나기가 내린 뒤, 그 물로 논을 가는 일.

덕대 주인과 계약을 맺고 광산의 일부를 떼어 채굴을 하는 사람.

데모도(てもと) '조수'를 가리키는 일본 말.

뎀마 덴마. 노를 젓는 작은 배.

뎁세 뎁데. 도리어. 오히려.

도갓집 술도가. 양조장.

도래질 도리질. 아이가 거부하는 뜻으로 고개를 좌우로 흔드는 몸짓.

도리깨 곡식의 낟알을 떠는 농기구. 막대기 끝에 엮어 매단 가느다란 나무나 쇠로 후려쳐서 타작을 함.

도린곁 · 도린곁 사람이 잘 가지 않는 외진 곳.

도맛밥 도마질할 때 도마에서 생기는 부스러기.

도부(到付) 장사치가 물건을 가지고 이리저리 돌아다니며 팖.

도부치다(到付--) 여기저기 돌아다니며 팔다.

도스르다 거칠거칠한 부분을 매끄럽고 가지런하게 다듬다. 무슨 일을 하려고 마음을 다잡다.

도처청산골가매(到處靑山骨可埋) 어디에나 산이 있고 그 산에는 뼈를 묻을 자리가 있다.

돈 조선 시대 무게의 단위이자 돈(엽전)을 세는 단위. 1돈은 10푼이며, 이 '푼'을 '문(文)'으로 적었음. "일문이란 곧 한 돈이라는 뜻"에서 '돈'은 '푼의 잘못으로 보임.[편]

돌메공이 돌로 만든 메. '메'는 돌이나 나무에 자루를 끼워 가루를 빻거나 말뚝 따위를 박을 때 쓰는 도구.

돌살[石防簾] 석방렴. 개펄에 돌로 둑을 둥그렇게 쌓아서 썰물 때 못 나간 고기를 잡는 시설.

돌성받이 혈통이나 내력이 분명하지 않은 집안에서 태어난 사람.

돌쪼시 돌장이. 석수(石手).

돗내기하다 도급하다(都給--). 일정 기간 안에 끝내야 할 일을 도거리로(한몫으로 합쳐) 맡다.

동권(同權) 같은 권리. 또는 평등한 권리.

동살 새벽에 동이 틀 때 비치는 햇살.

동티 무엇을 잘못 건드리거나 그릇된 행동을 하여 (신령스러운 존재를 화나게 한 결과) 당하는 나쁜 일.

되게 매우. 아주.

되바라지다 건방지고 당돌하다.

되지기거리 되지기를 할 토지. '되지기'는 한 되의 씨를 심는 논밭의 넓이. '마(말)지기'의 십분의 일.[편]

되직하다 묽지 않고 조금 되다.

된내기 된서리. 늦가을에 되게 내리는 서리.

두렁 두둑. 논이나 밭의 흙을 두두룩하게 만든 것. 논 가장자리의 두둑(논두렁)은 경계를 짓기도 하고 물이 밖으로 나가지 않게도 함.[편]

두레반 둥근 밥상.

두르다 꾸다. 주선하다.

두름 조기 따위의 물고기를 짚으로 한 줄에 열 마리씩 두 줄로 엮은 것. 고사리 따위의 산나물을 열 모숨 정도로 엮은 것.

두멍 부엌에서 물을 담아 두고 쓰는 큰 독.

두엄에다 집장 띄워 먹고 훔친 떡 뒷간에 가 먹기 격에 맞지 않는 일 이 세상에는 많이 있으니 엉뚱한 일이라도 좋다면 좋은 것이라는 말. 고추장 비슷한 전통 음식 '집장(-醬)'은 퇴비가 발효할 때 나는 열을 이용하여 띄움.[편]

둔근(鈍根) 우둔한 사람. 우둔함을 타고난 사람.

둠벙 웅덩이. 움푹 파여 물이 고여 있는 곳.

뒤발하다 온통 뒤집어쓰다시피 처바르다.

뒵들다 함께 덤벼들다.

뒷간 변소. 화장실.

뒷갈망 뒷감당. 일의 끝을 마무리 지음.

뒷목 탈곡할 때에 짚검불 속에 섞이거나 땅에 떨어진 알곡. 그것을 거두는 행위.

뒷수새 일이 끝난 뒤에 뒤끝을 정리하는 일. 또는 그러는 사람.

드난살이 들고 나며 사는 일. 또는 그렇게 살아온 사람. 붙박이로 한 곳에서 줄곧 살지 않은 사람.

드난이하다 드난살이하다.

드팀전 예전에, 온갖 피륙을 팔던 가게.

들무새 막일. 허드렛일. 혹은 남의 막일을 힘껏 도움. 그러는 사람.

들벅거리다 제한된 공간에 가득 차서 꾸물대다.[편]

들병장수가 술짐을 졌다 '병술을 들고 다니며 파는 이가 술짐을 졌다'는 말로, 행동이 격에 맞음을 조롱하여 이르는 말.

들이단짝 들입다. 다짜고짜.[편]

듬성거뭇하다 거뭇거뭇한 것이 듬성듬성 있다.[편]

등멱　등물. 엎드린 사람의 등 부분에 물을 끼얹는 목욕.

따개꾼　소매치기.

땀떼기　땀띠.

땡감　미처 다 익지 않은, 단단하고 떫은 감.

떼미다　떠메다. 무거운 것을 들어 어깨에 메다.

뗏장　잔디(떼)를 자른 조각.

또려지다　또렷지다. 분명하다.

똘캉　도랑. 매우 좁고 작은 개울.

똬리　짐을 일 때 머리에 받치는 고리 모양의 도구. 짚이나 헝겊으로
　　만듦.

뙤똑하다　위태롭게 튀어나와 곧추서 있다.

뚝셍이　둑.

뜨물　곡식을 씻은 뿌연 물.

뜨악하다　마음이 당기지 않아 거리가 있다.

뜰팡　토방. 방으로 들어가는 문이나 마루 앞에 흙을 조금 높고 평평
　　하게 다진 곳.

ⓜ

마당 하나 사이로 십 촌 넘어간다　① 세월이 흐르는 줄 모르는 사이에
　　자손이 늘어난다. ② 가까운 것 같아도 사이가 멀어진다.

마디다　쉽게 닳거나 없어지지 아니하다.

마뜩찮다　마뜩잖다. 마음에 내키지 않고 께름칙하다.

마른갈이　물을 넣지 않아 마른 논을 가는 행위. '물갈이'와 대비됨.

마른일　손에 물을 묻히지 않고 하는 일. 여자의 경우, 바느질, 길쌈
　　같은 일.

마실터　마을 나오는 터. 모여서 노는 장소.

마치다　단단한 것이 서로 부딪다. 서로 받쳐서 아프다.

막천석지(幕天席地) 하늘을 장막 삼고 땅을 자리 삼는다는 의미로, 뜻과 기상이 웅대함을 이르는 말.

말감고(-監考) 곡식을 거래할 때 말이나 되로 양을 헤아리는 일을 직업적으로 하던 사람.

말볍 말을 하고 나서 덧붙이는 군말.

말코지 물건을 걸 수 있게 벽에 박아놓은 못, 나무 갈고리 따위.

맛 가리맛조개. 가리맛조갯과와 죽합과의 조개를 통틀어 이르는 말.

망백(望百) 백 살을 바라보는 나이.

매끼 무엇을 묶을 때 쓰는 새끼나 끈.

매동그리다 매만져서 정리하고 뭉치다. 매듭짓다.

매두몰신(埋頭沒身) 머리와 몸이 파묻혔다는 뜻으로, 일에 파묻혀 헤어나지 못함을 이르는 말.[편]

매양 번번이.

매흙 마당이나 벽의 표면에 바르는 고운 흙. 끈기 있고 보드라운 잿빛 흙.

매흙질 흙으로 된 마당이나 벽의 표면에 매흙(곱고 차진 흙)을 발라 깨끗하고 튼튼하게 하는 일.

맥전(麥田) 우경(隅徑) 보리밭 두렁. 쉬운 말을 어렵게 쓰던 법률 용어의 하나.[편]

맥질하다 매흙질하다. 흙 거죽에 매흙을 바르다.

먹매 음식을 먹는 양이나 정도.

먹선[食仙] 인물(유천만)이 지어낸 말. 먹는 신선. 먹는 데 도가 튼 사람. 아무거나 잘 먹는 사람.[편]

멍덕을 씌우다 애꿎게 의심하거나 혐의를 두다. '멍덕'은 짚으로 고깔 모양으로 만든 벌통의 뚜껑인데, 전에 죄인의 머리에 씌웠으므로 앞의 뜻이 생김.[편]

메지다 떡, 밥 따위의 끈기가 적다. '차지다'의 반대말.

며느리고금 학질(말라리아)의 다른 이름. 하루거리, 푸심 등으로 부

르기도 함. 주기적으로 열이 나고 통증이 심한 이 병을 떼는 여러 민간처방이 전함.[편]

멱둥구미 짚으로 둥글고 깊게 결어 만든 그릇. 주로 곡식이나 채소 따위를 담는 데에 쓰인다.

면례(緬禮) 무덤을 옮겨 다시 장사를 지내는 일.

면봉(緬奉) 면례(緬禮). 무덤을 옮겨 다른 곳에 장사 지냄.

명일(名日) 명절날.

명정(銘旌) 죽은 이의 성씨, 관직 등을 적은 기. 장례 때 상여 앞에 세우고 가서 관과 함께 묻음.[편]

명지 명주. 비단. 그냥 '명'이라고도 함.

모가비 무리의 우두머리.

모개로 한 몫으로. 하나로 몰아 잡아.

모개흥정 여러 가지를 묶어서 한 몫에 하는 흥정.

모갯돈 뭉텅이 돈. 액수가 많은 돈.

모숨 한 줌 분량의 길고 가느다란 물건. 그것을 세는 단위.

모시것 모시로 지은 옷.

모집(징용) 일제 강점기에 한국인 젊은이를 근로자로 모아 주로 해외로 데리고 간 일을 두루 칭하는 말. 겉으로는 '광부 모집, 건설 노무자 모집' 등을 내세웠지만 강제 징용이나 같았음.[편]

모태 떡이나 수제비를 빚기 위해 빚은 가루덩어리.

목화(木靴) 예전에, 사모관대를 할 때 신던 신. 바닥은 나무나 가죽으로 만들고 검은빛의 사슴 가죽으로 목을 길게 만드는데 모양은 장화와 비슷하다.

목화다래 아직 피지 아니한 목화의 열매.

몽글다 가루나 낟알의 입자가 곱고 다른 게 섞이지 않다.

몽니 부리다 고집스럽게 심술을 부리거나 화를 내다.

묘갈(墓碣) 무덤 앞에 세우는 둥그스름한 작은 비석.

무가내(無可奈) 막무가내. 고집이 세어 어찌할 수 없음.

무거리 ① 곡식 따위를 빻아 체에 쳐서 가루를 내고 남은 찌꺼기. ② 마지막에 남는 것.[편]

무꾸리 점을 치거나 푸닥거리를 하는 무당, 판수 같은 사람. 그들이 하는 행위.

무녀리 한 태에 낳은 여러 마리 새끼 가운데 가장 먼저 나온, 제일 작고 허약한 새끼.

무둥타기 목말타기. 남의 어깨 위에 다리를 벌리고 올라타는 일.

무뚝하다 무둑하다. 차 있는 상태가 두둑하고 가득하다.

무룸무룸 나아가지 못하고 제자리에서 자꾸 뭉깃거리는 모양.

무르춤하다 뜻밖의 사실에 놀라 뒤로 물러서려는 듯이 하여 행동을 갑자기 멈추다.

무명초(無名草) 이름 없는 풀. 보잘 것 없는 존재.

무서리 늦가을에 처음 내리는 묽은 서리.

무시로(無時-) 특별히 정한 때가 없이 아무 때나.

무싯날(無市-) 예삿날. 장이 서지 않는 날.

무야(戊夜) 밤을 다섯으로 나누었을 때의 다섯번째[五更]. 오전 3시 ~5시.

무저지 항상 물이 고여 있는 바닷가의 우묵한 개흙 땅.

무지렁이 끝이 닳아 무지러지거나 부러져서 못 쓰게 된 물건. 무지하고 어리석은 사람.

묵정밭 묵혀 두어 황폐해진 밭.

문래병(門來-) 집안에서 내려오는 병. 유전병.

문형(文衡) 대제학. (과거시험에서) 글의 수준을 평가하는 사람.

물것·물컷 무는 것. 사람의 피부를 물어 피를 빠는 모기, 벼룩 따위의 벌레.

물매 경사도. 구배. 기울기.

뭇 ① 생선을 묶어 세는 단위. 한 뭇은 생선 열 마리를 이름. ② 볏단을 세는 단위.

미두(米荳) 쌀값의 변동을 이용한 일종의 투기 행위. 이전 판본들에서 쓰인 '미두(米頭)'는 오기인 듯함.[편]

미두계(米荳契) ① 쌀값의 변동을 이용한 투기, 즉 미두(米荳)를 목적으로 모은 계. ② 쌀로 곗돈을 치르는 계, 즉 농촌에서 흔했던 '쌀계'.

미루꾸 '밀크milk'의 일본식 발음. 여기서는 '밀크 캐러멜'을 가리킴.[편]

미룩거리다 미적거리다.

미사리 삿갓, 방갓을 쓸 때, 이들이 머리에 걸쳐 얹히도록 하기 위하여 안에 붙인 둥근 테두리.

미치데기 미친데기. 미친 사람.

밀모개 밀의 모가지.

ㅂ

바구리 바구니.

바근바근하다 딱딱하거나 굳지 아니하다.

바깥사돈 요강 가시는 꼴 보기보다 어렵다 (어떤 일을 보기가) 사돈 영감이 방에 두고 소변보는 데 쓰는 요강을 물로 씻는 행동 보기보다 어렵다. 매우 보기 어려움을 우스꽝스럽게 표현한 말.[편]

바다놀 바다의 크고 사나운 물결.

바디 베틀, 가마니틀, 방직기 따위에서 날줄을 고르고 씨줄을 통과시키는 도구.

바심 타작.

바작 발채. 지게 위에 얹어서 물건을 싣기 좋게 만든 도구. 대나무나 싸리나무를 엮어 조개 모양으로 펼침.[편]

바지랑대 빨랫줄이 처지지 않게 받치는 데 쓰는 긴 막대.

바치다 지나치게 요구하거나 바라다.

박래품(舶來品) 외국에서 들어온 물품. 수입품.

박우물 바가지로 물을 뜨는 얕은 우물.

반주그레하다 생김새가 겉보기에 반반하다.

발신(發身) 낮은 처지를 벗어남.

밤느정이 밤꽃.

밥밑 밥을 지을 때에, 쌀 밑에 놓는 잡곡류. 보리, 콩, 팥, 조, 수수 따위를 놓는다.

방고래 온돌방 구들 아래의 불기운이 지나가는 골.

방짜 매우 좋은 사람이나 물건을 속되게 부르는 말. 본래 방(方) 자가 상표명으로 찍힌 좋은 놋그릇을 가리켰음.[편]

배다 촘촘하다.

배동 곡식의 이삭이 패기 전에 불룩해진 모습.

배차기 · 배참 비난을 받고 그 화풀이를 다른 데다 함.

백랍전(白鑞錢) 예전에 쓰던, 백랍(납과 주석의 합금)으로 만든, 소액 동전.

백명백종(百命百從) 모든 명령에 완벽하게 복종함. 철저히 따름.

백수풍진(白首風塵) 늘그막에 세상의 온갖 어려움을 겪음.

백짓권 흰 종이 여러 뭉치. 전통 장례에서는 흰 한지를 많이 썼으므로 이것을 부조하기도 함.[편]

버긋하다 맞붙은 곳에 틈이 조금 벌어져 있다.

버덩 높고 평평하며 나무가 없고 풀만 우거진 곳.

버렁이 빠지다 곤란에 처하다, 크게 손해보다. '버렁이'는 '비렁(낭떠러지)'을 가리키는 듯함.[편]

버선본(--本) 버선을 지을 때 감을 잘라내기 위하여 만든 종이 본.

번다하다 번거롭게 많다.

번철(燔鐵) 전을 부치거나 고기 따위를 볶을 때에 쓰는, 솥뚜껑처럼 생긴 무쇠 판.

번하다 (날씨나 병세 따위의) 상태가 좋아지다.

벋놓이다 '벋놓다(다잡아 기르거나 가르치지 아니하고, 제멋대로 올바른 길에서 벗어나게 내버려두다)'의 피동사.

벌전(-廛) 난전. 땅에 그냥 벌여놓고 파는 가게.

범백사(凡百事) 모든 일.

베등거리 삼베로 만든, 깃과 소매가 없는 웃옷.

베랑 별로.

베 중단[布中單] 삼베로 만든, 남자가 상복 속에 입는 소매 넓은 두루마기.

벼르다 준비를 단단히 하고 기회를 엿보다.

벼리다 불에 달구고 두들겨서 무디어진 연장의 날을 날카롭게 하다.

별쭝맞다 별쭝나다. 하는 짓이 유별나다.

볏모개 벼의 이삭이 달린 부분.

보고리채다 속을 썩이다. 하잘것없는 것이 일을 방해하다.

보리 밥풀로 잉어를 낚자는 심뽀 하찮은 것으로 큰 것을 얻으려는 마음 씀씀이.

보맹[鹽度計] 보메Baumé. 액체의 비중을 재는 비중계. 이 소설에서는 소금물의 염도를 재는 '염도계'를 가리킴.[편]

보시기 김치나 깍두기 따위를 담는 반찬 그릇의 하나. 모양은 사발 같으나 높이가 낮고 크기가 작다.

볼가심하다 입가심하다. 입맛을 보다.

볼상 볼썽. 생김새. 모습.

부레가 끓다 몹시 성이 나다.

부살같이 불화살같이. 쏜살같이. 매우 빠르게.

부시 부싯돌. 불을 일으킬 때 쓰는 돌.

부역하다(附逆--) 반역이 되는 쪽에 동조하거나 가담하다. 여기서는 북한군이나 공산주의 편에 들어 행동한 것을 가리킴.[편]

부접하다(附接--) 어디에 의지하다.

부쩌지 부접(附接). 어디에 의지함.

부쩌지 못하다　안절부절못하다.

북더기·북데기　짚이나 풀 따위가 함부로 뒤섞여서 엉클어진 뭉텅이.

북새를 피우다　여러 사람이 야단스럽게 부산을 떨다. 북새(북풍)가 불 때의 모습에 빗댄 말.[편]

북새판　많은 사람이 야단스럽게 부산을 떨면서 법석이는 자리.

분판(粉板)　아이들이 붓글씨를 익히는 데 쓰기 위해 흰 가루를 발라서 굳힌 판.

불가사야(弗可赦也)　용서할 수 없다.

붓돌　아궁이의 양쪽에 세우고 이맛돌을 얹는 돌.

붓하다　벗하다. 친구 사이로 대하다.

비각　서로 용납되지 않는 상극 관계. 절대로 함께해서는 안 되는 것.

비거스렁이　비가 갠 뒤에 바람이 불고 기온이 낮아지는 현상.

비닭이　비둘기.

비명(非命)　타고난 명(목숨)대로 살지 못함.

비부살이(婢夫--)　계집종의 남편으로 살아감.

비슥　비스듬히. '비슥하다(한쪽으로 약간 기울어져 있다)'의 어근.

빌미하다　구실 삼다. 핑계 대다.

뺏성　갑자기 내는 성질. 돌연 치솟는 화.

삘기　띠의 어린 꽃이삭.

Ⓢ

사구일생(四俱一生)　사귀일성(四歸一成). 여러 가지가 합쳐지고 변하여 결과적으로 하나가 됨. 서로 달라 보여도 결국은 하나라는 의미.[편]

사리마다　사루마다(さるまた). '팬티'를 가리키는 일본 말.

사립짝　사립문짝. 나무나 싸릿대 같은 것으로 엉성하게 만든 대문.

사문(斯文)　유학의 도와 문화. 유학자.

사블사블 좀스럽고 가볍게 행동하는 모양.

사서(辭書) 사전.

사잣밥(使者−) 장례를 치르는 집에서 저승사자에게 대접하는 밥.

사철하다 명랑하고 싹싹하다.

사화(私和) 당사자 사이의 사적인 화해.

삭갈다 곡식이나 논을 단번에 갈다.

삭망(朔望) 차례(茶禮) 상중(喪中)에 매달 음력 초하루와 보름날에 지내는 제사.

산골지앙텡이 산골짜기. 거기 사는 촌뜨기.

산내끼 새끼. 짚으로 꼰 줄.

산매(散賣) 물건을 생산자나 도매상에게 사들여 소비자에게 직접 파는 일.

살(煞) 해를 끼치는 귀신의 독한 기운. 나쁜 인연.

삼(이 서다) 눈동자에 생기는 점(이 생기다).

삼동(三冬) 겨울의 석 달.

삼수갑산(三水甲山) 우리나라에서 가장 험한 산골이라 이르던 삼수와 갑산. 조선 시대에 귀양지의 하나였다.[편]

삼순구식(三旬九食) 삼십 일 동안 아홉 끼니밖에 못 먹음. 매우 가난하게 살아감.

삼태미 삼태기. 흙, 거름 따위를 긁어 담아 나르기 좋도록 짚과 나무로 만든 도구.

상달 무수 말날 '상달(上−)'은 '시월'을, '무쉬'는 '조금 물때 다음 날인 음력 8, 9일과 23, 24일'을, 그리고 '말날(末−)'은 끝날을 가리키므로, 음력 10월 24일경을 일컫는 듯함.[편]

상모(象毛) 풍물놀이패가 쓰는 모자 끝에 단, 새털이나 긴 백지 오라기.

상전벽해(桑田碧海) 뽕나무 밭이 푸른 바다가 됨. 세상일의 변화가 심함을 비유하여 나타냄.

상포계(喪布契) 장례 비용을 마련하기 위해 모은 계.

새물내 빨래를 한 새 옷이나 이불에서 나는 냄새.

새앙소래기 생강을 얇게 저며서 말린 것.

색거한처(索居閒處) 산려소요(散慮逍遙) 한가한 곳을 찾아 세월을 보냄, 세상을 잊고 자연 속에서 한가하게 즐김.

색연하다(色然--) 반색을 하다. 매우 반가워하다. 그런 기색을 나타내다.

생일(生-) 막일. 특별한 지식이 필요 없는, 몸으로 하는 일.

생일꾼(生--) 생일 하는 사람.

생치(生雉) 날것 상태의 꿩고기.

서까래 한옥의 마룻대에서 도리 또는 보에 걸쳐놓은 나무. 집 안에서 보면 대개 지붕 밑에 드러나 있음.

섞갈리다 갈피를 잡지 못하게 여러 가지가 한데 뒤섞이다.

선새경(先--) 머슴을 살기 전에 먼저 당겨서 받아 가는 새경(급료).

선술 입주(立酒). 선 채로 마시는 술. 간단히 걸치는 술.

설은 참외가 오이만 못하다 참외는 본래 오이보다 먹기 좋지만 익지 않으면 오이만 못하다. 바탕이 좋아도 성숙하지 못하면 소용이 없다.

섬지기 한 섬의 씨를 심는 넓이의 농토. '섬'은 곡식을 담는 도구로 크기가 일정하지 않음. 충남 보령 지역의 경우, 한 섬지기는 스무 마지기에 해당됨.[편]

세빠또 셰퍼드shepherd 종의 개.

세안(歲-) 한 해가 끝나기 이전. 설 이전.

세전(歲前) 설 쇠기 전. 해가 바뀌기 전.

소가지 '속에 든 생각(소견), 성질'을 낮추어 이르는 말. 소갈머리.

소금막[製鹽幕] 소금을 생산하는 염전에 딸린 집.

소나기는 오래가지 않는 법 노자의 『도덕경』에 나오는 '취우부종일(驟雨不終日: 소나기는 종일 오지 않는다)'에서 온 말. 오래가는 것

은 없다, 만물은 변하기 마련이라는 의미.[편]

소댕 솥을 덮는 쇠뚜껑.

소래기 운두가 낮은 접시 모양의 질그릇. 흔히 독의 덮개로 씀.

소반(小盤) 작은 밥상.

소증(素症) 푸성귀만 너무 먹어서 고기가 먹고 싶은 증세.

손땀 손끝. 손을 빠르고 야무지게 놀리는 일솜씨. 손재주.

손속 솜씨. 손대는 것마다 잘되는 손재주.

손이 두텁다 일솜씨가 좋다. 손끝이 맵다.

솔기 옷이나 이부자리 따위를 지을 때 두 폭을 맞대고 꿰맨 줄.

솔다 물기가 있던 것이 말라서 어떤 형태로 굳어지다.

솔수펑이 솔숲. 소나무가 모여 있는 곳.

송방 가게.

수 수컷, 혹은 수놈. '수 내주다'는 짝짓기를 하여 암놈이 새끼를 배
게 한다는 뜻. 소설의 '수 내준 도야지'란 '짝짓기 대가로 받은 돼
지'를 가리킴.[편]

수구성(守舊性) 예전의 풍습, 제도를 지키고 따르는 성질.

수굿하다 고개를 조금 숙이다. 흥분이 다소 가라앉다.

수수모개 수수 모가지, 이삭.

수수목 수수 이삭의 목.

숫제 차라리. 순전히. 아예 처음부터.

시난고난하다 병이 심해지는 않으면서 오래 앓다.

시로도(しろうと) '비전문인, 생무지, 초심자'를 가리키는 일본 말.

시룻밑 떡 따위를 찌는 시루 밑바닥을 막되 증기가 올라오도록 만
든 도구.

시적부적 일을 분명히 매듭짓지 못하고 흐리멍덩하게 넘기는 모양.

시적지근하다 일을 분명히 매듭짓지 못하고 시적부적 넘기는 모습.

(나무) 시집보내기 열매가 잘 열리기를 바라고 나무 밑동의 갈라진
곳에 돌을 끼우는, 일종의 다산(多産) 기원 풍속. 이 말이 든 문장

은 두 전집본(솔출판사본, 랜덤하우스본)에 모두 **빠져** 있다.[편]

시척 (작은) 관심, 알은체. '시척도 않다'와같이 주로 부정어와 호응
함.[편]

시치다 바느질을 할 때, 여러 겹을 맞대어 듬성듬성 호다.

시침하다 천을 대고 듬성듬성 꿰매다.

신칙하다(申飭——) 단단히 타일러 경계하다.

신후(身後) 몸이 죽은 후. 사후(死後).

실꾸리 틀에 올려 옷감을 짜기 위해 감아놓은 실뭉치.

실지 사실. 실제로.

싱금싱금하다 조금 신맛이 돌다.

싸게 빨리.

싸잡이 나무 한데 몰아 잡아 베거나 아궁이에 밀어 넣는, 큰 줄기가
없는 관목 종류의 나무.

쌨다 많다. 흔하다.

쌩이질 바쁠 때 공연히 남을 귀찮고 신경 쓰게 하는 짓.

쑥내 쑥냄새. 모깃불을 놓을 때 매운 연기가 많이 나라고 생쑥을 마
른 풀 사이에 넣어 태우는데, 그 냄새를 가리킴.[편]

씨돝 씨돼지.

씨월거리다 씨불거리다. 주책없이 실없는 말을 자꾸 주절거리다.

◎

아깨 아까.

아닌 보살 하다 시치미를 떼고 모르는 체하다.

아망 어린애가 부리는 오기.

아무리다 ① 구멍이나 입 같은 것을 오므리다. ② 벌여놓았던 일이
나 이야기를 끝맺거나 마무르다.

아서라 그러지 마라. 하지 말라고 금지하는 말.

아퀴 짓다 일의 끝매듭을 맺다.

안옷[黃布] 황포. 누런색의 베로 만든 배의 돛.

안저지 주로 아기를 보살피는 여자 하인.

알겨먹다 남의 것을 속이거나 꾀어 빼앗아 가지다.

암스렁투 아무렇지도. 별스럽거나 특별하지도.

앗기다 '(빼)앗다'의 피동사.

앗다 ① 두부나 묵 따위를 만들다. ② 빼앗다.

앙장(仰帳) 상여 위에 치는 휘장.

애리하다 애티가 나게 젊다.

애잇 애벌로. 맨 처음. 일차.

애장터[兒葬墓] 아기무덤. 애무덤. 또는 그것이 있는 곳.

야짓잖다 야젓잖다. 옹졸하고 점잖지 못하다.

양력슬 양력(陽曆)설. 음력설과 대비되는 양력 1월 1일.

양양대다 만족을 하지 못하고 계속 종알거리며 보채다.

양잿물 서양에서 들어온 잿물(빨래에 쓰는 화합물). 수산화나트륨 덩어리.

어레미 얼레미, 얼멩이. 바닥의 구멍이 굵은 체(가루나 액체를 거르는 도구).

어렴시수(魚鹽柴水) 살림에 필요한 일용품(물고기, 소금, 땔나무, 물).

어리보기 행동이나 말이 어리석은 사람을 낮추어 이르는 말.

어리전(――廛) 어리에 꿩, 닭, 오리, 토끼 따위를 가두어 놓고 파는 가게. 그런 가게나 장사꾼이 모여 있는 시장의 한 곳.

어릿거리다 모습이 어렴풋하게 자꾸 눈앞에 어리다 말다 하다.

어부림(魚付林) 고기를 끌어들이기 위해 물가에 조성한 숲.

어살[漁箭] 물고기를 잡는 장치. 나무 기둥, 대나무, 싸리 등을 날개 모양으로 둘러 꽂고, 그 가운데에 그물을 달아 고기가 들어가면 나오지 못하게 함. 그 일종으로 '대살(죽방렴)'이 있음.

어약해중천(魚躍海中天) 자연의 이치에 따라 살아가는 것이 군자의 도(道)임을 빗대어 표현한 말. 『시경(詩經)』의 한 구절 "연비어천(鳶飛於天) 어약우연(魚躍于淵): 솔개가 날아 하늘에 이르고 물고기는 연못에서 뛰어오른다"에서 온 말. 이를 바탕으로 '연비어약(鳶飛魚躍)' '어약해중천' 등의 표현이 쓰였고, 예전 선비들은 그것을 서재나 정자에 즐겨 적어놓았음.[편]

어연번듯하다 세상에 드러내 보이기에 아주 떳떳하고 번듯하다.

어지저지하다 어찌저찌하다. 작은 일들에 몰리어 허둥대며 시간을 보내다.

언내 어린애.

언어도단(言語道斷) 말이 안 됨. 어이가 없어서 말을 하려 해도 할 수 없음.

얼거리 일의 골자만을 대강 추려 잡은 전체의 윤곽이나 줄거리.

얼굴 뜨뜻한 줄도 알고 뒤통수 가려운 줄도 안다 수치심 느낄 줄도 알고 남부끄러운 것 판단할 줄도 알다. 사람으로서의 기본적인 염치와 예의를 모르지 않는다.

얼김 어떤 일이 벌어지는 바람에 자기도 모르게 정신이 얼떨떨한 상태.

얼렁이 얼망. 새끼나 노끈 따위로 양쪽 테의 사이를 그물처럼 얽은 물건.

업세 '와아!' '어머나!' 등과 통하는 감탄사.

엇먹다 서로 딱 맞물리지 않다.

에끼다 (일이나 보수를) 비겨 없애다. 대신하다.

에우다 없애다. 보내다. 써버리다.[편]

여물 한 솥지기 소 여물 한 솥을 끓일 동안.

여물주걱 소가 먹는 여물을 끓일 때 젓는 데 쓰는 주걱. 보통 나무로 대강 만들어 씀.[편]

여북 '얼마나, 오죽, 작히나'의 뜻으로 정도가 매우 심하거나 상황이 좋지 않을 때 쓰는 부사어.

여북하다 오죽하다. 정도가 매우 심하거나 나쁘다. 주로 의문이나 감탄 형태로 쓰임.[편]

여요주서(與謠註序) '별것 아닌 일에 대한 설명' 또는 '그저 그런 이야기에 관한 해설'을 뜻하는 말로 보임.[편]

여위다 여의다. 죽거나 시집을 가서 헤어지다.

여일(如一) '여일하다(처음부터 끝까지 한결같다)'의 어근.

여투다 물건이나 돈을 아껴 쓰고 나머지를 모아 두다.

연상(硯床) 문방제구를 벌여놓아 두는 작은 책상.

연지(臙脂) 여자가 화장할 때에 입술이나 뺨에 찍는 붉은 빛깔의 염료.

연파(烟波) 연기가 자욱하게 끼어 파도처럼 보이는 모습.

열쭝이 어린 새나 자라지 못하는 병아리.

염간(鹽干) 소금을 만드는 사람.

영고성쇠(榮枯盛衰) 번영과 쇠망이 되풀이됨.

옙들이 옆들기. 옆에서 도와주기.

오갈 들다 오가리 들다. 식물이 병들거나 말라서 오그라들다. 두려움에 기를 펴지 못하는 모습을 비유하는 말.

오꼬시 '밥풀과자'를 가리키는 일본어.

오달지다 알차고 야무지다.

오두망절하다 우두망찰하다. 정신이 어지러워 어쩔 줄 모르다.

오래기 오라기. 작업을 하다가 나오는 가느다란 조각.

오려 올벼. 제철보다 일찍 여무는 벼.

오려논 오려를 심은 논.

오종종하다 잘고 둥근 물건들이 한데 빽빽하게 모여 있다. 마음이 좁고 하는 행동이 좀스러움을 빗대어 표현하는 말.

오포(午砲) 오정포(午正砲). 낮 12시를 알리는 대포. 대신 사이렌을 불었음.

올러감사하다 올라감사하다. 죽다.

올무 올가미.

옴팡(집) 작고 초라한 집. 오두막. 오막살이.

옴팡간 방 하나와 부엌 하나만 있는 아주 작고 초라한 집.

옹솥 옹달솥. 작고 오목한 솥.

완상하다(玩賞--) 즐겨 구경하다.

왜장치다 쓸데없이 큰 소리로 마구 떠들다.

외강내유 외유내강(外柔內剛: 겉으로는 부드럽되 안으로는 강직함)을
　　바꾸어 쓴 말.

외오 혼자.

요잇 요의 잇. 요의 겉을 싸는 천.

용수 싸리나 대로 만든 둥글고 긴 통. 술이나 장을 거르는 데 쓴다.

용준(龍罇) 용을 그린 항아리 모양의 그릇. 보통 술이나 꿀을 담아 둠.

용코 없다 별 뾰족한 수가 없다.

우북이 우부룩이. 한데 많이 모여 더부룩하게.

욱다 우거지다.

운두 그릇, 신 따위의 둘레의 높이.

울 울타리.

워너니 정말로. '과연, 오죽이나' 뒤에 오는 말을 부정하기 위해 거
　　꾸로(반어적으로) 과장할 때 씀.[편]

원노(院奴) 서원에 속한 노비.

월곡후야(月谷後夜) 월곡 동네의 밤중부터 아침까지. 월곡 마을에
　　서 후야에 일어난 일.

월단(月旦) 월단평(--評). 사람에 대한 평.

유모일 털 (있는 짐승의) 날. 설날에서 열이틀까지의 날들 가운데,
　　일진(日辰)이 털 있는 짐승인 쥐[子], 소[丑], 호랑이[寅] 따위에
　　해당하는 날을 이르는 말. 설날이 이런 날인 때에는 풍년이 든다
　　고 한다.[편]

유택(幽宅) 묘지.

육염(陸鹽) 자염(煮鹽). 소금물을 끓여 생산한 소금. 지금까지의 모든 판본에 '육염(六鹽)'으로 표기되었으나 오기인 듯함.[편]

으만무지로 으말무지로. 에멜무지로. 결과를 모르는 채로 그냥. 막연한 기대를 가지고 헛일 삼아.

으악새 억새.

을러메다 을러대다. 위협적인 언동으로 을러서 남을 억누르다.

의걸이(衣――) 옷을 거는 데 쓰는 것. 말코지, 횃대 등.

의젓잖이 의젓하지 않게. 점잖지 않게.

이냥 그냥. 이러한 모습 그대로.

이듬날 이튿날.

이맛돌 아궁이의 이마(입구 위쪽)에 걸쳐놓은 돌.

이방 질병, 재액 따위를 막거나 없애기 위해서 하는 미신적 행위.

이슬바심 이슬타작. 이슬 털기. 이슬 내린 풀섶에서 일하거나 걸음.

이엉 짚, 억새 따위로 엮어 초가집이나 담의 지붕을 잇는(덮는) 것.

이조옹(李朝翁) 이조 시대의 관습 속에 사는 노인. 구세대의 노인.

이중계(里中契) 동리 사람들이 모여 만든 계.

인도와 골덴 사과의 품종들.

인두판 한복을 다룰 때 천을 대고 인두로 다림질하는 길쭉한 판.

인화(燐火) 도깨비불.

일간(一間) 공사장 따위에서, 작업장으로 마련한 임시 건물. 비, 이슬, 뙤약볕 따위를 피하기 위하여 지붕만 설치하여 쓴다.

일갓집(一家―) 한 집안 사람이 사는 집.

일락서산(日落西山) 해가 서산에 지다. 서산에 지는 해.

일매짓다 고르고 가지런하게 정리하다. 매듭을 짓다. 결론을 내리다.

일벌백계(一罰百戒) 한 사람을 벌하여 백 사람을 경계시킴. 여러 사람에게 경각심을 주기 위해 한 사람을 본보기로 처벌함.

임고리장수 버드나무로 만든 고리(버들고리)에 작은 생활 잡화를 담아서 머리에 이고 집마다 다니며 파는 장수. 황아장수.

입때껏　여태껏.

입주(立酒)　선술. 선 채로 마시는 술. 간단히 걸치는 술.

잇　이부자리나 베개 따위의 거죽을 싸는 천.

잇긋하다　참견하다. 아는 체하며 반응하다.

잉걸불　불이 이글이글하게 붙은 숯덩이. 불잉걸.

ㅈ

자드락　산의 자락. 기슭.

자루를 찢다　'비렁뱅이 자루 찢는다'에서 온 말. 거지가 얻어온 음식
　　을 서로 차지하려고 그것이 든 자루를 찢는 행동에 비유하여, 다
　　투는 모습을 낮추어 이르는 말.[편]

자리개질　자리개로 곡식 단을 감아 잡아 절구 따위에 패대기쳐서 타
　　작을 하는 일. '자리개'는 그에 쓰는 짚으로 만든 굵은 줄.[편]

자리끼　잠을 자다 마시기 위해 머리맡에 두는 물.

자마구　곡식의 꽃가루.

자발머리없다　'자발없다'를 속되게 이르는 말.

자발없다　행동이 가볍고 방정맞다.

자밤　나물, 양념 따위를 손가락을 모아 그 끝으로 집는, 분량을 세는
　　단위.

자배기　둥글넓적하고 아가리가 넓게 벌어진 질그릇.

자세하다　잘난 체하며 거드름을 피우다.

자약하다(自若--)　큰일을 당해도 침착함을 유지하다.

자우룩하다　자욱하다. 안개, 연기 따위가 잔뜩 끼어 시야가 흐리다.

자자분하다　자질구레하다. 작고 대수롭지 않다.

작대기　지겟작대기. 지게를 받쳐놓는 막대기. 끝이 갈라져 있음.

잔디찰방(--察訪)　'잔디밭을 지키는 찰방'이라는 뜻으로, 죽어서

땅에 묻힌 사람을 농담조로 이르는 말. '찰방'은 조선 시대 각 도의 역참 일을 맡은 벼슬 이름.[편]

잔솔푸데기　어린 소나무의 포기. 그것들이 모여 있는 곳.

잔술팔이　술을 (병째가 아니라) 잔으로 파는 일. 또는 그러는 사람.

잔졸하다(孱拙ーー)　몹시 약하고 옹졸하다. 이전 판본의 "잔졸치 않았음"은 '잔졸함'의 오기인 듯함.[편]

잔주접　① 어린애가 자주 앓는 작은 병들. 어린애의 잦은 병치레. ② 경박한 말이나 행동.

잠연히(潛然ー)　잠잠히. 말없이.

잠포록하다　날이 흐리고 바람기가 없다.

잡도리하다　아주 엄하게 닦달하거나 족치다.

장강(長杠)　길고 굵은 멜대. 상여를 올려놓고 상여꾼이 멜빵을 걸어 옮길 때 쓰는 긴 나무.

장강대필(長杠大筆)　큰 붓으로 긴 강물 흐르듯 갈겨쓴 모습. 그렇게 쓴 글.

장다리밭　무나 배추의 꽃줄기가 잔뜩 올라온 밭.

장리쌀(長利ー)　장리로 빌려주거나 갚는 쌀. '장리'는 봄에 꾸고 가을에 갚는 방식.

장변(長邊)　누운변. 원금과 함께 한꺼번에 갚는 이자[변리(邊利)]. 혹은 그러한 차용 방식.

장유유서(長幼有序)　오륜(五倫)의 하나. 어른과 어린이 사이에는 차례와 질서가 있어야 함.

장판(場ー)　장이 선 곳.

재행(再行)　신랑이 혼인을 하고 처음으로 처가에 가는 행사.

잿밭　고개(재)에 있는 밭.

저욹내　겨우내.

적이나마　적으나마. 최소한.

전두리　그릇 아가리의 조금 두터운 끝부분(전)의 둘레, 그 가장자리.

전장(田庄) 토지. 땅.

전재민(戰災民) 전쟁으로 재난을 입은 사람. 피난민.

전적(轉籍) 호적(가족관계기록부)을 옮기는 일.

전지(剪枝) 가지 자르기.

전화(電化) 전기를 쓸 수 있게 함. 전기를 끌어들임.

절등하다(絕等——) 최고이다. 무엇과 비교할 수 없이 뛰어나다.

절시식(節時食) 절식(節食). 명절에 따로 차려서 먹는 음식.

접 채소나 과일을 묶어 세는 단위. 보통 백 개를 한 접으로 친다.

정실(情實) 사사로운 정이나 관계에 이끌리는 일.

정처(定處) 정한 곳. 머무는 장소.

제금나다 결혼을 하여 딴살림을 나가다. 분가하다(分家——).

제우 겨우.

조갑지 조개. 조개의 껍질(조가비).

조금 바닷물이 들어오고 나가는 높이의 차가 가장 작은 때. 사리와
　　대조됨. 대개 매월 음력 7, 8일과 22, 23일경.

조문하다(弔問——) 조상(弔喪)하다. 죽은 사람을 슬퍼하는 뜻을 드
　　러내다.

조춘(早春) 이른 봄.

졸망하다(拙妄——) 옹졸하고 잔망하다.

졸밋거리다 쫄밋거리다. 조바심이 나서 마음이 조마조마하고 자꾸
　　긴장이 되다.

졸토뱅이 졸보. 재주가 없고 옹졸한 사람.

좁으장하다 짧거나 작은 듯한 느낌이 있다.

종구라기 조그마한 바가지. 쪽박.

종산(宗山) 한 문중의 조상을 모신 산.

종신(終身) 일생을 마침. 임종.

종조(終朝) 아침이 시작되고 끝나는 길지 않은 시간. 잠시.

종조목 (대다) 종주먹 (대다). 을러대고 옥박지를 때 들이미는 주먹.

좨잡다 조여 잡다. 더욱 단단히 조여 틀어잡다.[편]

죄 모두. 죄다.

주초(酒草) 술과 담배(연초).

죽데기 통나무의 표면에서 잘라낸 나무판 조각. 표면이 거칠고 일정하지 않아 땔감으로 많이 씀.

중동무이하다 하던 일이나 말을 끝내지 못하고 중간에서 흐지부지 그만두거나 끊어버리다.

중씰(中-)하다 중년이 넘은 듯하다.

줴매 남편이 남 앞에서 자기 아내를 부르는 말. '집주인(남편)의 아내, 아이들의 어매(엄마)'라는 말이 합쳐진 말.

지긋덥다 지긋지긋하다.

지까다비(じかたび) (노동자용의) 작업화를 가리키는 일본 말.

지르숙다 앞이나 한쪽으로 매우 기울어지다.

지르퉁하다 못마땅하여 잔뜩 성이 나서 말없이 있다.

지멸있다 끈덕지고 꾸준하다.

지범거리다 음식물 따위를 체면도 없이 이것저것 자꾸 집어 거두거나 먹다.

지분대다 짓궂은 행동으로 계속 귀찮게 하다. 사귀어보려고 자꾸 건드리다.

지싯지싯 남이 싫어하는지는 아랑곳하지 아니하고 제가 좋아하는 것만 자꾸 짓궂게 요구하는 모양.

지악스러움 악착스러움.

지치러기 지스러기. 찌끄러기. 골라내거나 쓰고 남은 것.

지호지간(指呼之間) 손짓을 하거나 소리쳐 부르면 알아들을 만큼 가까운 거리.

진당 진짜. 정말.

진동항아리 한집안의 평안을 위하여 깨끗한 곳에 모셔 두고 돈과 쌀을 담는 항아리. 해마다 한 번씩 갈아 넣되, 돈은 굿이나 고사에 쓰고 쌀은 밥을 지어 소찬으로 먹는다.

진드근히 참을성 있고 침착하게.

진잎 푸성귀의 잎.

질동이 질그릇의 하나. 아가리가 크고 손잡이가 달려 흔히 물을 긷는 데 씀.

질래 길래. 오래. 오래도록 길게.

질쌈 길쌈. 실을 잣고 옷감 짜는 일 전체를 가리킴.

짓둥이 (동작을 할 때) 몸을 움직이는 모양새.

짚누리 짚단을 쌓아놓은 것. 짚 노적가리.

짚토매 짚을 묶은 덩어리.

짚홰기 볏짚에서 이삭이 달린 줄기.

짜그락거리다 하찮은 일로 옥신각신하며 자꾸 다투다.

짯짯이 딱딱하고 깔깔한 성미로 빈틈없고 자세하게.

쩔리다 당해내지 못하여 겁을 먹다. '절다'에서 파생된 말로 보임.[편]

쪼란히 쪼로니. 비교적 작은 것들이 가지런하게 줄지어 있는 모양.

쪽 결혼한 여자가 머리칼을 뒤에 틀어 올리고 비녀를 질러 고정한 머리 모양.

쭉젱이 쭉정이. 덜 여문(쭉은) 곡식.

ㅊ

채뜨리다 잡아채어 빼앗듯이 가져가다.

채중개강(菜重芥薑) 나물은 겨자와 생강이 중요함. 천자문의 한 구절.[편]

처네 어린애를 업을 때 두르는 끈이 달린 작은 포대기.

척지다(隻--) 서로 등을 돌리다. 원한을 품고 반목하다.

천둥지기 천수답(天水畓). 물길이 닿지 않아 비가 와야 모를 심을 수 있는 논.

천리상봉 만리별(千里相逢萬里別) 멀리 떨어져 만남과 헤어짐〔봉별
(逢別)〕의 안타까움을 노래한 구절.

천상 천생(天生). 타고난 것처럼 아주, 틀림없이.

천신하다(薦新－－) 차지하다. 처음으로 또는 오랜만에 차례가 돌아
와 물건을 얻게 되다.

**천지지간 만물지중(天地之間 萬物之中)에 유인(唯人)이 최귀(最貴)하
니……** '하늘과 땅 사이의 만물 가운데 오직 사람이 가장 귀하
다'는 말로, 조선 중종 때에 박세무(朴世茂)가 지은 어린이 학습
서『동몽선습』의 첫 문장을 토를 달아 읽은 것.[편]

청염(晴鹽) 천일염. 바닷물을 햇볕으로 증발시켜 얻는 소금.

쳇다리 체로 액체를 거를 때 그릇 위에 걸치고 체를 올려놓는 도구.

초동(初冬) 초겨울.

초상집에 부고 전하러 온 신세 장례 치르는 집에 장례를 알리러 온
사람처럼 헛수고를 한 처지.

초협하다 아주 작고 좁다.

최·공·시(衰·功·緦)의 상복들 여러 가지 상복들. '최, 공, 시'는
모두 장례 치를 때 입는 상복과 관련된 한자말임, 그들과 관련되
거나 그 말이 들어 있는 장례용 옷, 모자 등을 간추려 가리키는
듯함.[편]

추다 (일을) 해치우다. 해결하다.

충그리다 지체하다. 웅크리고 있거나 머뭇거리며 시간을 끌다.

측하다 검측하다. 흉측하다. 음침하고 고약스럽다.

칙갈맞다 칙살맞다. 하는 짓이 얄밉도록 잘고 더럽다.

칠칠하다 그득하다.

ㅋ

콩노굿   콩의 꽃.

ㅌ

타래박 우물   타래박으로 물을 푸는 우물. '타래박'은 긴 줄이나 자루 끝에 바가지를 달아 물을 푸는 기구.

태모시   겉껍질을 벗긴 모시의 속껍질.

터알   집터에 딸리거나 집 가까이 있는 밭. 텃밭.

테메다   테메우다. 틈이 벌어진 질그릇이나 나무 그릇의 둘레를 대오리, 편철(片鐵), 철사 따위로 돌려서 감다.

토   간장을 졸일 때에 위에 떠오르는 찌꺼기. 간장을 담은 그릇의 밑바닥에 가라앉는 된장 부스러기.

토매   뭇. 볏단이나 짚단을 세는 단위.

톺다   삼, 모시 따위를 삼을 때 끝을 가늘고 연하게 하려고 톱으로 훑다.

톺아보다   샅샅이 살피다.

퇴침   목침. 나무를 잘라 만든 베개.

투생하다(偸生——)   죽어야 마땅할 때에 죽지 아니하고 욕되게 살기를 꾀하다. 구차하게 살다.

튀하다   새나 짐승을 잡아 뜨거운 물에 잠깐 넣었다가 꺼내어 털을 뽑다.

ㅍ

파적거리(破寂——)   심심풀이가 될 만한 것.

판막이   판막음. 그 경기에서의 마지막 대결. 결승전.

팔모(八—)   여덟 개의 모. 여러 방면, 또는 측면.

폐롭히다 '폐롭다(성가시고 귀찮다, 폐가 되는 듯하다)'의 사동사.

포갬포갬 포개져 있는 것처럼 잇달아 있는 모양.

포달 암상이 나서 악을 쓰고 함부로 욕을 하며 대드는 일.

폭 '정도'를 나타내는 의존명사. 무엇에 해당되거나 그 역할을 하는 정도.

푸네기 가까운 일가(성이 같은 피붙이)를 낮잡아 일컫는 말.

푸새 들과 산에 자라는 풀들.

푸소 푿소. 여름에 풀만 먹고 자란 소. 힘을 잘 쓰지 못함.

푸숲 푸서리. 잡초가 무성하고 거친 땅.

푼푼하다 모자람이 없이 넉넉하다. 옹졸하지 아니하고 시원스러우며 너그럽다.

품메다 일을 하다가 중단하다. 중간에 딴 일이 생겨 그날 할 일을 나중으로 미루다.

풍구(風具) 곡물에 섞인 쭉정이, 먼지 따위를 날려 없애는 농기구.

(가슴을) 피다 (속울) '썩이다' 또는 '태우다'의 뜻으로, '피다'는 '파다'가 변한 말인 듯함.[편]

ㅎ

하냥 같이. 함께.

하대하다(下待--) 상대를 아랫사람으로 낮추어 대하다.

하여거나 하여간. 좌우간.

한갓지다 한가하고 조용하다.

한구재비 한바탕. 한 판.

한내읍 대천읍(大川邑). 지금의 충남 보령시.

한데 집의 바깥. 덮거나 가리는 아무 설비도 없는 곳.

한둔하다 한데에서 밤을 지새우다.

한말(韓末) 대한제국 말엽.

한무세월(--歲月) 세월과 상관없음(한무내함). 시간을 따지지 않음.

한치 같이. 함께.

함진아비(函---) 전통 혼례 때 신랑 집에서 보내는 함을 지고 신부 집에 가는 사람.

핫옷 솜옷.

해감내 바닷물 따위에서 흙과 유기물이 썩어서 생긴 찌꺼기의 냄새.

해거름 석양. 저녁나절. 해가 지는 일, 또는 그런 때.

해끔하다 하얗고 깨끗하다.

해동갑하다(-同甲--) 해와 함께 움직이다. 해가 질 때까지 계속하다.

해반주그레하다 겉모습이 해말쑥하고 반듯하다.

해전 해가 지기 전. 하루.

해전치기 해가 지기 전에 끝낼 수 있는 일. 그렇게 일을 끝내기.

해찰 부리다 할 일에 집중하지 않고 쓸데없는 짓만 하다. 게으름을 피우다.

해토머리(解土--) 얼었던 땅이 녹기 시작하는 때.

해포 1년이 조금 넘는 동안.

행랑것 행랑살이를 하는 하인.

행랑살이(行廊--) 남의 행랑에 살면서 그 집의 일을 해주며 사는 일.

행림(杏林) 의원(醫員)을 달리 이르는 말. 예전에 동봉(董奉)이라는 의원이 치료의 보수로 중환자에게는 다섯 그루, 경환자에게는 한 그루씩 살구나무를 심게 하였는데, 이것이 몇 년 뒤에 가서 울창한 숲을 이뤘다는 데서 유래한다.[편]

행상(行喪) 상여. 상여로 주검을 산소로 나르는 일.

행운유수(行雲流水) 떠가는 구름과 흐르는 물.

행티 행짜를 부리는 버릇.

향품배(鄕品輩) 지방 관리들.

허거물 놀라서 기절하며 입에서 내는 거품.

허발대신하다 몹시 굶주리거나 궁하여 체면 보지 않고 달려들어 먹거나 가지는 모습을 익살맞게 표현한 말.

허발하다 체면 보지 않고 함부로 먹거나 일에 뛰어들다.

허울 좋은 하눌타리 보기만 좋지 속은 보잘것없는 사람이나 물건. '하눌타리'는 식물 이름.[편]

허텅지거리 일정한 상대가 없이 그냥 내뱉거나 우물대는 말을 낮잡아 이르는 말.

헛묘 가분묘(假墳墓). 정식으로 묘를 쓰기 전에 임시로 만들어놓은 묘.

호구지책(糊口之策) 가난한 살림에 겨우 입에 풀칠이나 하고 살아가는 방도.

호다 헝겊을 겹쳐서 바늘땀이 성기게 꿰매다.

호미씻이 음력 7월에, 호미로 논의 김매기를 끝내고 날을 잡아 쉬며 노는 일.

호배추(胡——) 중국종의 배추. 재래종에 대하여 개량한 결구배추를 이르는 말.

화무십일(花無十日) '화무십일홍(花無十日紅: 열흘 가는 (붉은) 꽃이 없다)'에서 온 말. 아무리 번성한 것도 얼마 안 가서 쇠함을 빗대어 표현함.[편]

활인적덕(活人積德) 사람을 살리고 덕을 쌓는 일. 매우 훌륭하고 좋은 일.

황권전적(黃卷典籍) 누런빛의 옛날 책.

후제(後-) 나중. 훗날 어느 때.

후지르다 휘지르다. 옷을 더럽히다.

훗살이 후살이(後--). 여자가 다시 시집을 가는 일.

흘레 교미. 암컷과 수컷의 성적인 결합.

희나리 '희아리(조금 상하여 희끗희끗 얼룩이 진 고추)'에서 온 말로 보임. 온전하거나 값있어 보이지 않는 것을 가리키는 듯함.[편]

희떱다 실속은 없어도 마음이 넓고 손이 크다. 말이나 행동이 분에 넘치며 버릇이 없다.

흰무리　백설기. 멥쌀가루로 만든 흰색 시루떡.

히루　'하이힐'의 일본어식 표현.

작가 연보

1941년 4월 12일, 충남 보령군 대천면 대천리 387번지(현 보령시 대관동) 갈머리[冠村] 출생.

1950년 6·25전쟁 발발로 남로당 보령군 총책이었던 부친과 두 형을 잃음.

1956년 모친 사망으로 가장이 됨.

1959년 중학을 마친 후 농사를 짓다가 가산을 처분하고 무작정 상경. 이후 떠돌이 행상으로 생활.

1963년 서라벌예술대학(현 중앙대학교) 문예창작과 졸업.

1965년 김동리 추천으로 단편 「다갈라 불망비(不忘碑)」를 『현대문학』(9월호)에 발표.

1966년 단편 「백결(百結)」을 『현대문학』(7월호)에 발표, 추천 완료.

1968년 한국문인협회에서 '신문학 60주년' 기념으로 『월간문학』을 창간하면서 업무직원이 됨.

1970년 공동묘지 이장 공사판에서 인부로 일한 체험을 바탕으로 쓴 장편 『장한몽(長恨夢)』을 『창작과비평』에 연재.

1971년 『월간문학』 편집장 맡음(~1973년 2월).

1972년 첫 소설집 『이 풍진 세상을』을 정음사에서, 『장한몽』을 삼성출판사에서 출간. 『장한몽』으로 제5회 한국창작문학상 수상.

1973년 『한국문학』을 창간하며 편집장 맡음(~1975년 10월).

1974년 소설집 『해벽』을 창작과비평사에서 출간. 11월 17일, 한국문학사 편집실에서 '박씨유신 철폐 운동을 위한 반정부 반독재 투쟁 문인단체'인 자유실천문인협의회를 발기하고 간사가 됨(~1987년).

1975년 장편 『오자룡(吳子龍)』을 『월간중앙』에 1년간 연재. '동아일보 광고탄압사태'에 문인들의 격려 광고 조달을 전담함. 소설집 『몽금포타령』을 삼중당에서 출간.

1976년 임경애(任景愛)와 결혼.

1977년 연작소설집『관촌수필』을 문학과지성사에서, 중단편집『엉 경퀴 잎새』를 열화당에서, 산문집『아픈 사랑 이야기』를 진문출 판사에서 출간. 한진출판사 편집위원(~1984년), 국제펜클럽 한 국본부 감사 맡음. 경기도 화성군 향남면 행정리 205-4로 주소를 옮김. 장남 산복(山馥) 출생.

1978년 소설집『으악새 우는 사연』을 한진출판사에서 출간. 단편 「우리 동네 이씨」로 제5회 한국문학작가상 수상.

1979년 산문집『지금은 꽃이 아니라도 좋아라』를 전예원에서,『장 한몽』을 '현대한국문학전집' 중 한 권으로 경미문화사에서 출간. 자유실천문인협의회의 자금 조달을 목적으로 간행된『실천문학』 의 편집위원이 됨. 국제펜클럽 한국본부 이사 맡음(~1997년). 장 녀 자숙(自淑) 출생.

1980년 콩트집『누구는 누구만 못해서 못 허나』를 시인사에서 출간 했으나 계엄사령부에 의해 즉시 판매 금지되고, 국가보위 입법위 원회가 정한 '정치쇄신특별조치법'의 해당자로 발표됨. 5·18 광 주민주화운동 이후 주소를 서울로 옮김.

1981년 소설집『우리 동네』를 민음사에서 출간. 한국문학사판 문학 전집 '오늘의 작가 대표문학선집' 중 한 권에 작품 수록.

1982년 제1회 신동엽창작기금 수혜.

1983년 동시 25편을『시인』에 발표. 동시 7편을 윤석중(尹石重)이 『새싹문학』에 재수록.『서울신문』의 장기 기획물 「신동국여지승 람」(충남북 편) 집필. 삼성출판사판 문학전집 '제3세대 문학전집' 중 한 권에 작품 수록.

1984년 장편『산 너머 남촌』을『농민신문』에 연재. 범한출판사판 문학전집 '현대의 한국문학' 중 한 권에 작품 수록. 실천문학사 발행인 맡음(~1989년).

1985년 콩트집『그리고 기타 여러분』(최일남·송기숙 공저)을 사회 발전연구소에서 출간.

1986년 동아출판사판 문학전집 '우리시대 우리작가' 중 한 권에 작 품 수록.

1987년 소설집『다가오는 소리』를 삼중당에서, 콩트집『몸으로 살러 온 사내』를 산하에서 출간.

1988년 동시집『개구쟁이 산복이』를 창작과비평사에서 출간. 스스로 문단에서 격리되기 위해 충남 보령시 청라면 장산리 731번지로 작업실을 옮기고 간염과 위궤양 치료에 힘씀.

1989년 실천문학사 발행인 공식 사임. 장편『토정 이지함』제1부를『서울신문』에 연재. KBS-1TV에서『우리 동네』를 6개월간 극화하여 방영. 극단 사조(思潮)에서「암소」를 극화하여 대한민국연극제에 출품. 제2회 춘강문예창작기금 수혜.

1990년 장편『매월당 김시습』제1부를『서울신문』에 발표. 미완성『토정 이지함』을 '역사인물평전' 중 한 권으로 스포츠서울사에서, 장편『산 너머 남촌』을 창작과비평사에서 출간. 제7회 요산문학상 수상.

1991년 단편「장곡리 고욤나무」로 제9회 흙의 문예상,『산 너머 남촌』으로 제15회 펜문학상 수상.

1992년 장편『매월당 김시습』을 문이당에서 출간. SBS TV에서 창사 2주년 기념으로「관촌수필」을 30회로 극화하여 방영.『매월당 김시습』으로 제2회 서라벌문학상 수상.

1993년 소설집『유자소전』을 벽호에서, 산문집『소리 나는 쪽으로 돌아보다』를 열린세상에서 출간.『유자소전』으로 제8회 만해문학상, 농협중앙회의 제4회 농촌문화상 수상. SBS TV에서『우리 동네』를「친애하는 기타 여러분」으로 극화하여 방영. KBS-1 라디오에서「매월당 김시습」극화하여 방송.

1994년 산문집『글밭을 일구는 사람들』을 열린세상에서 출간. 한국소설가협회 편집위원장이 되어 소설 전문지 계간『한국소설』창간.

1995년 동아출판사의 '한국소설문학대계' 중 한 권으로『장곡리 고욤나무』출간, 책세상에서『장한몽』재출간. 한국소설가협회 상임이사 맡음(~1996년).

1996년 '96 문학의 해 집행위원회 출판홍보분과위원장으로 활동. '이문구 전집'을 솔출판사에서 다섯 권까지 출간.

1997년 산문집『나는 남에게 누구인가』를 엔터에서 출간. 민족문학작가회의 부이사장 맡음.

1998년 '김동리선생기념사업회'를 발족하여 회장이 됨.

1999년 소설 선집『관촌수필—이문구 문학선』을 나남출판에서 출간. 민족문학작가회의 이사장이 됨(~2001년 3월).

2000년 산문집『줄반장 출신의 줄서기』를 학고재에서, 소설집『내 몸은 너무 오래 서 있거나 걸어왔다』를 문학동네에서 출간. 뒤의 책으로 제31회 동인문학상 수상.

2001년 2월, 위암 수술. 민족문학작가회의 이사장 사퇴. 8월, 백담사 '만해시인학교' 수석부대회장으로 참석. 제33회 대한민국문화예술상 수상.

2002년 백창우 작곡의 악보집『이문구 동시에 붙인 노래들』과 음반 CD『개구쟁이 산복이』『울보 자숙이』를 도서출판 보림에서 출간 및 출반. '문학을 사랑하는 사람들의 모임' 초대 회장으로 추대됨.

2003년 2월 25일, 타계. 장례는 27일 대학로 마로니에 광장에서 문단 사상 처음으로 민족문학작가회의, 문인협회, 소설가협회, 펜클럽 등 4대 문학단체 합동 문인장으로 치러짐. 은관문화훈장 추서. 유고 산문집『까치둥지가 보이는 동네』를 바다출판사에서, 유고 동시집『산에는 산새 물에는 물새』를 창비에서 출간.

2004년 투병 일기와 선후배 문인들의 추모 글 등을 모은『그리운 이문구』를 중앙M&B에서 출간.

2006년 타계 1주기부터 시작된 '이문구 전집'을 랜덤하우스코리아에서 총26권으로 완간.

2011년 『이문구의 문인 기행—글로써 벗을 모으다』를 에르디아에서 출간.

2013년 '바이링궐 에디션 한국대표소설' 중 한 권으로『이문구: 유자소전*A Brief Biography of Yuja*』을 도서출판 아시아에서 출간.

2014년 '문학동네 한국문학전집' 중 한 권으로 대표중단편선『공산토월』을 문학동네에서 출간.

2015년 '이문구 문학에세이'『외람된 희망』을 실천문학사에서 출간.

2018년 '문지클래식' 제1권으로『관촌수필』제4판을 문학과지성사에서 출간.